Robert Dugoni
Die Tote im Käfig

Das Buch

Als die Leiche einer Frau in einer Krebsfalle aus dem kalten Meer gefischt wird, sieht sich Detective Tracy Crosswhite mit einem äußerst schwierigen Fall konfrontiert. Bei der Autopsie stellt sich heraus, dass die Frau zu Lebzeiten alles darangesetzt hat, ihre Identität zu verschleiern. Vor wem war sie auf der Flucht? Als Hinweise auftauchen, es könnte sich bei der Unbekannten um eine Frau handeln, die vor ein paar Monaten unter dubiosen Umständen verschwand, wird Tracy einmal mehr von Erinnerungen an den lange unaufgeklärten Mord an ihrer Schwester verfolgt. Während Tracy langsam eine brutale Geschichte von Verrat und verzweifelter Gier aufdeckt, sieht sie sich mit einem Mörder konfrontiert, der vor nichts zurückschreckt.

Der Autor

Robert Dugoni ist der New-York-Times-Bestsellerautor der Tracy-Crosswhite-Serie, die mehr als zwei Millionen Exemplare verkauft hat und die es auf Platz 1 des Wall Street Journal und auf Platz 1 bei Amazon geschafft hat. »Das Grab meiner Schwester« wird derzeit für eine TV-Serie adaptiert. Dugoni ist auch Autor der David-Sloane-Serie und der Romane »The 7th Canon und »The Cynide Canary«, das von der Washington Post zum besten Buch des Jahres gewählt wurde.

Er war mehrfach Finalist für den International Thriller Writers Award sowie für den Mystery Writers of America Award in der Kategorie Bester Roman. Seine David-Sloane-Reihe wurde zweimal für den Harper Lee Award nominiert. Dugonis Bücher sind in über 20 Sprachen übersetzt worden. Mehr über Robert Dugoni können Sie auf seiner Website unter www.robertdugoni.com oder unter www.facebook.com/AuthorRobertDugoni erfahren.

ROBERT DUGONI

DIE TOTE IM KÄFIG

THRILLER

Aus dem Amerikanischen von Dorothee Danzmann

Die amerikanische Ausgabe erschien 2017 unter dem Titel »The Trapped Girl« bei Thomas & Mercer, Seattle.

Deutsche Erstveröffentlichung bei
Edition M, Amazon Media EU S.à r.l.
5 Rue Plaetis, L-2338 Luxembourg
März 2018
Copyright © der Originalausgabe 2017
By Robert Dugoni
All rights reserved.
Copyright © der deutschsprachigen Ausgabe 2018
By Dorothee Danzmann

Die Übersetzung dieses Buches wurde durch AmazonCrossing ermöglicht.

Umschlaggestaltung: semper smile, München, www.sempersmile.de
Originaldesign: David Drummond
Umschlagmotiv: © mel-nik / Getty; © Mutlu Kurtbas / Getty;
© John Dreyer / Getty; © travis manley / Shutterstock;
© Jack Z Young / Shutterstock
Lektorat: Rainer Schöttle
Korrektorat: Manuela Tiller/DRSVS
Printed in Germany
By Amazon Distribution GmbH
Amazonstraße 1
04347 Leipzig, Germany

ISBN: 978-1-503-90121-6

www.edition-m-verlag.de

Für Dr. Joe Docette – Worte können nicht beschreiben, wie dankbar ich Ihnen für Ihre Zeit, Expertise und Ihren Rat bin. Wir sehen uns wieder, selbst wenn wir dann neunzig sind.

Selbst ein Hund kann unterscheiden, ob man über ihn stolpert oder ihn tritt.
Richter Oliver Wendell Holmes jr.

1

Seattle, Samstag, 24. Juni 2017

Kurt Schill zog sein vier Meter langes Aluminiumboot über das Strandholz, das er sich zurechtgelegt hatte, um es nicht über die Steine schleifen zu müssen, was den Rumpf zu stark hätte zerkratzen können. Das Boot war neu, eine Investition, die er so gut es ging schützen wollte. Gleichzeitig galt es, Konfrontationen mit den Bewohnern der Apartmentanlagen zu vermeiden, die den schmalen Zugang zum Puget Sound säumten. Ruhestörungen morgens um halb fünf sah man hier bestimmt nicht gern und wenn irgendwer die Polizei rief, hätte Schill zu seiner Verteidigung kaum etwas vorzubringen. Immerhin ließ er sein Boot an einer Stelle ins Wasser, bei der es sich streng genommen um einen Wanderpfad handelte. Was niemand übersehen konnte, die aufgestellten Hinweisschilder waren zahlreich und deutlich genug.

Sobald sich das Boot im Wasser befand, stieg Schill hinterher, damit es nicht kippte. Der Puget Sound hatte an diesem Morgen allerhöchstens acht Grad, das spürte er sogar durch die Gummistiefel hindurch. Er gab dem Boot einen kräftigen Schubs und sprang hinein, wobei er sich schmerzhaft das

Knie anschlug und alles heftig schwankte und herumrollte, bis er die mittlere Sitzbank erreicht und sich so hingesetzt hatte, dass das Gleichgewicht gewahrt blieb. Der V-förmige Rumpf unter seinen Füßen kam ihm stabiler vor als der seines alten Glasfaserbootes, das sich bei rauer See schwer manövrieren ließ. Den Honda-Motor mit seinen sechs PS konnte er allerdings erst anwerfen, wenn er ein bisschen mehr Abstand zum Ufer gewonnen hatte. Erst dann würde er wissen, wie sich die Neuanschaffung wirklich anfühlte.

Er schob die hölzernen Riemen in die Dollen und ruderte vom Ufer weg, fast lautlos, bis auf das leise Klatschen beim Eintauchen der Ruderblätter und das Klacken der Dollen. Der Aluminiumrumpf glitt leise und rasch durch das pechschwarze Wasser – noch eine Sache, die ihm an seinem neuen Arbeitsgerät gut gefiel. Er hatte es auf der Anzeigenwebseite *Craigslist* entdeckt und dem vorigen Besitzer samt Trailer für zweitausend Dollar abgekauft. Das waren fünfhundert Dollar mehr als die fünfzehnhundert, die er angespart und auch eigentlich nur hatte ausgeben wollen, aber sein Vater war eingesprungen und hatte den Rest übernommen, wobei er das Geld natürlich zurückzahlen musste. Das würde er seiner Meinung nach sicher schaffen, wenn er die Kosten für die Benutzung öffentlicher Bootsrampen einsparte und einfach mehr Krebse fing. Das Amt für Fischerei und Naturschutz gestattete pro Person fünf Pazifische Taschenkrebse, aber Schill hatte nicht vor, Teile seines Fangs wieder ins Meer zu werfen, solange ihn seine Kontakte in den Restaurants schwarz und in bar bezahlten.

Er ruderte Richtung Blake Island. Die Insel ragte als schwarzer Klumpen aus dem Wasser, wirkte jedoch deutlich kleiner als die schattenhaften Umrisse der wesentlich größeren Inseln Bainbridge und Vashon dahinter. Im Norden schoben sich die Lichter der nach Osten fahrenden Bremerton Fähre stückchenweise an Seattle heran, was das Schiff wie einen hell erleuchteten Wasserkäfer aussehen ließ. Schill rann der Schweiß die Brust hinunter, sammelte sich in seinen Wattstiefeln und unter der Schwimmweste. Er war dankbar für die kleine Brise, die ihm den Nacken kühlte.

Als mehrere Hundert Meter zwischen ihm und dem Ufer lagen, zog er die Ruder ein und kletterte vorsichtig in den hinteren Teil des Bootes. Er hängte den Notausschalter in seine Schwimmweste, drückte dreimal auf den Ballon an der Benzinleitung, um Benzin in den Motor zu pumpen, betätigte den Choke und zog an der Reißleine. Die Maschine rumpelte ein paarmal, ehe sie spuckend wieder erstarb. Er prüfte, ob auch wirklich der Leerlauf eingelegt war und die Drossel an der Pinne Richtung Rumpf zeigte, ehe er noch einmal an der Leine riss. Diesmal erwachte die Maschine gurgelnd und spuckend zum Leben.

Rein rechtlich gesehen war so früh im Jahr nur den Indianerstämmen der Krabbenfang gestattet, und wer erwischt wurde, musste mit einer happigen Strafe rechnen. Aber Schill hatte am Ende der Vorjahressaison ein unglaublich ergiebiges Fanggebiet, eine wahre Goldgrube entdeckt und wollte nun zu gern wissen, ob er dort noch immer mit einer so reichen Ausbeute rechnen konnte. Um nicht entdeckt zu werden, setzte er seine Fallen nach Sonnenuntergang aus und holte sie vor Sonnenaufgang wieder ein. Das war natürlich nicht ganz ungefährlich; wer ohne Licht fuhr, riskierte, von einem anderen Boot angefahren zu werden oder mit einem im Wasser treibenden Baumstamm zusammenzustoßen, was einem beides in erheblichem Maße den Tag ruinieren konnte.

Schill ließ das Boot mit einem harten Ruck an der Pinne schwungvoll nach rechts abdrehen. Gleich darauf pflügte der Rumpf pfeilschnell durch die Wasseroberfläche, ein V-förmiges Muster hinter sich herziehend. Wunderschön.

Als er sich seinem Zielgebiet näherte, drosselte er die Geschwindigkeit und suchte die Uferlinie nach dem gespaltenen Baum ab, der ihm als Orientierung diente. Sobald er ihn entdeckt hatte, schaltete er den Motor in den Leerlauf und hielt Ausschau nach dem kegelförmigen Schatten seiner rot-weißen Boje. Er konnte sie nicht gleich entdecken, was ihn nervös werden ließ, denn die Stammesmitglieder sammelten gern mal Gerätschaften von Leuten ein, die ihnen die angestammten Fischereirechte streitig machten.

Er kramte die Taschenlampe hervor, die er unter dem Sitz aufbewahrte, und ließ deren Strahl über die Wasseroberfläche wandern. Erst beim dritten Versuch entdeckte er die munter auf den Wellen auf und ab hüpfende Boje, steuerte erleichtert darauf zu, packte den Ring und holte die lose hängende Leine ein, bis er das Gewicht der Krabbenfalle spürte. Dann schlang er das Tau um die Laufrolle am Ende des Ladebaums – noch so ein praktisches Zubehörteil der Neuerwerbung, das ihm sein kleineres Glasfaserboot nicht bot – und zog die Leine weiter ein, wobei er darauf achtete, dass sie sich zu seinen Füßen sauber einrollte.

»Krebszeit!«, murmelte er leise.

Inzwischen vermochte er das Ausmaß seiner Beute ganz gut am Gewicht der Falle abzuschätzen. Hundertprozentig klappte das natürlich nicht, er hatte auch schon vielversprechend schwere Fallen hochgezogen, die dann voller Sonnenblumenseesterne, Flundern und Stachelköpfe gewesen waren. So schwer wie diese Falle hatte sich allerdings noch nie eine angefühlt. Schon bald brannten die Muskeln in Schills Schultern und er musste das Tau kurz festbinden, um seinen Armen eine Pause zu gönnen.

»Verdammt!«, stöhnte er, spürte dabei jedoch das vertraute erwartungsvolle Flattern im Magen.

Er holte tief Luft, stemmte die Sohlen seiner Gummistiefel resolut an die Seitenwand des Rumpfes, löste das Tau und spürte sofort erneut das Gewicht der Falle. Schon neigte sich das Boot gen Steuerbord, der Ladebaum kam immer dichter ans Wasser heran. Seiner Schätzung nach hatte Schill inzwischen gute zwanzig Meter Leine eingezogen, blieben also noch etwa fünf oder sechs. Irgendetwas schien allerdings nicht zu stimmen, denn das Tau verschwand nicht senkrecht im Wasser, sondern in einem Winkel von fünfundvierzig Grad, wie es meistens der Fall war, wenn es sich irgendwo verfangen hatte.

Was immer es sein mochte – dieses Ding, woran sich sein Tau festgehakt hatte, kam zuerst hoch und seine Falle befand sich irgendwo darunter. Das machte ihm Sorgen, denn wenn er sich zum Beispiel ein großes Beet Seetang oder einen losgerissenen Bootsanker eingefangen hatte, dann musste er unter Umständen sein Tau kappen, um den Fang wieder loszuwerden. Damit verlor er vielleicht auch seine Falle, dann hieß es: »Auf Wiedersehen, fette Beute!«

Er zog weiter. Inzwischen brannten ihm die Muskeln in Schultern, Armen und Schenkeln. Schweiß tropfte ihm in die Augen, er musste den Kopf schütteln, um weiterhin etwas sehen zu können. Endlich durchbrach eine Krebsfalle die Wasseroberfläche. Auf den ersten flüchtigen Blick schien sie rechteckig zu sein – seine Falle war achteckig. Entweder hatte sich seine Leine mit der einer Falle verheddert, die ganz in der Nähe ausgelegt worden war, oder sein Tau hatte sich in einer herrenlosen Falle verfangen.

Er vertäute die Leine und rutschte langsam über den Sitz. Sofort senkte sich der Ladebaum um weitere zehn Zentimeter. Ganz vorsichtig, sorgsam darauf achtend, das Boot nicht umkippen zu lassen, langte er nach dem Tau im Wasser und zog die Falle zu sich, bis er das Drahtgeflecht packen und ganz dicht heranziehen konnte. Er hielt den Käfig mit der einen Hand fest, tastete mit der anderen nach der Taschenlampe und richtete deren Strahl auf die Falle.

Die sah gut gefüllt aus. Aber womit gefüllt?

Schill erkannte Seetang und Seesterne, aber auch ein paar kleine Krebse, die herumschwammen und an etwas knabberten.

Dann entdeckte er die Hand.

2

Tracy Crosswhite parkte ihren Ford F-150 am Beach Drive SW mit der Nase gen Norden. Ehe sie ausstieg, fasste sie die blonden Haare zu einem Pferdeschwanz zusammen, den sie mit einem Zopfgummi umschlang. Oft trug sie nicht mehr Pferdeschwanz; sie war jetzt dreiundvierzig Jahre alt und mochte nicht wie eine dieser Frauen daherkommen, die gern immer noch wie muntere einundzwanzig ausgesehen hätten. Aber munter fühlte sie sich zu dieser frühen Morgenstunde ohnehin nicht, und im Grunde war es ihr auch egal, welchen Eindruck sie machte. Sie hatte noch nicht geduscht und sich auch nicht die Mühe gemacht, sich zu schminken.

Sie zog ihr Handy aus der Tasche und rief die Notebook-App auf, scrollte zum ersten Eintrag in dieser Sache, dem Zeitpunkt, an dem sie den Anruf ihres Detective Sergeant Billy Williams erhalten hatte. Dann drückte sie auf den Aufnahmeknopf: »Zeit: fünf Uhr fünfundvierzig. Ich parke am Beach Drive SW in der Nähe der Cormorant Cove.«

Williams hatte sie vor ziemlich genau zwanzig Minuten angerufen, weil die Zentrale per Notruf über einen Leichenfund im Puget Sound informiert worden war und der Totenschädel zurzeit an der Trennwand von Tracys Arbeitsbereich baumelte.

Dabei handelte es sich wirklich um einen nachgebauten Totenschädel, dessen Anwesenheit im Arbeitsbereich eines Mordermittlerteams die Rufbereitschaft eben dieses Teams verkündete. An diesem Morgen hatte es Tracy und ihren Partner Kinsington Rowe erwischt.

Williams war noch dabei, die Fakten zusammenzutragen, hatte er gesagt. Fest stünde bisher nur, dass jemand einen Leichenfund in der Nähe der Cormorant Cove gemeldet hatte, nur wenige Meilen von Tracys neuer Behausung im Admiral District von West Seattle entfernt. Mit Ausnahme der Polizisten, die zunächst auf den Notruf reagiert hatten und deren Streifenwagen mit den Nasen in die entgegengesetzte Richtung zeigend auf der gegenüberliegenden Straßenseite standen, hatte sie als Erste den Tatort erreicht.

Tracy kletterte aus der Fahrerkabine ihres Pick-ups. Draußen grinste sie vom blassblauen Himmel herab eine Scheibe des abnehmenden Mondes an. Bereits jetzt waren die Temperaturen angenehm, was einen weiteren ungemütlich heißen Tag erahnen ließ. Seit sechs Tagen nun schon kletterte das Thermometer tagsüber bis auf über zweiunddreißig Grad, womit sich der diesjährige Juni zu einem der heißesten seit Beginn der Aufzeichnungen entwickelte.

»Klares Wetter«, diktierte Tracy. »Kein merklicher Wind.« Nach einem Blick auf die Wetter-App ihres Handys fügte sie hinzu: »In West Seattle beträgt die Temperatur zurzeit elf Grad.«

Es war Samstagmorgen, bald würden sich an den Stränden und auf dem leicht erhöht angelegten Bürgersteig Menschen mit Hunden, Jogger und Ausflügler drängen. Dabei über eine Leiche am Strand zu stolpern, verpasste unter Garantie allen einen Dämpfer und würde so manch einem den Start ins Wochenende verderben.

Tracy setzte sich ihre Basecap mit der Aufschrift SPD (Seattle Police Department) auf, zog den Pferdeschwanz durch das Loch hinten, wo man die Größe einstellte, und rückte sich den Schirm tief in die Stirn. Als Nächstes war die Sonnencreme mit Lichtschutzfaktor fünfzig an der Reihe, die sie großzügig auf Armen, Nacken, Brustansatz und Gesicht verteilte. Vor zwei Monaten hatte ihr Arzt bei einer Routineuntersuchung in der Nähe ihres Schlüsselbeins eine verfärbte Stelle entdeckt und sie zum Hautarzt geschickt, der zwar keinen Krebs, wohl aber Hautschäden entdeckt hatte. Insgesamt eine heilsame Warnung. So waren nun einmal die Freuden des Älterwerdens: Man bekam Krähenfüße, der Bauch setzte Fett an, und ehe man nach draußen ging, musste man sich gut mit Sonnencreme einschmieren.

Fertig ausstaffiert steuerte sie die drei vor dem Harbor-West-Apartmentkomplex parkenden Streifenwagen an, zwei Limousinen und ein SUV. Die auf tief in den Schlamm gerammten Stützpfeilern und Piers errichtete Wohnanlage erstreckte sich weit in den Sund hinaus, wodurch sie dem Begriff »Auf dem Wasser wohnen« eine ganz neue Bedeutung verlieh. Für Tracy war das nichts. Diese hölzernen Stützpfeiler waren bestimmt nicht stabil genug, einem halbwegs ernsthaften Erdbeben zu widerstehen. Andererseits hockte ihr Zuhause hoch oben auf einem Hügel, was auch nicht ohne war. So hatte wohl jeder, dem eine gute Aussicht über rein praktische Erwägungen ging, seine Präferenzen. Jedem Tierchen sein Pläsierchen, wobei man die Aussicht in diesem Fall schon als spektakulär bezeichnen konnte: Die Inseln Vashon und Bainbridge schufen zusammen mit dem viel kleineren Blake Island einen pittoresken Hintergrund, mit dem sich die horrenden Mieten und Immobilienpreise entlang des Beach Drive SW wohl rechtfertigen ließen.

Auf dem Fußweg standen hinter einem schwarz-gelben Absperrband drei uniformierte Beamte, die Tracy beim Näherkommen beobachteten. Sie machte sich nicht die Mühe, ihre Dienstmarke zu zücken. Nach zwanzig Jahren bei der

Polizei war ihr der Cop auch ohne Aufschrift auf Anorak und Basecap am selbstbewussten Gang und Benehmen anzusehen.

»Tracy!«, begrüßte sie die Frau unter den Uniformierten.

Man sah Tracy nicht nur schon von Weitem den Cop an, sie blieb auch nach wie vor Seattles einzige Mordermittlerin. Noch dazu war sie vor nicht allzu langer Zeit für ihre viel beachtete und mit einer Verhaftung gekrönten Ermittlungsarbeit im Fall eines allgemein als Cowboy bezeichneten Serienmörders mit ihrer zweiten Tapferkeitsmedaille ausgezeichnet worden. Tracy persönlich hätte auf den ganzen Rummel gut verzichten können, wussten sie und ihr Partner Kins doch genau, welche Gerüchte über ihr Team im Präsidium umgingen: dass immer sie Rufbereitschaft hatten, wenn ein richtig kniffliger Fall reinkam. Unausgesprochen schwang bei diesen Gerüchten mit, ihr Captain, Johnny Nolasco, würde Tracy die Fälle zuschustern. Eine mehr als absurde Unterstellung, denn Tracy und Nolasco kamen schlechter miteinander aus als die Frauen in der Fernsehshow *Housewives of Wherever*.

»Katie«, grüßte Tracy zurück.

Katie Pryor gehörte zum südwestlichen Revier und war eine der vielen Polizistinnen, denen Tracy beim Schießtraining geholfen hatte, damit sie die entsprechenden Prüfungen bestanden.

»Wie geht es Ihnen?«, wollte Pryor wissen.

»Ein bisschen mehr Schlaf wäre schön.« Tracy sah sich um, nahm instinktiv erst einmal die Umgebung als Ganzes in sich auf. Eine Spur aus Treibholz führte hinunter zum Wasser, neben einem an Land gezogenen Fischerboot aus Aluminium stand ein junger Mann. Ein straff gespanntes Tau führte vom hinteren Ende des Bootes etwa zwei Meter fünfzig, drei Meter weit bis zur Uferkante, um dort im blaugrauen Wasser zu verschwinden. Ein Anker? Aber wieso, fragte sich Tracy, brauchte ein an Land gezogenes Boot einen Anker?

»Das ist dann wohl der Typ, der die Leiche gefunden hat«, mutmaßte sie.

Pryor warf einen raschen Blick über ihre Schulter. »Er heißt Kurt Schill.«

Tracy suchte weiter mit den Augen den steinigen, von glatten, weiß gebleichten Holzstücken übersäten Strand ab. »Und wo ist sie nun?«

»Ich bringe Sie hin«, sagte Pryor.

Tracy kritzelte ihren Namen auf die Anwesenheitsliste und tauchte unter dem Absperrband durch. Pryor reichte das Klemmbrett mit der Liste an einen der beiden zurückbleibenden Beamten weiter.

Inzwischen wurden die ersten Passanten langsamer, am Strand fanden sich Zuschauer ein. »Bitte räumen Sie den Strand und die Fußwege«, wandte sich Tracy an einen der beiden verbleibenden Uniformierten. »Sagen Sie allen, dass der Abschnitt hier den größten Teil des Tages gesperrt sein wird. Und fragen Sie bei der Gelegenheit gleich mal nach, ob irgendwer etwas gesehen oder gehört hat.« Nachdenklich musterte sie den Beach Drive, wobei ihr ein blauer Pick-up mit Bootsanhänger auffiel. »Sobald Sie die Leute vertrieben haben, notieren Sie bitte sämtliche Fahrzeugkennzeichen der Autos, die am Beach Drive parken. Und zwar hoch bis zur Sixty-First Avenue und in die andere Richtung bis runter zur Spokane Street.« Die drei Straßen liefen zusammen, wie Tracy wusste. Sie bildeten ein schiefes Dreieck, dessen längste Seite der Beach Drive SW darstellte. Es war schon vorgekommen, dass sich Mörder – falls sie es denn hier mit einem Mord zu tun hatten – wieder am Tatort einfanden, um den Fortgang der Ermittlungen zu beobachten.

Tracy und Katie Pryor gingen hinunter zum Wasser. Über dem Strand hing nach den vielen aufeinanderfolgenden heißen Tagen ein deutlich wahrnehmbarer Salzgeruch. Ein uniformierter Beamter hämmerte, vornübergebeugt, einen Stock in den

Sand. Wahrscheinlich wollte er dort das Ende des Absperrbandes befestigen, mit dem er einen U-förmigen Bereich gekennzeichnet hatte.

»Wir erhielten den Anruf der Zentrale um fünf Uhr zweiunddreißig.« Pryors Stiefel sanken im Kies ein, jeder ihrer Schritte klang, als würde jemand mit Wechselgeld klappern. »Als wir eintrafen, wartete er bei seinem Boot auf uns.«

»Wie hieß er gleich noch mal?«

»Kurt Schill. Er geht hier in West Seattle auf die Highschool.«

Tracy blieb stehen, um sich die parallel zur Wasserkante ausgerichteten Holzstücke anzusehen. »Hat er das gemacht?«

»Das weiß ich nicht genau«, sagte Pryor.

»Sieht aus wie eine improvisierte Bootsrampe.« Tracy zückte ihr Handy und schoss ein paar Fotos.

»Er sagt, er sei auf Krebsfang gewesen und seine Falle sei beim Hochziehen an etwas hängen geblieben«, erklärte Pryor.

»An einer Leiche?« Das wäre nun wirklich ein Novum, dachte Tracy.

»An einer weiteren Krebsfalle.«

»Ich dachte, er hätte eine Leiche gefunden.«

»Er ist sich ziemlich sicher, dass da eine ist«, sagte Pryor. »In der Krebsfalle.«

Tracy sah Pryor an, ehe ihr Blick hinüber zum Boot mit der straff gespannten Leine wanderte. Kein Anker also. Sie war hier in der festen Erwartung aufgetaucht, am Strand eine Leiche vorzufinden, einen Ertrunkenen oder das Opfer eines Bootsunglücks. Ein Fall also, wie man ihn in ihrer Abteilung in Anlehnung an Baseballspiele als »Grounder« bezeichnete, als einfache Sache. Wenn sich die Leiche nun aber im Innern einer Krebsfalle befand, dann war das hier auf keinen Fall ein Grounder. Dann änderte sich alles, und zwar in erheblichem und äußerst schrägem Maße.

»Haben Sie sie schon zu Gesicht bekommen?«

»Die Leiche?« Pryor schüttelte den Kopf. »Das Wasser ist zu tief. Und ich weiß gar nicht, ob ich sie wirklich sehen möchte. Der Junge sagt, er habe zwischen Krebsen und Seesternen eine Hand herausragen sehen. Unheimlich, so etwas. Er hat die Falle samt Inhalt hierher zurückgeschleppt.«

»Eine Hand oder die ganze Leiche?«, fragte Tracy.

»Er gibt an, eine Hand gesehen zu haben. Aber so, wie er das Gewicht der Falle beschreibt, dürfte es sich wohl um die ganze Leiche handeln.«

Tracy sah sich den jungen Mann noch einmal an. Sie konnte sich gut vorstellen, wie ihm bei dem grauenhaften Anblick einer verwesenden, von Meeresbewohnern angeknabberten Leiche zumute gewesen war.

Sie folgte Pryor bis an die Uferkante, wo sanfte Wellen an den Steinen leckten. Der Beamte, der die Absperrung vornahm, richtete sich auf und wischte sich den Schweiß von der Stirn.

»Vielen Dank, dass Sie schon mal eine erste Eingrenzung vorgenommen haben«, sagte Tracy. »Wir werden die Absperrung nur leider viel größer gestalten müssen, und zwar bis zu den Holzscheiten da drüben und bis zum Gehweg. Ich werde eine Leinwand anfordern, damit man uns vom Ufer aus nicht beobachten kann, und ich möchte Sie bitten, diese Leinwand aufzubauen, sobald sie eingetroffen ist. Sie haben nichts bewegt oder berührt?«

»Nur ein paar Steine, um die Pflöcke in den Boden hauen zu können«, versicherte der Mann, Pryors Partner.

»Was ist mit der Küstenwache? Haben wir schon angerufen und um Taucher gebeten?«

»Noch nicht«, sagte Pryor. »Wir hielten es für das Beste, erst einmal alles zu lassen, wie es ist, bis jemand mit einem Plan ankommt.«

Tracy wandte sich Pryors Partner zu. »Rufen Sie an und sagen Sie denen, wir brauchen sie, um eine Absperrung vom

Wasser her vorzunehmen. Bis wir wissen, woran wir hier genau sind, müssen sämtliche Boote ferngehalten werden.« Sie wandte sich wieder an Pryor. »Wie hat sich der Junge mit dem Boot bei Ihrem Eintreffen verhalten?«

»Er wirkte ziemlich erschüttert. Verwirrt. Angst hatte er auch.«

»Und was sagte er?«

Pryor konsultierte ihre Notizen. »Er sagte, er sei heute Morgen sehr früh aufgebrochen, um die Falle einzuholen, die er in der Nähe des Lincoln Parks eingesetzt hatte. Er sagte, er habe seine Falle in etwa fünfundzwanzig Meter tiefem Wasser ausgesetzt und als er sie hochzog, sei sie ihm viel zu schwer vorgekommen. Als dann eine Falle nach oben kam, musste er feststellen, dass es nicht seine war.«

»Nicht seine?«, hakte Tracy nach.

»Nein. Anscheinend hat sich seine Leine an der anderen Falle festgehakt. Er sagte, er habe die Falle zu sich herangezogen, seine Taschenlampe gezückt und den Inhalt beleuchtet. Da sah er wohl etwas, das er für eine Menschenhand hielt, war zu Tode erschrocken und ließ die Falle los, deren Gewicht dann sein Boot fast zum Kentern brachte. Schließlich hat er es geschafft, die Falle bis hierher zu schleppen, und zwar so weit, bis sie auf Grund ging. Dann hat er das Boot an Land gezogen und über sein Handy den Notruf verständigt.«

»Was wissen wir sonst noch über den Jungen?«

»Er hat gerade sein vorletztes Jahr an der West Seattle High beendet und wohnt in der Forty-Third Street. Seine Eltern sind auf dem Weg hierher.«

»Wieso ist ein Teenager so früh schon unterwegs?«

Pryor lächelte. »Ich muss das wissen, meinen Sie? Er selbst sagt, er setze seine Fallen schon so früh aus, um nicht mit den größeren Booten zu konkurrieren.«

Tracy entging Pryors skeptischer Unterton nicht. »Und das kaufen Sie ihm nicht ab?«

»Die Sache ist die: Es ist keine Krebssaison«, erklärte Pryor. »Nur die Stämme dürfen jetzt fangen.«

»Ach ja? So etwas wissen Sie?«

»Dale und ich gehen ab und an Krebse fangen. Eigentlich mehr, um ein bisschen mit den Mädchen Boot zu fahren. Die Stämme dürfen im Grunde Krebse fangen, wann und wo sie wollen, für alle anderen beginnt die Saison erst in einer Woche. Am zweiten Juli – glaube ich.«

»Was hatte er dann also hier draußen zu schaffen?«

»Das mit der Saison hat er nicht gewusst, sagt er. Wobei ich persönlich ja glaube, dass er sich dumm stellt.«

»Wieso glauben Sie das?«

Pryor deutete mit dem Kinn auf das Aluminiumboot. »Das ist ein ziemlich netter Kahn. Wer so ein Boot besitzt, kennt höchstwahrscheinlich die Regeln und weiß auch, wie happig die Strafgebühren sein können. Ich nehme eher an, er hat sich so zeitig aufs Meer geschlichen, um die Saison ein wenig früher anfangen zu lassen und den Stämmen ein paar Krebse zu klauen. Einige der Restaurants hier in der Gegend zahlen gutes Geld dafür. Für einen unternehmungslustigen Highschool-Schüler keine schlechte Art, ein bisschen Bargeld zu verdienen.«

»Bloß, dass es illegal ist.«

»Das muss man dann wohl bedenken.« Pryor nickte.

»Machen Sie mich mit ihm bekannt«, bat Tracy. »Danach würde ich mich freuen, wenn Sie für mich mit Ihrem Handy ein paar Fotos machten. Wenn es geht, von allem und jedem.«

Gemeinsam gingen die beiden Frauen zu Kurt Schill hinüber. Tracy ließ sich vorstellen, dann verabschiedete sich Pryor, um zu fotografieren. Schill begrüßte Tracy mit einem erstaunlich kräftigen Handschlag, dabei sah er so aus, als sei er noch nicht alt genug, um sich rasieren zu müssen. Die Akne hatte auf seiner Stirn wahre Löcher hinterlassen.

»Alles so weit in Ordnung mit Ihnen?«, erkundigte sich Tracy.

Schill nickte. »Ja.«

»Möchten Sie sich hinsetzen?« Sie deutete auf einen der Treibholzstämme.

»Nein, ist schon in Ordnung.«

»Ich weiß, dass Sie bereits Officer Pryor erzählt haben, was heute Morgen passiert ist. Haben Sie etwas dagegen, wenn ich Ihnen auch noch ein paar Fragen stelle?«

»Ja.« Schill schloss die Augen und schüttelte den Kopf. »Entschuldigung. Ich meinte natürlich nein. Fragen Sie.«

»Okay, wir gehen es auch ganz langsam an«, versprach Tracy. »Wann haben Sie Ihre Krebsfalle ausgesetzt?«

Schill runzelte die Stirn. »Hm ... das war ... ich bin mir nicht ganz sicher ...«

»Mr Schill?« Tracy wartete, bis der junge Mann sie direkt ansah. »Ich bin nicht von der Behörde für Fischerei und Jagdwesen, okay? Das ist mir alles egal. Ich möchte lediglich ehrliche Antworten von Ihnen. Sie sollen mir genau erzählen, was Sie getan haben, damit wir hinterher einschätzen können, ob Sie etwas Wichtiges mitbekommen haben.«

»Ob ich etwas mitbekommen habe?«

»Fangen wir noch einmal von vorn an. Wann haben Sie Ihre Krebsfalle ausgesetzt?«

»Gestern Abend. So gegen halb elf.«

»Okay, dann kann ich also davon ausgehen, dass es schon dunkel war.«

Schill nickte. »Ziemlich dunkel, ja.«

In Seattle ging die Sonne im Juni erst nach neun Uhr unter. Danach konnte noch bis zu fünfundvierzig Minuten lang Dämmerlicht herrschen.

»Haben Sie draußen auf dem Wasser noch jemanden gesehen? Andere Boote?«

»Vielleicht ein oder zwei.«

»Krebsfischer?«

»Nein. Sie waren ... nur einfach so draußen. Einer könnte vielleicht mit einer Schleppangel gefischt haben.«

»Gefischt?«

»Nach Lachsen.«

»In dem Gebiet, in dem Sie Ihre Falle aussetzten?«

»Nein. Ich habe das nur so gesehen, wissen Sie.«

»Ist irgendetwas Ungewöhnliches passiert?«

»Ungewöhnliches? Was denn zum Beispiel?«

»Irgendetwas, das Ihre Aufmerksamkeit erregte, Sie stutzig machte, Sie zweimal hinsehen ließ? Irgendetwas?«

»Ach so. Nein. Eigentlich nicht.«

»Wann sind Sie heute Morgen zurückgekommen?«

»So gegen vier.«

»Warum setzen Sie die Fallen so spät aus und holen sie so früh wieder ein?«, fragte Tracy, wobei sie sich die Antwort eigentlich schon denken konnte.

Schill runzelte die Stirn. »Um an die Fallen zu kommen, ehe mich jemand sieht.«

»Machen Sie das oft?«

Wieder verzog Schill das Gesicht. »Diese Woche schon ein paarmal.«

»Und auch hier frage ich wieder: Sahen Sie heute Morgen irgendetwas Außergewöhnliches? Andere Boote, etwas, das Sie stutzig machte, Ihnen hinterher nicht aus dem Kopf ging?«

Mit der Antwort ließ sich Schill einen Moment Zeit. Dann schüttelte er den Kopf. »Eigentlich nicht. Nein.«

»Können Sie mich zu der Stelle mitnehmen, an der Sie die Falle hochgezogen haben?«

»Jetzt gleich?« Der Junge klang alarmiert.

»Nein, aber bald. Wir lassen ein paar Taucher kommen und dann möchte ich, dass Sie uns dorthin bringen, wo Sie die Falle gefunden haben.«

»Okay.« Schill klang nicht sehr begeistert.

»Ist das ein Problem?«, wollte Tracy wissen.

»Ich habe heute Morgen einen Kurs zur Vorbereitung auf die Abschlussprüfungen.«

»Den werden Sie wohl ausfallen lassen müssen.«

»Oh.«

»Ihre Eltern sind auf dem Weg hierher?«

»Mein Dad kommt.«

»Okay, Sie bleiben noch ein bisschen hier, ja?« Tracy ging hinüber zu Pryor, die immer noch fotografierte.

»Detective?«, rief Schill hinter ihr her.

Tracy drehte sich um. »Ja?«

»Ich glaube nicht, dass sie schon allzu lange da unten liegt.«

Tracy kehrte noch einmal um. »Sie? Dann glauben Sie, es ist eine Frau?«

»Na ja, ich meine, ganz sicher weiß ich es nicht, aber die Hand ... die Fingernägel ... Auf den Nägeln war immer noch Nagellack.«

Tracy ließ diese Information sacken. »Okay. Noch etwas?«

»Nein.«

Inzwischen rief Katie Pryor nach ihr, und als Tracy sich umdrehte, deutete die junge Frau Richtung Straße.

Dort hatte gerade ein Übertragungswagen von KRIX Chanel 8 eingeparkt, auf dessen Dach eine große Satellitenschüssel hockte und dem gerade auf der Beifahrerseite Maria Vanpelt entstieg, Lieblings-Skandalreporterin der gesamten Abteilung für Gewaltverbrechen. Vor noch nicht allzu langer Zeit hatte Vanpelt als aufsteigender Stern am Medienhimmel geleuchtet, eine blendend aussehende Blondine mit erstklassigem Gespür für Sensationen, aber dann hatte ihr der Sender wegen ihrer

Berichterstattung im Fall Cowboy kräftig auf die Finger klopfen müssen. Tracy hatte sie mehrere Monate lang nicht mehr zu Gesicht bekommen, worüber sie keineswegs traurig gewesen war. Die Detectives ihrer Abteilung benutzten grundsätzlich den Spitznamen »Manpelt«, wenn von der Reporterin die Rede war, weil die sich gern an wichtige Männer hängte. Einer dieser Männer, besagten Gerüchte, war angeblich niemand anderes als Tracys Captain Nolasco gewesen.

Tracy rief Billy Williams an, um ihm mitzuteilen, dass die Kriminaltechniker außer der Leinwand auch noch ein Zelt mitbringen sollten. Das Zelt würde gleich am Ufer aufgebaut werden, wo es als Kommandozentrale dienen konnte und gleichzeitig für eine gewisse Abschirmung nach außen sorgte. Wenn hier jetzt schon Übertragungswagen auftauchten, waren die Pressehubschrauber bestimmt auch nicht mehr weit. Natürlich könnte die Polizei für einen bestimmten Sektor ein zeitlich begrenztes Flugverbot beantragen, aber das half erfahrungsgemäß wenig: Wenn die Nachrichtensender die Sache für heiß genug hielten, zahlten sie einfach die Strafe. Tracy hörte Williams zu, wobei sie sich wieder dem Wasser zuwandte. Ihre Augen glitten am Tau entlang, vom Bootsende bis zum Wasser.

Nein, das hier war eindeutig kein Grounder.

* * *

Der Zirkus hatte am Strand Einzug gehalten und mit ihm waren die Massen gekommen. Am Metallgeländer der Uferpromenade drängten sich die Leute dicht an dicht, darunter auch einige Reporter und Kameraleute. Dazu kamen diverse Polizeifahrzeuge, zwei blau-weiße Boote der Küstenwache, die über den Sund gleitend Segler und Motorboote in Schach hielten, eine große Schar uniformierter und nicht uniformierter Polizisten sowie ein Zelt: Dem Reiz dieses Auftriebs war kaum zu widerstehen. Selbst die Touristen starrten auf das Geschehen, statt die beiden Aussichten zu bewundern, für die die Gegend berühmt war. Dabei genoss man von hier aus nach Süden schauend den Blick auf Mount Rainier, der in all seiner majestätischen Größe den Horizont beherrschte, während man im Norden den strahlend weißen Verputz und die roten Ziegeldächer des Leuchtturms am Alki Point bestaunen durfte, und zwar vor dem spektakulären Hintergrund der Elliot Bay und der Skyline von Seattle.

Die Taucher der Küstenwache hatten inzwischen das ganze ineinander verhedderte Durcheinander hinter Kurt Schills Boot aus dem drei Meter tiefen Wasser bergen können, in dem es auf Grund gegangen war. Schills Falle, die in etwa einen Durchmesser von sechzig Zentimeter haben dürfte, würde zusammen mit Schills Boot und dem Pick-up zum Abschlepphof der Polizei verbracht werden, wo die Kriminaltechniker alles gründlich auf Fingerabdrücke und DNA untersuchen konnten. Die größere Falle verblieb erst einmal im Zelt. Ihr Inhalt hatte sich wirklich als grauenhaft entpuppt.

Bei der Leiche in der Falle handelte es sich um die einer Frau. Sie war nackt. Ihre aufgeblähte Haut hatte die Farbe und Konsistenz von Abalonefleisch angenommen: Sie war hellgrau, gummiartig und von einer Straßenkarte aus lila Linien durchzogen. Man sah deutlich, wo Bewohner des Meeres an ihr geknabbert hatten. In scharfem Kontrast zu diesem entsetzlichen Bild standen die blauen Fingernägel, die, zerkratzt und abgeblättert, den gemalten Nägeln an den Händen einer nicht mehr ganz neuen Porzellanpuppe glichen.

Im Zelt wurde noch heftig darüber diskutiert, wie man die Leiche am besten in die Räume der Rechtsmedizin in der Jefferson Street schaffen könnte. Tracy durfte sich hier nicht einmischen, obwohl sie als Leiterin des ermittelnden Teams am Tatort das Sagen hatte. Auf die Leiche erstreckte sich ihre

Autorität nicht, die war Hoheitsgebiet der Rechtsmedizin, und Stuart Funk, Rechtsmediziner des King County, konnte bei Bedarf sehr eigen und hartnäckig sein. Aus Angst, es könnten Beweismittel zerstört werden, hatte er sich entschieden, die Leiche noch nicht hier im Zelt aus der Falle zu räumen. So weit, so gut, das Problem war nur, dass niemand genau sagen konnte, ob die Falle so, wie sie war, hinten in den blauen Kleinbus der Rechtsmediziner geschoben werden konnte. Auf die Seite kippen wollte man sie unter dem aufmerksamen Blick der Massen nur ungern. Funk schickte jemanden auf die Suche nach einem Bandmaß.

Tracy wartete vor dem Zelt. Mit ihr warteten ihr Partner Kins und Billy Williams sowie Vic Fazzio und Delmo Castigliano, die beiden weiteren Mitglieder des A-Teams aus der Abteilung für Gewaltverbrechen. Ihr Team hatte für den nächsten anfallenden Mord als zuständig auf der Liste gestanden, das hier war ihr Fall. Faz und Del, in langen Hosen, Sportmänteln und Slippern, sahen aus wie zwei Berufskiller aus New Jersey beim vergeblichen Versuch, sich an der Cocoa Beach unauffällig unter die Leute zu mischen. King County hatte zudem noch Rick Cerrabone geschickt, einen leitenden Staatsanwalt aus dem Most Dangerous Offenders Project, dem Projekt für besonders schwere Straftaten. Tracy kannte Cerrabone gut, sie hatten bereits bei mehreren Mordfällen zusammengearbeitet. An diesem doch sehr ungewöhnlichen Tatort gab es für den Mann allerdings wenig zu tun. Die Beweismittel dürften dünn gesät sein, denn das Salzwasser hatte sämtliche direkt an der Falle sitzenden Fingerabdrücke und DNA-Spuren vernichtet. Da der Käfig in fünfundzwanzig Meter tiefem Wasser gelegen hatte, war es nicht sinnvoll, hier den Strand nach weiteren Beweismitteln abzusuchen.

»Wir können ja noch nicht einmal sagen, wo ein Boot ins Wasser gesetzt worden sein könnte«, erklärte Tracy gerade den anderen. »Auf dieser Strandseite befinden sich mehrere öffentliche Rampen, und um die Landzunge herum haben wir noch die Don-Armeni-Rampe. Gesetzt den Fall, dass überhaupt eine Rampe benutzt wurde. Kurt Schill kam ohne aus.«

»Das Boot könnte überall zwischen den San Juan Islands und Olympia ins Wasser gelassen worden sein.« Bei Faz klang jedes Wort, als müsse es in seinem Hals kratzen, so kräftig war der Akzent von New Jersey. Er hielt ein Taschentuch in der Hand, mit dem er sich abwechselnd die Stirn und den Nacken abtrocknete.

»Das glaube ich nicht.« Tracy schüttelte den Kopf. »Wenn das so wäre, dann hätten sie die Leiche gleich in tieferem Wasser versenkt, irgendwo weit von der Küste entfernt. Ich vermute, der Täter hat es hier getan, weil er die Gegend kennt oder aber weil er nicht weit zu fahren brauchte.«

»Gibt es schon irgendeine Idee, wann ungefähr man sie ins Wasser geworfen hat?«, wollte Del wissen.

»Funk sagt, seinem ersten Eindruck nach vor höchstens zwei Tagen. Die Hände sind nur wenig geschwollen und die äußere Hautschicht ist nach wie vor intakt.«

»Trotzdem – das wird die Suche nach der Nadel im Heuhaufen.« Faz seufzte.

»Mag sein«, sagte Del. »Aber die Wahrscheinlichkeit, dass wir sie im Heuhaufen finden, ist immer noch höher als die, dass sich die Leine der Krebsfalle eines Jungen per Zufall in ausgerechnet dieser Falle hier verfängt.«

»Dann kannst du dir vorstellen, dass er es getan hat?«, fragte Tracy.

»Ich sage nur, es ist ein ziemlicher Zufall«, meinte Del.

»Ich wette, der isst so schnell keine Krebse mehr«, sagte Faz.

Tracy sah sich hastig um. Standen auch wirklich keine Uniformierten in der Nähe? Seit Inkrafttreten einiger neuer

Vorschriften mussten die nämlich Körperkameras tragen. Da überlegte man sich zweimal, was man sagte, man achtete sogar auf seinen Gesichtsausdruck. Lachende Detectives an einem Tatort, das konnte leicht missverstanden werden. Dabei setzten Detectives einen gewissen Galgenhumor oft als Schutzmechanismus ein, um überhaupt ihrer Arbeit nachgehen zu können, ohne sich ständig übergeben zu müssen, was allerdings in der Öffentlichkeit kaum jemand verstand. Auch durch das Auftauchen von Handys hatte die Überwachung von Polizeibeamten zugenommen. Inzwischen betätigte sich ja fast jeder als Amateurfilmer.

Williams deutete auf die beiden Häuser in unmittelbarer Nähe des Strandzugangs. »Wir sollten diese Häuser und die örtlichen Bootsrampen aufsuchen und die Leute befragen. Vielleicht hat jemand irgendetwas gesehen.«

»Mit einem anständigen Foto des Opfers wäre das einfacher«, murrte Faz. »Dann könnten wir gleich noch fragen, ob sie jemand kennt.«

»Handeln wir da nicht ein bisschen voreilig?«, gab Kins zu bedenken. »Vielleicht haben wir ja Glück und ihre Fingerabdrücke sind im System. Sie könnte Prostituierte oder Junkie gewesen sein.«

»Ich glaube kaum, dass sich der Mörder mit der Entsorgung der Leiche solche Mühe gegeben hätte, wenn es sich hier um eine Prostituierte oder Drogenabhängige handelte«, widersprach Tracy.

»Na ja, wenn sie keine Prostituierte und auch kein Junkie war, dann hätte sie doch wohl jemand als vermisst gemeldet«, sagte Kins.

»So machen das die Profis in meiner Heimatstadt«, warf Faz ein. »Ein leichter Schlag auf den Hinterkopf und schon schläfst du bei den Fischen.«

»Da könntest du recht haben.« Kins wandte sich an Williams. »Ich sage ja nur, wir könnten uns einen Schritt sparen.«

Williams schüttelte den Kopf. »Lass uns die Befragung jetzt machen, wo alles noch frisch ist. Falls sie erschossen wurde, heißt das ja auch, wir haben noch irgendwo einen weiteren Tatort.«

»Der sich wahrscheinlich so schwer finden lässt wie die Stelle, wo das Boot ins Wasser gelassen worden sein könnte«, sagte Kins.

In diesem Moment trat Funk aus dem Zelt, der zur Abwechslung einmal nicht wie ein zerstreuter Professor aussah. Das Silberhaar, sonst oft gründlich zerzaust, als besäße Funk keinen Kamm, schien erst kürzlich durch einen Haarschnitt gebändigt, und die Sonnenbrille auf seiner Nase wirkte um Längen moderner als die für seinen schmalen Kopf viel zu große Brille mit Silberrand, die er sonst trug.

»Wir kriegen die Falle in unseren Van«, verkündete er. »Ich nehme sie dann also mit zurück ins Büro. Aber heute komme ich noch nicht dazu, sie mir anzusehen.«

»Irgendwelche Tattoos oder Piercings?«, wollte Tracy wissen.

»Auf den ersten Blick nicht«, sagte Funk.

»Was ist mit Einstichstellen?«, fragte Kins.

Funk schüttelte den Kopf. »Kann ich auch noch nicht sagen.«

»Wie lange lag sie Ihrer Schätzung nach da unten, Doc?«, fragte Faz.

»Zwei oder drei Tage, länger nicht.«

»Ich möchte, dass die Krebsfalle so intakt wie möglich bleibt«, sagte Tracy. »Vielleicht gibt uns irgendetwas daran einen Hinweis darauf, woher sie stammt.«

»Ich werde mir Mühe geben«, versprach Funk.

»Melden Sie sich, wenn Sie so weit sind«, bat Tracy.

Während Funk sich wieder entfernte, wandte sich Tracy an Faz und Del. »Fangt mit den Befragungen von Tür zu Tür in den Häusern dort an.« Tracy und Kins würden mit der Küstenwache an die Stelle fahren, an der Schill die Falle gefunden hatte. »Heute am späten Nachmittag treffen wir uns wieder.«

Das Boot der Küstenwache wartete schon. »Hast du Sonnencreme dabei?«, erkundigte sich Kins bei Tracy auf dem Weg dorthin. Tracy reichte ihm ihre Tube. Er drückte sich einen Klecks Creme auf die Hand und rieb sich den Nacken ein. »Keine schlechte Art, einen Samstagnachmittag zu verbringen«, meinte er. »Ich kann mir jedenfalls schlechtere vorstellen.«

»Wetten, das ging unserer Unbekannten anders?«, sagte Tracy.

* * *

Den Rest des Nachmittags verbrachten Kins und Tracy damit, sich von der Sonne braten zu lassen. Die Temperatur kletterte über dreißig Grad, aber gefühlt war es auf dem Wasser, wo noch nicht einmal die Andeutung einer Brise zu spüren war, noch wärmer. Als sie zu der Stelle kamen, die Kurt Schill für sich als Goldgrube entdeckt zu haben meinte, wurden schnell einige Probleme deutlich. Hier herrschte eine starke Strömung und Schill hatte mit einer mehr als fünfundzwanzig Meter langen Leine gearbeitet, er konnte beim besten Willen nicht exakt angeben, wo sich seine Leine in der Profifalle verhakt oder wo genau seine eigene Falle nun auf dem Grund des Sunds geruht hatte. Das abzusuchende Gebiet erweiterte sich dadurch mit einem Schlag erheblich. Noch dazu war das Wasser in dieser Tiefe undurchsichtig und dunkel, die Sicht unter Wasser beschränkte sich auf höchstens einen Meter. Die Taucher hatten ein ihnen ausreichend groß erscheinendes Gebiet abgesucht, dabei aber weder eine Pistole entdecken können noch sonst etwas, das im

Zusammenhang mit der Frau in der Falle stehen könnte. Im Grunde überraschte das niemanden: Der Mörder hatte fest vorgehabt, die Leiche ein für alle Mal verschwinden zu lassen.

Wieder an Land, hätte Tracy nichts lieber getan, als nach Hause zu fahren und unter die kalte Dusche zu springen, aber damit würde sie noch warten müssen. Kins und sie kehrten ins Polizeipräsidium (inzwischen sagte niemand mehr Justizzentrum) in der Innenstadt zurück, wo sie sich in einem der Besprechungsräume mit Faz, Del und Williams trafen. Faz berichtete, dass eine erste Befragung in den umliegenden Häusern und bei den öffentlichen Bootsrampen nichts Signifikantes zutage gefördert hatte.

»Wäre besser, wenn wir ein Foto hätten«, merkte er noch einmal an.

Tracy hatte nach dem Verlassen des Bootes der Küstenwache gleich Funk angerufen. Der hatte inzwischen zusammen mit seinen Mitarbeitern die unbekannte Tote, fürs Erste Jane Doe genannt, aus der Falle befreien können, meinte aber, es sei unwahrscheinlich, dass sie bei der Autopsie verwendbare Fotos machen könnten. »Jane Doe« deshalb, weil unbekannte männliche Tote in Polizeikreisen üblicherweise als »John Doe« bezeichnet wurden. Ein Phantombildzeichner konnte die Leerstellen vielleicht füllen, die nagende Meeresbewohner im Fleisch hinterlassen hatten, trotzdem durften Faz und Del, wenn sie die Autopsiebilder in den Wohnhäusern und Bootsanlagen herumzeigten, wohl nur mit jeder Menge Erbrochenem rechnen.

3

Nach einem langen Wochenende trafen sich Tracy und Kins am Montagmorgen in der Rechtsmedizin, direkt gegenüber vom Harborview Medical Center an der Ecke Ninth und Jefferson Street. An dem vierzehn Stockwerke hohen Gebäude, ganz getöntes Glas und natürliches Licht, erinnerte nichts mehr an den Betonsarg, in dem die Rechtsmediziner früher gearbeitet hatten. Man hatte sich bei der Gestaltung der neuen Räume wirklich große Mühe gegeben, nur was den Arbeitsraum betraf, in dem Funk und sein Team die Leichen aufschnitten und untersuchten, war wenig zu machen gewesen. Mit den Waschbecken und Arbeitstischen aus rostfreiem Stahl, den von grellem Licht ausgeleuchteten Ausgüssen und Wasserhähnen war und blieb der Raum steril und kalt.

Jane Does Leiche lag nackt auf dem Tisch gleich bei der Tür. Unter ihrem Rücken steckte ein Stützkeil, wodurch die Brust hochragte und die Arme zur Seite zurückfielen. Das erleichterte Funk die Arbeit. Normalerweise hätte es auch einen Leichensack gegeben, der jedoch in diesem Fall aufgrund der Art des Verbrechens und der Beschaffenheit des Tatorts nicht vorhanden war.

Jane Doe selbst war in diesem Moment weniger menschliches Wesen als vielmehr Beweisstück, eine Sache, die es auseinanderzunehmen und zu bearbeiten galt. Autopsien waren unpersönlich, mussten es sein, eine nackte und harte Realität, mit der sich Tracy auch nach neun Jahren in der Abteilung für Gewaltverbrechen noch nicht ganz abgefunden hatte. Das lag daran, dass einmal auch die Knochen ihrer Schwester auf einem ähnlichen Tisch gelegen hatten – damals, als Sarahs Grab in den Bergen über ihrer Heimatstadt entdeckt worden war. Auf einem solchen Tisch hatte man die sterblichen Überreste von Tracys Schwester zusammengesetzt wie ein in einer archäologischen Ausgrabungsstätte entdecktes Fossil. Tracy wollte nicht vergessen, dass jede Leiche auf einem dieser Stahltische einmal ein lebendes, atmendes menschliches Wesen gewesen war, das hatte sie sich fest geschworen.

Sie hatte auf einem Stuhl mit Rollen Platz genommen und sich so gesetzt, dass sie Funk nicht in die Quere kam. Kins stand neben ihr. Beide sahen dem Rechtsmediziner zu und hörten, wie Funk fürs Protokoll jeden Arbeitsschritt benannte. Alles, was er tat, wurde auf zahlreichen Detailfotos festgehalten. Funk hatte Jane Doe bereits gemessen und gewogen, sie war einen Meter achtundsechzig groß – wobei sich das nicht ganz genau sagen ließ, da die Leiche bearbeitet worden war, damit sie in die Falle passte – und sie wog ungefähr achtundsechzig Kilo. Es wurden vaginale und rektale Abstriche entnommen, um nach Sperma zu suchen, und Funk untersuchte die Haut auf Petechien, stecknadelkopfgroße runde rote Punkte, die beim Ersticken auftreten. Dabei erkannte man eigentlich auf den ersten Blick, woran Jane Doe gestorben war: durch einen Schuss in den Hinterkopf. Der Mörder hatte höchstwahrscheinlich eine Neunmillimeter-Handfeuerwaffe verwendet, solche Überlegungen spielten an diesem Punkt allerdings noch gar keine Rolle. Selbst wenn sie die Mordwaffe je fanden – ohne die Kugel, die durch den

Schädel hindurchgedrungen war, würden sie nie nachweisen können, dass wirklich mit dieser Waffe geschossen worden war.

Die erste Inaugenscheinnahme hatte keinen Schmuck zutage gefördert, obwohl die Ohrläppchen der Frau durchstochen waren. Auch das erhärtete Tracys Verdacht, dass der Mörder sein Opfer vollständig ausgekleidet hatte. Funk entdeckte weder Tattoos noch andere unverwechselbare Merkmale, auch keine Einstiche und überhaupt keine Hinweise darauf, dass die Frau drogenabhängig gewesen sein könnte. Er hatte Fingerabdrücke genommen, um sie durch die AFIS-Datenbank laufen zu lassen, aber wenn Jane Doe nie wegen eines Verbrechens verurteilt worden war, nicht in den Streitkräften gedient hatte oder einem Beruf nachgegangen war, bei dem man seine Fingerabdrücke hinterlegen musste, war sie auch nicht im System gespeichert und sie würden ihre Identität so nicht feststellen können. Der Rechtsmediziner hatte außerdem noch Blut- und Speichelproben für eine DNA-Analyse entnommen, wobei auch hier galt: Wenn sich die DNA der Frau nicht in der CODIS-Datenbank befand, war auch diesbezüglich kein Treffer zu erwarten.

Funk bereitete die Leiche zum Röntgen vor.

»Alles in Ordnung?«, erkundigte sich Kins.

Tracy sah auf. »Was?«

»Du hast diesen Ausdruck in den Augen. Und du bist so ruhig – zu ruhig.« Die beiden arbeiteten jetzt bereits acht Jahre zusammen, sie kannten einander gut und wussten Stimmungen zu lesen. »Lass das nicht unnötig nahe an dich heran, Tracy. Diese Scheiße ist auch so schon schwer zu ertragen, ohne dass man sie zu persönlich nimmt.«

»Ich nehme es nicht persönlich, Kins.«

»Mit Absicht natürlich nicht, das ist schon klar.« Kins wusste um das Schicksal von Tracys Schwester. Er wusste auch, unter welchen Druck sich seine Partnerin setzte, wenn es um die Suche nach dem Mörder junger Frauen ging.

»Die Fakten kann man eben manchmal nicht ändern!«

»Die Fakten nicht, wie man darauf reagiert, schon«, gab Kins zu bedenken.

»Vielleicht.« Tracy mochte nicht abwehrend klingen. »Ich frage mich gerade, wer wohl Menschen großzieht, die später hingehen, jemandem in den Hinterkopf schießen und die Leiche dann wie einen Köder in eine Krebsfalle stopfen.«

Kins seufzte. Ähnliche Unterhaltungen hatten sie auch früher schon geführt. »Betrachte es aus der Sicht der Eltern«, schlug er vor. »Klar ist es schrecklich, wenn so etwas deinem Kind widerfährt. Aber stell dir mal vor, da kommt jemand zu dir und sagt, das Kind, das du erzogen hast, ist zu so etwas wie dem hier in der Lage. Ich mag mir nicht ausmalen, wie man sich dann fühlt.«

»Es scheint doch immer schlimmer zu werden, findest du nicht?«, sagte Tracy. »So viele Menschen haben irgendwie keinen Respekt mehr vor dem Bereich anderer. Sie denken sich nichts dabei, in Häuser einzubrechen oder Autos zu knacken. Erinnerst du dich an die Zeitungsberichte letzten Dezember, als Weihnachtsgeschenke und Weihnachtsdekorationen von den Veranden geklaut wurden?«

»Ja, die habe ich gelesen.«

»Wer erzieht denn Menschen, die glauben, so was wäre in Ordnung?«

»Das kann ich dir nicht sagen«, meinte Kins. »Wenn es um die Wirtschaft schlecht steht, verzweifeln die Leute eben.«

»Das ist doch Unsinn!«, widersprach Tracy. »Da draußen laufen massenhaft richtig arme Leute rum, die nicht auf die Idee kommen würden, so etwas zu tun.« Sie deutete mit dem Kinn auf den Tisch mit der Leiche.

Danach sahen sie weiter Funk bei der Arbeit zu. »Was hältst du von Schill?«, wollte Kins wissen.

»Ich glaube, Faz und Del haben recht, der wird so schnell nicht mehr auf illegalen Krebsfang gehen.«

»Ich meinte eigentlich das, was Del sagte, über diesen unglaublichen Zufall, dass er ausgerechnet diese Falle eingeholt hat.«

Tracy hörte aus der Stimme ihres Kollegen leichte Zweifel oder doch zumindest Skepsis heraus. »Ich glaube nicht, dass der Junge zu so etwas in der Lage wäre.«

»Ich sage ja nur, noch dürfen wir ihn nicht ganz ausschließen.«

»Okay, wir schließen ihn nicht aus. Aber wenn er irgendwie mit drinhängt, warum hat er dann die Falle eingeholt und die Polizei gerufen?«

Kins zuckte die Achseln. »Kann sein, dass er kalte Füße bekommen hat. Vielleicht hat er sie umgebracht, aber dann wurde es ihm doch unheimlich, und er konnte die Sache nicht wie geplant durchziehen. Also lässt er sich eine neue Geschichte einfallen: Meine Leine hat sich in der Falle verhakt.«

»Auf mich machte er einen ehrlich erschütterten Eindruck.«

»Was nicht heißt, dass er sie nicht umgebracht hat.«

»Nein, das heißt es nicht.«

»Ich würde mal sagen, wir bitten Faz und Del, sich umzuhören. Vielleicht sind in der Gegend, wo der Junge wohnt, irgendwelche Katzen verschwunden, oder Schill trollt im Internet auf diesen morbiden Mordseiten herum.«

»Ich weiß nicht ...«, meinte Tracy.

»Es ist schon mal passiert«, sagte Kins.

»Was ist schon mal passiert?«

»Es hat schon mal jemand eine Leiche in einer Krebsfalle gefunden. Vor zwei Jahren, ein Fischer, draußen vor der Küste in der Nähe von Westport. Er entdeckte in einer Krebsfalle einen Schädel.«

»Das war seine eigene Falle.« Tracy erinnerte sich an die Geschichte.

»Wie der Schädel da reinkam, wurde allerdings nie herausgefunden. Und dann haben sie noch drüben im Pierce County, in der Nähe von Anderson Island, mal eine Leiche in einer Falle gefunden.«

»Die wurde nicht gefunden – der Freund hat gestanden und die Kollegen dorthin geführt.«

»Genau«, sagte Kins.

»Detectives?« Funk trat vom Tisch zurück und nahm die Maske vom Gesicht. Er trug die Arbeitskleidung eines Chirurgen, einschließlich Schutzbrille.

Tracy und Kins zogen sich ihre Masken über Mund und Nase, was allerdings gegen den Gestank wenig half.

Funk baute sich vor dem Computer auf, der nicht weit vom Arbeitstisch entfernt auf einem Tischchen stand. Der Bildschirm zeigte eine Reihe Röntgenaufnahmen von der Leiche und Funk klickte sich durch die Aufstellung, bis er gefunden hatte, wonach er suchte. »Da. Sehen Sie das?« Er deutete auf das Gesicht der Frau. »Sie hatte Implantate auf Kinn und Wangenknochen. Und sie hatte sich die Nase verändern lassen.«

»Schönheitsoperationen?«, fragte Tracy.

»Nicht in dem Sinne, wie Sie sich das vorstellen«, meinte Funk. »Hier geht es um strukturelle Veränderungen des Gesichts.«

»Jemand, der versucht, sein Aussehen zu verändern«, sagte Tracy.

»Und das vor nicht allzu langer Zeit. Ich würde sagen, es liegt einen Monat zurück, höchstens zwei. Und ihr Haar ist erst vor Kurzem dunkler gefärbt worden.« Funk wandte sich wieder der Leiche zu. »Ihre natürliche Haarfarbe ist hellbraun.«

Implantate hatten Seriennummern, und zwar alle Implantate, das wussten Tracy und Kins aus früheren

Ermittlungen. Diese Seriennummern mussten von den behandelnden plastischen Chirurgen in die Unterlagen ihrer Patienten eingetragen und diese Informationen mussten dem Hersteller zur Verfügung gestellt werden, wenn es mit dem Implantat ein Problem gab.

»Dann können wir uns den Zeichner wohl sparen«, freute sich Kins. »Wir haben unsere Jane Doe gefunden.«

* * *

Kins und Tracy kehrten ins Polizeipräsidium zurück, wo Kins die Seriennummern der Implantate zu einer Firma mit Namen Silitone zurückverfolgte, die ihren Sitz in Florida hatte. Eine fleißige Mitarbeiterin dieser Firma nahm seinen Anruf entgegen und meldete sich nach nur einer Stunde mit den Ergebnissen ihrer Nachforschungen zurück: Die genannten Implantate waren an einen Dr. Yee Wu in Renton, Washington, geliefert worden, einer Stadt an der südlichen Spitze des Lake Washington, mit dem Auto zwanzig Minuten vom Stadtzentrum Seattles entfernt.

Kins rief in der Klinik von Dr. Wu an, wo ihm die Mitarbeiterin am Telefon den Standardvortrag über Patientendateien und Schutz der Privatsphäre hielt, aber sofort still wurde, als Kins sich als in einem konkreten Fall ermittelnder Mordermittler zu erkennen gab. Die HIPAA-Gesetze zum Schutz der Vertraulichkeit von Patientendaten griffen zwar auch noch nach dem Tod eines Patienten, doch Kins und Tracy waren nicht an der privaten medizinischen Geschichte von Jane Doe interessiert, jedenfalls jetzt noch nicht. Sie wollten einfach nur wissen, wer sie war.

Also fuhren sie nach Renton. Dem äußeren Eindruck von Dr. Wus Klinik nach hätte sich Tracy dort ungern die Nägel lackieren lassen, von einer Gesichtsoperation ganz zu schweigen.

Laut seiner Webseite hatte der Doktor jedoch in Hongkong studiert, die Facharztausbildung an der University of California in Los Angeles absolviert und war ein von der amerikanischen Gesellschaft für plastische Chirurgie anerkannter Facharzt.

»Den Bewertungen nach ist er der größte Bildhauer seit Michelangelo«, sagte Tracy.

»Und da das im Internet steht, muss es auch wahr sein.« Kins hatte eine Parklücke gefunden und parkte ein.

Vom nahe gelegenen Boeing-Flugfeld hob gerade eine Maschine ab, als sie auf die Glastür der Klinik zusteuerten. Im Haus selbst fiel nicht nur bei der Einrichtung, sondern auch bei dem halben Dutzend im Eingangsbereich wartenden Patienten ein eindeutig asiatischer Touch ins Auge. Eine zierliche asiatische Frau in blauer Krankenhauskleidung stellte sich als Dr. Wus Arzthelferin vor und sagte, der Doktor werde gleich bei ihnen sein.

»Das sagen sie immer«, seufzte Kins, während Tracy und er im Wartebereich nach freien Plätzen suchten. »Stell dir vor, solche Leute müssten sich an den Fahrplan eines Busschaffners halten! Da wäre das Chaos doch vorprogrammiert.«

Tracy hatte auf einem Couchtisch eine chinesische Zeitschrift entdeckt, die sie Kins reichte. »Wenigstens brauchst du hier keine sechs Monate alte *Time*-Ausgabe zu lesen.«

Nach etwa zehn Minuten tauchte die Arzthelferin wieder auf. Statt die Namen der beiden Detectives laut in den Raum zu rufen, deutete sie diskret an, dass Dr. Wu sie jetzt empfangen könnte.

Kins legte die Zeitschrift zurück. »Gerade wurde es spannend!«

Dr. Wu stand hinter seinem Schreibtisch, als Tracy und Kins sein vollgestelltes Büro betraten. Er war klein, vielleicht ein Meter sechzig, trug eine große Brille mit Silberrand und einen weißen Ärztekittel über einem blauen Hemd mit brauner

Strickkrawatte, dessen unteres Ende er sich in den Hosenbund gesteckt hatte.

»Vielen Dank, dass Sie sich Zeit für uns nehmen.« Tracy streckte dem Mann die Hand hin.

Wus Hände waren so weich und klein wie die eines Jungen. Nachdem sich alle vorgestellt hatten, setzten sie sich und Dr. Wu schlug einen bereits vor ihm auf dem Tisch liegenden Ordner auf. »Die Nummern der Implantate, die Sie meiner Assistentin genannt haben, stimmen mit denen einer Patientin überein: Lynn Cora Hoff«, erklärte er mit unüberhörbarem chinesischen Akzent.

Jane Doe hatte einen Namen. Einfach so.

»Was können Sie uns über sie sagen?«, fragte Tracy.

Falls sich Dr. Wu um die Gesetze zum Schutz von Patientendaten sorgen sollte, ließ er sich das nicht anmerken, als er sich mit dem Daumenballen die Brille höher auf die Nase schob. »Ms Hoff ist vierundzwanzig Jahre alt, weiß, ein Meter siebzig groß, wiegt sechsundsechzig Komma acht Kilo. Sie hat sich die Nase verkürzen lassen und bekam Implantate für Kinn und Wangenknochen.«

»Wann wurde das gemacht?«, wollte Tracy wissen.

»Am dritten Juni.«

»Also erst vor Kurzem«, meinte Kins.

»Ja«, bestätigte Wu.

»War Ms Hoff vorher schon Patientin bei Ihnen?«, fragte Tracy.

»Nein.«

»Hat sie gesagt, warum sie die Operation wollte?«

Wu sah sie an, als verstünde er die Frage nicht. Die Brille war bereits wieder die Nase heruntergerutscht. »Warum?«

»Warum hatte sie diesen plastischen Eingriff?«, führte Tracy aus.

»Viele Frauen machen das.« Für Dr. Wu schien es eine alltägliche Sache zu sein, das Gesicht verändern zu lassen. Erneut schob er sich mit dem Daumen die Brille zurecht.

»Verstehe«, sagte Tracy. »Aber das hier scheint mir doch über eine bloße Schönheitsoperation hinauszugehen, die Arbeiten sind ziemlich tiefgreifend.«

»Frauen und auch Männer«, Wu sah Kins an, »lassen sich aus ganz unterschiedlichen Gründen operieren.«

»Dann hat sie nicht gesagt, weswegen?«, fragte Kins.

»Das hat sie nicht.«

»Hat sie Ihnen ihren medizinischen Hintergrund genannt?«, fragte Tracy.

Wu entfernte die Metallklammer, mit der der Ordner verschlossen war, entnahm der Akte den Inhalt und reichte Tracy ein mehrere Seiten umfassendes Dokument, das diese sich zusammen mit Kins ansah. Bei der ersten Seite handelte es sich um ein mit Kugelschreiber ausgefülltes Aufnahmeformular der Patientin, aus dem sich Kins Hoffs Geburtsdatum sowie ihre Sozialversicherungsnummer und eine Adresse, anscheinend die einer Wohnung in Renton, abschrieb. Als Telefonnummer hatte Hoff lediglich die eines Handys angegeben; sie hatte niemanden genannt, der im Notfall verständigt werden sollte oder dem gegebenenfalls Informationen über ihren Gesundheitszustand hätten mitgeteilt werden dürfen.

Auf der zweiten Seite wurden Fragen zum gesundheitlichen Zustand der Patientin gestellt. Hoff hatte bei sämtlichen Fragen nach Vorerkrankungen oder Operationen das »Nein« angekreuzt und angegeben, derzeit keine Medikamente zu nehmen. Was die Familiengeschichte betraf, so hatte sie bei der Frage, ob Mutter oder Vater noch lebten, jeweils das Kästchen mit dem »Nein« angekreuzt. Laut Fragebogen hatte sie weder Brüder noch Schwestern.

Tracy legte die Formulare hin. »Haben Sie Fotos, die ihr Gesicht vor und nach der Operation zeigen?«

Wu lehnte sich zurück. »Nein.«

Tracy warf Kins einen kurzen Blick zu, ehe sie sich wieder Wu zuwandte. »Sie haben keine Fotos?«, fragte sie noch einmal, wobei man ihr die Skepsis deutlich anhörte.

»Nein«, wiederholte Wu mit kaum hörbarer Stimme.

»Aber wäre es nicht eigentlich ein normales Vorgehen, bei einer solchen Operation vorher und nachher Fotos anzufertigen?«

Wu nickte. »Ja, das ist die normale Vorgehensweise.«

»Und warum haben Sie solche Fotos dann nicht?«

»Ms Hoff bat nach der Operation um sämtliche Aufnahmen.«

»Sie bat um die Fotos, die Sie von ihr gemacht hatten?«

»Ja.«

»Und Sie gaben sie ihr?«

»Sie hat eine Verzichtserklärung unterschrieben.« Wu lehnte sich vor, wühlte in der Akte und reichte Tracy ein zweiseitiges Dokument. Es handelte sich um einen einfachen Haftungsausschluss, in dem Lynn Hoff bestätigte, sämtliche Fotos erhalten zu haben, die in der Klinik von Dr. Wu von ihr angefertigt worden waren, und im Gegenzug auf sämtliche Ansprüche verzichtete, die sie, aus welchen Gründen und unter welchen Umständen auch immer, rechtlich gegen Dr. Wu geltend machen könnte.

»Hat das ein Anwalt für Sie verfasst?«, wollte Kins wissen.

»Ja«, sagte Wu.

»Dann ist ein solches Verhalten also ungewöhnlich«, stellte Kins fest.

»Ja.« Wu nickte.

»Hat Ms Hoff gesagt, warum sie die Fotos haben wollte?«, fragte Tracy.

Wu schüttelte den Kopf. »Nein, hat sie nicht.«

Wahrscheinlich hatte der Arzt durchaus Vermutungen über die Forderung seiner Patientin nach ihren Fotos angestellt, dachte Tracy. Und wahrscheinlich war er dabei zu demselben Schluss gekommen wie Tracy: dass er, vielleicht ohne es zu wissen, eine Frau auf der Flucht vor der Justiz oder vor Feinden operiert hatte.

»Kam Ms Hoff zu Folgebehandlungen in die Klinik?«, wollte Tracy wissen.

»Nein«, sagte Wu.

»Und auch hier frage ich: War das ungewöhnlich?«

»Ja.«

»Hatte sie denn Nachsorgetermine ausgemacht?«

»Ein solcher Termin war vereinbart worden, sie hat ihn aber nicht wahrgenommen.«

»Haben Sie oder Ihre Mitarbeiter angerufen, um zu fragen, warum die Patientin nicht erschienen war?«

»Die Telefonnummer, die sie uns gegeben hatte, funktionierte nicht mehr.«

»Wo hat die Operation stattgefunden?«, fragte Tracy.

»Hier«, sagte Wu. »Wir haben offiziell zugelassene Operationsräume, so halten wir die Kosten für unsere Patienten erschwinglich.«

»Was kostet eine Operation wie die von Ms Hoff denn so?«, wollte Kins wissen.

Wu warf einen Blick in seine Unterlagen. »Sechstausendfünfhundertundzwölf Dollar.«

Tracy erinnerte sich an ein Schild auf dem Empfangstresen: Dr. Wu akzeptierte Visa und MasterCard. »Wie hat sie bezahlt? Für eine solche Operation kommen Krankenkassen wohl nicht auf, sehe ich das richtig?«

»Keine Versicherung«, bestätigte Wu. »Die zahlen nicht bei Eingriffen, die man sich selbst aussucht. Ms Hoff zahlte in bar.« Er reichte Tracy die entsprechende Quittung.

Kins warf Tracy einen bedeutungsvollen Blick zu. Sie wusste genau, was er dachte: Barzahlung war ein weiterer Hinweis darauf, dass Lynn Hoff Prostituierte gewesen war. Sie nahm sich vor, Faz und Del bei sämtlichen Bankfilialen in Renton anrufen zu lassen. Vielleicht besaß Lynn Hoff irgendwo ein oder mehrere Konten.

»Wie kam Ms Hoff nach der Operation nach Hause?«, fragte sie. »Ich gehe davon aus, dass sie nicht fahren konnte.«

»Laut einer Notiz hier in der Akte scheint sie einen Fahrdienst benutzt zu haben.«

»Was ist mit häuslicher Pflege nach einer solchen OP?«, wollte Kins wissen. »Hätte sich nicht jemand um sie kümmern müssen?«

Wu zuckte die Achseln. »Das kann ich Ihnen nicht sagen.«

»Sie haben die Patientin nicht danach gefragt?« Tracy hatte sich entschieden, den Doktor ein wenig unter Druck zu setzen.

»Nein.«

»Kam Ihnen dies alles seltsam vor, Dr. Wu?«

»Ja«, sagte er.

»Aber Sie haben das niemandem gemeldet?«

»Was gemeldet? Wem?« Wu sah sie mit der ausdruckslosen Miene eines Mannes an, der sich bereits anwaltlich hat beraten lassen und weiß: Er hat nichts falsch gemacht. »Ich habe eine Verpflichtung gegenüber meiner Patientin.«

»Richtig«, sagte Kins. »Aber Ihre Patientin endete letztlich auf dem Grund des Puget Sounds, und wir haben die Verpflichtung herauszufinden, wer sie dorthin befördert hat und warum.«

4

14. April 2016, Portland, Oregon

Ich heirate.
Dass ich diese beiden Worte mal laut aussprechen würde, hätte ich im Leben nicht gedacht, aber es stimmt, ich heirate. Heute. Ich stehe in der Eingangshalle des Multnomah County Courthouse in Downtown Portland, und zwar in einem – das muss man sich auf der Zunge zergehen lassen – weißen Kleid. Wobei das Schockierende daran nicht die Farbe ist, denn alle Mädchen tragen bei der Hochzeit Weiß, egal ob ... na, Sie wissen schon. Schockierend ist die Tatsache, dass ich ein Kleid trage. Das erste meines Lebens, denn bis ich dies hier kaufte, hatte ich noch nie ein Kleid besessen. Bei der Arbeit habe ich nie etwas anderes als Hosen getragen, meistens Jeans, denn immerhin sind wir hier in Portland, und da gehört das Legere einfach mit dazu. Hier kommen manche Leute sogar in Spandexklamotten zur Arbeit. Kein Witz! Einer der Schadensregler bei uns in der Firma fährt mit dem Rad zur Arbeit und stolziert zu gern in seinen engen Radlershorts durch die Räume, damit alle sehen können, wie gut er bestückt ist. Findet er jedenfalls. Und so gern, wie er sie vorzeigt, ist er wohl auch ordentlich stolz auf seine Ausstattung. In dem Radleroutfit taucht er auch bei mir im Verschlag auf. Angeblich, um

mich irgendwelchen Schwachsinn zu fragen, aber eigentlich ist er auf eine Reaktion von mir aus. Auf die kann er lange warten. Könnte ich mir nach solchen Besuchen die Augen mit Desinfektionsmittel auswaschen, dann würde ich das glatt tun.

Aber das ist jetzt nicht mein Thema.

Also (Musik, wenn ich bitten darf!): »Ich schreite zum Altar und ...«

Nur schreite ich gar nicht zum Altar – oder auch nur in irgendeine Kirche. Ich werde heute, an einem Donnerstagnachmittag, um drei Uhr vor einem Friedensrichter stehen. Ich persönlich hätte ja gern bis zum Wochenende gewartet, aber wenn man an einem Werktag heiratet, kostet es fünfunddreißig Dollar weniger und Graham – so heißt er, Graham Strickland – findet es nicht angebracht, für dieselbe Dienstleistung mehr Geld zu bezahlen, wenn man sie auch billiger haben kann.

Nein, meine Hochzeit ist jetzt nicht so, wie man sie sich als junges Mädchen erträumt – eine Kirche, der lange Gang zum Altar, der Arm des Vaters, hinter sich eine üppige Schleppe –, aber dieser Traum ist mir schon vor neun Jahren abhandengekommen. Ich war dreizehn, als ein betrunkener Autofahrer über einen befestigten Mittelstreifen raste, durch die Luft segelte, auf unserem Auto landete und so meine Eltern umbrachte. Ich saß hinten, was mich irgendwie rettete, fanden die Ärzte – als wäre irgendetwas gut daran, zwei Stunden lang lebend mit den toten Eltern in einem Auto eingesperrt zu sein. Mir brachte das jedenfalls eine jahrelange therapeutische Behandlung ein.

Ich zog von Santa Monica, wo mein Vater Arzt gewesen war, nach San Bernadino zu einer Tante und einem Onkel. Meine Mutter stammte aus San Bernadino und war da aufgewachsen, ich persönlich kannte dort keine Menschenseele. Mit meinem Onkel Dale lebte ich dann auch nur neun Monate lang zusammen, das sollte ich wohl gleich klarstellen. Nach neun Monaten habe ich meinem Therapeuten gesagt, dass mein Onkel gern nachts zu mir ins Bett kletterte. Der Therapeut hat das an die Polizei weitergegeben, die haben das

Jugendamt verständigt und prompt entlud sich ein Shitstorm, der sich gewaschen hatte. Was mir noch mehr therapeutische Beratung eintrug.

Abgesehen davon, dass ich keinen Vater habe, der mich zum Altar führt, könnte ich noch nicht mal meinen kleinen Verschlag im Büro mit Freunden und Familie füllen, von einem richtigen Festsaal ganz zu schweigen. Wahrscheinlich ließe sich auch niemand finden, der eine Festrede auf Graham und mich hält, und wäre die auch nur fünfunddreißig Sekunden lang. Wir kennen uns noch nicht einmal vier Monate.

Und ein großer Tortenfan war ich noch nie. Ich weiß, ich weiß! Wer mag denn keine Torte?

Ich.

Eine Hochzeitsreise machen wir aber – irgendwie. Wir wollen auf den Mount Rainier. Ich weiß genau, was Sie jetzt denken, denn das habe ich auch gedacht: Wandern in viertausendzweihundert Metern Höhe und Frostbeulen? Wunderbar! Verstehen Sie mich nicht falsch, ich liebe die Natur, ich bin gern draußen. Ich habe einen Großteil meiner Sommer wandernd in den Sierra Nevada Mountains verbracht. Unter anderem der Natur wegen bin ich ja auch nach Portland gezogen – und weil es hier in einer Tour regnet, weswegen ich mir keine Ausreden einfallen lassen muss, wenn ich zu Hause sitze und lese. Lesen ist meine Leidenschaft Nummer eins. Genau genommen hätte ich auch an dem Abend, als ich Graham kennenlernte, lieber zu Hause gesessen und gelesen.

Wir haben uns auf einer Party kennengelernt. Na ja, eigentlich war das weniger eine Party als eine Art Werbeveranstaltung der Versicherung, für die ich arbeite. Fragen Sie jetzt nicht, warum ich als Assistentin von ganz unten unbedingt dabei sein musste. Ich meine – wenn sich mit den von unseren Policen gebotenen, unglaublich umfassenden Leistungen (Achtung: Sarkasmus!) keine neuen Kunden gewinnen ließen und auch nicht mit kostenlosem Alkohol und Häppchen (eindeutig kein Sarkasmus), dann doch wohl auch nicht ausgerechnet mit meiner Anwesenheit, oder?

Leider sah meine Chefin das anders. Sie hat es auf sich genommen, Mutterstelle an mir vertreten zu wollen, und erklärte meine Anwesenheit kurzerhand für nicht verhandelbar.

Am Nachmittag vor besagter Party tauchte Brenda Berg, meine Chefin, in meinem kleinen Verschlag im Großraumbüro auf und wollte wissen, warum ich meine Teilnahme an dem Event nicht, wie auf der Einladungskarte verlangt, umgehend schriftlich bestätigt hatte.

»Weil ich nicht hingehe?« Das sollte eigentlich keine Frage werden, ich konnte bloß nicht verhindern, dass sich meine Stimme am Ende des Satzes nach oben bewegte.

»Bitte?«

»Ich gehe nicht hin«, erklärte ich schon fester, aber immer noch nicht mit echter Überzeugung.

»Warum nicht?«

Achselzuckend widmete ich mich weiterhin der Bearbeitung meiner Tastatur – unhöflich, unhöflich, ich weiß. »Ich mag keine Partys. Die meisten sind langweilig.«

»Langweiliger als zu Hause die Nase in ein Buch zu stecken?«

»Auf jeden Fall!«, versicherte ich, dabei war die Frage ganz bestimmt rhetorisch gemeint.

»Wie das denn: Liest du immer noch Fifty Shades of Grey*?«*

»Nein«, sagte ich, leider auch diesmal nicht voller Überzeugungskraft. Mit ziemlicher Sicherheit wurde ich dabei sogar rot. Um bei der Wahrheit zu bleiben, muss ich gestehen, dass bei mir irgendwann doch die Neugier gesiegt hatte, ich hatte das Buch gelesen. Ich hatte es online bestellt, es mir an mein Postfach liefern lassen und dann, wie eine kleine Flasche Wodka, in einer braunen Papiertüte nach Hause geschmuggelt. Natürlich war der Stil der Autorin ziemlich kindisch, aber wie heißt es doch immer so schön: Niemand kauft sich den Playboy der Artikel wegen. Nicht, dass ich je einen Playboy gekauft hätte. Eine Lesbe bin ich ganz eindeutig nicht.

»Dann erklär mir, was bei dir zu Hause so interessant ist, dass du nicht mal ein paar Stunden auf einer Party verbringen kannst.« Brenda wollte sich partout nicht abschütteln lassen.

»Partys sind einfach nicht mein Ding«, gestand ich. *»Ich bin nicht gut darin, mich unter Leute zu mischen.«*

»Ich helfe dir.«

»Ich habe nichts anzuziehen.«

»Dabei kann ich auch helfen.«

Da mir ziemlich schnell sämtliche Argumente auszugehen drohten, zermarterte ich mir hektisch das Hirn. Der Hund, den ich gar nicht besitze, hat die Einladung gefressen, ich bin eigentlich gar nicht ich, sondern Michael Jackson, als Frau verkleidet. Ich kam während der Dreharbeiten für einen Pepsi-Werbespot zu nah an eine pyrotechnische Requisite heran und mein Haar fing Feuer.

»Du bist klug«, sagte Brenda. Ich weiß, das sollte ein Kompliment sein, aber irgendwie klang es bei ihr traurig. *»Du hast eine schnellere Auffassungsgabe als die meisten Leute, die wir hier beschäftigen und die auf dem College waren und noch dazu unser sechswöchiges Trainingsprogramm absolviert haben. Ich hatte noch nie mit jemandem zu tun, der Zusammenhänge so schnell kapiert, und du kennst dich mit Computern besser aus als unser IT-Typ.«*

Hatte ich schon erwähnt, dass ich im Betrieb ziemlich viel freie Zeit zur Verfügung habe?

»Mit ein bisschen Eigeninitiative könntest du eines Tages meinen Job haben!«, fuhr Brenda fort.

Hurra! Dann hätte ich ein Büro mit Fenster zum Springen, wenn das mit der Langeweile zu schlimm wird.

»Du gehst da heute Abend hin, und das ist endgültig!« Brenda hörte sich an wie meine Mutter früher. *»Wenn du immer nur zu Hause herumsitzt und liest, lernst du nie jemanden kennen.«*

»Okay«, sagte ich. Warum? Das weiß ich selbst nicht. Ich habe einfach diese ärgerliche Angewohnheit, es den Leuten gern recht zu machen. Wahrscheinlich gibt es einen medizinischen Begriff dafür.

Spinus absentis – von oder in Verbindung stehend mit einem fehlenden Rückgrat.

»Gut!« *Brenda warf mir noch einen letzten, misstrauischen Blick zu.* »Wenn ich dich dort nicht sehe, rufe ich dich an.«

»*Ich werde da sein*«, *versicherte ich.*

»*Und ich werde nach dir Ausschau halten*«, *sagte sie. Dann strahlte sie mich an.* »*Es wird bestimmt nett, vertrau mir ruhig.*«

Waren das nicht auch die letzten Worte von General Custer an seine Truppen, ehe der sie in die Schlacht von Little Bighorn führte? Aber ich stand zu meinem Wort, ich ging zu dieser Party. Und mich soll der Schlag treffen, wenn ich dort nicht tatsächlich jemanden kennenlernte. Graham Strickland.

Das gesellige Beisammensein fand im Ballsaal eines Luxushotels mit dem schönen Namen The Nines statt, das sich in der Innenstadt von Portland befand. Da ich ein Loft im Pearl District bewohnte, hatte ich es wenigstens nicht weit und konnte zu Fuß hingehen. Vor dem Saal hatte man einen Tisch aufgebaut, auf dem, nach dem Alphabet sortiert, Namensschilder auf die Partygäste warteten. Nach meinem Namen suchte ich dort natürlich vergeblich, wahrscheinlich weil ich meine Teilnahme nicht schriftlich bestätigt hatte. Die für den Tisch zuständige Dame löcherte mich mit ungefähr einer Million Fragen – ich hätte ja auch ein Freak sein können, der sich unberechtigterweise auf eine todlangweilige Versicherungsparty schleichen wollte –, ehe sie mich anstrahlte und mit munterer Stimme verkündete: »*Dann male ich Ihnen einfach ein Namensschild!*«

Ich zuckte gequält zusammen. Statt eines der vorgestanzten Schilder mit dem Firmenlogo und den gedruckten Namen, wie alle anderen sie trugen, sollte ich mir ein von Hand beschriebenes Stück Papier an den Pullover heften? »*Warum nicht gleich ein Brandzeichen auf die Stirn? Ein großes L für Loser?*«

Hätte ich gern gesagt, sagte ich aber nicht.

Stattdessen trabte ich brav mit meinem Loser-Namensschild in den Ballsaal und kam mir vor, als trüge ich ein großes rotes A auf der Stirn. Im Saal herrschte ziemliches Gedränge, was ich dann doch ziemlich jämmerlich fand. Hatten all diese Menschen wirklich nichts Besseres zu tun?

Da ich Brenda auf den ersten Blick nicht entdecken konnte und außer ihr im Grunde niemanden kannte – höchstens vom Sehen her –, irrte ich etwas ziellos umher, bis ich mich in der Nähe des Buffets wiederfand. Wenn ich aß, würde das wenigstens so aussehen, als hätte ich etwas zu tun. Zu meiner Überraschung war noch nicht einmal schlecht, was uns geboten wurde: schwedische Hackbällchen, Hähnchenspieße, Platten mit Obst und Käse sowie ein Rinderbraten, von dem ein Kellner dünne Scheiben abschnitt. Ich ernähre mich gewöhnlich von Thunfisch und Sandwichs mit Erdnussbutter und Marmelade, da war das hier schon echt nicht schlecht.

Ich hatte mich gerade in die Schlange vor dem Buffet eingereiht, als jemand sagte: »Dann sind Sie also auch erst auf den letzten Drücker gekommen?«

Der Sprecher stand hinter mir, allerdings war ich mir nicht ganz sicher, ob er wirklich mich gemeint hatte, bis er das mit einem Lächeln eindeutig klarstellte. Liebe auf den ersten Blick? Auf gar keinen Fall. Der erste Eindruck? Ich fand, Graham sähe aus wie jemand aus der Fernsehserie Mad Men, mit seinen tief seitlich am Kopf gescheitelten, mit Gel gestylten Haaren, dem Anzug, der eine Nummer zu klein, der Krawatte, die einen Tick zu schmal war, und dem Ein-Tage-Bart, der irgendwie aufgesetzt wirkte. Insgesamt ein Fall von: Du strengst dich zu sehr an, Kumpel.

»Ihr Namensschild«, erklärte er, auf den Zettel an meiner Brust deutend. »Sie haben die Einladung wohl auch erst spät angenommen.«

Erst da fiel mir auf, dass auch sein Namensschild selbst gebastelt war. Logo! »Oh. Ja«, sagte ich.

»Ich auch«, bekannte er, als wären wir damit so etwas wie Waffenbrüder.

Ganz kurz sah ich mich verstohlen um, denn ich wusste nicht, wer dieser Typ war oder wer uns gerade zuhören konnte. Dann schlug ich alle Vorsicht in den Wind: »*Meine Chefin hat gesagt, wenn ich nicht auftauche, schmeißt sie mich raus. Das hat sie wohl nicht ganz ernst gemeint, aber ganz sicher war ich mir nicht. Also ...*«

Er lachte leise, was wirklich echt aussah und auch so klang. »*Meiner sagte, wenn ich mich zum Partner mausern will, müsste ich anfangen, Geschäftsbeziehungen zu kultivieren.*«

Das verkündete er mit hochgezogenen Brauen in einem affektierten, befehlsgewohnten Ton.

»*Sie sind Anwalt?*«, *fragte ich.*

»*Ich arbeite für Begley, Smalls, Begley und Timmins.*« *Er beugte sich dichter heran und senkte die Stimme.* »*Das kürzt sich ab als BSBT oder Bullshit Big Time – große Verscheiße.*«

Ich lachte. »*Begley haben Sie zweimal gesagt.*«

»*Vater und Sohn. Ein alter Langweiler und sein Thronfolger.*« *Er verdrehte die Augen.* »*Wenn er nicht der Sohn des Gründungspartners wäre, würde er in einer Suppenküche Essen austeilen. Der Typ hat ungefähr so viel Fantasie wie eins von diesen fleißigen kleinen Wesen, die den ganzen Tag in ihren Kabäuschen sitzen und Zahlenreihen abtippen.*«

So wie ich!, rief ich im Geiste. Stell mich jemand dem Mann vor!

»*Ich glaube, meine Firma und Ihre haben irgendwie geschäftlich miteinander zu tun*«, *sagte er.*

»*Dann sind Sie also wirklich Anwalt*«, *sagte ich, um weitere Fragen hinauszuzögern, während ich mir schnell ausrechnete, wie alt er sein mochte. Vier Jahre College, drei an der juristischen Fakultät – dieser Graham war mindestens fünfundzwanzig Jahre alt. Wie sich herausstellte, war er achtundzwanzig, sechs Jahre älter als ich.* »*Das klang eben so, als würde Ihnen der Beruf nicht gut gefallen.*« *In diesem Moment fiel mir auf, dass ich inzwischen die Buffetschlange aufhielt, also lud ich mir rasch ein paar Stückchen Käse auf und rückte weiter.*

»*Die anwaltliche Arbeit an sich macht mir nichts aus*«, *erklärte Graham mit leiser Stimme.* »*Mir passt bloß diese ganze*

Firmenlandschaft nicht. Ich bin Unternehmertyp, ich baue Sachen gern selbst von der Pike an auf.«

»Sie lieben Start-ups?«, erkundigte ich mich.

»Genau. Nehmen Sie sich vom Braten – der sieht so aus, als könnte er einen dafür entschädigen, hier aufgetaucht zu sein.«

»Ich bin Vegetarierin«, sagte ich. Dabei war ich gar keine und ich wusste auch wirklich nicht, warum ich das gesagt hatte.

Er streckte mir seine freie Hand hin. »Und ich bin Fleischfresser. Nett, Sie kennenzulernen.« Er deutete auf sein handgeschriebenes Namensschild. »Strickland«, stellte er sich mit übertrieben britischem Akzent vor. »Graham Strickland.«

Woraufhin mir nicht James Bond in den Sinn kam, wie er wohl gehofft hatte, sondern Kräcker. Graham Kräcker. Sie wissen schon, die, aus denen man einen Boden für Käsekuchen machen kann. Als Nächstes dachte ich: Angeber. Und als Drittes kam mir der Gedanke, dass es auf jeden Fall besser war zu reden, als in der Gegend rumzustehen wie der letzte Loser. Das Rennen machte dann letztlich der dritte Gedanke.

»Möchten Sie sich setzen?« Graham deutete auf einen der bereitgestellten runden Tische.

»Gern«, sagte ich getreu der gerade gewonnenen Erkenntnis.

Also bahnten wir uns einen Weg durch die Menge, bis wir die mit weißem Leinen eingekleideten Tische und Bankettstühle erreicht hatten. Graham stellte seinen Teller ab. »Hätten Sie gern ein Glas Wein oder Bier?«

»Ich trinke nicht«, sagte ich.

»Trinkt nicht, raucht nicht – was machen Sie denn dann?« Als ich nicht antwortete, sang er: »Das war Adam Ant: Goody Two Shoes *ist ein Lied.«*

»Oh«, sagte ich. Und dann fügte ich aus irgendwelchen unerfindlichen Gründen hinzu: »Wein. Ich hätte gern ein Glas Wein.«

So lief der ganze Abend. Ich sagte Dinge, die ich noch nie gesagt hatte, besonders, nachdem ich noch ein zweites Glas Wein getrunken hatte. Zum Beispiel sagte ich: »*Gern*«, *als Graham fragte, ob ich nicht auch abhauen wolle. Und später, als wir in eine Bar kamen und er fragte, ob ich etwas trinken wolle, sagte ich noch einmal:* »*Gern.*« *Und als er mich in seinem Porsche nach Hause fuhr, vor meinem Haus parkte und fragte:* »*Bitten Sie mich noch auf einen Kaffee mit nach oben?*«, *da fragte ich meinerseits* »*Trinken Sie denn Kaffee?*«, *und als er sagte:* »*Nein*«, *sagte ich:* »*Okay.*«

Und einfach so habe ich mit ihm geschlafen. In der ersten Nacht, ich weiß, ich weiß, ganz schön billig, nicht wahr? Vielleicht lag es am Wein und an den Cocktails oder vielleicht daran, dass ich Fifty Shades of Grey *gelesen hatte. Ehrlich, ich dachte, von dem Typen würde ich nie wieder etwas hören, aber dann schickte er mir eine E-Mail und bat mich, mit ihm auszugehen. Ich dachte einen Tag lang darüber nach. Brenda zeigte ich die E-Mail nicht. Ich zeigte sie allerdings meiner Freundin Devin Chambers. Devin hat ungefähr zur gleichen Zeit wie ich in der Firma angefangen, arbeitete aber für einen anderen Schadensgutachter. Ich erzählte ihr von meiner Nacht mit Graham, und sie ging gleich an die Decke:* »*Was? Kann verfickt noch mal nicht angehen! Du hast mit ihm geschlafen? Ach du Scheiße!*«

Hatte ich schon gesagt, dass Devin flucht wie ein Matrose mit Tourette-Syndrom? Wie dem auch sei, sie fand, ich solle noch einmal mit Graham ausgehen, was ich dann auch tat.

Also habe ich es wohl Devin zu verdanken, wenn ich jetzt in der marmornen Eingangshalle des Multnomah County Courthouse stehe und auf Graham warte. Ein wenig nervös bin ich schon, das muss ich zugeben. Ich meine, wir gehen jetzt gerade mal ein paar Monate miteinander, ich habe noch nicht einmal seine Familie kennengelernt. Er sagt, dafür kann ich ihm dankbar sein. Sein Vater ist irgendwo in New York Generaldirektor, weswegen Graham, sagt er, in Portland wohnt, so weit von Dad entfernt wie möglich, ohne die achtundvierzig Staaten zu verlassen. Seine Mutter, sagt er, verlässt kaum einmal das Apartment in Manhattan, wo sie sitzt und trinkt. Also hat Graham in gewissem Sinn auch keine

Familie, und in dieser Frage haben wir einiges gemeinsam. Wir sind Waisenkinder, und wenn das kein Grund zum Heiraten ist, dann weiß ich es auch nicht. (Das war jetzt wieder Sarkasmus).

Ich kam mir ein bisschen komisch vor, so ganz allein in meinem weißen Kleid. Bestimmt warfen mir alle Vorübergehenden mitleidige Blicke zu, waren sich sicher, dass ich gerade versetzt wurde. Die Idee war mir ehrlich gesagt auch schon gekommen. Traurig, das ist mir schon klar, aber ich hatte nie ganz verstanden, warum Graham mich heiraten wollte – mein Therapeut meinte, ich litte unter mangelndem Selbstbewusstsein. In echt? Und ich dachte, wenn man als Mädchen den Eltern beim Sterben zugesehen hat und vom Onkel missbraucht worden war, strotzt man doch nur so vor Zuversicht.

Graham jedenfalls scheint zu glauben, wir hätten eine Menge Gemeinsamkeiten, was allerdings daran liegen mag, dass ich zu fast allem, was er vorschlägt, Ja und Amen sage. Ich glaube, ich habe ein bisschen Angst davor, auch mal Nein zu sagen. Vielleicht macht er es dann ja wie meine Chefin, die sagte, wenn ich nicht zur Party ginge, würde sie mich feuern. Ich war mir einfach nie sicher, wie Graham reagieren würde.

»Hey!« Beim Klang seiner Stimme wandte ich mich um, erleichtert, ihn über den Terrazzo-Boden der Rotunde auf mich zueilen zu sehen. Leicht außer Atem kam er bei mir an. »Tut mir echt leid, dass ich zu spät bin. Mir ist auf der Arbeit etwas dazwischengekommen.«

»Ich dachte, du hättest dir den Nachmittag freigenommen«, sagte ich.

»Wollte ich ja, aber dann kam was dazwischen. Ein kleiner Brandherd, nichts Weltbewegendes. Und? Bist du bereit, die Sache anzugehen?«

Die Sache anzugehen?

»Auf jeden Fall«, versicherte ich. Dabei war ich mir sicher, dass sein Atem schwach nach Alkohol roch, als er sich vorbeugte, um mich zu küssen.

5

Nachdem sie sich von Dr. Wu verabschiedet und sein Büro verlassen hatten, rief Tracy Faz an, um ihm den Namen Lynn Hoff samt dazugehörigem Geburtsdatum und Sozialversicherungsnummer durchzugeben. Faz sollte die Angaben durch die Datenbanken der nationalen und bundesstaatlichen Kriminalitätsinformationszentren laufen und auch mit der Datenbank der Kraftfahrzeugzulassungsbehörde abgleichen lassen. Kins und sie fuhren weiter zu der Adresse, die Lynn Hoff bei Dr. Wu angegeben hatte und bei der es sich um ein Motel im Industriegebiet der Stadt handelte. Laut Anschlagtafel konnte man hier ein Zimmer für zweiundzwanzig Dollar die Nacht oder aber hundertzwanzig Dollar die Woche mieten und laut Auskunft der Dame im Büro hatte Lynn Hoff ihr Zimmer gleich für einen Monat gemietet und bar bezahlt.

»Ist es ungewöhnlich, dass ein Gast so lange bleiben möchte?«, erkundigte sich Tracy.

»Allzu oft passiert das nicht, aber es kommt schon mal vor. Manchmal brauchen Leute eine Übergangslösung, wenn sie aus der einen Wohnung schon raus sind, die andere aber noch nicht beziehen können, oder weil sie gerade aus einem anderen Staat hierhergezogen sind und noch nichts gefunden haben. Solche Sachen eben.«

Der Mietvertrag bestand aus einigen vorformulierten Absätzen. Dort, wo Hoff Marke und Modell ihres Autos hätte eintragen sollen, hatte sie einfach einen Strich gezogen.

»Wie war sie so als Mieterin?«, erkundigte sich Tracy.

»Es gab mit ihr keine Probleme.« Die Frau führte die beiden Detectives aus dem Büro zum rückwärtigen Teil des Gebäudes. Sie war dem Wetter entsprechend gekleidet, trug Shorts, ein Tanktop und Flipflops, wofür Tracy sie glühend beneidete. Ihr selbst drang die vom Asphalt aufsteigende Hitze bis durch die Schuhsohlen und es galt bereits jetzt als gesichert, dass Seattle den bisherigen Rekord brechen und mehr aufeinanderfolgende Tage mit über dreißig Grad würde vorweisen können als jemals zuvor. Überall im Bundesstaat wurden Rekordtemperaturen gemessen, und im östlichen Washington waren Waldbrände außer Kontrolle geraten. Zum ersten Mal in ihrem Leben hörte Tracy Leute über eine mögliche »Dürre« hier in der Gegend sprechen – kaum zu glauben, dass Bewohner von Seattle ein solches Wort in den Mund nehmen mussten, wenn es um ihre Stadt ging.

»Haben Sie je Männer in der Wohnung ein und aus gehen sehen?«, fragte Kins.

»Nein.« Die Frau warf ihm über die Schulter hinweg einen Blick zu, ehe sie die Außentreppe zum ersten Stock hochkletterte. »Wir kriegen hier keine Prostituierten, wirklich nicht. Meistens wohnen Mexikaner bei uns, die in den umliegenden Fabriken arbeiten. Sie bleiben, bis sie ihre Papiere und den ersten Gehaltsscheck kriegen, dann ziehen sie in eine Wohnung. Was ist denn mit ihr, ist sie tot?«

»Wir stehen mit unseren Ermittlungen erst ganz am Anfang«, antwortete Tracy.

Sie hatten den Treppenabsatz des ersten Stocks erreicht. Die Motelangestellte blieb stehen. »Ist sie die Frau, die man in der Krebsfalle gefunden hat? Das war überall in den Nachrichten.«

Jawohl, so war es. Die Sache hatte regional und national einiges an Beachtung gefunden. »Wir können keine Details über Ermittlungen verraten«, erklärte Kins.

»War sie denn die Frau in der Falle?« Die Frau hatte die Stimme gesenkt, als teilten sie drei ein Geheimnis.

»Dann gab es also durchaus manchmal Bewohner, die einen ganzen Monat blieben?« Tracy beharrte auf ihren eigentlichen Fragen.

»Sie *war* die Frau in dieser Falle!«, sagte die Managerin leise und triumphierend, als sei Lynn Hoff Prinzessin Diana gewesen und ihr Zimmer könne bald eine Touristenattraktion sein. Sie führte die Detectives den Außenflur entlang bis zur nordwestlichen Ecke des Gebäudes und zu einer Tür, die am weitesten vom Parkplatz und vom Büro entfernt war.

»Sagte Lynn Hoff, warum sie das Zimmer brauchte?«, fragte Kins.

»Sie sei neu in der Stadt, sagte sie, von irgendwoher zugezogen.« Die Frau verzog nachdenklich das Gesicht. »Aus New Jersey. Glaube ich. Ich weiß noch, dass sie gesagt hat, sie warte auf eine freie Wohnung in einem Haus, das ihr gut gefällt, und wolle keinen Mietvertrag für zwischendurch unterschreiben.«

»Hat sie gesagt, womit sie ihr Geld verdient?«

»Nein«, sagte die Frau.

»Haben Sie sich je ausführlicher mit ihr unterhalten?«, fragte Tracy.

»Eigentlich nicht. Um ehrlich zu sein, hatte ich den Eindruck, sie wollte nicht belästigt werden.«

»Wie kamen Sie darauf?«, wollte Tracy wissen.

»Sie war nicht unfreundlich, aber sie blieb meistens für sich. Und die paar Mal, wo ich mitbekommen habe, dass sie ausging, trug sie eine riesige Sonnenbrille und ein Basecap. Hat sie sich vor jemandem versteckt?«

Tracy und Kins antworteten nicht.

»Sie *hat* sich vor jemandem versteckt!«, verkündete die Managerin.

Inzwischen waren sie vor einer Tür mit der in Gold gefassten Aufschrift »8D« angekommen. Kins stellte sein Allzweckköfferchen ab, bei dem es sich um eine schwarz-gelbe Werkzeugtasche handelte, die er in irgendeinem Kaufhaus erworben hatte, weil ihm die vielen Taschen und Fächer gefielen – typisch Mann. Er entnahm zwei Paar Latexhandschuhe, von denen er eins an Tracy weiterreichte. Sollten sie beim Betreten des Zimmers an der Wand Blutspritzer oder einen großen Fleck auf dem Teppich entdecken, würden sie sofort kehrtmachen und die Spurensicherung benachrichtigen, damit die kam und das Zimmer untersuchte.

»War seit Lynn Hoff jemand hier drin?«, wollte Tracy wissen.

»Nein, das Zimmer ist immer noch an sie vermietet.«

Die Managerin öffnete die Tür mit dem Generalschlüssel und trat beiseite.

»Wir müssen Sie bitten, draußen zu warten«, mahnte Tracy, woraufhin sich die Frau einen weiteren Schritt zurückzog.

Tracy hatte sich in jüngster Zeit leider ziemlich oft in Motelzimmern umsehen müssen, denn der Cowboy hatte seine Opfer in billigen Motels umgebracht, die entlang des Aurora Strip lagen. Motelzimmer erwiesen sich vielfach als echte Herausforderung für die Kriminaltechnik, manchmal fanden die Fingerabdruckexperten so viel Material, dass die dazugehörenden Menschen ein ganzes Dorf hätten bevölkern können. Das mochte durchaus auch hier der Fall sein, besonders, wenn Lynn Hoff als Prostituierte gearbeitet hatte. Tracy überschritt die Schwelle und blieb erst einmal stehen, erstaunt über die Ordnung und Sauberkeit des Zimmers. Vielleicht zu sauber?

»Ein Schuss in den Hinterkopf macht ziemlich viel Dreck«, flüsterte Kins ihr zu, der ihre Gedanken erraten hatte. Er ging weiter ins Zimmer hinein und sah sich um. »Ich glaube nicht, dass sie hier umgebracht wurde, aber das werden wir dann wohl herausfinden.«

Eine Inventur des Kühlschranks förderte unter anderem einen Behälter mit einer halb verzehrten Frühlingsrolle sowie einem Rest Pad Thai zutage, aber keinen Hinweis darauf, woher das Essen stammte. Außerdem fand Tracy eine Tüte halbfetter Milch, dem Geruch nach zu urteilen inzwischen sauer geworden, einen Laib Weizenbrot mit ersten Schimmelspuren sowie ein Stück Cheddar. In der Kühlschranktür stand eine halb volle Flasche Chardonnay.

Im Schlafzimmerschrank fand Tracy zwei Blusen, ein Jackett, Shorts, Bluejeans, ein paar Tennisschuhe, Stiefeletten und Flipflops. Auf der Ablage im Bad befand sich ein Schminkbeutel, der allerdings lediglich das Allernotwendigste enthielt. Die Dusche war sauber, auf der Ablage dort standen zwei kleine Fläschchen mit Shampoo und Haarspülung.

»Spärlich«, bemerkte Kins, der den Kopf ins Bad gesteckt hatte.

»Kann man so sagen«, meinte Tracy.

Sie ging zurück in die Küche, wo sie den Schrank unter der Spüle öffnete und den Abfalleimer herausholte. Der war nicht geleert worden. Als sie darin herumwühlte, geriet ihr ein zusammengeknülltes Stück Papier in die Finger, der Auszahlungsbeleg einer Bank, der Emerald Credit Union. Die aufgedruckte Adresse befand sich ebenfalls in Renton, Washington. »Vielleicht haben wir ihre Bank gefunden«, freute sich Tracy.

Kins kam zu ihr, um einen Blick auf den Beleg zu werfen, ehe er sich noch einmal in der kleinen Wohnung umsah. »Keine Brieftasche, kein Handy, kein Laptop.«

»Lynn Hoff wollte nicht gefunden werden«, sagte Tracy.
»Aber jemand hat sie gefunden«, erwiderte Kins.

* * *

Faz und Del stießen sich beide in ihren Schreibtischstühlen vom Schreibtisch ab und drehten sich um, als Kins und Tracy den Arbeitsbereich ihres Teams betraten. Die Schreibtische hier standen in den vier Ecken des Raumes, ein großer Arbeitstisch beherrschte die Mitte. Wieder einmal schoss Tracy durch den Kopf, wie sehr ihre Kollegen Rex und Sherlock glichen, den jeweils fünfundsechzig Kilo schweren Hunden ihres Freundes Dan. Die beiden Rhodesians reagierten ähnlich schnell, wenn Tracy durch die Tür kam. Sie hatte die Hunde heute am frühen Morgen beim Verlassen ihrer Wohnung zuletzt gesehen. Dan, seines Zeichens Anwalt, war da schon gegangen, er hatte früh nach Los Angeles aufbrechen müssen, um bei Gericht Widerspruch gegen einen Antrag auf Aufhebung eines Urteils zu erheben, das zum Vorteil seines Klienten ausgefallen war. Rex hatte nicht einmal den Kopf heben mögen, als Tracy sich zum Aufbruch bereit machte, aber Sherlock, ganz Gentleman, hatte sie ritterlich bis zur Wohnungstür begleitet. Für diese nette Geste war er dann auch mit einem leckeren künstlichen Hundeknochen belohnt worden.

»NICC und WCIC wissen nichts über Lynn Hoff«, sagte Faz zur Begrüßung. Weder die Datenbank des nationalen Kriminalitätsinformationszentrums noch die des Staates Washington hatten den Namen gespeichert.

»Ernsthaft?« Kins mochte es kaum glauben. Nachdem er erfahren hatte, dass Hoff nicht nur für ihre OP, sondern auch im Motel bar bezahlt hatte, war er mehr denn je der festen Überzeugung gewesen, dass die Frau als Prostituierte gearbeitet hatte.

»Nicht mal ein Parkzettel«, ergänzte Del.

»Und bei der Kraftfahrzeugzulassungsstelle?«, fragte Tracy.

»Schon interessanter!« Del drehte sich wieder seinem Schreibtisch zu, wo er nach einem Blatt Papier griff, das er Tracy überreichte. »Darf ich euch Lynn Hoff vorstellen? Ich bat um eine Kopie des aktuellsten Fotos.«

Lynn Hoff – wenn das denn ihr Name war, inzwischen hegte Tracy da erhebliche Zweifel – sah eher unscheinbar aus. Sie hatte lange, glatte, braune Haare, die ihr bis auf die Schultern fielen, und einen Seitenscheitel. Dazu trug sie eine Brille mit schwarzem Rand. Laut Führerschein war sie ein Meter achtundsechzig groß und achtundsechzig Kilo schwer, was mit Funks bei der Autopsie gewonnenen Werten übereinstimmte.

»Der Führerschein wurde im März zweitausendsechzehn ausgestellt, vorher existierte kein Führerschein auf diesen Namen«, sagte Del.

»Sie ist dreiundzwanzig.« Tracy sah Kins an. »Ist vielleicht wirklich nicht ihr richtiger Name.«

Zu diesem Schluss waren die beiden auf der Fahrt zurück vom Motel gekommen, nachdem sie das Zimmer dort offiziell dem Team der Kriminaltechnik übergeben hatten.

»Wahrscheinlich ein Deckname.« Faz nickte. Er drehte seinen Stuhl so, dass er Tracy beobachten konnte, die den Arbeitsbereich durchquerte, um ihre Handtasche im Spind neben ihrem Schreibtisch zu verstauen. »Ich habe eine Suche bei LexisNexis gestartet, aber nur ins Leere gegriffen. Keine früheren Arbeitgeber, keine früheren Adressen. Dann habe ich ihren Namen durch die Datenbank der Sozialversicherung laufen lassen. Die Nummer scheint echt zu sein, aber es taucht keine Arbeitsstelle auf. Die Frau ist ein Geist.«

»Ein Geist auf der Flucht«, meinte Kins. »Sie hat sich das Gesicht umbauen lassen und darauf bestanden, sämtliche Vorher-nachher-Fotos ausgehändigt zu bekommen. Sie hat vor der OP keine persönlichen Angaben zu ihrer Krankengeschichte oder der ihrer Familie gemacht und ihr Motelzimmer bar bezahlt. Das Zimmer sieht außerdem ganz so aus, als hätte dort wer sauber gemacht. Kein Handy. Keine Brieftasche. Kein Computer oder Laptop.«

Tracy reichte Faz den Bankbeleg, den sie aus dem Mülleimer gefischt hatte. »Das hier habe ich im Abfall gefunden. Kannst du es einloggen und für mich durchlaufen lassen?«

»Wird gemacht«, versprach Faz.

Auf Tracys Schreibtisch blinkte das gelbe Telefonlicht, ihre Voicemail rief nach ihr. Das Blinken konnte eine Nachricht bedeuten oder gleich mehrere Dutzend, darunter bestimmt ein oder zwei von ihrer Lieblings-Skandalreporterin Maria Vanpelt. Wahrscheinlich hatte sich auch Bennett Lee gemeldet, der Pressesprecher der Polizeibehörde. Und Lee hatte sich höchstwahrscheinlich bei Tracy gemeldet, weil Vanpelt sich bei ihm gemeldet hatte und er jetzt auf der Suche nach einer Stellungnahme für die Medien war. Nolasco dagegen hatte bestimmt keine Nachricht hinterlassen. Nolasco gab lieber im persönlichen Gespräch das Arschloch.

»Wie lebt man denn heute überhaupt ohne Kredit- oder Debitkarten?«, wollte Del wissen, der sich wieder den anderen in der Mitte ihres Arbeitsbereichs zugewandt hatte.

»Prepaidkarte und Wegwerfhandy«, sagte Faz. »Die benutzt man und wirft sie anschließend weg.«

Faz hatte vor seinem Wechsel in die Mordkommission vier Jahre lang im Betrugsdezernat gearbeitet. Obwohl Del und er keine Mühe scheuen, um für einen lockeren Ton in der Abteilung zu sorgen, waren sie weit mehr als nur die für die Entspannung zuständigen Komiker. Sie waren beide im selben Jahr zu Mordermittlern befördert worden, und zwar vor einundzwanzig Jahren. Seit siebzehn Jahren arbeiteten sie nun schon als Partner und hatten jeden Mordfall gelöst, den man ihnen vor die Nase gesetzt hatte. Ja, sie spielten die italienischen Gangster, aber Faz konnte zwei Collegeabschlüsse in Buchhaltung und Finanzwesen vorweisen und Del hatte einen Abschluss in Politischen Wissenschaften von der Universität von Wisconsin. Eigentlich hatte Faz weiterstudieren und einen Master in Steuerwesen machen wollen, hatte er Tracy einmal erzählt, wollte vorher jedoch ein bisschen Geld verdienen und einen Teil seines Studienkredits abbezahlen. Ein Onkel hatte ihm ein Sommerpraktikum beim Elizabeth Police Department in New Jersey besorgt, wo er dann seine Berufung fand. Zur großen Enttäuschung seiner Mutter.

»Aber ihr habt doch gesagt, ihr hättet keine Prepaidkarten oder Handys gefunden«, sagte Del zu Tracy und Kins.

»Wir haben nicht einmal eine Brieftasche gefunden«, sagte Kins. »Sie hat die Operation und eine Monatsmiete bar bezahlt. An die siebentausend.«

»Wie kommt sie an solche Summen?«, fragte Del.

»Das wissen wir noch nicht.«

»Jemand könnte sie umgenietet und das Motelzimmer sauber gemacht haben«, meinte Faz. »Es war ganz sicher nicht vorgesehen, dass die Leiche je gefunden wird.«

»Umgenietet?«, sagte Del zu Kins, indem er mit dem Daumen auf Faz deutete. »Der da hält sich für Michael Corleone.«

Auch Tracy wandte sich an Kins. »Was hältst du davon, das Foto durch die Gesichtserkennungssoftware laufen zu lassen? Vielleicht finden wir einen auf einen anderen Namen ausgestellten Führerschein.«

»Und wie kriegst du die Zulassungsstelle dazu, das zu genehmigen?«, fragte Kins zurück.

Nach einer Investition von sage und schreibe eins Komma sechs Millionen Dollar verfügte die Polizeidirektion von Seattle über Gesichtserkennungssoftware und auch über Personal, das damit umgehen konnte, doch der Rat der Stadt erlaubte deren Einsatz nur zum Abgleich von Verbrecherfotos, wie sie entstehen, wenn jemand offiziell inhaftiert wird. Die Fahrzeugzulassungsstelle verfügte über die umfangreichste Datenbank an Fotos von Bewohnern des Staates Washington überhaupt, aber die Mächtigen im Staate gestatteten der Polizei nicht, bei ihrer Jagd nach Kriminellen auch in dieser Datenbank zu forschen. Ein Bürgerrechtsanwalt hatte nämlich erfolgreich geltend machen können, dass sonst die Privatsphäre von Otto Normalverbraucher in Gefahr geriete. Jawohl! Da ließ man doch lieber zu, dass Otto Normalverbraucher einem Kriminellen zum Opfer fiel, solange bloß niemand wusste, wie groß und übergewichtig Otto war. Und der Himmel möge verhüten, dass man mithilfe dieser Datenbanken die Identität von Toten feststellte, um deren Hinterbliebene informieren zu können.

»Vielleicht machen sie eine Ausnahme«, sagte Tracy. »Sie ist tot.«

»Ein Regierungsangestellter, der unkonventionell zu handeln bereit ist, weil es dem Wohl der Allgemeinheit dient?« Del schnaubte. »Viel Glück, sage ich nur. Während ihr brav auf euer Nein wartet, gehe ich die Sache auf die altmodische Tour an und werfe mal einen Blick auf die Datenbank mit den vermissten Personen.«

»Wir sollten das Foto auf jeden Fall unten beim Strand in den Wohnungen und an den Bootsrampen herumzeigen«, entschied Tracy.

»Auch das liegt drin«, meinte Faz.

»Die Spurensicherung geht das Motelzimmer durch, vielleicht ergibt sich daraus eine weitere Namensliste, die wir durchgehen können, wenn der Bericht der Fingerabdruckleute fertig ist.« Tracy wurde langsam immer frustrierter. »Scheiß drauf! Ich bitte Nolasco, Druck auf die Zulassungsstelle auszuüben, damit die uns die Gesichtserkennung gestatten. Die Frau ist tot. Welche Privatsphäre verletzen wir da?«

»Kann ich ein Amen hören?« Faz hob beide Arme, um begeistert zu winken.

Del tat ihm den Gefallen, ohne aufzusehen.

»Soll ich mitkommen?«, wollte Kins wissen.

Tracy dachte nur kurz über dieses Angebot nach. Wenn Nolasco ihre Bitte ablehnen sollte, war es egal, ob Kins dabei war oder nicht; das Angebot entsprang reiner Ritterlichkeit, wie bei Sherlock, wenn er sie morgens zur Tür brachte. Tracys brisantes Verhältnis zu ihrem Chef reichte bis in ihre Tage auf der Polizeiakademie zurück, als sie sich während einer Demonstration körperlicher Durchsuchungstechniken für sich und eine andere weibliche Auszubildende stark gemacht hatte. Am Ende der Auseinandersetzung hatte Nolasco nach einer gut platzierten Kombination von Knie- und Ellbogeneinsatz mit gebrochener Nase dagestanden und eine Weile eher Sopran singen müssen. Vor nicht allzu langer Zeit hatte Tracy noch dazu völlig unbeabsichtigt Nolasco und Floyd Hattie, seinen früheren Partner im Morddezernat, vorgeführt, und zwar wegen der höchst zweifelhaften Ermittlungstechniken der beiden, über die sie bei der Suche nach weiteren möglichen Opfern des Cowboys gestolpert war, als sie sich einen der alten Fälle des Duos noch einmal vorgeknöpft hatte. Das hatte eine ausgewachsene Untersuchung durch die Abteilung für interne Ermittlungen nach sich gezogen, bei der der schon länger als Rentner lebende Hattie freiwillig das Bauernopfer gegeben hatte, damit die Schlange Nolasco nach einer schriftlichen Abmahnung relativ unbehelligt hatte davonschlüpfen können.

»Nein.« Tracy schüttelte den Kopf. »Wenn er meine Bitte ablehnt, ist es egal, ob du dabei zusiehst oder nicht.«

»Vielleicht haben wir ja Glück und irgendwer erkennt sie«, sagte Kins. »Von irgendwoher muss sie ja gekommen sein.«

»Es sei denn, sie ist frisch geschlüpft«, gab Faz zu bedenken.

* * *

Tracy verließ ihren Arbeitsbereich und ging den Flur hinunter, der zwischen den innen liegenden Büros und den äußeren Glaswänden lag, die einem ab und an die Sicht zwischen den Hochhäusern hindurch auf die Elliot Bay erlaubten. Ein Dunstschleier hing über der Stadt, am Horizont zog sich ein dünner, roter Strich entlang. Das war Smog – den man sich hier ebenso schwer vorstellen konnte wie eine Dürreperiode in der smaragdgrünen Stadt, nur hing da jetzt unübersehbar diese Dunstglocke. Bei Nolascos Büro angekommen, klopfte Tracy kurz gegen die offen stehende Tür und trat ein.

Der Captain saß an seinem Schreibtisch und telefonierte. Er winkte Tracy nicht näher, gab ihr noch nicht einmal mit einer Geste zu verstehen, dass er ihre Anwesenheit zur Kenntnis genommen hatte. Er ließ sie einfach in der Tür stehen wie einen Smogstreifen an seinem Horizont. Es ging wohl mal wieder um sein Fantasy-Baseball-Team, er sprach gerade davon, mit Mike Trout und Bryce Harper die besten Feldspieler aufstellen zu können. Nolasco spielte zu gern – Fantasy-Fußball, March Madness, Fantasy-Baseball, einfach alles. Der Mann war zweifach geschieden – womit sollte er seine Zeit denn sonst totschlagen? Eine ermordete junge Frau? Der Himmel möge verhüten, dass ihn so etwas auch nur einen Moment lang aus seiner Fantasiewelt riss!

Tracy überbrückte die Wartezeit, indem sie die Nachrichten auf ihrem Handy durchging. Dan hatte sich gemeldet, er war gut gelandet und würde gegen sechs Uhr zu Hause sein. Bis Dan kam, hatte sich nie jemand einfach nur so bei Tracy gemeldet, ohne richtigen Grund, nur um sich zu melden. Dan hatte sie gern genug, um so etwas zu tun, das war schön, es fühlte sich gut an. Die beiden waren Freunde aus Kindertagen, die sich zwei Jahre zuvor wiedergetroffen und ineinander verliebt hatten. Seitdem hatte Dan Tracy nie auch nur eine Sekunde lang das Gefühl vermittelt, in seinem Leben nur ein Anhang zu sein, jemand, an den man dachte, wenn gerade Zeit dafür war; er hatte sie immer auf seinem Radarschirm. Tracy tippte gerade eine Antwort auf seine SMS, um ihm mitzuteilen, dass es bei ihr später werden würde, als sie Nolasco sein Gespräch beenden hörte. Jetzt hatte er aufgelegt. »Was ist?«, knurrte er ohne Begrüßung oder Anrede – Tracy konnte nur raten, wer gemeint war. Ohne gleich auf ihn einzugehen, tippte sie erst einmal ihre Nachricht zu Ende.

»Hey!«, knurrte Nolasco. »Ich habe noch zu tun.«

Tracy ließ ihr Handy sinken und betrat das Büro. »Ich muss mit Ihnen über die Frau in der Krebsfalle reden.«

Nolasco runzelte die Stirn. »Wissen wir inzwischen, wer sie ist?«

»Ja und nein.«

»Was soll das heißen?«

»Wir haben einen Namen, Lynn Hoff, halten den jedoch nicht für ihren richtigen. Wir glauben, dass die Frau sich einen falschen Namen zugelegt hat, ein Alias. Sie ist praktisch unauffindbar, wir können sie in keinem der Systeme entdecken. Kins und ich waren bei ihrer letzten bekannten Adresse – ein Motel in Renton. Sie hat sich entweder auf eine Flucht vorbereitet oder war bereits auf der Flucht. Jemand scheint im Motelzimmer sauber gemacht zu haben, es gab keine Brieftasche, kein Handy, keinen Computer.«

»Dann war sie in irgendetwas Illegales verwickelt.«

»Das wissen wir nicht.«

Nolasco knurrte unwillig: »Wie lässt sich das alles sonst erklären?«

»Für mich noch gar nicht«, meinte Tracy.

»Manchmal sind die Dinge einfach das, was sie zu sein scheinen.« Nolasco lehnte sich zurück. »Und mir kommt es so vor, als hätten wir es hier mit einer Nutte zu tun. Oder mit einer Drogenabhängigen. Oder sie hat schlicht die falschen Leute gegen sich aufgebracht.«

»Auf eine Drogensucht deutet nach den ersten Ergebnissen der Autopsie nichts hin. Warum sollte sich jemand die Mühe machen, eine Prostituierte oder Drogenabhängige in eine Krebsfalle zu stopfen, um sie im Puget Sound zu versenken?«

»Machen Sie mir hier nicht die Kreuzfahrerin, Crosswhite. Jane Does kriegen wir in einer Tour rein.«

»Nicht in Krebsfallen.«

»Wie ich bereits sagte, wahrscheinlich hat sie sich mit den falschen Leuten angelegt. Wenn sie auf keiner Vermisstenliste auftaucht und niemand kommt, der sie identifizieren kann, wird die Stadt sie einäschern und in sechs Monaten kriegt sie draußen in Olivet ein anständiges Begräbnis. Wir haben Dringenderes zu tun.«

»*So wie Fantasy-Baseball?*« Das hätte Tracy zu gern gefragt, aber sie hielt sich wohlweislich zurück. »Ihre Fingerabdrücke sind nicht im System«, berichtete sie stattdessen, denn auch diese Tatsache wies deutlich darauf hin, dass Lynn Hoff weder als Prostituierte gearbeitet hatte noch drogenabhängig gewesen war.

»Lasst den Namen durch die Vermisstenlisten laufen. Ich wette, da taucht er auf.«

»Das macht Del gerade. Sie hat sich außerdem noch mit einer plastischen OP das Gesicht umbauen lassen, um ihr Aussehen zu ändern.«

»Das machen eine Menge Frauen. Man nennt das Eitelkeit.«

»Männer machen es auch«, sagte Tracy. Gerüchten zufolge war Nolascos zweiwöchiger Urlaubstrip nach Maui eigentlich eine Reise zu einem Schönheitschirurgen gewesen, er blickte seitdem mit weit aufgerissenen Augen in die Welt, als sei er ständig über irgendetwas überrascht. »Das war keine Schönheitsoperation aus kosmetischen Gründen, es war eine Rekonstruktion. Sie hat ihr Erscheinungsbild geändert.«

»Woher wissen Sie das?«

»Funk hat Implantate gefunden. So kamen wir auch an den Namen. Der Doktor sagte, sie habe sich sehr bedeckt gehalten, was persönliche Informationen und die Krankengeschichte ihrer Familie betraf. Nach der OP hat sie darauf bestanden, sämtliche vorher und nachher von ihr angefertigten Fotos ausgehändigt zu bekommen. Del hat aus den Unterlagen der Fahrzeugzulassungsstelle ein Foto besorgt, dort sind aber außer dem aktuellen keine früheren Führerscheine aufgelistet. Was seltsam ist, die Frau war immerhin dreiundzwanzig. Ich möchte mithilfe unserer Gesichtserkennungssoftware die Datenbank der Zulassungsstelle nach weiteren Übereinstimmungen durchforsten, aber das geht nicht ohne Ihre Unterstützung. Bitte sorgen Sie dafür, dass uns der Zugang zu den Daten ermöglicht wird.«

Nolasco schüttelte den Kopf. »Das machen die nie.«

»Ich weiß, die offizielle Linie lautet eindeutig Nein. Trotzdem hoffe ich, Sie können die Leute überzeugen. Die Frau ist tot, es ist ja nun nicht so, als verstießen wir gegen ihre Persönlichkeitsrechte.«

»Die Bürgerrechtler sagen, das geht nur, wenn wir kriminelle Aktivitäten vermuten.«

»Wir vermuten kriminelle Aktivitäten. Jemand hat sie umgebracht und anschließend in eine Krebsfalle gestopft.«

»Ehe wir losrennen und das Budget überziehen, sollten wir abwarten, was Del herausbekommen kann.«

»Del wird sie nicht in den Vermisstenlisten finden. Sie wurde nicht vermisst, sie hatte sich versteckt.«

»Vor wem?«

»Vor dem, der sie umgebracht hat. Wer immer das gewesen sein mag.«

»Schickt euer Foto an die Sitte, die sollen es in den entsprechenden Gegenden rumzeigen. Vielleicht erkennt sie ja jemand auf der Straße. Gute Polizeiarbeit verlangt eben manchmal auch Pflastertreten. Manchmal langt es nicht, nur auf der Tastatur herumzuhacken.«

Tracy biss sich auf die Zunge. »Danke, Captain.« Sie war schon halb auf dem Weg zur Tür, als ihr eine Idee kam und sie sich noch einmal umdrehte. »Trout hat eine Sehnenverletzung am Knie, habe ich mir sagen lassen«, erklärte sie. »Angeblich hat er noch den Rest des Jahres damit zu schaffen.«

Nolasco hob den Kopf. Diesen Kommentar hatte er nicht erwartet, er schien ihn zunächst auch zu verwirren. Dann jedoch wurden die immerwährend großen Augen noch größer. »Was wissen Sie denn davon?«

»Ich? Gar nichts. Aber Dan kennt jemanden im Ärzteteam der Angels.«

Tracy war noch nicht aus der Tür, als Nolasco schon den Telefonhörer in der Hand hielt. Hoffentlich sorgte Mike Trout an diesem Abend für mindestens drei Homeruns.

* * *

Nolascos Rat beherzigend, gab Tracy Billy Williams eine Kopie des Fotos von Lynn Hoff, damit der es an den Sergeant der Sitte weiterreichte. Sie bat, das Foto von den Streifenbeamten in den einschlägigen Gegenden und Etablissements herumzeigen zu lassen, überall dort, wo Prostituierte ihrer Arbeit nachgingen. Sie tat das nicht, weil sie den Vorschlag ihres Vorgesetzten gut fand und auf Erfolg hoffte. Sie wollte Nolasco lediglich sagen können, sie hätte getan, wozu er ihr geraten hatte, nur hätte er sich in diesem Fall leider geirrt. Lynn Hoff mochte in illegale Aktivitäten verwickelt gewesen sein, aber Tracy war fest davon überzeugt, dass die Frau weder auf den Strich gegangen war noch Drogen konsumiert hatte. Sie war auch nicht obdachlos gewesen, immerhin hatte sie eine Menge in die Veränderung ihres Aussehens stecken können und ihre Miete im Voraus bezahlt.

Diese Frau war auf der Flucht gewesen.

Kurz nach neun verließ Tracy das Büro. Da war ihre Schicht schon lange vorbei, trotzdem war es ein für die ersten achtundvierzig Stunden einer Mordermittlung früher Feierabend. Es würde dauern, bis Del sämtliche Vermisstenlisten durchgegangen war, Funk würde den toxikologischen Bericht erst in zwei Wochen auf dem Schreibtisch liegen haben, und die DNA-Analyse konnte ebenso lange dauern. Sie hatten Hoffs Fingerabdrücke nicht in der AFIS-Datenbank gefunden, und Tracy glaubte nicht, dass ihre DNA bei CODIS gespeichert war.

Sie fuhr nach Hause, wo sie beim Anblick von Dans Suburban vor dem Tor zu ihrer Einfahrt ebenso schmunzeln musste wie früher als Zwölfjährige beim Anblick seines Fahrrads auf dem Rasen vor ihrem Elternhaus. Sie war damals nicht in Dan verliebt gewesen, ganz und gar nicht. Aber sie hatten zusammen eine Menge Spaß gehabt.

Ihre Verbindung war neu entstanden, nachdem Jäger in einem flachen Grab oberhalb ihrer Heimatstadt die sterblichen Überreste von Tracys Schwester gefunden hatten und Tracy nach Hause gefahren war, um Sarah zur Ruhe zu betten und ihren Mörder zu jagen. Dan war zur Beerdigung gekommen, seitdem waren die beiden ein Paar. Inzwischen sahen sie sich auch öfter, denn Dan war aus den North Cascades auf eine fünf Morgen große Farm in Redmond gezogen, viel näher an Seattle heran. Das häufigere Beisammensein hatte Tracys romantische Gefühle für ihren Freund bislang noch nicht dämpfen können, Dans Gefühle für sie allem Anschein nach auch nicht. Tracy hatte sogar insgeheim schon mal an eine Hochzeit gedacht, das Thema allerdings bisher noch nicht direkt angesprochen. Dan ebenfalls nicht – sie waren beide schon einmal verheiratet gewesen und geschieden, keiner von ihnen schien unbedingt jetzt sofort ihrer Beziehung einen offiziellen Anstrich verleihen zu wollen. Dan hatte gerade einige größere Prozesse vor Geschworenengerichten gewonnen, darunter auch den in Los Angeles, um dessen Urteil es gerade noch einmal gegangen war. Er hatte es nicht eilig, sich gleich ins nächste längere Verfahren zu stürzen. Lieber nutzte er die freie Zeit zum Ausbau des Hauses auf der Farm, eine Arbeit, die er gernhatte und auch gut beherrschte, nachdem er das alte Haus seiner Eltern in Cedar Grove nach deren Tod vollständig umgestaltet hatte. Tagsüber arbeitete er also am Haus, abends fuhr er nach Seattle, um für Tracy zu kochen und die Nacht bei ihr zu verbringen. Er kochte besser als seine Freundin, und so schräg sich das bei einer Frau auch anhörte, die mit einer Glock .40 bewaffnet war und schneller und genauer schoss als jeder andere Beamte in ihrer Truppe: Tracy schlief besser, wenn Dan und die beiden Hunde im Haus waren. Ihr Kater Roger wohnte inzwischen auf der Farm, wo er das Leben eines Freigängers genoss.

Rex und Sherlock begrüßten sie ein wenig beiläufig, als sie durch die Seitentür der Garage in die Küche kommend das Haus betrat. Die beiden schienen nicht ganz bei der Sache zu sein, sie ließen die gewohnte Begeisterung missen und verschwanden, kaum hatten sie ihre Pflicht getan, gleich wieder durch die Glasschiebetür nach draußen auf die Veranda, wo sie sich mit hängenden Zungen hechelnd und insgesamt nicht ganz glücklich wirkend auf die Seite fallen ließen. Zum Glück waren beide kurzhaarig.

Dan dagegen, der ohne Hemd, in Cargoshorts und Flipflops am Grill hantierte, wirkte alles andere als unzufrieden. Er war gut in Form, lief er doch mehrmals die Woche, zusätzlich zum Krafttraining. Außerdem ging er am Wochenende gern in den Bergen wandern. Im Winter lief er Ski, und zwar so, als wäre er immer noch achtzehn. Das alles sorgte für einen flachen Bauch und eine gut ausgebildete, perfekt behaarte Brust. Normalerweise trug er eine Brille mit rundem Drahtgestell, die er an diesem Abend allerdings abgesetzt hatte, die ihm aber sonst in Kombination mit seinen Locken zum Aussehen eines Collegeprofessors verhalf.

»Was hast du ihnen angetan?«, erkundigte sich Tracy mit Blick auf die Hunde.

»Nur einen kleinen Spaziergang.« Dan lachte. »Bei Hitze stellen sie sich doch immer an wie große Babys.« Er klappte den Grill auf, um sofort in einer Rauchwolke zu stehen.

»Soll ich den Feuerlöscher holen?«, wollte Tracy wissen, die hastig die Tür zugeschoben hatte, damit der Qualm nicht ins Haus dringen konnte.

Dan fächelte, bis ein paar Flammen aufschossen, drehte ein Stück Huhn mit der Grillzange um, schloss den Deckel und trat einen Schritt zurück. »Wenn du weißt, wie man Hähnchen grillt, ohne einen mittleren Feueralarm auszulösen, bin ich ganz Ohr.« Sie küssten sich. Dan deutete auf den Tisch zwischen den beiden Verandastühlen. »Ich habe dir ein Glas Wein eingeschenkt.«

»Danke, ich gehe mich lieber erst umziehen. Du siehst viel entspannter aus, als ich mich fühle.«

Dan breitete vergnügt die Arme aus und warf den Kopf zurück. Obwohl die Dämmerung bereits eingesetzt hatte, blieb es nach wie vor warm, und er hatte Hitze immer schon sehr geliebt. Tracy erinnerte sich noch an seine ungezügelte Freude über heiße Sommertage, damals in Cedar Grove. »Je heißer, desto besser!«, war seine Devise gewesen, und er hatte zu gern die Liste all der Dinge heruntergerattert, die man bei richtig schönem Wetter tun konnte: mit dem Rad in die Berge fahren, zum Beispiel, und sich vom Seil aus, das sie über dem Fluss aufgehängt hatten, ins Wasser schwingen.

»Vielleicht gehst du ja nie wieder arbeiten, wenn das Wetter so bleibt«, sagte Tracy.

»Schön wäre das bestimmt. Aber ich muss noch mal nach Los Angeles, mich mit meinem liebsten gegnerischen Anwalt rumärgern.«

»Dann habt ihr es heute nicht geregelt gekriegt?«

»Das, worum es ging, schon. Der Richter hat den gegnerischen Antrag als frivol bezeichnet, mir mein Honorar zugesprochen und den anderen gesagt, sie sollen gefälligst zusehen, dass der Fall abgeschlossen wird. Ich fliege runter, damit das Urteil zur Akte genommen wird und die Berufungsfrist anfangen kann.«

»Kannst du das nicht telefonisch oder per E-Mail erledigen?«

»Ich trau denen nicht. Ich will, dass es in öffentlicher Sitzung aktenkundig wird.«

»Wann musst du los?«

»Freitag.«

»Wenn wir diesen neuen Fall nicht hätten, würde ich ja mitkommen. Schade, wir hätten das Wochenende am Meer verbringen können.«

»Hört sich viel besser an als der Clinch mit diesen Idioten! Lös deinen Fall und wir fahren ans Meer!«

»Das scheint leichter gesagt als getan. Ich gehe mich schnell umziehen, dann erzähle ich dir alles.«

Im Haus tauschte Tracy rasch Arbeitskleidung gegen Shorts und Tanktop und kehrte erleichtert auf die Veranda zurück. »Schon viel besser!«, freute sie sich. Dan saß auf einem der beiden bequemen Stühle und nippte an einem Bier. Die

Sonne verlor rasch an Kraft, die Ostlage der Terrasse bescherte ihnen einiges an Erleichterung, wobei das Thermometer an der Hauswand immer noch zweiundzwanzig Grad anzeigte.

»Ich nehme mal an, dein Fall hat etwas mit der Frau in der Krebsfalle zu tun?«, fragte Dan.

Tracy setzte sich auf den freien Stuhl und nippte an ihrem Wein. »Wir haben totale Probleme damit, ihre Identität festzustellen.«

Dan verzog mitfühlend das Gesicht. »So schlimm?«

»Die Leiche ist eigentlich in einem ganz guten Zustand. Nein, wir glauben, sie ist ein Geist.«

»Ein Geist?«

»Jemand, der absichtlich unter dem Radar existiert.« Tracy erzählte, wie sie auf den Namen Lynn Hoff gestoßen, jetzt aber offenbar in einer Sackgasse gelandet waren. »Nolasco möchte, dass wir den Fall einfach abschließen, die Frau für mittellos erklären und sie von der Stadt einäschern lassen.«

»Einäschern!« Alarmiert sprang Dan auf. »Mein Stichwort!« Er griff nach der Zange und klappte den Grill auf. Diesmal stieg mit leisem Puff nur eine kleine Rauchwolke auf. »Sie leben noch!«, verkündete Dan erleichtert, ehe er die Hähnchenteile vom Grill nahm und sie auf einen bereitgestellten Teller legte. Trotz der Flammenbildung zwischendurch wirkte das Fleisch goldbraun und köstlich. Tracy hatte keinen blassen Schimmer, wie Dan das hinkriegte. Er drehte die Knäufe am Grill, bis die Flammen erstickt waren, und schloss den Hahn, der die Gaszufuhr regelte.

Im Haus holte Tracy Teller und Besteck aus dem Schrank, während Dan den vorbereiteten Salat und das Dressing aus dem Kühlschrank nahm. So bewaffnet setzten sie sich auf der Terrasse an den Tisch und teilten das Essen aus. Unter ihnen schossen auf der gekräuselten Wasseroberfläche der Elliot Bay kleine, weiße Dreiecke hin und her. Nicht eine Wolke hing am

Himmel, nichts deutete auf ein baldiges Ende dieser Hitzewelle hin.

»Erklär mir, warum ihr diese Frau für einen Geist haltet«, bat Dan.

Tracy erzählte, was sie bei Dr. Wu, im Hotelzimmer und bei der Zulassungsstelle herausgefunden hatten, und erklärte, warum Lynn Hoff ihrer Meinung nach keine Prostituierte und auch nicht drogenabhängig oder obdachlos gewesen war. »Aber wenn sie keine Prostituierte oder Drogenabhängige war, warum hat sie dann niemand als vermisst gemeldet?«, schloss sie.

»Vielleicht ist es so, wie du sagst – sie wurde nicht vermisst, weil sie nicht gefunden werden wollte«, meinte Dan. »Vielleicht kommt niemand auf die Idee, sie könnte verschwunden sein.«

»Aber wenn sie sich vor jemandem versteckt hat, hat sie doch irgendeine Identität, oder? Das heißt das doch. Niemand kann einfach so von allem und jedem weggehen, ohne dass es auffällt. Sie muss doch Familie gehabt haben, Freunde, Arbeitskollegen. Niemand verschwindet einfach so vom Radarschirm, oder?«

»Für eine Weile geht das schon. Kommt darauf an, was man vorher erzählt. Oder wenn man stirbt.« Dan nagte an einer Hähnchenkeule.

»Keine schlechte Idee.«

»Was?«

»Wir haben uns auf die Frage konzentriert, ob sie Vorstrafen hat, was natürlich der falsche Ansatz sein könnte. Vielleicht hat unsere Jane Doe, wer immer das sein mag, Lynn Hoffs Identität benutzt, weil sie wusste, dass Lynn Hoff in keiner Datenbank auftaucht. Vielleicht ist Lynn Hoff tot.«

Tracys Telefon klingelte. Das Display zeigte die Nummer des Telefons auf ihrem Schreibtisch im Präsidium, denn wenn sie Rufbereitschaft hatte oder gerade frisch an einem neuen Mord saß, ließ sie die beim Telefon im Büro eingehenden Anrufe auf ihr Handy umleiten. »Da muss ich drangehen«, entschuldigte sie sich bei Dan, indem sie aufstand und hinüber zum Geländer der Veranda ging, ehe sie den Anruf annahm. Dan griff sich sein Weinglas und setzte sich zurück. »Detective Crosswhite am Apparat.«

»Detective Crosswhite, hier spricht Glenn Hicks. Ich bin Bezirksranger im Mount-Rainier-Nationalpark.«

»Was kann ich für Sie tun?« Tracy drehte sich um, nach Süden, wo der Berg größer denn je aufragte.

»Um ehrlich zu sein, weiß ich das selbst nicht genau.« Hicks stieß einen langen Seufzer aus, ehe er hinzufügte: »Aber ich glaube, Sie haben eine von meinen Leichen gefunden.«

6

Verheiratet zu sein ist reine Glückseligkeit.

Das sagt man doch so, oder? Ich persönlich fand es ja nicht viel anders als mein Singledasein, bis auf ein, zwei kleine Sachen. So musste ich zum Beispiel in meinem Schrank Platz für Grahams Klamotten schaffen und es gab doppelt so viel Wäsche zu waschen und schmutziges Geschirr zu spülen. Ich hatte nicht gedacht, dass wir in meinem Loft wohnen würden, das eigentlich nicht viel größer als eine Einzimmerwohnung ist, aber Graham meinte, das Loft sei billiger als seine Wohnung, so könnten wir Geld sparen. Außerdem wohnten wir hier im Pearl District, von wo aus sämtliche coolen Läden und Restaurants zu Fuß zu erreichen sind.

Nicht, dass wir je zu den coolen Restaurants und Läden gegangen wären. Seit dem großen Tag sind sechs Wochen vergangen – übrigens habe ich den Mount Rainier erfolgreich bestiegen, ganz bis zum Gipfel, Graham jedoch nicht. Er musste wegen Höhenkrankheit am Disappointment Cleaver umkehren. Ich dachte, er freut sich darüber, dass ich es geschafft habe, aber eigentlich war er nur sauer auf die Bergführer, die ihn angeblich nicht gut genug auf den Aufstieg vorbereitet hatten.

Sowieso arbeitet Graham abends bis spät und das ziemlich oft. Er hat einen großen Börsengang für einen der führenden

Klienten von BSBT vorzubereiten und sagt, wenn er den erfolgreich durchzieht, müssen sie ihn einfach zum Partner machen. Ich habe nichts dagegen, dass er so viel arbeitet. Wie gesagt war ich es gewohnt, allein zu leben, und jemanden bei mir im Loft zu haben ist eine ziemliche Umstellung gewesen. Ich habe nie viel geredet, aber Graham redet gern, wenn er nach Hause kommt, manchmal jedenfalls. Er hat eine Menge Ideen in Bezug auf die Firmen, die er irgendwann mal aufbauen will. Noch ist nicht klar, was für eine; noch, sagt er, hat er den »Magic Fit« nicht gefunden.

Weil Graham spät arbeitet, komme ich mehr zum Lesen, wobei er mich ständig ermuntert, doch wieder mehr ins Fitnessstudio zu gehen. Die zwanzig Pfund, die ich verloren habe, als ich für die Besteigung des Mount Rainier trainierte und dann bei der Besteigung selbst? Die habe ich längst wiedergefunden. Oder besser gesagt, die Pfunde mich, denn ich habe auf keinen Fall nach ihnen gesucht. Das mit den Pfunden ist genetisch bedingt, glaube ich. Ich kann mich daran erinnern, wie mein Vater zu meiner Mutter sagte, egal, wie viel oder wie wenig er isst und wie oft oder wie weit er läuft, unter achtundachtzig Kilo kommt er nie.

Nicht, dass ich achtundachtzig Kilo wiege!

Meine Güte, nein!

Trotzdem: Ich wiege achtundsechzig, was bei meiner Größe nicht gerade schlank und rank ist.

Der Sex findet weniger häufig statt, als ich erwartet hatte. Graham sagt, er ist nach den langen Arbeitstagen müde, wobei ich mich frage, ob es nicht vielleicht auch etwas mit diesen Pfunden zu tun hat. Vor unserer Hochzeit sagte Graham immer, er liebe seine Frauen mit ein bisschen Speck auf den Rippen. Jetzt sagt er Sachen wie: »Magst du nicht ins Fitnessstudio gehen, wenn ich länger arbeiten muss? Oder raus, ein bisschen spazieren gehen? Du musst hier nicht die ganze Zeit wie eingesperrt rumhocken.«

Ich mag eingesperrt rumhocken. Ich mag meine Bücher. Und meine Pfunde machen mir nichts aus. Mein Schrank ist entsprechend gebaut.

An einem Mittwochabend hockte ich mal wieder allein für mich in der Bude, las Die Nachtigall – *ein Buch, das mich ins Paris der Vierzigerjahre mitnahm, als Nazis im Stechschritt über die Avenue des Champs-Élysées liefen –, als ich jemanden an der Tür hörte. Mein Loft liegt im zweiten Stock eines umgebauten Lagerhauses, das einzige Loft auf dieser Etage. Man kommt entweder über die Treppe oder mit dem Fahrstuhl hier hoch, doch beides geht nur mit dem vierstelligen Sicherheitscode, den man braucht, um durch die Haustür zu kommen und den Fahrstuhl zum Hochfahren zu bewegen. Auch meine Wohnungstür ist eine ohne Schlüssel. Ich glaube, mein Vermieter war es leid, immerzu mitten in der Nacht angerufen zu werden, wenn sich wieder einmal ein Mieter ausgesperrt hatte. Ich benutze ein und denselben Code für Fahrstuhl und Wohnungstür – ganz clever, ich weiß, ich weiß!*

Wie dem auch sei, Vertreter behelligen uns hier im Haus nicht und so früh am Abend jemanden an der Wohnungstür zu hören, überraschte mich dann doch. Ich warf einen Blick auf die Uhr zwischen den Fenstern, durch die man ansatzweise Sicht auf den Willamette River und die Broadway Bridge hat. Halb sieben. Um diese Zeit hatte ich Graham nicht erwartet. In letzter Zeit war er nie vor zehn nach Hause gekommen. Aber er war es.

»Hey!« Er kam in die Wohnung, warf mir einen raschen Blick zu und stellte seinen Rucksack ab.

»Hey«, antwortete ich vorsichtig, denn ich spürte, dass irgendetwas falsch war. Grahams Stimmungen ließen sich nicht immer gut einschätzen. Ein glücklicher Graham sprudelte nur so vor Energie und konnte gar nicht mehr aufhören zu reden, egal, ob ich mich an der Unterhaltung beteiligte oder nicht. Irgendwann kam er dann auch mal wieder auf den Teppich und sagte Sachen

wie: »Tut mir leid, ich hab dir ja gar keine Chance gelassen, auch mal was zu sagen.« Und redete sofort weiter, ohne dass ich ein Wort dazwischengekriegt hätte. Das waren die guten Abende. Die nicht so guten Abende waren die, an denen Graham mürrisch, oft fast wütend war, wenn er nach Hause kam. Zuerst hatte ich noch nachgefragt, was denn los sei, ob alles in Ordnung wäre, aber das ließ ich sein, seitdem er unmissverständlich klargestellt hatte, dass er nicht darüber reden wollte: »Ich will nicht drüber reden, okay? Ich rede den ganzen Tag! Lass mir bloß ein bisschen Ruhe und Frieden!«

Heute stand er in der Tür und schien erst einmal mit den Augen die Deckenbalken absuchen zu wollen. Er sah zerzaust aus, was so gar nicht seine Art war. Ich hatte ihm im Schrank zusätzlichen Platz überlassen müssen, mehr als ich selber beanspruchte, was aber ganz in Ordnung war, denn so viel zum Anziehen hatte ich gar nicht. Wieso denn auch – ich hockte in einem kleinen Verschlag in einem Großraumbüro, oder haben Sie das schon vergessen? In Portland. Graham brauchte für die Arbeit Anzüge, Hemden und Krawatten, was er alles ausschließlich bei Nordstrom kaufte. Er hatte einen persönlichen Einkäufer, der seinen Geschmack genau kannte, und ihm gefiel, wie sie die Sachen für ihn nach Maß zurechtschneiderten. Er sah immer aus wie frisch GQ entsprungen, dem Magazin für Herrenmode und guten Geschmack. Ich dagegen sah meistens so aus, als wäre ich gerade aus dem Bett gefallen, hätte mir das Erstbeste geschnappt, was mir in die Hände geriet, und wäre aus dem Haus gestürmt, ohne mir auch nur die Wimpern zu tuschen. Genauso machte ich es morgens meistens auch.

An diesem Abend jedoch saß Grahams Krawatte locker und der oberste Hemdknopf stand offen. Er wirkte verschwitzt, fast so, als sei er zu Fuß nach Hause gelaufen.

»Ich muss da raus!«, sagte er.

»Wo musst du raus?«

»*BSBT.*« *Er warf die Autoschlüssel auf den Tresen, der den Wohnbereich vom Essbereich trennte. Eine Treppe führte hoch zum Loft, wo sich das Bad befand und wo mein Bett stand.*

»*Ich dachte, es gefällt dir dort inzwischen ein bisschen besser*«, *wandte ich ein.* »*Ich dachte, das mit dem Börsengang läuft gut.*«

»*Typisch, dass du das denkst!*« *Diese Bemerkung traf mich hart. Graham seufzte. Sein Blick war glasig, fiel mir auf, als hätte er geweint – oder getrunken.* »*Ich geh da unter, ich ersticke! Kriegst du das gar nicht mit?*« *Aufgebracht tigerte er in der Nähe der Wohnungstür auf und ab und redete weiter, ohne eine Antwort abzuwarten.* »*Tod durch Schneiden am Papier, Tausende von Schnitten, ich blute am ganzen Leib. Da ist nichts Kreatives, gar nichts, die sind alle wie Roboter, denken wie Roboter, handeln wie Roboter. Niemand hat auch nur einen Funken Unkonventionelles im Kopf. Niemand! Und wer doch unkonventionell zu denken wagt, wird ganz schnell mit einem Fußtritt wieder auf Linie gebracht. Auf Linie mit dem Rest der Arbeitsbienen.*« *Immer noch auf und ab laufend schüttelte er verzweifelt den Kopf.* »*Ich schaff das nicht mehr. Scheiß drauf! Ich mach das einfach nicht mehr.*«

»*Was würdest du denn stattdessen tun?*«

Er blieb stehen und nickte, wie er es gern tat, wenn ihn irgendetwas erregte. Einfach so, im Handumdrehen, schlug seine Stimmung um. Die Schatten hoben sich, die Dunkelheit verschwand. Er wurde lebhafter, sein Blick schoss hierhin und dorthin, bis er zur Couch kam, auf der ich saß, und vor mir auf die Knie fiel. »*Ich habe in den vergangenen sechs Monaten viel darüber nachgedacht!*«, *eröffnete er mir, wobei sein Atem deutlich nach Alkohol roch.* »*Ich habe dir doch gesagt, dass ich den Magic Fit suche, weißt du nicht mehr? Und jetzt habe ich ihn gefunden, glaube ich, genau das Richtige für mich! Ich habe ein paar Nachforschungen angestellt.*«

»*Worüber?*« *Ich schaffte es doch glatt, auch mal ein Wort einzuschieben.*

»*Marihuana!*« *Graham strahlte bis über beide Backen, seine Augen waren groß und rund geworden.*

»*Wie bitte?*« *Ich hatte keine Ahnung, was er meinte.*

Er sprang auf, rieb sich aufgeregt die Hände. »*Der Staat Oregon legalisiert Marihuana. Das ist die Gans, die goldene Eier legt! Ich habe mit ein paar Leuten in Seattle gesprochen und die haben gesagt, wer sich da gleich zu Anfang reinhängt, verdient sich dumm und dämlich.*«

Ich markierte meine Stelle im Buch mit einem Eselsohr und legte es auf das Polsterkissen neben mir. Über diese Marihuanasache hatte ich erst kürzlich etwas in der Zeitung gelesen. »*Ich habe einen Artikel gelesen, in dem stand, hier wird es nicht wie in Seattle, weil es schon so viele Abgabestellen für medizinisches Marihuana gibt und es die unabhängigen Läden von daher schwerer haben werden.*«

»*Reine Schwarzmalerei!*« *Graham setzte sich so dicht neben mich, dass ich die Beine unter den Po ziehen musste.* »*Das sind wieder diese Arbeitsbienen, kein Funken Fantasie. Du kannst mir ruhig glauben, ich habe mir die Sache genau angesehen, und das Geld wartet praktisch nur darauf, verdient zu werden.*«

»*Wann hast du dir das alles ganz genau angesehen?*«

»*Was?*«

»*Wann hast du dich damit beschäftigt? Du hast doch die ganze Zeit so hart arbeiten müssen, auch an den Wochenenden.*«

Wieder wurden seine Augen ganz groß, diesmal wie bei jemandem, der gerade eine Überraschung erlebt. »*Hörst du mir eigentlich zu? Ich berichte hier von unserer großen Chance, mal etwas für uns selbst zu tun, und du willst mich lieber verhören?*«

»*Ich verhöre dich nicht, ich habe lediglich gefragt …*«

»*Na, dann zeig doch wenigstens ein bisschen Enthusiasmus!*« *Er sprang auf und lief zum Fenster, wo er sich aber gleich wieder zu mir umdrehte.* »*Ist das zu viel verlangt? Du bist meine Frau! Du solltest mich unterstützen!*«

Da ich nicht wusste, was ich daraufhin sagen sollte, sagte ich nichts. Wenn ich ehrlich sein will, unterstützte eigentlich keiner von uns den anderen so richtig. Die Finanzen regelte jeder für sich, da Graham getrennte Kassen besser fand – getrennte Kreditkarten, getrennte Bankkonten, getrennte Debitkarten, Telefonrechnungen, auch wenn er mich manchmal um meine Kreditkarte bat, wenn das Gehalt von der Anwaltsfirma seinem Konto noch nicht gutgeschrieben war oder wenn wir ausgingen. Dann nahm er seine Brieftasche nur ungern mit, weil er nicht mochte, wie seine hintere Hosentasche aussah, wenn der Geldbeutel drinsteckte.

»Ich möchte bei BSBT aufhören und eine Ausgabestelle für Marihuana eröffnen«, verkündete er, als sei das die selbstverständlichste Sache der Welt.

»Du willst jetzt sofort aufhören? Aber du hast doch so hart gearbeitet und du sagst, du bist kurz davor, dass sie dich zum Partner machen.«

Er kam wieder zur Couch zurück und setzte sich. »Darum geht es doch gerade! Ich habe schwer gearbeitet – für die!« Er nahm meine Hand. »Das ist die Chance, für mich zu arbeiten – für uns!«, fügte er rasch hinzu. »Wir könnten es zusammen angehen.«

»Wie meinst du das?«

Er drückte meine Hand so fest, dass es wehtat. »Wir könnten uns zusammen selbstständig machen, die Firma gemeinsam eröffnen. Wir beide. Du kämst endlich aus deinem Verschlag raus.«

Aber mir gefiel mein Verschlag. »Ich mag meinen Job.«

»Der ist eine Sackgasse. Möchtest du da sterben? Solche Verschläge, Büros überhaupt, sind doch Särge. Wer wirklich was draufhat, geht da zum Sterben hin.«

Er hatte sich so weit zu mir vorgebeugt, dass ich ein Stück zurückwich, um den Alkoholausdünstungen zu entgehen. »Ich weiß nicht ...«, sagte ich. »In dem Artikel stand, die Lizenz für einen solchen Laden sei teuer. Dann kommen noch die Kosten für die Ladengründung und die fixen Kosten jeden Monat. Und wir haben keine Erfahrung mit dem Anbau oder mit überhaupt irgendwas.«

»Auch darüber habe ich schon allerhand gelesen!« Graham sprang auf, um sich den ledernen Rucksack zu holen, den er bei der Tür abgestellt hatte. Er brachte ihn zur Couch, setzte sich und zog einen dicken braunen Umschlag heraus, dessen Inhalt er auf dem Couchtisch ausbreitete, nachdem er zuvor die dort liegenden Zeitschriften weggeräumt hatte.

»Wir müssen nicht selbst anbauen«, erklärte er. »Wir beziehen unsere Produkte von Produzenten.«

Anscheinend hatte er sich schon ausführlich und im Detail mit dem Thema beschäftigt, was mich wunderte. Er schien sogar ein komplettes Betriebskonzept zusammengestellt zu haben, einschließlich Kostenplan für die Startphase und den laufenden Betrieb.

»Ich möchte den Laden Genesis *nennen«, enthüllte er mir aufgeregt. »Wie das erste Buch der Bibel. Weil diese Firma nämlich nur der Anfang sein wird.«*

»Der Anfang von was?«

»Einer ganzen Firmenkette!«, rief er begeistert. »Mit dem Geld, das wir mit der Ausgabestelle verdienen, können wir in andere Start-ups und Firmen investieren. Ich habe mit der Bank gesprochen. Auf der Basis unserer beiden Gehälter dürfte das mit dem Kredit kein Problem werden und ...«

»Wann hast du mit der Bank gesprochen?«

Er wischte meine Frage beiseite. »Komm, schau es dir doch an. Wir sind ausgesprochen kreditwürdig.«

»Aber wir können keine Sicherheiten bieten.«

»Ich habe denen gesagt, dass ich Partner werde und mein Gehalt dann steigt.«

»Du willst doch gar nicht mehr arbeiten.«

»Das wissen die doch nicht. Und bis wir den Kredit haben, kann ich ja auch noch bleiben.«

»Aber das ist ...«

»Das ist keine Lüge!«, unterbrach er mich sofort. *»Sie würden mich ja zum Partner machen. Ich habe bloß beschlossen, das nicht anzunehmen.«*

»Sie haben dir gesagt, dass du Partner wirst?«

»Nein, aber es ist nur eine Formalität.«

»Ich glaube nicht, dass wir dein Gehalt angeben können, wenn du keins erhältst.«

»Das ist doch nur, um den Kredit zu bekommen.« Er packte meine Hände, als wolle er mich auf eine Tanzfläche ziehen und herumwirbeln. *»Komm schon! Sei doch mal ein bisschen optimistisch, nicht immer diese Weltuntergangsstimmung! Es gibt keine bessere Zeit, so etwas anzugehen, als jetzt, wo wir noch keine Kinder haben!«*

Über Kinder hatten wir nie gesprochen. Ich entzog Graham meine Hände und sah mir seine Zahlen genauer an. Dabei hing er mir aufgeregt über der Schulter, deutete von Zeit zu Zeit auf etwas, erklärte mir die einzelnen Positionen. Was ich anfangs für eine detaillierte Kostenplanung gehalten hatte, entpuppte sich beim näheren Hinsehen als sehr viel spekulativer.

»Könnte es sein, dass du die Anfangskosten unterschätzt hast? Ich habe gelesen, dass man bei einer Firmengründung davon ausgehen soll, in den ersten sechs Monaten noch keinen Gewinn zu machen. Sechs Monate mindestens, das kann auch bis zu achtzehn Monate dauern. Und du hast für keinen von uns ein Gehalt eingerechnet – wovon sollen wir leben und unseren Lebensunterhalt bezahlen?«

Graham richtete sich stöhnend auf, sammelte seine Materialien wieder ein und klappte den Ordner zu. »Entschuldige bitte, dass ich etwas unternommen habe, damit es uns besser geht. Falls du es vergessen haben solltest: Ich bin hier derjenige, der auf dem College war und sogar einen Uniabschluss hat. Und ich bin derjenige, der die letzten drei Jahre im Bereich Körperschaftsrecht gearbeitet hat!« Er wandte mir kopfschüttelnd den Rücken zu. »Weißt du was?

Vergiss es einfach! Vergiss, dass ich überhaupt davon angefangen habe.«

Er warf den Ordner auf den Couchtisch, ging zur Wohnungstür und schnappte sich seinen Schlüssel vom Tresen.

»Wohin gehst du?«, fragte ich.

»Aus«, sagte er.

Die Tür schlug zu. Minuten später bretterte der Porsche laut röhrend aus der Tiefgarage und ich hörte ihn auf der Straße immer noch mehr Tempo aufnehmen. Ich sah aus dem Fenster, auf den Schimmer der Straßenlaternen und in die Wipfel der Bäume, die den Bürgersteig säumten. Über der Brücke stand der Mond, sein Bild spiegelte sich im Wasser. Nach ein paar Minuten nahm ich mir den Ordner vom Tisch, schlug ihn auf und starrte nachdenklich auf die Zahlen.

7

Tracy hatte ihr gesamtes bisheriges Leben im pazifischen Nordwesten verbracht und war von daher bestens nicht nur mit den statistischen Fakten in Bezug auf Mount Rainier vertraut, sondern auch mit den Mythen, die sich um diesen Berg rankten. Dabei war der Rainier mit seinen viertausendzweihundertsiebenundsechzig Metern weit mehr als nur ein Berg. Er war ein Vulkan, er strahlte schwindelerregende Unermesslichkeit aus, er beherrschte die gesamte Region. Aus welcher Richtung man auch kam, man sah ihn bereits aus Hunderten von Meilen Entfernung, er war so mächtig, so hoch, dass er seine eigenen Wetterlagen schuf. Selbst wenn man den Rainier nicht sehen konnte, weil das Grau des pazifischen Nordwestens wie ein dichter Vorhang über der Gegend hing, spürte man seine Gegenwart. In Seattle sagte man dann »Der Berg ist ausgegangen« oder Ähnliches, als wäre der Rainier ein lebendes, atmendes Wesen.

Ja, schön war der Berg, aber sein Lockruf konnte auch tödlich sein. Jedes Jahr versuchten Tausende, seinen Gipfel zu erklimmen, wobei es mehr als die Hälfte nicht schafften. Manche starben bei dem Versuch. Und von denen, die ums Leben kamen, wurden einige nie gefunden. Ihre Leichen lagen unter Lawinen aus Schnee, Eis und Geröll begraben oder steif gefroren am Grund von Felsspalten, die dreißig und mehr Meter tief sein konnten.

Für jemanden, der vorgeben wollte, gestorben zu sein, war Mount Rainier der perfekte Mörder.

Knapp anderthalb Stunden nachdem sie Seattle verlassen hatten, lenkte Kins seinen Wagen unter dem spitzen Giebel hindurch, der den nordöstlichen Eingang zum Mount-Rainier-Nationalpark markierte, und folgte der Straße bis zu einer Blockhütte, vor der die Fahne der Vereinigten Staaten wehte. Das inmitten hoher Kiefern gelegene Blockhaus wirkte kaum größer als ein einräumiges Schulhaus.

Als Tracy aus dem Auto stieg und sich dehnte, um die Steifheit aus ihren Gelenken zu vertreiben, roch sie den vertrauten Duft von Wintergrün, der sie sofort an ihre Kindheit in den North Cascades denken ließ. In der Luft hing aber auch erstickend der Geruch von Ruß und Asche, dazu ein rostfarbener Nebel von den Bränden, die unvermindert im östlichen Teil des Staates wüteten.

In der White River Ranger Station wurden Kins und sie von einem Ranger in Khakishorts, passendem kurzärmligen Hemd und Stiefeln begrüßt. »Sie müssen die beiden Detectives aus Seattle sein.« Der Mann streckte ihnen die Hand hin. »Glen Hicks. Wir kriegen hier ja durchaus auch unseren Teil Schräges ab, aber diese Sache dürfte wohl den Vogel abschießen.«

»Wem sagen Sie das«, meinte Kins.

Hicks mochte ein bisschen kleiner sein als Tracy – sie schätzte ihn auf ungefähr einen Meter fünfundsiebzig –, war aber von drahtiger Gestalt, mit fleischigen Unterarmen und markanten Waden. Auf dem Kopf hatten seine Haare bereits den Rückzug angetreten, was ein bisschen seltsam anmutete, schien der sichtbare Rest seines Körpers doch zu dichter Behaarung zu neigen: Ein Fünf-Uhr-Schatten auf den Wangen und buschige

Brauen, die sich bis fast an den Nasenrücken senkten, verliehen ihm ein dauerhaft enttäuscht wirkendes Aussehen.

»Kommen Sie mit nach hinten.« Hicks bat seine Besucher hinter einen hölzernen Tresen in sein Büro, das nicht größer war als das Schlafzimmer eines Kindes. Der hölzerne Tisch darin erinnerte Tracy an die Lehrerpulte damals in Cedar Grove, als sie in der Mittelstufe gewesen war. Auf dem Tisch lag ein brauner Pappordner.

»Wann wurde diese Hütte gebaut?«, erkundigte sich Tracy.

»Die Station?« Hicks sah sie an. »Neunzehnhundertneunundzwanzig. Damals haben sie für die Ewigkeit gebaut, allerdings nicht an die Bequemlichkeit gedacht.« Er trat hinter den Tisch. »Sie haben das Bild dabei?«, wollte er wissen, deutlich erpicht darauf, einem Geheimnis auf die Spur zu kommen.

Tracy öffnete ihre lederne Satteltasche und zog das Bild aus Lynn Hoffs Führerscheinakte heraus. Es war keine Kopie, sondern ein richtiger glänzender Abzug, den sich Faz bei der Zulassungsstelle besorgt hatte. Sie reichte ihn über den Tisch. Hicks setzte sich eine Lesebrille auf die Nase, hielt das Bild hoch, um es sich anzusehen, öffnete den vor ihm liegenden Ordner, nahm ein weiteres Foto heraus, hielt die beiden nebeneinander und ließ den Blick zwischen ihnen hin- und herwandern. Nach ein paar Sekunden schüttelte er langsam den Kopf, wie man es tut, wenn man es nicht fassen kann, doch tatsächlich reingelegt worden zu sein.

»Das ist sie!«, erklärte er mit mahlendem Kiefer. »Ich weiß nicht, wer Lynn Hoff sein soll, aber das hier ist Andrea Strickland.«

Er gab Kins und Tracy die zwei Bilder, damit auch die sie vergleichen konnten. Obwohl Strickland auf dem Foto der Zulassungsstelle eine Brille mit breitem Rand trug, war nicht zu verkennen, dass es sich hier um ein und dieselbe Person handelte.

»Ich habe noch andere Bilder.« Hicks hatte einen braunen Umschlag geöffnet, dem er jetzt ein paar Farbfotos entnahm. »Die hat uns ihr Mann vor ungefähr vier Wochen zur Verfügung gestellt, als wir dachten, die Frau wäre hier oben bei uns auf dem Berg verschollen.«

Auf einem der Fotos stand Andrea Strickland auf einem Felsen. Sie trug Shorts und ein Tanktop, hatte sich ein langärmliges Hemd um die Taille geschlungen und hinter ihr ragte der unglaubliche Gipfel des Mount Rainier auf.

»Was können Sie uns über die Frau sagen?«, fragte Tracy.

»Ich kann Ihnen sagen, dass sie uns anscheinend völlig unnötig eine Menge Aufregung gekostet hat«, knurrte Hicks. »Und sie hat das Leben meiner Ranger gefährdet!« Fast hörte er sich an wie ein sitzen gelassener Liebhaber. »Wer so etwas tut, muss unglaublich selbstsüchtig sein!«

Sie ist tot, hat also letztendlich den höchsten Preis bezahlt, hätte Tracy am liebsten gesagt. Sie hielt sich jedoch zurück, denn Kins und sie hatten ja nichts dagegen, wenn Hicks seinem Unmut Luft machte. Der Mann besaß jegliches Recht dazu. Andrea Strickland hatte ihn und seine Männer ja wirklich ausgetrickst, ganz übel reingelegt. Sie hatte alle reingelegt. Bis auf die Person, die sie schließlich aufgespürt und ermordet hatte.

Hicks, der sich auf den knackenden, quietschenden Schreibtischstuhl hinter dem Holztisch gesetzt hatte, drehte sich um, damit er auf eine hinter ihm hängende, bereits leicht ramponierte topografische Karte zeigen konnte. Bei dem abgebildeten Gebiet schien es sich um den gesamten Park zu handeln. Überall sah man rote X, manche mit einem Kreis versehen. »Die X markieren die Stellen, an denen Personen, die immer noch in den Bergen vermisst werden, zuletzt gesehen wurden. Die mit dem Kreis darum stehen für Vermisste, deren

Leichen wir letztlich finden und bergen konnten. Manchmal gelingt uns das innerhalb weniger Tage, manchmal dauert es Monate oder sogar Jahre, bis jemand gefunden wird. Manche finden wir nie. Seit das Wetter in den letzten Jahren zunehmend wärmer wurde, ziehen sich die Gletscher mit nicht zu berechnender Geschwindigkeit zurück. Dabei entdecken wir Leichen von Bergsteigern, die vor Jahrzehnten verschwanden. Und lassen Sie mich eins sagen: Es wird nie zu Routine. Jeder, den man nicht finden konnte, verfolgt einen. Man fragt sich ständig, ob man nicht doch anders hätte vorgehen müssen, ob der Vermisste nicht vielleicht nur ein paar Meter von der Stelle entfernt lag, an der man im Schnee herumgestochert hat, oder in einer Felsspalte direkt unter deinen Stiefeln.«

Hicks öffnete die Schreibtischschublade, nahm einen Markierstift heraus und malte um eins der X einen Kreis. Andrea Strickland«, sagte er, nachdem er den Stift wieder verschlossen hatte. »Ich brauche keine Namen danebenzuschreiben, ich weiß noch im Schlaf, wo welcher Vermisste zuletzt gesehen wurde.« Hicks Finger tippten auf eine markierte Stelle nach der anderen. »In der Nähe von Success Cleaver, an einer Felsspalte am Cowlitz Gletscher, im Gebiet des Carbon River.« Er klopfte mit seinem Kuli auf das X, das er gerade umkringelt hatte. »Liberty Ridge. Wissen Sie, warum wir so schuften, um die Leichen zu finden?«

Ja, das wusste Tracy. Sie selbst hatte zwanzig Jahre lang nach Sarah gesucht, trotz der zunehmend sicheren Erkenntnis, dass sie wohl nur noch die sterblichen Überreste ihrer Schwester finden würde. »Damit die Familien einen Abschluss finden können«, sagte sie.

»Damit die Familien einen Abschluss finden können.« Hicks nickte. »Manche von denen kaufen uns nämlich den Schwachsinn nicht ab, der Berg sei eine wunderbare Ruhestätte für ihre Lieben. Ich kann ihnen das nicht verdenken. Aber es geht auch um einen Abschluss für uns. Am dreißigsten Mai zweitausendvierzehn haben wir bei einem einzigen Zwischenfall sechs Leute verloren. Drei der Leichen fanden wir im vergangenen Sommer. In manchen Jahren, so wie im vergangenen, haben wir Glück und verlieren niemanden. Unser Berg ist ein harter, zäher Bursche, der blitzschnell richtig fies werden kann. Gerade noch scheint die Sonne und schon in der nächsten Minute haben wir ein Whiteout und der Wind weht mit achtzig Meilen die Stunde. Man kann nie vorhersagen, wie sich der Berg an einem bestimmten Tag verhalten wird, und das heißt, man kann sich nie entspannen. Man muss jeden Moment damit rechnen, dass über Funk eine Nachricht reinkommt.«

»Was können Sie uns über Andrea Strickland erzählen?«, fragte Tracy noch einmal.

Hicks wurde klar, dass er seinem Unmut ein bisschen zu stark Luft gemacht hatte. »Tut mir leid, bei dieser Sache bin ich wohl ein wenig emotional.«

»Kein Problem«, meinte Kins. »Ich würde sagen, dazu haben Sie jegliches Recht.«

Hicks nahm sich einen Moment Zeit, um sich zu fangen. »Andrea Strickland und ihr Mann Graham beantragten und erhielten die Erlaubnis, am dreizehnten Mai zweitausendsiebzehn die Liberty Ridge zu besteigen. Liberty Ridge ist kein Zuckerschlecken. Es ist einer der am wenigsten bestiegenen Pfade zum Gipfel.«

»Wie viele Pfade gibt es?«, wollte Kins wissen.

»Fünfzig, mindestens.«

»Und dieser wird selten begangen, weil er schwierig oder gefährlich ist?«, fragte Tracy.

»Beides. Technisch gesehen ist er keine Herausforderung. Es gibt ein, zwei Stellen, wo man sich anseilen und jemanden absichern muss, aber man klettert nicht über Eisklippen.«

»Was macht den Weg dann so schwierig?«, fragte Tracy.

»Die Nordseite des Berges, Willis Wall. Da kann es schon mal zugehen wie auf einer Kegelbahn, besonders in den letzten Jahren mit dem warmen Wetter. Die Gletscher schmelzen, die Schneeschicht wird weniger stabil, Geröll und Felsbrocken stürzen den Berg hinunter.«

»Dann sind also nicht viele Menschen auf dieser Strecke unterwegs«, bemerkte Kins.

»Genau. Vielleicht haben die beiden sie ja gerade deswegen ausgesucht.«

»Was wollen Sie damit sagen?«, fragte Tracy.

»Ich habe mir die für dieses Wochenende ausgegebenen Genehmigungen noch einmal angeschaut, weil ich hoffte, jemand könnte die zwei gesehen haben. Aber für das Wochenende hatte niemand sonst eine Genehmigung für diese Strecke eingeholt. Es war für Liberty Ridge auch noch zu früh im Jahr – wer da hochwill, dem steht ein sehr begrenztes Zeitfenster von sechs Wochen, maximal zwei Monaten zur Verfügung. Ich weiß noch, dass ich den Ehemann gefragt habe, warum sie jetzt schon ausgerechnet diese Route gehen wollten.«

»Und wie hat er das erklärt?«, wollte Tracy wissen.

»Er sagte, sie suchten die Herausforderung. Zwei andere Strecken seien sie schon gegangen, Disappointment Cleaver und Emmons Glacier – das sind die beliebtesten Routen. Später stellte sich raus, nur sie hatte es beim Disappointment Cleaver bis zum Gipfel geschafft, er hatte vorher gekniffen. Höhenkrankheit. Und die Strecke über den Emmons Glacier sind sie nie gegangen. Er hatte mich angelogen. Das fand ich aber erst hinterher heraus.«

»Warum hätte er sie anlügen sollen?«

»Um die Genehmigung für Liberty Ridge zu bekommen. Es sollte so aussehen, als hätten sie Erfahrung. Der Mann redete ziemlichen Stuss, daran erinnere ich mich noch.«

»Die beiden waren also gar nicht so erfahren?«, fragte Tracy.

»Erfahrung lässt sich nur schwer definieren, das ist ein breites Spektrum. Die beiden waren wohl schon mal geklettert, ich persönlich hätte aber weder ihn noch sie als erfahren bezeichnet. Das habe ich ihnen auch gesagt.«

»Einen Bergführer hatten sie nicht, wenn ich das richtig verstehe?«, erkundigte sich Kins.

»Nein.« Hicks lehnte sich zurück. »Jedes Jahr ereignen sich fünfundzwanzig Prozent der Unfälle am Berg auf dieser Route. Bergführer mögen sie nicht.«

»Was genau ist also passiert?«, fragte Kins.

Hicks lachte, leise und ganz und gar nicht freudvoll. »Da bin ich mir jetzt nicht mehr so sicher.«

»Was hat der Mann denn gesagt? Was war seiner Schilderung nach passiert?«, fragte Tracy.

»Der Ehemann kam total aufgeregt und völlig ausgelaugt vom Berg gestiegen. Er sagte, sie seien bis zum Thumb Rock gekommen ... Moment!« Hicks zog eine Landkarte aus seiner Schreibtischschublade, die er auseinanderfaltete und so auf dem Tisch ausbreitete, dass Tracy und Kins sie vor sich liegen hatten. Mit einem Bleistift als Zeigestock bewaffnet beugte er sich über den Tisch. »Okay, wie ich schon sagte, hatten sie sich eine Genehmigung für den Aufstieg besorgt, und zwar am dreizehnten Mai hier am Wilderness Information Center. Der Aufstieg über Liberty Ridge kann drei bis fünf Tage dauern, je nachdem. Die meisten Leute schaffen die Strecke innerhalb von drei Tagen, ich kenne sogar welche, die sie in zwei Tagen geschafft haben. Der Mann sagte, sie wären vom White-River-Zeltplatz aufgebrochen und hätten die erste Nacht im Glacier Basin Camp verbracht.« Hicks kringelte ein Gebiet auf der Landkarte ein. »Am nächsten Tag, sagte er, seien sie bis hierher, bis The Wedge gewandert. Dort teilt sich die Strecke. Die Route links bringt einen nach Camp Schurman oberhalb des Emmons Glacier, rechts kommt man auf die Liberty-Ridge-Route. Laut

Ehemann haben die beiden den Saint Elmo Pass passiert, sind zum Winthrop Glacier abgestiegen und haben sich weiter bis zur Curtis Ridge vorgearbeitet, wo sie ihr Zelt für die zweite Nacht aufschlugen. Dort sind sie seiner Auskunft nach um Mitternacht wieder wach geworden, haben sich angeseilt und den Weg zum Thumb Rock gesucht.« Hicks markierte beide Stellen mit einem Kreis.

»Sie wanderten nachts?«, hakte Kins nach.

»Am besten geht man, wenn es draußen kalt ist. Das verringert die Chance, von losen Steinen getroffen zu werden, und der Schnee ist fester, es geht sich leichter darauf. Es handelt sich bei dieser Strecke um eine Wanderung von vier oder fünf Stunden, bei denen man von ungefähr zweitausendsechshundertzweiundachtzig Metern auf knappe dreitausenddreihundertfünfzig steigt. In der dritten Nacht schlugen die zwei ihr Zelt am Thumb Rock auf.«

»Und sie waren allein?«, wollte Tracy wissen. »Keine anderen Bergsteiger da oben?«

»Genau, sie waren allein.« Hicks nickte. »An dieser Stelle bricht die Geschichte des Mannes auseinander. Fand ich jedenfalls damals.« Hicks richtete sich auf und dehnte den Rücken, der ihm wehzutun schien. »Er sagte, sie hätten ein leichtes Abendessen zu sich genommen, Tee getrunken und sich gegen acht Uhr ins Zelt zurückgezogen, um sich auszuruhen. Um ein Uhr in der Nacht wollten sie wieder aufstehen und den Gipfel ansteuern. Er sagte, irgendwann in der Nacht habe er gehört, wie Andrea aufstand, aber nicht nachgesehen, wie spät es war. Sie müsse kurz pinkeln, soll sie gesagt haben. Er ist dann angeblich gleich wieder eingeschlafen.« Hicks schnitt eine Grimasse, es war ihm anzusehen, wie wenig er dem Mann diese Geschichte abgenommen hatte. »Danach will er auch noch das Klingeln des Weckers verschlafen haben. Er sei erst am Morgen aufgewacht, seine Frau sei da nicht im Zelt gewesen. Als er aufstand, um nach ihr zu schauen, konnte er sie nirgendwo entdecken. Den Abstieg hier runter zur Station hat er am selben Tag noch geschafft, traf gegen fünf Uhr ein und meldete seine Frau als vermisst.«

»Warum hat er nicht angerufen? Warum wartete er, bis er unten war?«, wollte Kins wissen.

»Der Handyempfang am Berg ist sehr unzuverlässig – wenn man denn überhaupt Empfang hat.«

»Wie hat er sich benommen?«, fragte Tracy.

»Beherrscht«, erklärte Hicks ohne zu zögern.

»Also nicht in voller Panik oder verzweifelt?«

Hicks schüttelte den Kopf. »Wenn überhaupt, würde ich sagen, er klang und wirkte eher verwirrt als verzweifelt. Sagte, er wisse auch nicht, warum seine Frau einfach so losgelaufen sein könnte. Oder was passiert sein könnte. Fing dann an, Hypothesen aufzustellen: Sie könnte zum Pinkeln rausgegangen sein und sich dabei verlaufen haben, dabei könnte sie dann abgestürzt sein. Jetzt sage ich Ihnen, was ich an der Story nicht kapiere: Die Frau verlässt in der Nacht das Zelt, kommt nicht zurück und er geht nicht sofort nach ihr suchen? Vor dem Aufstieg zum Gipfel ist man nervös. Man schläft nicht gut, wenn man denn überhaupt schläft. Und dieser Mann behauptet, das Klingeln seines Weckers verschlafen zu haben? Ich war mir ganz sicher: Er hat dafür gesorgt, dass sie vom Berg gestürzt ist.«

»Haben Sie irgendwelche Spuren von ihr gefunden?«, fragte Tracy.

»Ja, haben wir.« Hicks genehmigte sich die Spur eines Lächelns. »An der Suche waren ungefähr zwanzig Personen beteiligt, Ranger hier aus den Bergen und Leute von der Nordic Ski Patrol Search and Rescue. Leute von den Bergrettungsteams aus Tacoma, Everett und Seattle haben am Boden gesucht, das zweihundertvierzehnte Fliegerbataillon der US-Army Reserve aus Lewis-McChord hat die Suche von der Luft aus begleitet. Wie ich schon sagte, eine Menge Rettungskräfte und eine Menge Geld. Wir kamen am folgenden Spätnachmittag am Thumb Rock an. Die Rettungskräfte in der Luft hatten etwas entdeckt, was wie ein Haufen Müll aussah. Dort, am Fuß von Willis Wall.«

Hicks markierte die Stelle auf der Karte.

»Ein Haufen Müll? Woraus bestand der?«, fragte Kins.

»Klettereisen, Rucksack, Wasserflasche, ein paar Kleidungsstücke.«

»Hat der Ehemann die Sachen identifiziert?«

»Hat er.«

»Aber keine Leiche.«

»Keine Leiche.«

»Wenn man dort abgestürzt ist, wie tief ist man gefallen?«, fragte Tracy.

»Sechshundert Meter.«

»Man sollte doch annehmen, wo solcher Müll liegt, findet man auch eine Leiche«, überlegte Kins.

»Nicht unbedingt. Ich kann Ihnen sagen, was wir damals dachten: Am Fuß dieser Wand befindet sich ein Bergschrund.« Wieder setzte Hicks seinen Stift ein, um die Stelle auf der topografischen Karte zu markieren.

»Ein Bergschrund?«, fragte Tracy.

»Das ist ein deutscher Begriff. Er bezeichnet einen großen Felsspalt dort, wo sich das Gletschereis von der Gipfelwand trennt.«

»Sie nahmen an, die Frau sei in diese Spalte gefallen und nie mehr zu finden«, fasste Kins zusammen.

Hicks nickte. »Es ist unmöglich, eine Leiche aus diesem Bergschrund zu bergen. An der Willis Wall bilden sich ständig

Spalten. Meine Ranger gehen da nicht hin und ich kann es ihnen nicht verdenken.«

»Ein perfekter Ort also, wenn jemand den eigenen Tod vortäuschen will«, sagte Tracy.

»Sieht so aus. Aber auf die Idee bin ich zu dem Zeitpunkt nicht gekommen.«

»Sie fanden, es sei für einen Ehemann der ideale Ort, um seine Ehefrau umzubringen«, sagte Kins.

»Wieso hätte sie ihre Klettereisen und die anderen Sachen mitnehmen sollen, wenn sie nur aufs Klo wollte?«, gab Hicks zu bedenken.

»Leuchtet ein.« Tracy nickte.

Hicks setzte sich und lehnte sich zurück. »Ich war fest davon überzeugt, dass er sie über die Kante geschubst hat! Und dann entdeckte ich gestern euren Flyer auf meinem Computer! Die Gesichter der Leute, die hier am Berg vermisst werden, vergesse ich nie. Jedes Bild hat sich fest in meinem Kopf eingeprägt.«

»Und was glauben Sie nun? Was könnte Ihrer Meinung nach passiert sein?«, fragte Kins.

»Jetzt? Jetzt weiß ich nicht mehr, was ich glauben soll. Aber eins kann ich Ihnen sagen: Allein hat sie den Abstieg von diesem Berg nicht geschafft. Sie brauchte Hilfe. Verdammt! Vielleicht steckte der Ehemann mit drin, vielleicht ging es um die Versicherung! Der Detective des Pierce County meinte, die beiden hätten eine Versicherung abgeschlossen gehabt. Außerdem hätte es in der Ehe gekriselt.«

Tracy hatte am Morgen mit dem Büro des Sheriffs vom Pierce County telefoniert. Kins und sie waren später noch mit dem zuständigen Detective aus der dortigen Abteilung für Schwerverbrechen verabredet.

»Ich habe mich heute Morgen mit dem Detective unterhalten«, sagte Tracy. »Er meinte, der Ehemann sei eine Person von erheblichem polizeilichen Interesse.«

»Mag sein.« Hicks nahm das Foto von Andrea Strickland in die Hand. »Die Sache ist nur: Ich weiß jetzt nicht mehr, ob ihn die Sache hier entlastet oder im Gegenteil noch stärker belastet.« Hicks warf einen Blick hoch zu dem roten X, um das er einen Kreis gezeichnet hatte. »Aber das ist wohl nicht mein Job. Mein Job ist beendet, Ihrer scheint ja gerade erst angefangen zu haben.«

8

Ich hatte erhebliche Zweifel in Bezug auf Genesis, aber Graham war so optimistisch, sich des Erfolgs seines Projekts so sicher, dass ich schließlich nachgab. Trotz aller Vorbehalte. Ich will ja gar nicht sagen, dass Graham mich mürbegemacht hatte, dass ich letztendlich vor seinen wiederholten Überzeugungsversuchen kapituliert und klein beigegeben habe, aber es war zu Hause einfach unerträglich geworden, so konnten wir nicht weitermachen. Graham fing jeden Abend wieder von dem Projekt an, kaum, dass er durch die Tür war. Er betete mir seine Zahlen vor, er berichtete von weiteren Gesprächen mit Ausgabestellen in Washington und hielt mir Vorträge über das viele Geld, das wir verdienen könnten. Wenn ich versuchte, seine Berechnungen infrage zu stellen, wischte er meine Bedenken jedes Mal mit dem Hinweis auf meine mangelnde Kompetenz beiseite oder warf mir vor, ihn nicht ausreichend zu unterstützen. Am Ende haute er jedes Mal entweder total sauer ab, um erst spät wieder nach Hause zu kommen, oder er hockte den Rest des Abends schmollend in der Ecke und gab, wenn es hochkam, gerade mal zwei Worte von sich. Um den für die Geschäftsgründung nötigen Kredit zu erhalten, brauchte er mein Gehalt.

Als ich endlich Ja sagte, weiteten sich seine Augen wie bei einem Krebskranken, dem man gerade die vollständige Genesung bescheinigt hat. Er umarmte und küsste mich stürmisch.

»Das wirst du nicht bereuen!«, jubelte er. Vor Aufregung hatte er mich bei den Schultern gepackt. »Das wird die beste Investition unseres Lebens!« Dann umarmte er mich noch einmal.

»Hoffentlich hast du recht.« Ich gab mir alle Mühe, mir trotz meiner Bedenken ein Lächeln abzuringen.

»Ich spüre es, Andrea!« Erregt tigerte er in der Wohnung auf und ab. »Ich fühle es, das ist mein ganz großer Wurf.«

Wir zündeten eine Kerze mit Erdbeerduft an. In dieser Nacht liebten wir uns auf der Couch, wie wir uns geliebt hatten, als wir frisch verheiratet gewesen waren. So, als würde der Sex etwas bedeuten. Als würde ich etwas bedeuten.

Danach liebten wir uns fast jede Nacht, bis zu unserem Treffen mit dem Bankmenschen, bei dem wir unseren Geschäftskredit beantragt hatten. Wir mussten all unsere Vermögenswerte und Verbindlichkeiten offenlegen. Die einzigen Verbindlichkeiten, von denen ich wusste, waren die Leasingraten für Grahams Porsche. Ersparnisse konnten wir kaum vorweisen, obwohl Graham doch der Meinung gewesen war, wir würden Geld sparen, wenn er zu mir in mein Loft zog. Mir war nicht wohl bei dem Gedanken, dass er einfach behaupten wollte, bei BSBT Partner zu sein, von daher war ich ziemlich nervös, als wir dem Banker gegenüber Platz nahmen. Der war ein großer, sehr geschäftstüchtig wirkender Mann mit dichtem Silberhaar, der eine Menge Fragen stellte und eine Menge Formulare ausfüllte.

Das ging schon ungefähr fünfundvierzig Minuten so, als er plötzlich eine ernste Miene zog. »Sie haben ziemlich viele Kreditkartenverbindlichkeiten«, sagte er zu Graham.

Davon hatte ich nichts gewusst.

»Es gab einen Krankheitsfall in meiner Familie, und ich war der Hauptversorger«, erklärte Graham. »Aber das ist jetzt vorbei.«

Die Leichtigkeit, mit der er log, überraschte mich.

»*Und wissen Sie auch, wie Sie diese Schulden abtragen wollen?*«, *erkundigte sich der Banker.*

»*Ich kann auf eine erhebliche Steigerung meines Einkommens zählen, sobald ich Partner werde*«, *sagte Graham.*

»*Und wann wird das sein?*«

»*Ich glaube, gleich Anfang des Jahres.*«

»*Vielleicht könnten Sie einen Brief der Anwaltskanzlei vorlegen, der das bestätigt?*«

»*Natürlich*«, *versicherte Graham.*

Vielleicht waren es meine Nerven – ich fühlte mich plötzlich genötigt, den Treuhandfonds meiner Eltern anzusprechen, auch wenn der so abgefasst war, dass ich ihn hier nicht als Sicherheit vorlegen konnte.

Graham wurde so weiß wie ein Laken. Ich schwöre, ich hörte förmlich seinen Unterkiefer auf den Tisch knallen. Er beugte sich wie zu einer vertraulichen Unterhaltung zu mir herüber, dabei konnte der arme Banker gar nicht anders, als uns zuzuhören.

»*Du hast einen Treuhandfonds?*«, *zischte er.*

Ich warf einen kurzen Blick auf den Bankmenschen, der die peinlich berührte Miene eines Menschen zeigte, der unvermutet in einen Streit geplatzt ist und nun nicht weiß, wie er sich möglichst diskret verdrücken kann. Schließlich gab er vor, ein wichtiges Formular vergessen zu haben, und verließ seinen Schreibtisch.

»*Wie soll ich das verstehen?*«, *fragte Graham.*

»*Als meine Eltern starben, hinterließen sie mir ihr Vermögen in einem Treuhandfonds. Seit ich einundzwanzig bin, habe ich beschränkten Zugriff darauf.*«

Graham starrte mich ungläubig an, ehe er sich mit einem hastigen Blick über die Schulter vergewisserte, dass der Banker auch wirklich außer Hörweite war. Dann beugte er sich mit zusammengepressten Kiefern noch dichter zu mir heran. »*Jesus Christus!*«, zischte er mit gedämpfter Stimme. »Und wann gedachtest du, mir das zu sagen?«

»Ich hielt es nicht für relevant«, verteidigte ich mich.

»Nicht relevant?« Graham schürzte die Lippen und lehnte sich zurück. »Was zum Teufel machen wir überhaupt hier?« Das fragte er in diesem herablassenden Ton, den ich inzwischen abgrundtief hasste – als wäre ich ein Kind: »Wir leihen uns Geld, für das wir Zinsen zahlen müssen, weil ich der Meinung war, wir bräuchten es.«

»Tun wir auch.«

»Vielleicht ja doch nicht. Wie viel ist in dem Fonds?«

»Das ist nicht wichtig, Graham.«

Er schnaubte. »Nicht wichtig? Ich bin dein Ehemann. Was verschweigst du mir denn sonst noch so?«

»Was? Ich verschweige doch ... Nein, du hast mich falsch verstanden, so hatte ich es nicht gemeint.«

»Wie hast du es denn dann gemeint? Für mich klingt das nämlich so, als hättest du ein dickes, fettes Geheimnis vor mir.«

»Ich meine, es ist nicht relevant, weil wir den Fonds nicht benutzen können. Wir können das Geld nicht einsetzen.«

»Du meinst, du *möchtest* es nicht einsetzen.«

»Nein. Ich meine damit, wir können nicht.«

Seine Wangen waren knallrot angelaufen, die blauen Augen wirkten eher stahlgrau. »Und warum nicht, zum Teufel?«

»Wegen der Art, wie meine Eltern den Fonds eingerichtet haben. Er ist als mein Sondereigentum angelegt, es gibt Beschränkungen, wie er verwendet werden darf. In eine Firma kann ich das Geld nicht investieren. Der Fonds ist ausschließlich zu meiner Versorgung da, zu meinem Wohlergehen.«

»Deine Eltern sind tot.« Graham ließ sich jedes einzelne Wort auf der Zunge zergehen.

»Das ist mir durchaus bewusst, Graham. Die Bedingungen des Fonds gelten trotzdem. Ich darf voll über die Zinsen verfügen, seit ich *einundzwanzig bin, aber die Verwendung des Kapitals unterliegt bis zu meinem fünfunddreißigsten Geburtstag Beschränkungen. Meine Eltern haben den Fonds so eingerichtet, dass immer für mich gesorgt ist.«*

In Wahrheit hatten meine Eltern den Fonds so eingerichtet, dass niemand mich ausnutzen konnte. Das wusste ich genau, so gut hatte ich meine Eltern gekannt. Niemand sollte mich heiraten, nur um an mein Geld heranzukommen, und niemand sollte es mir im Fall einer Scheidung wegnehmen können.

»Dann gehört das Geld dir und nur dir allein?«, wollte Graham wissen.

»Rein theoretisch schon.«

»Was heißt hier: rein theoretisch?«

»Das heißt: Womit habe ich deiner Meinung nach wohl jeden Monat dafür gesorgt, dass wir gut hinkamen? Mit der Miete und den Raten für den Porsche und den anderen Ausgaben? Auch wenn unsere Gehälter nicht reichten? Ich habe das Zinsgeld aus dem Fonds benutzt.«

»Oh – und was genau soll das jetzt? Willst du damit sagen, ich bin ein Schmarotzer?«

»Nein, das sage ich nicht.« Ich hätte am liebsten geschrien.

»Wie viel ist dieser Fonds wert?«

Ich wollte nicht antworten.

Er biss die Zähne aufeinander. »Wie viel, Andrea?«

»Das Kapital beläuft sich auf eine halbe Million Dollar.«

Graham schnaubte verächtlich, in Verbindung mit einem höhnischen Lachen – er klang wie kurz vorm Ersticken. »Willst du mich verarschen? Du sitzt auf einer halben Million Dollar? Was zum Teufel machen wir dann hier?«

»Ich sagte dir doch schon, ich kann nicht ...«

»Andrea, ich bin Anwalt. Jeder Vertrag kann gebrochen werden und ein Treuhandfonds ist im Grunde auch ein Vertrag.«

»Meiner nicht«, sagte ich. »Mein Treuhänder sagt, meine Eltern hätten ihn so aufgesetzt, dass er nicht gebrochen werden kann.«

Graham verdrehte kopfschüttelnd die Augen. »Warum überlässt du das nicht mir? Kommst du an das Geld?«

»Es geht nicht, Graham!«

»Kommst du daran?«

»Ja, ich komme dran, aber ich kann es nicht für Sachen einsetzen wie diese Firmengründung! Lass uns den Vertrag für den Porsche kündigen. Mit dem, was wir dann sparen, zahlen wir deine Kreditkartenrechnungen und wir nehmen wie besprochen den Kredit auf.«

Diesmal biss sich Graham auf die Unterlippe, während er die Augen verdrehte. »Ich soll den Porsche aufgeben? Ich bin Anwalt, Andrea, ich habe ein bestimmtes Image zu wahren.«

»Aber du wirst doch kein Anwalt mehr sein.«

Glücklicherweise kündigte der Banker seine Rückkehr an den Schreibtisch mit einem Räuspern an. »Können wir weitermachen?«, erkundigte er sich.

Graham sah immer noch wütend aus, lächelte aber, als sei alles in bester Ordnung. »Natürlich«, sagte er. »Lassen Sie uns diesen Ball ins Rollen bringen.«

Graham blieb zwei Tage lang sauer. Er gab den Porsche zurück und wir verwendeten die Leasingraten zur Rückzahlung seiner Kreditkartenverbindlichkeiten. Ich steuerte noch einmal zweitausend Dollar bei. »Das Geld kriegst du auf jeden Fall wieder!«, versicherte er mir, worauf ich meinen Kopf allerdings nicht verwettet hätte. Im Grunde war es mir jedoch egal, ich hatte mir noch nie viel aus Geld gemacht und war mein ganzes bisheriges Leben mit sehr wenig gut ausgekommen. Jetzt schien es mir, als handele man sich damit nur Probleme ein.

Am dritten Tag hatte Graham einen Blumenstrauß dabei, als er nach Hause kam, und er entschuldigte sich bei mir. Fast wünschte ich, er hätte es nicht getan. Typisch: Immer wenn ich mich gerade an eine seiner Stimmungen gewöhnt hatte, änderte sie sich auch schon wieder.

»Manchmal benehme ich mich echt wie ein Affe!« Mit zerknirschter Miene überreichte er mir das duftende Bouquet. »Das tut mir wirklich leid. Du hast mich da auf der Bank bloß so kalt erwischt, ich hatte das Gefühl, unversehens in eine total peinliche Lage gebracht worden zu sein. Verstehst du? Ich meine – da sitzen wir, kurz davor, einen Kredit bei der Bank aufzunehmen, ich soll angeblich Anwalt sein und weiß noch nicht einmal, dass meine Frau diesen fetten Treuhandfonds hat.«

»Ich hätte es dir sagen sollen«, gab ich zu, doch eigentlich nur, um ihn zu besänftigen. »Aber wie schon gesagt, ich hielt es nicht für wichtig, weil wir den Fonds ja nicht einsetzen dürfen.«

»Warum hast du ihn dann überhaupt erwähnt?«

»Ich war nervös. Ich wollte nicht, dass du bei einem Kreditantrag lügst und behauptest, sie würden dich in der Firma zum Partner machen.«

Graham lächelte sein herablassendes, gönnerhaftes Lächeln. »Andrea, was bist du doch für ein braves Mädchen, das reine Musterkind! Solche Sachen prüft doch niemand nach! Natürlich ist es total süß, wie du auf mich aufpassen möchtest. Ich kapiere ja jetzt auch, dass wir den Fonds nicht für das Geschäft verwenden können, aber es ist doch wunderbar, dass wir ihn haben, oder? Wie ein Netz unter unserem Trapez.«

»Wie meinst du das?« So ganz gefiel mir die Richtung, die diese Unterhaltung nahm, nicht.

»Ich meine, wir können etwas von dem Geld nehmen, solange das Geschäft noch nicht auf eigenen Beinen steht und es manchmal eng werden kann. Oder wir könnten Sachen damit machen, reisen oder ein Boot kaufen. Schöne Sachen, für uns als Paar. Wäre es nicht toll, ein eigenes Boot zu haben? Für so was könnten wir das Geld doch verwenden, oder?«

»*Wahrscheinlich schon.*« Ich war da etwas skeptisch. »*Zumindest die Zinsen.*«

Er trat dichter an mich heran. »*Verzeihst du mir?*«

»*Klar*«, sagte ich. *Was sollte ich denn sonst tun?*

»*Weißt du, was ich gern machen würde?*« *Graham wurde munter, wie immer, wenn ihm ein aufregender Gedanke gekommen war. Hoffentlich kam jetzt nicht:* »*Ich möchte mit dir schlafen.*«

»*Ich möchte ausgehen und unser neues Unternehmen bei einem schönen Abendessen feiern! Irgendwas Besonderes.*«

Bei Graham bedeutete etwas Besonderes, dass es teuer werden würde, das wusste ich inzwischen. Und ich wusste auch, mit wessen Kreditkarte wir bezahlen würden.

Im Laufe der nächsten beiden Monate bewilligte die Bank uns den Kredit. Graham machte sich auf die Suche nach Räumen und recherchierte, welches Inventar wir brauchen würden. Er war aufgeregt, gut gelaunt und immer voller Energie, ganz der Graham, den ich kennengelernt und den ich geheiratet hatte. Außerdem konnte er gar nicht genug von mir kriegen. Wir schliefen überall im Loft miteinander, auf höchst kreative Art und Weise. Ich versuchte, optimistisch zu sein und fest an den Erfolg des Unternehmens zu glauben, hatte jedoch nach wie vor meine Zweifel. Die wuchsen, als Graham direkt im Pearl District einen kleinen Laden entdeckte, in einer Gegend also, die von den Mieten her zu den teuersten von ganz Portland gehörte. Und das hieß allerhand, wie ich aus einem Zeitungsartikel wusste. Die Mieten für private und kommerzielle Räume in Portland waren seit dem Jahr zweitausendfünfzehn in rasante Höhen geschnellt, sämtliche Medien jammerten inzwischen, der Stadt drohe der Verlust ihrer Identität, weil immer mehr angestammte Bewohner und kleine Geschäfte immer weiter aus dem Innenstadtbereich vertrieben wurden. Die Miete für mein Loft hatte sich in nur drei Jahren von neunhundert Dollar auf tausendzweihundertfünfzig erhöht, und die Räume, die Graham sich für Genesis *ausgesucht hatte, sollten zweihundertdreißig Dollar pro Quadratmeter kosten. Ich hätte ihn gern dazu überredet, doch lieber in einem gemischten Wohn- und Gewerbegebiet zu mieten, wo die Quadratmeterpreise bei einhundertzehn Dollar lagen und wo wir jede Menge Parkmöglichkeiten sowie den nötigen Abstand zu medizinischen Abgabestellen haben würden, aber davon wollte Graham nichts wissen.*

»*Die erste Regel, wenn es um Immobilien geht, lautet: Lage, Lage, Lage*«, *verkündete er.* »*Unser Laden wird sich in erstklassiger Lage befinden, von sämtlichen Firmen und Kanzleien in der Innenstadt zu Fuß zu erreichen, denn genau da sitzt das Geld. Das sind die Leute, die wir beliefern werden. Und denk auch daran, was wir so an Fahrtkosten einsparen.*«

Mit den Rückzahlungen für den Bankkredit, den Mieten für das Loft und die Geschäftsräume sowie Grahams Leasingraten für seinen Porsche – denn er hatte den Vertrag erneuert, sobald uns der Kredit zugesagt worden war – würden wir monatlich sechstausend Dollar aufbringen müssen, nur um aus den roten Zahlen zu kommen. Unsere regulären laufenden Kosten waren da noch nicht eingerechnet, auch nicht die Gebühren für die Lizenz zum Verkauf von Marihuana. Unseren Kredit brachte Graham ziemlich schnell mit dem vom Mieter aufzubringenden Anteil am Ladenumbau und anderen im Laufe der Ladeneröffnung entstehenden Kosten durch. Er entschied sich bei jeder Frage für die hochpreisige Version einer Renovierungsmaßnahme: brasilianisches Hartholz für den Fußboden, total schicke Glasvitrinen mit indirektem Licht, in denen die verschiedenen Marihuanasorten präsentiert werden sollten, als handele es sich um Juwelen.

»*Die Leute sollen sofort Klasse spüren, wenn sie den Laden betreten*«, *sagte er.* »*Ich möchte mich nicht auf eine Klientel aus zwielichtigen Losern einstellen.*«

Mir war es egal, wem wir unser Zeug verkauften, solange die zwielichtigen Loser echte amerikanische Dollars auf den Tisch legten, aber wenn ich je Bedenken äußerte oder Graham in irgendeinem Punkt zu einer günstigeren Alternative zu überreden versuchte, lächelte er nur. »Entspann dich! Wenn wir diesen Monat ein bisschen klamm sind, können wir ja immer noch auf das Einkommen aus dem Treuhandfonds zurückgreifen.«

Zusätzlich zu alldem bereitete mir Sorgen, dass die Stadtverwaltung von Portland wohl darüber nachdachte, den medizinischen Abgabestellen auch den Verkauf an Freizeitkonsumenten zu gestatten. Diese Information hatte ich aus der Zeitung. Den Abgabestellen würde das einen Geldregen bescheren, brauchten sie doch keine Gründungskosten mehr aufzubringen oder jedenfalls nicht in dem Maße, wie wir es taten, und konnten die Preise niedrig halten. Außerdem gab es so natürlich mehr Konkurrenz. Auch hier winkte Graham ab, als ich mit ihm darüber sprechen wollte. »Diese Läden sind echt das Letzte. Das ist nun wirklich nicht unsere Kundschaft. Mir geht es um unseren guten Ruf, und der macht ja jetzt schon die Runde.«

Und das schien tatsächlich in gewisser Weise so zu sein. Die Portland Tribune, die kostenlose Wochenzeitung, hatte einen Artikel über uns gebracht, sogar mit einem Bild von Graham unter dem grünen Neonschild von Genesis. *Graham hatte Bild und Artikel eingerahmt, beides hing nun im Laden an der Wand.*

In diesen ersten Monaten kam er glücklich nach Hause. Wir liebten uns weiterhin oft und heftig und ich dachte, dass vielleicht, ganz vielleicht, wirklich alles gut werden würde.

9

Während Kins sie vom Berg fuhr, überflog Tracy auf ihrem iPad die Andrea Strickland betreffenden Einträge im Internet. Das waren nicht wenige. Die beiden Detectives waren unterwegs zu ihrem Treffen mit dem Zuständigen vom Büro des Sheriffs vom Pierce County, das sich, da ein Teil des Mount Rainier auf seinem Gebiet lag, für das Verschwinden von Andrea Strickland zuständig erklärt hatte. Der Fall schien einige Aufmerksamkeit erregt zu haben, wobei der Bezirksstaatsanwalt vorsichtig geblieben war und Graham Strickland nie direkt als Verdächtigen bezeichnet hatte. Natürlich hatte man den Mann verdächtigt, er war *der* Verdächtige überhaupt. Warum, das hatte kurz darauf der infame Mord an der schwangeren Laci Peterson in Modesto, Kalifornien, noch einmal unmissverständlich klargemacht: Es wurden mehr Menschen von Leuten umgebracht, die sie gut kannten, als von irgendwelchen dahergelaufenen Mördern. Das war die traurige Wahrheit.

Stan Fields, der für den Fall zuständige Detective aus der Abteilung für Gewaltverbrechen im Pierce County, hatte Tracy gegenüber am Telefon erklärt, er freue sich sehr auf das Gespräch mit ihr. Offenbar mochte der Mann ebenso wenig wie Glen Hicks zugeben, wie erfolgreich ihn Andrea Strickland an der Nase herumgeführt hatte, ob nun gemeinsam mit ihrem Mann oder auch nicht.

Und Andrea Strickland hatte die ermittelnde Behörde wirklich zum Narren gehalten. Sie hatte mindestens sechs Wochen lang sämtliche Beteiligten zum Narren gehalten. Alle – bis auf eine Person, die sie dann umgebracht hatte.

Wahrscheinlich ließ Fields' Ego das Eingeständnis, reingelegt worden zu sein, nicht zu. Kein Detective gesteht sich so etwas gern ein, weswegen sich Fields beim kurzen Telefonat mit Tracy wohl auch genötigt gesehen hatte, sofort anzumerken, er habe gleich das Gefühl gehabt, die Dinge seien nicht so gewesen, wie sie »zu sein schienen«. So genau hatte es Tracy da noch gar nicht wissen wollen, ihr war es erst einmal nur um den Gesprächstermin gegangen.

Langsam wiederholten sich die Artikel im Internet dem Inhalt nach nur noch. Tracy schloss ihr iPad, klemmte es in die Spalte zwischen ihrem Sitz und der mittleren Konsole und trank einen Schluck aus ihrer mitgebrachten Wasserflasche. Leider war deren Inhalt inzwischen nur noch lauwarm und Tracy selbst fühlte sich trotz Klimaanlage im Wagen klebrig und verschwitzt.

»Diese Andrea war die perfekte Kandidatin für spurloses Verschwinden«, fasste sie zusammen und steckte ihre Flasche wieder in die dafür vorgesehene Halterung. »Ihre Eltern sind verstorben, Geschwister sind keine vorhanden. Niemand, der sie vermissen könnte.«

»Bis auf den Ehemann natürlich.« Kins rutschte auf seinem Sitz hin und her. Auch er fühlte sich deutlich unwohl und wünschte wahrscheinlich, seine Jeans gegen ein Paar Shorts eintauschen zu dürfen, wie Ranger Hicks sie trug. Blue Jeans waren die Standardbekleidung für Tracys Partner, wenn er nicht Anzug trug, weil er vor Gericht aussagen musste. Eigentlich eine seltsame Wahl, denn Kins hatte in vier Jahren Football auf dem

College und einem Jahr Profiliga überdurchschnittlich kräftige Waden und Oberschenkel entwickelt, die auch jetzt, zehn Jahre nach seinem letzten Spiel, noch sehr ausgeprägt waren. »Keine Kinder, nehme ich an?«

»Gott sei Dank nicht«, meinte Tracy.

»Arbeitskollegen?«

»Sie und ihr Mann betreiben gemeinsam eine Ausgabestelle für Marihuana in der Innenstadt von Portland. Da arbeitete außer den beiden sonst niemand.«

Oregon hatte, dem Vorbild von Washington und Colorado folgend, Marihuana legalisiert, was niemanden verwundert hatte, dem die politische Landschaft dieses Bundesstaates vertraut war. Die Menschen hier galten allgemein als noch liberaler als die im westlichen Teil des Staates Washington, was eine Menge hieß.

»Also war niemand da, der sie vermissen konnte.« Kins setzte nach einem kurzen Blick in den Rückspiegel den Blinker und fuhr vom Highway ab. »Was haben die beiden denn getan, ehe sie in den Drogenhandel einstiegen?«

»Er ist Anwalt. Sie arbeitete in der Innenstadt von Portland für eine Versicherung.«

Kins warf Tracy einen raschen Seitenblick zu. »Versicherung?«

»Steht schon auf der Liste der Sachen, die ich ihn fragen will.«

»Blöd war also keiner der beiden.«

Das sah Tracy auch so. »Ganz bestimmt nicht.« Sie stellte die Lüftung so ein, dass die Luft aus den Schlitzen ihr Nacken und Brust kühlte, und fächelte sich zusätzlich mit dem Hemd Kühlung zu.

Inzwischen fuhren sie durch die großteils verlassen wirkenden Straßen von Tacoma. Die Bewohner der Stadt schienen mehrheitlich in irgendwelchen klimatisierten Büros oder Läden Zuflucht gesucht zu haben.

»Wie weit ist das Pierce County denn mit den Ermittlungen in Bezug auf den Ehemann gekommen?«, wollte Kins wissen.

»Laut Detective Fields, und so steht es auch in den Artikeln, die ich gelesen habe, bezeichnet der zuständige Staatsanwalt den Mann als Person von erheblichem polizeilichen Interesse, nicht aber direkt als Verdächtigen.«

»Dann war er ganz eindeutig ihr Verdächtiger«, meinte Kins.

»Genau.«

»Anklage wurde jedoch nicht erhoben?«

»Wahrscheinlich dachten sie, sie hätten so ganz ohne Leiche nicht genügend Beweise«, sagte Tracy. »Nur zwei Menschen konnten wissen, was genau sich auf diesem Berg zugetragen hat, und bei einem dieser Menschen musste man davon ausgehen, dass er tot war. Alles lief auf eine Indiziensache hinaus.«

»Hoffentlich kann uns dieser Typ, dieser Fields, ein bisschen weiterhelfen«, seufzte Kins.

Stan Fields hatte als Treffpunkt ein Restaurant mit dem schönen Namen *Viola* in der Pacific Avenue vorgeschlagen. Bei Tracys letztem Besuch in Tacoma, der allerdings schon eine Dekade zurücklag, war die Pacific Avenue Heimstatt der Prostituierten und Drogenhändler gewesen. Überall hatte sich der Müll getürmt, sämtliche Hauswände waren über und über mit den Symbolen der verschiedenen Straßengangs bemalt gewesen. Seitdem hatte die Innenstadt von Tacoma dank des gemeinsamen Einsatzes von Aktivisten und Geschäftsleuten eine tiefgreifende Erneuerung erfahren. Den Leuten lag ihre Stadt am Herzen und sie hatten es satt, dass sie immer noch als schmuddeliges, armes Stiefkind von Seattle verschrien war, das den Aufstieg aus der Arbeiterklasse nie geschafft hatte. Wobei die Stadt diesen Ruf allerdings auch einer bestimmten Duftnote zu verdanken hatte, die sich aus den Ausdünstungen diverser Industriebetriebe zusammensetzte und unter dem Namen »Aroma von Tacoma« bekannt war. Wie dem auch sein mochte, die Pacific Avenue war deutlich Teil der Erneuerungskampagne gewesen. Die zwei- und dreistöckigen ehemaligen Industriegebäude, verputzt oder aus roten Backsteinen, wirkten frisch renoviert und gestrichen, Reklame an Schaufenstern wies auf eine Nutzung als Büros, Einzelhandel, Boutiquen und Restaurants hin.

Einen halben Block vom Restaurant entfernt, in dem sie verabredet waren, entdeckte Kins an einer Parkuhr einen freien Parkplatz. Beim Näherkommen fiel Tracys Blick auf einen Mann, der sich vor dem Lokal einen Schattenplatz zum Rauchen gesucht hatte. Er stellte Blickkontakt zu ihr her, nickte und stieß eine Qualmwolke aus. »Sind Sie Crosswhite?«

Stan Fields wirkte irgendwie wie ein Überbleibsel aus den Siebzigerjahren, mit den schiefergrauen, zum kurzen Pferdeschwanz zurückgebundenen Haaren und dem buschigen Schnurrbart, der rechts und links bis auf die Mundwinkel fiel, als hätte ihn die Hitze schwerer werden lassen. Er trug ein dunkelblaues Polohemd mit dem Emblem seiner Abteilung, die schneebedeckte Silhouette des Mount Rainier und darunter in Gold gestickt die Worte *Pierce County Sheriff*.

Tracy stellte sich und Kins vor. »Ich habe drinnen einen Tisch bestellt«, meinte Fields, ehe er die Zigarette noch einmal in den Mund steckte, für den letzten tiefen Zug des Kettenrauchers, der gleich mindestens eine halbe Stunde lang Entzug schieben musste. Er entließ eine Rauchwolke gen Himmel und schnippte die Kippe in den Rinnstein.

Bei *Viola* hatte man große, auf Rollen laufende Schiebetüren aufgezogen, damit wer wollte auch draußen an den in praller Sonne stehenden schmiedeeisernen Tischen sitzen konnte, was allerdings an diesem Tag niemand tat. Dank der offenen Türen hatte sich die klebrige Hitze einen Weg in den Innenraum des Restaurants suchen können, wo sich die großen Rotorblätter der unter der Decke hängenden Ventilatoren träge drehten, ohne irgendjemandem große Erleichterung verschaffen zu können. Tracy nahm die Sonnenbrille ab. Ihre Augen brauchten einen Moment, bis sie sich ans Dämmerlicht im Restaurant gewöhnt hatten. Fields führte seine Besucher zu einer Nische in der Nähe der Küche. An den unverputzten roten Ziegeln der Wände hingen farbenfrohe impressionistische Bilder.

In der Nische setzten sich Tracy und Kins auf eine der ledernen Sitzbänke, Fields nahm ihnen gegenüber Platz. Tracy lief schon nach dem kurzen Fußmarsch bis hierher der Schweiß den Rücken hinunter, das Hemd blieb ihr an der Haut kleben.

Fields deutete mit dem Kinn auf die beiden Gläser auf Tracys Tischseite. »Ich habe Ihnen schon mal Wasser bestellt, Sie sind nach der langen Fahrt doch bestimmt durstig.«

»Danke«, sagte Kins. Beide tranken erst einmal lange und ausführlich, wobei sich Tracy am liebsten noch mit dem kalten Glas an Stirn und Rücken entlanggefahren wäre, was ihr jedoch leider wie unprofessionelles Verhalten erschien.

»Ich bin hierhergezogen, weil ich der Hitze entkommen wollte!« Fields klang ein wenig angesäuert, dabei beklagten sich die meisten Menschen, die es in den Nordwesten verschlagen hatte, doch eher über Regen und den ewig grauen Himmel. Jemanden in diesen Breitengraden über die Hitze stöhnen zu hören, mutete seltsam an – wobei man in Seattle allerdings schnell mal das veränderte Wetter der globalen Erwärmung zuschrieb. Faz bezeichnete Gespräche über dieses Thema inzwischen als »globales Gejammer«.

»Woher sind Sie denn ursprünglich?«, wollte Tracy wissen.

Aus der Küche duftete es wunderbar nach Knoblauch, Butter und Salbei.

»Phoenix«, erklärte Fields. »Aber als Kind bin ich viel herumgekommen, mein Dad war bei der Armee.«

»Der heißeste Sommer, den ich je erlebt habe, war ein Winter in Phoenix«, meinte Kins.

»Wem sagen Sie das.« Fields hatte die Angewohnheit, die Lippen zu verziehen, wobei sich sein Schnurrbart auf und ab bewegte wie die Barthaare einer Maus. Wahrscheinlich war das ein Tick. »Erst habe ich da unten zusammen mit der Einwanderungsbehörde die Grenzen kontrolliert, dann ging es weiter zur Drogenfahndung, meistens verdeckte Ermittlungen. Habe mehr Zeit, als mir lieb war, in der Wüste verbracht und nach Drogentransporteuren Ausschau gehalten.«

Man sah seiner verwitterten Haut die Jahre an der Sonne durchaus an. Überhaupt, fand Tracy, passte dieser Fields mit seinem Pferdeschwanz und der kratzigen Stimme gut ins Bild eines Drogenfahnders, einschließlich des leicht großspurigen, schnippischen Benehmens, das diese Beamten brauchten, um überzeugend zu sein.

»Harte Nummer«, sagte Kins. »Laugt einen nach ein paar Jahren ziemlich aus.«

»Und wie. Sie sprechen aus Erfahrung?«

»Zwei Jahre«, sagte Kins.

Kins hatte sich damals die Haare wachsen und einen dünnen Spitzbart stehen lassen, woraufhin man ihm im Drogendezernat in Anlehnung an Johnny Depp in *Fluch der Karibik* den Spitznamen »Sparrow« verpasst hatte. Der Name war hängen geblieben, obwohl Kins, anders als Fields, gleich nach Verlassen des Drogendezernats losgezogen war, um sich die Haare schneiden und den Bart abnehmen zu lassen.

»Wann sind Sie nach Tacoma gezogen?« Kins strich mit dem Zeigefinger durch das Kondenswasser, das sich außen an seinem Glas gesammelt hatte. Wahrscheinlich wollte er ihnen allen die Chance geben, erst einmal in Ruhe anzukommen, dachte Tracy, während er gleichzeitig versuchte, ein Gespür für diesen Fields zu gewinnen. Fields hatte unter Garantie ein ähnliches Vorgehen auf dem Zettel.

»Vor ungefähr einem Jahr. Ich verlor meine Frau und brauchte einen Tapetenwechsel. Außerdem hatte ich die Hitze und die Sonne so satt, ich hatte mich ganz ehrlich auf Regen und Nebel gefreut. In Seattle wurde gerade kein Detective gesucht, in Tacoma schon.«

»Tut mir leid, das mit Ihrer Frau«, sagte Tracy.

Fields nickte kurz. »Sie hat auch verdeckt ermittelt, ist wohl zu nah rangekommen. Irgendwer hat sie verpfiffen. Man hat sie erschossen und einfach in der Wüste liegen lassen.«

Diese Geschichte ließ Fields für Tracy in einem anderen Licht erscheinen. Sie hatte den Mann dem ersten Eindruck nach nicht besonders sympathisch gefunden. Den Ehepartner zu verlieren war immer schlimm, egal, unter welchen Umständen. Seine Partnerin im Einsatz zu verlieren und dann noch auf diese Weise, konnte einen ziemlich fertigmachen. Kein Wunder, dass Fields Arizona verlassen hatte.

»Habt ihr die Leute erwischt, die das getan haben?«, fragte Kins.

Fields warf ihnen einen raschen Blick zu: Sie hatten weit mehr getan, als den Mörder nur zu verhaften, sollte das heißen. »Jawohl, haben wir.«

Als die Kellnerin auftauchte, hatte Fields nur noch Augen für sie und strahlte die junge Frau an, als stünde sie mit auf der Vorspeisenkarte. »Was ist, habt ihr die Firmenkarte dabei?«, erkundigte er sich bei Tracy. Im Klartext wollte er wissen, ob sie hier auf Kosten von Tracys Dienststelle tafelten.

»Ja«, sagte Kins.

»Dann hätte ich gern ein großes Pale Ale und eure Linguini mit Muscheln«, wandte sich Fields an die Kellnerin, ohne vorher einen Blick auf die Speisekarte zu werfen. »Sagen Sie dem

Koch, ich hätte gern so viel Knoblauch, dass meine Katze eine Woche lang nicht mehr mit mir spricht.« Letzteres sagte er mit verschwörerischem Zwinkern, woraufhin sich die Kellnerin ein recht verkrampftes Lächeln abrang und hektisch den Blick zu Tracy und Kins wandern ließ, um deren Bestellung aufzunehmen.

»Diät-Cola«, sagte Kins. »Und einen Eimer Wasser, den ich mir über den Kopf kippen kann.«

Die Kellnerin lächelte.

Tracy meinte, das Glas Wasser reiche ihr erst einmal.

Als sich die junge Frau umdrehte und ging, blieb Fields Blick noch eine ganze Weile sehnsüchtig an ihrer Rückansicht hängen, was nicht nur respektlos, sondern schlicht lächerlich wirkte – er war alt genug, um ihr Vater zu sein. Was allerdings Tracys Erfahrung nach manche Männer nicht daran hinderte, trotzdem noch Chancen zu wittern.

Inzwischen hatte sich Fields wieder seinem Besuch zugewandt. Wenn ihm bewusst war, dass Tracy ihn gerade beim Gaffen erwischt hatte, so ließ er sich das nicht anmerken. Im Gegenteil, sie hatte den Eindruck, es gefiel ihm sogar, ertappt worden zu sein. Wirklich jämmerlich.

»Sie wollen nichts essen?«, fragte er. »Wo Spesen doch zu den nettesten Vergünstigungen dieses Jobs gehören.«

»Wir haben unterwegs angehalten und uns ein verspätetes Mittagessen geholt«, sagte Tracy, der langsam übel wurde.

Fields legte einen Arm über die Rücklehne seiner Bank. »Dann ist Andrea Strickland also gestorben, was? Noch einmal.«

»Hat ganz den Anschein«, sagte Tracy.

Der Schnurrbart zuckte. »Ich hätte meine Dienstmarke darauf verwettet, dass der Ehemann ihr da oben in den Bergen den entscheidenden kleinen Schubs gab. Ich war mir so sicher, dass er sie umgebracht hat.«

»Vielleicht hat er es ja auch getan«, sagte Kins.

»Vielleicht.« Fields nickte.

»Können Sie sagen, wie weit Sie bisher mit Ihren Ermittlungen gekommen sind?«, bat Kins.

Die Kellnerin tauchte auf, legte Untersetzer vor Fields und Kins und stellte Bier und Cola ab. Fields genehmigte sich erst einmal einen ordentlichen Schluck, ehe er Kins antwortete, und wischte sich anschließend mit einer Papierserviette den Schaum vom Schnurrbart. »Seine Geschichte schien mir irgendwie nicht stimmig, die einzelnen Details passten nicht zueinander.« Er setzte sein Glas ab, um sich zurückzulehnen, auch diesmal mit einem Arm über der Rücklehne seiner Sitzbank. »Das stank doch zum Himmel! Seine Frau steht auf, weil sie pinkeln muss, und er geht nicht mit raus? Fragt sich nicht, wo sie bleibt? Ich habe mit vielen Leuten gesprochen, die diesen Berg schon mal bestiegen haben, und alle sagen einhellig, sie hätten in der Nacht vor dem Aufstieg zum Gipfel schlecht oder gar nicht geschlafen. Man legt sich hin, wenn es draußen noch hell ist, doch der Körper kommt vor lauter Adrenalin und Aufregung überhaupt nicht zur Ruhe, das Herz pumpt und pumpt. Und dieser Typ will so fest geschlafen haben, dass er die Abwesenheit seiner Frau gar nicht mitbekam? Da fing mein Radargerät doch schon zu piepen an, noch ehe ich den Mann auch nur zu Gesicht bekommen hatte.« Fields' Blick wanderte zu Tracy hinüber, wo er einen kleinen, unmissverständlichen Abstecher Richtung Dekolleté hinlegte. »Und mein Radargerät liegt selten schief.«

»Was haben Sie herausgefunden?« Auf Tracys Haut kribbelte es, was nichts mit der Hitze zu tun hatte.

»Wie es sich herausstellte, hatte die Ehefrau eine Versicherung abgeschlossen, und zwar kurz vor dieser Klettertour. Mit ihm als Begünstigtem. Eine Viertelmillion Dollar. Da ging die erste rote Lampe an.«

»Gab es umgekehrt auch für ihn eine Versicherung zu ihren Gunsten?«, wollte Kins wissen.

»Nee!« Fields schüttelte den Kopf. »Sie hätte von ihren Eltern einen Treuhandfonds geerbt, sagte er. Von daher hätten seine Frau und er sich gedacht, für sie wäre ja gesorgt, falls ihm etwas passiert. Das behauptet er jedenfalls. Meine Meinung dazu? Ich dachte mir, der Typ wollte doch bloß nicht zweimal Beiträge zahlen.«

»Die beiden waren auch vorher schon zusammen bergsteigen, haben wir das richtig verstanden?«, fragte Tracy.

»Ein Mal, doch da hatten sie keine Versicherung abgeschlossen«, sagte Fields, womit er Tracys nächster Frage schon zuvorkam. »Dabei hat die Frau bei einer Versicherungsgesellschaft gearbeitet, ehe die beiden ihren Marihuanaladen aufmachten.«

»Sie kannte sich also aus?«, fragte Tracy.

»Sie war zwar nur eine der unteren Chargen, aber laut ihrer Chefin sehr klug und von rascher Auffassungsgabe. Sie hat eine Menge mitbekommen, behauptet die Chefin, und Informationen schnell verarbeitet.«

»Haben Sie auch die Möglichkeit bedacht, dass die beiden zusammen etwas ausgeheckt haben könnten?«, wollte Kins wissen.

»Eigentlich war ich fest davon überzeugt, dass er sie umgebracht hat. Aber ja, ich war auch für die zweite Möglichkeit offen.«

»Hat der Ehemann die Versicherungssumme kassiert?«

»Noch nicht. Solange die Ermittlungen noch laufen, ist das nicht möglich. Er hat allerdings keine Sekunde verschwendet und die entsprechenden Papiere ausgefüllt, kaum dass er vom Berg gestiegen war. Ich habe bei der Versicherung angerufen; die ermitteln noch, ob er seine Ansprüche geltend machen kann. Allem Anschein nach dürfte das eine Weile dauern.«

Tracy sah Kins an. »Wenn die beiden die Sache gemeinsam geplant hatten, haben sie vielleicht nicht mit dieser Verzögerung bei der Auszahlung gerechnet.«

»Oder der Ehemann tat seiner Frau gegenüber so, als wäre das ihre gemeinsame Sache, und dann hat er sie umgebracht. Rein theoretisch galt sie ja schon als tot, und er durfte davon ausgehen, dass niemand sie und die Krebsfalle finden würde.«

»Vielleicht.« Tracy klang skeptisch. »Aber wenn er sie umbringen wollte, warum hat er sie dann nicht einfach vom Berg gestürzt? Warum hat er mit dem Mord gewartet?«

»Dieser Ehemann gehört zu den Leuten, die es einem einfach machen, sie nicht zu mögen«, sagte Fields über das aus der Küche dringende Klappern von Töpfen und Pfannen hinweg. »Wenn Sie verstehen, was ich meine.«

Oh, das verstand Tracy durchaus! Einem solchen Typen saß sie gerade direkt gegenüber. »Hat sonst noch etwas bei Ihnen Warnleuchten blinken lassen?«, fragte sie.

»Ja. Ihr Laden lief nicht besonders gut. Genauer gesagt war das Geschäft den Bach runtergegangen«, erwiderte Fields. »Im Grunde kein Wunder, denn der Mann hatte den Laden in einem Teil von Portland eröffnet, in dem die Mieten sehr hoch sind, weil er dachte, sie würden die Ausgabestelle für die gehobene Klientel werden und sämtliche Kiffer aus den umliegenden Büros bedienen. Und jetzt kommt der Witz an der Sache: Portland hatte vor der Legalisierung mehr Ausgabestellen für medizinisches Marihuana als so ungefähr jede andere Stadt im Lande. Wundert einen nicht, was? Na ja, kurz nach Inkrafttreten des Gesetzes zur Legalisierung von Marihuana erlaubte eine Verordnung der Stadt den Betreibern medizinischer Ausgabestellen in Portland die Tätigkeit als Einzelhändler, den Verkauf an gewöhnliche Kunden also. Zwei dieser Ausgabestellen befanden sich ganz in der Nähe von Stricklands Laden. Außerdem existiert in Portland wohl ein solider Schwarzmarkt. Wer nicht gerade Anzugträger ist, hat oft eine billigere, ständig zur Verfügung stehende Quelle, um sich zu versorgen.«

»Wie schlimm stand es um den Betrieb?«, fragte Tracy.

»Nach meinem Gespräch mit der Chefin der Frau hatte ich das Gefühl, dass Andrea Strickland der Geschäftsgründung sehr zurückhaltend gegenüberstand. Ihr Ehemann hatte sie dazu überredet. Sie hatte einen großen Treuhandfonds ...«

»Wie groß?«, unterbrach Tracy.

Fields lächelte. »Das Kapital betrug eine halbe Million Dollar.«

»Ohne Scheiß?«, entfuhr es Kins.

»Ohne Scheiß.« Fields nickte. »Aber die Bedingungen sind so abgefasst, dass die beiden das Geld nicht für die Geschäftseröffnung verwenden konnten.«

Kins stieß einen leisen Pfiff aus.

»Genau!«, sagte Fields. »Also liehen sie sich zweihundertfünfzigtausend Dollar von der Bank und unterschrieben beide persönliche Bürgschaften sowohl für diesen Kredit als auch für den Mietvertrag. Jetzt stellte sich heraus, dass der Ehemann beim Kreditantrag gelogen hatte.«

»Inwiefern gelogen?«, fragte Tracy.

»Er gab an, in der Anwaltsfirma, in der er arbeitete, plane man, ihn zum Partner zu machen, was mit einer erheblichen Gehaltserhöhung verbunden sei. Er hat sogar den Brief eines geschäftsführenden Partners vorgelegt, in dem dies bestätigt wird. Später kam raus, dass dieser Brief gefälscht war. In der Firma hatte man ihm bereits deutlich nahegelegt, er solle sich nach etwas Neuem umsehen.«

Die Kellnerin brachte Fields' Linguini. Der Detective nahm den Arm von der Rücklehne und bat um geriebenen Parmesan. Tracy sah ihm zu, wie er den Busen der jungen Frau anstarrte, während die sich mit Käse und Reibe abmühte, um seiner Bitte nachzukommen. Anscheinend hatte sich Fields aus seiner Zeit als verdeckter Ermittler nicht nur die langen Haare und den Schnurrbart bewahrt – auch etwas von dem schmierigen

Typen, den er damals gespielt hatte, war hängen geblieben. Das Mitleid, das Tracy empfunden hatte, als sie vom Tod der Frau des Kollegen erfuhr, verflüchtigte sich zusehends.

»Danke, Darling«, flötete Fields, als ausreichend Käse auf seinen Nudeln lag. Die Kellnerin entfernte sich, wahrscheinlich, um eine glühend heiße Desinfektionsdusche zu nehmen. »Sind Sie sicher, dass Sie nichts wollen? Das Essen ist gut hier, ich komme mindestens einmal die Woche her.«

Worüber die Bedienung wahrscheinlich hellauf begeistert war.

»Nein danke«, sagte Kins.

Fields drehte seine Gabel in den Nudeln und schob sich den aufgewickelten Ball in den Mund. Um seine Katze brauchte er sich nicht zu sorgen: Der über dem Tisch hängende Knoblauchduft hätte sogar einen Grizzly aus den Latschen kippen lassen.

»Was können Sie uns noch über den Ehemann sagen?«, wollte Tracy wissen.

Fields wischte sich mit der Serviette den Schnurrbart ab und trank einen Schluck Bier. »Wie ich schon sagte, der hielt sich für eine ganz große Nummer. Fuhr einen Porsche und trug diese Anzüge, die immer so aussehen, als wären sie eine Nummer zu klein. Hielt sich auch für schlauer als den Rest der Welt, immer auf dem Ausguck nach dem nächsten großen Deal gleich um die Ecke, fest davon überzeugt, dass es nur eine Frage der Zeit ist, bis sich einer dieser Deals richtig gut bezahlt macht. Ein großer Dummschwätzer, wenn Sie mich fragen. Ich glaube, er hat seine Frau davon überzeugt, dass die Sache mit dem Laden für sie beide der große Coup wird. Sie hatten so gut wie ihren gesamten gemeinsamen Besitz versilbert und in die Geschäftsgründung gesteckt. Noch dazu hatte er ihrer beider Kreditkarten bis zur Oberkante ausgereizt, was die Gläubiger auf den Plan rief. Und die Bank fand, wie gesagt, das mit dem gefälschten Brief von der Anwaltskanzlei raus. Dem Mann stand eine strafrechtliche Untersuchung ins Haus, vielleicht sogar ein paar Jährchen Knast, wenn er das Geld nicht zurückzahlen konnte.«

»Dann hatte er es Ihrer Meinung nach auf den Fonds seiner Frau abgesehen?«, fragte Kins.

»Der Meinung war ich, ja.« Fields redete, während er gleichzeitig eine Gabel Pasta nach der anderen in den Mund schob. »Allem Anschein nach ist von Andreas persönlichem Konto Geld verschwunden.«

»Wohin verschwunden?«, wollte Tracy wissen.

»Weiß ich nicht. Der Ehemann sagte, er hätte nichts damit zu tun und wüsste nicht, wohin es verschwunden sein könnte.«

»Und der Treuhänder?«

»Dasselbe. Hat keinen blassen Schimmer.«

»Glauben Sie, die beiden, Andrea und Graham, könnten versucht haben, es vor den Gläubigern zu verstecken?«

»Das halte ich durchaus für möglich. Andrea hatte einen im Staat Washington ausgestellten Führerschein, der auf einen anderen Namen lautete, sagen Sie?«

»Lynn Hoff«, bestätigte Tracy.

»Dann finden Sie wohl dort das Geld. Würde ich mal vermuten.«

Tracy erinnerte sich an den Beleg der Emerald Credit Union, den sie im Mülleimer des Motelzimmers gefunden hatte.

Fields lehnte sich mit breitem, zufriedenem Grinsen zurück. »Und dann war da noch das kleine Problem mit der Geliebten.«

»Dachte ich doch, dass so was noch kommt!«, meinte Kins.

»So eine Geliebte taucht doch immer auf, was?« Fields wischte mit einem Stück Brot die Soße vom Teller.

»Haben Sie mit ihr gesprochen?«, wollte Kins wissen.

Fields schüttelte den Kopf. »Noch wissen wir nicht, wer das sein soll. Andrea hat ihrer Chefin erzählt, sie glaube, ihr Mann betrüge sie. Mit wem, hat sie nicht gesagt.«

»Gibt es irgendwelche Beweise für diese Vermutung?«, fragte Tracy.

»Daran arbeite ich noch, es scheint aber nicht das erste Mal gewesen zu sein. Vor seiner Hochzeit hat er eine scharfe Kleine in seiner Anwaltsfirma gevögelt und wollte sich wohl von einem Ehering nicht an dieser Aktivität hindern lassen.«

»Haben Sie mit der Freundin in der Kanzlei gesprochen?«, fragte Tracy.

»Das ist nicht mein erstes Rodeo, Detective.« Fields steckte sich ein Stück Brot in den Mund.

Tracy konnte den Kerl echt nicht leiden.

»Sie sagt, als sie das mit der Heirat erfuhr, hat sie Schluss gemacht. Dieses kleine pikante Detail hatte er ihr anscheinend ein paar Monate lang vorenthalten.«

»Hört sich an wie ein echter Scheißkerl«, sagte Kins.

»Jawohl.« Fields nickte. »Die Frau hat ihrer Chefin auch noch gesagt, sie habe vor, einen Scheidungsanwalt aufzusuchen.«

»Und? Hat sie?«, fragte Tracy.

»Dafür gibt es keine Beweise.«

»Ich glaube, langsam verstehe ich, warum sie verschwinden wollte«, meinte Kins.

»Mit einer Scheidung allein wäre sie bei einer persönlichen Bürgschaft nicht aus dem Schneider gewesen, die Schulden hätte sie dann immer noch gehabt«, ergänzte Fields. »Und da in Oregon die Gütergemeinschaft gilt, haftete Andrea zusammen mit Graham für sämtliche Schulden.«

»Sie hatte Angst, den Fonds zu verlieren«, sagte Tracy.

»Er meldet Konkurs an, keine große Sache«, sagte Fields. »Er hat nichts außer Schulden. Sie? Sie hockt auf einem Riesenhaufen Geld, das die Gläubiger zu gern in die Finger kriegen würden.«

»Warum haben die beiden überhaupt einen Kredit aufgenommen?«, fragte Kins.

»Wie ich schon sagte, das Geld aus dem Treuhandfonds wollte sie ihn nicht verwenden lassen.«

Kins warf Tracy einen Blick zu.

»Ja, ja«, meinte Fields, dem das nicht entgangen war. »Der Typ hatte Motive bis zum Gehtnichtmehr für einen Mord an seiner Frau.«

»In welchem Fall er sie doch einfach vom Berg gestoßen hätte«, sagte Tracy. Sie fand, an der Sache müsse noch mehr dran sein.

»Das perfekte Szenario.« Fields zuckte die Achseln. »Auf dem Berg sterben jedes Jahr Menschen. Ich glaube, deswegen sind die beiden auch allein gegangen, ohne Bergführer. Der Ehemann behauptet, der Tod seiner Frau sei ein tragischer Unfall gewesen. Wer kann ihm nachweisen, dass es nicht so war?«

»Aber der Mann ist Anwalt.« Tracy war nach wie vor nicht überzeugt. »Ihm hätte doch zumindest klar sein müssen, dass all diese Dinge – der Konkurs, die Versicherungspolice, die schlechte Ehe, von der Geliebten ganz zu schweigen – als ziemlich solide Indizienbeweise dafür herhalten, dass es eben kein Unfall war.«

»Von einer Versicherungspolice hat er angeblich nichts gewusst«, sagte Fields. »Auch nicht von irgendwelchen Geliebten.«

»Sagt er, das mit der Versicherung war ihre Idee?«, wollte Tracy wissen.

»Ja. Und auch das mit der Bergbesteigung«, antwortete Fields. »Wie ich schon sagte, ich war mir so sicher, dass er sie umgebracht hat. Wie ich das jetzt sehe? Na ja, sie war ja auch unglücklich, nicht wahr? Vielleicht hat sie in der Tour die perfekte Gelegenheit gesehen, den eigenen Tod vorzutäuschen, um so aus einer schlechten Ehe herauszukommen und ihren Mann mit sämtlichen Rechnungen und Kopfschmerzen einfach sitzen zu lassen.«

»Und sich, wenn sie schon mal dabei ist, vielleicht auch gleich noch für die Geliebte zu revanchieren«, sagte Kins.

»Die Hölle kennt keine Wut wie die einer verschmähten Frau.« Erneut wischte sich Fields mit der Serviette den Schnurrbart ab.

»Vielleicht«, sagte Tracy. »Oder vielleicht hat sie geahnt, dass ihr Mann sie nicht lebend vom Berg steigen lassen würde, und ist ihm einfach zuvorgekommen.«

»Aber warum wollte sie überhaupt mit ihm zusammen bergsteigen, wenn sie wusste, dass er versuchen würde, sie umzubringen?«, gab Kins zu bedenken.

»Sie musste mitgehen, wenn sie den eigenen Tod vortäuschen wollte, um aus der Ehe und den Schulden herauszukommen«, meinte Tracy.

Kins schüttelte den Kopf. »Sie hätte doch einfach abhauen können.«

»Wer wegläuft, gilt nicht gleich als tot«, widersprach Tracy. »So aber versteckt sie das Treuhandgeld, legt ein paar Spuren – wie die Versicherungspolice – und erzählt ihrer Chefin, dass ihr Mann sie betrügt und sie die Scheidung möchte. Sie wartet, bis er schläft, und schleicht sich davon, wohl wissend, dass alle ihrem Mann die Schuld an ihrem Tod geben werden. Der Ranger sagt, sie muss Hilfe gehabt haben. Allein hätte sie den Abstieg vom Berg nicht geschafft.«

»Ja, das weiß ich«, sagte Fields. »Ich weiß allerdings nicht, wer ihr geholfen haben könnte. Ihre Eltern sind verstorben und die einzige noch lebende Verwandte ist eine Tante in San Bernadino, die seit Andreas Umzug nach Portland keinen Kontakt mehr zu ihr hatte. Die Telefonnummer steht in der Akte. Da wären ihr Mann …«

»Den wir ausschließen können«, warf Kins ein.

»… ihre Chefin und eine Freundin.«

»Wer ist die Freundin?«, fragte Tracy.

»Devin Chambers. Die beiden arbeiteten zusammen bei dieser Versicherungsgesellschaft.«

»Haben Sie mit ihr gesprochen?«, wollte Tracy wissen.

Fields warf ihr wieder diesen Blick zu. »Wie ich bereits bemerkte: Nicht mein erstes Rodeo. Ich habe sie überprüft. Sie sagte, Andrea habe sich ihr anvertraut und erzählt, ihr Mann hätte das mit der Geliebten zugegeben. Außerdem hätte er sie körperlich misshandelt.«

»Sie sagte, er hätte Andrea körperlich misshandelt?«, hakte Tracy nach.

»So hat sie es formuliert. Und ehe Sie jetzt gleich ganz aus dem Häuschen sind, weil Sie glauben, diese Chambers hätte Strickland geholfen, vergessen Sie es. Chambers war am entsprechenden Wochenende am Meer. Sie hat die Kreditkartenabrechnung für das Hotel und diverse Restaurantbesuche vorgelegt.«

»Haben Sie die Belege verifizieren können?«

Schon wieder schnaubte Fields verächtlich, langsam hatte Tracy das satt. »Was hätte ich verifizieren sollen? Dass sie ins Restaurant kam, ein Essen zum Mitnehmen bestellte, sechs Stunden bis zum Mount Rainier fuhr, der Frau beim Verschwinden half und wieder zurückfuhr? Ich hatte die Belege, die bewiesen, dass sie dort war.«

Kins mischte sich ein. »Okay, abgesehen von der Frage, wer ihr geholfen hat: was dann? Er merkt, dass sie ihn gefoppt hat, forscht dem Geld nach und bringt sie um? Weil sie sowieso schon tot ist, wird niemand sie vermissen, solange sie die Leiche nicht finden. Das würde die Krebsfalle erklären.«

»Für mich wäre der Mann nach wie vor der Hauptverdächtige«, sagte Fields. »Und ich würde ihn hart rannehmen. Aber die Leiche haben ja jetzt Sie, dann wird es wohl zu Ihrem Rodeo.«

»Hat er einen Anwalt?«, fragte Kins.

Fields nickte. »Einen guten, in Portland.«

»Wie lange waren die beiden verheiratet?«, fragte Tracy.

»Ungefähr ein Jahr. Sie haben nur wenige Wochen nach dem Kennenlernen geheiratet. Fragen Sie sich gerade, ob er sie sich gezielt ausgesucht hat? Jemanden mit Geld und ohne Verwandte?«

»Dann ist Ihnen dieser Verdacht auch schon gekommen?«, fragte Tracy.

»Und ob mir dieser Verdacht gekommen ist. Ich konnte jedoch in seiner Vergangenheit nichts entdecken, was ihn erhärtet hätte. Es war für beide die erste Ehe. Außerdem halte ich Andrea auch nicht für das unschuldige kleine Mädchen, als das sie sich nach außen hin gern gibt. Solche Leute finden einander in der Regel, wenn Sie verstehen, was ich meine.«

»Also gab es für Sie keine weiteren Verdächtigen?«, fragte Tracy.

Fields trank sein Bier aus. »Brauchten wir auch nicht. Es war wie nach dem OJ-Prozess, als die Presse Gil Garcetti fragte, ob sie den wahren Mörder verfolgen würden, und Garcetti sagte, der Mörder sei gerade dort durch die Tür gegangen. Ich war überzeugt, genau das war auch hier der Fall. Der Meinung bin ich übrigens immer noch.«

»Irgendwelche Hinweise darauf, dass der Ehemann ein Boot besaß oder angeln ging?«, wollte Tracy wissen.

»In die Richtung habe ich nichts mitbekommen. Er scheint mir aber auch nicht der Typ dafür.«

»Der Typ wofür?«, fragte Kins nach.

»Er schien mir nicht der Typ, der eigenhändig einen Köder auf den Angelhaken steckt.«

»Aber Sie hielten ihn für fähig, einen Mord zu begehen.«

Fields schob den leeren Teller Richtung Tischmitte. »Ich hatte keinerlei Zweifel daran, dass er vorhatte, sie umzubringen. Vielleicht schafft ihr es ja jetzt, ihm die entsprechende Tat nachzuweisen.«

10

Genesis *machte im ersten Monat nach Ladengründung einen Profit, was Grahams Laune in ungeahnte Höhen steigen ließ. Umso heftiger wirkten sich dann Absturz und Bauchlandung aus. Noch ehe legalisiertes Marihuana den Reiz des Neuen ganz eingebüßt hatte, gingen die Geschäfte zurück. Dann gab die Stadt, wie in dem von mir gelesenen Artikel bereits vermutet, eine neue Verordnung heraus und die Ausgabestellen für Marihuana durften zukünftig auch als gewöhnliche Einzelhändler die reguläre Kundschaft bedienen. Diese Verordnung versetzte Grahams Geschäftsidee letztlich den Todesstoß – die Verordnung und die Tatsache, dass er auf einer Adresse im Pearl District und einer vom Mieter finanzierten Ladeneinrichtung bestanden hatte, die sogar Ludwig den Fünfzehnten hätte erröten lassen. Wie sich herausstellte, machte sich unser »gehobenes« Klientel eigentlich gar nichts aus brasilianischem Hartholz auf dem Boden und indirekt beleuchteten Schränken. Was unsere Kunden interessierte, das war der Preis.*

Zu gern wäre ich jetzt ein »Ich hab es dir ja gesagt« losgeworden, meinte aber zu wissen – nein, da wusste ich es bereits genau –, wohin das führen würde.

Mit dem Niedergang des Ladens ging auch unsere Beziehung mehr und mehr den Bach runter. Grahams Stimmungsschwankungen wurden häufiger und fielen dramatischer aus, manchmal wurde er sogar gewalttätig. Er schien nur noch nervös und gestresst zu sein, jede Kleinigkeit konnte die Stimmung endgültig kippen lassen. Wir waren hoch verschuldet und ich wusste nicht, wo ich das Geld für die Miete hernehmen sollte – weder für den Laden noch für das Loft. Selbst mit den Zinszahlungen aus dem Fonds würde es vorn und hinten nicht reichen.

Sex hatte schon lange nicht mehr stattgefunden und nun redeten wir nicht einmal mehr miteinander. Graham hatte aus dem Laden Esswaren mitgebracht, Marihuana in Trockenfrüchten, Keksen, sogar Sachen wie Gummibärchen. Die halfen ihm zu entspannen, sagte er, er schlafe dann besser. Das mit dem Schlaf stimmte auf jeden Fall: Meistens schlief er gleich auf der Couch ein, was ein Segen war, denn wenn er noch dazu getrunken hatte, was häufig der Fall war, gab er mehr oder weniger Unverständliches von sich oder wurde streitsüchtig. Oft nuschelte er so, dass ich wirklich nicht verstand, was er sagte. Und als wir irgendwann doch noch mal den Versuch gewagt hatten, uns zu lieben, hatte er keinen hochgekriegt, was ihn wütend und gehässig hatte werden lassen.

»Ich bin müde, Andrea!«, hatte er mir hastig aus dem Bett kletternd hingeworfen. »Ich habe so viel Stress auf der Arbeit, was hattest du denn erwartet?«

»Ich hatte gehofft, es würde dir helfen, dich zu entspannen«, hatte ich geantwortet.

»Du willst mir helfen, mich zu entspannen? Dann sprich mit deinem Treuhänder, sorg dafür, dass wir an den Fonds können, um ein paar von den Rechnungen zu bezahlen! Ich bring mich noch um da im Laden. Die lange Arbeitszeit bringt mich um.« Dann war er aus dem Schlafzimmer gestürmt, um unten auf der Couch zu schlafen.

Eines Abends kam ich mit schrecklichen Kopfschmerzen vom Laden nach Hause, Kopfschmerzen von der Art, bei der man die Augen zusammenkneifen muss, weil das Licht einem wehtut. Noch dazu befand sich mein Magen in heftigstem Aufruhr, als hätte ich versucht, an Deck eines Schiffes auf stürmischer See zu lesen. Mein Mittagessen befand sich unangetastet in einer zugebundenen Plastiktüte. Ich hatte es wieder einmal nicht essen können und fühlte mich entsprechend schwach. Da ich inzwischen fast sicher war, ein Magengeschwür zu haben, hatte ich mir für später in der Woche einen Termin beim Arzt besorgt.

Als ich auf unserer Etage den Fahrstuhl verließ, wollte ich mir nur noch etwas Bequemes anziehen, mich mit meinem neuesten Buch auf dem Sofa zusammenrollen und mich in der Welt der Geschichten verlieren.

Ich tippte den Türcode ein – einen Schlüssel gab es hier ja nicht – und betrat die Wohnung. Dort brannte nicht eine Lampe, nur durch die Spalten der Jalousien drang schwach das bläuliche Licht einer Straßenlaterne. Das fiel mir auf, weil ich eigentlich nie die Jalousien herunterließ: Durch die Fenster sah man auf den Willamette River hinaus, das war das Beste an diesem inzwischen sehr teuren Loft, das wir uns wohl bald nicht mehr leisten konnten.

Graham saß auf der Couch mit dem Rücken zur Tür, so reglos, als würde man vorm Schaufenster eines Kaufhauses stehend den Hinterkopf einer Schaufensterpuppe betrachten. Seine Anzugjacke – er hatte sich diesen schwarz-weiß karierten Anzug neulich erst gekauft – hing wie achtlos abgeworfen über der Rücklehne des Sofas. Das sah Graham ganz und gar nicht ähnlich, seine Kleidung behandelte er immer sehr sorgsam.

»Graham?«, fragte ich zögernd.

Der Kopf bewegte sich kurz, kaum mehr als ein Zucken und dennoch ungeheuer erleichternd, denn einen Moment lang war mir durch den Kopf geschossen, er könne gestorben sein und tot auf der Couch sitzen.

»Graham?« Ich wagte mich ein paar Schritte weiter ins Zimmer.

»Es ist aus.« Seine Stimme klang leise und heiser.

Ich legte meinen Schlüsselbund auf den Küchentresen und trat seitlich an die Couch heran, sodass ich die Fenster im Rücken hatte. Damit sah ich Graham im Profil. Sein Haar war zerzaust, als hätte er darin herumgewühlt, neben ihm auf der Couch lag zu einem Ball zusammengeknüllt seine Krawatte. Er hatte die Hemdsärmel weit nach oben geschoben, sie stauten sich wie ein fester Ring an jedem seiner Oberarme. Auf dem Couchtisch standen eine Flasche Jack Daniels und ein Glas. Erst war ich froh, weil die Flasche noch relativ voll wirkte, aber dann entdeckte ich das offene Einmachglas aus dem Laden mit den THC-haltigen Aprikosen darin. THC ist der Name des in Marihuana enthaltenen chemischen Elements, durch das man high wird.

»Was ist denn los? Hast du mit der Bank gesprochen?«

Er hatte an dem Nachmittag einen Termin bei unserer Bank gehabt: Sie sollten uns nach Möglichkeit mehr Zeit für die Rückzahlung oder aber einen zusätzlichen Kredit gewähren. Grahams Benehmen nach zu urteilen war dieser Termin wohl nicht so gut gelaufen.

Er nickte langsam, fast unmerklich, mit geschürzten Lippen, ehe er so abrupt aufstand, dass ich unwillkürlich zusammenzuckte, packte die Flasche und kam um die Couch, viel zu dicht an mich heran. Der Geruch nach Alkohol und Aprikosen war überwältigend, ich musste mich sehr zusammenreißen, um mich nicht zu übergeben. Der Magen drehte sich mir um, bis ich den Kopf wegdrehte, um nach Luft schnappen zu können.

»Ja, habe ich.« Breit grinsend ging er an mir vorbei zum Fenster, wo er die Finger zwischen die Lamellen der Jalousie steckte und daran zog, bis es knisterte und er durch die Lücke spähen konnte. Wie ein Mann auf der Flucht, der sich vor irgendetwas versteckt.

»Was machst du da?«, fragte ich.

»*Wonach sieht es denn aus?*«, gab er zurück. »*Ich esse die Lagerbestände auf.*« Er drehte sich um und lächelte mich an, auch diesmal ohne jeglichen Humor.

»*Wie viele hattest du schon?*«, fragte ich mit Blick auf das Einmachglas. Marihuana zu essen hatte eine erheblich größere Wirkung, als wenn man es rauchte, so viel hatte ich inzwischen gelernt. Wobei das eigentliche Problem darin lag, den THC-Gehalt einer Essware einzuschätzen. Man aß einen Keks, eine Aprikose oder etwas Ähnliches, und wenn nicht sofort etwas zu spüren war, schob man gleich das nächste Stück nach, ohne zu ahnen, dass die Wirkung schon noch einsetzen würde. Wenn sie dann kam, konnte es einen ganz schön umhauen. Diesen Fehler machten viele Menschen.

»*Weiß ich nicht.*« Graham strich über die Lamellen der Jalousie wie über die Saiten einer Harfe. »*Ist mir auch scheißegal.*«

»*Findest du, du solltest dazu noch trinken?*«

Er warf mir aus den Augenwinkeln einen Seitenblick zu. »*Was soll ich denn deiner Meinung nach sonst tun, Andrea? Ein Buch lesen? In einer Fantasiewelt leben?*«

»*Ist es so schlimm?*«

Er kam näher. Sein Grinsen war inzwischen ausgesprochen finster geworden. Solche Grimassen ritzt man in einen Kürbis, um die Kinder damit zu erschrecken, wenn sie an Halloween um die Häuser ziehen. Als er sich vorbeugte, wich ich einen Schritt zurück.

»*Ja, so schlimm ist es*«, zischte er mit leiser, überdeutlicher Stimme. »*Was hattest du denn von dem Banktermin erwartet? Was sollten die deiner Meinung nach sagen?*« Er senkte die Stimme um eine Oktave. »*Wie schön, Sie zu sehen, wir sind doch immer gern bereit, das mit dem Kredit zu vergessen!*«, säuselte er. »*Und wir geben Ihnen gern auch gleich noch einen. Hier, bitte schön. Und einen schönen Tag noch!*« Graham legte eine Pause ein, als sei ihm gerade etwas eingefallen. »*Ach ja, er wollte auch wissen, warum ich kein Einkommen aus der Anwaltskanzlei beziehe. Er sagte, die Bank wolle bei der Firma, in der ich früher gearbeitete habe, Erkundigungen einziehen. Ich bin jetzt also nicht nur bankrott und verliere vielleicht alles, was ich habe, ich gehe womöglich noch wegen Betrugs ins Gefängnis. Wie findest du das?«*

Er schlenderte in unsere kleine Küche, um die Flasche auf den Tresen zu stellen.

»Wir können neu anfangen.« Ich wollte so gern versuchen, mich an irgendetwas festzuhalten.

Er lachte. »Typisch, das musst du natürlich so sagen. Du bist eine solche Traumtänzerin.«

»Wir können doch wirklich neu anfangen! Wir können uns einen Anwalt nehmen und einen Rückzahlungsplan für den Kredit ausarbeiten. Die Bank wird dich nicht strafrechtlich verfolgen, sie wollen bloß ihr Geld. Du kannst als Anwalt arbeiten, ich hole mir meinen alten Job zurück, und wir zahlen den Kredit ab.«

Graham wirbelte auf dem Absatz herum, die Flasche erneut in der Hand. »Und wovon sollen wir leben?«

»Wir können umziehen – uns eine billigere Wohnung suchen – und den Leasingvertrag für den Porsche kündigen und auch andere Ausgaben einschränken.« Ich dachte einfach nur schnell und laut vor mich hin.

»Nein.« Graham schüttelte vehement den Kopf. »Auf keinen Fall arbeite ich wieder als Anwalt. Das wäre das Todesurteil für mich. Willst du, dass ich sterbe?«

»Es muss ja nicht für immer sein«, sagte ich. »Nur bis wir wieder Boden unter den Füßen haben.«

»Wirklich? Wirklich?« Er wanderte zu mir zurück. »Du willst, dass wir wieder Boden unter die Füße bekommen?«

»Ich bin gewillt, es zu versuchen.« Das stimmte sogar, ich war dazu bereit.

»Nein, was du willst, das ist etwas ganz anderes! Du willst mich bis ans Ende meines Lebens zu einem Bürojob verurteilen,

bist aber nicht bereit, mir das Geld zu leihen, mit dem ich all unsere Rechnungen bezahlen könnte, damit unser Projekt laufen kann. Wenn du mir helfen willst, lass deinen Worten Taten folgen, Andrea!«

Wie satt ich diese Debatte hatte! Trotzdem versuchte ich, ruhig zu bleiben. »Darüber haben wir doch schon gesprochen, Graham. Selbst wenn ich es könnte, es würde unsere Probleme nicht lösen. Was machen wir denn im nächsten Monat und im Monat darauf?«

»Ich brauche nur noch einen einzigen Monat, dann gibt es die entscheidende Wende.«

»Das hast du letzten Monat auch gesagt«, rutschte es mir heraus, ehe ich es verhindern konnte.

Er starrte mich wütend an. »Ich wusste nicht, dass du Buch führst.«

Ich holte tief Luft. »Sieh mal, es war nicht deine Schuld. Das Timing war falsch und der Laden der Lage wegen zu teuer.«

»Oh!« Seine Stimme wurde höher. »Dann ist es also doch meine Schuld. Willst du das damit sagen?«

»Ich sagte, es sei nicht deine Schuld.«

»Ich habe gehört, was du gesagt hast, und ich weiß, was du meinst. Du glaubst, es war mein Fehler. Nun, ich glaube das nicht, Andrea. Ich habe meine Hausaufgaben gemacht und meine Recherchen angestellt. Ich hatte die Vision. Ich habe die Zeit und den Schweiß beigesteuert. Was ich brauchte, war mehr Kapital. Was ich brauchte, das war Unterstützung. In guten und in schlechten Zeiten, Andrea, erinnerst du dich an die Worte? Erinnerst du dich? In guten und in schlechten Zeiten.«

Er ahnte ja nicht, wie oft ich diese Worte jeden Tag in meinem Kopf gehört hatte. Rhythmisch, wie Kriegstrommeln kurz vor einem Angriff. Graham stürzte zur Wohnungstür, wo er, wie ich jetzt erst sah, seine Ledertasche abgestellt hatte. Die schleppte er mit zur Couch, durchsuchte sie kurz und warf mir ein paar Papiere hin.

»Ich habe die Dokumente für einen Kredit vorbereitet, Andrea. Wenn du helfen willst, hier kannst du deinen Worten Taten folgen lassen. Du kannst dem Geschäft das Geld leihen.«

»Mit welchen Sicherheiten?«

»Willst du mich verarschen?«, schrie er mich an. »Sollen wir das wirklich noch mal durchkauen?«

Verwirrt und besorgt legte ich die Papiere hin und versuchte, ruhig zu bleiben, um nachdenken zu können. »Ich kann dem Laden kein Geld leihen, Graham.«

»Falsch: Du willst *mir das Geld nicht leihen!« Er schnappte sich die Papiere und baute sich vor mir auf, drückte mir die Unterlagen so fest an die Brust, dass ich einen Schritt zurückwich. »Soll ich dir was verraten, Andrea? Ich habe nicht nur diesen kleinen Brief von der Kanzlei gefälscht, sondern auch deinen Namen auf den persönlichen Bürgschaften für die Bank und auf dem Mietvertrag.«*

Mir war, als hätte ich einen Tritt in den Magen bekommen. »Du hast was gemacht?«

Er warf mir ein durch und durch sarkastisches Grinsen zu. »Wie findest du das, ha? Also: Du kannst mir das Geld geben, damit ich das Geschäft erfolgreich zum Laufen bringe, oder du kannst es einfach gleich der Bank überschreiben.«

»Du Scheißkerl!«

Er lachte. »Fühlt sich nicht so gut an, wenn man seinen Arsch riskieren muss, was?«

»Ich werde dir das Geld nicht geben«, sagte ich, jetzt trotzig. »Soll die Bank doch kommen und versuchen, es sich zu holen. Der Treuhandvertrag kann nicht gebrochen werden, da waren sich die Anwälte meiner Eltern total einig.«

Graham rückte noch dichter an mich heran, zwang mich, zurückzuweichen, bis mich der Küchentresen am Weitergehen hinderte. »Ich habe diese Spielchen satt, Andrea. Ich brauche das Geld. Ich gehe nicht in den Knast.«

»Ich will hier weg.« Ich versuchte, um ihn herum zur Haustür zu kommen, aber er schnitt mir den Fluchtweg ab.

»Ich brauche dieses Geld, Andrea.«

»Nein!« Ich schob ihn aus dem Weg und startete Richtung Tür.

Er packte mich am Handgelenk und wirbelte mich herum. Ich trat mit dem Fuß zu, traf ihn hart am Schienbein. Er zuckte zusammen und stöhnte auf, ließ aber nicht los. Er schüttelte mich, bog mir das Handgelenk um. »Ich brauche das gottverdammte Geld.«

»Nein!«, schrie ich. »Du tust mir weh!«

Und dann schlug er mich. Hart, mitten ins Gesicht.

Der Schlag warf mich zu Boden.

Das geschah so schnell, dass ich mir noch nicht einmal ganz sicher war, dass er mich geschlagen hatte. Bis mein Gesicht brannte, als würde es in Flammen stehen.

Es wurde still im Raum, die Luft so unbeweglich, dass ich die Uhr im Herd ticken hörte. Ich hatte den Kopf gesenkt, die Hand an die Wange gepresst, die sich warm anfühlte. Über mir hörte ich das leise Geräusch von Grahams Atem. Ich saß da, sah zu Boden, mein Haar bedeckte mein Gesicht und im Mund schmeckte ich den metallenen Geschmack meines Blutes. Dann, langsam, sah ich zu ihm hoch. Zu dem Mann, den ich geheiratet hatte.

Der hatte seine Hand immer noch zur Faust geballt.

11

Relativ spät für den Nachmittag eines Werktags betraten Faz und Del die in der Innenstadt von Seattle, in der Spring Street, gelegene Kraftfahrzeugzulassungsstelle. Dort hockten jede Menge gelangweilte Vertreter der Menschheit auf ungemütlich wirkenden Plastikstühlen, wo sie für haargenau den Anblick sorgten, den Faz erwartet hatte. Eine körperlose, automatisierte weibliche Stimme rief den jeweils nächsten Kunden auf und dirigierte die Person zum entsprechenden Schalter, wobei sich alle Beteiligten mehr oder weniger wie Roboter bewegten.

»Wie in einem dieser postapokalyptischen Filme, wo Maschinen die Macht übernommen haben und Menschen nur noch Drohnen sind«, sagte Faz. »Ich glaube, so einer lief gestern Abend im Fernsehen.«

»Was meinst du? Wie viele sind wegen der Klimaanlage hier?«, wollte Del wissen.

»Wetten, dass es in der Bibliothek auch wie im Irrenhaus zugeht?«

Die neue Bibliothek in der Innenstadt hatte sich die Stadt Seattle Millionen kosten lassen, sie war einmalig in ihrer Art, ganz Glas und Stahl, zwölf Stockwerke hoch. Da ein öffentliches Gebäude nun jedoch von seinem Wesen her immer öffentlich ist, wie der Name schon sagt, und das auch bleiben wird, stand diese wunderschöne Einrichtung sämtlichen Bürgern der Stadt zur Verfügung. Die Bibliothek hatte sich rasch zum sicheren Hafen für Obdachlose, psychisch Kranke und all diejenigen entwickelt, die auf einem der vierhundert ebenfalls öffentlichen und kostenfrei zugänglichen Computern nach Pornografie suchen und gleich an Ort und Stelle auf der Public Domain Unaussprechliches treiben wollten. Im Winter, wenn die Temperaturen sanken oder gar unter den Gefrierpunkt rutschten, stieg die Zahl der Besucher an, ebenso im Sommer an den Tagen, an denen ganz Seattle in der Sonne schmorte.

»Wo man kann, da kommt man auch, wenn du verstehst, was ich meine«, grinste Del.

»Die Computer da würde ich mit der bloßen Hand nicht anfassen«, meinte Faz.

Auf den umstehenden Computer- und Fernsehbildschirmen wurden die Nummern der Personen angezeigt, die gerade von den Angestellten an den Schaltern bedient wurden. Das eigentliche Interesse aller Anwesenden galt jedoch eher der großen digitalen Uhr. Die sprang gerade unter zahlreichen nervösen Blicken auf sechzehn Uhr achtzehn.

»Um halb fünf schließen die hier«, sagte Del.

»Dann ist es ja gut, dass wir nicht warten müssen«, meinte Faz.

»Ach ja? Was wetten wir?«

»Gleich im Anschluss das Abendessen?«, schlug Faz vor.

»Bei Sakumi. Der Verlierer zahlt die Sandwichs.«

»Feine Wette! Da kann ich Vera gleich ein bisschen Pasta mitbringen und habe zweimal was davon.«

»Weib glücklich, Faz glücklich.« Del nickte weise.

Am zentralen Tresen legte Faz der Zuständigen hinter der Trennscheibe Dienstmarke und Ausweis vor. Beides schien die Dame nicht zu beeindrucken.

»Wir haben eine Verabredung mit Hendrik …«

Mit dem Nachnamen hatte er Mühe, er brauchte ihn aber auch gar nicht zu nennen. »Engvaldson«, half ihm die Frau.

»Genau!« Faz nickte. »Zungenbrecher.«

Ohne zu lächeln, deutete die Angestellte auf den Wartebereich, während sie zum Telefonhörer griff. »Nehmen Sie Platz.« Del wandte sich grinsend den weißen Plastikstühlen zu. »Gegrilltes Lamm auf Weißbrot«, freute er sich. »Ich habe den Geschmack schon auf der Zunge! Und weißt du auch, warum es mir besonders gut schmecken wird?«

»Weil du nichts dafür bezahlen musst?«, fragte Faz.

»Bingo!«

Del war nicht geizig, er gab genauso oft mal einen aus wie alle anderen. Er hatte nur einfach ein Herz für schöne Wetten, konnte sich kein Spiel, keinen Kampf ansehen, ohne eine abzuschließen. Es ging nie um hohe Beträge, ein paar Dollar hier, ein paar dort, und Faz musste zugeben, dass bestimmte Dinge durch die Marotte seines Partners interessanter wurden.

Von Engvaldson erhofften sich die beiden ein paar Details darüber, wie Andrea Strickland an einen Führerschein auf den Namen Lynn Hoff gekommen sein könnte. An diesem Punkt der Ermittlungen war ihnen jede Information willkommen.

Sie warteten nicht lange. Ein sehr großer Mann in Khakihose und hellblauem Hemd begrüßte sie in der Eingangshalle. Als er die Hand ausstreckte, geschah das wortwörtlich von oben herab, als sei der Mann ein langer, langer Kran und seine Hand die Schaufel daran. »Ich bin Hendrik Engvaldson. Mit wem von Ihnen beiden hatte ich telefoniert?«

»Das wäre dann ja wohl ich.« In Engvaldsons Gegenwart kam sich Faz klein vor, was ihm nicht oft passierte. Er brachte es auf einen Meter dreiundneunzig und hunderteinundzwanzig Kilo, splitterfasernackt – das hatte ihm erst an diesem Morgen seine Waage bestätigt. Del war zwei Zentimeter größer und vier bis sechs Kilo schwerer, was er nie zugegeben hätte, nur sah sein Bauch auch danach aus und so ein Bauch lügt nun einmal nicht.

Die beiden Detectives folgten Engvaldson zu einer Tür im rückwärtigen Bereich der großen Halle, wo sich ihr Führer kurz bücken musste, um unter dem Türsturz durchzupassen. Dann war er also wirklich größer als zwei Meter. Faz warf Del im Weitergehen einen vielsagenden Blick zu.

»Engvaldson – was ist das für ein Name, welche Nationalität gehört dazu?«, wollte er wissen.

»Schwedisch, heißt es seit Neuestem«, antwortete Engvaldson. »Eigentlich dachte ich ja norwegisch, in dem Glauben bin ich jedenfalls groß geworden. Aber dann hat meine Frau mit dieser Ancestry.com-Geschichte angefangen. Ganz großer Fehler, wenn Sie mich fragen. Es stellte sich nämlich heraus, dass meine Vorfahren aus Schweden stammten.«

»Wie in dieser Werbung!«, meinte Faz.

»Genau.«

»Wenn ihr mich fragt, ich will das alles gar nicht so genau wissen«, sagte Del. »Ich würde ja doch nur Sachen erfahren, die ich gar nicht erfahren möchte.«

»Dass du eigentlich gar kein Mensch bist, zum Beispiel?«

Engvaldson führte sie in das typische Büro eines Regierungsangestellten: klein, zweckmäßig, ohne Schnickschnack. Er setzte sich, wobei er viel zu groß für den Schreibtisch wirkte, schlug eine Akte auf und reichte ihnen eine Kopie des Führerscheins von Lynn Hoff alias Andrea Strickland. »Sie hatte einen Vorantrag gestellt, um diesen Führerschein zu bekommen, und ...«

»Vorantrag?«, fragte Del. »Was heißt das?«

»Sie hatte ihren Antrag online ausgefüllt und musste dann nur noch persönlich hier auftauchen, um den Rest zu erledigen. Das spart Zeit.«

»Gut zu wissen«, meinte Del.

»Womit hat sie sich ausgewiesen?«, wollte Faz wissen.

»Mit einer beglaubigten Geburtsurkunde«, sagte Engvaldson nach einem Blick in die Akte.

»Ihr Alias ist also eine tatsächlich existierende Person«, sagte Faz.

»Vielleicht. Vielleicht aber auch nicht. Unsere Mitarbeiter haben Zugang zu sämtlichen in anderen Bundesstaaten verwendeten Formularen, nur ist es leider gar nicht so einfach, eine Fälschung zu entdecken. Die Bundesbehörde arbeitet an einem standardisierten Dokument, aber damals, neunzehnhundertzweiundneunzig, benutzte noch jeder Bundesstaat eigene Formulare.«

»Bedeutet das, sie hätte die Urkunde fälschen und sich so einen anderen Namen zulegen können?«, hakte Del nach.

»Möglich wäre es durchaus«, gab Engvaldson zu.

»Die Führerscheinstelle – ist das die Abteilung hier, die am meisten zu tun hat?«, fragte Faz.

»Ja.« Engvaldson wusste genau, worauf Faz mit seiner Frage hinauswollte. »Und da die Bundesregierung jetzt von jedem einen erweiterten Führerschein verlangt, haben wir in letzter Zeit mehr zu tun denn je.«

Wahrscheinlich war Strickland genau aus diesem Grund hierhergekommen, dachte Faz. Je mehr ein Beamter um die Ohren hatte, desto weniger Zeit konnte er sich für einzelne Anträge nehmen, und wenn dann eine Geburtsurkunde auf den ersten Blick einen tadellosen Eindruck machte, gab es ja auch keinen Grund, sich länger als nötig damit zu befassen.

»Konnte sie eine Sozialversicherungsnummer vorlegen?«, fragte Faz.

Engvaldson reichte ihm ein weiteres Dokument.

Faz verglich die Nummer darauf mit der, die er von der Sozialbehörde für Lynn Cora Hoff erhalten hatte. Sie stimmten überein. »Dann ist das also eine aktive Nummer!«, sagte er erstaunt.

»Was bedeutet aktiv?«, fragte Del. »Dass die Person dazu am Leben ist?«

»Nicht unbedingt.« Faz schüttelte den Kopf. »Damals, in der bösen alten Zeit, ehe es Computer gab, konnte so ein Krimineller auf einen Friedhof gehen und sich das Grab eines vom Geburtsjahr her zu ihm passenden Kindes raussuchen. Mit dessen Namen und Geburtsdatum ist er dann hin und hat sich eine Sozialversicherungsnummer besorgt. Das geht heute nicht mehr, die Computer der Sozialbehörde sind mit den Datenbanken vernetzt, in denen Todesfälle erfasst sind.«

»Okay, dann wüssten wir also, wenn sie tot wäre«, sagte Del. »Wie kommt man an die Nummer einer lebenden Person?«

»Besorg dir ein paar Tausend Dollar«, sagte Faz, »und fahr nach Chinatown, da kriegst du so gut wie alles. Vielleicht war diese Lynn Cora Hoff mittellos und hatte keine Vorstrafen, keine Verwandten und auch sonst niemanden, der ihre Leiche hätte identifizieren können. In diesem Fall wäre ihr Tod der Sozialbehörde nie gemeldet worden. Sie hätte einfach nur aufgehört zu existieren.«

»Um das herauszufinden, muss man aber eine Menge Recherchen anstellen«, sagte Del.

»Genau!« Faz nickte. »Deswegen wundert es mich ja so, dass die Nummer aktiv ist.«

»Zusammenfassend kann man also sagen, dass die Sache hier anders liegt als damals, als sich mein Sohn für zwanzig Dollar einen gefälschten Führerschein besorgt hat, damit er Bier kaufen kann?«, sagte Del.

»Hier haben wir es mit einer um einiges ausgeklügelteren Fälschung zu tun«, bestätigte Engvaldson.

»Zumindest wissen wir jetzt, wie sie es gemacht hat.« Faz stand auf und streckte die Hand aus. »Vielen Dank für Ihre Hilfe.«

»Kein Problem.« Engvaldson klappte nach vorn, um aufstehen zu können, wobei er aussah wie Jack die Bohnenstange in der gleichnamigen Geschichte für Kinder.

»Wie fliegen Sie eigentlich?«, erkundigte sich Del neugierig.

Engvaldson breitete die Arme zur Supermanpose aus. »Normalerweise so!« Er lachte. »Die Frage höre ich öfter. Ich bitte um einen der Sitze vorn gleich hinter der Trennwand. Oder in der Reihe beim Notausgang. Die Fluglinien müssen mich angemessen unterbringen.«

»Gilt das auch für fette Typen wie uns?«, wollte Faz wissen.

»Das kann ich Ihnen nicht sagen. Ich bringe Sie noch raus.«

Vorn im großen Raum war es leer geworden. Engvaldson hatte den Schlüssel für die große Glastür dabei und zog sie auf. Faz und Del bedankten sich noch einmal dafür, dass er sich Zeit für sie genommen hatte, und gingen zum Fahrstuhl.

»Wenn sie sich diesen Führerschein besorgt hat, können wir dann davon ausgehen, dass sie hier in unserem Bundesstaat leben wollte?«, fragte Del.

»Gut möglich. Vielleicht hat sie auch deswegen ihr Aussehen geändert, das muss aber nicht unbedingt so sein. Vielleicht hat sie sich die Sozialversicherungsnummer besorgt, um den Führerschein zu kriegen, weil man einfacher an einen Pass kommt, wenn man einen Führerschein hat. Mit Pass kann man abhauen. Außerdem braucht man den Führerschein, um ein Konto zu eröffnen. Denk drüber nach – sie hat diesen Treuhandfonds, was soll sie damit machen? Mit einem Koffer voll Cash ins Ausland fliegen? Bestimmt nicht. Und unter ihrem richtigen Namen konnte sie kein Konto eröffnen. Um das Geld auf ein auf den Namen Lynn Hoff lautendes Konto zu schaffen oder an irgendeine Briefkastenfirma weiterzuleiten, brauchte sie also den Führerschein. Erst den Lappen, dann das Konto, dann kann sie anfangen, das Geld telegrafisch ins Ausland zu transferieren. Von da aus geht es noch ein, zwei Mal weiter, immer so, dass absolute Vertraulichkeit garantiert ist, und irgendwann ist das Geld einfach verschwunden.«

»Sie muss ziemlich verzweifelt gewesen sein«, fand Del.

»Pseudozid nennt man das«, erklärte Faz. »Jemand täuscht den eigenen Tod vor, gewöhnlich um eine Versicherungssumme zu kassieren oder Gläubigern zu entkommen, und taucht dann als jemand anderes wieder auf.« Er warf einen Blick auf seine Uhr. »Die Banken haben schon zu.«

»Ja, aber das *Salumi* nicht, und ich habe Hunger.«

* * *

Bei ihrer Heimkehr ins Präsidium fanden Tracy und Kins auf ihren Schreibtischen eine Überraschung vor: wunderbar duftende, in weißes Fleschereipapier gewickelte Sandwichs. Dazu ein Notizzettel, der auch ohne Unterschrift Bände sprach.

Damit ihr nicht sagen könnt, dass ihr nie nichts von mir kriegt!

»Ist das jetzt nicht eine dreifache Verneinung?«, wollte Kins wissen.

»Ich liebe ihn trotzdem.« Tracy riss die Verpackung von ihrem Sandwich. »Ich bin am Verhungern. Wetten, die sind von *Salumi?*«

»Wenn du solchen Hunger hast, warum hast du dir dann vorhin im Restaurant nichts bestellt?«

»Mir ist der Appetit vergangen, sobald dieser Fields den Mund aufmachte.«

Kins runzelte die Stirn. »Ich fand den gar nicht so schlimm.«

»Klar, wie denn auch?«

»Oh! Jetzt klingst du wie meine Frau, wenn ich Ärger mit ihr habe und gar nicht weiß, warum. Was hat er denn gemacht?«

»Außer die Kellnerin mit seinen Blicken auszuziehen? Jedes Mal, wenn sie an unseren Tisch kam? Wie viel Käse braucht man auf Linguini mit Muscheln?«

»Echt jetzt?«, fragte Kins.

»Du hast das nicht mitgekriegt?«

»Ich hab die Kellnerin mitgekriegt.«

Tracy verdrehte die Augen. »Schwein!«

»Nein, auf meinem ist Lamm.« Kins hielt sein Sandwich hoch. »Hast du eins mit Schweinerücken?«

»Idiot.«

Kins kramte lachend zwei Dollarstücke aus seiner Schreibtischschublade. »Ich hole mir eine Limo, willst du auch eine?«

»Nein danke.«

Tracy biss in ihr Sandwich. Faz hatte ihr wirklich den Schweinebraten gebracht! Nicht, dass sie Kins das verraten würde.

»Crosswhite.«

Bei Nolascos nasalem Jammerton zuckte Tracy zusammen und legte das Sandwich ab.

»Wo ist Kins?« Der Captain schob sich in den Arbeitsbereich des A-Teams.

»Holt sich eine Limo.« Hastig schluckte Tracy den Bissen herunter, den sie schon im Mund gehabt hatte.

»Was zum Teufel läuft da mit der Frau in der Falle?«, wollte Nolasco wissen. »Die Presse ruft hier an und behauptet, das wäre dieselbe, die eigentlich letzten Monat am Mount Rainier tödlich verunglückt sein soll. Stimmt das?«

»Scheint so.« Tracy war wütend: Wenn die Presse diese Information besaß, hatte der Ehemann sie höchstwahrscheinlich auch.

»Haben die das von Ihnen?«

Tracy schnaubte empört. »Natürlich nicht. Warum sollte ich es ihnen erzählen?«

»Jemand hat es getan.«

»Ich nicht, und Kins auch nicht, das kann ich Ihnen versichern.«

»Was habe ich nicht getan?« Kins war zurückgekommen, in der Hand eine Dose Diät-Cola.

»Die Presse weiß von Andrea Strickland.«

»Wieso?«

»Es war überall in den Sechs-Uhr-Nachrichten«, sagte Nolasco.

»Manpelt?«, wollte Kins wissen.

»Auch die. Die Telefone klingeln in einer Tour, die Chefetage will wissen, was los ist, und ich habe keine Ahnung!«

»Wir erhielten gestern den Hinweis und waren heute draußen beim Rainier und in Tacoma«, erklärte Kins. »Wir sind gerade erst zurückgekommen.«

Nolasco funkelte Tracy an, als glaube er ihr und Kins kein einziges Wort. »Und Sie haben keine Ahnung, wie die Presse Wind von der Sache gekriegt hat?«

Gefragt, wo bei ihnen das Leck sein könnte, wäre Tracy normalerweise als Erstes Nolasco selbst in den Sinn gekommen. Andererseits war die ganze Abteilung das reine Sieb, auch die oberen Chargen gaben oft Informationen heraus, um sich bei den Medien einzuschmeicheln. Tracy konnte nicht einschätzen, ob Nolascos Unmut echt war oder ob er lediglich die Schuld auf andere schieben wollte. »Ich habe absolut keine Ahnung!«, versicherte sie. »Wir hatten gehofft, erst mit dem Ehemann reden zu können, ehe die Geschichte an die Öffentlichkeit dringt.«

»Das können Sie vergessen. Der Ehemann spielt in der Berichterstattung eine führende Rolle.«

»Und was hat er so zu sagen?«, wollte Tracy wissen.

»Was man von ihm erwarten würde: Er ist zutiefst erschüttert und betroffen und hat absolut keine Ahnung, was seine Frau bewogen haben könnte, den eigenen Tod vorzutäuschen. Er weiß auch nicht, wer sie umgebracht haben könnte.«

»Klingt wie vorformuliert und gut einstudiert«, sagte Tracy.

»Natürlich war das vorformuliert und einstudiert«, fand auch Kins.

Nolasco beäugte Tracy misstrauisch. »Sie haben nichts gesagt? Zu niemandem?«

Wollte der Mann irgendetwas abziehen, um ihr die Schuld in die Schuhe schieben zu können? »Warum sollte ich irgendwem irgendwas erzählt haben?«

»Gute Frage! Ich habe gleich noch eine: Wie kommt die Managerin eines Hotels in Renton dazu, einem Reporter zu erzählen, dass das Mordopfer dort fast einen Monat lang gewohnt hat und dass zwei Mitarbeiter der Mordkommission da waren, um ihr Fragen zu stellen?«

»Das stimmt«, sagte Kins. »Wir waren da und wir haben Fragen gestellt, aber über das Mordopfer haben wir nichts gesagt.«

Nolascos Blick huschte zwischen Tracy und Kins hin und her. »Ehe Sie heute Schluss machen, kriege ich von Ihnen eine schriftliche Stellungnahme. Eine, die ich denen da oben vorlegen kann. Die wollen, dass Lee etwas herausgibt.« Bennett Lee war der Pressesprecher der Abteilung.

»Wir haben keine DNA, für eine Stellungnahme ist es noch zu früh«, gab Tracy zu bedenken.

»Nicht, wenn sich die Motelangestellte schon ausgerechnet hat, was Sache ist«, sagte Nolasco.

»Gut – Lee kann ihnen sagen, sie war weder Prostituierte noch drogenabhängig noch obdachlos.«

Nolasco starrte sie wütend an. »Irgendwas Nützliches?«

Kins fand es an der Zeit, sich einzumischen. »Wir haben mit dem obersten für den Rainier zuständigen Ranger geredet und eine Kopie seines Berichts erhalten. Und wir haben mit dem Detective des Pierce County gesprochen. Wir stellen etwas zusammen, aber so, dass klar wird, es handelt sich um laufende Ermittlungen.«

»Ich will über jedes weitere Vorgehen umfassend informiert werden.« Nolasco richtete seinen von einem entsprechenden Blick begleiteten Befehl ausschließlich an Tracy. »Haben Sie das verstanden?«

»Absolut!« Tracy nickte.

Nolasco war fast schon wieder auf dem Flur, als er noch einmal zurückkam. »Und richten Sie Ihrem Freund bei den Angels aus, er weiß einen Scheißdreck! Trout hatte gestern einen Homerun und sorgte für vier weitere Runs.«

»Wow!« Tracy hatte Mühe, nicht zu grinsen.

Nolasco ging. Kins starrte sie an.

»Mike Trout? Der Baseballspieler?«

Jetzt grinste sie doch noch. »Ich hatte gehört, den plagt eine kaputte Sehne am Knie.«

»Du magst doch aber gar kein Baseball.«

»Noch weniger mag ich es, wenn Nolasco mich ignoriert.«

Kins schüttelte den Kopf. »Musst du denn immer die Hand in den Löwenkäfig stecken?«

»Hat doch funktioniert, oder? Wenn man ihn genügend provoziert, haut er meistens wieder ab.«

Sie verzehrten ihre Sandwichs und besprachen die Stellungnahme für Chefs und Medien, die so abgefasst werden musste, dass es so aussah, als würden sie Informationen liefern, während sie es in Wirklichkeit gar nicht taten.

»Lass uns die Nachrichten anschauen«, schlug Kins vor. Die Nachrichtensendungen wurden aufgezeichnet, sie konnten sie sich jederzeit ansehen. »Dann wissen wir, was bereits berichtet wurde, und können es nachplappern.« Er zerknüllte sein Einwickelpapier und zielte mit dem Ball auf den Nerf-Basketballring, der neben Dels Schreibtisch hing. Der Ball fiel brav durch das Netz und landete im Papierkorb.

»Das war mein Stichwort!«, freute sich Kins. »Auf dem Nachhauseweg kaufe ich mir ein Lotterielos. Fahren wir morgen immer noch nach Portland?«

Tracy nickte. »Ehemänner sind immer verdächtig.«

12

Am Sonntagabend kurz nach elf hörte ich draußen den Porsche schnurren. Ich legte mein Buch hin und ging zum Fenster, wo ich die Finger zwischen die Lamellen der Jalousie steckte, um auf die Straße schauen zu können. Graham war aus dem Loft gestürmt, nachdem er mich geschlagen hatte, und hatte sich zwei Tage lang nicht blicken lassen. Jetzt sah ich zu, wie er den Porsche in die Tiefgarage fuhr, wo ihm eine unangenehme Überraschung bevorstand. Ich hatte nämlich beschlossen, meinen eigenen Wagen in der zu meinem Loft gehörenden Parkbucht abzustellen.

Und richtig: Das rote Auto tauchte auch schon wenige Minuten später wieder auf, um kurz darauf ganz in der Nähe einen unter einer Straßenlaterne gelegenen Parkplatz anzusteuern. Graham stieg aus. Als Erstes fiel mir auf, dass er nicht mehr dieselben Kleider trug wie beim Verlassen des Hauses, sondern enge Jeans, Bootsschuhe und eine Lederjacke. Dabei war ich mir ziemlich sicher, dass er nicht zurückgekommen war, um sich umzuziehen, hatte allerdings das Loft am Samstagnachmittag kurz verlassen, um meinen Arzttermin wahrzunehmen. Wenn das neue Klamotten waren, dann hatte er sie unter Garantie mit seiner Kreditkarte bezahlt, dabei war die doch bestimmt schon bis zum Gehtnichtmehr ausgereizt.

Ich beobachtete, wie er zur Beifahrerseite ging, die Tür öffnete, sich bückte und etwas aus dem Auto holte. Wahrscheinlich ein Versöhnungsgeschenk. Sein Benehmen war so vorhersehbar geworden. Nur geschlagen hatte er mich bisher nie. Das war eine Grenze, die zu überschreiten ich ihm kein zweites Mal gestatten würde.

Ich setzte mich wieder auf die Couch, nahm meinen Roman und kuschelte mich in einer Ecke ein, eine Decke über den Beinen, vor mir auf dem Couchtisch einen Becher Pfefferminztee, denn der Arzt meinte, der könne gegen die Übelkeit helfen. Als die Tür aufging, blätterte ich einfach eine Seite in meinem Buch um und las ungerührt weiter.

»Hey!« Grahams Schlüssel landeten mit dumpfem Knall auf dem Tischchen gleich neben der Wohnungstür.

Ich sah auf, ohne etwas zu sagen. Er hatte Geschenke dabei, genau wie ich gedacht hatte, einen Teddybären mit einem Buch in den Armen: A Girl on the Train. Als Nächstes war jetzt die Entschuldigung dran.

Ich widmete mich wieder meinem Buch.

Als ich hörte, wie er sich von hinten der Couch näherte, drehte ich mich nicht um. »Es tut mir so unendlich leid!«, sagte er leise. »Ich schäme mich für das, was ich getan habe.« Das klang ehrlich und aufrichtig, aber so klang Graham immer, das gehörte einfach zu seinen Talenten. »Könntest du mich bitte wenigstens ansehen?«

Es war so jämmerlich: Er sah aus wie ein kleiner Junge, dem sein Eis auf den Bürgersteig gefallen ist. Ich ließ mein Buch auf den Schoß sinken, allerdings immer noch aufgeklappt.

Graham kam um die Couch herum und wollte sich auch setzen, zögerte jedoch, als ich ihm nicht sofort Platz einräumte. Ich ließ ihn einen Augenblick lang schmoren, ehe ich die Beine weiter anzog.

Sofort setzte er sich so hin, dass er mir in die Augen schauen konnte. »Ich würde doch nie, nie in meinem Leben eine Frau schlagen!«

Bitte? Fast hätte es mir die Sprache verschlagen. Was für eine absolut dämliche Bemerkung. »Aber genau das hast du doch getan!«, sagte ich schließlich. »Du hast mich geschlagen.«

Er schüttelte hilflos den Kopf. »Ich weiß, und es tut mir so leid.«

»Das sagtest du bereits.«

»Es ist doch nur – neulich Abend, da ist alles einfach über mir zusammengebrochen, Andrea. Du kannst dir nicht vorstellen, welchen Druck ich in dem Moment gespürt habe, als wäre mir ein Amboss auf die Brust gefallen. Ich habe keine Luft bekommen, ich hatte das Gefühl zu ersticken. Es ist gut möglich, dass ich in den Knast gehe, diese Möglichkeit ist durchaus real!«

Ich schwieg. Mitleid hatte ich keins mit ihm, denn auch diese Nummer gehörte zu seinem Modus Operandi. Er entschuldigte sich doch nur so ausführlich für sein Benehmen, um nicht wirklich akzeptieren zu müssen, wie er sich aufgeführt hatte. Er dachte, mit einer Entschuldigung wäre es getan.

»Ich kann dir noch nicht einmal sagen, wer diese Person war!«, *fuhr er fort.*

Ich schon, dachte ich. Das war der Mann, den ich geheiratet habe.

»Es hat mir Angst eingejagt«, *fuhr er fort.*

Ihm hatte es Angst eingejagt?

»Deswegen bin ich gegangen«, *fuhr er fort.* »Ich bin weg, weil ich mich nicht mit dem konfrontieren konnte, was ich getan hatte.«

Wohin er gegangen war oder wo er die Nacht verbracht hatte, fragte ich gar nicht erst. Es interessierte mich im Grunde gar nicht mehr. Vielleicht war er zu der Kollegin in seiner alten Kanzlei gegangen, mit der er, wie ich wusste, auch noch nach unserer Hochzeit geschlafen hatte. Allerdings hielt ich das für eher unwahrscheinlich, denn ich hatte in Bezug auf die Frau ein paar Nachforschungen angestellt und erfahren, dass sie inzwischen auch verheiratet war. Da konnte Graham also kaum hin. Konnte er überhaupt irgendwo hin? Eher nicht, oder? Mit anderen Worten: Er brauchte mich. Genauer gesagt brauchte er mein Loft und meinen Treuhandfonds und ich hegte den starken Verdacht, dass er nur deswegen zurückgekommen war. Sie würden ihn wegen Betrugs vor Gericht stellen, wenn er keinen Weg fand, die Sache irgendwie in Ordnung zu bringen.

»Ich werde mich bessern«, versprach er, indem er nach meiner Hand griff. »Ich bessere mich wirklich, ich werde daran arbeiten. Wenn du möchtest, mache ich sogar eine Therapie. Ich will, dass es klappt, Andrea. Ich möchte wirklich, dass es klappt.«

Übersetzt hieß das: Ich möchte wirklich nicht ins Gefängnis gehen oder als Anwalt arbeiten müssen, möchte aber weiterhin meinen Porsche fahren, in der Gegend rumschlafen und von deinem Treuhandfonds leben, bis mir die nächste geniale Geschäftsidee kommt. Wo, wenn nicht bei mir, bot sich ihm solch ein verlockendes Arrangement?

»Ich weiß nicht, was ich will«, sagte ich schließlich. Dabei wusste ich das durchaus, ich mochte es nur nicht aussprechen. Jedenfalls nicht Graham gegenüber. Ich steckte im Moment genauso fest wie er, auch wenn ich das Wochenende über Zeit gehabt hatte, meine Situation zu überdenken, und obwohl ich auch bereits an der einen oder anderen Idee arbeitete.

»Ich weiß, ich weiß«, sagte er hastig, als würde er mich zum Schweigen bringen wollen, ehe ich ihn bitten konnte zu gehen. Seine Augen waren groß und funkelten lebhaft. »Das kann ich dir auch wirklich nicht verdenken. Was ich getan habe, lässt sich nicht entschuldigen, es war unverzeihlich. Aber ich bitte dich, gib mir eine zweite Chance. Ich habe nachgedacht, ich habe über alles ganz genau nachgedacht. Du hattest recht, wir können von vorn anfangen. Ich kann mir einen Anwaltsjob suchen. Ich erkenne jetzt den Fehler, den ich bei Genesis gemacht habe.«

»Und welcher war das?«

»Das Projekt hatte zu wenig mit meinem eigentlichen Fachgebiet zu tun«, verkündete er, als wäre er ganz allein darauf gekommen. *»Ich wusste nicht, was ich da tat. Gute Idee, schlechte Ausführung. Mein neuer Plan ist viel besser.«*

»Und was planst du jetzt?«

»Ich mache meine eigene Kanzlei auf!« Das kam so stolz und freudig, ich rechnete fest mit einem *»Trara!«* zum Abschluss, das aber Gott sei Dank ausblieb.

Mir war inzwischen klar geworden, dass Graham unter wahnhaften Störungen litt. Meinen Recherchen im Internet zufolge war er höchstwahrscheinlich manisch-depressiv. Von daher brachte ich die Möglichkeit einer Haftstrafe in diesem Moment nicht zur Sprache und erwähnte auch nicht, dass wir kurz vorm Konkurs standen. Beides ließ es so gut wie unmöglich erscheinen, dass irgendjemand ihm das zur Gründung einer Anwaltskanzlei nötige Geld lieh. Vielleicht verlor er ja sogar seine Zulassung als Anwalt. Das alles wusste Graham, er war nicht dumm. Er bettelte mich an, weil er vorhatte, mich um die Startkosten anzugehen, und zwar mit Geld aus meinem Fonds. Der ja aber gar nicht mehr existieren würde, wenn die Bank ihn in die Finger bekam und mein Anwalt das nicht verhindern konnte. Die ganze Debatte lief auf eine Endlosschleife hinaus, die ich auf jeden Fall unterbrechen musste.

»Du müsstest dann noch nicht mal wieder zur Versicherungsgesellschaft zurück«, fuhr er fort. *»Außer, du möchtest es gern. Ich werde für unseren Unterhalt sorgen.«*

Ich verkniff mir ein Lachen. *»Das mit dem Geld ist nicht unser Problem«*, sagte ich. *»War es auch nie.«*

»Ich weiß, ich weiß«, versicherte er sofort. *»Wir müssen wieder dahin zurückfinden, wo es mit uns anfing. Wie wir vor all dem hier waren.«*

Genau das war mein Stichwort.

»Mir geht da etwas durch den Kopf«, sagte ich, wobei ich mir Mühe gab, zögerlich zu klingen.

»*Was denn?*« *Graham gab ganz den aufmerksam Lauschenden, den es brennend interessiert, was sein Gegenüber zu sagen hat.*

»Was hältst du davon, noch einmal auf den Rainier zu steigen?«, sagte ich.

»*Was?*« *Jetzt hatte ich ihn eindeutig verwirrt. Er setzte sich zurück.*

Mount Rainier hatte nicht nur Grahams Ego einen empfindlichen Schlag versetzt, sondern auch seiner Psyche. Er hatte es nicht bis zum Gipfel geschafft, ich dagegen schon. Er konnte einem übervorsichtigen Bergführer dafür die Schuld geben, solange er lustig war, wir beide wussten, er hatte es nicht geschafft, weil er körperlich nicht dazu in der Lage gewesen war. Er hätte es gar nicht schaffen können. Mir dagegen war der Aufstieg ehrlich gesagt noch nicht einmal allzu schwer vorgekommen. Wahrscheinlich war ich Strapazen dieser Art immer noch gewohnt, weil ich als Heranwachsende viel in den Bergen des südlichen Kalifornien gewandert war.

»Dann hätten wir etwas, worauf wir uns konzentrieren können«, erklärte ich. »Etwas, das nichts mit der Arbeit zu tun hat. Es könnte uns helfen, unsere Beziehung wieder in die richtigen Bahnen zu lenken, und so etwas brauchen wir, das ist jedenfalls meine ganz ehrliche Meinung. Wir müssen wieder zu den beiden Menschen zurückfinden, die wir waren, als wir uns kennenlernten. Mehr noch, wir müssen wieder zu diesen beiden Menschen werden! Wir müssen wieder werden, wie wir waren, ehe uns der Stress so veränderte.« *Das klang total aufrichtig.*

»*Du möchtest den Rainier besteigen?*«, *fragte Graham mit leiser Stimme, voller Zweifel.*

»Erinnerst du dich noch an das letzte Mal? Wie viel Spaß wir hatten, wie sehr uns der Trip zusammengeschweißt hatte? Wir müssen ein gemeinsames Hobby finden, etwas, das wir zusammen machen können.« *Wozu der Sex mit deiner Kollegin wohl eher nicht gehört, hätte ich gern gesagt, ließ es aber lieber.*

»*Na ja.*« *Graham klang äußerst skeptisch.* »*Ich weiß nicht.*«

»Ich glaube, diesmal könntest du es schaffen.« Vielleicht half es, an sein Ego zu appellieren. *»Du musst ja jetzt nicht mehr so viel arbeiten, da könntest du öfter trainieren.«*

»Ich hätte es letztes Mal auch schon schaffen können.« Langsam fing er an, sich wieder zu ärgern. *»Schuld war nur dieser verdammte Bergführer.«*

»Deine Chance zu zeigen, dass er unrecht hatte«, sagte ich.

»Alle diese Führer sind so übervorsichtig«, gab er zu bedenken.

»Darüber brauchen wir uns keine Sorgen zu machen«, sagte ich. *»Ich habe mit jemandem gesprochen, der die Liberty-Ridge-Route gegangen ist, und da braucht man keinen Führer.«*

»Liberty Ridge?«

»Das macht man am Anfang der Saison, wenn es noch kalt ist, vor der eigentlichen Schneeschmelze. Die Frau, mit der ich gesprochen habe, meinte, es wäre eigentlich nur anstrengend, aber technisch gar nicht schwierig. Wenn man sich Zeit lässt, keine große Sache, sagt sie.« Ich konnte sehen, dass er nach wie vor nicht überzeugt war. *»Du bräuchtest keine Angst zu haben, dass ein Bergführer überreagiert.«*

Bingo – sein Ego schluckte den Köder. *»Ich hätte es letztes Mal auch zum Gipfel geschafft. Der Bergführer war bloß einfach zu ängstlich.«*

»Diesmal wird niemand da sein, der dich zum Umkehren zwingen könnte.«

»Kein Führer?« Graham verzog nachdenklich die Stirn. *»Und wenn etwas passiert?«*

Diesen Einwand wischte ich beiseite. *»Es passiert schon nichts. Die Wahrscheinlichkeit dafür, dass etwas passiert, liegt irgendwo um fünf Prozent.«* Da ich nach wie vor ein gewisses Unbehagen bei ihm spürte, fügte ich noch hinzu: *»Ich könnte gut ein paar Pfunde abspecken, das weißt du doch. Die Bikinisaison steht ins Haus.«*

Graham lächelte, immer noch deutlich mit gewissen Zweifeln. »Vielleicht könnten wir einfach trainieren und mal sehen, wie weit wir kommen.«

»Lass uns gleich morgen damit anfangen.« Je schneller ich ihn dazu brachte, sich auf diesen Trip einzulassen, desto geringer die Wahrscheinlichkeit, dass er kniff.

Er hielt das mitgebrachte Buch hoch, damit ich das Cover sehen konnte. »Die Frau in der Buchhandlung sagte, es sei richtig gut und es würde dir auf jeden Fall gefallen.«

Das Buch hatte mir wirklich gefallen, ich kannte es bereits. Nur würde ich die Geschichte jetzt aus einem anderen Blickwinkel betrachten: Das Buch handelte von einer ziemlich jämmerlichen, frisch geschiedenen Frau, die sich immer noch nach ihrem früheren Ehemann verzehrte. Sie war Alkoholikerin und bereit, so ungefähr alles zu tun, um den Typen zurückzugewinnen, der es gar nicht wert war. Egal, wie sehr er sie demütigte.

Diese Frau durfte ich nicht länger sein.

13

Tracy wusste, wie sehr Kins den Straßenverkehr hasste. Seitdem die Zahl der Bewohner von Seattle innerhalb weniger Jahre quasi explosionsartig zugenommen hatte, war die zugegebenermaßen manchmal albtraumartige Verkehrsdichte hier zu seinem persönlichen Lieblingsärgernis geworden. Sein Missmut kannte kaum Grenzen, Tracy bekam seine Ansichten zu diesem Thema oft genug zu hören, wobei immer die Verkehrsbehörde im Mittelpunkt seiner Beschwerden stand. Deren Abkürzung DOT (für Department of Traffic) stand für ihn für »Dunces of Traffic«, Hohlköpfe des Verkehrs. Seine Hasstiraden waren lang und ausführlich, es gab eine ganze Liste von Dingen, die ihm gegen den Strich gingen: das Projekt mit den Radwegen und den kostenlosen Fahrrädern, das kläglich versagt hatte, die speziellen Fahrbahnen für mautpflichtige Pendler, die nur zu einer Zunahme des Verkehrs geführt hatten, und so weiter, und so fort. Tracy hörte meistens geduldig zu, auch wenn sie persönlich das ewige Jammern und Klagen als reine Zeitverschwendung empfand. Sich über den Verkehr zu beklagen, war fast so, wie über das Wetter zu schimpfen, wie Stan Fields es tat, oder wie Dans Wutausbrüche vor dem Fernseher, wenn ein Schiedsrichter seiner Meinung nach eine Fehlentscheidung getroffen hatte.

Wahrscheinlich waren diese Tiraden ein Männerding, und solange es der Wahrung des häuslichen oder betrieblichen Friedens diente, war sie gern bereit mitzuspielen.

Im Fall ihrer Fahrt nach Portland führte Kins' Macke allerdings zu einem Aufbruch im Morgengrauen. Hier hatte Tracy zur Abwechslung einmal versucht zu protestieren, indem sie darauf hinwies, dass störender Pendelverkehr auf der Interstate 5 um diese Tageszeit in die entgegengesetzte Richtung lief, nach Seattle hinein nämlich, aber das hatte Kins nicht interessiert. Er wollte nicht in den Morgenverkehr von Portland kommen, hatte er argumentiert.

Das war ihnen zwar nicht ganz gelungen, Kins trug aber trotzdem eine gewisse selbstzufriedene Miene zur Schau, als sie auf der rostfarbenen Broadway Bridge über den Willamette River fuhren. Tracy kannte diesen Ausdruck, er bettelte förmlich um ein Kompliment.

»Mach schon!«, sagte sie.

»Was denn?« Kins stellte sich dumm, allerdings nicht besonders überzeugend.

»Nun sag schon: ›Ich hab's ja gleich gesagt, wir sind dem morgendlichen Pendlerverkehr aus dem Weg gegangen.‹«

»Habe ich das behauptet?«, wollte Kins wissen.

Tracy verdrehte die Augen.

»Wir sind gut in der Zeit«, fuhr ihr Partner fort. »Das will ich gern zugeben. Nicht meine beste Fahrzeit, aber …«

»Dann verklag mich doch, weil du meinetwegen für eine Pinkelpause halten musstest!«

»Habe ich irgendwas gesagt?« Kins' Grinsen wurde immer breiter. »Ich glaube nicht, dass ich irgendetwas gesagt habe.«

»Ja, ja, musstest du auch nicht. Du grinst wie nach gutem Sex am Morgen.«

Kins lachte laut. »Glaubst du, der Typ redet mit uns?«, wollte er wissen.

»So früh, wie ich aufstehen musste, würde ich ihm stark dazu raten.«

Nachdem sie am Nachmittag zuvor erfahren hatten, dass aus einem Überraschungsbesuch bei Strickland nichts werden würde, weil die Sache von Maria Vanpelt »ans Licht der Öffentlichkeit gebracht« worden war, wie die Reporterin das gern nannte, hatte Tracy Graham Strickland angerufen und um einen Termin gebeten. Strickland hatte sie an seinen Anwalt verwiesen, einen Phil Montgomery. Tracy sollte sich mit ihm unterhalten. Sie hatte kurz daran gedacht, den Mann in seiner Wohnung aufzusuchen, weil sie an diesem Punkt eigentlich nicht gezwungen war, sich mit seinem Anwalt zu arrangieren, hatte sich dann aber dagegen entschieden. Sie mochte die dreistündige Fahrt nach Portland nicht umsonst antreten. Also war sie friedlich geblieben und hatte Montgomery angerufen, der versprochen hatte, dafür zu sorgen, dass Strickland ihnen zur Verfügung stand.

Montgomerys Kanzlei befand sich in einem renovierten Backsteinbau unweit der Union Station. Tracy und Kins fanden einen Parkplatz auf der Straße. In der Ladezone vor dem Eingang des Gebäudes stand ein kirschroter Porsche mit personalisiertem Nummernschild, auf dem *Genesis* stand. Das ganze Fahrzeug schrie praktisch: »Ego!«

»Moment.« Kins zückte sein Handy und schoss schnell ein paar Fotos. »Wenn der Wagen mal in der Nähe des Motels in Renton aufgetaucht ist, hat ihn doch bestimmt jemand gesehen.«

Das Mieterverzeichnis in der Eingangshalle des Backsteinbaus zeigte die Namen von Softwarefirmen, Investmentbrokern, Designern und Anwälten. Nach einer kurzen Fahrt mit dem Fahrstuhl fanden sie im ersten Stock die Räume der Montgomery Group.

Der Empfangsbereich war in einem Stil gehalten, den Tracy gern als modern bezeichnete: unbequem wirkende Möbel, niedrige Tische, an den Wänden auffallende Drucke. Sie teilten dem jungen Mann am Empfang mit, dass sie mit Phil Montgomery verabredet waren, woraufhin der sie nach kurzem Telefonat zu einem Konferenzraum in der nordwestlichen Ecke des Gebäudes brachte, wo Montgomery sie bereits auf dem Flur erwartete. Tracy schätzte den Mann auf Mitte sechzig, mit silbergrauen Haaren und einer Brille mit solidem Rand. Er trug Anzughose und einen schwarzen Pullover, was ihn eher wie einen Buchhalter und nicht wie einen Anwalt für Strafrecht aussehen ließ.

»Steht mein Mandant unter Verdacht?«, wollte er wissen.

Die meisten Amerikaner kannten sich mit dem Aussageverweigerungsrecht aus, sie hatten die entsprechenden Worte so oft im Fernsehen gehört, wenn wieder einmal eine Krimiserie lief, dass viele die Belehrung über das Aussageverweigerungsrecht wohl auswendig hersagen konnten. Was die meisten nicht wussten: Ja, der fünfte Verfassungszusatz garantierte einem das Recht, einen Anwalt hinzuzuziehen, aber nur im Zuge einer strafrechtlichen Ermittlung und auch nur, wenn man in polizeilichen Gewahrsam genommen wurde. Er war erlassen worden, um Einschüchterung und Zwang zu vermeiden. Und noch etwas wussten viele Bürger nicht: Es gab noch einen, den sechsten Verfassungszusatz, der ein zweites verfassungsmäßiges Recht auf anwaltliche Vertretung garantierte, und zwar für den Fall, dass ein Staatsanwalt eine strafrechtliche Untersuchung eingeleitet oder ein Bürger vor einem großen Geschworenengericht zu erscheinen hatte. Die meisten Amerikaner unterlagen einem Trugschluss, wenn sie meinten, sie müssten nur nach einem Anwalt rufen, sobald sie sich mit einem Polizeibeamten konfrontiert sahen, und dann dürfte dieser Beamte bis zum Eintreffen des Anwalts gar nicht mit ihnen reden. Im Grunde war das Gegenteil der Fall. Solange noch keine strafrechtliche Anklage erhoben worden war und sie Strickland auch nicht in polizeilichen Gewahrsam nehmen wollten, konnten Kins und Tracy mit dem Mann reden, solange ihnen der Sinn danach stand. Im Moment mochte sich Tracy allerdings nicht mit Montgomery anlegen.

»Zurzeit nicht«, sagte sie. »Wir möchten ihm nur ein paar Fragen über seine verstorbene Frau stellen.«

»Wie bereits am Telefon besprochen, werde ich Ihnen gestatten, mit ihm zu sprechen. Sie dürfen die Unterhaltung aber nicht aufzeichnen und ich werde Fragen zu der früheren Ermittlung nicht zulassen. Dieses Schiff hat den Hafen verlassen, da sind wir uns wohl alle einig. Und zwar nicht ohne erhebliche Beeinträchtigung von Mr Stricklands Leben.«

»Auf dem Schiff waren wir nicht«, sagte Kins.

»Wie dem auch sei«, meinte Montgomery.

»Ihre Bedingungen sind okay.« Tracy hatte keine Lust, hier an die Möbel zu pinkeln, um auf Biegen und Brechen Dominanz zu demonstrieren, auch wenn sie persönlich noch nicht ganz überzeugt davon war, dass dieses eine spezielle Schiff wirklich davongesegelt war. Wenn Strickland seine Frau ursprünglich vom Berg hatte stoßen wollen – wer sagte ihr denn, dass er sie nicht später erschossen und ihre Leiche als Köder für Krebse im Puget Sound versenkt hatte? Aber diese Argumentationsschiene sollten andere vortragen. Im Moment wollte sie sich einfach nur mit Strickland unterhalten und herausfinden, was er wusste und womit sie es hier zu tun hatte.

Sie folgten Montgomery in den Konferenzraum, wo Graham Strickland sie vor den beiden Bogenfenstern erwartete, die einen Blick hinaus in die Wipfel von Ahornbäumen und auf die Backsteinbauten der gegenüberliegenden Straßenseite boten. Stricklands Erscheinungsbild hatte etwas leicht Affektiertes. Er war dünn und eher klein, höchstens ein Meter siebzig, trug die Haare an den Seiten kurz und oben auf dem Kopf lang und dazu einen Eintagebart und einen silbernen Anzug, der, genau wie von Stan Fields beschrieben, eine Nummer zu klein zu sein schien. Die Hose war so kurz, dass man die cremefarbenen Socken sehen konnte.

Kins und Tracy setzten sich auf die eine Seite des Konferenztischs aus Kirschholz, Montgomery und sein Mandant nahmen ihnen gegenüber Platz.

»Unser Beileid zum Verlust Ihrer Frau«, sagte Tracy.

Mit dieser Mitleidsbekundung schien Strickland nicht gerechnet zu haben. »Danke«, sagte er leise mit einer Stimme, die gut eine Oktave höher lag, als von Tracy erwartet.

Tracy würde bei dieser Befragung die Führung übernehmen, darauf hatten sich Kins und sie auf der Herfahrt geeinigt. Sie bevorzugte einen sanfteren Ansatz als Kins, und beide hatten nach dem Gespräch mit Fields den Eindruck gewonnen, dass Strickland die Fragen einer Frau eher beantworten würde als die eines Mannes. »Wie haben Sie es erfahren?«, erkundigte sie sich jetzt.

»Eine Reporterin hat mich angerufen. Das war – ziemlich erschütternd.«

»Maria Vanpelt?«, fragte Tracy.

»Genau, so hieß sie.«

»Was hat sie Ihnen erzählt?«

Strickland lehnte sich zurück, eine Hand weiterhin am Tisch. Mit dem Mittelfinger klopfte er angespannt auf die Tischplatte. »Sie fragte, ob ich wüsste, dass meine Frau diejenige ist, deren Leiche man in einer Krebsfalle im Puget Sound gefunden hat.«

»Und was antworteten Sie auf diese Frage?«

Strickland brach den Blickkontakt zu den Detectives ab und sah zur Seite. Normalerweise hätte Tracy das als emotionale Reaktion gedeutet, nur schien ihr Stricklands Verhalten zu eingeübt. »Zuerst habe ich gar nichts gesagt«, sagte er. Jetzt sah er Tracy auch wieder an. »Ich war verwirrt. Ich dachte, die

Reporterin müsse sich geirrt haben. Das sagte ich dann auch, ich sagte, Sie irren sich, meine Frau starb vor sechs Wochen auf dem Mount Rainier. Dann sagte ich noch, ihr Anruf sei ja wohl ein schlechter Witz, mit dem ich nun so gar nichts anfangen könnte.«

»Was hat Sie letztlich davon überzeugt, dass diese Reporterin die Wahrheit gesagt hatte?«

»Ich habe aufgelegt und bin ins Internet gegangen. Da entdeckte ich dann das Foto von Andrea, dieses Führerscheinfoto.«

»Und was empfanden Sie bei dessen Anblick?«

Strickland runzelte die Stirn. Wieder hatte er die Frage nicht erwartet und musste über seine Antwort nachdenken. Tracy kam er vor wie ein Schauspieler, der seinen Text erst noch lernen und sich entscheiden muss, wie er die Rolle anlegen möchte.

»Ich war traurig. Verwirrt. Wütend«, meinte er schließlich. »Es war ein surrealer Moment. Diese ganze Episode ist eine surreale Erfahrung.«

»Soweit ich das verstanden hatte, gab es zwischen Ihnen und Ihrer Frau seit deren Verschwinden keinerlei Kommunikation?«

»Natürlich nicht!« Strickland richtete sich empört auf. »Ich hielt sie für tot!«

»Und Sie wussten nicht, dass sie sich eine neue Identität verschafft hatte und als Lynn Hoff in Seattle lebte?«

»Nein, das wusste ich nicht. Diese Nachricht kam für mich komplett überraschend.«

»Hat Ihre Frau je das Verlangen geäußert, ihre Identität zu ändern?«

»Nicht mir gegenüber.«

»Haben Sie irgendeine Idee, wie sie an die Identität ›Lynn Hoff‹ gekommen sein könnte?«

»Keine.«

»Sie hatten den Namen noch nie gehört?«

»Nein.«

»Sie hatten während Ihrer Ehe erhebliche Schulden.« Dazu sagte Strickland nichts, sondern wartete, ganz Anwalt, erst einmal auf eine Frage. »Sprachen Sie und Andrea je davon, sich andere Identitäten zuzulegen und anderswo neu anzufangen?«, fuhr Tracy fort. »Irgendwann mal, ganz am Rande vielleicht?«

Strickland warf Montgomery einen Blick zu. Der Anwalt schien gegen die Frage nichts einzuwenden zu haben.

»Nein«, sagte er. »Schulden müssen bezahlt werden. Das ist jedenfalls meine Devise.«

Das hörte sich nun eindeutig einstudiert an und war es wahrscheinlich auch.

»Sie haben doch aber Konkurs angemeldet, nicht wahr?«, warf Kins ein.

»Welche Relevanz hat diese Frage, Detective?«, wollte Montgomery wissen.

»Ich frage mich, ob irgendwer von seinen Gläubigern vielleicht sauer war, weil er aufgrund des Konkurses in die Röhre gucken musste.« Kins hätte Strickland zu gern aus der Ruhe gebracht, damit er eher bereit war, Tracys Fragen zu beantworten.

Montgomery nickte Strickland zu.

»Ja, ich habe Konkurs angemeldet«, antwortete der. »Was blieb mir denn anderes übrig, als Andrea verschwunden war und der Sheriff des Pierce County befand, ich sei eine Person von erheblichem polizeilichen Interesse? Das hat mein Leben total durcheinandergebracht, natürlich auch mein Geschäftsleben. Ich hatte keine Möglichkeit, mir meinen Lebensunterhalt zu verdienen.«

»Hat einer Ihrer Gläubiger Sie in irgendeiner Art bedroht?«, fragte Tracy.

»Das habe ich alles durch meine Anwälte regeln lassen.«

»Dann wissen Sie also nicht, ob einer von ihnen wütend genug gewesen sein könnte, Ihnen oder Ihrer Frau nachzustellen?«

»Nachzustellen?«

»Wegen des Geldes, das Sie ihm schuldeten.«

»Nein.«

»Die Bank hatte Sie darüber informiert, dass sie Sie wegen Betruges verklagen wollte, richtig?«

»Dieser Drohung war ich mir bewusst, ja. Auch das habe ich meinen Anwälten überlassen.«

»Dann standen Sie also unter erheblichem finanziellen Druck.«

»Ja, es war eine schwierige Zeit.«

»Haben Sie sich je Geld bei jemandem geliehen, der es übel genommen haben könnte, es nicht wiederbekommen zu haben?«

Strickland schüttelte den Kopf. Er wirkte gelangweilt und klang auch so. »Nein.«

»Sie waren überzeugt, dass Ihre Frau tot war?«, fragte Tracy.

»Ja, davon war ich überzeugt, das sagte ich auch den Rangern und dem Sheriff des Pierce County: Ich war fest davon überzeugt. Ich war außer ihr der einzige Mensch dort oben. Sie verließ das Zelt und kam nicht wieder. Was hätte ich denn sonst annehmen sollen?«

»Wie kam es, dass Sie in jener Nacht nicht mit ihr zusammen aufstanden?«, wollte Kins wissen.

»Nein!« Montgomery schüttelte entschieden den Kopf. »In diese Richtung gehen wir jetzt nicht, Detective. All diese Fragen hat Mr Strickland bereits beantwortet und sie sind im Moment nicht relevant. Wenn Sie in Bezug auf die vom Pierce County durchgeführte Ermittlung Fragen haben, schlage ich vor, Sie setzen sich mit den Leuten aus dem dortigen Büro des Sheriffs in Verbindung.«

»Ich wollte nur kurz beim eben Gesagten nachhaken«, meinte Kins.

»Kennen Sie irgendjemanden, der Ihrer Frau – Andrea – etwas antun wollte?«, fragte Tracy.

»Niemand, aber ...«

Strickland legte eine Pause ein, und auch diesmal hatte Tracy das Gefühl, er folge einem einstudierten Muster: Jetzt war er der Schauspieler, der einen dramatischen Moment vorbereitete. »Aber was?«, hakte sie nach.

»Aber es hat ja nun den Anschein, als hätte ich meine Frau gar nicht so gut gekannt, oder?«

»Hatten Sie Eheprobleme?«

»Diese Ermittlung ist abgeschlossen, Detectives, das gilt auch für diese Frage«, warf Montgomery ein. »Es sei denn, Sie betrachten Mr Strickland als Verdächtigen in Ihrem Mordfall, dann würden wir gar keine weiteren Fragen mehr beantworten.«

»Ist schon okay, Phil«, meldete sich Strickland. Was jetzt kommen würde, war Tracy bereits klar, noch ehe der Mann anfing zu reden. »Ich habe nichts zu verbergen, Detective. Ich sagte dem Detective des Pierce County, dass Andrea und ich Schwierigkeiten hatten. Unsere Probleme basierten auf der Tatsache, dass ich ihr am Beginn unserer Ehe untreu geworden war.«

»Was meinen Sie mit Schwierigkeiten?«, fragte Tracy.

»Die Frage verstehe ich nicht.«

»Sie sagten, Sie hätten Schwierigkeiten gehabt. Haben Sie sie je geschlagen?«, wollte Tracy wissen.

»Nie!« Strickland war entsetzt. »Ich würde nie eine Frau schlagen. Wir durchlebten lediglich gerade eine schwierige Zeit.«

»Wessen Idee war es, auf den Mount Rainier zu steigen?«

»Andreas.«

»Nicht Ihre?«

»Nein. An solche Sachen habe ich damals gar nicht gedacht, dazu hatte ich echt keine Zeit. Die Ladengründung, der Versuch, aus unserer Geschäftsidee einen Erfolg werden zu lassen, hatte uns beide so mitgenommen, dass wir praktisch den Kontakt zueinander verloren. Wir standen unter unglaublichem Stress. Wir kletterten beide gerne, wir hatten gehofft, die Bergtour würde uns wieder daran erinnern, warum wir uns überhaupt ineinander verliebt hatten.«

»Und war es auch Andreas Idee, eine Versicherung mit Ihnen als Begünstigtem abzuschließen?«, meldete sich Kins.

Strickland änderte die Blickrichtung und schenkte Kins ein selbstzufriedenes Lächeln. »Wenn Sie so fragen: Ja, es war ihre Idee, Detective.«

»Und Sie hatten keine Ahnung davon, dass Ihre Frau vorhatte, Sie zu verlassen?« Kins Tonfall zielte darauf, Strickland auf die Palme zu bringen.

»Überhaupt keine. Natürlich habe ich über diese Frage nachgedacht. Ich habe sehr viel darüber nachgedacht.«

Wie war das denn möglich, fragte sich Tracy, wo Strickland doch erst am Abend zuvor erfahren hatte, dass seine Frau lebend vom Berg geklettert war? »Und zu welchem Schluss kamen Sie bei Ihren Überlegungen?«, fragte sie.

»Andrea muss das geplant haben, das ist ja eindeutig. Um vom Berg zu kommen, muss sie zumindest einen zweiten Satz Klettereisen und Kleidung dabeigehabt haben.«

»Dann war sie also ganz eindeutig nicht der Meinung, dass sich Ihre Ehe mit einer Kletterpartie retten ließe«, hakte Kins nach, ganz die nervige Fliege, die einen einfach nicht in Ruhe lassen mag.

Montgomery setzte sich auf, ganz Ohr und bereit zu intervenieren, sobald Kins den Mund aufmachte. Genau das hatte Kins geplant, wie Tracy wusste. Er lenkte Montgomerys Aufmerksamkeit und den Unmut des Anwalts auf sich, damit Tracy die eine oder andere Frage vielleicht ohne Einwände über die Bühne bringen konnte. »Er wird keine Mutmaßungen darüber anstellen, was Andrea gedacht oder geglaubt haben könnte.«

»Das scheint ja jetzt auch völlig klar zu sein.« Kins setzte sich achselzuckend zurück.

»Hatte Ihre Frau irgendwelche Verwandten?«, wollte Tracy wissen.

Strickland schüttelte den Kopf. »Nein, ihre Eltern waren verstorben.«

»Was ist mit Freunden, die ihr geholfen haben könnten?«

»Ich bin mir nicht sicher, ob jemand geholfen hat«, sagte Strickland.

»Sie muss irgendwie vom Mount Rainier nach Seattle gekommen sein«, sagte Tracy.

»Ja, aber sie könnte einen Wagen gemietet und den irgendwo versteckt haben.«

»Haben die Detectives vom Pierce County durchblicken lassen, sie hätten Hinweise auf ein solches Vorgehen?«

»Nein.« Strickland schüttelte den Kopf. »Aber sie könnte ja schon ihre falsche Identität benutzt haben!« Diese Schlussfolgerung schien ihn zu freuen. Fields hatte recht: Dieser Mann hielt sich für schlauer als den Rest der Menschheit.

Auch wenn Tracy Spekulationen über einen Mietwagen für nicht besonders vielversprechend hielt, nahm sie sich vor, die Sache zu überprüfen. »Nehmen wir mal an, das hat sie nicht getan – sie hat keinen Wagen gemietet. Fällt Ihnen irgendjemand ein, der Ihrer Frau geholfen haben könnte?«

»Andrea war introvertiert«, sagte Strickland. »Ich war der Kontaktfreudigere von uns beiden.«

»Sie hatte keine Freunde?«, fragte Kins.

»Das schon, aber … Es war nur so, dass die meisten ihrer Freunde eigentlich meine Freunde waren – unsere Freunde.«

»Also keine enge Freundin, die ihr geholfen haben könnte?«, drängte Tracy. Wieso verhielt sich Strickland so ausweichend in Bezug auf Devin Chambers?

»Keine, die mir jetzt auf Anhieb einfällt. Ich meine, um so etwas zu tun – es ist doch eine ziemlich schlimme Sache, nicht wahr, jemandem so etwas anzutun.«

»Meinen Sie jetzt Andrea antun oder Ihnen?«, fragte Kins.

»Mir!«, sagte Strickland. »So jemand müsste mich schon wirklich gehasst haben, um mich so etwas durchmachen zu lassen. Ich hätte für den Rest meines Lebens ins Gefängnis wandern können!«

»Was ist mit einer Frau namens Devin Chambers?«, fragte Tracy.

»Andrea und Devin haben zusammen gearbeitet«, antwortete Strickland, anscheinend völlig unbefangen.

»Waren sie eng befreundet?«

»Das weiß ich nicht. Ich glaube, es war mehr so eine Bürobekanntschaft.«

»Haben Sie nach dem Verschwinden Ihrer Frau mit Devin Chambers gesprochen?«

»Warum hätte ich das tun sollen?«

»Haben Sie mit ihr gesprochen, nachdem Sie erfahren hatten, dass Ihre Frau lebend vom Berg gestiegen war?«

»Nein.«

»Haben Sie mit irgendjemandem gesprochen, seit Sie diese Nachricht erhielten?«

»Nur mit Phil.«

»Ihre Frau hatte einen Treuhandfonds, richtig?«

»Ja«, sagte Strickland.

»Er belief sich auf mehr als eine halbe Million Dollar?«

»Das ist korrekt.«

»Haben Sie dieses Geld erhalten, nachdem Ihre Frau auf dem Berg vermisst wurde?«

»Nein, und ich habe keine Ahnung, was damit passiert ist.«

»Der Fonds ist fort?«, wollte Tracy wissen.

»Anscheinend ja.«

»Und Sie wissen nicht, wo er ist?«

»Ich weiß es nicht.«

»Sie und Andrea waren gern draußen, sagten Sie, in der Natur?«

»Ja«, sagte Strickland, der auf Tracy allerdings nicht den Eindruck eines Outdoor-Enthusiasten machte.

»Was haben Sie denn sonst noch so gemacht? Außer Bergsteigen?«

»Wir sind ziemlich viel gewandert, im Winter Ski gelaufen.«

»Wasserski?«

»Manchmal.«

»Können Sie mit einem Boot umgehen?«, meldete sich Kins mal wieder.

Strickland zuckte mit den Achseln, wobei er dem Blick des Detectives begegnete und Kins in diesem kurzen Moment wissen ließ, dass er genau wusste, worauf der hinauswollte, weil er nämlich schon lange vor ihm bei diesen Überlegungen angekommen war. »Mit einem Boot kann so gut wie jeder umgehen.«

Nach weiteren dreißig Minuten verständigten sich Kins und Tracy mit kurzem Blick und Achselzucken: Mehr würden sie aus Strickland nicht herausbekommen. Er war aalglatt, genau wie Fields angekündigt hatte, und Montgomery stand ununterbrochen auf dem Sprung, um notfalls zu intervenieren. Tracy bedankte sich bei Strickland und Montgomery und reichte beiden eine Visitenkarte. »Wenn Ihnen noch irgendetwas einfällt, können Sie mich unter dieser Nummer erreichen.«

Als sie das Haus verließen und aus der klimatisierten Eingangshalle in den rasch sich aufheizenden Tag traten, sagte Tracy: »Du wusstest doch, dass er kein Boot hat.«

»Ich wollte nur wissen, ob er mit einem umgehen kann«, antwortete Kins.

14

Nachdem ich bei der Zulassungsstelle gewesen war, übte ich den Namen, indem ich ihn laut und in Sätze eingebaut vor mich hinsagte: »Hi, ich bin Lynn Hoff.« Auf dem Rückweg nach Portland fuhr ich in Renton vorbei. Die Stadt lag an der Strecke und ich hatte mir dort am Abend zuvor im Internet eine Bank rausgesucht, die Emerald Credit Union. Unterwegs hielt ich noch kurz an einer Tankstelle, um dort im Waschraum Lidstrich, Wimperntusche und Lippenstift aufzutragen. Außerdem bürstete ich meine Haare und nahm meinen Ehering ab.

In der Bank fragte ich die Frau vorn am Informationsschalter, wie ich bei ihnen ein Konto eröffnen und ob sie mir dabei behilflich sein könnte. Sie verwies mich an eine Reihe von vier Schreibtischen, die, jeweils durch eine halbhohe dünne Wand voneinander getrennt, im Hintergrund standen. Zwei der Tische waren nicht besetzt, am dritten saß eine Frau so Mitte dreißig. Am vierten Schreibtisch arbeitete ein Mann, der in meinem Alter zu sein schien. Seine Oberlippe zierte ein leichter Flaum und das Namensschild auf seinem Tisch wies ihn als Filialleiter aus. Diesen Tisch steuerte ich umgehend an.

»Hi.« Ich schenkte dem Filialleiter mein strahlendstes Lächeln. »Ich möchte ein Konto eröffnen und hoffe, Sie können mir helfen.«

Er sah vom Computer auf und lächelte mich an, wobei sein Blick ganz schnell einmal an meinem Körper hinabwanderte. Ich wusste, ich sah besser aus denn je, seit ich abgenommen hatte und für die Tour auf den Mount Rainier trainierte. »Natürlich helfe ich Ihnen«, versicherte der Mann. »Sehr gern sogar.«

»*Ich bin gerade hierhergezogen*«, *sagte ich, wobei ich mich hinsetzte und ihm so nah auf die Pelle rückte, dass ich mich mit einem Arm auf die Tischkante stützen konnte.* »Von daher habe ich im Moment nur einen vorläufigen Führerschein.«

»*Kein Problem.« Sein Lächeln war um keinen Deut blasser geworden und sein Blick blieb ganz kurz am V des Ausschnitts meiner Bluse hängen, ehe er mir wieder in die Augen sah.* »Was führt Sie denn in den Staat Washington?«

»*Die Arbeit*«, *erklärte ich.* »Ich bin von meiner Firma hierhergeschickt worden und soll ein Büro eröffnen.« *Ich streckte ihm die Hand hin.* »Lynn Hoff.« *Wie glatt mir der Name inzwischen von der Zunge glitt! Das freute mich sehr.*

»*Kevin Gonzales.« Wir schüttelten uns die Hand.* »Ich leite diese Filiale. In welcher Branche sind Sie denn tätig?«

»*Es ist eine Firma für Outdoor-Bekleidung, ein Start-up.*«

»*Und wie heißt sie? Vielleicht habe ich ja schon davon gehört.*«

»*Running Free*«, *sagte ich. Der Name war mir am Abend zuvor eingefallen.*

»*Toller Name.« Er suchte aus diversen Schreibtischschubladen eine ganze Reihe von Formularen zusammen.* »Und wie viel Geld wollen Sie heute bei uns deponieren?«

»*Auf diesem Konto?« Ich dachte kurz nach.* »Nur ein paar Hundert Dollar. Meine Firma wird mir weitere Geldmittel anweisen, sobald ich ihnen Bankleitzahl und Kontonummer nennen kann, und ich werde häufig Überweisungen online vornehmen, wahrscheinlich täglich.«

»*Das können wir auf jeden Fall machen*«, versicherte Gonzales. »*Sprachen Sie eben von diesem Konto? Heißt das, Sie wollen ein weiteres eröffnen?*«

»*Ich hätte gern noch ein persönliches Konto*«, sagte ich. »*Dabei geht es um ziemlich viel Geld, eine Vergleichszahlung aus einem Prozess. Ich hatte vor mehreren Jahren einen Verkehrsunfall. Das Geld möchte ich im Zuge meines Umzugs gern hierher transferieren.*«

»*Auch das können wir sicherlich für Sie einrichten*«, sagte er. »*Ich hoffe, Sie wurden damals nicht zu schwer verletzt?*«

»*Ich lag eine Weile im Krankenhaus und war danach in der Reha.*«

»*Nun*«, sagte er, wobei er doch glatt ein wenig rot wurde. »*Sie haben sich in der Reha sehr gut erholt, wenn ich das so sagen darf, Lynn.*«

Ich beugte mich weiter über den Schreibtisch, bis meine Bluse noch einen Tick weiter offen stand. »*Vielen Dank, dass Sie das sagen, Kevin. Das ist so süß.*«

15

Es war Donnerstagmorgen und Faz trug in seinen Unterlagen eine gerichtliche Verfügung mit sich herum, die ihm die Einsicht in Lynn Hoffs Bankunterlagen gestattete. So bewaffnet öffnete er die Autotür und schob sich auf den Beifahrersitz, wo er beim Versuch, sich den Sicherheitsgurt über den Bauch zu spannen, mit Del zusammenstieß, der sich gerade mit derselben Aufgabe abmühte.

Jemand hatte mal bemerkt, Faz und Del vorn in einem Ford, das sähe so aus wie zwei Grizzlys auf dem Miniauto eines Zirkusclowns. Faz hatte lediglich gelacht, als ihm diese Bemerkung zu Ohren gekommen war. Del und er wussten um ihre Rolle in der Abteilung für Gewaltverbrechen, wussten, dass sie den anderen die Lachnummer boten, die alle manchmal zur Entspannung brauchten. Sie wussten nicht nur darum, beide hatten die Rolle angenommen und füllten sie mit Elan aus. Ihr Beruf war anstrengend, und oft genug drohte einen der Mut zu verlassen – warum sollten sie da nicht von Zeit zu Zeit mal für Ablenkung sorgen? Faz war jetzt seit mehr als zwanzig Jahren bei der Truppe, er hatte am eigenen Leib erlebt, dass die Detectives aus der Mordkommission das Schlimmste zu Gesicht bekamen, was die Menschheit zu bieten hatte. All die Blutbäder, all das Gemetzel, all das von den kranken und verkommenen Elementen der Gesellschaft zurückgelassene Unaussprechliche – anders als der Rest der Bürger genossen diese Detectives nicht den Luxus, die Augen schließen und den Blick abwenden zu dürfen. Sie mussten im Gegenteil ganz genau hinschauen, sich jedem noch so winzigen Detail widmen, und wenn sie fertig waren, wenn sie einen Mörder hinter Schloss und Riegel gebracht hatten, durften sie gleich wieder losziehen und dasselbe noch einmal tun. Denn es würde immer wieder einen Mord geben, das war ebenso sicher wie der Tod und die Steuererhebung, wie die Mutter von Faz gern sagte. Menschen brachten einander um, seit Kain seinen Bruder Abel erschlug. Da es sich bei den beiden um die ersten auf der Erde geborenen Menschen handelte – jedenfalls laut Altem Testament – und da ja nur Kain überlebt hatte, ging Faz davon aus, dass die Fähigkeit zum Mord fester Bestandteil der DNA jedes menschlichen Wesens war.

Als seine Kinder noch klein waren, hatte Faz oft mit der Frage gerungen, was er ihnen über seinen Beruf anvertrauen sollte. Was konnte er sagen, wenn sie fragten, was er den Tag über gemacht hatte? Er hatte sich große Mühe gegeben, die schlimmsten Aspekte seiner Arbeit von seinen Söhnen fernzuhalten, sich selbst jedoch konnte er nicht schützen. Es war sein Job, ganz genau hinzusehen, sich in die Hirne von Kriminellen hineinzudenken. Er hatte Serienmörder gejagt, Mörder, die die Leichen ihrer Opfer verstümmelt hatten, eifersüchtige Ehemänner und Mitglieder von Straßengangs, die jemanden wegen eines Beutels voller Drogen erschossen. Dann war er nach Hause gefahren, wo man von ihm erwartete, dass er den Jungs bei den Hausaufgaben half und dafür sorgte, dass sie frisch gekämmt und mit sauberen Händen zum Abendessen kamen. An manchen Abenden hatte er erst einmal einen Block von seinem Haus entfernt gehalten und im Auto sitzend versucht, Sinn in die ganze Sache zu bringen. Er wurde oft gefragt, warum Del und er so gern Witze rissen. Wie konnten sie über all die schrecklichen Dinge auch noch lachen? Das wusste Faz auch nicht. Er wusste nur, wenn er inmitten all der Schrecken nicht immer wieder Grund zu einem Lächeln oder auch mal zu lautem Gelächter gefunden hätte, wäre er schon vor langer Zeit verrückt geworden. An manchen Tagen gelang es ihm nur in diesen Momenten, sich als Mensch zu fühlen.

Inzwischen hatte Del eine Ladenzeile angesteuert, zu der ein Teriyaki-Restaurant, ein Fitnessstudio, ein UPS-Laden und die Emerald Credit Union gehörten.

»Bank to go«, meinte Del. »Hier kann man sich ein Mittagessen reinziehen, sich die Kalorien gleich wieder abtrainieren und dann noch ein bisschen Geld abheben oder einzahlen, alles an einem Ort.«

»Einmal gestoppt und gleich alles geshoppt.« Faz nickte weise.

Del manövrierte ihren Wagen in eine Parklücke, die Kunden der Bank vorbehalten war und teilweise im Schatten des Balkonvorbaus des Gebäudes lag. Da sie zu früh gekommen waren und erst in zehn Minuten einen Termin hatten, schaltete er den Motor nicht aus, damit die Klimaanlage weiterlaufen konnte.

»Wieso hat sie sich die Mühe gemacht, ein Firmenkonto zu eröffnen?«, fragte er. »Warum der ganze Aufwand?«

Faz hatte am Nachmittag zuvor das Konto aufgetan, das zu der von Tracy im Mülleimer des Motels gefundenen Quittung gehörte. Eine Unterhaltung mit dem Filialleiter der Bank hatte die Info zutage gefördert, dass dort nicht nur ein persönliches Konto für Lynn Hoff existierte, sondern auch ein Geschäftskonto für eine Firma namens *Running Free*. Faz hatte die Webseite des Wirtschaftsministeriums konsultiert, nicht sicher, was er erwarten durfte, und dort tatsächlich einen Eintrag für diese Firma gefunden. Sie war im März zweitausendsiebzehn als S-Corporation gegründet worden, also zwei Monate vor der Bergtour der Stricklands. Dieses Timing bestätigte, dass Andrea Strickland ihr Verschwinden geplant hatte und dabei äußerst sorgfältig vorgegangen war.

»Damit hat sie noch eine Schicht zwischen sich und jeden, der sie suchte, geschoben«, erklärte Faz. »Den Papierkram kann man online erledigen, also ganz anonym bleiben.«

»Und Delaware hat sie sich ausgesucht, weil dort viele Firmen ihren Sitz haben?«

»Da werden mehr Firmen gegründet als sonst irgendwo auf der Welt«, erklärte Faz. »Man lässt sich einen Firmennamen einfallen, entscheidet sich für eine Rechtsform, sucht sich aus einer Liste einen im Staate Delaware zugelassenen Repräsentanten heraus, überweist die Gebühr und schon hat man seine Geschäftszulassung.«

»Dann wollte sie in der Masse untergehen?«

»Vielleicht, wobei man heutzutage mithilfe von Computern viele Dinge leichter aufspürt als früher. Deswegen hat sie sich wohl bei der Firma auch nicht als Direktor oder Gesellschafter benennen lassen.«

»Dann sind die leitenden Angestellten dort erfunden?«

»Auf jeden Fall. So eine Firma ist prima. Wenn man einen Mietvertrag unterschreiben oder ein Bankkonto eröffnen muss, kann man sagen, man ist umgezogen und die Firma bezahlt einem den Lebensunterhalt. Auf die Weise laufen weder die Mietzahlungen noch die laufenden Kosten wie Strom und Wasser, anhand derer einfallsreiche Menschen wie du und ich Leute aufspüren, auf den eigenen Namen. Ein weiteres Täuschungsmanöver, eine weitere Lage Tarnung. Und Vermietern wird doch gleich ganz warm ums Herz, wenn sie hören, dass eine Firma die Miete übernimmt, das garantiert ihnen die Zahlungen. Besonders, wenn sich die entsprechende Bank vor Ort befindet.«

Del warf einen Blick aus dem Fenster auf die Glastür der Emerald Credit Union. »Die Bank mag vielleicht am Ort sein, ich habe den Namen aber noch nie gehört. Das war dann wohl auch beabsichtigt?«

»In einer kleinen Bank lässt sich leichter ein persönlicher Bezug zum Filialleiter und den Kassierern herstellen.«

»Moment – es ging doch aber gerade darum, keine Aufmerksamkeit auf sich zu lenken.«

»Die falsche Art Aufmerksamkeit muss man meiden. Man geht zum Beispiel bestimmt nicht mit einem Koffer voller Bargeld durch den Sicherheitscheck am Flughafen oder durch den Zoll.«

»Also deponierte sie ihr Geld auf einem Konto.«

»Nicht alles auf einmal. Die Bankgesetze sind schließlich so abgefasst, dass große Mengen Bargeld eigentlich nicht versteckt werden können. Alle Beträge über zehntausend Dollar müssen den Bundesbehörden gemeldet werden, die Bank hat entsprechende Formulare auszufüllen.«

»Dann zahlte sie nur Beträge unter zehntausend ein«, sagte Del.

»Genau dieser Strategie sind die Behörden mit dem Gesetz zum Bankgeheimnis zuvorgekommen: Banken sind auch dann zu einer Meldung verpflichtet, wenn sie den Verdacht haben, jemand könnte zur Umgehung einer meldepflichtigen Situation mehrfache Einzahlungen vornehmen.«

»Dann willst du damit sagen, sie hat sich an eine kleine, lokale Bank gewandt, weil man sich da einfacher einschleimen kann und deren Angestellte dann weniger geneigt sind, einen zu melden?«

»Bestimmt hat sie sich eine gute Geschichte einfallen lassen, um zu erklären, warum so viel Bargeld auf ihrem Konto eingeht und man dieses Geld nicht unbedingt melden muss.«

»Und was dann? Sie hebt das Geld langsam wieder von diesem Konto ab und zahlt es auf das Geschäftskonto ein?«

»Bingo. Gleichzeitig hebt sie Geld vom Geschäftskonto ab, mit dem sie dann angeblich Geschäftskosten oder Ähnliches bestreitet. In Wirklichkeit transferiert sie dieses Geld auf ein anderes Konto bei einer anderen Bank, das auf einen anderen Namen läuft. So verschwindet es langsam, immer eine Schicht Tarnung nach der anderen.«

»Die Frau hat gerade mal Highschool, wie zum Teufel konnte sie sich das alles ausdenken?«

»Machst du Witze? Man kriegt Bücher, in denen das Schritt für Schritt ganz genau erklärt wird.«

»Zu mühsam!«, fand Del.

»Ja, lesen muss man da schon können.«

»Ich lese nur Bücher über den Bürgerkrieg.« Faz wusste, dass Dels Büchersammlung zu diesem Thema so manchen Bibliothekar vor Neid hätte erblassen lassen. »Wenn das eine Kategorie bei Jeopardy wäre, läge ich längst an einem griechischen Strand.«

»Griechenland ist pleite.«

»Genau. Da wäre ich dann ein Tycoon.« Nach einem Blick auf seine Uhr schaltete Del den Motor aus. »Lass uns losziehen und zusehen, ob wir das Ganze kapieren, du und ich.«

In der Bank ließen sie die drei Kassenschalter links liegen, um eine Ansammlung von vier Schreibtischen anzusteuern. Auf dem Weg dorthin blieb Del beim obligatorischen Tischchen mit Kaffeemaschine, Pappbechern und Keksen stehen, um sich ein paar Schokokekse zu schnappen, von denen er sich einen gleich in den Mund steckte.

Nur einer der vier Tische war besetzt, dort beschäftigte sich eine Bankangestellte gerade mit einem Kunden. Auf einem der leeren Tische stand eine Halterung mit einem abnehmbaren Namensschild, auf dem *Filialleiter* stand.

»Warum kann man das abnehmen?«, wollte Del wissen.

»Vielleicht ist das der Name von dem Typen«, sagte Faz, woraufhin Del ihm einen strengen Blick zuwarf. »Ich mein ja nur – da müsste man nicht immer neue Visitenkarten drucken, das spart Geld.«

Faz war ein schlaksiger junger Mann aufgefallen, der drüben bei den Schaltern stand und zu ihnen herübersah. »Ich glaube, das ist unser Mr Filialleiter«, sagte er.

Der junge Mann ließ sich von einer Kassiererin einen Stapel Papiere reichen, den er zum hinteren Ende des Arbeitsbereichs trug. Er verschwand kurz durch eine Hintertür, tauchte wieder auf und steuerte den Schreibtisch an, vor dem Faz und Del warteten.

»Detectives?« Die Anrede ließ die beiden am Nachbarschreibtisch aufsehen, woraufhin der junge Mann die Stimme senkte. Um ein Mithören zu verhindern, hätte er allerdings schon zur Zeichensprache übergehen müssen, so dicht standen die Tische beieinander. »Ich bin Kevin Gonzales, der Filialleiter.«

Gonzales schien Mitte bis Ende zwanzig zu sein, allerdings mit einem dieser dauerhaft vorpubertären Gesichter, immer noch von Akne gezeichnet und mit dem dünnen Schnurrbart eines Sechzehnjährigen.

Faz stellte Del und sich vor, dann konnten alle Platz nehmen.

»Sie haben die gerichtliche Anordnung dabei?« Gonzales bemühte sich um einen geschäftsmäßigen Ton, um gleich darauf fast entschuldigend hinzuzufügen: »Ich habe in der Zentrale angerufen, und dort meinte man, Sie müssten mir eine gerichtliche Anordnung vorlegen.«

»Wo ist denn die Zentrale?« Faz hoffte, den jungen Mann durch ein paar Routinefragen etwas aufzulockern. Gonzales gab sich alle Mühe, professionell zu wirken, konnte jedoch das nervöse Zittern seiner Hände und der Stimme nicht ganz kaschieren.

»Centralia.« Das war eine kleine Stadt etwa anderthalb Fahrtstunden südlich von Seattle.

»Wie lange existiert diese Filiale nun schon?«

»Ungefähr fünf Jahre, glaube ich.«

»Und wie lange sind Sie Leiter?«

»Neun Monate.«

»Ich gratuliere.«

Gonzales schien kurz nicht zu wissen, was er antworten sollte. Dann lächelte er. »Danke.«

»Haben Sie hier schon gearbeitet, ehe Sie Filialleiter wurden?«, fragte Faz.

»Ich war zwei Jahre lang Kassierer. Möchten Sie einen Kaffee?«

»Nein danke«, sagte Faz.

»Davon muss ich bei diesem Wetter immer so schwitzen«, fügte Del hinzu. »Und in der Beziehung brauche ich keine Unterstützung.«

Faz reichte Gonzales die mitgebrachte Verfügung, wahrscheinlich die erste ihrer Art, die der junge Mann zu Gesicht bekam. Er ließ sich trotzdem Zeit und prüfte sie genau, als wisse er, worum es dabei ging. »Uns liegt die Privatsphäre unserer Kunden sehr am Herzen«, erklärte er.

»Muss sie in diesem Fall nicht«, meinte Del. »Die Kundin ist tot.«

»Oh.« Gonzales sah auf, überrascht und auch bekümmert.

»Kannten Sie Lynn Hoff?«, fragte Faz.

»Ja.« Gonzales wirkte einen Moment lang wie betäubt. »Wow. Das tut mir leid. Ich habe ihre Konten eingerichtet.«

»Das Privatkonto und das Geschäftskonto?«, fragte Faz.

»Ja.«

»Erzählen Sie mir von dem Privatkonto.«

»Sie hat eine große Entschädigungssumme eingezahlt. Von einem Verkehrsunfall. Mehr als fünfhunderttausend Dollar.«

»Erinnern Sie sich noch, an was für einem Tag sie kam?«

»Das war der 12. März.«

»Nein, erinnern Sie sich an den Tag?« Faz war aufgefallen, dass Gonzales keinen Ehering trug, und nahm an, dass der junge Mann sich an eine attraktive junge Frau wie Andrea Strickland auf jeden Fall erinnerte.

»Oh, ja. Irgendwie jedenfalls.«

»Sagen Sie uns, an was Sie sich erinnern«, bat Del, der einen kleinen Notizblock und einen Kuli gezückt hatte.

Gonzales' Blick glitt kurz hinüber zu Kuli und Block, ehe er wieder Faz ansah. »Nur, dass sie zwei Konten eröffnen wollte. Sie sagte, sie sei im Auftrag ihrer Firma hierhergezogen.«

»Sagte sie, was für eine Firma das war?«

»Ich glaube, eine für Outdoor-Bekleidung.«

»Sagte sie, wo sie vorher gelebt hatte?«

»Irgendwo in Südkalifornien, glaube ich. Ich erinnere mich an ihre Witze darüber, dass ihre Firma hier mehr Kunden hat, weil es so viel regnet.«

»Woran erinnern Sie sich sonst noch?«, wollte Faz wissen.

Gonzales blickte zur Seite, als könnte das seinem Gedächtnis auf die Sprünge helfen. »Sie sagte, sie sei frisch geschieden und hätte genug von den Typen in Südkalifornien. Sie sagte, die ganze Szene dort sei ihr zu oberflächlich geworden, und sie meinte, sie würde bei einer Freundin wohnen, bis sie eine eigene Wohnung gefunden hatte.«

Und Faz war sich sicher, dass diese Brocken gut platzierter Informationen Gonzales' Interesse geweckt hatten, genau wie von Andrea Strickland alias Lynn Hoff geplant. Nur Highschool, ja, aber sie war schlau gewesen und hatte gewusst, wie man dieses Spiel spielte.

»Sie haben ihr geholfen, die Konten einzurichten?«, fragte Faz.

»Ja.«

»Wie viel hat sie beim ersten Besuch hier auf das Firmenkonto eingezahlt?«

Gonzales musste noch nicht einmal die entsprechenden Ausdrucke konsultieren, die vor ihm auf dem Schreibtisch lagen. »Nur zweihundert Dollar.«

»Hat sie weitere Einzahlungen auf dieses Konto vorgenommen?«

»Fast täglich.«

Faz genoss den Blick, den Del ihm zuwarf. Er liebte es, richtigzuliegen.

»Darf ich?«, fragte er.

Gonzales reichte ihm die Ausdrucke, Del beugte sich ihm zum Mitlesen über die Schulter. Genau wie von Faz vermutet, hatte Strickland einen steten Fluss an Einzahlungen und Abhebungen aufrechterhalten, der darauf angelegt war, keine Aufmerksamkeit zu erregen. 1775 Dollar, 1350 Dollar, 2260 Dollar. Im Laufe der folgenden anderthalb Monate waren die Einzahlungen und Abhebungen auf dem Firmenkonto größer geworden. Die Summe der durch dieses Konto gelaufenen Gelder belief sich auf insgesamt 128.775,42 Dollar. Die Emerald Credit Union war eindeutig nicht die einzige Bank, bei der Andrea Strickland Konten eröffnet hatte. Die Frage war: Wohin hatte sie den Rest des Geldes überwiesen und auf wessen Namen lief das entsprechende Konto? Höchstwahrscheinlich war das Geld längst außer Landes gegangen, da war sich Faz ziemlich sicher. Und zwar in ein Land, dessen Banken die Identitäten ihrer Kunden nicht preisgaben.

Am Ende weckte jedoch eine ganz spezielle Zahl sein besonderes Interesse. Sie stand unter dem Strich unter der letzten Spalte und gab den Kontostand bei Rechnungsabschluss an: Der betrug bei beiden Konten exakt null.

»Sie hat die Konten geschlossen!« Faz sah Gonzales an. »Stimmt das? Sie hat die Konten geschlossen?«

»Es scheint so.«

»Sie haben das nicht für sie getan?«

»Sie ist deswegen nicht hier in die Filiale gekommen.«

Zur Kontoeröffnung musste ein Kunde persönlich bei der Bank erscheinen und sich ausweisen. Bei Transfers von diesem Konto und bei der Schließung war das nicht notwendig, diese Dinge konnte man auf elektronischem Wege erledigen. Wenn man die Kontonummer und das Passwort kannte.

»Sie hat das Konto am sechsundzwanzigsten Juni geschlossen.« Faz sah Del an. Was das bedeutete, brauchte er nicht weiter auszuführen. Der sechsundzwanzigste, das war der Montag, nachdem Kurt Schill Andrea Stricklands Leiche aus den Tiefen des Puget Sound geholt hatte.

16

Ich fragte nach und bekam meinen alten Job bei der Versicherung wieder, arbeitete also erneut für Brenda. In meiner ersten Woche dort lud sie mich zum Mittagessen ein, damit wir einander »auf Stand bringen« konnten. Ich glaube, sie machte sich Sorgen um mich und fand, es sei ihre Pflicht als meine Ersatzmutti nachzusehen, ob es mir auch wirklich gut ging. Natürlich ging es mir nicht gerade prächtig, denn inzwischen verstand ich den Mann, den ich geheiratet hatte, nur zu gut. Er war manipulativ, aggressiv und höchstwahrscheinlich manisch-depressiv. Solange er glaubte, irgendwie doch noch Zugang zu meinem Treuhandgeld zu bekommen, würde er weiterhin versuchen, mich auszunutzen. Im Moment benahm er sich mustergültig, aber auch nur, weil es für ihn wirklich nicht anders ging. Er konnte nirgendwo hin und bei der Arbeitssuche lief es gar nicht gut. BSBT mochte ihm kein positives Zeugnis ausstellen, was man ihnen wirklich nicht verdenken konnte. Wenn potenzielle Arbeitgeber im Personalbüro von BSBT anriefen, so lehnte der Leiter dort jeglichen Kommentar ab – unter Anwälten eine altbewährte Methode, Kollegen wissen zu lassen, dass ein Angestellter inkompetent oder unehrlich gewesen war, ohne etwas offen auszusprechen, wofür man sie hätte vor Gericht zerren können. Jeder Arbeitgeber kannte den Code. Graham machte sich nach wie vor etwas vor, behauptete, nicht für Fremde schuften zu wollen, da man das eigentliche Geld doch nur verdiente, wenn man für sich selbst arbeitete. Ich ignorierte diese Sermon, wusste ich doch, dass sich Graham in letzter Zeit öfter mit einem alten Kommilitonen von der Law School traf, der sich gerade selbstständig gemacht hatte und auf der Suche nach Anwälten war, die sich für ihn um eidesstattliche Erklärungen kümmern und vor Gericht auftreten konnten.

Brenda hatte für unser Treffen ein Restaurant namens Port House *ausgesucht, eine schicke Brauerei – mit ihrem Holzfußboden, der hohen Balkendecke und den unverputzten Backsteinwänden sehr typisch für Portland. Wir wollten den ersten Mittagsansturm abwarten und uns danach gleich dort treffen, weil Brenda vorher noch einen Termin außer Haus hatte. Nach Betreten des Restaurants nahm ich die Sonnenbrille ab und sah mich suchend um, konnte meine Chefin jedoch nicht entdecken. Die Empfangskellnerin führte mich an einen Tisch draußen auf der Veranda zum Bürgersteig hin, wo ich beim Warten ein wenig den Passanten zuschauen konnte. Da saß ich nun, hatte mir gerade auf dem Handy mein Buch aufgerufen, um ein bisschen zu lesen, als mich eine Männerstimme unterbrach.*

»Verzeihung?«

Bestimmt ein Schnorrer, der mich gleich um Geld anhauen würde. Ich sah auf. Zu meiner Überraschung trug der Mann auf der anderen Seite des niedrigen schmiedeeisernen Zauns, der den Restaurantbereich vom Bürgersteig trennte, einen Anzug.

»Tut mir leid, wenn ich störe, normalerweise mache ich so etwas nie«, sagte er lächelnd. »Aber wenn Sie hier zufällig nicht gerade auf jemanden warten, dürfte ich Sie dann vielleicht zu einem Bier einladen?«

Völlig verdutzt wusste ich echt nicht, was ich sagen sollte. Mich hatte noch nie jemand aufreißen wollen und ich war mir noch nicht einmal sicher, dass dieser Typ das vorhatte. Ich weiß ja, man soll nicht nach dem äußeren Anschein gehen, aber er wirkte so ehrlich, fast ein wenig tapsig in seinem Auftreten, als hätte er so etwas wirklich noch nie getan. Manche Leute haben so eine gewisse Ausstrahlung, wenn Sie verstehen, was ich meine.

»Es tut mir leid«, sagte ich, was wirklich der Fall war. »Ich bin mit einer Freundin zum Mittagessen verabredet. Aber danke für das nette Angebot.«

Er nickte, als würde er meine Lage haargenau verstehen, was doch nun wirklich nicht der Fall gewesen sein kann. Vielleicht strahlte ja auch ich etwas aus, vielleicht war meine Ausstrahlung die von Trauer und Verzweiflung.

»Kein Problem.« Er trat einen Schritt vom Zaun zurück. »Ich sah Sie da nur so sitzen und dachte ...«

In diesem Moment führte die Empfangskellnerin Brenda zu mir an den Tisch.

»Wunderbar«, sagte der Mann und nickte uns beiden zu. »Entschuldigen Sie die Störung. Guten Appetit.«

Brenda musterte mich mit neugierig gehobener Braue. »Ein Freund von dir?«

»Nein.« Ich sah dem Mann nach. Ein Teil von mir wollte ihm nachlaufen, ihm versichern, dass ich sehr gern mit ihm essen würde. Und dann würden wir miteinander reden und ich würde feststellen, dass er mein Seelenverwandter war. Dabei war das doch bloß ein uraltes, in Filmen und Romanen immer wieder aufgewärmtes Märchen.

»Er wollte mir nur ein Bier ausgeben«, sagte ich.

Brenda lächelte. »Das kann ich ihm nicht verdenken. Du siehst klasse aus, so straff und durchtrainiert. Und abgenommen hast du auch.«

Ich passte wieder in die Klamotten aus meiner dünnen Zeit und fühlte mich richtig gut.

Brenda war lässig gekleidet – für ihre Verhältnisse lässig, heißt das. Sie trug eine Hose, eine bunte Bluse und eine braune Jacke, derer sie sich rasch entledigte, indem sie sie über die Rücklehne ihres Stuhls hängte. Sie war in unglaublich guter Verfassung für eine Frau, die gerade ihr erstes Kind bekommen hat, war allerdings auch ziemlich versessen auf Sport. Soweit ich wusste, war sie Mitglied im örtlichen YMCA und joggte, sobald das Wetter gut genug war. Ihr Mann und sie nahmen angeblich auch an den CrossFit-Wettkämpfen teil.

Als der Kellner kam, bestellte Brenda ein Bier, ein Mac & Jack's.

Der Kellner sah mich an.

Es war erst Mittag und ich saß hier mit meiner Chefin. »Ich hätte gern einen Eistee.«

»Unsinn!«, mischte sich Brenda ein. »Sie will dasselbe wie ich.«

»Bier regt die Milchproduktion an, sagt mein Arzt«, fuhr sie fort, sobald der Kellner sich verzogen hatte. »Da möchte ich ihm nicht widersprechen. Und du? Was hast du getan, dass du so prima aussiehst?«

»Ich habe trainiert.« Eigentlich war das gleich mein Stichwort. »Graham möchte den Mount Rainier besteigen. Er meint, wir brauchen ein Hobby, das würde unserer Beziehung guttun.«

»Und läuft es jetzt besser mit euch?«

Als ich Brenda um meinen alten Job bat, hatte ich ihr erzählt, dass wir Konkurs anmelden mussten und dass der Stress Auswirkungen auf unsere Beziehung gehabt hatte. »Wir arbeiten dran«, sagte ich. »Da fällt mir ein: Ich muss noch eine Versicherung abschließen.«

»Eine Versicherung?«

»Eine Lebensversicherung. Graham meint, das wäre vor einer Gipfelbesteigung nicht unklug. Hilfst du mir dabei?«

»Natürlich.« Brenda nickte. »Was soll es denn werden? Eine gemeinsame Versicherung für euch beide?«

»Nein, nur eine für mich.«

Sie kniff die Augen zusammen. »Nur für dich?«

»Wir können uns die Beiträge für zwei Versicherungen eigentlich nicht leisten und Graham sagt, wenn ihm etwas zustößt, habe ich ja noch den Treuhandfonds meiner Eltern. Ich wäre also versorgt.«

»Dann will er nur eine Police für dich, mit ihm als Begünstigten?«

»Genau.«

Darüber schien sie nachzudenken. Der Kellner kam mit unseren Bieren. Brenda hob ihr Glas, wir stießen an. »Schön, dich wieder in der Firma zu haben«, sagte sie.

Brenda bestellte sich einen Caesar-Salat. Beim Gedanken an die Anchovis darin, nur an deren Geruch, hätte ich mich fast zum Kotzen über den kleinen Zaun gehängt. »Ich hätte gern den Salat des Hauses. Essig und Öl bitte extra.«

»Ich freue mich jedenfalls, wenn es mit euch besser läuft«, sagte Brenda, als der Kellner gegangen war.

Ich wandte den Blick ab.

»Andrea? Es läuft doch besser, oder?«

»Ein bisschen«, sagte ich leise. »Um ehrlich zu sein«, platzte es dann aus mir heraus, »habe ich das Gefühl, er betrügt mich.«

Was jetzt kam, war fast der traurigste Teil an der ganzen Sache: Brendas Reaktion. Sie wirkte kein Stück überrascht, als sie ihr Glas abstellte, um über den Tisch hinweg die Hand nach mir auszustrecken. Ihre vielen dünnen Armbänder klapperten gegen die Tischplatte.

»Wie lange geht das schon?«

»Das erste Mal war noch vor unserer Hochzeit.«

»Was?«

»Eine Kollegin aus seiner Kanzlei. Mit der hatte er etwas, als wir uns kennenlernten, und dann war es wohl schwer, Schluss zu machen. Sagt er jedenfalls. Er wollte sie nicht verletzen. Ich weiß, ich weiß, ich bin eine Idiotin, nicht wahr?«

Jetzt, im Nachhinein, war mir schon klar, dass ich sämtliche Hinweise übersehen hatte: wie oft Graham abends noch hatte arbeiten müssen, wie oft er beim Nachhausekommen nach Alkohol gerochen hatte, sein mangelndes Interesse an mir – außer wenn es ihm gerade in den Kram gepasst hatte, sich mit mir zu befassen. Ja, ich war ganz schön blöd gewesen, aber damit war es jetzt vorbei. Jetzt musste ein anderer Plan auf den Tisch und dazu gehörte, Brenda von Grahams ehelicher Untreue zu erzählen.

»Nein!« Sie sah mich an, als sei ich ein verletzter kleiner Vogel. »Du darfst nicht dir die Schuld geben. Hast du Graham damit konfrontiert?«

Ich schüttelte den Kopf. »Der würde doch alles nur abstreiten und den Spieß umdrehen, behaupten, ich vertraute ihm nicht.«

»Wie hast du es herausgefunden?«

»Ich habe ihm nicht hinterhergeschnüffelt!«, versicherte ich. »Das würde ich nie tun.«

»Natürlich nicht.«

Ich rückte meinen Stuhl ein Stück vom Tisch weg. »Es war nur so – im Geschäft lief es ganz schlecht. Ums Finanzielle hat sich Graham gekümmert, aber irgendwann wollte ich mir dann doch mal wenigstens die Kreditkartenabrechnungen genauer ansehen. Ich verstand nicht, wohin das Geld verschwand, und wusste nicht mehr, wovon wir jeden Monat unseren Lebensunterhalt bestreiten sollten. Unsere Ausgaben gingen weit über das hinaus, was das Geschäft einbrachte.«

»Und? Hast du über die Kreditkartenabrechnungen etwas herausgefunden?«

»Ja.« Ich trank einen Schluck Bier. »Graham war auf Reisen, in Seattle, in Vancouver und in Victoria. Die Übernachtungen hat er jeweils über die Firmenkarte abgerechnet. Außerdem gab es Restaurantrechnungen und ein paar Belege aus Bars.«

»Könnten das Geschäftsreisen gewesen sein?«, hakte Brenda nach, schien diese Möglichkeit jedoch nicht für sehr wahrscheinlich zu halten.

»Das behauptet Graham.«

»Dann hast du ihn also mit der Angelegenheit konfrontiert.«

»Nein. So hat er es begründet, wenn er ein paar Tage lang die Stadt verlassen musste. Das seien Geschäftsreisen.«

»Waren sie aber nicht?«

»Ich habe bei den Zulieferern und Ausgabestellen in Seattle angerufen, bei denen er angeblich gewesen sein will. Keiner dort hatte Graham je persönlich zu Gesicht bekommen, sie haben alle nicht verstanden, was ich will. In Kanada war Marihuana noch gar nicht legalisiert, als er die Reisen dorthin unternahm.«

Brenda seufzte. »Weißt du, wer es ist?«

»Nein.« Ich trank noch einen kleinen Schluck. »Dann ist da noch der Stress, weil Graham vielleicht ins Gefängnis gehen könnte.«

Brenda stellte ihr Glas ab. »Was?«

»Graham hat die Bank angelogen, beim Kreditantrag. Er sagte, sie würden ihn in der Firma zum Partner machen, mit einem höheren Gehalt. Die Bank bat um eine schriftliche Bestätigung, und er verfasste einen entsprechenden Brief, auf Firmenbriefpapier, mit der gefälschten Unterschrift eines der Partner.«

»Und die Bank fand das heraus?«

Ich nickte.

Sie hatten nie vorgehabt, Graham zum Partner zu machen. Im Gegenteil: Sie hatten ihm sechzig Tage Zeit gegeben, sich einen anderen Job zu suchen. Ich habe das Kündigungsschreiben gelesen. Das kriegte er genau um die Zeit herum, als er ganz aufgekratzt nach Hause kam und Genesis *gründen wollte. Damals hatte er behauptet, die Firma verlassen zu wollen, weil man dort seine Kreativität erstickte. Er musste angeblich sofort seinen eigenen*

Betrieb gründen, sonst wäre es aus mit ihm. Von vorn bis hinten die reine Verarschung.

»*Mir hatte er erzählt, sie hätten ihm angeboten, Partner zu werden, aber er habe es sattgehabt, für andere zu arbeiten. Er wolle nur noch für sich selbst arbeiten. Nichts davon hat gestimmt.*«

»*Das tut mir so leid, Andrea!*« *Brenda setzte sich zurück und warf mir einen mitleidigen Blick zu. Blicke wie diese kannte ich zur Genüge, die Leute hatten mich oft genug so angesehen, wenn meine Tante ihnen vom Tod meiner Eltern erzählt hatte.* »*Ich weiß, es ist noch zu früh*«, *fuhr Brenda fort,* »*aber weißt du schon, was du jetzt tun willst?*«

»*Nein.*« *Ich schüttelte den Kopf.*

»*Möchtest du dich vielleicht mal mit einem Anwalt unterhalten?*«

Das hatte ich alles schon durchdacht. »*Eine Scheidung kann ich mir nicht leisten.*«

Brenda runzelte die Stirn. »*Was soll das heißen? Das könnte ganz einfach über die Bühne gehen. Ihr habt keine Kinder, euch gehört kein Haus, keiner von euch verfügt über größere Vermögenswerte.*«

»*Graham hat meine Unterschrift auf persönlichen Bürgschaften für den Mietvertrag der Geschäftsräume und auch für den Bankkredit gefälscht.*«

»*Wieso das denn?*«

»*Weil er sauer auf mich war. Ich wollte ihm den Treuhandfonds meiner Eltern nicht geben. Wir melden jetzt Konkurs an und ich habe schreckliche Angst, den Fonds zu verlieren. Dann hätte ich gar nichts mehr.*«

»*Wie viel ist der Fonds denn wert?*«

»*Das Kapital beträgt eine halbe Million Dollar*«, *sagte ich.*

Brenda riss die Augen auf. »*Und Graham kommt da nicht ran?*«

»*Nicht, solange ich am Leben bin.*« Ich lachte leise. »*Das macht ihn schrecklich wütend. Was mir Sorgen bereitet, sind die Gläubiger. Dass die den Fonds in die Finger kriegen könnten, weil ich doch angeblich diese Bürgschaften unterschrieben habe.*«

»*Hast du das mal mit einem Anwalt besprochen und hat der sich die Bankpapiere angesehen?*«

»*Nein, das hat alles Graham geregelt. Er meinte, warum einen Anwalt bezahlen, wo er doch Anwalt ist. Ich weiß nicht, wie ich über die Runden kommen soll.*«

Diese Bedenken wischte sie sofort beiseite. »*Darüber mach dir mal keine Gedanken, du kannst immer für mich arbeiten.*«

»*Danke, Brenda. Ich behellige dich wirklich nur ungern mit all dem hier.*«

Sie langte über den Tisch hinweg nach meiner Hand. »*Alles wird gut*«*, sagte sie.* »*Ich finde schon einen Anwalt für dich.*«

17

Als Tracy bei Brenda Berg anrief, um einen Termin mit ihr zu vereinbaren, erfuhr sie, dass Berg an zwei Tagen in der Woche zu Hause arbeitete, weil sie ein Baby hatte, eine kleine Tochter. Von daher würde sie an dem Tag, an dem Kins und Tracy in Portland sein wollten, nicht ins Büro kommen, war aber sofort zu einem Gespräch bereit, als Tracy erklärte, es ginge um Andrea Strickland. Sie habe die Story von Andreas kurzem Wiederauftauchen und anschließender Ermordung in den Nachrichten verfolgt, sagte sie.

Also meldete sich Tracy nach dem Termin bei Montgomery noch einmal bei Berg, um zu fragen, ob sie jetzt Zeit hätte. Berg war gerade dabei, ihre Tochter in die Joggingkarre zu packen, um sie spazieren zu fahren, weil die Kleine oft nur so zum Schlafen zu bewegen war. Sie wollte sich aber gern mit den beiden Detectives treffen, solange die nichts dagegen hatten, beim Reden zu gehen. In dem Fall schlug sie einen Treffpunkt im Waterfront Park unter der Steel Bridge vor, und zwar bei den beiden Denkmälern dort.

»Ich werde Sportzeug tragen und eine Kinderkarre schieben, mit der man auch joggen kann«, sagte sie.

Tracy und Kins trafen vor ihr bei den Denkmälern ein. Am Willamette River war allerhand los, es wimmelte nur so von Joggern und Männern und Frauen in Bürokleidung. Auch ein paar Leute mit Kinderkarre waren unterwegs.

»Hoffentlich gehört sie nicht zu diesen supersportlichen Typen, die schneller gehen, als ich laufe.« Kins setzte sich seine Sonnenbrille auf. »Mir tut die Hüfte weh, ich habe zu lange im Auto gesessen.«

»Komm schon!«, versuchte Tracy ihn aufzumuntern. »Der Tag ist wunderschön, und vielleicht lockert ja ein kleiner Spaziergang deine Hüfte.«

»Ein kleiner Spaziergang mit Klimaanlage wäre mir lieber.«

In diesem Moment sah Tracy eine sportlich wirkende Frau in weißem Tanktop, Shorts und Turnschuhen in ihre Richtung laufen, die mit einer Hand eine blaue Kinderkarre schob. Bei Tracy und Kins angekommen, wurde sie langsamer.

»Hi. Sind Sie Detective Crosswhite?« Sie schien kein bisschen außer Atem zu sein.

Tracy stellte Kins vor.

Berg war die typische Langstreckenläuferin: knochige Schultern, magere, sehnige Muskeln, sonnengebräunt. Da sie am Telefon von einem Neugeborenen gesprochen hatte, war Tracy auf eine jüngere Frau eingestellt gewesen, aber die Krähenfüße um Bergs Augen ließen darauf schließen, dass sie wahrscheinlich Ende dreißig, Anfang vierzig war. In Tracys Alter also.

»Tut mir leid, Ihnen das antun zu müssen.« Berg warf einen Blick in die Karre. »Sie ist momentan leider ein bisschen aus dem Schlafrhythmus. Mit ihr zu laufen scheint die einzige Möglichkeit zu sein, sie nachmittags zum Schlafen zu bringen.«

»Kein Problem.« Auch Tracy riskierte einen Blick unter den kleinen Baldachin, der dem Baby Schatten spendete. Das winzige Mädchen lag auf dem Rücken. Es war in eine rosa Decke gewickelt und trug eine hellblaue Beaniemütze. »Wie alt ist sie denn?«

»Fünf Monate. Seit gestern.«

»Sie ist wunderschön.«

»Vielen Dank! Wir haben sie Jessica genannt; sie ist mein kleiner Engel.«

Tracy lächelte das winzige Gesicht unter dem Beanie an. Der Anblick weckte Erinnerungen. Früher war sie sich eigentlich sicher gewesen, irgendwann einmal Kinder zu haben. Sarah und sie würden Tür an Tür leben und ihre Kinder gemeinsam großziehen, so hatte sie es sich vorgestellt. »Haben Sie noch andere Kinder?«, erkundigte sie sich.

»Nein.« Auch Berg lächelte weiterhin ihre Tochter an. »Ich habe mich erst einmal ganz auf den Aufbau meines Versicherungsbüros konzentriert, ich wollte Geld verdienen. Meinen Mann habe ich erst vor zwei Jahren kennengelernt. Danach brauchten wir beide noch ein bisschen, bis wir so weit waren und es riskieren mochten. Jetzt kann ich mir ein Leben ohne Jessica nicht mehr vorstellen. Haben Sie Kinder?«

»Nein«, sagte Tracy.

»Dann sind Sie wohl eher mit der Arbeit verheiratet? Kann ich mir bei Ihrem Beruf vorstellen.«

»So etwas in der Art.« Tracy war mit der Suche nach Sarahs Mörder verheiratet gewesen, was nicht ohne Verluste abgegangen war. Sie hatte einen Ehemann verloren, ihre Laufbahn als Lehrerin in Cedar Grove an den Nagel gehängt, um in Seattle Polizistin zu werden, und war kaum mit Männern ausgegangen. Jahrelang hatten ihre Abende überwiegend den Aufzeichnungen und Beweisstücken gehört, die mit dem Verschwinden ihrer Schwester zu tun hatten, bis sie in einer Sackgasse gelandet war und ihre Arbeit widerstrebend in Kartons verpackt hatte. Da war sie bereits Mitte dreißig gewesen, und als potenzielle Partner zum Ausgehen schienen sich ihr nur Polizisten und

Staatsanwälte anzubieten, die kaum infrage kamen: Sie mochte die Arbeit nicht in noch stärkerem Maße mit nach Hause bringen, als sie es ohnehin schon tat.

»Das Gefühl kenne ich«, meinte Berg. Wie auf ein Stichwort hin gab Jessica leise Geräusche von sich, was ihre Mutter unruhig werden ließ. »Wir sollten lieber losgehen, sonst schläft sie nicht.«

Sie blieben auf dem Bürgersteig, Tracy und Berg mit dem Kinderwagen nebeneinander, Kins einen Schritt hinter den beiden.

»Ich stehe immer noch unter Schock«, gestand Berg. »Es war schon beim ersten Mal ganz schrecklich, vor zwei Monaten meine ich, als wir dachten, Andrea sei tot. Und jetzt? Wo sich herausgestellt hatte, dass sie da noch lebte? Ich weiß wirklich nicht, was ich denken soll.« Sie sah Tracy an. »Und ist sie jetzt wirklich tot? Ist sie wirklich die Frau, die in dieser Krebsfalle gefunden wurde?«

»Das scheint der Fall zu sein.« Tracy musste kurz ein Stück zurückbleiben, damit zwei entgegenkommende Jogger passieren konnten.

Berg schüttelte den Kopf. »Mich hat das alles furchtbar mitgenommen.«

»Daraus schließe ich, dass Andrea sich nicht bei Ihnen gemeldet hatte? Sie haben nichts von ihr gehört?«

»Nein! Kein einziges Wort.«

»Wie lange war sie Ihre Assistentin?«

»Ungefähr zwei, zweieinhalb Jahre. Es gab eine Unterbrechung von sieben Monaten, als ihr Mann und sie dieses Geschäft eröffneten. Nach dessen Scheitern kam sie zurück.«

»Beschränkte sich Ihre Beziehung zu Andrea auf die Arbeit?«

Berg nickte. »Andrea war wesentlich jünger als ich und dann gibt es da noch diese natürliche Demarkationslinie zwischen Angestellter und Arbeitgeberin. Aber wir sind manchmal zusammen mittags essen gegangen, solche Sachen. Ich fand, sie brauche jemanden. Sie wissen, dass sie ihre Eltern schon sehr früh verloren hatte?«

»Ja, das wissen wir«, sagte Tracy.

»Das war ganz tragisch. Sie hat nicht darüber gesprochen, aber es wurde bei ihrem Bewerbungsgespräch erwähnt und ich habe die Geschichte hinterher noch einmal nachgelesen. Ihre Eltern sind am Heiligabend bei einem Autounfall ums Leben gekommen, Frontalzusammenstoß mit einem betrunkenen Fahrer. Soweit ich verstanden habe, war Andrea mit im Auto, sie saß hinten eingesperrt. Ich habe versucht, für sie da zu sein, wenn sie mich brauchte.«

»Was für ein Mensch war sie?«, wollte Tracy wissen.

»Zurückhaltend. Womit ich nicht sagen will, schüchtern. Man hielt sie gern für schüchtern, weil sie so viel las. Das war auch mein erster Eindruck.«

»Was hat sie denn gelesen?«

»Romane. Auf ihrem Schreibtisch stapelten sich die Taschenbücher, sie hatte sich Bücher aufs Handy geladen und natürlich auf ihren Kindle. Sie las praktisch die ganze Zeit. Trotzdem war sie nicht schüchtern; das merkte man schnell, sobald man sie näher kennenlernte. Sie zog es einfach vor, nicht im Rampenlicht zu stehen, hielt sich lieber am Rande des Geschehens. Verstehen Sie, was ich meine?«

»Können Sie mir ein Beispiel nennen?«, bat Tracy.

Über diese Frage musste Berg eine Weile nachdenken. »In der Firma gab es mal eine kleine Feier, eine Geburtstagsparty für irgendjemanden. Da habe ich Andrea ertappt, wie sie still im Hintergrund saß und sich alles ansah. Wer sie nicht kannte, konnte das für reines Desinteresse halten, doch wenn man genauer hinsah, erkannte man hier und da ein leises Grinsen oder sie runzelte die Stirn oder verdrehte kaum merklich die

Augen. Nie unverhohlen oder respektlos, ganz dezent. Aber ich wusste, sie bekommt alles mit.«

»War sie intelligent?«, fragte Tracy.

»Sehr.« Berg nickte.

»Da scheinen Sie ganz sicher zu sein.«

»Für jemanden, der nie auf einem College war, lernte sie extrem schnell. Sie war keine normale Assistentin. Ich habe ihr ein paar ziemlich komplexe Aufgaben anvertraut, die sie jedes Mal im Handumdrehen erledigte. Ich glaube, sie gehörte einfach zu den Menschen, die von Haus aus sehr klug, sehr begabt sind. Oder es lag am vielen Lesen. Man musste ihr nie etwas zweimal erklären. Ich habe ihr gut zugeredet, aufs College zu gehen oder die Zulassung als Versicherungsmaklerin zu erwerben.«

Sie kamen an eine zweite Zugbrücke. Draußen auf dem Wasser schossen Schnellboote mit jungen Männern und Frauen in Badekleidung vorbei.

»Kannten Sie ihren Mann, Graham?«, wollte Kins wissen.

Berg warf ihm über die Schulter hinweg einen Blick zu. »Ein wenig. Ich war schuld daran, dass die beiden sich kennenlernten. Ungewollt natürlich.«

»Wie das?«, fragte Kins.

»Wie ich schon sagte, Andrea war eher introvertiert. Sie ging nach der Arbeit wirklich lieber nach Hause, um zu lesen. Ich nahm mir fest vor, das zu ändern und sie mehr unter Leute zu bringen. Irgendwann hatten wir von der Firma aus in einem Hotel in der Stadt eine kleine Feier und ich zwang Andrea praktisch, hinzugehen. Dort hat sie dann Graham getroffen. Als Nächstes kam mir zu Ohren, dass sie heiraten wollte.«

»Wie lange kannte sie ihn da schon?«, wollte Tracy wissen.

Berg runzelte nachdenklich die Stirn. »Es ging ziemlich schnell, das kann ich Ihnen sagen. Einen Monat vielleicht? Oder zwei? Ganz sicher bin ich mir nicht.«

»Schien Andrea glücklich zu sein?«

»Das ließ sich bei ihr schlecht sagen – sie hielt sich immer sehr bedeckt. Na ja, ich glaube schon.«

»Nach dem, was wir erfahren haben, wuchs sie in Südkalifornien auf«, sagte Kins. »Wissen Sie, ob sie da unten immer noch Familie hat?«

»Eine Tante, soweit ich weiß. Wobei ich nicht glaube, dass sie sich sehr nahestanden.«

»Lernten Sie Graham mit der Zeit näher kennen?«, fragte Kins.

»Richtig gut nicht, nein. Andrea hielt Arbeit und Privatleben gern getrennt.«

Tracy meinte aus dem Ton von Bergs Antworten herauszuhören, dass die Frau kein großer Fan von Graham Strickland gewesen war, dies jedoch nicht so offen sagen mochte. »Aber Sie hatten Gelegenheit, ihn zu treffen?«

»Nur ein paarmal. Er nahm an öffentlichen Veranstaltungen unserer Firma teil und hat Andrea auch von Zeit zu Zeit von der Arbeit abgeholt.«

»Wie war er so?«, wollte Kins wissen.

Berg schien lächeln zu wollen, was allerdings eher wie eine schmerzliche Grimasse ausfiel. Sie sah aus wie jemand, der durchaus eine Meinung hat, diese aber im Moment lieber nicht äußern möchte.

»Wir haben verstanden, dass Sie ihn nicht gut kannten«, versicherte Tracy. »Wir wüssten trotzdem gern, welchen Eindruck er so ganz allgemein auf Sie gemacht hat.«

»Ganz ehrlich? Er hat mir nicht gefallen.« Berg zögerte erneut. »Er war einer von den Typen, die sich zu viel Mühe geben. Wissen Sie, wie ich das meine?«

»Zu viel Mühe, gemocht zu werden?«, fragte Kins.

Diesmal blieb Berg stehen, um einen Blick über die Schulter zu werfen. »Ja. Das trifft es ziemlich gut.«

»Wie hat er das gemacht?«, fragte Kins.

»Es war einfach alles – wie er sich kleidete, seine Haare, der Bart. Das war alles so – affektiert. Als würde er versuchen, einem bestimmten Bild gerecht zu werden. Und der Porsche.« Beim Gedanken daran schüttelte sie lächelnd den Kopf. »Einen roten Porsche Carrera. Irgendwie war das alles widerlich. Und ich glaube nicht, dass er eine große Leuchte war.«

»Warum nicht?«, fragte Tracy.

»Das schloss ich aus ein paar Sachen, die Andrea sagte – wie diesem Marihuanaladen. Andrea hat versucht, ihm zu erklären, warum sie die Geschäftsidee nicht für genial hielt. Sie meinte schließlich aber, Graham habe gründlich recherchiert und sei sich sicher, eine Goldgrube aufgetan zu haben.«

Tracy wischte sich den dünnen Streifen Schweiß ab, der ihr seitlich am Gesicht herunterlief. Die Sonne stand in ihrem Rücken, sie konnte den Schweiß zwischen den Schulterblättern spüren. »Hat Andrea je Eheprobleme erwähnt?«

Berg wurde nachdenklich. »Nachdem sie in die Firma zurückgekommen war und wieder für mich arbeitete, waren wir mal zusammen essen. Das war, nachdem das mit dem Laden nicht funktioniert hatte. Da sagte sie, Graham würde sie betrügen.«

»Sagte sie auch, mit wem?«, fragte Tracy.

»Das wusste sie nicht, aber offenbar war es nicht das erste Mal. Er hatte sie auch schon mit einer Frau betrogen, mit der er früher einmal zusammengearbeitet hatte.«

»Wie hat sie es herausgefunden? Hat sie Ihnen das erzählt?«, erkundigte sich Tracy.

»Als das Geschäft langsam den Bach runterging, hat sie angefangen, sich mit den Ausgaben zu befassen, und Kreditkartenabrechnungen für Hotels und Restaurants in Seattle gefunden. Graham behauptete, geschäftlich dort gewesen zu sein, aber sie hat bei den Geschäften angerufen, die er angeblich besucht hatte, und dort kannte ihn niemand persönlich.«

»Einfallsreich war sie also auch«, bemerkte Kins.

»Wenn sie es sein musste, ja«, sagte Berg.

»Was hat sie Ihnen bei diesem Mittagessen sonst noch erzählt?«, fragte Tracy.

Berg schüttelte den Kopf. »Im Nachhinein wünschte ich, ich hätte mehr getan.«

»In welcher Hinsicht?«

»Andrea erzählte mir, Graham wolle mit ihr den Mount Rainier besteigen, trotz ihrer Eheprobleme.«

»Er wollte ihn besteigen, es war seine Idee?«, fragte Kins.

»So hat sie es mir erzählt. Sie sagte, Graham fände, sie sollten ein gemeinsames Hobby haben, das würde der Beziehung guttun. Dann erwähnte sie noch, er habe vorgeschlagen, eine Versicherung abzuschließen, aber nur für sie.«

»Nur für sie?« Tracy warf Kins einen Seitenblick zu.

»Ich weiß. Ich fand damals auch, das höre sich seltsam an. Aber Andrea meinte, sie könnten sich die Beiträge für zwei nicht leisten und dass Graham der Meinung sei, wenn ihm etwas zustieße, könne sie ja von ihrem Fonds leben. Sie wissen von diesem Fonds?«

»Ja.« Tracy nickte.

»Das kam mir damals komisch vor, wissen Sie, aber man denkt dann über solche Sachen nicht weiter nach.«

»Was war Ihr erster Gedanke, als Sie von Andreas Verschwinden am Mount Rainier hörten?«, wollte Kins wissen.

Berg zögerte. Das Baby wurde unruhig und sie nahm sich einen Moment Zeit, um ihre Tochter zu beruhigen, und steckte ihr einen Schnuller in den Mund. Dann gingen sie weiter. »Ich glaube, ich war skeptisch.«

»Sie glaubten nicht so recht an einen Unfall?«, hakte Kins nach.

Sie nickte. »Ich will mal so sagen: Es hat mich nicht überrascht, als Graham verdächtigt wurde. Und ich wäre nicht schockiert gewesen, wäre man zu der Schlussfolgerung gekommen, dass er Andrea umgebracht hatte. Das habe ich auch dem anderen Detective gesagt.«

»Stan Fields?«, fragte Tracy.

»Den Namen weiß ich nicht mehr. Er hatte einen grauen Pferdeschwanz. Ich habe ihm gesagt, mir käme dieses Verschwinden einfach zu praktisch vor für den Ehemann. Dann war da noch etwas, das Andrea mir in Bezug auf den Treuhandfonds ihrer Eltern anvertraut hatte: Sie sagte, Graham hätte seine Geschäftsidee lieber mit diesem Fonds finanziert als mit einem Bankkredit. Aber Andrea wollte das nicht, und es gab wohl auch in den Bestimmungen des Fonds Einschränkungen, die dies verhinderten.«

»Sagte sie, es wäre dadurch zu Spannungen in der Ehe gekommen?«

»Das war ziemlich eindeutig der Fall.«

»Hat sie Ihnen das so gesagt?«

»Ja.«

»Sie sprach davon, dass sie ihm das Geld nicht geben wollte?« Kins klang langsam so, als würde ihm die Luft ausgehen.

Berg nickte. »Sie sagte, Graham habe sich deswegen aufgeregt und anschließend ihre Unterschrift auf persönlichen Bürgschaften gefälscht. Sie hatte Angst, er könnte damit den Fonds gefährdet haben. Aber was bei mir wirklich hätte die Alarmglocken läuten lassen müssen, das war Andreas Antwort, als ich sie fragte, ob Graham Zugang zu dem Fonds hätte.«

»Was sagte sie denn?«, fragte Tracy.

»Sie sagte: ›Nicht, solange ich am Leben bin.‹« Berg schüttelte den Kopf. »Sie hat dabei gelacht, aber das Lachen hatte etwas Trauriges, wissen Sie? Und ich war auch traurig, für sie. Weil sie so etwas sagte.«

Inzwischen gingen sie unter einer weiteren Brücke hindurch. »Wann haben Sie Andrea zuletzt gesehen oder mit ihr gesprochen?«, fragte Tracy.

»In der Woche, in der sie dann zur Bergtour aufgebrochen sind.«

»In welcher Stimmung war sie da?«

»Das ließ sich bei Andrea nicht immer so leicht beurteilen. Ich meine, sie war ziemlich ausgeglichen. Ich glaube, sie hatte in ihrem Leben schon allerhand Trauriges erfahren, und das in jungen Jahren, und so war sie, ich weiß auch nicht, viel gelassener dem Leben gegenüber, als erwarte sie nicht viel.«

»Abgestumpft«, sagte Kins.

»So könnte man es auch formulieren.« Wieder warf Berg einen Blick über ihre Schulter. »Selbst als sie Graham heiratete, hatte ich nicht das Gefühl, dass sie darüber froh und glücklich war. Es war mehr wie: So ist es jetzt also.«

»Hatte Andrea Freundinnen, Leute, mit denen sie abhing, vielleicht nach der Arbeit ausging?«

»Da fällt mir eigentlich nur Devin Chambers ein. Sie hat auch bei uns gearbeitet, für einen meiner Partner. Andrea und sie schienen eng befreundet. Abgesehen davon – nein, da fällt mir niemand ein.«

»Arbeitet Devin Chambers immer noch in Ihrer Firma?«

»Nein. Sie verließ uns um die Zeit herum, als Andrea starb – oder wir dachten, sie wäre gestorben. Das erste Mal.«

»Ist sie deswegen gegangen?«

»Das weiß ich nicht. Sie hat nicht mit mir darüber gesprochen. Meinem Partner hat sie gesagt, sie würde zurück an die Ostküste ziehen. Ich glaube, sie hat dort Familie.«

Tracy sah Kins an, der den Kopf schüttelte. Auch er hatte keine weiteren Fragen.

»Vielen Dank noch mal, dass Sie sich Zeit für uns genommen haben. Jetzt lassen wir Sie und Ihre kleine Tochter weiterlaufen.« Tracy reichte Berg ihre Visitenkarte. »Wenn Ihnen noch etwas einfällt, zögern Sie bitte nicht, rufen Sie uns an.«

Auf dem Rückweg am Wasser entlang, zurück zu den beiden Denkmälern, bemerkte Tracy: »Da glaubt eine Frau, dass ihr Mann sie schon zum zweiten Mal innerhalb eines Jahres betrügt, und sie ist trotzdem bereit, mit ihm auf den Mount Rainier zu steigen. Findest du das nicht auch seltsam?«

»Obwohl sie da schon mit Scheidungsanwälten spricht.« Kins nickte nachdenklich. »Für mich hört sich das so an, als hätte sie vorgehabt, zu verschwinden und nie wieder aufzutauchen.«

Tracy blieb stehen. »Vielleicht hat Berg ja recht. Vielleicht ist an dieser Andrea Strickland mehr dran, als man auf den ersten Blick vermutet.«

»Klingt ganz danach«, meinte Kins. »Wobei ich mir noch nicht sicher bin, was das nun heißt.«

»Was wäre, wenn es ihr nicht nur ums Verschwinden und den Neuanfang gegangen wäre?«

»Du meinst, das war ihre Art, es ihm heimzuzahlen? Sie hat absichtlich alles so arrangiert, dass es aussehen musste, als hätte er sie umbringen wollen?«

»Laut Berg glaubte Andrea, dass ihr Mann sie betrog, und zwar nicht zum ersten Mal.«

»Also lautet deine Theorie – ja, wie denn? Der Ehemann kriegt mit, was sie vorbereitet hat, was sie ihm in die Schuhe schieben will, spürt sie auf und tötet sie? Um es ihr heimzuzahlen?«

»Nicht nur, um es ihr heimzuzahlen. Um das zu kriegen, was er von Anfang an wollte.«

»Das Geld.«

»Tot ist sie ja schon – glauben alle«, fuhr Tracy fort. »Er denkt sich, wenn er sie findet, dann findet er auch das Geld. Und weil sie bereits als tot gilt, kann er sie auch umbringen, weil das niemand mitkriegt. Er muss nur die Leiche so loswerden, dass sie nie wieder auftaucht.«

»Okay. Aber wie beweisen wir das?«, wollte Kins wissen.

»Ich glaube, wir müssen Devin Chambers finden. Wenn sich Andrea jemandem anvertraut hat, dann wohl am ehesten ihr. Jedenfalls nach allem, was wir bisher gehört haben.«

»Du meinst, deswegen hat Chambers die Stadt verlassen? Sie könnte die Person gewesen sein, die Andrea geholfen hat?«

»Laut Ranger Hicks kann es Andrea nicht allein vom Berg geschafft haben«, sagte Tracy. »Davon ist er fest überzeugt.«

»In dem Fall würde ich aber gern einmal mit der Tante reden«, meinte Kins. »Muss ganz schön einsam sein, so ein Leben als Tote. Und allem Anschein nach war diese Tante Andreas einzige Verwandte.«

* * *

Auf dem Weg zurück ins Polizeipräsidium rief Tracy Stan Fields an, um mit ihm über Devin Chambers zu sprechen. Sie legte das Gespräch auf die Freisprechfunktion und schaltete den Lautsprecher ein.

»Wussten Sie, dass Chambers die Stadt verlassen hat?«, wollte sie wissen.

»Nein. Das ist ja auch kein Verbrechen. Warum fragen Sie? Glauben Sie, die beiden könnten Lesben gewesen sein?«

Tracy verdrehte die Augen, während sich Kins sichtlich das Lachen verkneifen musste. »Nein. Es ist jedoch vorstellbar, dass Andrea sich ihr anvertraut hat und die beiden in Kontakt blieben.«

»Mir gegenüber hat sie beteuert, sie wüsste nicht besonders viel.«

»Haben Sie je konkrete Hinweise darauf gefunden, dass der Ehemann eine Affäre hatte?«

»Die Chefin erwähnte so etwas. Sie behauptete, die Frau sei überzeugt gewesen, dass ihr Mann fremdging, wusste aber keine näheren Details. Die Angestellte in seiner alten Kanzlei, die er früher mal gevögelt hatte, war es nicht. Mit der habe ich gesprochen. Die sagte, schon das erste Mal sei ein Fehler gewesen, sie habe nichts von seiner Heirat gewusst. Jetzt sei sie selbst verheiratet und habe das alles hinter sich gelassen. Hatte ihn, sagt sie, seit Monaten weder gesehen noch gesprochen.«

»Okay. Dann sind Sie der Sache mit Devin Chambers also nicht weiter nachgegangen?«

»Wie ich schon sagte, ich sah dazu keine Veranlassung. Sie konnte Belege vorweisen, nach denen sie am fraglichen Wochenende gar nicht in der Stadt war. Liegt Ihnen was anderes vor?«

»Weiß ich nicht so genau«, gestand Tracy ein.

»Ist Ihr Rodeo, Detective. Stürzen Sie sich auf die Frau, wenn Sie glauben, da ist etwas.«

Tracy legte auf. »Ich kann diesen Typen echt nicht leiden.«

»Er ist eben ein Cowboy.« Kins grinste.

»Ein Blödmann ist er.« Danach blieb Tracy ein paar Meilen lang stumm, weil sie an Brenda Berg und deren Baby denken musste. Kins hatte drei Söhne. »Bist du froh, dass du Kinder hast, Kins?«

Ihr Partner warf ihr einen Seitenblick zu. »Das ist dir unter die Haut gegangen, was? Dachte ich mir schon.«

»Was?« Tracy klang abwehrend.

»Berg und du, ihr habt ungefähr dasselbe Alter und auch sonst einige Ähnlichkeiten.«

»So viele Ähnlichkeiten nun auch wieder nicht.«

»Ach nee?«

»Dann bist du froh?«, fragte sie noch einmal.

Kins dachte eine Weile nach. »Nicht, wenn sie mein Auto zu Schrott fahren oder mir abends auf den letzten Drücker mitteilen, dass sie am nächsten Tag ein Referat halten.« Er lächelte. »Aber die restlichen neunundneunzig Prozent der Zeit? Ja, ich bin froh. Möchte Dan Kinder?«

»Ich bin dreiundvierzig.« Ob sie zu lange gewartet hatte?

»Ich kenne eine Frau, die mit vierundvierzig ihr erstes Kind bekommen hat. Und jetzt hat sie zwei.«

»Beide gesund?«

»Soweit ich weiß, ja. Hast du mal mit Dan darüber gesprochen?«

»Ja, so am Rande. Er fände es schön, sagt er – vielleicht ja aber auch nur, weil ich gefragt habe. Wir sind beide nicht mehr so jung.«

Kins runzelte die Stirn. »Die Leute machen so ein Gewese darum, wie prima es ist, jung Kinder zu kriegen. So gut ist das gar nicht immer, finde ich. Ich habe jetzt viel mehr Geduld als mit fünfundzwanzig, und Geduld spielt bei Eltern eine zentrale Rolle.«

»Früher war ich mir so sicher, meine Kinder in den Zwanzigern zu bekommen. Dabei war ich in meinen Zwanzigern selbst noch ein Kind, würde ich jetzt im Rückblick feststellen müssen. Bis zum Tod meiner Schwester auf jeden Fall. Danach war alles anders, da wäre es nicht fair gewesen, Kinder in die Welt zu setzen. Ich war viel zu sehr darauf fixiert herauszufinden, was Sarah zugestoßen war.« Tracy sah Kins an, der ihr engster, ihr bester Freund war. »Dann findest du nicht, ich bin zu alt? Du glaubst nicht, die Leute halten mich für die Oma, wenn ich bei meinem Kind in der Schule auftauche?«

»Und wenn?«

»Ehe er oder sie zwanzig ist, bin ich über sechzig.«

»Stimmt, gut. Dafür stehe ich mit Mitte vierzig mit leerem Nest da, auch keine tolle Aussicht. Ich weiß ehrlich nicht, was Shannah und ich dann miteinander anfangen. Meine Kinder sind der beste Teil meines Lebens.«

»Das sagst du Shannah aber doch hoffentlich nicht!«

»Hey! Ich mag alt sein, blöd bin ich nicht. Okay – hier hast du meine ganz persönliche Meinung, nenn es Grundkurs Kins. Wenn man keine Kinder hat, richtet man sich in einem Leben ohne Kinder ein, richtig? Hat man Kinder, dann passt man sich an das Leben mit ihnen an. Und wenn die Kinder groß und aus dem Haus sind, dann passen wir uns auch dieser Situation an. Das Alter spielt bei der ganzen Sache keine Rolle. Wenn du Dan liebst und wenn du Kinder willst, dann sage ich: Auf, mach! Ihr wärt bessere Eltern als neunundneunzig Prozent der Schwachköpfe da draußen!«

Tracy lächelte.

Kins stupste sie an. »Oma!«

»Du bist so ein Arschloch!«, protestierte Tracy lachend.

* * *

Faz ließ die Gabel im Inhalt der Tupperwaredose auf seinem Schreibtisch stecken und quälte sich aus dem Schreibtischstuhl, sobald er Tracy und Kins kommen sah. Das war nicht normal, für gewöhnlich benahm sich Faz mit den von zu Hause mitgebrachten Resten von Veras Essen wie ein Hund mit einem Knochen: Er ließ sie nicht grundlos einfach so stehen. Anscheinend hatte er etwas Interessantes zu berichten.

»Hast du mit der Bank gesprochen?«, erkundigte sich Tracy über den Lärm der undefinierbaren Stimmen in den anderen drei Arbeitsbereichen hinweg. Sie stellte ihre Handtasche auf ihren Schreibtischstuhl, roch den Knoblauchduft von Veras Essen, wusste, mit dem würde sie jetzt den ganzen Tag leben müssen.

»Lynn Hoff hat dem Filialleiter erzählt, sie würde für eine Outdoor-Bekleidungsfirma arbeiten und regelmäßige Einzahlungen auf ein Firmenkonto vornehmen«, sagte Faz.

»Außerdem hat sie ein Privatkonto eröffnet und dort über fünfhunderttausend Dollar eingezahlt, angeblich Schmerzensgeld nach einem Verkehrsunfall. In den folgenden Wochen hat sie täglich Summen auf das Firmenkonto eingezahlt und auch davon abgebucht. Die Kontenbewegungen stimmen mit denen auf ihrem Privatkonto überein.«

Kins lächelte Tracy zu. »Da haben wir ihren Fonds wohl gefunden.«

»Sie hat das Geld gewaschen«, fuhr Faz fort. »Wahrscheinlich hat sie es außer Landes geschafft.«

»Ich nehme an, der Göttergatte wusste von dem Fonds?«, meldete sich Del von seinem Schreibtisch aus. »Gibt ein verdammt gutes Motiv, wenn er es wusste.«

»Er wusste davon«, bestätigte Kins.

»Aber das sind nicht die eigentlichen Neuigkeiten!« Faz warf einen bedeutungsvollen Blick in die Runde, ganz der Mann mit dem großen Geheimnis. »Die eigentliche Neuigkeit ist folgende: Gleich am Montag, nachdem Schill die Leiche in der Falle aufgegabelt hatte, hat jemand die Konten leer geräumt.«

Kins warf Tracy einen kurzen Blick zu. »Wie war das denn möglich?«, wandte er sich gleich wieder an Faz.

»Ein Konto zu eröffnen geht nur persönlich, man muss anwesend sein. Um es zu schließen, nicht, das geht auch online. Wer immer das Konto geschlossen hat, tat dies online. Dazu muss derjenige aber gewusst haben, wo das Geld lag, und er muss die Kontonummern und die Passwörter gekannt haben.«

Tracy sah Kins an. Langsam fügte sich ein Puzzleteil ans andere und das ganze Bild wies auf Graham Strickland hin. »Der Ehemann?«

»Devin Chambers?«, konterte Kins.

»Wer ist Devin Chambers?«, wollte Faz wissen.

»Die Freundin von Andrea Strickland«, erklärte Tracy. »Nach der müssen wir jetzt suchen.«

»Lässt sich herausfinden, wohin das Geld ging?«, fragte Kins.

»Ich habe eine Einheit vom Betrugsdezernat darauf angesetzt«, sagte Faz. »Aber ich wette, die betreffende Person hat das Geld sofort außer Landes geschafft, auf irgendeine obskure kleine Bank, die nicht groß nachfragt.«

»Wenn die Person wusste, wie man so etwas macht.« Tracy fragte sich, wie sie beweisen könnten, dass es sich bei der betreffenden Person um Graham Strickland handelte. Computeraufzeichnungen? Telefondaten?

»Nach allem, was ich bisher mitbekommen habe, kannten sich die beiden gut aus«, meinte Faz. »Zumindest die Frau hatte Ahnung, solange sie noch lebte natürlich. Wenn das Timing der letzten Abhebungen nicht wäre, würde ich glatt behaupten, *sie* war das, sie hat sich die ganze Geschichte ausgedacht.«

»Bis auf den Teil, wo sie umgebracht wird«, warf Del ein.

»Na ja, bis auf den wohl«, gab Faz zu.

In diesem Moment spazierte Johnny Nolasco in den Arbeitsbereich, was eine ähnliche Wirkung hatte wie das Auftauchen von Eltern in einem Zimmer voller Teenager. Jegliche Unterhaltung endete abrupt. Nolasco fixierte Tracy, ohne die anderen Anwesenden groß zu beachten. »Ich habe noch keine Stellungnahme für die Chefs und die Presse.«

»Wir mussten gleich heute früh zu Vernehmungen nach Portland.«

»Den Trip hätte ich Ihnen ersparen können. Die Staatsanwaltschaft von Pierce County macht erneut Zuständigkeit geltend.«

»Was?«, rief Tracy ungläubig. Sie fingen gerade an, Fortschritte zu machen, und da wollte Pierce County den Fall wiederhaben?

»Der Anruf kam vor etwa einer Stunde.«

»Wer hat diese Entscheidung getroffen?«, wollte Tracy wissen.

»Jemand, der in der Nahrungskette höher steht als ich.«

»Und mit welcher Begründung?«, fragte Kins.

»Sie haben eine offene Ermittlung und sind schon weiter als wir.«

»Sie *hatten* eine Ermittlung, einen Vermisstenfall«, empörte sich Tracy. »Das hier ist ein Mord – in unserem Zuständigkeitsbereich.«

»Das sehen die aber nicht so. Ihrer Meinung nach war der Ehemann der Hauptverdächtige und bleibt es auch weiterhin.«

»Sie haben so gut wie nichts getan, um das zu beweisen! Die Leiche wurde in unserem Zuständigkeitsbereich gefunden.« So schnell mochte Tracy nicht aufgeben. »Warum zum Teufel sollten wir den Fall zurückgeben?«

»Die Leiche wurde mit einem Loch im Schädel gefunden, es könnte sich bei unserem Fund um eine Entsorgung handeln.« Damit waren Fälle gemeint, bei denen das Opfer in einem Zuständigkeitsbereich zu Tode kam, die Leiche jedoch in einem anderen entsorgt und dort auch gefunden wurde.

Tracy schäumte. Sie vermutete stark, dass die Polizeibehörde von Seattle – Nolasco also – nicht um die Zuständigkeit gekämpft hatte. Oft war man in dem Bereich, in dem eine Leiche gefunden wurde, nur zu gern bereit, den Fall abzugeben. Besonders wenn er schwierig zu werden versprach und womöglich sogar drohte, als ungelöst die Statistiken der Abteilung zu beflecken. »Na und? Sie wurde in unserem Zuständigkeitsbereich abgelegt, wir haben sie und wir arbeiten daran.«

»Es sollte zumindest eine gemeinsame Ermittlung geben«, versuchte Kins zu vermitteln.

»Kommen Sie, Sparrow!«, wandte Nolasco ein. »Die Frau hat in Portland gelebt und sie ist im Pierce County verschwunden. Informationen über das Opfer werden sich höchstwahrscheinlich eher in deren Zuständigkeitsbereich finden lassen.«

»Das ist Unsinn!«, widersprach Tracy. »Sie ist nicht im Pierce County verschwunden. Sie wurde im King County in einer Krebsfalle aus dem Wasser gezogen.«

»Möchten Sie das unseren Vorgesetzten erklären?«

»Warum erklären Sie das nicht unseren Vorgesetzten?« Tracy war nicht mehr in der Lage, sich die Wut nicht anmerken zu lassen. »Das ist immerhin Ihr Job.«

Nolascos Augen wurden schmal und seine Nasenflügel blähten sich auf. »Ich schlage vor, Sie hören auf, jeden Fall, in dem es um eine junge Frau geht, zu Ihrem persönlichen Anliegen zu machen. Das vernebelt Ihr Urteilsvermögen.«

»Mit meinem Urteilsvermögen ist alles in Ordnung. Was ich will, ist Zuständigkeit.«

»Immer mit der Ruhe!«, mahnte Kins. »Lasst uns kurz mal nachdenken. Ich glaube, Tracy will Folgendes sagen, Captain: Wir machen Fortschritte und würden den Fall ungern abgeben.«

»Schreiben Sie auf, was Sie haben, und schicken Sie alles rüber zu denen vom Pierce County, Sparrow. Dann schließen Sie alles Angefangene ab und schicken das auch weiter.« Nolasco sah sich im Arbeitsbereich um. »Habe ich mich klar ausgedrückt?«

»Ja«, sagte Kins.

Nolascos Blick wanderte weiter zu Del und Faz, die widerstrebend nickten. »Haben auch Sie mich verstanden?«, wandte er sich schließlich an Tracy.

»Nein. Ich verstehe es nicht, aber ich habe gehört, was Sie gesagt haben.«

»Dann machen Sie fertig, woran Sie gerade arbeiten, und lassen Sie diesen Fall anschließend in Ruhe.«

* * *

Den Rest des Nachmittags schäumte Tracy vor Wut. Gleich nach Schichtende verließ sie das Büro, nur wurde ihr Zorn auf dem Weg über die West Seattle Bridge eher größer als kleiner. Vor ihrem Haus traf sie auf Dan in Shorts, T-Shirt und Laufschuhen, zwei Leinen in der Hand. Rex und Sherlock tänzelten verspielt auf dem Bürgersteig auf und ab. Tracy freute sich sehr über den Anblick. Dan hatte so eine Art, sie die Arbeit vergessen zu lassen, sobald sie nach Hause kam.

Sie bog in ihre Auffahrt und rollte das Fenster runter. »Kommt ihr gerade zurück oder wollt ihr erst los?«

»Die Frage kannst du nicht ernst meinen! Würde ich so frisch aussehen, wenn ich gerade vom Joggen käme?« Dan beugte sich durchs Autofenster, um seine Freundin zu küssen. »Ich hatte nicht so früh mit dir gerechnet.«

»Ich mit mir auch nicht.«

»Oha!« Dan wich zurück. »Was ist denn los?«

»Gib mir fünf Minuten, ja? Ich ziehe mich rasch um und erzähle alles beim Laufen. Ich muss dringend ein bisschen Dampf ablassen.«

Im Haus zog sich Tracy wirklich nur schnell um, ließ ihre Kleidung auf dem Bett liegen. Sobald sie die Sportsachen anhatte, stürzte sie aus der Tür. Draußen dehnte sich Dan gerade, die Hundeleinen hatte er an den schmiedeeisernen Zaun gebunden.

»Ich bin fertig«, verkündete Tracy. »Kann losgehen.«

»Was ist mit dehnen?«

Wortlos griff Tracy nach Sherlocks Leine und ging die Straße hinunter.

»Dann wohl eher nicht«, murmelte Dan vor sich hin, nahm Rex und folgte den beiden.

Sie gingen die Straße hinab bis zum Habor Way, denn den Berg hinunterzulaufen wäre sowohl für die Hunde als auch für Dans und Tracys Knie zu hart gewesen. Unten angekommen liefen sie nach Norden, den Strand entlang, vorbei an Restaurants und Ladengeschäften Richtung Alki Point. Es war ein wunderschöner Spätnachmittag, die Temperatur war leicht gefallen, auf um die dreißig Grad, und viele Menschen genossen das schöne Wetter draußen an frischer Luft. Strand und Restaurants waren voll, weiße Segel zierten die Elliot Bay.

»Mit deinem Tempo ist heute nicht zu spaßen«, mahnte Dan irgendwann schwer atmend. »Rex und Sherlock könnten wir so locker umbringen.«

Tracy warf einen Blick auf ihre Uhr. Sie war gerade ihr Tempo von früher gelaufen, sechs Minuten, fünfzehn Sekunden die Meile, dabei lief sie, seit sie vierzig geworden war, selten schneller als sieben Minuten. »Tut mir wirklich leid!«, entschuldigte sie sich, indem sie langsamer wurde. »Sollen wir aufhören?«

»Nein, jetzt ist alles in Ordnung, so stimmt das Tempo. Lass uns vorn beim Leuchtturm zu Atem kommen.«

Kurz vor dem Leuchtturm am Alki Point blieben sie stehen und bewunderten eine Aussicht, die Tracy immer noch so umwerfend fand wie beim ersten Mal: Elliot Bay in sattem Blau, die in der Sonne glitzernde Skyline von Seattle, Fähren, die über die Bucht fuhren und deren Wege sich kreuzten. Die Aussicht und der schnelle Lauf hatten Tracys Unmut über Nolascos Verhalten deutlich verringert. Sie wollte dem Mann jedenfalls nicht mehr das Gesicht zerkratzen.

Dan wischte sich mit dem Hemd den Schweiß von der Stirn. Er hatte immer noch Mühe, wieder normal zu atmen. »Du hast zwar nicht gesagt, warum du so früh schon zu Hause bist, scheinst darüber aber nicht gerade glücklich zu sein.«

»Wir haben unseren Fall verloren, die Frau in der Krebsfalle.«

»Verloren?«

»Pierce County fühlte sich erneut zuständig und wir haben ihnen den Fall zurückgegeben.«

»Das tut mir echt leid.«

»Was mich so sauer macht, das ist Nolasco. Ich weiß genau, er hat sich nicht für uns eingesetzt. Er hat kein Stück darum gekämpft, dass wir ihn behalten.«

Dan ließ ihr Zeit; sollte sie ihrem Unmut ruhig Luft machen. »Sieh es doch einfach so«, sagte er schließlich. »Wann kommen wir schon mal dazu, einen so schönen Spätnachmittag gemeinsam zu genießen? Könnten wir uns nicht darauf konzentrieren?«

»Könnten wir bestimmt«, knurrte Tracy.

Dan musterte sie von der Seite. »Es lässt dir keine Ruhe, was?«

»Nein. Wird es auch nicht, eine ganze Weile nicht.«

»Tracy, ich weiß, das, was Sarah widerfahren ist, macht diese Fälle schwierig …«

»Dan, bitte. Das ist es nicht, okay?«

»Ist es nicht?«

»Nein.« Immer noch wütend und frustriert lief Tracy auf und ab. »Okay, vielleicht zum Teil schon, aber … das Opfer war dreizehn, als ihre Eltern starben. Sie geht hin und heiratet einen Mann, der sie wie einen Fußabtreter behandelt, ihr vielleicht sogar in den Kopf schießt und als Futter für die Fische im Sund versenkt. Wir klemmen uns hinter den Fall, und kaum machen wir Fortschritte, da meldet sich Pierce County und will ihn zurück. Dabei haben die sich echt nicht mit Ruhm bekleckert, als sie ihn hatten, soweit ich das mitgekriegt habe. Und wir lassen sie machen! Das ist einfach nicht richtig.«

»Nein, ist es nicht«, stimmte Dan ihr zu. »Aber manchmal kann man einfach nichts machen und muss die Sachen ihren Lauf nehmen lassen. Wie mein Dad immer sagte: Wenn du dir diesen Scheiß zu Herzen nimmst, stirbst du an einem Herzen voll Scheiße.«

»Ein wunderschöner Gedanke, Dan, sehr poetisch.« Tracy stellte das Auf-und-ab-Tigern ein und starrte stattdessen über das Wasser hinweg auf die Wolkenkratzer in der Ferne.

Dan lächelte. »Einfacher Mann, einfache Worte, aber gegen die Logik kannst du nichts sagen.«

Tracy war auf der Fahrt nach Hause eine Idee gekommen, die sich jetzt erneut meldete. Nolasco hatte gesagt, sie sollten Angefangenes beenden, ehe sie die Akte weitergaben. »Steht das mit deinem Flug nach Los Angeles morgen früh noch?«

»In aller Herrgottsfrühe.«

»Ich habe überlegt, ob ich nicht freinehmen und mitfliegen soll. Wir hängen das Wochenende dran.«

»Dafür bin ich auf jeden Fall zu haben«, freute sich Dan. »Morgen hocke ich allerdings die meiste Zeit bei Gericht.«

»Mach dir um mich keine Sorgen«, beruhigte ihn Tracy. »Ich kann mich schon selbst beschäftigen.«

»Siehst du, und schon nimmst du die Zitrone und machst Limonade draus!«

»Du hörst dich an wie einer von diesen Leuten aus diesem Musical, *Annie*. Wehe, du singst jetzt auch noch *The sun will come out tomorrow* ...«

Dan lachte. »The sun will come out ...«

»Gott steh uns bei!« Tracy rannte los, sprintete in die entgegengesetzte Richtung.

Wieder zu Hause, füllten sie zwei große Schüsseln mit Wasser für Sherlock und Rex, gaben den Hunden je einen riesigen Suppenknochen vom Schlachter, damit sie etwas zu tun hatten, sprangen unter die Dusche und legten sich kurz hin, um ein bisschen zu schlafen.

Als Dan aufwachte, drehte er sich zu Tracy um. Die sah aus, als hätte sie überhaupt nicht geschlafen.

»Sollen wir essen gehen?«, fragte er.

In Tracys Kopf spukte immer noch die Unterhaltung mit Brenda Berg herum. Berg hatte gesagt, sie sei eigentlich immer ein Karrieremensch gewesen und habe sich auf ihren Beruf konzentriert, könne sich ein Leben ohne ihre Tochter inzwischen aber nicht mehr vorstellen. Ihre Worte hatten bei Tracy einen Nerv getroffen, da lag Kins durchaus richtig. Natürlich lag er richtig. Auch sie hatte sich auf ihren Beruf konzentriert, nachdem Sarah verschwunden und ihre Ehe mit Benny beendet war. Damals hatte sie nur eins im Sinn gehabt: Sie wollte Polizistin werden, es bis zur Mordermittlerin bringen und versuchen, den Fall ihrer Schwester zu lösen. So waren die Jahre an ihr vorbeigezogen, und jetzt war sie dreiundvierzig, weit über das optimale Alter für eine Schwangerschaft hinaus.

Sie drehte sich mit dem Rücken zu Dan auf die Seite, um aus der Glasschiebetür hinaussehen zu können. »Bist du je enttäuscht darüber gewesen, keine Kinder zu haben? Tut es dir manchmal leid?«

Dan räusperte sich. »Wie kommst du denn jetzt darauf?«

»Ich habe heute eine Frau befragt, die gerade mit vierzig ihr erstes Kind bekommen hat. Sie habe sich lange ausschließlich auf ihre Karriere konzentriert, sagte sie. Dann habe sie den richtigen Mann getroffen, und heute könne sie sich ein Leben ohne ihre Tochter gar nicht mehr vorstellen.«

Dan legte den Arm um Tracy und ließ sein Kinn auf ihrer Schulter ruhen. »Ich weiß nicht. Eigentlich dachte ich ja immer, ich würde irgendwann mal Kinder haben. Keine zu haben, deckt sich also im Grunde nicht mit meinen ursprünglichen Vorstellungen vom Leben. Warum? Wünschst du dir, du hättest welche?«

»Manchmal. Ja, manchmal wünsche ich mir das.«

»Und was sollen wir beide jetzt mit diesem Bekenntnis anfangen, Ms Crosswhite?«

Tracy rollte sich auf den Rücken und sah zu ihm auf. »Ich weiß nicht. Ich dachte nur gerade, wenn ich ein Kind haben will, dann ist das so ziemlich ein Fall von jetzt oder nie.«

»Die sprichwörtliche Uhr tickt.«

»Ja, das tut sie wohl.«

»Und deine Arbeit?«, fragte er.

»Ich könnte in Elternzeit gehen. Außerdem habe ich den Job jetzt lange genug gemacht, ich brauch das nicht mehr, Vollzeit zu arbeiten. Vielleicht könnte ich mir mit jemandem eine Stelle teilen. Oder ich gehe auf eine Halbtagsstelle.«

»Ginge so was denn auch im Morddezernat?«

»Wahrscheinlich nicht. Aber ich könnte an den ungelösten Fällen arbeiten. Anscheinend arbeite ich ja sowieso schon andauernd mit ungelösten Fällen.«

»Sagst du das jetzt so, weil sie euch gerade den Fall weggenommen haben? Liegt es daran?«

»Nein. Nein! Ich habe schon auf dem Rückweg von Portland darüber nachgedacht.«

»Wegen der Frau, die du dort getroffen hast?«

»Auch, ja. Teilweise.«

Einen Moment lang schwiegen beide. »Hast du dich auch gefragt, wen du gern als Vater dazu hättest?«, erkundigte sich Dan schließlich.

Tracy setzte sich auf, um mit dem Kissen nach ihm schlagen zu können. »Langsam frage ich mich das wirklich!«

Mit einem breiten Grinsen streckte Dan die Hand aus, um das Kissen abzufangen. »Dazu solltest du wissen, dass ich eine Vasektomie habe machen lassen. Meine erste Frau wollte keine Kinder und mochte nicht, wie sich Kondome anfühlen. Ich könnte das am Rande mal erwähnt haben.«

Tracy zögerte kurz, sagte dann aber doch, was ihr durch den Kopf ging: »So eine Vasektomie lässt sich rückgängig machen, habe ich gelesen.«

»Und ich habe gelesen, das tut fast so weh wie das Schnibbeln beim ersten Mal. Das sind keine Gummibänder, die Teile da unten!«

»Ich weiß, tut mir leid.«

Wieder schwiegen die beiden gut eine Minute lang. Dann meinte Dan: »Aber ich ziehe es in Erwägung. Wenn es das ist, was du möchtest.«

»Das würdest du tun?«

Er nickte. »Ja, würde ich. Allerdings glaube ich, wir haben da irgendwas übersprungen. Ich meine, Rex und Sherlock sind auch so schon verwirrt genug: Wie heißen sie denn nun mit Nachnamen? O'Leary? Crosswhite? O'Leary-Crosswhite?«

»O'Leary«, sagte Tracy rasch. »Ich bin ein altmodisches Mädel.«

»Tracy Crosswhite! Machst du mir gerade einen Heiratsantrag?«

»Auf keinen Fall! Ich mag ja eine hartgesottene Bullenfrau sein, doch unter dieser Schale verbirgt sich ein Mädchen, das im Sturm erobert werden möchte, wenn man ihr einen Heiratsantrag macht.«

»Echt? Gut zu wissen. Da sollte ich dich wohl lieber nicht enttäuschen.«

Sie schmiegte sich enger an ihn, spürte die Hitze, die ihre beiden Körper verströmten, spürte Dans wachsende Erregung. »Sie, Mr O'Leary, haben mich noch nie enttäuscht.«

18

So groß und schwer, wie Delmo Castigliano war, konnte man ihn leicht für einen Mann halten, der vor nichts Angst hatte. Vic Fazzio wusste es besser, er kannte die Achillesferse seines Partners: Del fürchtete sich vor Wasser. Vor einigen Jahren hatten die beiden an einer Mordermittlung mitgewirkt, bei der der Mörder irgendwann beim Verhör zusammengebrochen war und gestanden hatte, seine Freundin im Lake Washington versenkt zu haben. Auf dem Weg zur Hafenpolizei an jenem Morgen war Del ungewöhnlich ruhig gewesen. Später dann, sie steuerten bereits das Polizeiboot an, das sie aufs Wasser hinaustragen sollte, war Faz aufgefallen, wie sein Kollege mehr und mehr zurückblieb. Del hatte es bis an Bord geschafft, nur war ihm dort sofort der kalte Schweiß ausgebrochen und er hatte sich den ganzen Tag über krampfhaft an der Reling festhalten müssen.

Dieses Bild schoss Faz durch den Kopf, als Del und er sich der schmalen Rampe näherten, über die man auf den Steg gelangte, der den schwimmenden Häusern auf dem Lake Union als Bürgersteig diente. Eins von diesen Häusern war das Heim des Privatermittlers, den sie an diesem Morgen besuchen wollten. Gerade war Del stehen geblieben, kreidebleich im Gesicht.

Das hatte wenig mit dem Entschluss zu tun, eine Ermittlung weiterzuführen, von der sie eigentlich die Finger lassen sollten, denn das ließ sich hinbiegen: Wie Tracy gesagt hatte, wollte Nolasco ja, dass sie Angefangenes beendeten, und Faz hatte sich den Besuch hier bereits fest vorgenommen gehabt.

»Alles in Ordnung?«, erkundigte er sich besorgt.

»Du hast gesagt, wir gehen bei dem Typen zu Hause vorbei«, beschwerte sich Del.

»Tun wir doch auch.«

»Das hier? Das ist kein Zuhause, das ist ein See. Als du sagtest, er hätte ein Haus am Lake Union, dachte ich natürlich, du meinst eins mit Blick auf den See.«

»Del, sei ehrlich: Hast du Angst vor Wasser?«

Del hielt den Blick unverwandt auf die schmale Rampe gerichtet, die eher einem Laufsteg glich. Er schluckte schwer. Die Rampe war zwar lediglich drei Meter lang und spannte sich über die gerade mal zwei Meter Wasser zwischen Festland und Steg, aber so verzweifelt, wie Del die kleine Brücke betrachtete, hätte die genauso gut eine schwankende Seilkonstruktion über eine Schlucht des Colorado River sein können.

»Ich kann nicht schwimmen«, gestand er mit leiser Stimme.

»Was soll das heißen, du kannst nicht schwimmen?«

»Das soll heißen, im Wasser gehe ich unter!« Del klang inzwischen aufgewühlt, irgendwie aber auch verlegen. »Ich sinke wie ein Stein. Auf direktem Weg runter auf den Grund.«

»Hattest du denn als Kind nie Schwimmunterricht?«, wollte Faz wissen.

»Meine Eltern haben es versucht, aber ich schaffte es einfach nicht, auch nur in die Nähe von Wasser zu kommen.«

»Angst vor Haien?«

»Nein, bloß vor dem Wasser, in dem die schwimmen.«

Faz selbst litt nicht unter Phobien, kannte sich jedoch ein bisschen damit aus, weil seine Mutter panische Angst vor

Schlangen gehabt hatte. Schon der bloße Gedanke an Schlangen hatte sie zittern lassen. »Möchtest du lieber im Wagen warten?«

Dels Blick ließ kurz die Rampe los. Er sah Faz an, schien sich das Angebot ernsthaft durch den Kopf gehen zu lassen. Dabei würde er seinen Partner nie allein zu einer nicht autorisierten Vernehmung gehen lassen, das wusste Faz genau.

Del holte tief Luft. »Versprich mir einfach, dass es drinnen mehr nach Haus aussieht und nicht so nach Boot.«

»Auf jeden Fall!«, versicherte Faz. »Es hat Fußboden und Wände und alles, was sonst noch dazugehört. Du brauchst noch nicht einmal in die Nähe von Wasser zu kommen.«

»Außer beim Überqueren dieser Brücke und auf dem schwimmenden Bürgersteig da drüben.« Del war wieder dazu übergegangen, die kleine Rampe zu fixieren.

»Ich gehe vor, okay? Du lässt dir einfach Zeit.« Faz trat auf das Metallgitter, ging einen Schritt und warf Del über die Schulter einen Blick zu: Siehst du, nichts dabei!, sollte das heißen. Del scharrte mit den Füßen wie jemand, der das Eis auf einem zugefrorenen Fluss erst noch testen möchte, ehe er sich ihm anvertraut, weil er sich nicht sicher ist, dass es ihn auch wirklich trägt. Dann zog er tapfer los – bis zur kleinen Stufe hinunter zum schwimmenden Steg. Dort zögerte er erneut und Faz war sich fast sicher, dass sein Partner diesmal kneifen würde. Aber schließlich brachte Del doch noch den Mut auf, erst einen, dann den anderen Fuß auf den Steg zu setzen.

Glücklicherweise befand sich ihr Ziel, ein dunkel gestrichenes Hausboot aus Zedernholz, lediglich zwei Liegeplätze vom Ende des Piers entfernt. Bis ganz ans Ende hätte Faz Del wohl nur mit einer Schleppleine gesichert mitschleifen können.

Vor der Tür des Hauses, das sie besuchen wollten, hatte ein Dutzend Topfpflanzen den Kampf gegen das für die Jahreszeit ungewöhnlich heiße Wetter verloren, sie schienen rettungslos verdorrt zu sein. Bei den Behausungen auf dem Lake Union handelte es sich wirklich um Häuser; sie hatten mit dem, was man sich gewöhnlich unter einem Hausboot vorstellt, so gar nichts zu tun. Man hatte sie auf starken, am Pier verankerten Bohlen errichtet und sie mochten, was die Quadratmeterzahl betraf, nicht allzu groß sein, boten jedoch allen Luxus, den ein Heim beinhalten sollte, manche sogar auf ziemlich hohem Niveau. Der eigentliche Wert dieser Wohnungen begründete sich allerdings auf der umwerfenden Aussicht auf Seattle, und so brachten es einige der Häuser auf einen Marktwert von ein bis zwei Millionen Dollar.

»Hast du Lust auf ein bisschen Spaß?«, erkundigte sich Faz.

»Eher nicht«, antwortete Del heiser. Er schwankte inzwischen wie ein Betrunkener, der Mühe hat, das Gleichgewicht zu wahren.

Faz baute sich vor der gesuchten Haustür auf und bollerte mit aller Kraft dagegen. »Aufmachen, Polizei!« Er schlug noch einmal gegen die Tür. »Polizei! Machen Sie die Tür auf!«

Von drinnen waren hastige Schritte und gedämpfte Stimmen zu hören. Faz trat einen Schritt nach rechts, um die Lücke zwischen ihrem Zielobjekt und dessen schwimmendem Nachbarn im Blick zu haben. Kurz darauf tauchte auf dem um den rückwärtigen Teil des ersten Stocks des Hauses verlaufenden Holzsteg ein Mann auf, um den Inhalt eines Korbes in den See zu leeren. Wahrscheinlich landeten hier ein paar Wegwerfhandys und Kreditkarten in den Fluten, während im Haus Ian Nikolics Frau bestimmt gerade ihren Laptop demolieren wollte. Faz konnte es sich lebhaft vorstellen. Rasch klopfte er noch einmal an die Haustür. »April, April!«

Sekunden später wurde die Tür aufgerissen und Nikolic stand vor den beiden Detectives, barfuß, wütend und verwirrt. Er sah noch genauso aus, wie Faz ihn in Erinnerung hatte, dabei war er natürlich seit ihrer letzten Begegnung älter geworden. In Shorts und einem zerrissenen T-Shirt wirkte er dünn wie eine

Bohnenstange und so, als hätte ihn gerade der Blitz getroffen: Die grauen Haare standen ihm wie elektrisiert nach allen Seiten hin ab.

»Verdammt, Fazzio, was ist denn mit dir los?«

»Soll ich das echt alles erzählen?« Faz lachte. »Wie viel Zeit hast du denn? Treibt ihr hier gerade was Illegales, Nik?«

Nikolic warf misstrauische Blicke Richtung Del. »Ich habe gerade drei komplett gute Handys in den See geworfen und Marta hätte um ein Haar meinen Laptop kaputt gemacht.«

»Du kannst es dir leisten.«

Nikolic hatte Faz einmal erzählt, wie die Polizei an seine Tür gebollert hatte, weil ihnen ein Tipp zugegangen war, demzufolge Nikolic einem geflüchteten Verbrecher beim Entkommen geholfen hatte. Wer Nikolic kannte, wusste, dass das nur ein mieser Trick war. Für solche Leute arbeitete er nicht, genauso wenig wie er mit dem organisierten Verbrechen zusammenarbeitete. Und er lehnte Aufträge ab, wenn er glauben musste, der Kunde wolle jemanden stalken. Viele der Menschen, für die Nik arbeitete, waren bekannt, die Informationen in seinem Besitz daher oft heikel. Er brachte es mit dieser Arbeit auf ein gesundes Einkommen im sechsstelligen Bereich, wobei es sich bei der ersten Ziffer keineswegs um eine Eins handelte.

»Ich kann mir auch einen Ferrari leisten«, knurrte er jetzt. »Was aber noch lange nicht heißt, dass ich ihn in den See fahren möchte. Was zum Teufel willst du?«

»Ich muss mit dir über eine Frau reden, die wir in einer Krebsfalle aus dem Puget Sound gezogen haben.«

»Meine war das nicht, falls du das wissen wolltest.«

»Wäre meine erste Frage gewesen. Hast du irgendetwas darüber gehört?«

»Kommt rein. Ihr habt mich aus dem Bett geholt, ich hatte noch keinen Kaffee. Ohne Koffein kann ich nicht denken.«

Wieder warf Nikolic Del einen argwöhnischen Blick zu. »Ist das dein Leibwächter?«

»Partner. Del, darf ich dir Nik vorstellen?«

Del streckte zögernd die Hand aus. Er schien zu fürchten, jede Bewegung könne ihn das Gleichgewicht kosten. Nikolic schüttelte die ausgestreckte Hand und zog sich dann zurück, damit seine Besucher eintreten konnten.

»Was ist los mit ihm?«, wollte er von Faz wissen.

»Er hat es nicht so mit dem Wasser.«

Im Erdgeschoss des Hauses befand sich Nikolics Büro, darüber lagen die Wohnräume. Hier unten führte ein enger, holzgetäfelter Flur in ein Zimmer mit drei Schreibtischen, Computern und Druckern, in dem ein gemäßigtes Durcheinander herrschte. Die hintere Wand wurde von Aktenschränken beansprucht, über denen ein Farbdruck hing, der einen in der Tür eines Leuchtturms stehenden Mann zeigte. Der Turm schien auf einem Felsen mitten in einem wild tobenden Meer zu thronen, aus dem sich gerade eine Riesenwelle erhob, die sich bald über ihn ergießen musste. »Wollen Sie weg hier?«, stand unter dem Bild.

Durch eine offene Schiebetür aus Glas kam eine leichte Brise ins Zimmer geweht. Man hörte Bootsmotoren und Möwen, ein schwacher Geruch nach Diesel hing in der Luft. Oben an der Decke bewegten sich die trägen Rotorblätter eines Ventilators über dem Kopf einer barfüßigen Frau, die in der Nähe der Tür stand und rauchte, in der Hand einen Kaffeebecher mit der Aufschrift: »Ertappt!«

»Tut mir leid, dass ich dich so früh geweckt hab, Marta«, sagte Faz.

Marta trug Tanktop und Shorts. »Schön zu sehen, dass du immer noch ein Arschloch bist, Fazzio«, sagte sie.

»Manche Sachen ändern sich eben nie.« Faz nickte weise.

»Wo bleiben deine Manieren?« Marta deutete mit dem Kinn auf Del, als sei der die besondere Empfehlung auf einer Speisekarte. »Das ist wohl dein Partner, nehme ich mal an? Jetzt, wo du so ein wichtiger Mordermittler geworden bist.«

»Del, darf ich dir Marta Nikolic vorstellen? Sie und ihr Mann gehören zu den wahrhaft aufrechten Bürgern unserer Stadt.«

»Und wie kriegen Sie das hin, mit diesem Mann zu arbeiten?«, erkundigte sich Marta mitleidig bei Del.

»Das ist manchmal nicht so einfach«, gab Del zu.

»Und? Was wollen zwei wichtige Mordermittler von zwei gesetzestreuen Bürgern, wie wir es sind?«, fragte Marta.

Ian Nikolic goss sich aus einer fleckigen Kanne Kaffee ein und erleichterte die Zigarettenschachtel seiner Frau um eine Camel. »Lasst uns nach draußen gehen.«

Del machte ein Gesicht, als hätte man ihm gerade vorgeschlagen, ohne Fallschirm aus einem Flugzeug zu springen.

»Zu heiß, um draußen zu sitzen«, entschied Faz. »Ihr kennt mich doch: Ich werde nicht braun, ich koche.«

Nikolic und Marta hatten ihre Karrieren als private Zielfahnder begonnen. Kunden zahlten ihnen Tausende von Dollar dafür, Leute zu finden, die nicht gefunden werden wollten, oder Geld aufzuspüren, das sich jemand unter den Nagel gerissen hatte, ohne dazu befugt gewesen zu sein. Die beiden waren so geschickt bei ihrer Arbeit, dass selbst die Polizei sich hier und da ihrer bediente. So hatte Faz sie kennengelernt. Mit der Zeit waren Nik und Marta im Aufspüren von Leuten so gut geworden, dass sie ihr Arbeitsgebiet erweitert hatten und nun auch Menschen versteckten: Frauen aus Gewaltbeziehungen, Angestellte, die ihre Firmen wegen deren illegaler Machenschaften ans Messer geliefert hatten und jetzt um ihre Sicherheit bangten, und Spitzel, die kein Interesse daran hatten, ins Zeugenschutzprogramm aufgenommen zu werden und den Rest ihres Lebens als irgendein Hinz oder Kunz in irgendeiner Vorstadt im Mittleren Westen zu versauern. Meistens operierten die Nikolics auf der richtigen Seite des Gesetzes, aber eine Informationsbeschaffung dieses Ausmaßes erforderte nicht nur großes Geschick, man bewegte sich manchmal auch hart am Rande der Legalität.

»Er will wissen, ob wir irgendetwas über die Frau gehört haben, die erst am Mount Rainier ums Leben kam und anschließend in einer Krebsfalle im Puget Sound auftauchte«, sagte Nik zu Marta.

»Wir fragen uns, ob irgendwer nach ihr suchte«, führte Faz aus.

»Jemand, der nach einer toten Frau sucht ...« Nikolic schüttelte nachdenklich den Kopf. Er und Marta pusteten aus den Mundwinkeln Rauch in Richtung offene Tür. »Sollte ihr jemand aus der Gegend hier beim Verschwinden geholfen haben, dann hält sich dieser Jemand bedeckt, was ich ihm nicht verdenken kann«, fuhr Nik fort.

»Warum?«, fragte Del.

»Ist schlecht fürs Geschäft, wenn deine Kunden gefunden werden«, erklärte Nik. »Noch schlimmer, wenn sie tot sind. Das ruiniert einem nicht nur den Ruf, man hat auch bald die Bullen und alle möglichen anderen Subjekte auf der Matte stehen.«

»Was ist mit einem Ehemann, der nach seiner Frau sucht?« Faz wandte sich an Del. »Wie hieß der Typ gleich noch mal?«

»Graham«, warf Del ein. »Graham Strickland.«

»Habt ihr den Namen schon mal gehört? Oder irgendwelche Gerüchte über einen Ehemann, der nach seiner verschwundenen Frau sucht?«

»Ich nicht«, sagte Nikolic, »aber ich kann mich umhören.«

»Das wüsste ich sehr zu schätzen.«

»Genug, um die Infos auch mal zu bezahlen?«

Faz lächelte. »Im Gegensatz zu dir kann ich mir keinen Ferrari leisten. Ich zahle einen Subaru Baujahr 2010 ab.«

Nik schüttelte den Kopf.

»Die Frau hat ein Alias benutzt«, sagte Del. »Lynn Cora Hoff.«

Diesen Namen notierte sich Nikolic, nachdem er in seinem ganzen Durcheinander Papier und Kuli gefunden hatte. »Wie war noch mal der erste Name, den ihr genannt habt?«

»Andrea. Andrea Strickland.« Del buchstabierte den Nachnamen. »Ihr Mädchenname war Moreland.«

»Und wenn ihr schon mal dabei seid, fragt doch auch gleich nach Devin Chambers«, bat Faz.

»Moment, Moment«, sagte Nik. »Den letzten Namen bitte noch einmal.«

»Chambers. Devin Chambers«, wiederholte Faz.

»Noch so ein Alias?« Nikolic blies Rauch in Richtung Glasschiebetür.

»Eine Freundin, die der Ehefrau beim Verschwinden geholfen haben könnte.« Faz öffnete seine Aktentasche. »Könnt ihr vielleicht mal einen Blick auf diese Unterlagen werfen? Ich hätte gern eure qualifizierte Meinung dazu gehört, wo ihr doch die Experten seid.« Vielleicht half es ja, Niks Riesenego zu streicheln. Er legte seinen Stapel auf einen der Tische und zog Fotokopien von Lynn Hoffs Geburtsurkunde und dem Führerschein heraus, den sie in der Zulassungsstelle erhalten hatte. Beides reichte er weiter an Nikolic.

Der sah sich die Kopien genau an, während er seinen Kaffee trank und an der Zigarette saugte. Marta drückte ihre Kippe in einem Aschenbecher aus, schickte noch einmal einen Schwall blauen Rauch in die Gegend und nahm sich die Fotokopien vor, die ihr Mann beiseitegelegt hatte.

Nik hielt die beglaubigte Fotokopie der Geburtsurkunde hoch. »Sieht echt aus.«

»Scheint so zu sein«, sagte Faz.

»Dann handelt es sich wahrscheinlich um eine richtige Person. Das ist einfacher, als mit den Daten eines Toten zu arbeiten, da sie die Todesfälle ja jetzt überprüfen.« Nikolic musterte die Geburtsurkunde weiterhin ganz genau. »Tiefdruck, das ist bei einem so offiziellen Dokument nur angemessen. Das Siegel sieht auch gut aus. Über das Papier kann ich anhand dieser Fotokopien nichts sagen.« Er stellte seinen Becher ab und ging zu einem Schreibtisch, auf dem sich am Ende eines ausziehbaren Arms eine Kombination aus Lampe und Vergrößerungsglas befand. Er schaltete die Lampe ein, um sich das Papier noch einmal anzusehen.

»Wahrscheinlich war es aber Sicherheitspapier von guter Qualität«, meinte er. »Wenn jemand auf dem Original etwas ausradiert oder geändert hätte, würde man das auf diesen Fotokopien erkennen.«

»Dann willst du damit sagen, wir haben hier eine legitime Geburtsurkunde?«

»Ich würde sagen, es sieht danach aus, ja.«

»Wir haben keine Unterlagen darüber gefunden, dass Lynn Hoff verstorben ist.«

»Vielleicht ist sie das auch nicht, oder sie ist tot und niemand hat das je gemeldet.« Damit bestätigte Nik eine Vermutung, die Faz selbst auch schon gehabt hatte.

»Dann wurde diese Geburtsurkunde gestohlen?«, fragte Del.

»Gestohlen, gekauft oder gegen einen Gefallen eingetauscht«, erklärte Nikolic.

»Was für einen Gefallen?«, wollte Del wissen.

»Das Privileg, alle Finger zu behalten. So geht das organisierte Verbrechen in dieser Frage vor. Sie klemmen sich hinter jemanden, der ihnen Geld schuldet, und nehmen dessen Papiere im Austausch dafür, dem Betreffenden keine Finger abzuschneiden. Dann verkaufen sie die Papiere, und die Schulden des Typen sind beglichen.«

»Und warum entscheidet man sich für eine kalifornische Geburtsurkunde?«, fragte Del.

»Größerer Staat, mehr Leute«, erklärte Nik. »Wenn die Person, die sich die falsche Identität zulegt, nichts Illegales treibt, kriegt die richtige Lynn Hoff nie mit, dass jemand ihre Papiere benutzt.« Nikolic legte die Dokumente ab und schnippte seine Kippe, immer noch brennend, zur Tür hinaus. »Ich höre mich um, aber wenn ich etwas herausfinde, habt ihr das nicht von mir.«

»Wir wissen noch nicht mal, wer du bist«, versicherte Faz.

»Du kannst dir nicht vorstellen, wie sehr ich wünschte, das wäre wahr«, seufzte Nikolic.

»Komm schon, ich würde dir fehlen«, protestierte Faz.

»Ja, so sehr wie ein Grippevirus! Ich höre mich um. Euer Fall erregt einiges an Aufmerksamkeit. Irgendwann fängt bestimmt jemand an, sich damit zu brüsten.«

19

Beim Metropolitan Courthouse in der Innenstadt von Los Angeles angekommen, fuhr Tracy an den Straßenrand.

»Und was steht bei dir heute so auf dem Zettel?« Dan konnte sich schon denken, dass seine Freundin ihre Zeit wohl nicht in Museen verbringen würde.

»Eine Befragung.«

»Möchte ich wissen, wen du befragst?«

»Die Tante der Frau in der Krebsfalle.«

»In dem Fall also, für den ihr nicht mehr zuständig seid.«

»Richtig.«

»Und wie gedenkst du diese Befragung zu rechtfertigen?«

»Als gründliche Polizeiarbeit.« Dan warf ihr einen skeptischen Blick zu. Er jedenfalls kaufte ihr diese Begründung nicht ab. »Nolasco hat gesagt, wir sollen die Sachen zu Ende bringen, an denen wir gerade arbeiten«, verteidigte sich Tracy. »Ich war gerade dabei, die Befragung der Tante auszuarbeiten. Also rede ich mit ihr, schreibe einen Bericht und schicke ihn runter nach Tacoma.«

»Und wenn Nolasco das herausfindet? Wie weit kommst du damit? Was glaubst du?«

»Hoffen wir, die Diskussion bleibt mir erspart.« Tracy seufzte. »Aber mal ehrlich: Ich kann doch sagen, dass ich privat in Los Angeles war und mein Gespräch mit Patricia Orr nicht in meiner offiziellen Funktion als Polizeibeamtin der Stadt Seattle geführt habe.«

»In dem Fall hoffe auch ich, dass du diese Diskussion nie zu führen brauchst«, meinte Dan.

Tracy lächelte. »So gegen vier dürfte ich zurück sein.«

Dan küsste sie. »Drück mir die Daumen.«

»Ich dir? Du doch wohl eher mir! Ich soll in Los Angeles Auto fahren, da brauche ich mehr Glück als du.«

Sie fuhr auf die Interstate 10 Richtung Osten, wo sie mit starkem Verkehrsaufkommen rechnete. Vor zehn Jahren noch hätte der Anblick der Automassen sie unglücklich gemacht, aber seit Seattle zu den am schnellsten wachsenden Städten des Landes geworden war, gehörte dichter Verkehr auch im Nordwesten zum Alltag. Ebenso wie die Dürre, die sich an der gesamten Westküste entlangzog, wobei Südkalifornien im Zuge der jüngsten Hitzewelle am stärksten betroffen war. Sämtliche Hügel zeigten sich in einem erdigen Braunton, am Himmel hing rostfarbener Dunst. Das alles erinnerte Tracy an die vom Mars-Rover zur Erde geschickten Bilder. Ein kleiner Funke, dachte sie, und schon würde sich die Gegend in ein einziges Flammenmeer verwandeln.

Nach noch nicht einmal einer Stunde Fahrt bog sie auf die Interstate 215 Richtung Norden ab, die sie nach San Bernadino bringen sollte, eine der weitläufigen Städte im südlichen Kalifornien, die es im Jahre zweitausendzwölf zu traurigem Ruhm gebracht hatte: Sie war die größte Stadt der USA, die je Konkurs hatte anmelden müssen. Zweitausendfünfzehn hatte es San Bernadino noch einmal in die Schlagzeilen geschafft, als zwei radikalisierte islamische Loser vierzehn unschuldige Menschen umgebracht hatten.

Sie verließ die Autobahn an der Abfahrt East Orange Show Road und bog rechts in die South Waterman Avenue ab. Von dort aus lenkte ihr Navi sie weiter in die Third Street, wo sie langsamer fuhr, als die automatisierte Stimme sie darüber informierte, dass sie ihr Ziel erreicht hatte. Es handelte sich um einen beige verputzten Apartmentkomplex rechts der Straße mit eigenem Parkplatz. Dort fand Tracy gleich vorn am schmiedeeisernen Zaun, der den Parkplatz vom amöbenförmigen Pool abgrenzte, eine freie Parkbucht. Neben dem Pool ragten zwei Palmen in den Himmel, die allerdings nur wenig Schatten boten.

Tracy setzte sich die Sonnenbrille auf, stieg aus dem Wagen und kletterte die Außentreppe hinauf zu dem Gang, an dem die Türen zu den Wohnungen im ersten Stock lagen. Aus einem der offenen Fenster dort drang traditionelle mexikanische Musik. Bei der vorletzten Tür am Gang angekommen blieb Tracy stehen und klopfte. Drinnen in der Wohnung wurde der Fernseher ausgeschaltet, dann hörte sie Schritte, gefolgt von dem Geräusch, das entsteht, wenn der Bolzen einer Türkette zurückgeschoben wird.

Eine Frau stand in der Tür.

»Mrs Orr?«, fragte Tracy.

»Sie müssen die Beamtin aus Seattle sein. Nennen Sie mich ruhig Penny.«

Tracy stellte sich vor. Sie schätzte Orr auf Anfang fünfzig, gut in Form und schlank, mit wohlgeformten Armen, aber doch auch schwer in einer Art, die Tracy immer mit Menschen assoziierte, deren Leben nicht einfach gewesen war und die das Gewicht der Jahre auf ihren Schultern spüren. Vom Typ her gehörte sie zu den »dunklen Iren«, sie hatte blasse Haut mit Sommersprossen und fast schwarze Haare, in denen sich ein paar graue Strähnen zeigten.

»Kommen Sie doch bitte herein«, forderte Orr Tracy auf. »Sie haben ja schnell hergefunden. Dann war der Verkehr wohl nicht so schlimm?«

»Es ging so.« Tracy hatte sich am Vorabend mit Orr in Verbindung gesetzt, den Termin ausgemacht und sie auch über den Grund ihres Besuchs informiert.

Sie trat in ein bescheiden möbliertes, aber makellos sauberes Apartment mit cremefarbenen Ledermöbeln, ein paar Bronzestatuen und großen, gerahmten Drucken. Auf einem dieser Drucke richteten drei Elvis Presleys in Cowboyaufzug ihre Colts auf den Betrachter. Auf einem anderen blinzelten vielfarbige Bilder einer ewig jungen Marilyn Monroe verführerisch hinter den Blättern eines Farns in einem Blumentopf hervor.

»Andy Warhol!« Tracy freute sich. »Dieser dreifache Elvis ist einer meiner Lieblingsdrucke.«

»Dann sind Sie ein Fan?«, wollte Patricia Orr wissen.

»Ich bin Schützin«, erklärte Tracy. »Meine Schwester und ich haben im gesamten pazifischen Nordwesten an Schießwettbewerben teilgenommen.«

»Und schießen Sie immer noch bei Wettkämpfen, Ihre Schwester und Sie?«

»Ich noch, von Zeit zu Zeit«, sagte Tracy. »Meine Schwester ist vor vielen Jahren verstorben.«

»Das tut mir leid. Bitte, setzen Sie sich doch.« Patricia Orr deutete auf die große L-förmige Couch vor dem riesigen Flachbildfernseher. Rechts davon bot eine Schiebetür aus Glas einen Blick auf in der Sonne schmorende Hügel. Orr griff nach einem Krug, der auf dem Couchtisch stand. »Darf ich Ihnen ein Glas Eistee einschenken?«

»Das wäre wunderbar, danke.«

Die beiden plauderten ein wenig, ehe sie auf das eigentliche Thema zu sprechen kamen. »Das mit Ihrer Nichte tut mir sehr leid«, sagte Tracy.

»Als Sie anriefen, wusste ich gar nicht, was ich denn nun empfinden soll«, gestand Orr. »Ich hatte Andrea schon einmal für tot gehalten und um sie getrauert. Und dann herauszufinden, dass sie eigentlich noch gelebt hat …« Sie schüttelte den Kopf, als sei ihr das alles immer noch unverständlich. »Und nun ist sie doch tot – oder wieder. Es tut mir einfach weh, mir vorzustellen, dass jemand so grausam war. Ich hoffe nur, sie hat nicht leiden müssen.«

»Allem Anschein nach musste sie das nicht«, versicherte Tracy, dabei konnte sie das so genau gar nicht sagen. Sie wusste jedoch, was Orr jetzt hören musste. Die Autopsie hatte keine verräterischen Spuren von Folter oder Missbrauch zutage gefördert, und die Kugel in den Hinterkopf hatte Andrea Strickland auf der Stelle getötet.

»Wissen Sie, was genau passiert ist?«, wollte Orr wissen.

»Das versuchen wir gerade herauszufinden. Andrea ist ja offensichtlich nicht beim Bergsteigen umgekommen, sondern hat es irgendwie geschafft, Mount Rainier wieder zu verlassen. Was danach geschah, ist uns noch nicht bekannt.«

»Warum hätte sie das tun sollen – so einfach verschwinden?«, wollte Orr wissen.

»Es gibt Hinweise auf Eheprobleme. Andreas Mann hatte sich und sie in ein finanzielles Dilemma hineinmanövriert. Außerdem gibt es Hinweise auf Untreue.«

»Er hat sie doch nicht misshandelt, oder?«

»Von körperlicher Misshandlung ist uns nichts bekannt«, antwortete Tracy vorsichtig. Immerhin hatte Andrea laut Brenda Berg so etwas angedeutet.

»Der andere Detective verdächtigte damals Andreas Ehemann. Ist das immer noch so, steht er unter Verdacht?«

»Wann hat Ihnen der andere Detective das gesagt?«, wollte Tracy wissen.

»Als er hier anrief. Das ist schon eine Weile her – vielleicht einen Monat? Da dachten noch alle, Andrea wäre auf dem Rainier ums Leben gekommen.«

»Seitdem hat dieser Detective noch nicht wieder mit Ihnen gesprochen?«

»Nein.«

Fields hatte also nicht an der Akte gearbeitet, schloss Tracy daraus. »Wir betrachten mehrere denkbare Szenarien«, erklärte sie. »Von Ihnen erhoffe ich mir ein wenig mehr Hintergrundwissen in Bezug auf Ihre Nichte. Andrea lebte bei Ihnen, seit sie dreizehn war, habe ich das richtig verstanden?«

Orr stellte ihren Tee auf einem Untersetzer ab. »Kurz bevor sie vierzehn wurde, zog sie bei mir ein.«

»Ihre Schwester und Ihr Schwager starben bei einem Autounfall.«

»Ja«, bestätigte Orr. »Am Heiligabend. Es war grauenvoll.«

»Und Andrea saß auch in diesem Auto?«

Orr nickte. »Der Unfall ereignete sich spät am Abend auf einer wenig befahrenen Straße. Andrea saß auf dem Rücksitz und wurde kaum verletzt, mein Schwager und meine Schwester jedoch starben auf der Stelle. Einer der Autobahnpolizisten sagte, das sei einer der grauenhaftesten Unfälle gewesen, die er in zwanzig Jahren gesehen hätte.«

»Das tut mir sehr leid«, sagte Tracy. »Wie lange war Andrea im Auto eingesperrt?«

»Fast zwei Stunden«, antwortete Orr leise. »Ich kann mir nicht vorstellen, wie das für sie war.«

»Wie ging es ihr emotional, wie war sie so, als sie zu Ihnen kam?«

Über diese Frage dachte Orr erst ein wenig nach. »Ruhig, zurückhaltend. Sie hatte oft Albträume.«

»Und Sie lebten hier, in San Bernadino?«

»Nicht in dieser Wohnung, in einem Haus weiter draußen, in der Nähe der Bergausläufer. Dort wohnte ich bis zu meiner Scheidung.« Sie hob ihr Glas vom Tisch und trank einen Schluck Eistee, wobei sie direkten Blickkontakt mied.

»War Andrea in Therapie?«

Orr setzte sich zurück, das Teeglas in der Hand. Ihr Benehmen schien sich verändert zu haben, sie wirkte zurückhaltender, verschlossener. »Ja.«

»Ein Arzt hier in der Stadt?«

»Nur ein paar Meilen von hier entfernt.«

»Wie hieß er?«

»Townsend. Alan Townsend.«

»Wissen Sie, ob er immer noch praktiziert?«

»Ich glaube, ja. Ganz sicher weiß ich es nicht.«

»Hat die Therapie geholfen?«

Orr senkte den Blick und schloss die Augen. Eine Träne lief ihr über die Wange. Tracy ließ ihr einen Moment Zeit.

»Es tut mir leid, wenn meine Fragen für Sie belastend sind, Penny.«

Orr nickte. Ihre Brust hob und senkte sich zitternd, die Tränen flossen weiter. »Andrea hatte so viel durchgemacht«, flüsterte sie. »Ich dachte, die Albträume hätte sie wegen des Unfalls gehabt. Ich wusste es nicht.«

Langsam gewann Tracy ein Bild: die Scheidung, warum Orr nur ungern über Andreas Therapie sprach. »Ihr Mann?« Leider war das Szenario ihr nur allzu vertraut.

»Er hat Andrea missbraucht«, sagte Orr. »Das ist in der Therapie herausgekommen. Er hat es geleugnet, sagte, sie hätte es erfunden. Sie würde in einer Fantasiewelt leben.«

»Was sagte der Therapeut dazu?«

»Seiner Meinung nach sagte Andrea die Wahrheit. Er hat das Jugendamt benachrichtigt, was er nach Andreas Anschuldigungen tun musste. Sie haben sie sofort aus unserem Haus geholt. Ich bin auch ausgezogen, weil ich nicht erst die eigentliche Scheidung abwarten wollte, und habe mir ein eigenes Haus, ein kleines Stadthaus, gesucht. Bis Andrea endlich wieder zu mir kommen konnte, war sie in einer Pflegefamilie untergebracht.«

»Haben Sie die Wahrheit herausgefunden?«

»Was Andrea erzählte, war die Wahrheit.«

»Das tut mir leid. Wurden Sie dann als Andreas Vormund bestimmt?«

»Ja. Das hatten meine Schwester und mein Schwager in ihrem Testament so verfügt. Es gab eine Anhörung beim Nachlassgericht, und der Richter ernannte mich zum Vormund.«

»Dann könnten Sie die Freigabe von Andreas Unterlagen aus der Therapie autorisieren?«

»Das könnte ich«, sagte Orr. »Aber wozu brauchen Sie die?«

»Wir drehen und wenden alle nur denkbaren Gründe für Andreas Verschwinden von diesem Berg, weil wir verstehen wollen, was passiert ist. Die Unterlagen aus der Therapie könnten dabei helfen. Wie ging es ihr denn, als sie zurückkam, um wieder bei Ihnen zu leben?«

»Schlechter«, sagte Orr. »Sie war sehr zurückgezogen, sehr nervös. Sie hat an ihrer Haut herumgezupft und wie besessen an den Fingernägeln gekaut, manchmal so sehr, dass sie bluteten. Und sie las ununterbrochen. Alles, was ihr in die Finger kam.«

»Romane?«, fragte Tracy. »Irgendein bestimmtes Genre?«

»Nein, einfach alles. Western, Liebesromane, Fantasy, Thriller, Krimis. Alles. Ich habe jeden Monat ganze Kartons voller Taschenbücher in den Secondhand-Buchladen getragen und gegen neue Bücher eingetauscht.«

»Was sagte der Therapeut dazu, dass Andrea so viel las?«

»Er sagte, sie habe sich aus der wirklichen Welt zurückgezogen, weil die wirkliche Welt zu weh tat. Die Bücher hätten ihr Trost gegeben.«

»Hat sie Fortschritte gemacht?«

»In der Therapie? In gewissem Maße schon. Allerdings verließ sie San Bernadino, nachdem sie achtzehn geworden war.

Ich kam eines Tages von der Arbeit und sie war fort. Sie hatte mir eine Nachricht hinterlassen, in der sie sich bei mir bedankte und erklärte, sie brauche jetzt einen Tapetenwechsel.«

»Hatte sie Ihnen vorher gesagt, dass sie gehen will?«

Orr schüttelte den Kopf. »Ich habe es verstanden«, sagte sie leise. »Andrea musste sich ihr eigenes Leben aufbauen, wie immer das auch aussehen mochte. Sie musste hier weg, weg von den Erinnerungen. Ich habe das verstanden.«

»Hat sie Ihnen gesagt, wohin sie geht?«

»Sie sagte, sie wolle in Portland oder Seattle leben, weil es dort so viel regne und sie die ganze Zeit lesen könne. Sie versprach, sich mit mir in Verbindung zu setzen, sobald sie angekommen war und sich eingelebt hätte.«

»Und haben Sie nach ihrem Fortzug noch einmal mit ihr reden können?«

»Ja, Sie hielt Wort und meldete sich. Sagte, sie habe sich in Portland niedergelassen, und versicherte mir, es gehe ihr gut. Auch danach hat sie von Zeit zu Zeit angerufen, allerdings nicht sehr oft.« Orr schwieg kurz. »Ich habe wirklich versucht zu tun, was richtig ist. Für Andrea und für meine Schwester.«

»Das haben Sie bestimmt.«

»Als ich herausfand, dass mein Mann Andrea missbrauchte, hatte ich das Gefühl, ich hätte sie beide im Stich gelassen, beiden gegenüber versagt. Ich nehme an, Andrea war emotional zu stark verletzt, hatte zu viele Narben. Hier zu leben erinnerte sie immer wieder an diese Verletzungen. Ich gehörte zu ihren schlechten Erinnerungen. Ich glaube, sie musste einfach fort.«

»Ich bin mir sicher, Sie haben Ihr Bestes getan«, versicherte Tracy.

»Ich habe es zumindest versucht.«

»Bekam Andrea mit achtzehn die volle Verfügungsgewalt über ihren Fonds?«

»Nein. Nach ihrem einundzwanzigsten Geburtstag durfte sie über die Verwendung der Zinsen bestimmen. Meine Schwester und mein Schwager hatten den Fonds ursprünglich eingerichtet, um Andreas Collegeausbildung zu finanzieren. Als sie starben, kam ihr restliches Vermögen zum ursprünglichen Fonds hinzu, allerdings mit erheblichen Restriktionen. Das Geld durfte ausschließlich zu Andreas Wohlergehen verwendet werden.«

»Waren Sie Treuhänderin?«

»Nein, es gab einen professionellen Treuhänder. Es war kompliziert. Solange sie bei mir wohnte, habe ich dafür gesorgt, dass die Zinsen jeweils dem Kapital zugeschlagen wurden. Ich habe nie einen Penny dieses Geldes angerührt. Das Geld sollte ausschließlich ihr gehören, ein Gutes wenigstens aus dieser ganzen Tragödie. Wissen Sie, was aus dem Fonds geworden ist?«

»Auch das müssen wir erst noch herausfinden. Andrea scheint dabei gewesen zu sein, das Geld zu verstecken.«

»Vor wem?«

»Wir glauben, vor ihrem Ehemann. Unserer Meinung nach sorgte unter anderem dieser Fonds für Spannungen in ihrer Ehe. Ihr Mann wollte anscheinend mit dem Geld geschäftliche Schulden tilgen und Andrea weigerte sich, es ihm zu geben.«

»Die Bestimmungen des Fonds hätten so etwas gar nicht gestattet.«

»Darin lag diese spezielle Spannung wohl auch begründet.«

»Dann glauben Sie, er hat sie umgebracht, um an das Geld heranzukommen?«

»Wir wissen es nicht«, räumte Tracy ein. Dann wechselte sie das Thema. »Penny, haben Sie je den Namen Lynn Hoff gehört?«

Orr verzog nachdenklich das Gesicht. »Ich glaube nicht. Wer ist das?«

»Diesen Namen scheint Andrea benutzt zu haben, als sie sich versteckte. Manchmal wählt man in einer solchen Situation einen Namen, der einem vertraut ist. Den einer verstorbenen Freundin aus Kindertagen vielleicht, oder den einer Verwandten.«

»Nein.« Orr schüttelte den Kopf. »Der Name kommt mir nicht bekannt vor. Vielleicht hatte sie ihn aus einem Buch?«

»Vielleicht. Hatte Andrea enge Freunde oder Freundinnen, als sie hier lebte? Schulfreunde?«

Wieder schüttelte Orr den Kopf. »Eigentlich nicht.« Sie zuckte die Achseln. »Jedenfalls niemand, den ich mitbekommen hätte. Andrea mochte die Schule nicht. Dumm war sie nicht, da dürfen Sie mich nicht missverstehen. Sie hatte den Verstand ihres Vaters geerbt und war auch neugierig, wollte die Dinge verstehen. Ich glaube, deswegen hat sie auch so gern gelesen. Sie hat alles behalten, was sie je zu einem Thema gelesen hatte. Bei den Lehrergesprächen in der Schule bekam ich immer dasselbe zu hören: Andrea sei äußerst intelligent, in manchen Gebieten herausragend, aber sie gebe sich keine Mühe, mache nichts aus ihrer Begabung.« Orr zuckte mit den Achseln. »Was sollte ich machen? Sie bestrafen?« Sie wischte sich die Tränen aus dem Gesicht und verzog den Mund, als sei der bloße Gedanke lächerlich. »Sie war doch schon gestraft genug.«

Tracy ließ ihr einen Moment Zeit, um sich wieder zu fangen. »Dann hatte sie wohl auch keine Freunde – Jungs meine ich –, wenn ich das richtig verstehe?«, fragte sie schließlich.

»Nein.«

»Und keine Feinde?«

»Keine, die sie je erwähnt hätte. Sie hielt sich eben sehr zurück.«

»Sie wussten nicht, dass sie geheiratet hatte?«

Orr runzelte die Stirn. »Nein.«

»Sie haben ihren Mann nie kennengelernt?«

»Nein. So, wie es sich anhört, scheint er ja auch kein guter Mann zu sein.«

»Hat Andrea Ihnen gegenüber je den Namen Devin Chambers erwähnt?«

»Devin Chambers? Nein. Wer soll das sein?«

»Sie scheint eine Freundin von Andrea in Portland gewesen zu sein.«

Orr lächelte ein wenig traurig. »Ich bin froh, dass sie jemanden hatte. Es gab so viel Trauer in ihrem Leben, so viel Schmerz.«

Tracy dachte oft an Sarah, daran, wie sie in den letzten Tagen ihres Lebens dem verrückten Hirn eines Psychopathen ausgeliefert gewesen war. Der Gedanke daran ließ sie immer noch heftig reagieren und in ihrem Kopf eine dunkle Wolke aus Bitterkeit und Zorn entstehen, doch diesmal empfand sie an einem Punkt anders als sonst. Zum ersten Mal, so war es ihr bei anderen Fällen nicht ergangen. Der Fall Strickland, erkannte sie langsam, ging ihr nicht wegen Andreas Ähnlichkeit mit Sarah persönlich nahe, sondern wegen der vielen Parallelen zu Tracys eigenem Leben. Auch Tracys anfangs so wunderbares Leben war durch eine fürchterliche Tragödie zerstört worden. Auch sie war die Tochter eines Arztes gewesen und hatte mit Mutter und heißgeliebter Schwester in einem wunderschönen Haus gewohnt. Genauso plötzlich wie bei Andrea hatte das alles ein jähes Ende gefunden, als Tracys Schwester entführt wurde und sich ihr Vater nicht viel später erschoss. Tracys Mann hatte sie verlassen, so vieles von dem, was ihr Leben ausgemacht, so viel, worauf sie fest gezählt hatte, war einfach nicht mehr da gewesen. Ihr Leben hatte sich von Grund auf verändert. Jahrelang hatte sie ihre Depressionen mit Arbeit und möglichst häufigen Schießübungen zu kurieren versucht, aber dennoch hatte sie so manchen Abend einfach nur zu Hause herumgehangen, zutiefst deprimiert, und sich gefragt, warum die Welt ausgerechnet auf ihr so viel Dreck abladen musste.

»Wusste Ihr Exmann von Andreas Fonds?«, erkundigte sie sich.

»Ja«, sagte Orr. »Aber er ist tot, Detective. Er starb vor drei Jahren an Magenkrebs.«

»Was ist mit dem Treuhänder? Was für ein Mensch ist das?«

»Ein wunderbarer Mann. Wenn er Andrea hätte betrügen wollen, dann hätte er das jederzeit leicht tun können.«

»Fällt Ihnen vielleicht noch jemand ein, der vom Fonds gewusst haben könnte?«

Orr dachte kurz nach. »Niemand – außer Leuten, denen Andrea davon erzählt hat.«

Brenda Berg, dachte Tracy – Devin Chambers und der Therapeut.

»Ich hätte gern die Unterlagen über Andreas Therapie«, erklärte sie. »Dazu müssten Sie die Freigabe allerdings schriftlich autorisieren. Würden Sie das für mich tun?«

»Ja.« Orr nickte. »Unter einem Vorbehalt.«

»In Ordnung.«

»Ich sehe keinen Grund, warum irgendetwas von all dem an die Öffentlichkeit dringen muss. Andrea wurde oft und schwer verletzt, als sie noch lebte. Ich sehe keinen Grund dafür, ihr jetzt, wo sie tot ist, Schaden zuzufügen.«

Tracy war einverstanden.

Orr rief bei Alan Townsend im Büro an, erreichte dort nur seinen Anrufbeantworter und hinterließ eine Nachricht. Kurz darauf rief der Therapeut zurück. Er war bereit, sich mit Tracy in seinem Büro zu treffen. Sie einigten sich auf eine Uhrzeit und Orr unterzeichnete einen Brief, mit dem sie die Freigabe von Andreas Therapieunterlagen genehmigte.

Tracy bedankte sich und gab Orr auf dem Weg zur Haustür noch eine Visitenkarte.

»Wissen Sie, mit wem ich mich wegen der Überführung in Verbindung setzen kann?«, erkundigte sich Andreas Tante ganz zum Schluss. »Ich würde Andrea gerne neben ihren Eltern begraben.«

Tracy notierte den Namen der zuständigen rechtsmedizinischen Abteilung auf der Rückseite ihrer Visitenkarte. »Eigentlich müssten die mit ihrer Arbeit fertig sein und die Leiche freigeben können.«

* * *

Ein Schwall sengender Hitze traf Tracy wie ein Schlag ins Gesicht, als sie auf dem Parkplatz des Wohnkomplexes die Wagentür öffnete. Sie geduldete sich einen Moment, ehe sie, ohne einzusteigen, ins Auto langte, um den Motor zu starten, damit die Klimaanlage schon mal ihre Arbeit aufnehmen konnte. Während sie darauf wartete, dass sich der Wagen aus einem Ofen in ein Fahrzeug zurückverwandelte, dachte Tracy über Andrea Strickland und deren Onkel nach. Wer ging denn hin und nahm ein junges Mädchen auf, dessen Eltern gerade bei einem schrecklichen Autounfall ums Leben gekommen waren, nur um dieses Mädchen dann für die eigenen kranken, verzerrten sexuellen Begierden zu missbrauchen? Ein weiteres Beispiel dafür, dass beileibe nicht alle Psychopathen der Welt dem gängigen Klischee des Monsters gerecht werden, das in seiner Kindheit Katzen gequält hat und ein einsames Leben führt.

Erst als der Wagen sich auf ein erträgliches Maß abgekühlt hatte, setzte sich Tracy hinter das Steuer. Vom Parkplatz aus fuhr sie zur North Waterman Avenue, einer vierspurigen palmengesäumten Straße, die praktisch um die Ecke vom St. Bernadino Medical Center lag. Wie oft in den Städten Südkaliforniens zu beobachten, zeigte diese Straße eine etwas seltsame Mischung aus Einfamilienhäusern, Apartmentkomplexen, Einkaufsmeilen und Geschäftsgebäuden, als hätten die Stadtplaner keine Gedanken an Raumordnung verschwendet.

Sie parkte am Straßenrand vor einem zweistöckigen, sandfarbenen Haus mit verputzter Fassade. Hier, im ersten Stock und über eine Außentreppe zu erreichen, befand sich Alan Townsends Praxis, allem Anschein nach ehemals eine kleine Dreizimmerwohnung, die man in ein Büro verwandelt hatte. Das Zimmer vorn diente als Wartebereich, dessen Ausstattung nicht mehr ganz neu sein konnte: ein Langflor-Teppichboden, Möbel aus Holzfurnier, an den Wänden unauffällige Drucke. Vor zwei geschlossenen Türen mit Namensschildern daran stand ein Empfangstresen, der allerdings nicht besetzt war. Das Namensschild auf der rechten Tür war ohne Beschriftung, auf dem linken stand »A. Townsend«.

Tracy schlug kurz auf die kleine Tischglocke auf dem Tresen, die einen nicht besonders schönen Laut von sich gab. Sekunden später öffnete sich die linke Tür und entließ einen silberhaarigen Mann mittleren Alters in Cargoshorts, einem T-Shirt und Flipflops. Seine Gesichtshaut wirkte eher orange als bronzen, was ihm zu großer Ähnlichkeit mit dem Schauspieler George Hamilton verhalf. *Willkommen in L. A.!*

»Dr. Townsend?«, fragte Tracy.

Townsend streckte ihr die Hand hin und ließ ein strahlendes Lächeln aufblitzen, bei dem Tracy um ein Haar wieder zur Sonnenbrille gegriffen hätte. »Sie müssen die Beamtin aus Seattle sein. Kommen Sie doch herein.« Er drehte sich um und ging Tracy voran in sein Büro. »Eigentlich arbeite ich freitags nicht, bin also ohne Sprechstundenhilfe. Sie müssen entschuldigen, wenn ich ein wenig desorientiert wirke.«

»Tut mir wirklich leid, Sie an Ihrem freien Tag zu behelligen.«

»Kein Problem«, beruhigte Townsend sie. »Ich verstehe ja, worum es geht. Außerdem bin ich auch an meinem freien Tag ziemlich beschäftigt. Freitags surfe ich morgens immer und danach meditiere ich ein wenig. Jetzt wollte ich sowieso in meinem klimatisierten Büro Organisatorisches erledigen, während ich darauf warte, dass die Hitze abklingt. Abends spiele ich Tennis.«

»Sie surfen? Hier in der Gegend?«

»Wir sind hier anderthalb Stunden vom Meer entfernt, Detective. Deswegen fahre ich nur einmal die Woche hin, ganz früh am Morgen. Das ist sehr belebend.«

»Klingt nach einem schönen Tag.«

»Jeder Tag, den wir am Leben sind, ist ein guter Tag«, fand Townsend.

Gegen diesen Mann wirkten manche Charaktere aus der *Sesamstraße* glatt depressiv.

In Townsends Büro bestand die hintere Wand aus einem Fenster nach Osten mit Blick auf die Hügel von San Bernadino. Links von Tracy befand sich die Egowand, voller gerahmter Diplome und Zitate, manche davon teilweise durch die Blätter einer umfangreichen Sammlung an Topfpflanzen verdeckt, zu denen Kakteen, Palmen und auch ein Einblatt gehörten. Unter diesen Diplomen stand Townsends eher bescheidener Schreibtisch. Der Therapeut setzte sich auf einen Lederstuhl, womit er Tracy die ebenfalls im Zimmer stehende zweisitzige Couch überließ. Neben dem Fenster hing ein großes, gerahmtes Zitat.

Wer nach außen schaut, träumt,
wer nach innen schaut, erwacht.
C. G. Jung

Es roch nach Räucherstäbchen.

Tracy gab Townsend die von Patricia Orr unterschriebene Erlaubnis zur Einsicht in Andreas Unterlagen. Diese Erlaubnis war gültig, weil Andrea minderjährig gewesen war, als sie sich hier in Therapie befand.

»Ich hatte gehofft, Sie könnten mir ein paar Eindrücke vermitteln«, sagte sie.

»Da kann ich Ihnen als Erstes sagen, dass ich nicht erstaunt war, als ich hörte, Andrea sei bei einem Unfall auf dem Mount Rainier ums Leben gekommen.«

Anscheinend wusste Townsend nicht, dass Andrea nicht am Rainier gestorben war. Tracy wollte sich das zuerst einmal zunutze machen. »Nein? Warum nicht?«

»Weil ich nicht an einen *Unfall* glaubte.«

»Sie dachten, der Ehemann hätte sie umgebracht?«

»Nein. Meiner Meinung nach hat Andrea sich das Leben genommen.«

»Was bringt Sie zu einer solchen Schlussfolgerung?«

»Drei Jahre Therapie mit ihr. Eine solch große Geste würde ich bei Andrea erwarten, wenn sie die Welt verlassen wollte. Irgendetwas, damit man nie vergisst, dass es sie gegeben hat.«

»Große Geste? Laut Mrs Orr war Andrea doch eher introvertiert und neigte dazu, sich vor der Welt zu verstecken.«

»Das war ein Mechanismus, den sie entwickelt hatte, um mit dem Leben fertigzuwerden«, erklärte Townsend. »So konnte sie sich vor ihren Problemen verstecken, indem sie sie in einem Schrank verschloss, wenn man das so sagen kann. Das war nicht ihr wirkliches Wesen.«

Der Trick mit dem Schrank war Tracy nur zu vertraut. Bei ihr war es ein echter Schrank gewesen, in den sie die Unterlagen zu Sarahs Verschwinden hatte einschließen müssen, um wirklich nicht mehr daran zu rühren, nachdem sie die Suche nach dem Mörder ihrer Schwester endlich aufgegeben hatte. Anders war es nicht gegangen, anders hätte sie nicht funktionieren können. »Wie würden Sie Andrea beschreiben?«

»Lehrer und Schulberater, die sie vor dem Unfalltod ihrer Eltern und dem Missbrauch durch den Onkel kannten, beschreiben sie als kluges, gut angepasstes junges Mädchen. Ein bisschen frech.«

»Frech?«

»Sie hat ihren Klassenkameraden und Freunden gern Streiche gespielt.«

»Was für Streiche?«

»Oh, sie hat Freunden das Pausenbrot versteckt oder ihnen bei Übernachtungspartys die Decken geklaut, Löcher in die Milchkartons gebohrt, damit den Leuten beim Trinken die Milch am Kinn entlanglief – solche Sachen.«

Tracys Schwester war ähnlich frech gewesen. Sarah hatte sich gern versteckt und Tracy und deren Freunde erschreckt, indem sie sie unvermutet ansprang. »Harmlose Streiche also.«

»Meistens ja.«

»Gab es auch Gelegenheiten, bei denen die Streiche nicht ganz so harmlos ausfielen?«

Townsend nickte. »Ein paar, anscheinend.«

»Zum Beispiel?«

»Einer Klassenkameradin hat sie wohl den Fahrradreifen zerstochen, weil die ihrer Meinung nach gemein zu einer ihrer Freundinnen gewesen war.«

Tracy dachte darüber nach. »Wurden die Streiche mit der Zeit eher heimtückisch? Könnte das sein?«

Townsend nickte. »Das halte ich durchaus für möglich.«

»Was war Ihre Diagnose für Andrea?«

»Da sie die Behandlung bei mir mit achtzehn Jahren abbrach, kann ich da nicht sicher sein.«

»Sie können nichts Genaueres sagen?«

»Ich glaube, dass Andrea, aufgrund ihres Traumas und des Missbrauchs zu dissoziativem Verhalten neigte, dafür anfällig war.«

»Was verstehen Sie darunter?«

»Das kann sich ganz verschieden ausdrücken. Bei Andrea hätte sich diese Störung in einer unfreiwilligen und ungesunden Flucht vor der Realität äußern können.«

»Das exzessive Lesen?«

»Auf jeden Fall. Ein Mechanismus, um traumatische Erinnerungen in Schach zu halten. Die betreffende Person leidet entweder unter Gedächtnisverlust – man kann sich nicht mehr erinnern, was man getan hat oder wer bestimmte Menschen sind – oder nimmt verschiedene Identitäten an.«

»Persönlichkeitsspaltung?«

»In einem gewissen Sinne, ja. Die Person wechselt zu einer anderen Identität. Jemand, der unter einer dissoziativen Identitätsstörung leidet, erzählt ihnen wahrscheinlich, er spüre den Druck der Menschen, die in seinem Kopf leben oder reden. Er könnte nicht kontrollieren, was diese Menschen sagen oder tun.«

»Sie sagten ›anfällig‹. Sie wissen also nicht, ob Andrea unter einer dissoziativen Störung litt?«

»Nicht mit Sicherheit. Der typische Beginn dafür ist Anfang zwanzig. Sie hat mit achtzehn die Therapie abgebrochen.«

»Wie hätte sich diese Störung bemerkbar machen können, falls sie denn darunter litt?«

»Ganz unterschiedlich. Eine betroffene Person neigt vielleicht zu Stimmungsschwankungen und impulsivem Verhalten.«

»Impulsives Verhalten – könnte dazu gehören, jemanden zu heiraten, den man erst ein paar Wochen kennt?«

»Möglich, ja.«

»Und sind diese Menschen zu schädlichen Handlungen in der Lage?«

»Selbstmordversuche sind nicht ungewöhnlich.«

»Ich meinte eigentlich Handlungen zum Schaden von anderen.«

»Sicher.«

»Was kann ein solches Verhalten auslösen?«

»Auch hier kommen verschiedene Aspekte ins Spiel. Ein weiteres traumatisches Erlebnis – Missbrauch zum Beispiel oder das Gefühl, verlassen worden zu sein. Ein Verrat oder einfach ein Gefühl der Verzweiflung.«

Wenn man in diesen Kategorien dachte, brachte es Andrea auf eine Trefferquote von einhundert Prozent. Das begriff Tracy auch ohne Townsends Hilfe.

»Wussten Sie, dass Andrea einen Treuhandfonds hatte, Doktor?«

»Andrea hat ihn erwähnt. Oder ihre Tante sagte mal nebenbei so etwas.« Townsend dachte kurz nach. »Ich glaube, es war die Tante. Sie sagte, sie sei dankbar, da Andrea so wenigstens finanziell versorgt wäre. Ich war mir ehrlich gesagt nicht so sicher, dass der Fonds gut für sie war.«

»Warum nicht?«

»Mithilfe des Fonds würde es ihr leichter fallen, nicht zu arbeiten und sich einen für sie mit ihrem unsicheren psychischen Status ungesunden Lebensstil anzugewöhnen.«

»Drogen?« Tracy dachte an den Marihuanaladen, *Genesis*.

»Möglicherweise.«

»Außerdem war sie mit dem Fonds leichter Menschen ausgeliefert, die sie ausnutzen wollten, oder?«

»Ja«, sagte Townsend. »Durchaus möglich. Natürlich nur, wenn diese Menschen vom Fonds wussten.«

»Natürlich.«

20

An einem Freitagabend überredete mich Devin, nach der Arbeit noch auszugehen. Ich hatte den Fehler begangen, ihr zu erzählen, dass Graham zu einem Junggesellenabschied nach Las Vegas gefahren war, wo er das ganze Wochenende bleiben würde, also konnte ich nicht behaupten, zu ihm nach Hause zu müssen. Da Graham keine Arbeit hatte, verbrachte er fast den ganzen Tag und auch die meisten Abende im Loft. Jetzt meinen alten Job wiederzuhaben und nicht ständig rund um die Uhr mit ihm zusammen sein zu müssen, fühlte sich an wie eine Erholungspause. Ich ging schon früh los zur Arbeit und kam meistens spät nach Hause. Oft ging ich nach der Arbeit noch mit dem Roman, den ich gerade las, und meinem Laptop in ein Café mit drahtlosem Internetzugang. Wenn ich dort lang genug blieb, gelang es mir oft, erst nach Hause zu kommen, wenn Graham schon aus den Latschen gekippt war, womit ich den oberflächlichen Unterhaltungen mit ihm entging und mich leise ins Schlafzimmer schleichen konnte, während ich ihn auf der Couch schlafen ließ.

Ich zählte die Tage bis zu unserem Trip auf den Mount Rainier.

Da Graham in Las Vegas war, hatte ich das Loft das ganze Wochenende für mich. Was ich wirklich wollte, war nach Hause gehen und weiter an meiner Planung arbeiten, ohne Graham dabei aus dem Weg gehen zu müssen. Andererseits schuldete ich Devin auch ein paar gemeinsame Stunden. Ich hatte eine Menge persönlicher Probleme bei ihr abgeladen und sie war immer für mich da gewesen, hatte mir zugehört. Außerdem war sie die einzige wirkliche Freundin, die ich in Portland hatte, und ich würde bald nicht mehr hier sein.

Sie plädierte für eine Bar für Freunde des Sports in der Nähe des Büros, wobei sich das Sportthema hier unter anderem durch diverse Fernseher ausdrückte, auf denen Spiele übertragen wurden. An den Wänden und von der Decke hingen Sportutensilien. Die Bar schien populär zu sein, jedenfalls waren die Tische gut besetzt. Wir entdeckten ein Paar, das gerade gehen wollte, und schnappten uns dessen freigewordenen erhöhten Tisch mit zwei Barhockern daran, der sich in angenehmem Abstand zu den Fernsehern befand. Sofort tauchte eine Kellnerin in schwarz-weißem Schiedsrichterhemd und engen schwarzen Shorts auf, um unsere Bestellung aufzunehmen. Sie legte Cocktailservietten vor uns auf den Tisch und wies uns auf die gerade stattfindende Happy Hour hin: Alle Vorspeisen kosteten nur ein paar Dollar. Devin bestellte Hummus und Fladenbrot und einen Teller Oliven. Allein beim Gedanken an Essen wurde mir flau im Magen.

»Zwei Lemon Drops«, meinte Devin dann noch, wobei sie ein wenig lauter werden musste, so voll war es inzwischen.

»Für mich nicht!« Ich schüttelte den Kopf. »Ich hätte gern ein Glas Wasser.«

»Komm schon, wir feiern!« Devin gab der Kellnerin die Getränkekarte zurück, die umgehend damit verschwand.

»Was genau feiern wir eigentlich?«

»Deine Rückkehr zur Arbeit.«

»Ich bin wieder da, weil wir Konkurs angemeldet haben.«

»Ich weiß. Trotzdem freue ich mich, dich wiederzusehen. Ohne dich war es einfach nicht dasselbe in der Firma, total langweilig. Ich weiß echt nicht mehr, wie ich das überlebt habe.«

»*Danke, dass du für mich da warst und ich all meine Probleme bei dir abladen durfte*«, sagte ich.

Devin winkte ab. »*Das ist doch keine große Sache.*«

»*Ist es wohl. Mir hat es jedenfalls eine Menge bedeutet und es tut mir im Nachhinein leid, dass ich den Kontakt nicht aufrechterhalten habe, als ich die Firma verließ. Du bist meine einzige richtige Freundin hier.*«

»*Das stimmt doch gar nicht!*«, wehrte sie ab.

»*Das stimmt sehr wohl. Du bist die Einzige, auf die ich mich je verlassen konnte.*«

»*Na ja! Mir hat es jedenfalls gefehlt, dich um mich zu haben.*«

Darüber musste ich schmunzeln. »*Das Mädchen, das jeden Abend nach Hause geht und die Nase in ein Buch steckt?*«

Devin lachte. »*Okay, ich will alles wissen. Haben sich die Anwälte wegen deines Fonds gemeldet? Können die Gläubiger das Geld in die Finger kriegen?*«

Ich weiß nicht, was mich bewogen hat zu tun, was ich gleich tat – vielleicht musste ich es einfach jemandem sagen. Es hatte mich schier aufgefressen, das Geheimnis wahren zu müssen. »*Ich warte nicht ab, was die Anwälte sagen*«, gestand ich Devin.

»*Was?*«

»*Ich kann den Verlust meines Fonds nicht riskieren, Devin.*«

»*Was soll das heißen?*«

»*Ich habe ihn versteckt.*«

»*Wie?*«

»*Ich habe unter einem anderen Namen Bankkonten eröffnet.*«

»*Wie hast du das gemacht?*«

»*Das kann ich dir nicht sagen. Es tut mir leid, ich kann es einfach nicht.*«

»*Ist schon in Ordnung. Wow. Und du glaubst, das ist sicher?*«

»*Müsste es eigentlich sein. Ein paar Dinge muss ich noch regeln.*«

»*Woher wusstest du denn, wie man so was macht?*«

Ich stieß ein kurzes Lachen aus. »Woher wohl? Aus einem Buch.«

»Hast du dir einfach so einen Namen ausgedacht?«

»Nicht ausgedacht, nein.«

»Dann hast du also so etwas wie ein Pseudonym?«

»So kann man das wohl nennen.«

»Hast du etwa einen Führerschein auf den Namen?« Devin klang ganz aufgeregt.

»Den brauchte ich für die Konteneröffnung.«

Sie beugte sich mit weit aufgerissenen Augen vor. »Hast du dir den Namen einer berühmten Person ausgesucht?«

»Nein. Eigentlich ist es ein ziemlich banaler Name.«

Zwei junge Männer in Anzügen, die Krawatten gelockert und die oberen Hemdknöpfe offen, näherten sich unserem Tisch, und Devin rückte ihren Stuhl ein Stück weiter vom Tisch weg. Die Jungs waren niedlich. Der eine hatte sandfarbenes blondes Haar und ein schüchternes Grinsen, der andere trug einen von diesen modernen Zweitagebärten und schien ziemlich von sich eingenommen. Wie Graham, als ich ihn kennenlernte. Jetzt, wo der Sommer vor der Tür stand, stellten eine Menge Firmen Studenten als Praktikanten ein. Diese beiden sahen nicht viel älter aus als Collegestudenten.

»Mein Freund und ich haben eine Wette laufen und hofften, ihr zwei könntet das für uns klären«, sagte Mr Zweitagebart, woraufhin mich Devin von der Seite ansah und die Augen verdrehte.

»Und das wäre?« Anscheinend war sie bereit, auf die Typen einzugehen.

»Ich habe gewettet, dass ihr wegen der Nike CrossFit Games in der Stadt seid.« Zweitagebart deutete mit dem Finger auf den Doppelgänger von Brad Pitt. »Er sagt, ihr seid Einheimische auf einem Kneipenbummel.«

»Und wenn ihr beide recht habt?«, erkundigte sich Devin.

»Dann geben wir euch beide einen Drink aus.« Zweitagebart grinste.

Der Blonde sah mich mit einem verlegenen Lächeln an. »Machst du beim CrossFit mit?«

»Ich?« Hoffentlich wurde ich jetzt nicht rot. »Himmel! Nein.«

»Du siehst so aus, als könntest du.« Er strahlte mich mit einem jungenhaften Lächeln an, das mir durch Mark und Bein ging.

Die Kellnerin brachte unsere Lemon Drops. »Drinks haben wir ja schon«, sagte Devin. »Und außerdem haben wir uns eine ganze Weile nicht gesehen und würden gern in Ruhe klönen. Danke für euer nettes Angebot, aber wir sagen Nein.«

Es wunderte mich, dass sie die beiden abblitzen ließ, das sah ihr gar nicht ähnlich. Anders als ich genoss sie Aufmerksamkeit und sie war nicht verheiratet. Fast hatte ich das Gefühl, es störte sie, dass die Jungs mich für die CrossFit-Teilnehmerin gehalten hatten und nicht sie. Ich war in fantastischer Form, der besten Form meines Lebens. Das würde ich allerdings auch brauchen.

»Dann wünsche ich den Damen einen schönen Abend«, sagte Mr Zweitagebart. Sie wandten sich zum Gehen, aber der Blonde sah sich noch einmal um und warf mir ein weiteres Grinsen zu.

Devin lachte, was aber ziemlich gekünstelt klang. »Sieh mal an, du kriegst die ganze Aufmerksamkeit.«

»Ich glaube, sie waren eher an dir interessiert.« Ich wollte gern diplomatisch sein.

»Schwachsinn«, protestierte Devin. »Dem hat gefallen, was er sah. Du siehst klasse aus, Andrea.« Letzteres klang ziemlich wie nur so dahingesagt.

»Na ja, das hat man davon, wenn man fünf Tage die Woche trainiert und ständig unter Stress steht.«

»Dann läuft die Mount-Rainier-Sache noch?«

»Ja.« Ich verspürte leise Schuldgefühle.

Devin hob ihr Glas. »Wir wurden in einer Bar von jüngeren Männern angequatscht, darauf trinke ich!«

Brav stieß ich mit ihr an und tat auch so, als würde ich einen Schluck trinken, wobei ich allerdings nur kurz den Zucker am oberen Glasrand berührte.

»Und?« *Devin stellte ihren Drink wieder ab.* »Bleibt ihr zusammen, Graham und du?«

»Ich weiß nicht.«

»Darf ich ehrlich sein?«

»Natürlich!« *Ich hatte noch nie erlebt, dass Devin nicht ehrlich war.*

Sie drehte sich um und warf einen kurzen Blick hinüber zu den beiden Männern, die uns hatten aufgabeln wollen. »Das, was du da siehst, ist ungefähr das, was draußen so rumläuft. Typen, die zu jung sind und jemanden zum Vögeln suchen, oder geschiedene Männer, die zu alt sind und jemanden zum Vögeln suchen. Ich weiß, dass ihr eure Probleme hattet, Graham und du, aber wenn er bereit ist, es noch einmal mit eurer Ehe zu versuchen, dann solltest du das ernsthaft in Erwägung ziehen. Auf jeden Fall solltest du mit auf den Trip gehen, das ist das Mindeste, und sehen, was dabei herauskommt. Wenn es nicht gut läuft, dann kannst du entscheiden, was du machen willst.«

Ich kam nicht groß dazu, über Devins Rat nachzudenken, da die Kellnerin uns jetzt unsere Vorspeisen brachte, dazu noch eine Runde Lemon Drops. »Wir haben keine zweite Runde bestellt«, *protestierte Devin.*

Die Kellnerin deutete mit dem Kinn auf den Tisch, an dem unsere beiden Verehrer saßen. »Die Drinks schicken die beiden da.«

Der Blonde und sein Freund hoben lächelnd ihre Biergläser.

Devin fragte: »Was meinst du, sollen wir sie an unseren Tisch holen?«

»Klar, warum nicht?« *Ich merkte deutlich, wie gern sie mit den Jungs flirten wollte.*

Wie sich herausstellte, machten die beiden im Rahmen ihres Aufbaustudiums gerade ein Praktikum bei einer Investmentfirma.

Der eine studierte in Tulane, der andere in Dartmouth. Devin gab ihnen sofort den Spitznamen Schlauberger. Der Blonde war eindeutig an mir interessiert, und um Devin einen Gefallen zu tun, redete ich eine Weile mit ihm, damit auch sein Freund bei der Stange blieb. Irgendwann fiel Devin auf, dass ich mein erstes Glas noch gar nicht geleert hatte, also tat sie das für mich. Mein zweites Glas trank sie bei der Gelegenheit auch noch gleich aus. Vier Lemon Drops.

Gegen elf schlug der Typ, der Devin anbaggerte, vor zu gehen. Sie war einverstanden. Ich sagte zu seinem Freund, ich müsse langsam mal nach Hause, und er bedrängte mich nicht, er hatte meinen Ehering gesehen. Es sei schön gewesen, sich mit mir zu unterhalten, meinte er, ehe er zurück an den Tisch mit seinen anderen Freunden ging.

Auch Devins Typ ging zurück zu den anderen, nachdem sie versprochen hatte, ihn dort gleich abzuholen. Devin strahlte mich an. »Du kommst doch gut nach Hause, oder?«, nuschelte sie, allem Anschein nach ziemlich betrunken.

»Natürlich!«, versicherte ich ihr. »Und du? Ist bei dir auch wirklich alles in Ordnung?«

»Mir geht's prima. So ein kleiner Rausch, der macht den Sex nur schöner.«

»Sei vorsichtig.«

»Vorsichtig? Ich lasse mich vögeln! Aber erst mal muss ich pinkeln.« Sie griff nach ihrer Handtasche, die sie beim Hinsetzen am Riemen über die Rücklehne ihres Stuhls gehängt hatte, und legte sie zusammen mit ihrem Handy vor mich auf den Tisch. »Passt du auf meine Sachen auf?«

»Klar.«

»Bin gleich wieder da.« Sie glitt von ihrem Stuhl, stolperte beim Aufkommen kurz, schaffte es aber, sich auf den Beinen zu halten. »Hoppla! Drei waren vielleicht doch ein Lemon Drop zu viel.«

Vier, dachte ich, ohne es laut zu sagen. »Alles in Ordnung?«, erkundigte ich mich noch einmal.

Sie zwinkerte mir zu und ließ mich allein, um sich durch das dichte Gedränge aus Tischen und Menschen den Weg zum Klo zu suchen. Ich war kurz davor, das Taschenbuch zu zücken, das ich in der Handtasche mit mir herumtrug, wusste jedoch, wie langweilig mich das hätte erscheinen lassen. So glitt mein Blick prüfend über die Menge, verweilte an den Tischen mit Paaren, wanderte weiter zu der Gruppe junger Männer, die sich um einen Stehtisch drängten und Bier tranken. Mr Zweitagebart beobachtete Devin auf ihrem Weg durch die Bar, entweder besorgt oder aufgeregt, so genau konnte ich das nicht sagen. Bei Brad Pitt blieb ich hängen. Ich stellte mir vor, er sähe zu mir herüber und ich würde seinen Blick erwidern. Ich stellte mir vor, wie ich den Finger ins Glas hielt, meinen Drink umrührte und den Finger dann zwischen den Lippen verschwinden ließ, um verführerisch daran zu knabbern.

Devins Handy summte.

Ich warf einen Blick auf das Telefon vor mir auf dem Tisch, das weder vibrierte noch leuchtete noch sonst wie den Eindruck vermittelte, gerade etwas von sich gegeben zu haben. Es dauerte eine Sekunde, ehe ich begriff, woher das Geräusch kam, aus dem Innern von Devins Handtasche nämlich, deren Reißverschluss nicht zugezogen war. Ein leicht verwirrter Blick in die Tasche bestätigte mir die Existenz eines zweiten Handys, dessen Display blaugrün leuchtend eine Nummer anzeigte. Die Anruferkennung nannte keinen Namen dazu. Den brauchte ich auch nicht.

Ich kannte die Nummer.

Die Angst packte mich, unversehens und so fest, dass die Beine des Barhockers, auf dem ich saß, laut klapperten. Mir war, als hätte mir jemand einen Tritt in den Magen versetzt. Mir wurde speiübel, fast fürchtete ich, mich übergeben zu müssen.

Zur Sicherheit sah ich noch einmal hin.

Graham.

Was zum Teufel ...

Wieso rief Graham Devin an, welchen Grund konnte es dafür geben? Soweit ich wusste, kannten sich die beiden kaum. Und wieso hatte sie ein zweites Handy? Ich konzentrierte mich auf meine Atmung, versuchte, mich wieder in den Griff zu bekommen, wenigstens nach außen hin Gelassenheit zu mimen. Ich musste nachdenken, das eben Entdeckte verarbeiten, verstehen, was das hieß und ob ich es wirklich glauben sollte. Ich dachte an die Kreditkartenabrechnungen über Hotelübernachtungen und Restaurantbesuche in Seattle, wo Graham angeblich auf Geschäftsreisen gewesen sein wollte. War es Devin gewesen? War sie die Frau, mit der er eine Affäre hatte? Auf der Kreditkartenabrechnung standen auch die Daten, an denen Graham fort gewesen war, anhand seiner Telefonrechnung würde ich seine Anrufe nachvollziehen können und wissen, wann sie stattgefunden hatten. Nur kannte ich die Nummer des Handys in Devins Handtasche nicht.

Die dürfte sich leicht herausfinden lassen.

Mit einem raschen Blick über die Schulter vergewisserte ich mich, dass Devin noch nicht wieder in Sicht war. Dann tastete ich in ihrer Handtasche nach dem Handy. Dessen Display zeigte diverse SMS an, alle von der Nummer, die eben angerufen hatte. Von Grahams Handy also. Leider tauchten immer nur Bruchstücke der einzelnen Nachrichten auf dem Display auf, als ich sie aufrief.

Hey, ich hatte gehofft...

Muss nur noch ...

Hast du mit...

Um die vollständigen Nachrichten zu lesen, hätte ich Devins Handy entsperren müssen, was ohne Passwort nicht ging. Auch ihre Handynummer konnte ich so nicht feststellen, brauchte ich aber auch gar nicht.

Ein weiterer Blick über die Schulter zeigte mir Devin, die gerade im Flur hinter dem Tresen auftauchte, um unseren Tisch anzusteuern. Ich ließ ihr Handy zurück in die Handtasche fallen, rutschte vom Barhocker und zog meine Jacke über.

»Fertig zum Aufbruch?« Auch Devin holte sich Jacke und Handtasche.

»Ja«, sagte ich. »Ich bin müde.«

Als Devin den Reißverschluss an ihrer Handtasche schließen wollte, stutzte sie kurz. Wahrscheinlich hatte sie den auf dem Handy eingegangenen Anruf gesehen. Dann aber ließ sie in aller Seelenruhe ihr normales Handy auch noch in die Tasche fallen und zog den Verschluss endgültig zu. Sie umarmte mich fest, wobei mein ganzer Körper starr wurde, und sagte liebevoll: »Lass mich raten: Du gehst heim und steckst deine Nase in ein Buch?«

»Du kennst mich ja.«

»Ich lese in dir wie in einem Buch.« Devin drehte sich lachend um und stöckelte hinüber zu dem Tisch, an dem der Typ auf sie wartete.

»Nur, dass du gerade im falschen Buch liest«, flüsterte ich ihrer Rückansicht zu. Ich hatte gar nicht mehr vor, nach Hause zu gehen. Ich wollte zurück ins Büro und meine Nase in den Computer von Devin Chambers stecken.

21

Erst glaubte Vic Fazzio, in einen dieser Angstträume geraten zu sein, wo sich alles künstlich und viel zu groß anfühlt. Um seinen Kopf kreiste laut summend ein nerviges Insekt, das er weder erschlagen noch anderweitig zum Einstellen des Lärms bewegen konnte. Als Nächstes schaffte sein Unterbewusstsein Platz für die Instinkte, die er sich im Laufe langer Berufsjahre zugelegt und ständig geschärft hatte – wie jeder andere Cop war auch Faz es gewöhnt, zu den unmöglichsten Zeiten geweckt zu werden. Bei dem ärgerlichen Insekt handelte es sich natürlich um sein Handy, dessen Ton er nachts abstellte, damit Vera nicht gestört wurde, die einen leichten Schlaf hatte. Klingeln konnte das Handy nicht, dafür rutschte es zitternd und summend neben Faz auf dem Nachttisch herum.

Faz brauchte die Augen nicht zu öffnen. Es war mitten in der Nacht, das wusste er auch so, das teilte ihm die innere Uhr eines Vaters von zwei Söhnen mit. Er spürte, wie Vera sich von ihm wegrollte, hinüber auf ihre Seite, ganz die routinierte Frau eines Mordermittlers. Alles normal und wie schon oft gehabt, bis auf eins: Faz und Del waren nicht das Mordermittlerteam in Rufbereitschaft. Auch das wurde Faz jetzt bewusst. Sie hatten am Fall Andrea Strickland gesessen, aber dieser Fall war ihnen am vergangenen Donnerstag entzogen worden.

Faz tastete blind nach dem Handy, wobei er es beim ersten Versuch verfehlte. Dann musste er es sich dicht vors Gesicht halten, denn ohne Brille sah er die Zahlen nur verschwommen. Endlich hatte er die Vorwahl entziffert, es war die 206, der Anruf kam aus Seattle.

»Hallo?« Das hörte sich an wie durch eine verstopfte Regenrinne gesprochen. Faz räusperte sich. »Hallo?«, meldete er sich noch einmal.

»Hey Faz, wie läuft es so?«

»Was?«

»Wie es dir geht, will ich wissen.«

»Wer zum Teufel spricht da?«

»Wer ist es?« Vera hatte sich wieder zu ihm gerollt und setzte sich auf. »Ist etwas mit einem von den Jungs?«

»Nik hier!« Der Anrufer klang höchst vergnügt. »Dein liebster Privatschnüffler.«

Faz setzte sich stöhnend auf. Vera knipste die Nachttischlampe auf ihrer Seite des Bettes an. Die Helligkeit ließ beide Eheleute kurz blinzeln. »Nik?« Faz warf einen ungläubigen Blick auf seinen Radiowecker.

»Wer ist Nik?«, wollte Vera wissen.

»Wie spät ist es, verdammt?«, fragte Faz.

»Es ist drei Uhr zweiunddreißig.«

»Morgens?«

Nik lachte. »April, April!«

»Du Schweinehund«, fluchte Faz leise. »Was ist bloß los mit dir? Meine Frau sorgt sich zu Tode, dass einem der Jungs was passiert sein könnte.«

»Ja, und meine Frau ist immer noch sauer auf mich, weil ich ihre Handys in den verdammten See geschmissen habe. Einigen wir uns auf einen Waffenstillstand?«

Faz stieß einen lauten Seufzer aus. »Tut mir leid«, wandte er sich an Vera. »Das ist ein geschäftlicher Anruf.«

»Um diese Uhrzeit?«

Faz hatte die Revanche verdient, das war ihm schon klar. »Rufst du nur deswegen an?«, fragte er. »Damit wir quitt sind?«

»Was denkst du von mir, Faz! So ein Arschloch bin ich nun auch wieder nicht. Ich habe ein paar Infos für dich. Es geht um den Job, den ich mir auf deine Bitte hin mal ansehen sollte. Wie immer honorarfrei, versteht sich.«

»Strickland?«

»Ja.«

»Okay.« Faz langte nach Lesebrille, Notizblock und Kuli, was alles auf dem Nachttisch bereitlag. »Schieß los.«

»Scheiße, Fazzio, es ist drei Uhr morgens! Ruf mich zu einer zivilen Zeit noch mal an und wir vereinbaren Zeit und Ort für ein Treffen.«

»Moment! Dann hast du mich also doch bloß angerufen, um mich zu wecken?«

»Das wäre ja hinterhältig, Faz.« Nik legte eine kurze Pause ein. »Ich bin ein Nachtmensch«, fügte er noch hinzu. »Nur für den Fall, dass du mal wieder witzig sein möchtest.« Und damit legte er auf.

»Wer war das?« Vera schien immer noch besorgt zu sein.

»Du sagst doch immer, ich wäre gar nicht so witzig, wie ich mir einbilde, richtig?«

»Ja.«

»Damit hast du völlig recht.«

* * *

Wie verabredet meldete sich Faz später am Morgen noch einmal bei Ian Nikolic und sie verabredeten sich zu einem gemeinsamen

Mittagessen im *Duke's Chowder House*. *Duke's* lag am Ende eines Piers am Lake Union.

»Macht dieser Typ auch manchmal was ohne Wasser?«, fragte Del, als die Kellnerin sie durch das Restaurant zu einer nach hinten liegenden hölzernen Veranda führte.

Dort saß Nik unter einem der weißen Sonnenschirme, die den Tischen Schatten spendeten, und telefonierte. Sämtliche Tische waren besetzt, und die Gäste, in kurzärmligen Hemden und Sommerkleidern, genossen die vom See kommende Brise, die die Hitze halbwegs erträglich erscheinen ließ. Trotzdem spürte Faz jetzt schon, wie ihm unter dem Hemd die ersten Schweißtropfen über den Rücken rannen.

»Ich rufe zurück.« Nik hatte sich halb erhoben, das Handy ans Ohr gedrückt, und streckte Faz die Hand hin. »Gerade kommen die Leute, mit denen ich zum Mittagessen verabredet bin. Ja. Ja! Heute. Ich habe doch gesagt, ich kümmere mich gleich heute darum.« Er beendete den Anruf und schüttelte Faz die Hand. »Hey Fazzio, du wirkst ein bisschen müde. Schlecht geschlafen?«

Del zog sich lachend das Sportsakko aus.

»Ja, ja, schon gut, du hast mich voll erwischt. Jetzt sind wir quitt. Vera hätte mich um ein Haar aus dem Bett geschmissen, so wütend war sie.«

Sie machten es sich bequem. Drei Stühle am Tisch boten einen Blick auf das glitzernde blaue Wasser, auf dem es von den Sporthafen ansteuernden und verlassenden Booten und Jachten nur so wimmelte, aber Del drapierte seine Jacke über die mit dem Rücken zum Wasser stehende Sitzgelegenheit.

»Haben Sie was gegen natürliche Schönheit?«, wollte Nik wissen.

»Genau das hat der Arzt seine Mutter gefragt, als er geboren wurde«, sagte Faz.

»Ich fühle mich hier sehr wohl«, beendete Del die Debatte.

Der Kellner kam mit den Speisekarten. Faz bestellte Eistee.

»Und mir bringen Sie bitte ein Arnold Palmer«, verlangte Del.

»Bestell den Chowder.« Nik machte sich gar nicht erst die Mühe, seine Speisekarte aufzuschlagen. »Damit kann man hier nichts falsch machen.«

Faz und Nik bestellten Chowder. »Und viel Brot«, bat Faz. »Ich stippe so gern.«

»Ravioli mit Jakobsmuscheln.« Del hatte sich die Speisekarte angesehen. »Guck mal, Faz, die haben Meeresfrüchte für Italiener!« Er sah den Kellner an. »Sind die lecker?«

Der Kellner versicherte, das sei der Fall.

Nachdem der Mann gegangen war, trank Faz erst einmal einen Schluck Wasser. »Und was hast du nun für mich, Nik?«

»Jemand hat nach dem Namen geforscht, den du mir genannt hast.«

»Andrea Strickland?«

»Nein, Lynn Hoff.«

»Ach ja?« Faz warf Del einen bedeutungsvollen Blick zu. Nach Lynn Hoff konnte nur jemand gefragt haben, der wusste, dass sich Andrea Strickland diesen Decknamen zugelegt hatte. »Wissen wir auch, wer?«

»Nein. Und angesichts dessen, was mit der Frau passiert ist, ist der Typ, von dem ich die Info habe, so nervös wie nur was. Er erzählt mir alles, was er weiß, aber will auf keinen Fall, dass sein Name irgendwo mit reingezogen wird.«

»Du weißt, so etwas kann ich nicht so ohne Weiteres versprechen, Nik«, sagte Faz. »Das hängt ganz davon ab, was er dir erzählt.«

»Ich weiß, dass du mir das nicht versprechen kannst, nur er weiß es nicht. Ich habe es ihm erklärt, aber auch versprochen, als Mittelsmann zu fungieren und mein Bestes zu tun, um ihn aus der Sache rauszuhalten. Es handelt sich hier doch wohl eindeutig um einen dieser Momente, wo Information wichtiger ist als die Quelle, oder?«

»Was hatte er denn so zu sagen?«, wollte Del wissen.

»Jemand hat ihn kontaktiert, und zwar von einem Guerilla-E-Mail-Konto aus. Normalerweise arbeitet er unter solchen Umständen nicht.«

»Was ist ein Guerilla-E-Mail-Konto?«, fragte Del.

»Das ist eine Wegwerfmailadresse«, erklärte Faz. »Wie ein Wegwerfhandy für E-Mails. Eine solche Adresse nimmt man, wenn man seinen richtigen Namen und oder die richtige Mailadresse nicht benutzen will. Bei jedem Einloggen schafft das Konto irgendeine zufällige Adresse und jede Mail wird automatisch eine Stunde nach dem Verfassen gelöscht.« Er wandte sich an Nikolic. »Was wollten die von deinem Mann? Was sollte er für sie tun?«

Nik zuckte die Achseln. »Er sollte jemanden namens Lynn Hoff finden, sie sei eine Verwandte.«

»Wissen wir, ob die Person hinter dieser Anfrage ein Mann oder eine Frau war?«, wollte Del wissen.

Nikolic schüttelte den Kopf. »Das lässt sich nicht herausfinden.«

»Und wie kann die Person, bei der angefragt wurde, die an deinem Ende also, ihre Antwort an eine Adresse schicken, die nach einer Stunde wieder gelöscht wird?«

»Beide vereinbaren eine Zeit, um zu kommunizieren. In diesem Fall teilte der Kunde – oder die Kundin – meinem Typen mit, er werde zweiundsiebzig Stunden später noch eine Mail schicken, und falls mein Typ dann Informationen für ihn hätte, könne er ihm die schicken. Ich persönlich arbeite nicht so, ich weiß gern, mit wem ich es zu tun habe. Aber so rechtschaffen wie ich ist eben nicht jeder.« Nik lächelte.

»Und was hat dein Typ herausgefunden?«, fragte Faz.

»Er hat den Namen durch die üblichen Kanäle laufen lassen und denselben im Staat Washington ausgestellten Führerschein gefunden wie ihr. Er hat außerdem eine Kreditauskunft laufen lassen und fand den Namen im Zusammenhang mit einem Apartmentkomplex in Oklahoma. Da gab es unter anderem einige Abrechnungen von Energieversorgern und einen Antrag auf einen Festnetzanschluss für diese Adresse auf den Namen, den ihr mir genannt habt.«

»Da dürfte es sich um eine falsche Fährte gehandelt haben«, sagte Faz.

»Genau. Das stellte sich als falsche Fährte heraus.«

»Die gesuchte Person wusste also genau, was sie tat?«, fragte Del.

»Das kann heutzutage jeder in Büchern nachlesen oder sich auf YouTube erklären lassen«, sagte Nikolic. »Das Internet macht uns irgendwann noch alle arbeitslos. Bald beherrschen Computer die Welt. Aber ja: Die Person hatte eindeutig recherchiert oder wusste, was sie tat.«

»Dein Typ hat diese Informationen an den Kunden weitergegeben?«, wollte Faz wissen.

»Hat er. Darauf gab der Kunde an, die gesuchte Person könnte auch noch einen zweiten Decknamen verwenden.« Nikolic warf einen Blick auf seinen Notizblock. »Devin Chambers. Und er meinte, mein Ermittlerfreund solle doch in Portland, Oregon, mit der Suche nach dieser Chambers beginnen.«

»Devin Chambers?«, hakte Del nach.

»Richtig. Das war der Name, den der Kunde nannte.«

»Ist das nicht die Freundin von Strickland?«, erkundigte sich Del bei Faz.

»Was hat dein Mann herausgefunden?« Faz sah Nik an.

»Er hat auch den Namen durch die üblichen Kanäle laufen lassen, wobei er einen Führerschein und ein Apartment in

Portland fand. Also fuhr er runter nach Portland und unterhielt sich dort mit den Nachbarn. Stellte sich raus, sie hat da wirklich gewohnt, aber die anderen Mieter im Haus sagten, sie hätten sie schon ein paar Wochen nicht mehr gesehen. Zwei sagten, sie habe ihnen erzählt, sie wolle auf eine ausgedehnte Auslandsreise gehen.«

»Hat sie den Mietvertrag beibehalten?«, fragte Faz.

»Der wurde jeweils von einem Monat auf den anderen verlängert. Als sie keine Miete mehr zahlte, hat der Vermieter entsprechende Maßnahmen eingeleitet und die Wohnung räumen lassen.«

»Was hat er mit ihren Sachen gemacht?«

»Er hat alles ins Lager geschafft. Sie ist nie gekommen, um die Sachen abzuholen.«

»Sie waren ihr egal?«, fragte Faz.

»Scheint so zu sein.«

Faz dachte nach. »Hat Chambers einem der anderen Mieter gesagt, wohin sie reisen wollte?«, fragte er dann.

»Einer meinte, sie hätte Europa erwähnt, eine längst überfällige Rucksacktour. Einer der Nachbarn sollte sich auch um ihre Post kümmern. Der sitzt jetzt immer noch auf einem dicken Stapel.«

»Hatte sie den Nachbarn gebeten, die Post weiterzuleiten?«, fragte Faz.

»Nein.«

Faz sah Del an. »Hört sich ganz so an, als hätte sie nicht vorgehabt, zurückzukommen, es sollte aber nicht so aussehen.«

Del nickte. »Das sehe ich auch so.«

Nikolic konsultierte noch einmal seinen Notizblock. »Der Ermittler hat eine Verwandte in New Jersey aufgetan, eine verheiratete Schwester, Allison McCabe.« Den Nachnamen buchstabierte er noch einmal zum Mitschreiben. »Er hat dort angerufen und vorgegeben, der Hausverwalter von Devin

Chambers zu sein. Er säße auf ihren Möbeln, ihren persönlichen Sachen und einem Haufen Post und wüsste nicht, wohin er das alles nachschicken sollte.«

»Was hat die Schwester ihm erzählt?«

Nikolic lächelte. »Sie sagte, sie habe schon mehrere Jahre lang keinen Kontakt mehr zu ihrer Schwester gehabt und wisse auch nicht, was sie ihm jetzt raten solle. Die Schwester wollte nichts mit Devin zu tun haben. Mein Typ hat dann ein bisschen Druck gemacht und erfahren, dass Devin Chambers eine Vorliebe für verschreibungspflichtige Drogen hat und damit verbunden erhebliche Probleme im Umgang mit Geld. Sie hat sich wohl mal Geld von ihrer Schwester geliehen, ohne dies je zurückzuzahlen. Das reichte der Schwester irgendwann mal, und dann hat sie den Kontakt abgebrochen. Mein Typ sagt, die Post, die sich für Chambers angesammelt hat, besteht im Wesentlichen aus Briefen und Mahnungen von Gläubigern und Inkassostellen. Und immer geht es um längst überfällige Zahlungen.«

»Verschwinden kostet Geld«, meinte Faz.

Del sah ihn an. »Der Treuhandfonds.«

»An den dachte ich auch gerade«, antwortete Faz. »Ich frage mich, ob der Ermittler mehr wusste. Wenn Chambers und Andrea Freundinnen waren ... Vielleicht hat Andrea sie unterstützt.«

Del schüttelte den Kopf. »Warum hat sie ihr dann nicht einfach das Geld gegeben, um ihre Rechnungen zu bezahlen? Scheint mir eine einfachere Lösung, als dass gleich alle beide die Flucht ergreifen.«

»Wobei Andrea ja wegmusste«, gab Faz zu bedenken. »Sie musste die Leute in dem Glauben lassen, sie sei tot.«

»Wie es sich anhört, hatte auch Chambers allen Grund zu verschwinden«, sagte Del.

»Vielleicht haben die beiden einen Deal ausgehandelt.« Faz sah Nikolic an. »Hat dein Mann noch etwas herausgefunden?«

»Er hat eine Frau aus seinem Büro beim letzten Arbeitgeber von Chambers anrufen und nach dem für die Lohnbuchhaltung zuständigen Mitarbeiter fragen lassen. Die Frau hat sich als Chambers ausgegeben und behauptet, sie hätte ihren letzten Scheck nicht erhalten und wolle nun nachprüfen, ob der Buchhaltung auch die richtige Nachsendeadresse vorläge.«

»Und hatte das Büro eine?«, fragte Faz.

Nikolic nickte. »Ein Postfach in Bartell's Drugstore in Renton, Washington. Nur stand auf dem Fach als Name nicht Devin Chambers.« Er grinste breit. »Da stand Lynn Hoff.«

»Kein Scheiß?« Faz beugte sich aufgeregt vor.

»Kein Scheiß. Also hat mein Fahnder dieselbe Mitarbeiterin in der Apotheke anrufen lassen. Sie hat so getan, als sei sie Lynn Hoff, und gefragt, ob man ihre aktuellen Adressdaten gespeichert habe. Woraufhin die Mitarbeiterin dieselbe Postfachnummer runterratterte. Dann erkundigte sich die Frau noch, ob ihr Arzt das neue Rezept schon, wie vereinbart, direkt an die Apotheke geschickt hätte. Die Apothekenmitarbeiterin meinte, schriftlich liege ihr nur ein die Woche zuvor ausgefülltes Rezept für Oxycodon vor.«

»Womit bestätigt wäre, dass sich Lynn Hoff da noch in der Gegend befand«, sagte Faz. »Und dein Mann hat das alles an die Kunden mit der Guerilla-Mailadresse weitergegeben?«

»Hat er.«

»Und wenn jemand wollte, hätte er bei Bartell's rumlungern und darauf warten können, dass Andrea Strickland oder Devin Chambers dort auftauchen. Dann hätte er nur noch der betreffenden Frau folgen müssen und schon hätte er gewusst, wo sie wohnt.«

Nikolic lehnte sich zurück und nippte an seinem Drink. »So wäre ich jedenfalls vorgegangen.«

* * *

Tracy und Kins saßen im Wagen, als Del und Faz sich telefonisch bei ihnen meldeten und sagten, sie hätten Informationen, die sie nur ungern im Büro mit ihnen besprechen würden. Tracy schlug als Treffpunkt den Food Court des Einkaufszentrums im Gebäude der Bank of America an der Fifth Avenue vor.

Dort hörten Kins und sie sich bei einem Kaffee an, was Del und Faz ihnen über die Unterhaltung mit Nikolic zu berichten hatten.

»Da taucht also Devin Chambers in derselben Stadt im Staate Washington auf, in die Andrea Strickland sich zurückgezogen hat, um ihr Gesicht umbauen zu lassen und ihre Bankangelegenheiten zu regeln«, schloss Faz seinen Bericht. »Ein ziemlich großer Zufall.«

»Zu groß«, fand auch Tracy.

»Die beiden waren Freundinnen«, sagte Kins. »Also muss Devin Chambers die Person gewesen sein, die ihr vom Berg runtergeholfen und sich vielleicht auch nach der Operation um Strickland gekümmert hat.«

»Und Strickland wird nach der Operation verschreibungspflichtige Schmerzmittel gebraucht haben«, ergänzte Faz.

»Oder Chambers war hinter dem Treuhandfonds her«, warf Tracy ein.

Woraufhin die anderen drei sie fragend ansahen.

»Laut ihrer Schwester hat Chambers ein Problem mit Arzneimitteln und mit Geld, richtig?«

»Hat Nik so berichtet.« Faz nickte.

»Also könnte sie hinter beidem her gewesen sein«, sagte Tracy. »Und wenn Devin Chambers Andrea Strickland geholfen hat, dann wird sie auch Andreas Decknamen und den Namen der Bank gekannt haben. Wahrscheinlich auch die Kontonummern und die Passwörter.«

»Glaubst du, sie könnte sie umgebracht und dann das Geld weggeschafft haben?«, fragte Faz.

Tracy zuckte mit den Achseln. »Strickland war ja schon tot, dachten alle. Auch das wird Chambers gewusst haben. Solange niemand die Leiche fand, war es das perfekte Verbrechen.«

»Dann sollten wir also vielleicht auch nach Devin Chambers suchen«, schlug Faz vor.

»Ist nicht mehr unser Fall«, bremste Kins die Runde und trank seinen Kaffee aus.

Bis jetzt hatte Tracy den anderen noch nichts von ihrem Trip nach San Bernadino erzählt. Sie wussten nicht, was sie von Penny Orr erfahren hatte, sie wussten nichts über das Gespräch mit dem Therapeuten Alan Townsend. Denn wenn es hart auf hart ging und der Ärger losbrach, weil Tracy die Ermittlungen weitergeführt hatte, wollte sie glaubhaft versichern können, ihre Kollegen hätten davon nichts gewusst.

»Ich rufe Stan Fields an«, entschied sie. »Ich sage ihm, das wäre etwas gewesen, was wir angeleiert hätten, ehe uns die Ermittlungen entzogen wurden. Wir haben die Infos erst jetzt erhalten und geben sie an ihn weiter.«

»Nik gibt seine Quelle nicht preis«, erklärte Faz.

»Nicht unser Problem«, sagte Kins. »Soll Fields sich damit befassen, wenn er beschließt, diesen Strang weiterzuverfolgen.«

Tracy fragte sich, wie intensiv Fields wohl irgendeinen Strang weiterverfolgen würde.

22

Noch am selben Nachmittag rief Tracy bei Stan Fields an und bat um ein Treffen, wobei sie von sich aus Mittwoch, den fünften Juli, vorschlug, weil sie an diesem Tag freihatte. Fields wollte unbedingt wissen, worum es ging, aber es gelang Tracy, sich sehr bedeckt zu halten und lediglich anzudeuten, es wäre jedenfalls den Trip in den Norden, nach Seattle, wert. Sie schlug ein Restaurant als Treffpunkt vor, das *Cactus* am Alki Beach, denn sollte sie je nach diesem Treffen befragt werden, konnte sie ein Mittagessen an ihrem freien Tag in einem Restaurant in der Nähe ihres Hauses leichter erklären als eine Reise nach Tacoma. Eine Reise im Zuge einer Ermittlung zudem, an der sie eigentlich gar nicht mehr arbeiten sollte.

Also wartete Tracy am Mittwoch nur wenige Minuten nach zwölf unter der grün und rot gestreiften Markise auf der Terrasse des *Cactus*, knabberte Chips und Salsa und nippte Eistee. Auf der anderen Seite der Straße bevölkerten dichte Menschenmengen den Strand und die Promenade von Alki Beach, so dicht, dass Jogger schon auf die Straße ausweichen mussten, um den Massen zu entgehen. Dem horrenden Autoverkehr nach zu urteilen trafen auch immer noch mehr Leute ein, die den Strand genießen oder in einem der Restaurants mit den unbezahlbaren

Panoramablicken essen wollten. Touristen drängten sich um den Obelisken aus Beton, der den angeblichen Geburtsort der Stadt Seattle markieren sollte – oder vielmehr die Stelle, an der die Denny-Party-Siedler im Herbst des Jahres achtzehnhunderteinundfünfzig an Land gegangen waren, um ihre erste Siedlung zu errichten. Den amerikanischen Ureinwohnern dürfte dieser Fleck schon vorher bekannt gewesen sein, für sie hatte man ihn nicht erst noch entdecken müssen. Sie hatten schließlich hier gelebt.

Fields näherte sich der Terrasse von der Sixty-Third Avenue her, die senkrecht zur Alki Avenue verlief. Tracy sah ihm zu, wie er hektisch an seiner Zigarette zog. Wieder ließen die Siebzigerjahre grüßen, diesmal vertreten durch einen grauen Nadelstreifenanzug, ein Hemd mit offenem Kragen, aus dem ein Goldkettchen lugte, und eine Pilotensonnenbrille. Tracy war leger gekleidet, sie trug Shorts, ein blaues Tanktop und ein weißes Hemd.

Noch ein letzter Zug an der Zigarette, dann ließ Fields sie fallen und trat die Kippe mit dem Absatz aus. »Der Verkehr hier in der Gegend ist ja scheußlich«, knurrte er Tracy an, kaum hatte er ihren Tisch erreicht. »Das mit dem Parken war ein guter Tipp.«

Da Tracy gleich um die Ecke wohnte, kannte sie die geheimen Parkmöglichkeiten – wie die Tiefgarage gleich hier nebenan.

»Haben all diese Leute keine Arbeit?« Misstrauisch glitt Fields' Blick über die reine Masse an Leibern, die sich auf der gegenüberliegenden Straßenseite über die Promenade schob.

»Es ist Mittagszeit«, erklärte Tracy. »Im Nordwesten weiß man, dass man rausmuss, wenn die Sonne scheint. Herbst und Winter können hier sehr lang sein.«

Fields zog sein Jackett aus, zog einen Stuhl unter dem Tisch vor und setzte sich. Er roch nach Zigarettenqualm. »In

Arizona bleibt man im Sommer drin und wagt sich erst wieder im Herbst und Winter aus dem Haus.«

Er nahm die Sonnenbrille ab, klappte sie zusammen und steckte sie in die Hemdtasche. »Bring mir ein Corona mit Limone, Schätzchen«, bat er die Kellnerin, die an den Tisch getreten war. Tracy musste sich sehr zusammenreißen, um das nicht zu kommentieren. Fields sah sie an. »Also? Wozu die Intrige?«

»Keine Intrige. Ich habe ein paar Informationen für Sie im Fall Andrea Strickland, ein paar Sachen, an denen wir gerade arbeiteten, als uns die Zuständigkeit entzogen wurde.«

»Keine Intrige, was?« Fields schenkte Tracy ein überhebliches Lächeln, das seine Schnurrbartenden in die Höhe rutschen ließ. »Ihrer Kleidung nach zu urteilen arbeiten Sie heute nicht. Sie haben Informationen für mich, die nicht in der uns zugesandten Akte stehen, Sie wollen diese Informationen nicht am Telefon besprechen und Sie baten mich, zu Ihnen zu kommen. Ich bin auch nicht erst seit gestern in diesem Job.«

»Ja, ich weiß, es ist nicht Ihr erstes Rodeo«, sagte Tracy. »Sie haben die Akte also erhalten?«

Fields nickte. »Und ich habe mich noch einmal mit Graham Strickland unterhalten. Vielleicht sollte ich lieber sagen: Ich habe es versucht.«

»Er war anwaltlich versorgt bis unter die Hutschnur?«

Der Schnurrbart zuckte. »Alles muss über den Anwalt gehen. Dem habe ich dann gesagt, wir werden ihn und seinen Mandanten wegen Behinderung der Justiz belangen.«

Wie weit Fields mit dieser Taktik gekommen war, konnte sich Tracy lebhaft vorstellen.

»Sagt der Mann doch zu mir, ich solle mich damit abfinden oder die Klappe halten«, fuhr Fields fort. »Dann haben wir uns auf einen Kompromiss geeinigt. Er sorgt dafür, dass Strickland für eine Befragung zur Verfügung steht.« Fields setzte sich zurück und beobachtete zwei junge Frauen in Shorts, die an der Terrasse vorbeigingen, ehe er seine Aufmerksamkeit wieder auf Tracy richtete. »Bin mir nicht sicher, was mir das groß bringen soll, da niemand uns den genauen Zeitpunkt des Mordes nennen kann und es mit den rechtsmedizinischen Erkenntnissen auch nicht weit her ist – so, wie das Salzwasser und die Krebsfalle mit der Leiche umgesprungen sind. Selbst wenn wir die Tatwaffe fänden, haben wir kein Geschoss. Wir arbeiten daran, Stricklands Kreditkarten- und Telefonabrechnungen in die Hand zu bekommen, damit wir feststellen können, ob er für den betreffenden Tag ein Boot gemietet hat, um auf Krabbenfang zu gehen. Halte ich nicht für sehr wahrscheinlich.« Fields nahm sich einen Chip, tauchte ihn in die Salsa und schob ihn in den Mund. »Mit anderen Worten: durchaus möglich, dass es bei reinen Indizien bleibt. Und das weiß der kleine Scheißer auch.«

Die Kellnerin kehrte mit Fields' Bier zurück, an dessen Flaschenhals eine Limonenscheibe klemmte.

»Haben Sie gewählt, möchten Sie bestellen?«, erkundigte sie sich.

»Bringen Sie mir dieses eine Steakgericht«, sagte Fields. »Wie heißt es noch gleich? Carne Asada?«

Die Frau lächelte. »Wie möchten Sie das Steak?«

»Blutrot. Sagen Sie dem Koch, es soll *Muh* sagen, wenn ich mit der Gabel reinsteche. Und schmeißen Sie auch noch ein paar von diesen großen grünen Paprika für mich auf den Grill.«

Tracy bestellte eine Tostada. »Keinen Sauerrahm und keine Guacamole«, bat sie.

Fields drückte die Scheibe Limone in seine Flasche. »Achten Sie auf die Figur?« Er trank einen Schluck. »Also? Was haben Sie für mich?«

Tracy tauchte einen Chip ein und kaute. »Ich habe mich mit Andrea Stricklands Tante in San Bernadino unterhalten.«

»Ach ja?« Fields klang überrascht und verärgert. »Was – Sie waren gerade zufällig da unten in der Gegend, genauso wie Sie ganz zufällig Ihren freien Tag bei der Arbeit an einem Fall verbringen möchten, der nicht mehr Ihrer ist? Sorgen die hier unten in Seattle nicht dafür, dass ihr zu tun habt?« Fields' Brauen rückten immer dichter zusammen.

»Ich habe mich auch mit ihrem Therapeuten unterhalten.« Tracy hatte beschlossen, die Einwürfe einfach zu ignorieren.

»Dem von Strickland oder dem der Tante?«

»Stricklands. Die Tante hat Andrea nach dem Autounfall, bei dem ihre Eltern ums Leben kamen, dorthin geschickt. Nachdem sie mitbekam, dass Andrea von ihrem Ehemann, also Andreas eigenem Onkel, sexuell belästigt wurde, hat sie für eine Fortsetzung der Therapie gesorgt.«

»Echt – kein Scheiß?« Fields wurde so laut, dass sich ein paar Köpfe umwandten.

Tracy nippte an ihrem Eistee. »Das Mädchen hat ihre Eltern bei einem Autounfall verloren und muss dann so etwas mitmachen.«

»Nicht jeder wächst im Brady Bunch auf.« Fields trank einen Schluck Bier.

»Und manche sehr weit davon entfernt.«

»Dann war sie also ziemlich verkorkst.«

»Der Therapeut hat das Jugendamt benachrichtigt, die haben Andrea aus der Familie genommen, bis die Tante eine andere Wohnung gefunden hatte.«

»Wurde Anzeige erstattet?«

»Das habe ich nicht nachgesehen.«

»Was wurde aus ihr? Wie hat sie sich gemacht?«

»Der Therapeut ist sich da nicht sicher, hält es aber für durchaus denkbar, dass Andrea etwas entwickelt haben könnte, was er als dissoziative Störung bezeichnet, einen Rückzug in verschiedene Persönlichkeiten, um der wirklichen Welt zu entfliehen.«

»So wie in diesem Film, *Sybil*?«

»Dazu kann ich nichts sagen, den kenne ich nicht.«

»Hat er eine dieser anderen Persönlichkeiten benannt?«

»Wie Lynn Hoff, meinen Sie? Nein. Aber er meinte, Andrea sei eine obsessive Leserin gewesen und hätte die Rolle einer Figur aus einem der Bücher übernommen haben können, die sie ständig las.«

»Dann wollen wir hoffen, dass sie *Carrie* nicht kennt«, sagte Fields. »Die Frau klingt wie ein Zugunglück, das nur darauf wartet, sich zu ereignen.«

»Vielleicht. Er sagte auch, es könne bei ihr eine Neigung zu gewalttätigen Handlungen bestanden haben.«

»Hat er das je selbst beobachten können?«

Tracy schüttelte den Kopf. »Andrea hat die Stadt verlassen, als sie achtzehn war. Er sagte, die Symptome einer solchen Störung zeigten sich, wenn überhaupt, bei den Leuten erst später, mit Anfang zwanzig.«

»Möglicherweise eine tickende Bombe also. Hat er gesagt, was bei ihr eine Explosion ausgelöst haben könnte?«

»Er erwähnte eine Reihe von Möglichkeiten – alles rein hypothetisch natürlich: ein weiteres Trauma, Misshandlung, Verlassenheitsängste, tiefe Verzweiflung.«

Die Kellnerin brachte Tracys Tostada und Fields' Carne Asada. Fields stach mit der Gabel in das Steak. »Ich höre kein *Muh!*«, beschwerte er sich, was die Kellnerin besorgt die Stirn runzeln ließ. »Alles in Ordnung, Schätzchen«, beruhigte er die Frau. »Ich wollte dich nur ein bisschen hochnehmen. Bring mir doch noch ein Corona, ja?«

Die Kellnerin räumte die leere Flasche vom Tisch.

Mit Messer und Gabel bewaffnet säbelte Fields einen ordentlichen Bissen vom Fleisch auf seinem Teller und steckte ihn sich in den Mund. »Verlassenheitsängste, sagten Sie?«, meinte er munter kauend. »Wenn ihr Mann sie betrog, zum Beispiel? Oder wenn er vorhatte, sie umzubringen, und sie das herausfand?«

»Kann sein.«

»Okay. Also – wohin soll das für mich führen?«

Tracy löffelte Salsa auf ihre Tostada. »Nun, es könnte erklären, wieso eine dem äußeren Anschein nach sehr introvertierte junge Frau überhaupt dazu kam, unbeschadet von diesem Berg zu klettern und alle möglichen extremen Anstrengungen zu unternehmen, um es so aussehen zu lassen, als hätte ihr Mann sie umgebracht.«

Fields ließ Messer und Gabel sinken. »Wie meinen Sie das – es so aussehen lassen?«

»Ihrem Bericht zufolge hatte der Ehemann keine Ahnung von der Versicherung, die ihn als Begünstigten nannte.«

»Das hat er gesagt, aber wir wissen doch beide, dass das höchstwahrscheinlich gelogen war.«

»Oder eben auch nicht«, gab Tracy zu bedenken. »Die Existenz der Geliebten, mit der er Andreas Meinung nach schlief, ist bisher nirgendwo bestätigt. Wir wissen, dass sie vom Berg gestiegen ist und dabei auf dem Berg einen Haufen Ausrüstung und Kleidung hinterlassen hat. Sie muss also alles zweifach dabeigehabt haben, um für den Abstieg gerüstet zu sein. Sie hat diese Sachen ganz bestimmt nicht zum Spaß da hochgeschleppt. Und sie hat sich einen gefälschten Führerschein besorgt. Das alles deutet auf einen Vorsatz hin.«

»Wollen Sie damit sagen, sie hätte diese Versicherung abgeschlossen, um es so aussehen zu lassen, als hätte ihr Ehemann ihre Ermordung geplant?«

»Vielleicht wollte er sie ja wirklich umbringen und sie hat es herausgefunden, auch eine Möglichkeit«, sagte Tracy. »Aber ja – die Versicherung abzuschließen, mit einem Scheidungsanwalt zu sprechen, ihrer Chefin zu erzählen, sie fürchte, ihr Mann betrüge sie – all das könnte zu einem Plan gehört haben. Brotkrumen, die zusammen eine Spur ergeben, und die Spur führt direkt zu ihrem Mann.«

»So schlau kommt sie mir aber nicht vor. Schon gar nicht, wenn sie so durchgeknallt war, wie der Seelenklempner behauptet.«

»Bundy war durchgeknallt.« Diese Bemerkung ließ Tracy einen Moment lang im Raum stehen, damit sie sacken konnte. »Andreas Chefin hielt sie für sehr intelligent.«

Fields legte Messer und Gabel beiseite, um sich mit der Serviette die Mundwinkel abzuwischen. »Okay, aber die Frage ist doch: Wer hat sie denn jetzt umgebracht? Nehmen wir mal an, Sie haben mit Ihrer Hypothese recht und Andrea wusste wirklich irgendetwas von der Mordabsicht ihres Mannes und hat ihr Verschwinden so geplant, dass man einen Mord mit ihm als Täter annehmen musste. Alles gute Gründe für den Mann, sie aufzuspüren und umzubringen. Womit wir wieder bei unserem Ausgangspunkt wären.«

»Schon möglich. Obwohl ich es, was das Motiv betrifft, immer noch für wahrscheinlicher halte, dass er es auf den Fonds abgesehen hatte. Falls er der Mörder ist. Was mich zur nächsten Sache bringt, die ich mit Ihnen besprechen möchte. Jemand hat nach Lynn Hoff und Devin Chambers gesucht.«

»Woher wissen Sie das?«

»Ein Freund von mir ist darauf spezialisiert, vermisste Personen zu finden. Ich habe ihn gebeten, sich mal umzuhören und mich wissen zu lassen, wenn jemand nach Lynn Hoff sucht. Jemand hat nach ihr gesucht.«

»Und wer?«

»Das weiß er nicht. Die Suche lief über eine Guerilla-E-Mail-Adresse. So konnte der Kunde oder die Kundin sicher sein, anonym zu bleiben.«

»Eine Sackgasse also.«

»Nicht unbedingt.«

Die Kellnerin kam mit Fields' zweitem Bier und schenkte Tracy Eistee nach. Tracy wartete, bis sie gegangen war.

»Mein Informant sagte, die anonyme Person beauftragte den Privatermittler zuerst mit der Suche nach Lynn Hoff, bei der aber nichts außer dem im Staat Washington ausgestellten Führerschein herauskam, den wir auch gefunden haben.«

Fields presste seine Limonenscheibe über dem Steak aus, ehe er sie in der Bierflasche versenkte. »Okay. Eine Sackgasse also. Abgesehen davon, dass wir jetzt wissen, dass jemand nach ihr gesucht hat.«

»Wenn jemand nach Lynn Hoff suchte, bedeutet das, er oder sie wusste von Andreas neuer Identität.« So langsam bekam Tracy das Gefühl, Fields jeden einzelnen Ermittlungsschritt mit dem Teelöffel eintrichtern zu müssen. Kein Wunder, dass die ursprüngliche Ermittlung so wenig gebracht hatte. »Und als der Ermittler dem Kunden mitteilte, die Suche nach Lynn Hoff über die üblichen Kanäle habe nichts weiter zutage gefördert, brachte besagter Kunde den Namen Devin Chambers ins Spiel.«

»Er kannte diesen Namen?«

»Offensichtlich.«

»Und Devin Chambers verschwand ungefähr zur selben Zeit wie Andrea Strickland«, sagte Fields. »Das behauptet Stricklands Chefin doch, oder?«

Tracy hatte diese Information in ihren Bericht über das Gespräch mit Brenda Berg eingebaut. »Chambers hat ihren Nachbarn erzählt, sie plane die Stadt zu verlassen, um eine längere Europareise anzutreten. Sie bat jemanden im Haus, sich um ihre Post zu kümmern, machte aber nie Anstalten, diese Post abzuholen oder sich nachsenden zu lassen. Das gilt auch für ihre Möbel und all ihren anderen persönlichen Besitz. Sie scheint in New Jersey eine Schwester zu haben und die meinte,

Devin hätte Geldprobleme, die sich wahrscheinlich aus ihrem Medikamentenmissbrauch ergäben.«

»Dann war sie Ihrer Meinung nach hinter Andreas Geld her?«

»Der Fahnder entdeckte die Adresse eines Postfachs in einem Drugstore in Renton. Das Postfach war auf den Namen Lynn Hoff angemeldet. Die Apotheke dort hat in ihren Unterlagen zumindest ein Rezept für ein verschreibungspflichtiges Medikament auf den Namen Lynn Hoff. Und in Renton hat Andrea Strickland diesen Namen angegeben, als sie sich dort ein neues Gesicht verschaffte, und auch bei ihren Bankgeschäften.«

»Sie glauben, die beiden könnten zusammengearbeitet haben? Chambers und Strickland?«

»Das wäre eine Möglichkeit. Es könnte auch noch eine andere geben. Der Ranger, mit dem ich gesprochen habe, war fest davon überzeugt, dass Strickland nicht ohne Hilfe vom Berg steigen und fliehen konnte. Zwei Tage nachdem Kurt Schill die Leiche in der Krebsfalle aus dem Meer zog, räumte jemand Lynn Hoffs Konten leer. Diese Person muss gewusst haben, bei welcher Bank sich die Konten befinden, und sie muss Kontonummern und Passwörter gekannt haben.«

»Okay, dann glauben Sie also, Devin Chambers hat ihr vom Berg geholfen und entweder mit ihr zusammengearbeitet oder aber später wieder Verbindung mit ihr aufgenommen und sie dann umgebracht?«

So weit wollte Tracy nicht gehen. Sie mochte keine Schlussfolgerungen aus Beweisen ziehen, von denen sie eigentlich nichts wissen sollte, in einer Ermittlung, die sie nicht mehr leitete. »Ich glaube, Chambers könnte für die Ermittlungen von Interesse sein und Sie sollten sich vielleicht mal mit ihr unterhalten.«

Fields nahm sein Bier und lehnte sich zurück, nippte daran. »Wieso steht nichts davon in Ihren Berichten?«

Tracy zuckte die Achseln. »Wie ich schon sagte, als wir die Akte weiterleiteten, hatten wir diese Informationen noch nicht. Sie sind gerade erst hereingekommen.«

»Weder von der Tante noch von dem Psychoheini steht irgendetwas in Ihrer Akte. Auch nichts darüber, dass Sie unter Schnüfflern die Parole ausgegeben haben, Sie wüssten gern, ob jemand nach Lynn Hoff sucht. Beides wird nicht als noch in Arbeit erwähnt.«

»Uns wurde gesagt, wir sollten die Akte abschließen und euch schicken und dann alles zu Ende bringen, woran wir gerade saßen. Außerdem – wo liegt da der Unterschied? Jetzt haben Sie die Infos ja.«

Fields stellte sein Bier ab und nahm die Serviette vom Schoß, um sie auf den Teller zu legen, obwohl er sein Carne Asada noch gar nicht aufgegessen hatte. Er war sichtlich unzufrieden darüber, dass sich Tracy in seine Ermittlung eingemischt hatte. Tracy waren die Gefühle dieses Mannes herzlich gleichgültig, sie interessierten sie nicht. Sie wollte einen Mörder suchen, das interessierte sie.

Fields entdeckte die Kellnerin, stellte Blickkontakt her und deutete mit einer Geste an, dass er die Rechnung wollte. Dann sah er wieder zu Tracy hinüber. »Vielen Dank für die Informationen und für das Mittagessen.«

Tracy schüttelte den Kopf. »Ihr Rodeo«, sagte sie, »Ihre Kreditkarte.«

* * *

Als Tracy nach ihrem Treffen mit Stan Fields nach Hause kam, saß Dan auf einer der beiden Liegen auf ihrer Terrasse und machte einen äußerst entspannten Eindruck, ganz und gar nicht der

Mann, der gnadenlos in der Sonne brutzelt. Er brutzelte nämlich auch gar nicht, sondern hockte sehr gemütlich im umfangreichen Schatten eines großen, frei stehenden Sonnenschirms. Sobald er Tracy sah, legte er den Schriftsatz aus der Hand, an dem er gearbeitet hatte und der von daher zahlreiche Spuren des roten Kugelschreibers in seiner Hand trug. Rex und Sherlock, die aussahen, als wären sie gestorben und in der Wonne dieses Schattens auf ihrer Veranda wieder zum Leben erwacht, sahen Tracy ebenfalls kommen, aber nur Sherlock erhob sich, um sie mit begeistertem Schwanzwedeln zu begrüßen. Von Rex wurde Tracy lediglich mit leicht verlegen hochgezogener Braue zur Kenntnis genommen, was sie ihm allerdings nicht übel nahm.

Dan sah auf. Auf seiner Nase thronte die Brille mit dem runden Drahtgestell, bei der man in früheren Zeiten gesagt hätte, sie verleihe ihm das Aussehen eines Professors, die nun aber für immer und ewig für Harry Potter stehen würde. Er war schon früh in sein Büro gegangen, um einigen Papierkram zu erledigen und sicherzustellen, dass es nirgends brannte. Den Nachmittag wollten die beiden zusammen verbringen.

»Seit wann haben wir den denn?« Tracy deutete mit dem Kinn auf den Schirm, der nicht nur groß, sondern auch ziemlich hässlich rostfarben war, was sie jedoch nicht aussprach.

»Wunderbar, nicht? Ich habe ihn auf dem Nachhauseweg vom Büro gekauft. Warum drinnen arbeiten, wenn es draußen so schön ist, habe ich mir gesagt. Außerdem sollst du dich ja von der Sonne fernhalten.«

»Ich soll Sonnencreme benutzen.« Tracy schüttelte den Kopf. »Dass wir in Seattle noch mal Schirme kaufen, die nicht gegen den Regen sind, hätte ich nie gedacht.«

»Globale Erwärmung«, sagte er. »Gletscher schmelzen, der Meeresspiegel steigt. Dürre, Hungersnöte, Katzen und Hunde friedlich unter einem Dach …«

»Beziehen wir unsere Meteorologie jetzt von Bill Murray?« Tracy war sich ziemlich sicher, dass der letzte Teil von Dans Ausführungen aus einem der Filme des Comedians stammte.

»Wo warst du? Hast du einen Spaziergang gemacht?«, wollte Dan wissen.

Tracy trank einen Schluck aus seinem Glas Eiswasser. »Nein. Ich hatte einen Termin.«

»An deinem freien Tag?«

Sie hockte sich Dan gegenüber auf die Kante des anderen Liegestuhls. »Ich habe mich mit dem Detective vom Pierce County getroffen, der die Frau-in-der-Krebsfalle-Ermittlung übernommen hat.«

»An deinem freien Tag?«, wiederholte Dan seine Frage. »Ich dachte, du kannst den Typen nicht ausstehen.«

Tracy bewunderte beiläufig die Aussicht. »Es gab da ein paar Informationen, die ich an ihn weitergeben musste. Nicht offiziell.«

»An deinem freien Tag?«, fragte Dan zum dritten Mal.

»Soll das eine Diskussion darüber werden, ob ich wegen des Schicksals meiner Schwester von jedem Mord an einer jungen Frau besessen bin oder nicht?«

»Nein.«

»Und warum stellst du dann immer wieder diese Frage?«

Dan legte den Schriftsatz nieder und holte tief Luft. »Du hast mir erzählt, die ganze Welt hätte diese junge Frau total schlecht behandelt. Erst war sie Tochter eines Arztes, dann Waise, die vom Mann ihrer Tante missbraucht wurde, dann Ehefrau eines Mannes, der sie ebenfalls misshandelte.«

»Das stimmt«, sagte Tracy.

»Also frage ich mich, ob dein Ausflug nach San Bernadino irgendetwas damit zu tun haben könnte, dass du eine gewisse Verbindung zu ihr spürst.«

»Warum? Hast du vor, mich zu misshandeln?«

»Auf keinen Fall! Du weißt doch, dass ich Angst vor dir habe.« Dan lächelte, um die Stimmung zu lockern. »Ich will doch nur sagen, dass das Leben auch zu dir nicht immer nett und fair war, wie wir beide wohl genau wissen. Dein Vater war Arzt. Du hast kurz nacheinander ihn und deine Schwester verloren.«

»Ich werde mich nicht in Mitleid suhlen, Dan.«

»Ich sage ja auch gar nicht, dass du das tun solltest.«

»Ja, ich habe ein eigennütziges Interesse an diesem Fall«, gestand Tracy ein, wobei sie an Nolasco dachte. »Das war meine Ermittlung und ja, du weißt schon, manchmal sind die Fälle persönlich. Sind nicht auch ein paar deiner Fälle persönlicher als andere?«

»Sicher, aber bei wie vielen Prozent der Ermittlungen, die für dich persönlich sind, handelt es sich bei dem Opfer um eine junge Frau?«

»Bei vielen«, gestand Tracy ein. »Weil nämlich einfach viele der Menschen, die entführt und ermordet werden, junge Frauen sind. Ich bin mir nicht ganz sicher, was ich daran ändern kann.«

»Bei deinen eigenen Fällen glaube ich nicht, dass du etwas zu ändern brauchst. Ich bin mir sicher, deine Geschichte motiviert dich dazu, noch besser zu arbeiten. Aber wenn es nicht dein Fall ist und du schlechte Entscheidungen triffst, dann solltest du, glaube ich, deine Motivation hinterfragen.«

»Ich bin lediglich ein paar Dingen nachgegangen. Inwieweit ist das eine schlechte Entscheidung?«

»Deine Fahrt nach San Bernadino war nicht autorisiert.«

»Es war keine berufliche Reise.«

»Echt nicht?«

»Hör mal, ich habe mit ihr geredet, während du bei Gericht warst, und ich habe die Information an den Detective weitergegeben, der die Ermittlung erneut übernommen hat. Das liegt jetzt in seinen Händen. Er kriegt die Anerkennung für gute Polizeiarbeit. Ich sehe das nicht als schlechte Entscheidung.«

»Dann lässt du den Fall also sein?«

»Muss ich doch, oder?«

Schweigend saßen die beiden da, bis Dan aufstand. »Okay, ich habe noch ein paar Sachen zu erledigen.«

Tracy wusste, dass sie gerade in Abwehrstellung gegangen war. Sie wusste auch, dass Dan sie nur beschützen wollte. Aber noch etwas anderes wusste sie genau: Sie hatte Mühe damit, Dinge einfach auf sich beruhen zu lassen. Sie stand auf und umarmte ihren Freund. »Es tut mir leid. Ich will mich nicht mit dir über diesen Fall streiten. Ja, es stimmt, ich empfinde etwas für diese Frau und ich wollte den Fall zu Ende bringen. Du hast recht. Es gibt durchaus Ähnlichkeiten und ich bin sauer, weil wir den Fall nicht behalten haben. Und es tut mir wirklich leid, dass ich das an dir ausgelassen habe.«

»Mach dir darum keine Sorgen«, beschwichtigte Dan. »Ich kann auf mich aufpassen, ich bin schon groß. Hör mal, ich bin wahrscheinlich den ganzen Rest des Nachmittags unterwegs, ich muss noch ein paar Dinge erledigen. Wir könnten aber später, wenn es kühler geworden ist, mit den Hunden rausgehen.«

»Das wäre schön.«

Dan war schon halb im Haus, als er sich noch einmal umdrehte. »Ach ja, und ich habe mit meinem Arzt über die Sache geredet, über die wir neulich gesprochen haben.«

»Die Vasektomie?«

»Er sagt, man kann sie wieder rückgängig machen.«

Tracy wusste, sie verlangte damit ziemlich viel von Dan. Es ging ja nicht nur um die Prozedur selbst, bei der er ein, zwei Tage lang Schmerzen haben würde. Es ging um eine lebenslange Verpflichtung: Vater zu sein. Auf keinen Fall sollte sich Dan unter Druck gesetzt fühlen, nur weil sie plötzlich Angst hatte, vielleicht nie ein Kind zu bekommen.

»Lass mich mal einen Moment lang beiseite«, sagte sie. »Würdest du dann trotzdem Kinder haben wollen?«

»Ich kann dich nicht beiseitelassen. Ich liebe dich. Ich würde es für niemand anderen tun. Kind ja oder nein – eigentlich kannst nur du diese Frage beantworten. Ohne wie der letzte Chauvi klingen zu wollen: Da der Herrgott mir weder Uterus oder, wenn wir schon mal dabei sind, Brüste gab, wird ein Großteil der Schwerarbeit an dir hängen bleiben, zumindest im ersten Jahr. Hast du das auch ganz bestimmt genau durchdacht?«

»Ich bin immer davon ausgegangen, dass ich Kinder haben werde«, antwortete Tracy.

»Ich weiß«, sagte Dan. »Und zwar in Cedar Grove, Tür an Tür mit Sarah. Sonntags würden wir uns immer zum Grillen treffen und unsere Kinder würden zusammen zur Schule gehen.«

Sie lächelte, wobei allerdings eine Träne auf ihre Wange fiel. »So hast du dir das vorgestellt?«

»Wir waren beste Freunde.« Er nahm sie in den Arm. »Das war unsere Welt. Es sind gute Erinnerungen, Tracy. Sie müssen nicht traurig sein. Wir haben jetzt die Chance, uns eigene Erinnerungen zu schaffen. Wir beide zusammen.«

»Ich bin mir nicht sicher, dass ich diese Chance verdiene«, sagte sie leise.

Er schob sie ein wenig auf Distanz, um sie ansehen zu können. »Warum sagst du so etwas? Wegen Sarah?«

Sie kämpfte mit den Tränen. »Sie wird sich nie verlieben, Dan, nie heiraten und Kinder großziehen.«

Er zog sie erneut fest an sich. »Was ihr zugestoßen ist, ist nicht deine Schuld, Tracy. Das weißt du auch.«

Natürlich wusste sie das, es half nur nichts. Sie fühlte sich deswegen nicht besser. Der Gedanke an Sarah war immer in ihrem Hinterkopf. »Ich denke immer noch an sie. Ich hätte sie nicht allein nach Hause fahren lassen dürfen.«

»Was glaubst du – was würde sich Sarah für dich wünschen?«

Tracy wischte sich die Tränen aus den Augen. Weitere folgten nur allzu schnell. »Dass ich glücklich bin.«

»Natürlich würde sie das wollen.«

Tracy weinte, den Kopf an Dans Brust geborgen. Als sie sich wieder etwas gefangen hatte, löste sie sich von ihm und sah ihn an. »Ich glaube, du hattest neulich recht, als du meintest, wir sollten den zweiten Schritt nicht vor dem ersten tun.«

»Da ist er schon wieder, dieser Heiratsantrag!« Dan ließ ihre Hand los und verzog in gespieltem Entsetzen das Gesicht. »Ich weiß schon, ich bin ein toller Hecht, nur wenn du mich haben willst, musst du mich schon aus den Puschen hauen.«

Tracy boxte ihn lachend in die Brust.

»Okay! Wir machen immer einen Schritt nach dem anderen.« Dan warf einen Blick auf die Uhr an der Hauswand. »Ich muss los, noch ein, zwei Stunden arbeiten und dann ein paar Einkäufe erledigen. Wenn ich zurückkomme, gehen wir mit Rex und Sherlock an den Strand, ja?«

Tracy lächelte. »Das fände ich sehr schön.«

* * *

Kurz nach sieben, es war angenehm kühl geworden und von Norden her wehte eine leichte Brise, lud Dan die beiden Hunde hinten in seinen SUV.

»Gehen wir nicht zu Fuß?«, erkundigte sich Tracy verwundert.

»Die beiden haben immer noch ein bisschen Muskelkater von neulich, und mir geht es nicht anders.«

»Sie sehen nicht so aus, als hätten sie Muskelkater.«

Sherlock und Rex tänzelten vor Aufregung und winselten mit heraushängenden Zungen. »Die laufen doch bis zum

Umfallen«, sagte Dan. »Wir fahren runter und gehen am Strand spazieren. Ich möchte gern bis zum Leuchtturm.«

»Okay.« Tracy rutschte auf den Beifahrersitz.

Dan fuhr den Berg hinunter und um die Biegung herum. Normalerweise parkten sie hier immer auf einer extra dafür bestimmten Fahrspur in der Mitte der Straße, weil es im Sommer sehr schwer war, anderweitig einen Parkplatz zu finden, aber diesmal steuerte Dan seinen Wagen an Geschäften und Restaurants vorbei gleich weiter zum Leuchtturm.

»Was wird das? *Fahren* wir die Hunde spazieren, statt mit ihnen spazieren zu gehen?«, erkundigte sich Tracy.

Dan passierte den V-förmigen Wohnkomplex, der direkt zum Alki-Point-Leuchtturm führte, und bog in den Parkplatz dort ein. Ein Gittertor auf Rädern blockierte die Zufahrt zum Leuchtturm, daneben untersagte ein großes Schild Unbefugten bei Androhung strafrechtlicher Verfolgung das Betreten.

»Es ist zu.« Tracy wusste nicht, was Dan um diese Uhrzeit erwartete.

»Lass uns nachsehen, ob es einen Weg runter zum Wasser gibt.«

»Legen wir es unbedingt darauf an, verhaftet zu werden?«, wollte Tracy wissen. »Um den Abend ein bisschen spannender zu gestalten?« Kleinere Schilder wiesen darauf hin, dass der Parkplatz den Bewohnern der Apartments vorbehalten war und widerrechtlich hier parkende Fahrzeuge abgeschleppt werden würden.

»Ich war hier noch nie«, meinte Dan. »Ich will es mir nur mal ansehen. Was können sie denn schlimmstenfalls mit uns machen, außer uns zu verscheuchen?« Als er aus dem Wagen stieg und die Heckklappe öffnete, stürzten sich Rex und Sherlock aus dem Auto und folgten ihm zum Rollgitter. Er zog probeweise daran, woraufhin das Tor nach links rollte.

»Es ist offen!«, rief er.

»Nein, es ist geschlossen.« Tracy mochte sich nicht von ihrem Platz rühren. »Du hast es aufgemacht.«

»Komm schon, wir wollen uns nur mal ein bisschen umsehen. Sie hätten das Tor doch abgeschlossen, wenn sie wirklich gewollt hätten, dass niemand reinkommt.«

»Du bist erst zufrieden, wenn sie uns verhaftet haben, was?«

»Nun sei doch nicht so feige.«

»Hast du mir nicht gerade einen Vortrag darüber gehalten, ich würde ständig Sachen machen, mit denen ich mir Ärger einhandele?«

»Das ist etwas anderes, du könntest deinen Job verlieren. Was haben wir denn zu befürchten, wenn sie uns hier erwischen, weil wir uns friedlich ein bisschen umsehen?«

»Sie können uns verhaften. Uns beschuldigen, Terroristen zu sein. Uns nach Guantanamo schicken. Waterboarden.«

»Komm schon!« Dan ging durchs Tor und weiter die Straße hinunter.

»Okay.« Seufzend stieß Tracy ihre Tür auf. »Dann muss das jetzt wohl sein.«

Sie schob das Tor hinter sich zu und beeilte sich, zu Dan aufzuschließen. Die Straße führte an zwei weißen Häusern mit roten Dächern und jeweils einer Veranda vorbei, die Tracy an einen Film aus den Fünfzigerjahren erinnerten. Die *Seattle Times* hatte erst kürzlich in einem Artikel den einhundertsten Geburtstag des Leuchtturms gefeiert und dabei auch die beiden Häuser direkt am Strand erwähnt, in denen jetzt höhergestellte Angehörige der Küstenwache lebten. Noch ein Stück weiter zum Meer hin lagen Wartungshäuschen, ebenfalls weiß mit roten Dächern. Ein weißer Kiespfad führte zum Leuchtturm, der die Spitze der südlichen Einfahrt und den Übergang vom Puget Sound zur Elliot Bay markierte.

Tracy folgte Dan den Kiespfad entlang, wobei sie jeden Moment halb erwartete, von bewaffneten Sicherheitsleuten barsch des Geländes verwiesen zu werden. Beim Leuchtturm stand die Tür offen. Dan ging hinein und Tracy folgte ihm in den ebenerdigen Raum, in dem ein kleines Museum anhand von Fotos und Gerätschaften die Geschichte des Gebäudes erklärte. Dan hielt sich nicht weiter im Museum auf, er steuerte sofort die enge Wendeltreppe an, über die man auf die zweite Ebene gelangte. Auch hier folgte ihm Tracy – wo sie schon so weit gekommen waren, konnten sie es auch gleich ganz hinter sich bringen. Von der zweiten Ebene aus führte eine Metallleiter hinauf in den Raum, in dem sich das eigentliche Licht befand. Sherlock und Rex würde man nur mit einem Kran dort hochbekommen.

»Bleibt!«, befahl Dan den Hunden.

Dann stieg er, immer noch gefolgt von Tracy, die Sprossen hoch. Rex winselte leise und wurde von seinem Herrchen zur Ruhe gemahnt.

Von der Leiter aus konnte Tracy nicht sehen, was sie oben erwartete, Dan verstellte ihr den Blick. Erst als er die letzte Sprosse erreicht hatte, bemerkte sie einen flackernden goldenen Schein. Oben angekommen ließ sie sich von Dan hoch in die achteckige Kammer mit der Lampe darin ziehen. Der goldene Schein, der ihr zuvor aufgefallen war, hatte jedoch nichts mit dem Licht des Leuchtturms zu tun, sondern stammte von einem Dutzend flackernder Kerzen, die Schatten auf rote Rosen warfen. Unten auf dem Wasser glitzerte das Licht der untergehenden Sonne wie Hunderte winziger Diamanten.

Tracy spürte Tränen in ihren Augen. Die Knie wurden ihr weich. Dan gab ihre Hand nicht eine Sekunde lang frei. Er ließ sich auf ein Knie fallen und fischte mit der freien Hand eine kleine schwarze Schachtel aus einer Seitentasche seiner Cargoshorts.

»Oh mein Gott!« Langsam spürte Tracy, wie die Gefühle sie übermannten. Die Tränen strömten ihr inzwischen über beide Wangen.

»Tracy Anne Crosswhite ...« Dan öffnete die Schachtel und ein großer Diamant kam zum Vorschein.

Tracy stockte der Atem. Ihre Hand fuhr hoch zum Mund.

»Willst du mich heiraten?«, fragte Dan.

* * *

Später saßen sie in ihrem Lieblingsrestaurant, einem kleinen Italiener gleich südlich der Landspitze am Beach Drive. Vor den Fenstern, hinter den Inseln und den fernen Olympic Mountains, verblasste langsam das Sonnenlicht. Auf dem Tisch standen die roten Rosen, jetzt in einer Vase, aber Tracy hatte kaum Augen für sie. Im Moment sah sie nur den Ring, der jetzt ihre linke Hand schmückte, und den Mann, der ihn ihr angesteckt hatte. »Er ist so schön! Alles ist so schön! Wie hast du das bloß hingekriegt?«

»Na ja, wenn ich das Risiko eingehen und diese Beziehung auf der Basis absoluter Ehrlichkeit beginnen will, dann muss ich gestehen, dass ich heute Morgen gar nicht im Büro war.«

»Das hatte ich mir schon gedacht. Wie hast du sie dazu gebracht, dir den Leuchtturm zu überlassen?«

»Ein Freund von mir arbeitet bei der Küstenwache und ist eng mit dem Kommandeur befreundet. Er hat dafür gesorgt, dass das Tor unverschlossen blieb und jemand die Blumen arrangiert hat. Derselbe Mann hat von mir Bescheid gekriegt, wann er die Kerzen anzünden soll. Ich schulde ein paar Leuten ein paar Flaschen richtig leckeren Wein. Und? Habe ich das gut gemacht?«

Er hatte sie umgehauen. Tracy war zwar davon ausgegangen, dass Dan und sie heiraten würden, hatte aber gedacht, das würden sie gemeinsam entscheiden und dann einfach irgendwann beim Standesamt auflaufen. Nie hatte sie einen feierlichen Heiratsantrag erwartet, nie gedacht, dass Dan sich so viel

Mühe geben würde, sie zu überraschen – und zu verzaubern. Sie musste ununterbrochen lächeln. Wann hatte ihr Gesicht das letzte Mal vom Lächeln wehgetan?

»Das hast du prima gemacht«, strahlte sie.

Sie drehte ihren Ring in dem schwächer werdenden Licht, das durch die Fenster drang, sah die um den großen Stein in der Mitte angeordneten Diamanten funkeln und glitzern. Draußen vor dem Fenster kräuselten sich kleine Wellen auf dem Puget Sound und Segelboote stemmten sich in und gegen den Wind. Es war perfekt. Der ganze Abend war perfekt, bis ihr klar wurde, dass der Blick fast genau auf einer Linie mit der Stelle lag, die Kurt Schill für eine Goldgrube gehalten hatte, bis er die Krebsfalle mit Andrea Stricklands Leiche darin aus dem Meer zog.

23

Am Donnerstagmorgen kam Tracy müde ins Büro. Sie hatte in der Nacht nur unruhig geschlafen. Nach dem Dinner waren Dan und sie nach Hause gefahren und hatten sich geliebt, wonach sie sofort eingeschlafen war. So weit, so gut – nur war sie kurz nach drei Uhr schweißgebadet und außer Atem wieder aufgewacht. Genau wie früher, wenn sie von Sarah geträumt hatte. Diesmal jedoch hatte ihr Albtraum nichts mit ihrer Schwester zu tun gehabt. Diesmal hatte Tracy im Traum in Kurt Schills Boot auf dem Puget Sound gesessen und sich abgemüht, die Krebsfalle hochzuziehen, mit schmerzenden Armen, weil es so schwer war, das Tau durch die Halterung am Ende des Bootskrans zu ziehen. Es war ihr vorgekommen, als zöge sie schon eine Ewigkeit. Zu ihren Füßen kringelte sich fein säuberlich das Tau, immer ein Meter nach dem anderen, und es schien kein Ende nehmen zu wollen. Endlich brach die Krebsfalle durch die Wasseroberfläche. Tracy band das Tau fest und rutschte vorsichtig über den Sitz, spürte, wie das Boot sich neigte, aus dem Gleichgewicht geriet. Ganz vorsichtig streckte sie die Hand aus. Sofort neigte sich das Boot noch dichter zur Wasseroberfläche. Sie reckte sich, gab alles, um den Käfig zu erreichen. Ihre Finger zuckten, nur wenige Zentimeter vom Metall entfernt.

Da schoss zwischen den Gitterstreben eine Hand hervor. Polierte blaue Fingernägel gruben sich in ihren Arm, krallten sich fest, rissen sie über Bord ins dunkle Wasser.

Nach diesem Albtraum hatte Tracy im Bett gelegen und nicht mehr einschlafen können. Ihr Kopf kaute immer wieder die Beweislage im Fall Andrea Strickland durch, denn irgendetwas an dem Traum störte sie, nur konnte sie nicht genau sagen, was. Sie las auf ihrem Kindle, bis es sechs Uhr war, dann stand sie auf und brachte Dan das Frühstück ans Bett – eine wie sie fand etwas dürftige Revanche für die viele Mühe, die er sich am Vortag gegeben hatte. Nach dem Frühstück fuhr sie ins Büro.

Dabei hatte sie es nicht eilig, als sie aus dem Fahrstuhl stieg. Warum auch, schließlich hatte sich das Pierce County ihren einzigen ungelösten Mordfall geholt, und das A-Team arbeitete wieder nach dem regulären Dienstplan: zwei Monate Tagesschicht, dann einen Monat lang Nachtbereitschaft. Sie würde bei ihren anderen Fällen von Gewaltverbrechen die Kleinarbeit erledigen und die, bei denen sich niemand schuldig bekannt hatte, für den Prozess vorbereiten. Die Abteilung erwachte gerade zum Leben, als sie durch den Flur ging. Sie roch den bittersüßen Duft von Kaffee, hörte die Stimmen ihrer Kollegen, die Kommentare des Nachrichtensprechers im Fernsehen. Sie hatte sich ganz auf einen entspannten Vormittag eingestellt, als sie auf ihrem Schreibtisch den gelben Notizzettel entdeckte, mit dem Nolasco sie zu sich zitierte.

Kommen Sie sofort nach Eintreffen in den Konferenzraum.

Wahrscheinlich wollte ihr Nolasco irgendwelchen Verwaltungskram aufs Auge drücken, jetzt, da sie nicht mehr den Fall Andrea Strickland betreute. Tracy kannte ihren Vorgesetzten. Bestimmt wusste er irgendein langwieriges, ermüdendes Projekt für sie, uralte Kartons mit Akten, denen er seit Jahren aus dem Weg ging, die er jetzt aber umgehend brauchte, weswegen sie sie sofort durchgehen und sortieren sollte.

Im Konferenzraum waren die Jalousien an den Fenstern zum Flur heruntergelassen, sie konnte von außen nicht erkennen, was sich drinnen abspielte. An der offenen Tür angekommen wollte sie gerade klopfen, ließ es aber sein, als sie sah, wer sich dort alles versammelt hatte. Einen Moment glaubte sie, in ein laufendes Meeting geplatzt zu sein. Auf der einen, der Tür ferneren Seite des Tisches hatten Nolasco und Stephen Martinez Platz genommen, der stellvertretende Leiter der Abteilung für Kriminalermittlungen und Nolascos unmittelbarer Vorgesetzter. Auf der anderen, der Tür näher liegenden Tischseite saßen Stan Fields und ein Beamter, bei dem es sich wohl um Fields' Captain handelte, ein blasser, teigiger, übertrieben diensteifrig wirkender Mann, der ein Gesicht machte, als kneife ihn die zu enge Unterhose im Schritt.

Tracy konnte sich lebhaft vorstellen, warum die Männer sich hier versammelt hatten. Stan Fields hatte sie verpetzt.

»Kommen Sie rein, Detective Crosswhite«, begrüßte sie Martinez mit finsterer Stimme. Er deutete auf einen Platz an der Stirnseite des Tisches. Anscheinend wurde ihr nicht gestattet zu entscheiden, auf welcher Seite sie zu sitzen wünschte. Nolasco und Martinez saßen rechts von ihr, Fields und sein Captain links. Faz hatte Martinez einmal seiner kurzen Beine und des kräftigen Körpers wegen als einen Bullterrier bezeichnet. Sein sehr kurz geschnittenes, grau meliertes Haar unterstrich ein markantes Kinn, und er hatte durchdringend blickende hellblaue Augen. Er hatte sich entschieden, immer und zu allen Anlässen Uniform zu tragen, was zu seinem Image als Cop beitrug, mit dem sich nicht spaßen ließ.

Tracy spürte die im Raum herrschende Spannung – wie bei einer defekten Gasleitung, bei der der kleinste Funke zur Explosion führen konnte.

Fields hatte nur kurz aufgeblickt, als Tracy ins Zimmer kam, aber sie musterte ihn ganz genau, mit hartem Blick. Er trug ein weißes Hemd mit Kragen unter einer braunen Lederjacke; der Typ hatte modemäßig ganz klar sein Jahrzehnt verpasst.

Während Tracy sich setzte, warf Martinez Nolasco einen Blick zu. Der setzte sich daraufhin in seinem Stuhl zurecht, wobei Leder quietschte. »Detective Crosswhite, ich werde gleich zur Sache kommen. Wir haben eine Beschwerde von Captain Jessup von der Abteilung für Schwerverbrechen beim Pierce County erhalten. Sie hätten sich in deren Ermittlungen im Fall Andrea Strickland eingemischt. Was können Sie dazu sagen?«

Tracy riss sich sehr zusammen, um nicht der Funke zu sein, der diesen Raum in die Luft gehen ließ. Dabei war sie unglaublich sauer. Auch auf Nolasco, der die Angelegenheit auch diskret und intern hätte regeln können, es aber, wahrscheinlich um Martinez zu imponieren, vorzog, eine Show abzuziehen. Sie fixierte Stan Fields – sollte der bloß nicht denken, er könne sich hinter seinem Captain verstecken. Fields' Gesichtsausdruck war des dicken grauen Schnurrbartes wegen nur schwer zu erkennen, seine Augen jedoch zeigten ein leicht benebeltes Glitzern, wie bei einem Schuljungen, der weiß, er hat Scheiße gebaut und einen Weg gefunden, jemand anderen dafür büßen zu lassen. Tracy hatte mit ihrer ersten Einschätzung von Fields nur teilweise richtiggelegen. Ja, der Mann war ein Sexist und ein fauler Hund. Gleichzeitig war er aber auch ein unsicherer, heimtückischer kleiner Scheißer, zu blöd und arrogant, um zu kapieren, dass Tracy ihm Informationen gegeben hatte, die ihm bei seiner Ermittlung weiterhelfen würden. Mehr noch: Sie hatte ihm diese Informationen zukommen lassen, obwohl er damit letztlich die Lorbeeren einheimsen würde, was immer auch bei der Ermittlung herauskam. Statt schweigend zu genießen, hatte er das Flutlicht direkt auf Tracy gelenkt, weil er anscheinend nicht begriff, dass er mit solchem Verhalten nur die eigene Inkompetenz demonstrierte. Gut, wenn er es so wollte! Wenn Fields Tracy vor ihren Captain schleifen wollte, dann würde es ihr eine Genugtuung sein, seinen Captain wissen zu lassen, dass sein Detective unfähig war, sich allein den Hintern abzuwischen.

»Ob ich etwas darüber weiß?«, sagte sie. »Ich weiß, dass ich gestern mit Detective Fields zu Mittag gegessen und ihm zusätzliche Informationen gegeben habe, die für die Ermittlung relevant sind.«

»Was für Informationen genau?«, fragte Nolasco.

Die Antwort auf diese Frage kannte Nolasco bereits, da Fields gleich nach seiner Rückkehr nach Tacoma zu seinem Captain gerannt war, um alles zu petzen, worauf Jessup ganz eindeutig sofort in Seattle angerufen hatte. »Ich habe ihn über die Details der Gespräche informiert, die ich mit Andrea Stricklands Tante sowie ihrem Therapeuten geführt habe. Ich habe außerdem Informationen an ihn weitergegeben, die wir von einem privaten Fahnder erhalten hatten, den ich gebeten hatte, sich umzuhören, ob irgendwer in seinen Kreisen Fragen über Lynn Hoff gestellt hatte.« Tracy wandte sich an Jessup, wobei sie mit ihm redete, als wäre er ein bisschen langsam im Kopf. »Wenn Sie möchten, dass ich Ihnen erkläre, was das für Leute sind – da Sie die Namen nicht in den Akten Ihres Detectives finden werden –, mache ich das natürlich gern.«

Jessups Wangen färbten sich rot und der leicht dämliche Ausdruck in Fields' Augen wurde intensiver.

»Wann haben Sie die Befragung der Tante und des Therapeuten durchgeführt?«, wollte Nolasco wissen.

»Am vergangenen Freitag.« Tracy sah ihren Vorgesetzten an.

»Nachdem Pierce County sich wieder für zuständig erklärt hatte«, erinnerte Jessup Nolasco. Für den Fall, dass irgendwer im Raum zu blöd war, sich das selbst auszurechnen.

»Ja.« Tracy nickte.

»Dann sind Sie also in offiziellen Angelegenheiten des Seattle Police Departments nach Los Angeles geflogen, nachdem diese Abteilung nicht mehr für diesen Fall zuständig war?«, fragte Nolasco.

»Nein, ich flog in persönlichen Angelegenheiten nach Los Angeles und hatte mir einen Tag freigenommen. Also habe ich mich an meinem freien Tag mit der Tante unterhalten. Von der Existenz des Therapeuten erfuhr ich erst während meines Gesprächs mit der Tante. Sie hat für mich ein Treffen mit ihm arrangiert und dafür gesorgt, dass er mir Andrea Stricklands Unterlagen zur Verfügung stellte. So wird gute Polizeiarbeit gemacht.« Tracy wandte sich an Fields und Jessup. »Ich habe all diese Informationen an Detective Fields weitergegeben.«

»Persönliche Angelegenheiten?« Jessup gab sich keine Mühe, seine Skepsis zu kaschieren.

»Genau. Mein Freund und ich flogen zu einem verlängerten Wochenende nach Los Angeles. Ich habe den Flug selbst bezahlt, natürlich auch das Hotel und die Mahlzeiten.« Sie sah Nolasco an. »Ich habe die Gelegenheit genutzt, um das bereits mit der Tante vereinbarte Gespräch zu führen, so wie Sie es angeordnet hatten.«

Nolascos Augen wurden zu schmalen Schlitzen. »Ich soll das angeordnet haben?«

»Jawohl, Captain. Sie sagten, wir sollten alles Angefangene abschließen und schriftliche Berichte ans Pierce County weiterleiten, damit deren Akte vollständig ist und sie umgehend weiterarbeiten können. Ich hatte mit der Tante bereits einen Telefontermin vereinbart, fand ein persönliches Gespräch dann aber besser, wo ich doch ohnehin in Los Angeles sein würde.«

Martinez räusperte sich. »Wie dem auch sei«, sagte er, seine Stimme so tief und rau wie die des Schurken in einem Comic. »Ihre Unterhaltung mit der Tante befasste sich mit dem Verschwinden des Opfers, oder etwa nicht?«

»Nein, es ging um die Ermordung des Opfers.« Tracy hielt ihren Ton bewusst neutral und professionell. »Mit dem Verschwinden der Frau hatte sich Pierce County befasst, wir waren für ihre Ermordung zuständig.«

»Und diese Unterhaltung fand statt, nachdem wir die Zuständigkeit abgegeben hatten?«, wollte Martinez wissen.

»Meine Unterhaltung mit der Tante? Rein theoretisch ja.«

»Dann ist es also eigentlich Haarspalterei, wenn Sie sagen, Sie seien nicht in offiziellen Angelegenheiten der Polizei von Seattle unterwegs gewesen.«

»Ich kann verstehen, wenn das jemand als Haarspalterei interpretiert, aber von mir aus war das keine.«

»Was war es Ihrer Meinung nach denn dann, Detective?« Jessup hatte sichtlich Mühe, Fassung zu wahren.

Tracy konnte Jessup inzwischen ähnlich gut leiden wie Fields. Er war nicht ihr Captain, also fühlte sie sich auch nicht verpflichtet, seine Frage zu beantworten, und wenn sie es dennoch tat, dann nur, weil sie so Fields eins auswischen konnte. »Meiner Meinung nach war es die Arbeit einer engagierten Polizeibeamtin, die eine Akte, wie von ihrem Captain befohlen, abschließen wollte, um diese Akte dann an die für die Fortführung der Ermittlung zuständige Behörde weiterzuleiten, damit dort möglichst schnell sämtliche relevanten Informationen vorlagen. Diese Arbeit, Sir, diente unserem gemeinsamen Ziel, den Mörder zu finden.«

Jessup schenkte ihr ein sarkastisches Lächeln. »Dann erwarten Sie wohl von uns ein Dankeschön.«

»Gern geschehen.«

Erneut lief Jessup rot an. Er warf über den Tisch hinweg einen Blick zu Nolasco und Martinez, die beide so aussahen, als müssten sie sich ein Lächeln verkneifen.

»Warum haben Sie die Informationen nicht einfach ans Pierce County gegeben, damit die sie weiterverfolgen können?«, wollte Nolasco wissen.

»Weil ich den Kontakt zur Tante bereits hergestellt hatte und es für unprofessionell hielt, das Gespräch mit ihr abzublasen.« Tracy ließ ihren Blick zu Fields wandern. »Und weil Pierce County die Ermittlung sechs Wochen lang gehabt und noch nicht mit der Tante gesprochen hatte.«

»Das war eine ganz andere Ermittlung«, wehrte sich Fields. »Es war die Suche nach einer vermissten Person.«

»Nur dass Sie ja die ganze Zeit dachten, die Frau wäre von ihrem Ehemann umgebracht worden. Das haben Sie mir so erzählt.«

»Es ließ sich nicht mit Sicherheit sagen, ob Andrea Strickland ermordet worden war!« Fields wurde lauter.

»Und trotzdem arbeiteten Sie von Anfang an unter dieser Prämisse. Sie haben Ihre Ermittlungen von vornherein beschränkt und weder Andrea Stricklands beste Freundin noch ihre Tante vernommen. So erfuhren Sie nichts von Andreas Therapeuten und Sie wussten auch nicht, dass ihre beste Freundin ungefähr zur Zeit von Andreas Abstieg vom Mount Rainier ebenfalls verschwand. Hätten Sie anständig gearbeitet, dann hätten Sie Beweise entdeckt, die Ihre Ermittlungen in eine ganze andere Richtung gelenkt hätten. Dann hätten Sie Hinweise genug erhalten, dass Andrea gar nicht umgebracht worden war, sondern den Berg lebend verlassen hatte. Möglicherweise hätte das die ganze Situation ...«

Fields stand auf und schlug mit der flachen Hand auf den Tisch. »Hinterher ist man immer schlauer, Detective Crosswhite! Sie ja wohl besonders!«

»Das hat mit hinterher schlau sein nicht das Geringste zu tun!« Tracy war ebenfalls aufgestanden und laut geworden, um die anderen zu übertönen, die auch noch ihren Senf dazugeben wollten. »Wenn Sie korrekt gearbeitet hätten, wäre die Suche nach Lynn Hoff der nächste logische Schritt gewesen.«

»Ach ja? Finden Sie?«, schrie Fields.

»Das *finde* ich nicht, das ist gute Polizeiarbeit.«

»Es war nicht mehr Ihre Aufgabe zu entscheiden, wie eine andere Behörde ihre Ermittlungen durchführt.« Auch Jessup stand jetzt, das Gesicht rot wie ein Scheinwerfer. »Es ist auch nicht Ihr Job, meine Abteilung zu kritisieren oder sich in unsere Arbeit einzumischen, sobald Sie das für angesagt halten. Sie hätten sich nie mit dieser Tante unterhalten dürfen.«

»Und wie genau habe ich mit diesem Gespräch störend in Ihre Ermittlung eingegriffen?«, wollte Tracy wissen.

Jessup erstarrte – dazu fiel ihm nichts ein. Also zog er sich auf die gute alte Kindergartentour zurück: »Weil es nicht mehr Ihre Ermittlung war!«

Tracy wandte sich an Martinez. »Ich habe nicht verheimlicht, dass ich mich mit den Leuten unterhalten habe. Im Gegenteil, ich habe an meinem freien Tag Detective Fields angerufen und zu einem Treffen eingeladen, weil ich alle Informationen umgehend an ihn weitergeben wollte. Ich habe ihm nicht gesagt, was er mit diesen Informationen machen soll.«

»Ich hatte selbstverständlich vor, mich mit der Tante und der Freundin zu unterhalten«, beteuerte Fields.

»Sie kannten den Namen der Freundin noch nicht einmal. In Ihrer Akte steht weder etwas zur Tante noch zur Freundin.«

»Es reicht«, sagte Martinez leise, aber entschieden. »Alle setzen sich wieder.« Nach einer kurzen Pause zur generellen Beruhigung fuhr er fort: »Haben Sie die Berichte über die Gespräche mit der Tante und dem Therapeuten schriftlich verfasst?«

»Ja. Ich wollte sie heute Morgen in den Computer eingeben.«

»Wir wollen auch die Informationen vom Privatermittler«, sagte Fields.

Martinez sah Tracy an.

»Alles, was der Ermittler entdeckt hat, kann ich zur Verfügung stellen«, sagte Tracy. »Aber ich kann keine Namen nennen.«

»Können oder wollen Sie nicht?«, fragte Jessup.

Langsam wurde es eng für Tracy. Sagte sie jetzt »Ich kann nicht«, dann ahnten die anderen womöglich, dass Faz direkt mit dem Ermittler gesprochen hatte. »Die Informationen wurden mir vertraulich zur Verfügung gestellt. Wer sie uns gab, ist irrelevant. Wichtig ist hierbei der Inhalt.«

»Was relevant ist und was nicht, entscheiden wir.« Jessup sah Martinez an. »Wir wollen den Namen.«

Auch Tracy wandte sich an Martinez, der in dem Ruf stand, ein guter Cop zu sein und seine Leute zu schützen. »Ich möchte für eine Ermittlung, die nicht mehr unsere ist, keine Quelle verbrennen.«

»Darüber sprechen wir später.« Martinez sah sich um. »Gibt es sonst noch etwas?« Als keine Antwort kam, stand er auf. »Wenn Sie uns dann bitte entschuldigen würden, meine Herren?«

Jessup und Fields schoben ihre Stühle zurück und verabschiedeten sich über den Tisch hinweg mit Händedruck von Martinez und Nolasco. Tracy musste sich mit wütenden Blicken begnügen, die beide Männer ihr im Gehen zuwarfen. Sobald die Besucher verschwunden waren, setzten sich Nolasco und Martinez wieder hin.

»Ich möchte beide Berichte spätestens heute Mittag auf dem Schreibtisch von Captain Nolasco haben«, befahl Martinez. »Und ich möchte, dass im Bericht über den privaten Fahnder ein Name steht. Wir entscheiden uns, ob wir ihn weitergeben oder nicht. Dann haben Sie nichts damit zu tun.«

»Ich gebe denen alles, was ich habe, aber den Namen kann ich nicht nennen, Sir.«

»Das war keine Bitte, Detective, das war ein Befehl. Ich möchte außerdem, dass Sie Captain Nolasco mündlich über alles unterrichten, was Sie in dem Fall unternommen haben, seit Pierce County sich die Zuständigkeit zurückgeholt hat. Ich will Daten, Zeiten, Namen.«

»Muss ich die Gewerkschaft bitten, mir einen Anwalt zur Seite zu stellen?«

Martinez zuckte die Achseln. »Die Entscheidung überlasse ich Ihnen.« Er schob seinen Stuhl zurück und stand auf. »Ich persönlich finde, Sie haben gute Polizeiarbeit geleistet, womit ich nie Probleme habe.« Wieder ließ er den Hauch eines Lächelns aufblitzen, das allerdings verblasst war, noch bevor er das Zimmer verlassen hatte.

Nolasco folgte ihm nicht, stand auch nicht auf. »Sie können einfach nicht anders, was? Sie müssen doch immer wieder in Scheiße treten.«

»Bei allem Respekt, Captain, manchmal bedeutet das Richtige zu tun eben, dass man in Scheiße tritt.«

Nolasco grinste verächtlich. »Wie dem auch sei, Sie haben auf jeden Fall ein Talent in diese Richtung.« Er setzte sich die Lesebrille auf und konzentrierte sich mit gezücktem Kuli auf den Notizblock, der vor ihm auf dem Tisch lag. »Wer wusste sonst noch, dass Sie die Ermittlung weiterführen?«

Tracy schüttelte den Kopf. »Niemand.«

»Niemand?« Nolasco musterte sie skeptisch über den Rand seiner Lesebrille hinweg.

»Ich habe das alles an meinem freien Tag gemacht, und was ich an meinen freien Tagen tue, erfahren die anderen im Büro nicht. Im Grunde geht es ja auch niemanden etwas an.«

»Das entscheidet in diesem Fall wohl die Abteilung für interne Ermittlungen«, sagte Nolasco. »Was ist mit dem Privatermittler?«

»Was soll mit ihm sein?«

»Solche Kontakte klingen eigentlich eher nach Faz als nach Ihnen.«

Sie zuckte die Achseln. »Diesmal nicht. Meine Ermittlung, meine Sache.«

»Ich brauche seinen Namen.«

»Den werde ich Ihnen nicht nennen ohne feste Zusicherung, dass Pierce County den nicht in alle Welt hinausposaunt und eine total intakte, gute Quelle verbrannt wird, weil diese Leutchen so inkompetent sind.«

»Das ist nicht Ihre Angelegenheit.« Nolasco lehnte sich zurück, legte den Kuli auf den Tisch. »Darf ich Sie mal was fragen, ganz inoffiziell?«

Tracy zuckte die Achseln.

»Warum haben Sie das getan?«

Tracy dachte an die Aussage von Penny Orr. »Weil Andrea Strickland jemand war. Die Welt hat sie mies behandelt, als sie noch lebte. Das heißt aber nicht, dass man sie auch noch als Tote mies behandeln sollte. Jemand hat sie umgebracht, ihre Leiche in eine Krebsfalle gestopft, und die beiden Witzbolde, die grade hier rausgelaufen sind, werden nie rauskriegen, wer das war.«

»Wollen Sie meine Meinung hören?«

»Eigentlich nicht, nein.«

Nolasco lächelte. »Dann gebe ich Ihnen meinen professionellen Rat als Ihr Captain, und ich nehme diesen Rat in meinen Bericht an die Abteilung für interne Ermittlungen auf.« Er schwieg einen Moment lang, ehe er fortfuhr: »Unser Job ist hart genug, auch ohne ihn persönlich werden zu lassen. Wenn man es persönlich werden lässt, hat das nicht nur Auswirkungen auf uns selbst, sondern auch auf die Menschen in unserer Umgebung. Warum, glauben Sie, bin ich zweimal geschieden?«

Warum hat ihn überhaupt jemand geheiratet?, dachte Tracy. Das wäre die interessantere Frage.

»Warum, glauben Sie, sind so viele in unserem Beruf geschieden?«, fuhr Nolasco fort. »Glauben Sie etwa, es hätte in meiner Laufbahn nie Fälle gegeben, die mir persönlich unter die Haut gingen, für die ich mit meinen Ehen und der Beziehung zu meinen Kindern bezahlt habe? Sie bemühen sich hier nicht als Einzige, nicht nur Ihnen sind die Opfer wichtig. Sie mögen dieser Meinung sein, aber es stimmt nicht. Wir anderen haben nur Mittel und Wege gefunden, zu große Nähe auszuschalten. Wenn Sie das nicht ebenfalls lernen, werden Sie irgendwann sich selbst und die Menschen in Ihrer Umgebung verletzen.«

Zur Abwechslung einmal reagierte Tracy nicht sofort. Denn zur Abwechslung einmal musste sie Nolasco in dem, was er sagte, recht geben. Zur Abwechslung einmal fiel ihr keine kluge Replik ein und sie wollte sich auch nicht mit ihm streiten. Sie dachte an Dan und an den Ring an ihrem Finger. Sie dachte an ein Baby, eine Kinderkarre, vielleicht ein kleines Mädchen.

»Wenn es mein Fall ist«, sagte sie leise, »bin ich dafür verantwortlich.«

»Aber das war nicht Ihr Fall.« Auch Nolasco blieb bei einem ungewohnt gemäßigten Ton. »Nicht mehr.«

»Es war mein Fall. Es hätte unser Fall bleiben müssen. Die Leiche wurde in unserem Distrikt gefunden, sie fiel in unsere Zuständigkeit. Wir hätten ihn nie abgeben dürfen.«

»Ich weiß, Sie glauben, ich hätte mich nicht aus dem Fenster gehängt, um ihn zu behalten. Ich werde gar nicht versuchen, Sie vom Gegenteil zu überzeugen, das wäre reine Zeitverschwendung. Die Entscheidung zu treffen oblag weder Ihnen noch mir. Manchmal müssen wir uns eben auf die Zunge beißen und ganz einfach Befehle befolgen.«

»Warum wollte Pierce County Ihrer Meinung nach den Fall so dringend zurückhaben? Warum haben die sich so angestrengt?«

Die Frage schien Nolasco zu verwirren. »Sie hatten ihn ursprünglich, sie hatten Zeit und Arbeit investiert.«

»Oder ihnen ist klar geworden, dass der Fall weiterhin jede Menge Aufmerksamkeit auf sich zieht und ihrer Abteilung dringend benötigte positive Publicity bringen könnte.«

Dem ausdruckslosen Gesicht Nolascos nach zu urteilen hatte er diesen Aspekt nie in Betracht gezogen und wünschte sich nun, er hätte es getan.

»Aber das spielt ja alles keine Rolle mehr«, sagte Tracy. »Das ist jetzt die Chance von Pierce County.«

* * *

Tracy gab Nolasco sämtliche von Martinez angeforderten zusätzlichen Informationen. Als sie endlich wieder an ihren Schreibtisch zurückkehrte, hatte es sich in der Gerüchteküche der Abteilung längst herumgesprochen, dass etwas im Busch war. Als Tracy als Erklärung angab, das Treffen habe der sauberen Übergabe der Ermittlung an Pierce County gedient, kaufte ihr das niemand ab, aber die meisten verstanden ganz richtig, dass sie einfach nicht mehr sagen wollte.

Kins, Faz und Del bat sie, kurz mal mit ihr vor die Tür zu gehen. Sie führte die drei Männer um eine Ecke des Präsidiums herum auf eine im Schatten eines Überbaus liegende Terrasse, wo ein Springbrunnen Wasser über ein vage an einen Fluss erinnerndes Konstrukt aus Marmorebenen rieseln ließ. Dort berichtete Tracy ihrem Team vom Treffen im Konferenzraum.

»Ich möchte nicht, dass du den Kopf für etwas hinhältst, was ich getan habe«, protestierte Faz.

»Etwas, das wir getan haben«, korrigierte Del.

»Ich hatte euch darum gebeten.«

»Blödsinn!«, sagte Faz. »Mir sagt niemand, was ich tun soll, wenn ich das nicht tun möchte.«

»Wir sind schon groß«, steuerte Del bei. »Und wir machen den Job schon länger als du. Sie können uns nicht alle vom Dienst suspendieren.«

»Ich weiß eure Unterstützung echt zu schätzen, aber ich hatte die Entscheidung getroffen, mit der Tante zu reden, und ich wusste um die möglichen Konsequenzen.«

»Was für ein Problem hat dieser Fields eigentlich?«, fragte Kins.

»Ich hab dir ja gesagt, ich kann den Kerl nicht leiden«, meinte Tracy.

»Ich rufe Nik an und schildere ihm die Lage. Er wird den Namen des Ermittlers rausrücken, mit dem er gesprochen hat«, sagte Faz. »Den Ärger, den man kriegt, wenn man den direkten Befehl eines Vorgesetzten missachtet, den willst du wirklich nicht am Hals haben. Sie hängen dir Befehlsverweigerung an, und den Scheiß nehmen sie verdammt ernst. Das andere ist alles nur Geplänkel. Die Internen geben dir einen Klaps auf die Finger und alles ist gut. Wenn die Chefs überhaupt zu den Internen gehen, was ich stark bezweifle.«

»Ich weiß das zu schätzen, Faz«, sagte Tracy.

»Was zum Teufel ...« Kins rückte dichter an Tracy heran. »Ist das da ein Ring? An deinem Finger?« Er schnappte sich ihre Hand. »Ich werd nicht wieder, ein Diamant!«

Tracy hielt die Hand hoch, damit alle den Ring bewundern konnten. »Dan hat letzte Nacht um meine Hand angehalten.«

»Wurde ja auch verdammt Zeit«, knurrte Del.

»Und dann musst du dich heute Morgen mit dieser Scheiße befassen?«, schimpfte Kins.

»Es ist, wie es ist«, meinte Tracy, wobei sie erstaunt feststellte, wie ruhig sie die ganze Situation ließ. Selbst der Gedanke an Fields brachte sie nicht in Rage. Vielleicht war es nur der nachhaltige Glanz des besten Abends in ihrem ganzen Leben oder der Gedanke daran, dass Dan und sie heiraten würden. Oder lag es womöglich an den weisen Worten einer Person, der sie nie im Leben weise Worte zugetraut hätte? Vielleicht hatte Nolasco zur Abwechslung einmal wirklich recht. Vielleicht musste sie tatsächlich lernen, den Job auszublenden. Vielleicht verhielt sie sich egoistisch, wenn sie das nicht tat; schließlich ging es nicht mehr nur um sie. All ihre Entscheidungen würden jetzt auch Auswirkungen auf Dan haben und irgendwann, möglicherweise, auf ihre gemeinsamen Kinder.

* * *

Bis zum Ende ihrer Schicht arbeitete Tracy an einer schweren Körperverletzung und anderen Gewaltverbrechen, dann schaltete sie ihren Computer aus und schob ihren Stuhl zurück.

»Willst du nach Hause?«, fragte Kins.

»Ja, ich dachte, ich koche zur Abwechslung mal Dan etwas Schönes.«

»Ich habe mit Shannah gesprochen«, sagte Kins. »Sie möchte, dass du mit Dan rüberkommst, damit wir ein bisschen feiern können.«

»Ich habe eine bessere Idee!« Faz stand auf und zog seine Sportjacke an. »Ein Abendessen, zu dem meine Wenigkeit einlädt und das von der weltbesten italienischen Köchin zubereitet wird, von meiner Frau nämlich.«

»Ich bin dabei«, kam es ohne Zögern von Del. »Vera kocht? Aus dem Weg, Fazzio.«

»Das hört sich ganz wunderbar an«, sagte Tracy. »Aber solltest du nicht vorher mit ihr reden?«

»Unsinn! Das Einzige, was Vera noch lieber mag als kochen, ist für Freunde zu kochen. Was sagt ihr zu morgen Abend?«

»Ich hätte Zeit, muss das aber mit Dan besprechen.«
»Ich krieg das hin«, meinte Kins.
»Ich kann immer, wenn Vera kocht«, sagte Del.
»Okay, dann also morgen.« Faz nickte. »Ich kläre das mit Vera und du fragst Dan.«

Tracy legte auf dem Nachhauseweg einen kleinen Umweg ein. Sie wollte als Erinnerung an den vergangenen Abend Fotos vom Leuchtturm am Alki Point und dem kleinen Restaurant machen. Bei Dans Antrag hatte sie kein Handy dabeigehabt, denn eigentlich hatte es ja nur auf den Hundespaziergang gehen sollen.

Das Restaurant fotografierte sie vom Bürgersteig aus. Als sie sich umdrehte, um wieder in die Fahrerkabine des Pick-ups zu klettern, sah sie ein Aluminiumboot über das Wasser hüpfen und musste sofort wieder an Kurt Schill denken. Der hatte auf jeden Fall den Schrecken seines Lebens bekommen, als die Falle aus dem Wasser auftauchte und er die Menschenhand sah.

Sie musste an ihren Traum denken.

Und das, was sie gestört hatte, traf sie wie ein Pfeil mitten zwischen die Augen.

24

Am folgenden Abend fand sich das A-Team geschlossen im Heim von Faz in Green Lake ein, einer Wohngegend für den Mittelstand nördlich der Innenstadt von Seattle, die ihren Namen einem natürlichen See in ihrer Mitte verdankte. Wie Tracy von Faz wusste, hatten sich Vera und er in den Siebzigerjahren dreißigtausend Dollar von Veras Eltern geliehen, um die Anzahlung auf ihr zweistöckiges, einhundertneunzig Quadratmeter großes Craftsman-Haus leisten zu können. Die hohen Zinsen der Achtzigerjahre hätten sie fast in den Ruin getrieben, aber jetzt, da die Immobilienpreise in Seattle wieder in die Höhe schossen, rechnete Faz fest damit, mit dem Marktwert des Hauses seinen Ruhestand finanzieren zu können.

Vera hatte außer Kochen noch eine Leidenschaft: ihren Garten. Rund um das Haus zog sich eine Gartenanlage im englischen Landhausstil, der es an nichts fehlte: Steinpfade, rankende Rosen, Kletterpflanzen und eine Vielzahl an Stauden, die wohl selbst die Queen beeindruckt hätten. Persönlich sah Tracy den Garten heute zum ersten Mal, bisher kannte sie nur Faz' Kommentar dazu: »Ich mag ihn. Kein Rasen, den ich mähen müsste.«

Vera hatte Dels Wunsch beherzigt und ihre berühmte Lasagne gekocht. Zu siebt – Del war geschieden – setzten sie sich an den schlichten Esstisch unter dem Kronleuchter, der von der Hohlkasten-Balkendecke hing und angenehm gedämpftes Licht spendete. Tracy hatte befürchtet, Dan könnte sich einsam fühlen, so allein zwischen lauter Cops mit ihren Ehefrauen, aber die Unterhaltung berührte nur selten die Arbeit. Chianti und Merlot flossen großzügig. Sie tafelten in einem Esszimmer mit dunklen Holzwänden und tiefroten Vorhängen, in dem sich Tracy wie in einem Haus in einem kleinen italienischen Dorf fühlte. Sie hatte mit einer erschöpften Vera gerechnet, die sich die Hacken ablief, um nach dem Kochen auch noch die Gäste zu bedienen, und war von daher erstaunt, als Faz das Essen auftrug und die Gläser nachfüllte, immer mit einem sauberen weißen Geschirrtuch über der rechten Schulter. Sein Stolz auf seine Frau und sein Zuhause war nicht zu übersehen, auch nicht, dass er es als etwas ganz Besonderes ansah, sie alle hier versammelt zu sehen.

Als alle mit einem dicken Stück Lasagne, Salat und Knoblauchbrot versorgt waren, blieb Faz erst einmal stehen.

»Setzt du dich bitte mal, Fazzio?«, beschwerte sich Del. »Ich komm mir vor wie ein Hund mit einem Knochen vor der Nase, den er nicht anrühren darf.«

»Einen Augenblick noch. Vera und ich würden erst noch gern etwas tun.« Faz wandte sich an Tracy und Dan. »Bei unserer Hochzeit gab uns Veras Vater diesen Segen mit auf den Weg, den wir jetzt auch euch beiden weitergeben möchten.«

Vera langte hinter sich und reichte Tracy einen Korb, in dem sich ein eingewickelter Laib ihres selbst gebackenen Brotes, ein kleines Salzfass und eine Flasche Wein befanden. »Brot, Salz und Wein: Möget ihr nie Hunger leiden, möge eurer Ehe nie die Würze fehlen und möget ihr immer etwas zu feiern haben.«

Faz hob sein Glas, ihm waren die Augen feucht geworden. »Mögen euch viele gemeinsame Jahre beschert sein und möge der Herr euch mit Glück und Wohlstand segnen. Salute.«

Nachdem alle die Gläser erhoben und getrunken hatten, musste sich Kins mit seiner Serviette die Augen trocknen.

»Da sieh nur einer unsere großen Mordermittler heulen!«, bemerkte Shannah, die selbst an ihren Augenwinkeln herumtupfte.

Tracy schob ihren Stuhl zurück und stand auf. »Auf die Gefahr hin, Del an den Hungertod zu verlieren ...«

Del lächelte. »Red ruhig.«

Sie holte tief Luft, gab sich Mühe, ihre Gefühle in den Griff zu bekommen, die durch die Ereignisse der vergangenen beiden Tage auf eine arge Probe gestellt worden waren. »Wie ihr alle wisst, habe ich meine Familie schon in sehr jungen Jahren verloren. Ich habe einen großen Teil meines Lebens allein gelebt und manchmal hatte ich auch das Gefühl, allein zu sein – bis zu meiner Ankunft im sechsten Stock. Ihr wart für mich wie eine Familie, ihr habt mich behandelt, als wärt ihr meine Familie. Ich wüsste nicht, wo ich wäre, hätte ich euch nicht in meinem Leben. Also hebe ich jetzt mein Glas und sage: Danke!«

Einen Moment lang herrschte Schweigen. Bis Vera ihr Glas hob: »Salute!«

»Salute!«, riefen auch alle anderen.

»Dürfen wir jetzt essen?«, erkundigte sich Del zaghaft, was alle zum Lachen brachte.

Was Faz und Vera auch auf den Tisch stellten, es wurde verzehrt. Es wurde ein ausferndes Mahl. Beim Dessert – selbst gemachten Cannoli – angekommen, fühlte sich Tracy völlig satt. »Für mich nichts«, stöhnte sie, als Faz ihr einen Teller reichte. »Ich esse ein bisschen bei Dan mit.«

»Daran gewöhnst du dich lieber gleich, Dan«, kommentierte Faz. »Sie sagen, sie sind satt, und dann futtern sie einem den Nachtisch weg.«

»Wann habe ich je deinen Nachtisch gegessen?«, wollte Vera wissen.

»Das fragst du jetzt nicht im Ernst! ›Nur einen kleinen Bissen!‹ Wie oft kriege ich das zu hören, und ehe ich richtig hinsehen kann, ist mein Teller leer. Letzte Woche erst habe ich mir ein Tiramisu bestellt, von dem ich haargenau eine Gabel voll abbekommen habe.«

»Tiramisu ist mein Lieblingsnachtisch.« Vera zwinkerte Dan zu. »Wer möchte Kaffee?«

»Ich helfe dir abräumen«, meldete sich Shannah.

»Ich auch«, sagte Tracy, aber Dan war schneller als sie auf den Beinen. »Du unterhältst dich mit deinen Freunden!«, befahl er. »Ich räume ab.«

Vera stieß einen leisen Jubelschrei aus. »Ich mag ihn, Tracy. Männer, die in der Küche helfen, sind meist auch im Schlafzimmer besser zu gebrauchen als andere!«

Auch dieser Kommentar erntete herzliches Gelächter. »Ich hasse es ja, die Arbeit anzusprechen«, sagte Tracy, sobald die vier Detectives allein waren, »aber es hat sich da etwas ergeben.«

»Du willst doch nicht etwa kündigen?«, erkundigte sich Kins besorgt.

Sie sah ihn an, als wäre er verrückt geworden. »Natürlich nicht. Wie kommst du denn auf so was?«

»Ich weiß nicht. Dan verdient gut und du bräuchtest dir den ganzen Schwachsinn nicht mehr reinzuziehen.«

»Ich bleibe euch erhalten«, versicherte Tracy. »Es geht um Andrea Strickland.«

»Und um was da genau?«, fragte Faz.

»Ich glaube nicht, dass sie die Frau in der Krebsfalle ist.«

Entgeistert ließ Faz sein Glas Portwein sinken. »Was soll das heißen: Du glaubst nicht, dass sie die Frau in der Krebsfalle ist?«

Tracy schüttelte den Kopf. »Ich glaube, sie ist nicht die Leiche in der Falle.«

Die drei Männer wirkten wie vor den Kopf geschlagen.

»Warum nicht?«, fragte Kins schließlich. »Wer zum Teufel sollte es denn sonst sein?«

»Beim ersten Eintreffen am Fundort sagte der Junge, der die Falle hochgezogen hatte ...«

»Kurt Schill«, ergänzte Kins.

»Genau. Er sagte, seiner Meinung nach sei die Leiche in der Falle eine Frau. Dabei hatte er nur kurz einen Blick auf eine Hand werfen können, ehe er die Falle ans Ufer schleppte. Ich fragte ihn, wieso er das meinte, und er sagte: ›Sie hat lackierte Fingernägel.‹«

»Knallblau.« Kins nickte.

»Genau. Aber Andreas Tante erzählte mir bei unserem Gespräch, Andrea kaue zwanghaft an den Nägeln. Manchmal so heftig, dass sie bluteten.«

»Es könnten falsche Nägel sein«, gab Faz zu bedenken. »Oder sie hat mit dem Kauen aufgehört.«

Tracy schüttelte den Kopf. »Ich habe Funk gefragt. Die Nägel waren echt. Und wenn ihr je einen zwanghaften Nagelkauer gekannt habt, dann wisst ihr auch, wie schwer man sich das wieder abgewöhnt. Das ist genauso schwierig, wie mit dem Rauchen aufzuhören.«

»Eine Tante von mir hat an den Nägeln geknabbert«, erinnerte sich Del. »Nach zig Jahren ist ihr dabei ein Schneidezahn abgebrochen.«

Diese Informationen mussten erst einmal verdaut werden. Alle lehnten sich schweigend zurück. »Wenn es nicht Strickland ist«, sagte Kins schließlich, »wer ist es deiner Meinung nach denn dann?«

»Ich glaube, es könnte die Freundin sein. Devin Chambers. Sie verschwand zur selben Zeit wie Andrea und die beiden waren ungefähr gleich groß und schwer, hatten auch eine ähnliche Haarfarbe.«

»Scheiße«, stöhnte Del. »Dadurch wird alles nur noch komplizierter.«

»Bis jetzt wissen wir nichts Genaues«, sagte Faz. »Aber wenn du recht hast, Tracy, was dann? Liegt Andrea Strickland tot in einer Felsspalte oben am Berg?«

»Keine Ahnung«, sagte Tracy.

»Glaubst du, der Ehemann hat Chambers umgebracht?«, fragte Del.

»Auch bei dieser Frage ist es noch zu früh für Vermutungen. Was wir auf jeden Fall wissen: Die Frau, die in der Falle gefunden wurde, hatte ihr Aussehen verändert und dazu höchstwahrscheinlich Geld aus dem Treuhandfonds benutzt. Wenn Chambers von dem Geld gewusst hat, könnte ich mir vorstellen, warum sie ihr Erscheinungsbild ändern wollte.«

»Und was weiter? Sie und der Ehemann waren ein Team, aber dann hat er auch sie hintergangen und umgebracht?«, fragte Del.

»Das wäre eine Möglichkeit«, sagte Tracy. »Wenn der Ehemann sie mithilfe des Privatermittlers gefunden hat, würde das erklären, warum er dem Mann den Namen Devin Chambers nannte. Und warum er darum bat, nach ihr zu suchen. Und auch, warum sie ihr Aussehen änderte und ganz eindeutig auf der Flucht war.«

»Sie wollte das Geld«, meinte Del.

»Um das Geld zu bekommen, brauchte sie nicht zu fliehen«, widersprach Tracy. »Wenn sie die Frau in der Krebsfalle ist, dann muss sie den Decknamen Lynn Hoff gekannt haben. Sie muss außerdem gewusst haben, dass die Bankkonten auf diesen Namen liefen, und sie muss die Passwörter gekannt haben. Wenn sie auf der Flucht war, dann aus einem anderen Grund.«

»Weil sie glaubte, der Ehemann bringt sie um«, meinte Faz. »So muss es gewesen sein.«

Tracy nickte. »Vielleicht. Aber vergesst nicht, dass Andrea Strickland ihrer Chefin erzählt hat, ihr Mann habe ihrer Meinung nach eine Affäre. Was, wenn es sich bei dieser Geliebten um Devin Chambers handelte?«

»Ich dachte, die beiden wären befreundet gewesen, Andrea und Chambers«, sagte Kins.

»Eben! Was, wenn Andrea Strickland herausfand, dass ihre beste Freundin mit ihrem Mann schlief? Der Therapeut, mit dem ich gesprochen habe, sagte, Andrea könnte heimtückisch oder sogar gewalttätig geworden sein. Was, wenn unser Opfer gar kein Opfer war? Was, wenn das Opfer die Mörderin war?«

Wieder saßen alle einen Moment lang schweigend da und ließen sich die möglichen Konsequenzen von Tracys Überlegungen durch den Kopf gehen.

»Wir haben den Fall nicht mehr«, stellte Faz schließlich fest.

»Und wenn ich zu Fields gehe, rennt der nur wieder zu seinem Chef und sagt, ich hätte ihm schon wieder sein Spielzeug geklaut. Erst recht, wenn ich nicht mehr in der Hand habe als eine bloße Theorie.«

»Dann müssen wir uns also sicher sein«, meinte Kins.

»Funk hat DNA von der Leiche genommen und Melton hat sie durch CODIS laufen lassen«, sagte Tracy, womit sie Mike Melton meinte, den Leiter des Kriminallabors der Washington State Patrol. Tracy hatte in der vergangenen Nacht viel darüber nachgedacht, wie sie sich Gewissheit verschaffen könnten.

»Dann haben die das Profil also im System.« Faz nickte nachdenklich.

»Strickland hat eine Tante in San Bernadino«, fuhr Tracy fort.

»Und Chambers eine Schwester irgendwo in New Jersey.« Faz hatte sich gerade hingesetzt und kam langsam in Fahrt. »Scheiße, wir könnten das hinkriegen! Würde Melton die DNA-Vergleiche durchlaufen lassen?«

»Wenn wir die DNA der Tante und der Schwester hätten, könnten wir sie an ein Privatlabor geben«, meinte Tracy.

»Ein Onkel von mir war fünfundvierzig Jahre lang bei der Polizei in Trenton«, sagte Faz. »Den könnte ich um einen Gefallen bitten.«

»Und ich habe eine Beziehung zur Tante aufgebaut«, sagte Tracy.

»Schon, aber trotzdem musst du in jedem Fall Mike dazu kriegen, das DNA-Profil des Opfers an ein privates Labor zu geben«, gab Del zu bedenken.

Tracy schüttelte den Kopf. »Nein. Ich muss Mike nur dazu bringen, mir das Profil zu schicken. Ich kann es ans Labor weiterleiten.«

»Und was dann?«, fragte Kins. »Sagen wir mal, wir kriegen die Tests zustande und sie beweisen, dass es nicht Strickland ist, sondern Chambers. Was dann? Wie machen wir danach weiter?«

»Wenn wir die Tests zustande bringen und beweisen, dass es sich beim Opfer nicht um Strickland, sondern um Chambers handelt, dann gehe ich zu Martinez und Nolasco und erzähle es ihnen«, sagte Tracy.

»Ich will dir ja nicht zu nahe treten, Professor, aber das ist beim letzten Mal für dich nicht so gut gelaufen«, wandte Faz ein. Professor war Tracys Spitzname.

»Sollte sich herausstellen, dass die Frau in der Krebsfalle nicht Andrea Strickland ist, dann interessieren sich die Medien noch stärker für den Fall als jetzt schon«, meinte Tracy. »Dann wird eine landesweite Story daraus. Ich glaube nicht, dass unsere Chefs auf die damit verbundene Publicity verzichten wollen. Unsere Polizeibehörde im Mittelpunkt einer landesweit verbreiteten Story über engagierte Polizisten, die unermüdlich ihrer Arbeit nachgehen, um einen grauenhaften Mordfall aufzuklären, das ist doch was. Das setzen sie nicht aufs Spiel, nur um ein Exempel an uns zu statuieren.«

»Schon gar nicht, wenn wir richtigliegen«, sagte Kins. »Denn dann könnten sie sich, wenn sie uns an den Karren fahren, auf eine albtraumhafte Öffentlichkeitsarbeit einstellen.«

»Außerdem ...« Tracy sah von einem zum anderen, wobei sie sich ein leises Lächeln nicht verkneifen konnte. »Wenn die Frau in der Falle wirklich nicht Andrea Strickland ist, dann ist Pierce County nicht mehr zuständig.«

Kins lehnte sich kopfschüttelnd zurück. Auch er musste schmunzeln. Faz und Del ließen sich anstecken und bald lachten sie alle.

»Du bist unglaublich, weißt du das eigentlich?«, stöhnte Kins. »Wann ist dir das denn eingefallen?«

»Gestern Nacht.«

Faz hob sein Portweinglas. »Ziehen wir das durch?«

Del tat es ihm nach, indem er ebenfalls sein Glas hob. »Teufel, ja! Ich bin dabei.«

»Ich auch.« Kins' Glas gesellte sich zu den beiden anderen. »Wenn es positive Publicity zu holen gibt – die kann meine Wenigkeit gut gebrauchen.«

Tracy sah sie an, ohne jedoch ihr Glas zu erheben. Sie wollte nicht, dass die anderen ihretwegen Ärger bekamen. »Faz, du stehst kurz vor der Pensionierung. Del, du musst Unterhalt zahlen. Und Kins, du hast drei Söhne.«

»Wir sind Familie, hast du gesagt«, antwortete Faz. »Wir mögen den größten Schwachsinn anstellen, aber das tun wir gemeinsam.«

25

Eigentlich hatte Tracy sich die Beschaffung der DNA einfacher vorgestellt. Aber als sie am Tag nach der kleinen Feier bei Faz, am Samstag also, bei Penny Orr anrief und ihren Namen nannte, reagierte die Dame sehr zurückhaltend.

Tracy hatte vor dem Anruf länger darüber nachgedacht, wie sie sich dem Thema nähern sollte. Man rief nicht einfach bei jemandem an, um ihm mitzuteilen, dass eine zweimal totgesagte Nichte vielleicht doch noch am Leben war. Solche Hoffnungen weckte man einfach nicht, es sei denn, man war sich seiner Sache ganz sicher. Tracy hatte zwanzig Jahre lang gegen jede Vernunft, gegen jede glaubhaft denkbare Möglichkeit angenommen, Sarah eines Tages lebend wiederzufinden. Noch als sie bereits Detective im Morddezernat geworden war und genau wusste, wie gering die Chancen waren, dass ihre Schwester noch lebte, hatte sie sich an den Gedanken geklammert, Sarah könne sämtliche Statistiken aushebeln. Sie war verzweifelt gewesen, als man die sterblichen Überreste ihrer Schwester fand, so sehr hatte sie an ein Wiedersehen geglaubt.

Also erwähnte sie Penny Orr gegenüber nichts von ihren Überlegungen, sondern erklärte stattdessen, dass sie für eine positive Identifizierung des Opfers anhand der DNA gern einen Abgleich mit Orrs Profil vornehmen würden.

Die hörbare Zurückhaltung der Tante wunderte sie sehr.

»Was müsste ich denn tun?«, wollte Orr wissen.

»Es geht komplett unblutig«, versicherte Tracy. Vielleicht fürchtete Orr ja, Knochenmark oder Blut abgeben zu müssen. »Ich schicke Ihnen per Kurier ein DNA-Set mit Gebrauchsanweisung. Die Instruktionen sind klar und verständlich. Ich klebe auch gleich eine Rücksendeadresse auf das Paket, damit Sie es mir umgehend zurückschicken können.« Auf dem Aufkleber würde die Adresse des Postfachs stehen, an das sich Tracy ihre persönliche Post schicken ließ.

Orr seufzte, was immer noch so klang, als sei sie nicht ganz entschlossen. Tracy war verdutzt. »Es ist doch nur«, sagte die Frau schließlich, »wenn sie es nicht ist, dann werden wieder all die Zweifel wach und ich frage mich, was ihr zugestoßen sein könnte. Ich weiß nicht, ob ich das noch einmal durchmachen kann.«

»Ich verstehe, wie schwer das für Sie ist«, räumte Tracy ein. »Aber wenn es nicht Andrea ist, dann gibt es da draußen möglicherweise eine andere Familie, die sich dasselbe fragt wie Sie vorher, die wissen will, was mit ihrer Tochter passiert ist. Auch diese Familie verdient es, einen Schlussstrich ziehen zu dürfen.«

Dieses Argument schien sich Orr durch den Kopf gehen zu lassen. Es dauerte noch einige Zeit, bis sie zustimmte. »Okay, schicken Sie die Sachen her.«

Auch Devin Chambers' Schwester, Alison McCabe, war anfangs nicht begeistert gewesen, hatte sich dann jedoch ebenfalls überreden lassen. Blutsverwandt war eben blutsverwandt, dachte Tracy, egal, was für üble Gefühle zwischen den Schwestern existiert haben mochten.

***

Beide Frauen schickten ihre Sets innerhalb einer Woche zurück. Mit beiden DNA-Proben sicher an Bord machte sich Tracy auf den Weg zu dem quadratischen Betonbau am Airport Way South, in dem das Kriminallabor der Washington State Patrol untergebracht war. Die in einem Gewerbegebiet südlich der Innenstadt gelegene Einrichtung ließ eher an ein Lagerhaus der Lebensmittel verarbeitenden Industrie denken, man sah ihr von außen das staatliche Hightech-Labor nicht an, in dem die zur Verurteilung von Mördern, Vergewaltigern und anderen Übeltätern benötigten Beweismittel analysiert wurden.

Mike Melton saß in seinem Büro. Heute klimperte er nicht auf seiner Gitarre herum, er sang auch nicht. Als Tracy klopfte, biss Melton gerade in ein hausgemachtes Sandwich, das Tracy an die Käsebrote erinnerte, die ihre Mutter gern für sie und Sarah hergerichtet hatte: zwei Scheiben Weißbrot, mit Mayonnaise bestrichen, dazwischen eine Scheibe Schmelzkäse. Ergänzend dazu lag auf Meltons Schreibtisch ein Apfel, daneben eine braune Papiertüte. Eine offene Wasserflasche stand ebenfalls bereit.

»Dann komme ich wohl ungelegen?«, erkundigte sich Tracy von der Tür aus.

Kauend und schluckend winkte Melton sie herein, spülte mit einem Schluck Wasser nach. »Ich esse nur schnell zu Mittag«, sagte er. »Ich war drüben bei Gericht, um noch rasch letzte Hand an die Vorbereitungen für den Lipinsky-Prozess zu legen.«

»Kins meint, der könnte nächste Woche losgehen?«

»Das haben sie uns jedenfalls gesagt.« Melton wischte sich mit einer Serviette den größtenteils unter seinem dichten, rötlich braunen Bart versteckten Mund ab. Auch im Bart hatten sich im Laufe der Jahre ein paar graue Haare eingeschlichen.

Von einem großen, schweren Mann sagt man ja oft, er sei ein »Bär von einem Mann«, aber im Fall Melton traf dieser Vergleich wirklich zu, und zwar nicht nur wegen Meltons Größe. Zu dem Bart, der jedes Mal, wenn Tracy hier zu Besuch kam, länger und voller geworden zu sein schien, gesellten sich die bis auf den Hemdkragen reichenden und aus der Stirn zurückgekämmten Locken sowie die Figur eines Holzfällers, mit fleischigen Unterarmen und Händen, die stark genug wirkten, um locker ein Telefonbuch in Stücke zu reißen. Dazu geschickte Finger, die gekonnt die Gitarre zu zupfen verstanden. Unter Detectives nannte man Melton gern Grizzly Adams, wegen der verblüffenden Ähnlichkeit mit dem Star der Fernsehserie *Dan Haggerty*.

»Komm, setz dich.« Melton war aufgestanden und kam zu Tracys Seite des Schreibtischs herüber, um von einem der beiden Stühle dort eine Ledertasche zu entfernen. Auf dem anderen Stuhl stapelten sich Fachbücher.

»Ein bisschen leichte Lektüre?«, erkundigte sich Tracy.

»Ich bleibe gern auf dem Laufenden.«

Tracy machte es sich bequem, Melton ebenfalls. Dabei kehrte er nicht auf seine Schreibtischseite zurück, sondern lehnte sich neben Tracy an die Tischkante. »Pierce County hat sich den Krebsfallenfall an Land gezogen, habe ich mir sagen lassen?«

Melton war beileibe kein Dummkopf, er war auch nicht von vorgestern. Als leitender Wissenschaftler des Kriminallabors besaß er eine Reihe von Diplomen, von denen keins an der Wand in seinem Büro hing, weil er dort stattdessen lieber Andenken an frühere interessante Fälle ausstellte – einen Hammer, eine Säge, einen Baseballschläger. Er wusste außerdem, dass Detectives meist etwas von ihm wollten, wenn sie unerwartet in seinem Büro auftauchten.

»Ja, das haben sie«, bestätigte Tracy. »Und mir haben sie ein paar Unklarheiten hinterlassen, die ich gern klären würde.«

»Als da wären?« Melton kehrte auf seinen Stuhl zurück und holte sich sein Sandwich.

»DNA. In Anbetracht des Zustands der Leiche die einzige Möglichkeit für eine eindeutige Identifizierung.«

»Soweit ich gehört habe, sind die Eltern tot und es gibt keine Geschwister.« Melton biss in sein Sandwich.

»Ich habe eine Tante gefunden, in San Bernadino. Schwester der Mutter.«

»Aha.« Melton legte sein Brot hin, um einen Schluck Wasser zu trinken.

Jetzt kam die entscheidende Frage, für die Tracy bisher beim besten Willen keine Formulierung eingefallen war, die irgendwie harmlos geklungen hätte. »Ich hatte gehofft, du könntest mir das Profil des Opfers zur Verfügung stellen, damit ich es für einen Abgleich an ein externes Labor schicken kann.«

Melton lehnte sich zurück. »Du bist mit der Arbeit, die wir hier machen, nicht zufrieden?«

»Momentan und bei dieser Sache wäre ein externes Labor einfach günstiger.«

»Und was würden Martinez und Nolasco dazu sagen?« Meltons Mundwinkel hoben sich zu einem kaum verholenen Grinsen.

»Du hast davon gehört?«

»Ich höre alles. Das weißt du doch.«

Tracy lächelte. »Wahrscheinlich sind sie davon noch weniger begeistert als von meiner Unterhaltung mit der Tante.«

Über diesen Kommentar musste Melton erst einmal kurz nachdenken. »Wir schicken unsere Profile andauernd nach draußen, wenn sich hier alles staut und wir nicht mehr hinterherkommen«, meinte er dann. »Dieser Lipinsky-Prozess schluckt ungemein viel Zeit, ich habe selbst schon daran gedacht, dieses Profil weiterzuleiten, damit es schneller geht.«

Tracy grinste. »Danke, Mike.«

»Du brauchst dich nicht zu bedanken, ich mache nur meine Arbeit. Sollte ich lieber gar nicht erst wissen wollen, warum du ein externes Labor beauftragen möchtest?«

»Wahrscheinlich.«

Melton nickte langsam. »Du glaubst nicht, dass sie es ist, oder? Du glaubst nicht, dass sie die Frau ist, von der alle behaupten, sie sei wohlbehalten vom Mount Rainier gestiegen.«

»Wie gesagt: Sie hat eine Tante in Südkalifornien, die gern wüsste, was aus ihrer Nichte geworden ist.«

»Nun ja – das lässt sich eigentlich ganz leicht herausfinden.«

»Eigentlich ja«, fand auch Tracy.

Melton schwieg erneut. Er war für seine Gründlichkeit bekannt. »Nun ja«, sagte er schließlich, »das ist unser Job, nicht? Genau festzustellen, was Sache ist, damit die Familien der Opfer einen Schlussstrich ziehen können. Uns unserer Sache sicher sein, das ist unser Job.«

»So habe ich es jedenfalls immer gesehen.«

»Wenn ich den Abgleich laufen ließe, gehörte das doch eigentlich zu unserer Arbeit, oder? Uns Sicherheit zu verschaffen?«

»Gehörte es, wenn es denn immer noch unser Fall wäre.«

»Vielleicht ist er nicht mehr deiner, meiner ist er nach wie vor. Ich leite schließlich diese Abteilung.« Damit wollte er sagen, dass er an der Spitze sämtlicher kriminaltechnischer Labore des Staates stand. Dazu gehörte auch die Einrichtung in Tacoma, die für das Pierce County arbeitete.

»Ich habe in der Sache mit Pierce County eine Art Kleinkrieg laufen«, gestand Tracy.

»Ich hörte davon«, sagte Melton.

»Die freuen sich nicht, wenn ich etwas unternehme, was ihnen hilft, ihren Fall zu lösen. Bleib du da lieber aus der Schusslinie.«

Melton schnaubte. »Was können sie mir antun – mich feuern?« Mit seinen Kenntnissen und seiner Erfahrung würde er im Handumdrehen einen erheblich besser dotierten Job an Land ziehen, das wusste jeder Detective im Staat. Die Privatwirtschaft zahlte weit mehr als die öffentliche Hand. Dass Melton lieber im staatlichen Kriminallabor blieb, gründete in seinem Pflichtgefühl den Familien der Opfer gegenüber.

»So eine Entscheidung sollst du nicht meinetwegen treffen müssen, Mike«, insistierte Tracy. »Das möchte ich nicht.«

»Für welches Labor hast du dich entschieden?«

»ALS.«

Melton nickte. »Die sind gut. Ich kenne Tim Lane. Er ist seit Jahren hinter mir her, ich soll bei ihnen anfangen. Ich rufe ihn an und sage ihm, er soll dich gut behandeln und Vollgas geben.«

Tracy stemmte sich aus ihrem Stuhl und streckte Melton die Hand hin. »Wie bereits gesagt, Mike, ich weiß das sehr zu schätzen.«

»Schon klar.« Er schüttelte ihre Hand. »Deswegen bin ich ja bereit, es zu tun.«

* * *

Den Rest der Woche über sah sich Tracy bei jedem Betreten ihres Arbeitsbereichs mit ein, zwei oder sogar drei erwartungsvollen Blicken konfrontiert. Kins, Del und Faz sahen sie an wie werdende Väter im Warteraum einer Entbindungsklinik die Geburtshelferin, aber leider musste sie jedes Mal den Kopf schütteln: Nein, das Labor hatte sich noch nicht gemeldet. Am Freitag – sie las sich gerade in den Fall eines Obdachlosen ein, der niedergestochen worden war – klingelte ihr Handy und auf dem Display tauchte eine ihr unbekannte Nummer mit der Vorwahl von Seattle auf.

»Detective Crosswhite?« Die Frage allein löste in Tracys Magen ein erwartungsvolles Kribbeln aus.

»Am Apparat.«

»Mike Melton sagte, ich solle Sie anständig behandeln, und mit einem Mann seiner Größe mochte ich mich nicht anlegen.«

* * *

Das Büro der Firma ALS lag in Burien, unweit der Polizeiakademie, vom Polizeipräsidium aus mit dem Auto in einer guten halben Stunde zu erreichen. Tim Lane hatte angeboten, Tracy die Ergebnisse zu mailen, sie wollte sie jedoch lieber persönlich abholen, um Spuren auf ihrem Computer zu vermeiden. Sie gab an, einer Zeugenbefragung wegen ohnehin in die Gegend zu müssen und gern bei ihm vorbeizukommen. Telefonisch mochte sie sich die Resultate nicht durchgeben lassen, auch wenn das Lane vielleicht seltsam vorkommen mochte. Er hakte nicht nach. Wahrscheinlich ahnte er schon, dass etwas nicht ganz koscher war, immerhin hatte er Tracy auf deren Bitte hin auf ihrem privaten Handy angerufen, statt ihre Durchwahl im Präsidium zu wählen.

Tracy und Kins fuhren in Kins' BMW zum Labor; das war ihnen lieber, als sich ein Auto aus dem Fahrzeugpool zu holen. Den zu befragenden Zeugen gab es wirklich, er wohnte im Stadtteil Des Moines, gleich neben Burien. So konnte niemand den beiden vorwerfen, sie würden vom Steuerzahler finanzierte Arbeitszeit auf Ermittlungen in einem Fall verschwenden, für den sie nicht mehr zuständig waren.

Im Gewerbepark, in dem sich die Räume von ALS befanden, gab es außerdem noch eine Brauerei, ein Fitnessstudio und allem Anschein nach einen Basketballclub. Die Wissenschaft hatte in jüngster Zeit hinsichtlich der Analyse von DNA große Fortschritte erzielt, was in der Bevölkerung zu einem wachsenden Interesse an dieser Forschung geführt hatte. Seit immer mehr Privatleute sich über ihre Herkunft, ihr Erbgut und eventuelle Anfälligkeiten für lebensbedrohliche Krankheiten informieren wollten, war die Zahl privater Labore sprunghaft gestiegen.

»Hast du es schon gemacht?«, erkundigte sich Kins beim Einparken in den mit weißen Blockbuchstaben als Besucherparkplatz der Firma ALS gekennzeichneten Stellplatz.

»Was? Mein DNA-Profil erstellen lassen? Nein. Du?«

»Nee. So genau will ich das gar nicht wissen. Warum auch?« Kins zwängte sich aus dem Wagen, Tracy stieg auch aus. »Der Vater meines Dads hatte Alzheimer«, fuhr Kins fort. »Da mache ich mir so schon Sorgen, auch ohne dass mir wer sagt, ich müsste mir jetzt aber Sorgen machen. Ich will erst wissen, was Sache ist, wenn sie Alzheimer heilen können.«

Die beiden trafen sich vorn an der Kühlerhaube, um gemeinsam den Eingang des Firmengebäudes anzusteuern. »Was ist mit Herkunft und Erbgut?«, fragte Tracy. »Bist du denn gar nicht neugierig?«

»Ich habe mich mein Leben lang für englisch gehalten, der Abstammung nach. Als Brite musst du Tee, geschmackloses Essen und kaltes, nebliges Wetter abkönnen. Was, wenn mir jetzt irgendwer sagt, ich wäre eigentlich Italiener und hätte die ganze Zeit tafeln können wie Fazzio? Unter dem Strich stammen wir doch sowieso alle aus der gleichen Gegend, man muss nur weit genug zurückgehen. Es hat schließlich mit nur zwei Leuten angefangen.«

»Hilfe! Soll das heißen, wir sind mit Nolasco verwandt?« Tracy zog die Glastür auf.

»Nolasco ist ein Reptil. Da bin ich mir ziemlich sicher.«

Tracy informierte die Dame vorn am Empfangstresen über ihren Termin mit Tim Lane, dann suchten Kins und sie sich zwei Plätze im Wartebereich. Der hatte eine niedrige, gefliese

Decke, Neonbeleuchtung und in einem satten Blau gestrichene Wände mit Postern, auf denen die vielen verschiedenen Dienstleistungen des Unternehmens dargestellt waren.

»Sieht aus wie die Vorschule, in die wir die Jungs früher gebracht haben«, kommentierte Kins.

Außer ihnen warteten noch zwei Paare. Tracy hatte irgendwo gelesen, dass potenzielle Eltern immer öfter ihr Erbgut testen ließen, ehe sie sich ans Kinderkriegen wagten, um feststellen zu lassen, ob mögliche Nachkommen das Risiko für genetische Störungen wie Sichelzellenanämie oder Down-Syndrom in sich trugen. Mit ihren dreiundvierzig Jahren ging Tracy in stärkerem Maß als jüngere Mütter das Risiko ein, irgendetwas an ihr Kind weiterzugeben.

In der hinteren Ecke des Warteraums ging eine Tür auf und ein blonder, in Ansätzen bereits kahler Mann in weißem Laborkittel trat heraus. Unter dem Kittel trug er ein rosa Hemd, dazu eine rote Krawatte. »Detectives!« Er schenkte Kins und Tracy ein Einhundert-Watt-Lächeln. »Ich bin Tim Lane.« Hände wurden geschüttelt. »Kommen Sie doch bitte mit nach hinten.«

Sie folgten dem Mann durch einen mit Teppichboden ausgelegten Flur in einen Konferenzraum mit Blick auf ein kleines Rasenstück, das früher einmal grün gewesen sein mochte, jetzt aber braune Flecken aufwies. Lane trat an die der Tür gegenüberliegende Tischseite, wo zwei braune Aktenmappen bereitlagen.

»Mike sagt, Sie kriegen die VIP-Behandlung.« Seine Stimme klang voll und tief.

»Man sagt ja, Sie wollten ihn abwerben. Das würde unter Detectives allerdings eine Revolte hervorrufen«, meinte Tracy.

»Mike und ich haben vor Ewigkeiten mal im Kriminallabor zusammengearbeitet. Ich hielt es da allerdings nur fünf Jahre lang aus.«

»Und wie sind Sie in den privaten Sektor gekommen?«, wollte Tracy wissen.

»Einen Abschluss in Chemie hatte ich ja bereits. Ich bin dann noch mal zurück an die Uni, um Betriebswirtschaft zu studieren. Irgendwie schlummerte in mir wohl immer schon ein gewisser Unternehmergeist. Ich wollte meine eigene Firma und sah in den Fortschritten bei der DNA-Analyse und der Überlastung der kriminaltechnischen Labore in den meisten Ballungsgebieten eine Chance für mich, eine Lücke, die ich meiner Meinung nach schließen konnte. Wir waren eins der ersten privaten Labore. Inzwischen ist das anders, wenn Sie jetzt *privater DNA-Test* googeln, kriegen Sie ein paar Hunderttausend Treffer.«

»Welchen Anteil hat die Arbeit für die öffentliche Hand noch bei Ihnen?«, wollte Kins wissen.

»Das sind jetzt ungefähr sechzig Prozent. Gleich nach unserer Eröffnung waren wir praktisch ein Wurmfortsatz der kriminaltechnischen Labore. Wir haben eine Menge Vaterschaftstests gemacht. Im Laufe der Jahre gab es nicht nur bei den eigentlichen DNA-Tests erhebliche Fortschritte, sondern auch in Bezug auf die Technologie zu deren Durchführung. Die staatlichen Labore schaffen ihre Arbeit viel schneller als früher, als ich noch dort arbeitete, es besteht kein so großer Bedarf an externen Laboren mehr. Irgendwann werdet ihr uns gar nicht mehr brauchen. Dann beschafft ihr euch das DNA-Profil eines Übeltäters, stellt es in eine Cloud, lasst es durch sämtliche verfügbaren Datenbanken laufen und innerhalb weniger Minuten werden die Resultate ausgespuckt.«

Lane setzte sich. Tracy und Kins wählten zwei Stühle ihm gegenüber. »Mike sagt, bei euch braucht man nicht Händchen zu halten. Ich komme also gleich zur Sache, wenn das in Ordnung ist?«

»Das ist sehr in Ordnung«, sagte Tracy.

Lane öffnete den ersten Ordner. »Wir haben das Profil, das uns Mike schickte, als Grundlinie für die Vergleiche mit den beiden von Ihnen beigesteuerten DNA-Profilen genommen. Beim ersten Profil sollten wir feststellen, ob die Person die Tante des Opfers sein könnte.«

»Richtig.« Tracy nickte.

»Wir können inzwischen mit einem weit höheren Maß an Sicherheit als früher feststellen, ob zwei Menschen miteinander verwandt sind oder nicht.« Auf dieser Gesprächsebene fühlte Lane sich wohl, das war ihm deutlich anzusehen. Tracy und Kins waren im Laufe ihrer Arbeit zur Vorbereitung diverser Gerichtsverhandlungen mehr als einmal über DNA-Tests und -Analysen aufgeklärt worden, trotzdem ließ Tracy den Wissenschaftler fortfahren. Sie erinnerte sich daran, wie sie und ihr Vater zusammen losgezogen waren, um ihr ihren ersten Colt zu kaufen, und wie ihr Vater, der praktisch seit frühester Kindheit mit Colts schoss, geduldig zugehört hatte, als ihnen der Verkäufer ausführlich jeden einzelnen Aspekt dieser Waffe erläuterte. Mehr noch: Er hatte sich bei dem Mann für die gründliche Beratung bedankt. Sofort nach Verlassen des Ladens hatte Tracy wissen wollen, warum er diesen Vortrag hatte über sich ergehen lassen.

»Wenn man einen Mann unterbricht, der über seinen Beruf spricht, vermittelt man ihm damit mehr oder weniger, dass das, was er zu sagen hat, nicht wichtig ist. Und außerdem lernt man nie dazu, wenn man immer nur selbst redet.«

»Aber ohne die DNA wenigstens eines Elternteils können wir nie ganz sicher sein«, fuhr Lane fort.

»Die Eltern sind verstorben«, erklärte Tracy.

»Was haben Sie denn in diesem Fall herausfinden können?«, wollte Kins wissen.

»In diesem Fall haben wir eine statistische Analyse durchgeführt, basierend auf dem Übereinstimmungsmuster, das man normalerweise erwarten würde, wenn bekannt ist, dass es sich bei den zu Untersuchenden um Tante und Nichte handelt. Mit diesem Verfahren erhalten wir etwas, das wir als ›Verwandtschaftsverzeichnis‹ bezeichnen. Sind Tante und Nichte biologisch miteinander verwandt, finden wir typischerweise einen Verwandtschaftsindexwert, der größer ist als eins Komma null. Umgekehrt, wenn die beiden nicht biologisch miteinander verwandt sind, ist der Indexwert kleiner. Je näher an eins Komma null oder je weiter davon entfernt der Indexwert, desto wahrscheinlicher beziehungsweise unwahrscheinlicher, dass die beiden Individuen miteinander verwandt sind.«

»Und in diesem Fall?«, fragte Tracy.

»In diesem Fall war der Verwandtschaftsindex bedeutend kleiner als eins.«

Tracys Adrenalin schoss in die Höhe, aber sie gab sich Mühe, es sich nicht anmerken zu lassen. »Dann sind die beiden nicht miteinander verwandt.«

Lane schüttelte den Kopf. »Der statistischen Wahrscheinlichkeit nach nicht.«

»Sie sagten *statistische Wahrscheinlichkeit*«, hakte Kins nach. »Von welchen Prozentsätzen sprechen wir hier?«

»Von solchen, die man eigentlich nicht zu beachten braucht. Wenn Sie es genau wissen wollen, so würde ich sagen, dass die beiden mit neunundneunzig-Komma-neun-fünf-prozentiger Wahrscheinlichkeit nicht miteinander verwandt waren.«

Kins warf Tracy einen Seitenblick zu, hielt sich aber zurück. Sie kannte ihn gut genug, um zu wissen, dass sich auch in seinem Kopf fieberhaft die Rädchen drehten.

»Und wie verlief der Test in Bezug auf die Geschwister?«, fragte Tracy.

Lane schloss den ersten Ordner und schob ihn über den Tisch zu Tracy hin, ehe er den zweiten öffnete. »Um herauszufinden, ob zwei Personen echte biologische Geschwister sind, ist die empfohlene Methode auch in diesem Fall ein Abgleich mit der DNA der Eltern. Ein Vater- oder Mutterschaftstest bringt immer schlüssige Resultate. Da das in unserem Fall nicht möglich war, blieb auch hier nur die Arbeit mit der Wahrscheinlichkeitsanalyse. In diesem Fall, wenn wir von dem genetischen Material ausgehen, das jedes Geschwisterteil erbte, sprechen wir von einem Blutsverwandtschaftsindex.«

»Was haben Sie herausgefunden?«, fragte Tracy.

»Der Blutsverwandtschaftsindex lag deutlich über eins. Die statistische Wahrscheinlichkeit, dass es sich bei den beiden Frauen, deren DNA Sie mir zur Verfügung stellten, um echte Geschwister handelt, ist gegeben.«

* * *

Die Ordner mit den Untersuchungsergebnissen in Händen trat Tracy neben Kins aus dem Labor. Kins setzte sich erst einmal die Sonnenbrille auf, so sehr blendete das grelle Licht. »Ich will ehrlich sein«, gestand er. »Ein Teil von mir hatte sich genau die entgegengesetzten Resultate gewünscht.«

»Würde unser Leben um einiges einfacher machen.« Tracy nickte.

»Aber nicht annähernd so interessant. Außerdem ist einfacher irgendwie kein Wort, das ich mit dir in Verbindung bringe.«

»Was soll das denn nun wieder heißen?« Tracy war an der Beifahrertür stehen geblieben und hob die Hand, um ihre Augen vor der Sonne zu schützen.

Es zwitscherte leise, als Kins per Fernbedienung die Autotüren entriegelte. »Reg dich bloß nicht gleich auf! Wenn in letzter Zeit mit einem unserer Fälle etwas schiefgehen konnte, dann ging es auch schief, und zwar gründlich – mehr wollte ich damit gar nicht sagen. Wäre doch nett, von Zeit zu Zeit mal einen total simplen Fall auf den Tisch zu kriegen.«

Sie kletterten in den BMW, wo Kins sofort den Motor startete, damit die Klimaanlage schon mal die Arbeit aufnehmen konnte. Mit dem Losfahren schien er es allerdings nicht so eilig zu haben. »Was meinst du?«, wollte er wissen. »Was ist passiert?«

»Jetzt schon spekulieren zu wollen, ist meiner Meinung nach ein Fehler«, wehrte Tracy ab. »Momentan müssen wir uns eher fragen, was uns die Beweislage sagt.«

»Wobei ich persönlich mich an diesem Punkt mit so gut wie allem zufriedengeben würde, was halbwegs logisch klingt.«

»Die Frau in der Krebsfalle ist nicht Andrea Strickland. Das wissen wir jetzt ganz sicher. Es ist Devin Chambers.«

»Daran besteht kein Zweifel.« Kins nickte.

»Andrea und Graham Strickland hatten finanzielle Probleme und in ihrer Ehe lief es nicht gut, auch das wissen wir. Ihr Laden hatte sich als massiver Fehlschlag entpuppt. Vor ihrer Haustür drängelten sich die Bank, der Vermieter und diverse andere Gläubiger und wedelten mit persönlichen Bürgschaften über Beträge, die Strickland nie und nimmer würde zahlen können. Andrea, auch das wissen wir, hockte auf einem Batzen Geld, an das sie Graham nicht lassen wollte. Und sie hatte Angst, die Gläubiger könnten diesem Geld aufgrund der von ihrem Mann gefälschten Bürgschaften gefährlich werden.«

»Alles wahr«, sagte Kins.

»Wir wissen auch, dass Strickland seine Frau früher mal betrogen hatte. Und wenn wir glauben wollen, was Andrea ihrer Chefin erzählte, dann wissen wir auch, dass er sie weiterhin betrog, vielleicht sogar mit ihrer besten Freundin.«

»Hat er das wirklich getan? Oder wollte sie das die Leute nur glauben lassen, weil solch ein Verhalten gut zum Profil eines Mannes passt, der Grund hatte, seine Frau ermorden zu wollen? Wie diese Versicherungspolice, von der er angeblich nichts wusste.«

»Nehmen wir mal an, er hat sie wirklich betrogen«, sagte Tracy. »Was, wenn die Person, mit der er sie betrog, Devin Chambers war? Damit bekommt er ein Motiv, Chambers umzubringen.«

»Es gibt aber auch Andrea ein Motiv, Chambers umzubringen«, gab Kins zu bedenken. »Wenn Andrea noch am Leben ist – und langsam glaube ich, sie lebt –, dann hat irgendwer dieses Geld bewegt.« Er bog aus der Parklücke. »Komm, wir holen uns was zu essen. Vielleicht hilft uns das beim Denken.«

»Ich wüsste da was«, sagte Tracy. »Da ist meine Klasse immer hingegangen, als ich noch auf der Akademie war.«

Sie erklärte ihm den Weg zur *Tin Room Bar* an der Southwest 152nd Street im Zentrum von Burien. Die Bar befand sich in einem umgebauten alten Fabrikgebäude aus der Zeit, in der nur Industriegebäude die 152nd Street gesäumt hatten. Ein örtlicher Existenzgründer hatte das Haus erworben und die eine Hälfte des ehemals Blech verarbeitenden Betriebes zu einem Kino ausgebaut, während die andere eine Bar samt Restaurant beherbergte. Hier zierten alte Werkzeuge die Wände, die Arbeitsbänke hatte man zu Tischen umfunktioniert. Die Renovierung hatte damals als Startschuss zur Wiederbelebung der gesamten Straße fungiert, in der inzwischen ein Dutzend weiterer Restaurants und Bars existierten.

Tracy und Kins entschieden sich für einen Tisch unter einem impressionistisch angehauchten Porträt von Mick Jagger, Frontmann der Rolling Stones, und Tracy bestellte die Fisch-Tacos sowie einen Eistee, Kins einen Hamburger und eine Diät-Cola. Aus den oben an den Wänden angebrachten Lautsprechern klang *Modern Love,* einer der bekanntesten Songs des leider bereits verstorbenen großartigen David Bowie, und an der Bar hockten ein paar Männer und Frauen, die sich auf großen Flachbildschirmen ein Spiel der Mariners ansahen.

»Im Grunde stehen wir doch wieder ganz am Anfang, oder?«, sagte Kins. »Drei Szenarien sind denkbar: Strickland hat seine Frau umgebracht und es so aussehen lassen, als sei es ein Unfall gewesen, oder es hat am Berg wirklich einen Unfall gegeben, bei dem sie starb, oder sie hat ihn ausgetrickst, ist vom Berg gestiegen, hat alles so aussehen lassen, als hätte er sie umgebracht, und ist immer noch am Leben.«

»Fangen wir mit dem ersten Szenario an.« Tracy nippte an ihrem Eistee, ehe sie das Glas beiseitestellte, um mithilfe eines Kulis und einer Serviette ihre Gedanken in einem Diagramm zusammenfassen zu können. »Strickland steht vor einer finanziellen Katastrophe und stößt seine Frau oben am Berg in einen Abgrund, weil er glaubt, so kann er nicht nur Geld von der Versicherung kassieren, sondern kriegt endlich auch den Treuhandfonds in die Finger, den sie ihm bisher vorenthalten hat. Nur erklärt ihn die Staatsanwaltschaft des Pierce County zur Person von besonderem polizeilichen Interesse, die Versicherung zahlt nicht und das Geld seiner Frau verschwindet. In diesem Szenario deutet doch alles darauf hin, dass Devin Chambers sich das Geld verschafft hat, oder?«

»Das sehe ich auch so. Sie hat ihr neues Gesicht bar bezahlt und Stricklands Decknamen übernommen.«

»Okay. In diesem Szenario weitergedacht, heuert logischerweise der Ehemann den privaten Ermittler an. Der Fahnder spürt Devin Chambers auf, der Ehemann fährt zu ihr, bringt sie um und räumt die Konten leer.«

»Bis jetzt bin ich ganz deiner Meinung.«

»Nehmen wir uns das zweite Szenario vor: Strickland hat vor, seine Frau umzubringen, oder auch nicht, sie kommt aber so oder so irgendwie bei einem Unfall ums Leben.«

»Dieses Szenario halte ich persönlich für das unwahrscheinlichste«, meinte Kins. »Der Vollständigkeit halber sollten wir aber festhalten, dass sich am Rest der Geschichte in diesem Fall nichts ändert.«

»Sehe ich auch so. Bleibt noch Szenario Nummer drei.«

»Andrea ist schlauer als ihr Mann, kriegt mit, dass er sie bei der Bergtour umbringen will, täuscht ihren eigenen Tod vor, steigt vom Berg, sammelt ihr Geld ein und lebt nach wie vor irgendwo. Wenn wir uns das so vorstellen, wann kapiert der Mann, dass er reingelegt wurde? Am nächsten Morgen, beim Aufwachen im Zelt?«

»Vielleicht. Ganz bestimmt aber, als Fields bei ihm auftaucht und Fragen nach einer Versicherungspolice stellt, von der er nichts weiß, bei der er aber angeblich der Begünstigte sein soll. Und als er erfährt, dass seine Frau sich von einem Scheidungsanwalt hat beraten lassen und behauptete, er würde sie wieder einmal betrügen.«

Die Kellnerin brachte Tacos und Burger. Tracy musste ihre Serviette beiseiteschieben, um Platz für die Teller zu schaffen, während Kins mithilfe der Ketchupflasche sein Essen aufpeppte.

»Strickland hat jetzt also ein ziemlich großes Problem.« Kins untermalte seine Worte mit ein paar kräftigen Schlägen gegen den Boden der Flasche. »Solange die Ermittlungen laufen, wird ihm das Versicherungsgeld nicht ausgezahlt und Andreas Fonds ist verschwunden, seine Geliebte auch. Nur die Gläubiger sind ihm erhalten geblieben. Die hämmern an seine Tür, weil sie ihr Geld wollen. Er ist in Gefahr, alles zu verlieren.«

»Da fragt er sich natürlich, ob Chambers nicht zusammen mit dem Geld verschwunden ist.« Tracy stibitzte sich eine von Kins' Pommes. »Also legt er sich eine Guerilla-E-Mail-Adresse zu und fahndet nach Chambers.«

»Laut Fahnder suchte der Kunde zuerst nach einer Lynn Hoff«, gab Kins zu bedenken. »Woher wusste der Ehemann das mit dem Decknamen?«

»Vielleicht von Devin Chambers. Falls Strickland und sie ursprünglich mal zusammenarbeiteten.«

»Und falls nicht?«

»Dann weiß ich es auch nicht. Vielleicht ist er in der Wohnung auf irgendeinen Hinweis gestoßen.«

Kins biss in seinen Burger und wischte sich die Hände an der Stoffserviette ab, die er sich über den Schoß gebreitet hatte. »Glaubst du, Andrea Strickland könnte sich Devin Chambers anvertraut haben?«

»Möglich wäre es. Laut der Chefin waren die beiden eng befreundet. Vielleicht war Chambers Andreas einzige Freundin überhaupt.«

»Wenn Andrea weiß, dass ihre beste Freundin mit ihrem Mann schläft, warum haut sie dann nicht einfach ab? Warum klettert sie noch mit ihm auf den Berg?«

»Da fallen mir zwei Gründe ein. Erstens: Sie hat Devin das mit ihrem Decknamen anvertraut, damit ihre Freundin im Notfall sie und das Geld finden kann.«

Kins stippte eine Pommes in den Ketchup und steckte sie sich in den Mund. »Okay. Und zweitens?«

»Ich habe mich doch mit Andreas Therapeuten unterhalten. Der meinte, die Jahre des Missbrauchs könnten bei ihr unter Umständen zu einer dissoziativen Störung geführt haben. Seiner Meinung nach hätte Andrea nach einem akuten Trauma oder wenn sie sich verlassen fühlte und verzweifelt war, unter Umständen explosives und sprunghaftes Verhalten an den Tag legen können.«

»Verzweifelt und verlassen – wie man sich fühlt, wenn man herausfindet, dass die einzige Freundin mit dem Ehemann schläft und versucht, sich deine gesamten Ersparnisse unter den Nagel zu reißen.« Kins nickte nachdenklich.

»Einfach abhauen hindert niemanden daran, sie zu verfolgen. Sie kann sich dann auch nicht an den beiden rächen.«

»Damit muss deiner Meinung nach bei diesem Szenario Andrea Strickland dafür sorgen, dass alles so aussieht, als hätte ihr Ehemann sie umgebracht und dabei mit Devin Chambers unter einer Decke gesteckt.« Kins biss erneut in seinen Burger.

»Sie schließt die Versicherung ab, geht zur Beratung bei einem Scheidungsanwalt und lässt durchblicken, dass ihr Mann sie mal wieder betrügt. Dann engagiert sie einen Fahnder, um Devin Chambers aufzuspüren. Chambers verschwindet und alle glauben, es war der Ehemann.«

»Warum war Chambers auf der Flucht?«, wollte Kins wissen.

»Die Chance, mit einer halben Million Cash in der Tasche ein neues Leben anzufangen.«

»Denkbar wäre es«, sagte Kins. »Aber hältst du es nicht auch für wahrscheinlicher, dass der Ehemann Chambers umgebracht hat? An das Geld kam er nicht ran, weil Andrea es bereits verschoben hatte.«

»Das weiß ich nicht.«

»Ich glaube, sie lebt noch«, sagte Kins.

»Wir müssen diesen Fahnder finden. Vielleicht lässt sich ja feststellen, wo die ursprünglichen Mails verfasst wurden. Wenn wir wenigstens schon mal die Stadt wüssten, dann könnten wir rauskriegen, ob der Ehemann sie geschickt hat oder Andrea.«

Kins legte den Hamburger aus der Hand, um sich eine Weile ausschließlich den Pommes zu widmen. »Du hast doch aber gesagt, die Mails wären anonym.«

»Völlig anonym ist gar nichts. Erinnerst du dich an die Story mit dem Studenten aus Harvard, der der Uni anonym eine Bombendrohung zukommen ließ, damit die Abschlussprüfungen verschoben werden mussten?«

»Vage.«

»Ich habe mir die Sache gestern noch mal angesehen. Der Typ hat ein Guerilla-E-Mail-Konto und einen anonymen Server benutzt, aber das FBI konnte trotzdem feststellen, dass er sich auf dem WLAN-Server von Harvard eingeloggt hatte. Wir müssen die Mails nicht bis zu einem bestimmten Computer zurückverfolgen. Unter Umständen reicht es zu wissen, dass sie, sagen wir mal, aus dem Starbucks gleich um die Ecke von Stricklands Wohnung kamen oder von irgendeinem anderen Ort, an dem Andrea sich versteckt.« Tracy tippte mit dem Finger auf die beiden Ordner, die sie bei ALS bekommen hatten. »Aber zuerst müssen wir mit dem hier zu Martinez und Nolasco und den beiden erklären, dass es sich bei der Leiche in der Falle nicht um Andrea Strickland handelt. Und dass damit Pierce County nicht mehr auf Zuständigkeit pochen kann, weil zwischen dem Mord und dem, was jetzt wieder deren Vermisstenfall ist, keine Verbindung besteht.«

26

Am Wochenende trafen sich Kins und Tracy mit Faz und Del, um die Ergebnisse der DNA-Analyse zu besprechen und zu beraten, wie man die gewonnenen Erkenntnisse am besten Martinez und Nolasco präsentierte. Bei Tracys stürmischer Beziehung zu Nolasco, da waren sich alle einig, sollte in diesem Fall lieber Kins den beiden Chefs die Resultate vorlegen und die sich daraus ergebenden möglichen Konsequenzen benennen. Weder Nolasco noch Martinez würden auf die Show hereinfallen, daran glaubte keiner der vier auch nur eine Sekunde lang. Sie hofften auf zwei Faktoren, die die Chefs dazu bewegen könnten, über das Komplott hinwegzusehen, und auf die erste Sache hatte Tracy Nolasco bereits hingewiesen: Der Fall würde weiterhin erhebliches öffentliches Interesse auf sich ziehen. Die nationalen Medien hatten die Story gerade erst aufgegriffen und sobald ruchbar wurde, dass es sich bei der Frau in der Krebsfalle doch nicht um Andrea Strickland, sondern um deren Freundin Devin Chambers handelte, würde sich die Medienberichterstattung noch intensivieren. Das war so sicher wie das Amen in der Kirche. Und außerdem hatte Tracy recht mit ihrer Ansicht, Pierce County könne nicht mehr auf

Zuständigkeit beharren. Dafür fehlte jegliche Grundlage, dem würden Nolasco und Martinez nicht widersprechen können.

Also baten die vier vom A-Team ihre Vorgesetzten um ein Gespräch am Montagnachmittag und marschierten geschlossen in den Konferenzraum, in dem das Treffen stattfinden sollte. Nur wenig später gesellten sich Nolasco und Martinez zu ihnen, womit klar war, dass die beiden sich vorher getroffen hatten, wahrscheinlich, um über Sinn und Zweck des Termins zu spekulieren. Martinez und Nolasco steuerten die eine Tischseite an, Del nahm an der Stirnseite Platz, damit es nicht aussah wie ein Treffen verfeindeter Gangs, bei denen sich die Gruppen geschlossen gegenübersaßen. Tracy setzte sich ans hintere Tischende, während Faz und Kins den Vorgesetzten gegenüber Platz nahmen.

Nolasco schien überrascht, als statt wie sonst Tracy Kins das Wort ergriff. Kins reichte den beiden jeweils eine Kopie des ersten ALS-Berichts und erklärte, wie dieser zustande gekommen war. Nolasco setzte sich die Lesebrille auf, um abwechselnd lesen und Kins über den Brillenrand beim Reden betrachten zu können. Martinez konzentrierte sich auf die vor ihm liegenden Seiten. Er blieb die ganze Zeit über den Bericht gebeugt sitzen, die fleischigen Unterarme flach auf dem Tisch.

»Während einer unserer Arbeitsbesprechungen kurz vor Dienstschluss berichtete Tracy ausführlich von ihrem Gespräch mit Penny Orr, der Tante von Andrea Strickland«, fing Kins an. »Die Tante hatte Andrea als sehr zurückhaltend und unter Angstzuständen leidend geschildert. Ihre Nichte habe an den Fingernägeln geknabbert, manchmal so heftig, dass die Fingerkuppen bluteten.«

»Dabei musste ich an die Autopsiefotos von der Krebsfallenleiche denken«, steuerte Faz bei. So hatten sie es einstudiert, was man ihm jedoch nicht anhörte. »Besonders eins kam mir plötzlich in den Sinn: eine Aufnahme, die die Hand des Opfers zeigte. Die Nägel waren blau lackiert.«

»Das ist Ihnen aufgefallen?« Nolasco klang ungläubig.

»Ja!« Faz wirkte fast ein wenig beleidigt, er spielte seine Rolle wirklich ausgezeichnet. »Es war mir aufgefallen, weil ich dachte, sie könnte sich die Nägel frisch lackiert haben, ein möglicher Hinweis darauf, dass sie sich für ein Date hübsch gemacht, ihren Mörder also vielleicht ja gekannt hatte. Aber als Tracy das mit den abgekauten Nägeln erwähnte, sagte ich sofort *Ach du Scheiße!* und lud das Autopsiefoto hoch.«

»Die Nägel sind echt«, fuhr Kins fort, »das hat Funk bestätigt. Daraufhin fingen wir an darüber nachzudenken, ob es sich bei der Leiche in der Krebsfalle vielleicht gar nicht um Andrea Strickland handelte.« Mit dem letzten Satz wandte er sich an Martinez, der immer noch nichts gesagt und nicht einmal mit der Wimper gezuckt hatte – das perfekte Pokerface.

»Warum stand von diesen Erkenntnissen und Überlegungen nichts in der Akte, die wir an Pierce County weitergeleitet haben?«, wollte Nolasco wissen.

»Aus Gründen, die ich gleich erklären werde.« Kins entnahm dem vor sich liegenden Ordner ein zusammengefaltetes Dokument. »Was Sie vor sich liegen haben, ist ein DNA-Profil von Penny Orr, Andrea Stricklands Tante. Das Labor hat dieses Profil mit dem DNA-Profil verglichen, das das Kriminallabor für die Frau in der Krebsfalle erstellt hatte. Es besteht die neunundneunzig-Komma-neun-fünf-prozentige Wahrscheinlichkeit, dass diese beiden Frauen *nicht* miteinander verwandt sind.«

Martinez sah auf. »Es ist nicht Strickland?«

»Nein, ist es nicht«, bestätigte Kins.

»Dann hatten Sie unrecht«, sagte Nolasco an Tracy gewandt.

»Nein«, widersprach Kins, »wir hatten recht. Die Frau in der Krebsfalle hat sich unter dem Namen Lynn Hoff das Gesicht verändern lassen. Lynn Hoff ist der Deckname, den

Andrea Strickland benutzte, um sich zu verstecken. Das Foto auf dem Führerschein zeigt Andrea Strickland.«

»Wie kann es dann angehen, dass sie nicht die Frau in der Falle ist?«, wollte Nolasco wissen.

»Dazu komme ich jetzt.« Kins reichte einen zweiten Bericht über den Tisch. »Das hier ist das DNA-Profil einer Frau namens Alison McCabe.«

»Und wer soll das sein?«, fragte Nolasco.

»Die Schwester von Devin Chambers. Devin Chambers war die beste Freundin von Andrea Strickland.«

»Es ist Devin Chambers«, sagte Martinez, der rasch bis zur letzten Seite des Berichts geblättert hatte, um zu den Schlussfolgerungen zu gelangen. »Wie zum Teufel kommt die in die Krebsfalle?«

»Genau das hoffen wir herauszufinden, Sir.«

»Was soll das heißen, Sie hoffen es herauszufinden?« Nolascos Blick wanderte zwischen den vier Detectives hin und her.

Martinez hob die Hand, lehnte sich zurück und betrachtete seine Untergebenen wie ein leicht verwirrter Großvater seine Enkelschar. In der Abteilung wusste jeder, dass Martinez an erster Stelle Cop und dann erst Bürokrat war. Er kam ausschließlich in Uniform zur Arbeit, allein das zeigte schon, wie er sich selbst wahrnahm und auch darstellen wollte. Darauf zählte Tracy in diesem Moment. Sie zählte darauf, dass Martinez wusste, was einen guten Polizisten antreibt: die Lösung eines Falles und nichts anderes. Darum ging es unter dem Strich, und nicht etwa darum, persönliche Statistiken aufzupeppen. Als gute Polizisten wollten sie ihre Fälle lösen, das schuldeten sie den Familien der Opfer.

»Ich kann Ihnen sagen, was Ihre Detectives meinen, Captain«, sagte Martinez schließlich. »Sie meinen, wenn es sich bei der Frau in der Krebsfalle nicht um Andrea Strickland handelt, dann ist Pierce County nicht für den Fall zuständig. Denn dann handelt es sich bei der Frau, die in den Bergen verschwand, eben nicht um die Leiche in der Krebsfalle. Habe ich recht, Detective Crosswhite?«

»Ich glaube ja, Sir«, antwortete Tracy.

»Detective Rowe?«

»Hört sich für mich logisch an, Sir.«

»Vielleicht können Sie uns erklären, wie Sie an die DNA-Profile dieser beiden Individuen gekommen sind«, forderte Nolasco, indem er beide Dokumente hochhielt. »Wo Sie doch nicht länger zuständig waren.«

Wieder intervenierte Martinez, indem er die Hand hob. »Ich nehme mal an, die Detectives schickten DNA-Sets an die betreffenden Individuen und es kam zwischen dem Verschicken und dem Zurückschicken für die Analyse zu einer Verzögerung. Habe ich recht?«

»Ja«, sagte Kins.

»Sie wollen diesen Fall?« Martinez ließ den Blick von einem der vier Detectives zum anderen wandern.

»Es ist unser Fall«, sagte Tracy.

»Sie verstehen, welche Auswirkungen das haben kann? Sobald wir den Medien mitgeteilt haben, dass es sich bei der Leiche nicht um Andrea Strickland handelt, wird der Fall dort noch gnadenloser breitgetreten als jetzt schon.«

»Das ist uns bewusst«, sagte Kins.

»Es bedeutet einen noch höheren Druck als sonst, den Fall zu lösen.«

»Verstanden«, sagte Kins.

»Gut! Weil ich nämlich genau das von Ihnen erwarte, wenn wir uns jetzt für Sie aus dem Fenster hängen, damit wir den Fall zurückkriegen. Ich erwarte von Ihnen, dass Sie ihn lösen.« Martinez wandte sich an Nolasco. »Captain, Ihre Detectives wollen diesen Fall. Lassen Sie uns dafür sorgen, dass sie ihn bekommen.«

* * *

Tracy folgte den drei anderen Mitgliedern ihres Teams aus dem Konferenzraum und zurück in ihren Arbeitsbereich. Sie rissen sich zusammen und verzichteten darauf, sich abzuklatschen und auf die Schultern zu klopfen. Faz, Del und Kins sahen so aus, als wären sie gerade durch ein Minenfeld gelaufen und hätten es rein zufällig, nicht etwa aufgrund von Kenntnissen und Fähigkeiten, irgendwie geschafft, auf keine der Minen zu treten.

Jetzt galt es zu warten. Mit den Ermittlungen konnten sie erst wieder anfangen, wenn Pierce County ihnen den Fall offiziell zurückgegeben hatte – falls sie ihn denn zurückgaben. Allerdings hatten sie die moralische Pflicht, Penny Orr und Alison McCabe zu informieren, da waren sie sich alle einig. Orr musste wissen, dass es sich bei der Toten in der Krebsfalle nicht um ihre Nichte handelte, Alison McCabe musste man die schwierigere Nachricht vom Tod ihrer Schwester übermitteln. Die erste Nachricht ließ sich telefonisch durchgeben, die zweite nicht.

»Das sollte sich niemand am Telefon anhören müssen.« Tracy erinnerte sich noch zu genau an den Anruf der rechtsmedizinischen Abteilung des King County, nachdem Jäger in den Hügeln oberhalb ihrer Heimatstadt Cedar Grove über die sterblichen Überreste ihrer Schwester gestolpert waren.

»Ich rufe meinen Onkel an und bitte ihn, zu der Frau zu fahren und es ihr persönlich zu sagen«, schlug Faz vor. »Das kann er, er hat es weiß Gott oft genug tun müssen.«

Tracy wollte Penny Orr anrufen. »In einer Stunde treffen wir uns wieder«, sagte sie. »Dann gehen wir durch, was wir alles brauchen und gern hätten, um weitermachen zu können.«

Penny Orr hatte zurückhaltend auf die Nachricht reagiert, dass es sich bei der Toten in der Krebsfalle nicht um ihre Nichte handelte. Tracy konnte es ihr nicht verdenken. Sie hatte jetzt zweimal getrauert, zweimal möglicherweise unnötig. Außerdem konnte Tracy ihr nicht mit Bestimmtheit sagen, ob Andrea nun noch lebte oder nicht. Sie beendete ihren Anruf mit dem Versprechen, beim nächsten Telefonat genauere Auskunft geben zu können.

An diesem Nachmittag versammelte sich das A-Team erneut am großen Tisch in der Mitte ihres Arbeitsbereichs, um eine Liste der jetzt anstehenden Dinge zusammenzustellen. Es gab allerhand zu erledigen: Sie mussten den Computer des Privatermittlers analysieren lassen, denn wenn es ihnen gelang festzustellen, von welchem Ort aus der Kunde seine Guerilla-Mails geschickt hatte, ließe sich daraus vielleicht schließen, ob es sich beim Absender eher um Graham oder eher um Andrea Strickland gehandelt haben könnte. Oder, was allerdings unwahrscheinlich schien, um eine ganz andere Person. Für die forensische Analyse des Computers des Privatermittlers wollten sie das FBI hinzuziehen. Tracy beauftragte Faz damit, ein wachsames Auge auf die ganze Sache zu haben.

Faz und Del würden auch noch einmal in den Häusern und Bootshäfen von Tür zu Tür gehen müssen, diesmal mit einem Foto von Devin Chambers.

»Zeigt das Foto auch Dr. Wu, wenn ihr schon mal dabei seid. Lasst euch bestätigen, dass Chambers seine Patientin war«, wandte sich Tracy an Faz.

Tracy und Kins würden mit Pierce County zusammenarbeiten. Dort hatte man sich laut Fields inzwischen per richterlicher Verfügung Zugang zu den Handy- und Kreditkartendaten von Graham Strickland und zu dessen Kontoauszügen verschafft. Sie würden nach Beweisen suchen, die den Mann mit Devin

Chambers in Verbindung brachten. Das Betrugsdezernat sollte weiterhin nach dem verschollenen Treuhandfonds suchen.

»Wir sollten uns außerdem einen Durchsuchungsbeschluss für die Wohnung des Ehemanns besorgen«, schlug Kins vor. »Ich kenne einen Kollegen bei der Polizei von Portland, Jonathan Zhu. Guter Typ, wir haben letztes Jahr an einem Fall hier oben zusammengearbeitet. Mit seiner Hilfe kommen wir vielleicht bei den Richtern vor Ort schneller zum Zuge. Wann willst du mit dem Ehemann sprechen, Tracy? Ich rufe Zhu an und koordiniere das, dann können wir beides in einem Rutsch erledigen.«

»Lass uns warten, bis Pierce County die Kreditkartenunterlagen schickt«, schlug Tracy vor. »Mehr als einen Gesprächstermin werden wir mit ihm wohl kaum kriegen.«

»Was machen wir in Bezug auf Andrea Strickland?«, wollte Faz wissen.

Tracy dachte nach. Da sie bereits fälschlicherweise Andreas Foto an sämtliche Pressedienste und die örtlichen sowie nationalen Polizeidienststellen geschickt hatten, galt die Frau zurzeit als tot. Tracy hoffte, das Gespräch mit Graham Strickland führen zu können, ehe dieser eines Besseren belehrt wurde. »Lassen wir alles erst einmal so, wie es ist«, entschied sie.

Am späten Nachmittag gesellte sich Nolasco zu ihnen. Er hatte die Krawatte abgenommen und die Manschetten seiner Ärmel hochgekrempelt. »Ihr habt die Zuständigkeit«, verkündete er. »Pierce County schafft die Akte wieder hier hoch.«

»Haben die einen großen Aufstand gemacht?«, wollte Del wissen.

»Das ist noch milde formuliert.« Nolasco sah Faz an. »Sie wollten wissen, wie ihr an die DNA-Profile gekommen seid. Bilden Sie sich bloß nicht ein, ich hätte Ihnen den Scheiß abgenommen, dass Sie sich an ein Autopsiefoto erinnert haben, Fazzio!«

»Sie unterschätzen mich, Captain«, widersprach Faz.

»Ja, ja.« Nolasco wandte sich an Tracy. »Und Ihnen kaufe ich den Schwachsinn nicht ab, Sie hätten die DNA-Tests rausgeschickt, ehe uns die Zuständigkeit entzogen wurde. Aber mir wurde befohlen, die Sache auf sich beruhen zu lassen, also lasse ich sie auf sich beruhen. Eins können Sie sich allerdings hinter die Ohren schreiben: Wenn Sie diesen Fall in den Sand setzen, dann kriegen Sie das zu spüren, und zwar heftig, alle vier. Wie Martinez sagte: Sie wollten den Fall. Jetzt haben Sie ihn. Also sehen Sie zu, dass Sie damit fertigwerden.« Nolasco wollte schon gehen, drehte sich dann aber noch einmal um. »Eins noch: Sie werden Pierce County umfassend über jede Entwicklung informieren.«

»Was?« Tracy war es überhaupt nicht recht, irgendwelche Informationen mit Stan Fields zu teilen. »Wieso das denn?«

»Weil das die Vereinbarung ist, die wir getroffen haben«, erklärte Nolasco. »Sie kriegen Kopien von Ihren Berichten, von den Zeugenbefragungen und generell von allem, was mit Andrea Strickland zu tun hat. Ich gehe mal davon aus, das ist kein Problem?«

Niemand sagte etwas.

»Gut.« Damit war Nolasco verschwunden.

»Hey, es ist ein Sieg!«, mahnte Faz. »Lassen wir nicht zu, dass er sich bloß wegen dem da hohl anfühlt!«

Nolasco war kaum gegangen, da meldete sich auch schon Bennett Lee bei Tracy, um ihr die Presseerklärung vorzulesen, die Grundlage der für den Nachmittag angesetzten Pressekonferenz sein sollte. Lee wollte die Erklärung möglichst einfach halten und lediglich bekannt geben, dass die Identität der Leiche in der Krebsfalle nunmehr anhand von DNA-Analysen endgültig festgestellt werden konnte und dass es sich bei der Frau anders als bisher angenommen nicht um Andrea Strickland aus Portland handelte, die seit einer Bergtour auf dem Mount Rainier als verschollen galt. Tracy wollte wissen, warum überhaupt etwas zu dem Thema gesagt werden müsste, woraufhin Lee meinte, man könnte die Tatsache, dass es sich beim Opfer keineswegs um Strickland handelte, nicht einfach unterschlagen. Er war allerdings einverstanden, die Identität der Frau vorerst nicht bekanntzugeben, bis die betroffenen Angehörigen benachrichtigt worden waren. Tracy würde sich mit der Befragung von Graham Strickland also beeilen müssen. Lee wollte den Medien weiterhin mitteilen, dass Pierce County die Zuständigkeit für den Fall freiwillig an die Polizei von Seattle zurückgegeben hatte, da die Leiche in Seattle gefunden worden war. Beide Behörden würden allerdings weiterhin eng zusammenarbeiten.

»›Freiwillig an die Polizei von Seattle zurückgegeben‹?«, fragte Tracy. »Haben Sie sich die Formulierung einfallen lassen?«

»So wollen sie es verkaufen«, erklärte Lee. »Ich habe um fünf eine Pressekonferenz – falls es Sie interessiert.«

* * *

Als Tracy am Abend in ihre Küche kam, wurde sie dort von Dan mit einem Kuss begrüßt. Er hatte Hamburger vorbereitet und stellte gerade einen Salat zusammen. Rex und Sherlock trabten brav herbei, um Guten Tag zu sagen, verzogen sich dann aber gleich wieder auf ihre Posten an Dans Seite, die Nasen gen Küchentresen, den Blick fest auf die Teller mit den Hamburgern gerichtet.

»Wenn Fleisch im Spiel ist, sind wir für die beiden ungefähr so interessant wie zwei Rosenkohlröschen«, meinte Dan. »Du hast ja für den Heimweg nicht lange gebraucht.«

»Einer der Vorteile, wenn man spät arbeitet. Kein Verkehr. Wir haben den Krebsfallenfall wieder.«

»Das kam in den Nachrichten.« Dan trug den Teller mit den Hamburgern auf die Terrasse, wo der Grill stand. »Vanpelt hat sich nicht zurückgehalten.«

»Deswegen lieben wir sie alle so.«

Seit durchgesickert war, dass es sich bei der Frau in der Krebsfalle nicht um Andrea Strickland handelte, wurde in den Medien natürlich wild über die mögliche Identität der toten Frau und über Andrea Stricklands Schicksal spekuliert. Lebte sie noch oder war sie gestorben? Lag ihre Leiche oben in den Bergen oder irgendwo anders? Die Pressekonferenz im Polizeipräsidium war von daher mehr als gut besucht gewesen und Bennett Lees Erklärung hatte es an die erste Stelle der lokalen Abendnachrichten geschafft. Tracy und ihr Team hatten sich die Nachrichten zusammen mit einem halben Dutzend weiterer Detectives aus ihrer Abteilung und aus dem auf demselben Flur untergebrachten Einbruchsdezernat im Arbeitsbereich des B-Teams angeschaut.

Dan deutete auf den Teller mit den Hamburgern. »Soll ich die schon mal auf den Grill schmeißen oder willst du dich erst einmal kurz entspannen?«

»Lass uns lieber essen, ich bin kurz vorm Verhungern.«

»Möchtest du ein Brötchen dazu?«

»Lieber nicht.« Tracy war Dan und den Hunden auf die Terrasse gefolgt. »Ich sollte mich mit den Kohlehydraten ein bisschen zurückhalten, wenn ich irgendwann mal in irgendwas passen will, das ansatzweise nach Hochzeitskleid aussieht.«

»Hast du viel darüber nachgedacht?« Dan legte die Burger auf den bereits vorgeheizten Grill, wo sie zischend eine kleine Flamme entfachten.

»Ich hatte vor, dich zu überraschen.«

Dan nickte, ganz der aufmerksame Koch mit seinem Spachtel in der Hand, aber Tracy kannte ihn gut genug, um zu wissen, dass er etwas auf dem Herzen hatte. »Du möchtest nicht überrascht werden?«, erkundigte sie sich vorsichtig.

»Nein, alles gut. Möchtest du Käse zu deinem Burger?«

»Das mit der Ehrlichkeit müssen wir aber noch besser hinkriegen, wenn wir heiraten wollen, das ist dir schon klar, oder?«

Dan lächelte sie ganz lieb an. »Ich finde, du solltest ein richtiges Hochzeitskleid tragen.«

Mit dieser Bemerkung hatte Tracy nun gar nicht gerechnet. »Ein richtiges Hochzeitskleid? Mit Schleier und Schleppe und einem Push-up-BH?«

»Auf jeden Fall ein Push-up-BH.« Dan klappte den Grilldeckel zu, aus der Rückseite des Geräts drang Qualm. »Ich finde, du solltest Kins bitten, dich zum Altar zu führen.«

Bei dieser Vorstellung musste sie lachen – bis ihr klar wurde, wie ernst Dan seinen Vorschlag gemeint hatte. »Sprichst du hier von einer richtigen traditionellen Hochzeit, Dan O'Leary?«

»Ja, genau das tue ich.«

»Wir waren beide schon mal verheiratet, das weißt du, oder?«

»Natürlich. Nur hast du nie deine Hochzeit bekommen.«

Dan ließ den Grill Grill sein und musterte Tracy mit ernstem Blick. Tracy hatte ihm vom Heiratsantrag ihres ersten Mannes Ben erzählt, den er ihr genau in der Nacht von Sarahs Verschwinden gemacht hatte. Die beiden hatten nie die Möglichkeit erhalten, die Hochzeit zu planen, die Tracy sich vorgestellt hatte, und unter dem Strich hatte Tracy dann auch nur geheiratet, weil sie Angst gehabt hatte, Ben zu verlieren. Sie waren lediglich standesamtlich getraut worden, ohne Gäste, begleitet nur von den beiden Urkundsbeamten, die als Trauzeugen fungiert hatten. Die Heirat entpuppte sich als Fehler, Tracy konnte weiterhin an nichts anderes denken als an die Aufklärung von Sarahs Schicksal. Sie war nicht in der Lage gewesen, es hinter sich zu lassen, Ben schon. Die Scheidungspapiere hatte sie mit der Post erhalten.

Jetzt wusste Tracy nicht genau, was sie sagen sollte. Sie war erstaunt und gerührt, weil sich Dan noch so genau an die Geschichte erinnerte.

»Ich brauche nichts Extravagantes, Dan«, erklärte sie schließlich.

»Es geht nicht um das, was du brauchst. Es geht um das, was du verdienst.«

Wieder hatte Tracy Mühe, die richtigen Worte zu finden. Ja, sie wollte eine traditionelle Hochzeit, genauso eine Hochzeit hatte sie sich immer ausgemalt. Sie hatte sie nur nicht mehr für möglich gehalten.

»Und du verdienst die Hochzeit, wie du sie dir ausgemalt hast«, fuhr Dan fort. »Ich weiß, das war eine schlechte Zeit damals, und ich weiß auch, du wirst nie sagen, dass du enttäuscht bist, weil deine Verlobung und Heirat unter Sarahs Verschwinden begraben wurden. Ich weiß aber auch, dass ein Teil von dir immer noch darüber nachdenkt, wie dieser Tag hätte sein können.«

»Dinge passieren nun mal«, sagte Tracy leise. »Träume ändern sich.« Sie ging zu Dan und schlang ihm die Arme um die Taille. »Ich bin glücklich, den Mann meiner Träume gefunden zu haben.«

»Und ich bin glücklich mit der Frau meiner Träume. Aber warum solltest du nicht auch die Märchenhochzeit deiner Träume haben können?«

Tracy holte tief Luft. »Du hast echt viel darüber nachgedacht, was?«

Dan nickte. »Ja, das habe ich tatsächlich. Ich sage ja nur ungern, dass ich mit dir fühle, ich weiß ja, wie ungern du dich bemitleiden lässt. Es ist nur so, dass ich wirklich mit dir leide. Es tut mir unendlich leid, wie viel du mitmachen musstest. Es tut mir unendlich leid, dass es gerade in der Nacht deiner Verlobung geschah und du nie die Hochzeit deiner Träume bekommen hast.«

Diese Bemerkung ließ Tracy wieder einmal an Andrea Strickland und ihr schreckliches Leben denken, egal, ob sie noch lebte oder tot war. Genauso gut wie jeder andere wusste Tracy, dass es im Leben keine Garantien gab. Niemand konnte einem fest versprechen, dass es ein Morgen geben wird.

»Deswegen der Leuchtturm und das Restaurant – wie im Märchen?«

Dan nickte lächelnd, die Lippen fest verschlossen.

»Weil du nämlich ein Prinz bist!«, fuhr Tracy fort.

»Aber hoffentlich doch auch maskulin, oder? Nicht so einer in Strumpfhose, der dauernd singt und tanzt?«

Tracy lachte. »Auf jeden Fall maskulin!«, versicherte sie. »Okay – aber wenn wir das mit der ausgewachsenen Traumhochzeit wirklich durchziehen, dann hätte ich eine Bitte.«

»Schieß los, Aschenputtel.«

»Wie gut ist dein Draht zum Kommandeur der Küstenwache?«

»Du willst im Leuchtturm heiraten?«

»Außer du kommst an ein Schloss ran.«

»Ich finde, es wäre perfekt!«, sagte Dan. »Ganz zufällig weiß ich auch, dass sie Hochzeiten erlauben.«

»Du hast dich also schon schlaugemacht!« Tracy kicherte leise.

Dan tat ganz unschuldig. »Wie bereits gesagt: Du verdienst eine Märchenhochzeit.«

Sie nahm ihn fest in den Arm, küsste ihn lange und voll Wärme, spürte, wie sich ihre beiden Körper entspannten. »Dan?«

»Ja?«

»Stell den Grill ab, sonst verbrennen die Hamburger.«

»Ich dachte, du hast solchen Hunger.«

»Habe ich auch. Aber jetzt gerade auf etwas Besseres als Hamburger.«

27

Am nächsten Morgen waren Tracy und Kins wieder einmal auf der Interstate 5 unterwegs, diesmal in südlicher Richtung, nach Portland. Am Vortag hatten sie über den Dienstschluss hinaus an der Zusammenstellung der schriftlichen Begründung eines hinreichenden Tatverdachts gearbeitet, weil sie Graham Stricklands Loft im Pearl District durchsuchen wollten, die Wohnung, in der er zusammen mit seiner Frau Andrea gelebt hatte und die er anscheinend immer noch bewohnte. Kins hatte den fertigen Schriftsatz noch am Abend an Detective Jonathan Zhu in Portland weitergeleitet. Die beiden Detectives wollten mit Strickland sprechen und anschließend zusammen mit Zhu einen Richter vor Ort aufsuchen, damit der ihnen hoffentlich einen Durchsuchungsbeschluss aushändigte. Sie hatten zwar nicht die geringste Ahnung, was sie in der Wohnung zu finden hofften und ob sich überhaupt etwas finden ließ, aber es geschahen ja immer mal wieder seltsame und unerwartete Dinge. Jedenfalls war das kein Stein, den sie guten Gewissens einfach so liegen lassen konnten, ohne ihn umzudrehen.

Kins hatte Zhu außerdem noch gebeten, Devin Chambers durch die Datenbank der Polizei von Portland laufen zu lassen. Die Ergebnisse schickte Zhu Tracy auf ihr Handy, eine E-Mail mit Anhängen, die sie auf der dreistündigen Fahrt Richtung Süden erhielt.

»Ehe Chambers hierherzog, wurde sie in New Jersey zweimal verhaftet.« Tracy fasste den Inhalt der Mail für Kins zusammen. »Damals war sie Anfang zwanzig. Einmal wegen Scheckbetrugs und einmal, weil sie sich bei Ärzten unter Vorspiegelung falscher Tatsachen verschreibungspflichtige Medikamente erschlichen hatte. Beide Verfahren waren bereits im Register gelöscht.«

»Dann hat ihre Schwester sie wohl ganz richtig beurteilt«, kommentierte Kins.

Chambers hatte dreißig Tage lang in einem betreuten Wohnheim für Menschen mit Suchtproblemen verbracht und als Auflage die regelmäßige Teilnahme an Treffen der Anonymen Narkotiker mit auf den Weg bekommen. Da sie sich an diese Auflage gehalten hatte, war der Eintrag im Strafregister gelöscht worden. Weder ihre Kontoauszüge noch die Kreditkartenabrechnungen oder die Handydaten deuteten auf einen unverhofften Geldsegen hin oder darauf, dass sie sich vorbereitet hatte, das Land zu verlassen. Im Gegenteil: Sie hatte so gut wie keine Ersparnisse gehabt und auch nicht besonders viel Geld auf ihrem Girokonto. Nicht annähernd genug für die erheblichen Kreditkartenschulden, was ebenfalls zur Aussage der Schwester passte.

Diesmal hatten Tracy und Kins sich nicht vorher gemeldet, um Phil Montgomerys Erlaubnis für ein Gespräch mit Strickland einzuholen. Stattdessen rief Tracy bei der Anwaltsfirma an, bei der Strickland jetzt arbeitete, und gab sich als potenzielle Klientin aus, die gerne einen Termin vereinbaren würde. Laut Stricklands Assistentin hatte der Mann den Vormittag über Termine außerhalb des Büros, würde sich aber um fünfzehn Uhr mit ihr treffen können. Tracy versprach, sich noch einmal zu melden, und beendete das Gespräch.

Natürlich gab es Handys, und selbstverständlich konnte Strickland seinen Anwalt immer noch benachrichtigen, wenn Tracy und Kins ihn einfach so überfielen. Er konnte ihnen auch raten, dorthin zu verschwinden, wo der Pfeffer wächst, und keinen Ton von sich geben. Tracy schätzte ihn allerdings anders ein. Sie sah in ihm, ähnlich wie Fields, einen Schlauberger, der sich für cleverer hielt als den Rest der Menschheit und der von daher meinte, alle an der Nase herumführen zu können. Auf diese Arroganz setzte sie jetzt.

Die Anwaltsfirma, bei der Strickland inzwischen arbeitete, hatte ihren Sitz in einem umgebauten einstöckigen Wohnhaus in einem gemischten Wohn-/Gewerbegebiet. Die meisten Häuser hier waren mit vergitterten Fenstern und Eisentüren gesichert.

»Was sind die Mächtigen doch tief gefallen«, kommentierte Kins.

»So tief vielleicht ja doch nicht.« Tracy deutete auf Stricklands kirschroten Porsche, der in der Einfahrt des Hauses stand.

»Warum schreibt er nicht gleich ›Klau mich!‹ dran und bringt es hinter sich?«, fragte Kins.

Er suchte sich auf der gegenüberliegenden Straßenseite einen Parkplatz, von dem aus man den Wagen vorm Haus im Auge behalten konnte. Es war zwar weiterhin warm geblieben und das Thermometer zeigte einunddreißig Grad, aber der Himmel hatte sich zusehends zugezogen und war düster geworden. Eine Brise kam auf und raschelte in den Blättern der Bäume, die die Straße säumten.

»Habt ihr schon Pläne für die Hochzeit, Dan und du?«, wollte Kins wissen, nachdem sie es sich gemütlich gemacht hatten, um zu warten.

»Wir sprachen gerade gestern Abend darüber. Dan möchte eine traditionelle Hochzeit.«

Kins verzog das Gesicht. »Mit Pfarrer und Kirche und allem Pomp und Firlefanz?«

»So ungefähr. Wobei ich ihm gesagt habe, dass ich gern im Leuchtturm von Alki Point heiraten möchte.«

»Geht das denn?«

»Anscheinend ja. Dort hat er mir den Antrag gemacht.«

»Wie nett von ihm«, stöhnte Kins. »Sag Shannah bloß nichts davon. Dein Typ lässt uns andere ganz schön alt aussehen.«

»Zu spät. Wieso, wo hast du ihr denn den Antrag gemacht?«

»Bei meinem letzten College-Spiel. Ich ging rüber zu den Bänken, wo sie wartete, und statt sie zu küssen, ließ ich mich auf ein Knie fallen.«

»Bitte erzähl mir nicht, du hattest den Ring in der Hose!«

»Footballerhosen haben keine Taschen.«

»Das weiß ich.«

Kins lachte. »Nein, ihre Schwester hielt ihn für mich bereit.«

»Und was soll daran jetzt falsch sein?«

»Gar nichts, wenn du mich fragst. Shannah glaubt, ich hätte das getan, weil sie den Antrag so natürlich nicht ablehnen konnte, wo doch sechzigtausend Fans zuschauten.«

Tracy lachte. »Dan möchte mich im Hochzeitskleid sehen und ich soll mich von jemandem zum Altar führen lassen.«

»Aha. Und hast du schon überlegt, wer das sein könnte?«

»Ich habe angefangen, darüber nachzudenken. In dem Zusammenhang hätte ich eine Frage an dich.«

»Schieß los!« Kins grinste inzwischen bis über beide Backen.

»Meinst du, Faz würde das für mich tun?«

»Fick dich doch ins Knie, Crosswhite!« Kins lachte herzlich, richtete sich dann aber plötzlich auf und ließ den Wagen an. »Unser Junge kommt.«

In eng geschnittenen Jeans und einem modisch langärmligen Hemd mit aufgekrempelten Ärmeln, das ihm hinten aus der Hose hing, hüpfte Strickland die beiden hölzernen

Treppenstufen hinunter. Er stieg in seinen Porsche, ließ den Motor aufheulen und schoss hinaus auf die Straße, als hätte er es ungeheuer eilig.

»Bei dem Typen ist doch so ziemlich alles Show, was?«, meinte Kins.

Strickland fuhr nach Westen, bog ein paarmal ab und querte die Ross-Island-Brücke.

»Glaubst du, er fährt nach Hause?«, fragte Tracy.

»Weiß nicht. Die Richtung würde stimmen. Sagte die Frau am Empfang nicht etwas von einem Termin?«

»Das hat sie zu mir gesagt, ja.«

Gleich hinter der Brücke bog Strickland ab und fuhr am Willamette River entlang, bis er mit Schwung am Straßenrand hielt. Kins rutschte hinter ein parkendes Fahrzeug. Sie sahen zu, wie Strickland aus dem Porsche stieg und sich dem Wasser näherte.

»Hoffentlich gehört der jetzt nicht auch noch zu den Menschen, die in ihrer Mittagspause gern joggen!«, stöhnte Kins.

»Nicht in diesen Schuhen«, meinte Tracy.

Nicht lange, und Strickland verschwand unter der braunen Markise vorm Eingang eines Restaurants mit dem Namen *Three Degrees.*

»Hunger?«, erkundigte sich Tracy.

»Jetzt schon.« Kins kletterte aus dem Wagen.

Am Restauranteingang wehrten sie die Bemühungen der jungen Empfangsdame ab, die ihnen einen Tisch zuweisen wollte, sagten, sie seien mit jemandem verabredet, und sahen sich um. Strickland hatte es sich draußen auf der Terrasse an einem der von Sonnenschirmen behüteten Tische gemütlich gemacht, wo er sich mit gesenktem Kopf ausgiebig mit seinem Handy befasste. Seine Finger flogen förmlich über die Tasten.

Als Tracy sich den Stuhl rechts von ihm unter dem Tisch hervorzog, sah Strickland erwartungsvoll auf. Sein Lächeln jedoch wich rasch einer Verwunderung, aus der ebenso rasch Besorgnis wurde.

»Was machen Sie denn hier?« Inzwischen hatte er auch Kins entdeckt und war hochrot angelaufen. Sein Blick flackerte zwischen den beiden Detectives hin und her.

Tracy setzte sich. »Wir wollten Ihnen eine gute Nachricht bringen, Mr Strickland. Ihre Frau ist nicht die Frau in der Krebsfalle.«

»Das weiß ich bereits.« Strickland schnaubte. »Das haben die Medien dick breitgetreten. Und mein Anwalt hat angerufen, um es mich wissen zu lassen.«

Kins sah Tracy an und zuckte die Achseln. »Da haben wir den langen Weg wohl für nichts und wieder nichts gemacht.«

»Ich dachte, die Neuigkeit stimmt Sie glücklich!«, sagte Tracy.

»Eigentlich nicht«, antwortete Strickland. »Vermisst ist sie doch immer noch, oder?«

»Stimmt, das war ja auch noch ein Problem!«, gab Kins zu.

»Darüber habe ich bereits mit Ihnen gesprochen.« Strickland machte Anstalten, sich erneut seinem Handy zu widmen.

»Wir sind gar nicht hier, um über Ihre Frau zu reden.« Tracy behielt einen beiläufigen, informellen Ton bei. »Heute würden wir Ihnen gern ein paar Fragen zu Devin Chambers stellen.«

Als dieser Name fiel, verharrten Stricklands Finger einen Moment lang reglos auf den Tasten.

»Sie kennen diese Frau, nicht wahr?«, erkundigte sich Tracy.

Aus der Ferne hörte man Donnergrollen.

Strickland sah auf. »Natürlich kenne ich sie«, antwortete er gelassen. »Sie war eine Freundin von Andrea.«

»Wie eng waren die beiden denn befreundet?« Tracy hatte gerade beschlossen, erst einmal ein bisschen mit dem Mann zu spielen.

Strickland lehnte sich zurück, legte das Handy auf den Tisch und schlug die Beine übereinander. Eine Brise schob sich unter den Sonnenschirm und ließ den Stoff knattern wie ein Segel, wenn Wind aufkommt. »Das weiß ich gar nicht so genau. Andrea und Devin haben in der selben Firma gearbeitet.«

»Und wie viel Zeit haben sie privat miteinander verbracht?«

»Auch das kann ich nicht so genau sagen. Andrea ist nicht oft nach Büroschluss noch ausgegangen, sie war eher introvertiert.«

»Womit hat sie denn ihre Zeit verbracht?«

»Mit Lesen. Sie hat die ganze Zeit gelesen.«

»Wie war Ihre Beziehung zu Devin Chambers?«, fragte Tracy,

»Ich hatte keine.« Strickland gab sich nach wie vor ganz entspannt.

Wieder meldete sich in der Ferne ein aufziehendes Gewitter, diesmal mit einem blau-weißen Blitz. Wenige Sekunden später grollte Donner.

Eine Kellnerin trat an den Tisch. »Wollen Sie nicht lieber reingehen?«

Strickland schüttelte den Kopf. »Nein, ist schon okay hier«, sagte er, als wolle er Tracy und Kins auf die Probe stellen, wer von ihnen dreien zuerst kniff.

»Und erwarten Sie noch jemanden?«, erkundigte sich die Kellnerin mit Blick auf den letzten leeren Stuhl am Tisch.

»Ja«, sagte Strickland.

Die Frau ging wieder. Sobald sie außer Hörweite war, fragte Tracy: »War Devin Chambers Ihre Geliebte?«

»Was?« Strickland schnitt ein Gesicht, als sei das nun wirklich eine ganz alberne Frage. »Nein, natürlich nicht.«

»Ehebruch ist kein Verbrechen, Mr Strickland«, erklärte Kins.

»Das ist mir bewusst, Detective.«

»Ihre Frau hat ihrer Chefin erzählt, Sie hätten eine Affäre.«

»Meine Frau hat eine Menge verrückter Dinge gesagt und getan. Unter anderem hat sie ihren eigenen Tod vorgetäuscht. Sie hat nicht gerade rational gehandelt.«

Das war ein gutes Argument. Und eins, das Strickland und sein Anwalt bestimmt nach bestem Können ausbeuten würden, sollten sie je bei Gericht vortragen müssen, dass Stricklands Frau ihr Verschwinden so arrangiert hatte, dass es aussah, als habe ihr Mann sie umbringen wollen.

»Sie hatten also keine Affäre?«, hakte Tracy nach.

»Darüber habe ich bereits mit dem anderen Detective gesprochen«, erklärte Strickland. »Sachen, die mein Anwalt und ich schon einmal mit der Polizei durchgegangen sind, gehen wir nicht noch einmal durch. Das hat Ihnen mein Anwalt doch bereits erklärt.«

Gerade wurden die dunklen Wolken über der Brücke von einem erneuten Blitzstrahl erleuchtet. »Wann haben Sie Devin Chambers das letzte Mal gesehen?«, wollte Tracy wissen.

Diesmal explodierte der Donner direkt über ihren Köpfen, laut genug, um die Fenster des Restaurants klappern zu lassen. Strickland schüttelte den Kopf, als würde ihn das alles nun wirklich nicht interessieren. »Ich weiß nicht, vor Monaten.«

»Sie haben sie seit dem Verschwinden Ihrer Frau nicht mehr gesehen?«

»Nein.«

»Sie haben sie nicht aufgesucht, um herauszufinden, ob sie irgendetwas wusste?«

»Nein. Und zwar weil ich, wie ich bereits erklärt habe, damals glaubte, meine Frau sei bei einem Unfall ums Leben gekommen. Was genau hätte ich Devin Chambers da fragen sollen?«

»Ob sie von der Versicherung wusste, die Ihre Frau abgeschlossen hatte und in der Sie als Begünstigter genannt wurden, zum Beispiel? Oder warum Ihre Frau einen Scheidungsanwalt aufgesucht hatte, oder warum sie ihrer Chefin erzählt hatte, Sie würden sie erneut betrügen?«, fragte Kins.

»Das war eine unglaublich stressige Zeit für mich, Detectives. Ich hielt meine Frau für tot und als Nächstes wurde ich verhört, als verdächtigte man mich, ihren Tod verursacht zu haben.«

»Eine Affäre hatten Sie doch aber während Ihrer Ehe«, sagte Kins. »Die haben Sie doch zugegeben.«

»Das war ein Fehler, ja? Ich bin das alles doch schon durchgegangen. Ich war mit dieser Frau zusammen, als ich Andrea kennenlernte. Ja, ich hätte die Sache beenden müssen. Ich habe es nicht getan. Wie Sie schon sagten: Das ist nicht illegal.«

Auf dem Betonboden der Terrasse und auch auf dem Leinenstoff, mit dem der Sonnenschirm bespannt war, zerplatzten lautstark die ersten Regentropfen. Strickland tat, als bemerke er das gar nicht.

»Haben Sie irgendeine Idee, wo wir Devin Chambers finden könnten?«, fragte Tracy.

»Ich würde mal sagen, entweder auf der Arbeit oder bei sich zu Hause.«

Tracy ließ ihn nicht aus den Augen, achtete auf jede Regung in seinem Gesicht, suchte nach Anzeichen dafür, dass er log und durchaus von Chambers' Flucht wusste. Aber Stricklands Miene blieb unverändert ruhig, er wich auch ihrem Blick nicht aus.

»Wussten Sie, dass Devin Chambers ihrer Chefin und Leuten in ihrem Wohnblock erzählt hat, sie würde zurück nach New Jersey ziehen?«

»Nein, das wusste ich offensichtlich nicht, sonst hätte ich Ihre letzte Frage ja wohl anders beantwortet.« Strickland warf einen Blick ins Innere des Restaurants. Wahrscheinlich suchte er nach der Person, mit der er zum Essen verabredet war.

Inzwischen lief das Regenwasser bereits seitlich am Sonnenschirm herunter und Kins musste mit seinem Stuhl dichter an den Tisch rücken, um nicht nass zu werden. »Das hat sie Ihnen also nie erzählt?«, fragte er.

»Ich sagte doch schon, es ist inzwischen Monate her, seit ich Devin Chambers zuletzt sah oder mit ihr sprach. Wir scheinen uns im Kreis zu bewegen, Detectives.« Strickland stellte beide Beine wieder auf den Boden und warf einen weiteren Blick ins Innere des Restaurants.

»Sie hören das jetzt zum ersten Mal?«, hakte Tracy nach.

»Ja.«

»Und was ist mit dem Namen Lynn Hoff? Haben Sie den schon einmal gehört?«, fragte Kins.

»Diesen Namen hörte ich zum ersten Mal, als mein Anwalt anrief, um mir mitzuteilen, dass Andreas Leiche gefunden worden war und dass meine Frau diesen Decknamen benutzt hatte.«

»Vorher kannten Sie diesen Namen nicht?«

»Nein.«

»Haben Sie irgendeine Idee, wie sich Ihre Frau die falsche Identität besorgt haben könnte?«

»Nicht die geringste. Anscheinend steckte meine Frau voller Überraschungen, nicht wahr?«

»Haben Sie einen Privatermittler engagiert, um nach Lynn Hoff zu suchen?«, fragte Kins.

»Warum sollte ich einen Privatermittler anheuern, um nach jemandem zu suchen, den ich gar nicht kenne?«

»Weil Sie dachten, jemand mit dem Namen Lynn Hoff hätte das Geld Ihrer Frau gestohlen«, erklärte Kins.

Strickland schnaubte verächtlich. »Warum hätte ich das glauben sollen?«

»Weil Ihre Frau fast eine halbe Million Dollar besaß, die einfach so verschwunden zu sein schienen.« Kins ließ nicht locker. »Oder war Ihnen das egal?«

»Wie ich schon sagte, ich hatte zu der Zeit andere Sorgen, Detective.«

»Dann haben Sie noch nicht einmal versucht, das Geld zu finden?« Kins bemühte sich nicht, seine Skepsis zu verbergen.

»Nein, habe ich nicht. Warum, haben Sie es gefunden?«

»Und Sie haben keine Idee, wer es genommen haben könnte?«, fragte Kins.

»Keine.«

Eine asiatische Frau näherte sich ihrem Tisch, bestimmt ein Meter achtzig groß, mit unglaublich langen Beinen in eng sitzenden Jeans. Dazu trug sie hochhackige Schuhe und eine durchsichtige Bluse, die mit ihrem Bauchnabel verknüpft zu sein schien. Sie warf der kleinen Gruppe am Tisch ein leicht verunsichertes Lächeln zu.

Strickland schob hektisch seinen Stuhl zurück und stand auf, um die Frau am Näherkommen zu hindern. »Wenn Sie mich bitte kurz entschuldigen würden?«

Kaum hatte er den Tisch verlassen, als ihm auch schon Wasser vom Schirm auf den Rücken tropfte. Er nahm die Frau am Arm und führte sie ins Restaurant, blieb dabei allerdings in Sichtweite.

»Was meinst du – haut er jetzt ab?« Auch Kins ließ Strickland nicht aus den Augen.

»Könnte sein.«

»Er lügt.«

»An irgendeinem Punkt, ja.« Das sah Tracy auch so. »Ich weiß allerdings noch nicht, an welchem.«

Nach gut einer Minute ging Stricklands Verabredung wieder und Strickland kehrte auf die Terrasse zurück, wo er sich unter den tropfenden Schirm duckte. Er setzte sich zurück und trank langsam ein paar Schluck Wasser.

»Uns ist es egal, mit wem Sie schlafen, Mr Strickland«, versicherte Kins. »Das geht uns nichts an.«

»Warum sind Sie hier?«

»Wir suchen nach Devin Chambers«, sagte Tracy.

»Ist denn etwas mit ihr?«, fragte Strickland. »Sie sagten doch, sie hätte den Staat verlassen.«

»Das hat sie verbreitet«, sagte Tracy. »Ihre Schwester sagt allerdings, das stimmt gar nicht.«

»Und Sie glauben, ich hätte etwas mit ihrem Verschwinden zu tun?«

»Wissen Sie, ob Devin Chambers und Ihre Frau ihre persönlichen Angelegenheiten erörtert haben?«, fragte Tracy.

»Ich habe keinen blassen Schimmer, worüber die beiden geredet haben.«

»Wissen Sie, ob Devin Chambers vom Geld Ihrer Frau wusste?«

»Das bezweifele ich. Von dem Geld wusste ja noch nicht einmal ich.«

»Wann haben Sie herausgefunden, dass der Fonds existiert?«

»Andrea erwähnte ihn bei einem Banktermin. Als wir einen Kredit für unsere Geschäftseröffnung beantragten.«

»Fragten Sie Ihre Frau, warum sie Ihnen nicht schon früher davon erzählt hatte?«, wollte Tracy wissen.

»Natürlich.«

»Was hat sie gesagt?«

»Sie sagte, ihre Eltern hätten ihr das Geld in einem Treuhandfonds hinterlassen und sie hätte erst seit Kurzem die Verfügungsgewalt darüber.«

»Haben Sie Ihre Frau gebeten, dieses Geld bei der Geschäftsgründung einsetzen zu dürfen?«

»Nein.«

»Nein?«, fragte Kins.

»Nein.« Strickland schüttelte den Kopf. »Sie sagte, das Geld könne nicht dazu verwendet werden, ein Geschäft zu gründen, und ich respektierte das.«

»Es hat Sie nicht geärgert?«, fragte Kins.

Strickland zuckte die Achseln. »Vielleicht anfangs ein wenig, aber wir haben darüber gesprochen und ich verstand, worum es ihr ging.«

»Und Sie haben wirklich keine Ahnung, was mit dem Geld Ihrer Frau passiert sein könnte?« Kins ließ nicht locker, er wollte Druck ausüben.

»Nein. Das sagte ich ja bereits. Wenn sie noch lebt, dann wird sie es wohl haben, nehme ich mal an. Wo immer sie sein mag. Und wenn sie nicht mehr lebt, dann hat es jemand gestohlen. Darf ich Ihnen jetzt auch mal eine Frage stellen, Detectives?«

»Natürlich!«, sagte Tracy.

»Die Frau in der Krebsfalle – haben Sie schon Fortschritte gemacht, was deren Identifizierung betrifft?«

»Wir arbeiten daran«, versicherte Tracy.

* * *

»Wenn es schon mal regnet, dann schüttet es auch gleich«, heißt es ja im alten Sprichwort. Oder auch »Ein Unglück kommt selten allein«. Das Sommergewitter zog nicht einfach so vorbei. Es brachte einen starken, steten Regen mit sich und ließ die Temperaturen in den Keller stürzen. Kins und Tracy, die beide keine Regenschirme dabeihatten, rannten wie die Verrückten zu ihrem Wagen zurück und waren trotzdem klatschnass geworden, als sie ihn endlich erreicht hatten.

»Der Typ ist schon der Hammer, was?« Kins startete den Wagen und schaltete die Heizung ein.

Noch spuckten die Lüftungsklappen kalte Luft aus. Tracy stellte sie so ein, dass sie davon nichts abbekam. »Eine Verurteilung vor Gericht wird nicht leicht sein, wenn er die Frauen umgebracht hat. Beide Morde waren sehr gut durchdacht. Dass Schills Leine sich in der Krebsfalle verfing, war reine Glückssache.« Tracy warf einen Blick auf ihre Uhr. »Wann treffen wir uns mit deinem Detective?«

»Um drei. Ich rufe ihn schnell an und frage, ob es bei dem Termin bleiben soll oder ob er sich nicht auch schon früher mit uns treffen kann.«

»Ich rufe Faz an.«

Faz berichtete Tracy vom Stand der forensischen Untersuchungen des FBI in Bezug auf den Computer des Privatermittlers. Bis jetzt sah es so aus, als habe sich der Kunde von einem öffentlichen Server aus eingeloggt und das FBI zeigte sich ziemlich optimistisch, was die Eingrenzung des Ortes betraf, an dem der Server stand. »Del und ich wollten gerade los, in den Wohnungen unten am Wasser und in den Jachthäfen das Foto von Devin Chambers rumzeigen«, fuhr Faz fort. »Wir gehen auch bei Dr. Wu vorbei.«

Kins' Unterhaltung mit seinem Kollegen aus Portland fiel bedeutend kürzer aus. »An diesem Fall kann auch nichts einfach mal einfach sein!«, fluchte er, nachdem er aufgelegt hatte.

»Was ist los?« Auch Tracy beendete ihr Telefonat.

»Auf dem Campus eines der Colleges hier hat es eine Schießerei gegeben. Mein Kollege ist den Rest des Tages nicht mehr erreichbar.«

»Kann das mit dem Beschluss nicht auch jemand anderes für uns regeln?«

Kins schüttelte den Kopf. »Du weißt doch, wie das läuft. Er schafft das frühestens morgen früh.«

Langsam hatte der Stress der langen Arbeitstage und unruhigen Nächte Tracy eingeholt und forderte seinen Tribut. Sie hockte hier in nassen, klammen Klamotten und fühlte sich zunehmend frustriert. »Nach Seattle zurückzufahren hat wohl wenig Sinn«, sagte sie, »wenn wir doch nur gleich wieder umdrehen und wieder hier runterfahren müssen. Wir sollten uns wohl lieber ein Hotel suchen und eine Nacht hier schlafen.«

»Wunderbar – zwei Tage dieselbe Unterwäsche!«, knurrte Kins.

Die beiden aßen zu Mittag und checkten dann in zwei nebeneinanderliegende Zimmer in einem *Marriot Courtyard* am unteren Ende der Uferstraße ein. Während Tracy vom Fenster ihres Hotelzimmers aus dem Gewitter zusah, erledigte sie ein paar Telefonate und beantwortete E-Mails. Der Himmel hatte sich in ein wütendes Meer aus dunklen Wolken verwandelt, der Regen fiel in dichten Schwaden aus dem Himmel. Sie meldete sich bei Dan, um ihn wissen zu lassen, dass sie nicht nach Hause kommen würde, und rief dann noch einmal im Büro an. Faz und Del waren von ihrer Tour durch Wohnungen und Jachthäfen zurück.

»Wir haben das Foto von Chambers überall rumgezeigt, aber niemand kann sich daran erinnern, die Frau gesehen zu haben«, berichtete Faz. »Die einzige positive Identifizierung lieferte uns Dr. Wu, was ja eigentlich keine große Überraschung war.«

»Konnte dein Onkel schon mit der Schwester von Chambers sprechen?«

»Ja, er hat sie heute Nachmittag erreicht. Es war okay, sagt er, so okay, wie solche Besuche eben sein können. Die Schwester hat es eher stoisch aufgenommen und sich bei ihm bedankt.«

»Sind noch Eltern da?«, wollte Tracy wissen.

»Nein, die sind verstorben.«

»Andere Geschwister?«

»Anscheinend nicht. Und was hatte der Gatte zu sagen?«

»Er hat von nichts keine Ahnung«, sagte Tracy in Anlehnung an einen von Faz' Lieblingssprüchen.

»Habt ihr den Durchsuchungsbeschluss?«

»Nein. Sie haben hier einen Mord an einem der Colleges, der Kumpel von Kins hat bis morgen früh zu tun.«

Es klopfte an Tracys Tür. Sie sah auf die Uhr auf dem Nachttisch: halb sechs. Kins und sie hatten abgemacht, sich um sechs Uhr wieder zu treffen. »Da ist jemand an meiner Tür«, sagte sie zu Faz. »Ich melde mich später noch mal.«

Als sie die Tür öffnete, stand im Flur ein ziemlich frustriert wirkender Kins. »Wir kriegen keinen Durchsuchungsbeschluss!«, verkündete er.

28

Inzwischen war das wirre Knäuel der Zuständigkeit noch wirrer geworden und die Polizei von Portland beanspruchte die Kontrolle über Stricklands Loft im Pearl District für sich. Ganz zu Recht, denn aus der Wohnung war inzwischen ein Tatort geworden. Ein Mord schien dort stattgefunden zu haben.

Von daher verstopfte ein ansehnliches Kontingent an Polizeiwagen und Rettungsfahrzeugen die Straße vor dem dreistöckigen Backsteinbau, in dem sich das Loft befand. Einsatzfahrzeuge der Feuerwehr, blau-weiße Streifenwagen, Zivilfahrzeuge der Polizei, ein Van der Spurensicherung und der Van der Rechtsmedizin von Portland sorgten natürlich auch für Aufmerksamkeit unter den Bewohnern der umliegenden Häuser. Da sich das Gewitter verzogen hatte und die Sonne erneut am Himmel erstrahlte, hatte sich hinter den Absperrgittern, die den Zugang zur Straße versperrten, eine nicht zu kleine Menschenmenge eingefunden. Uniformierte Beamte leiteten den Verkehr um. Kins rollte langsam an die Absperrung heran und ließ sein Fenster herunter, um seine Dienstmarke vorzuzeigen.

»Seattle?«, fragte der Streifenbeamte.

»Wir haben wegen eines anderen Falles bei uns oben im Norden Interesse an dieser Sache.«

»Parken Sie, wo immer Sie ein Plätzchen finden.« Der Uniformierte räumte eins der Gitter beiseite und ließ Kins passieren.

Das Plätzchen fand sich hinter einem Zivilfahrzeug, einem Ford, in der Mitte der engen Straße, die zu beiden Seiten von drei- und vierstöckigen Backsteinbauten gesäumt war. Die Häuser sahen aus wie ursprünglich für industrielle Zwecke erbaut, dann renoviert, erdbebensicher gemacht, zweifellos bis zum Abwinken auf Einhaltung sämtlicher Bauvorschriften überprüft und endlich in Gebäude mit einer Mischnutzung umgewandelt. Die ganze Gegend erinnerte Tracy an den Pioneer Square in Seattle, der sich im Zuge der Stadterneuerung in den Sechzigerjahren zur Heimstatt von Kunstgalerien, Internetfirmen, Cafés, Sportbars und Nachtclubs entwickelt hatte.

Hier im Pearl District von Portland beherbergten die unteren Etagen der Häuser Einzelhandelsbetriebe wie Cafés, Restaurants, Boutiquen, in denen eher hochpreisige Kleidung verkauft wurde, und Einrichtungsläden. In den oberen Etagen befanden sich allem Anschein nach Wohnungen, wenn Tracy nach dem Aussehen der zur Straße liegenden Fenster gehen wollte. Aus den Dächern ragten aufwendige Metallkonstruktionen, wahrscheinlich Penthouse-Wohnungen, deren Erwerb einiges kosten dürfte.

»Ziemlich viel los hier in der Gegend.« Tracy sah sich um. »Es sind ja eine Menge Leute unterwegs.«

Bei einem zwischen zwei Betonpfeilern angebrachten schmiedeeisernen Tor hatten die Beamten, die zuerst am Tatort eingetroffen waren, eine zweite Absperrung eingerichtet. Von dort aus führte ein Gehweg zum Seiteneingang des Hauses.

»Ich suche Detective Zhu.« Auch an dieser Absperrung ließ Kins seine Dienstmarke aufblitzen.

»Zweiter Stock«, informierte ihn der zuständige Uniformierte.

»Und welche Wohnung?«

»Nur eine Wohnung pro Stockwerk, ist ein Loft.«

Sie folgten der Kurve des Betonwegs zu einer Glastür mit einer dunkelgrünen Markise darüber, auf der zusammen mit einem Symbol, das an das Et-Zeichen »&« erinnerte, die Adresse des Gebäudes prangte. Hinter der Tür lag eine Eingangshalle mit einem Fußboden aus dicken Holzbohlen, von der aus man entweder auf einer breiten Treppe oder im Drahtkäfig eines altmodischen Fahrstuhls in die oberen Stockwerke gelangte.

»Lass uns die Treppe nehmen«, bat Kins. »In diesen Käfigen wird mir immer ganz anders.«

»Und was sagt deine Hüfte dazu?«

»Besser Schmerzen als Tod durch Absturz in diesem Ding da.«

»Himmel, was bist du paranoid!«

»Ich betrachte das lieber als Pragmatismus.«

Auf dem Weg zur Treppe fielen Tracy drei Stufen ins Auge, die zu einer Außentür führten. Als sie sie hinunterstieg und gegen die Tür drückte, öffnete sich diese und Tracy fand sich auf einem hinter dem Haus gelegenen Parkplatz wieder. Sie ließ die Tür hinter sich zuklappen und als sie sie wieder öffnen wollte, war das nicht möglich, die Tür war verschlossen. In der Wand gleich daneben befand sich ein Tastenfeld – ein Türschloss ohne Schlüssel also. Tracy sah sich um, konnte aber weder an den Lichtpfosten des Parkplatzes noch an den Ecken der umliegenden Gebäude Überwachungskameras entdecken. Aus den ersten und zweiten Stockwerken ragten durch Ausleger und große Bolzen verankerte nachträglich angebaute Balkone aus Metall und verbauten wahrscheinlich den Blick von oben auf den Parkplatz und jeden, der sich der ebenerdigen Tür näherte.

Kins, der im Haus geblieben war, ließ Tracy wieder herein und die beiden stiegen hinauf zum Treppenabsatz im zweiten Stock. Hier trafen sie auf die letzte Absperrung, bewacht von einem mit Klemmbrett und Anwesenheitsliste bewaffneten Uniformierten, bei dem sich jeder eintragen musste. Er stand direkt vor der Tür zum Loft. Kins schrieb sich und Tracy in die Liste ein und fragte nach Zhu.

»Moment!« Der Uniformierte trat einen Schritt in die Wohnung. »Detective Zhu? Besuch für Sie!«

Während sie warteten, sah sich Tracy die Eingangstür des Lofts an. Die war größer als eine normale Wohnungstür und wirkte mit ihren Metallnieten sehr solide. Auch hier fiel ihr ein Eingabefeld ins Auge – diese Tür ließ sich also ebenfalls ohne Schlüssel öffnen und verriegeln. Weder die Tür selbst noch der Türrahmen wiesen Spuren von Gewaltanwendung auf.

In diesem Moment betrat ein Asiate mit jugendlichen Gesichtszügen den Flur: Jonathan Zhu. Kins und er gaben sich die Hand und Kins stellte Tracy vor.

»So kommt man natürlich auch an eine Durchsuchung«, meinte Zhu zur Begrüßung. »Wann war denn heute euer Gespräch mit dem Ehemann?«

»Genau um die Mittagszeit«, sagte Kins.

»Und wo habt ihr euch mit ihm getroffen?«

»Wir haben ihn in einem Restaurant abgepasst. *Third Degree* heißt das.«

»*Three Degrees?*«, hakte Zhu nach. »Unten am Wasser?«

»Genau.« Kins nickte. »Er war dort mit jemandem zum Essen verabredet.«

»Mit einer Frau?«

»Ja.«

»Und ist die aufgetaucht?«

»Kurz«, sagte Kins.

»Habt ihr sie euch ansehen können?«

»Sie war kaum zu übersehen. Groß, asiatischer Herkunft, gut aussehend.«

»Na, dann kommt mal rein.« Zhu ging voran in die Wohnung.

Sie betraten eine offene Wohnfläche, die nur von dicken, von Hand behauenen Holzbalken unterbrochen wurde, die zu den dreieckigen Auslegern führten, auf denen die sechs Meter hohe Decke ruhte. Wenn man hereinkam, stand gleich links eine kleine Bank, auf die man sich setzen und die Schuhe ausziehen konnte. Darüber waren Metallhaken an der Wand befestigt, an denen Mäntel und Jacken hingen. Einer der Mäntel sah aus wie der, den die asiatische Frau getragen hatte, mit der Strickland im Restaurant verabredet gewesen war. Tracy und Kins folgten Zhu in einen Wohnbereich mit Ledersofas, einem gläsernen Couchtisch und einem Flachbildfernseher. Durch hohe Bogenfenster strömte das Licht des frühen Abends ins Zimmer. Im hinteren Bereich der offenen Fläche befand sich eine Küche, und eine Metalltreppe führte zu einem Treppenabsatz, wo hinter einer Trennwand verborgen die eigentlichen Aktivitäten des Tages stattzufinden schienen. Kins und Tracy stiegen die Treppe hinauf. Tracy umrundete die Trennwand und traf sofort mit einem Team der rechtsmedizinischen Abteilung zusammen, das sich um ein blutgetränktes Bett drängte, dessen ehemals weiße Laken und Decken sich tiefrot gefärbt hatten.

»Ist das die Frau, mit der ihr den Mann heute Nachmittag gesehen habt?«, wollte Zhu wissen.

* * *

Sie gingen wieder hinaus in den Flur vor dem Loft. Durch eins der Bogenfenster hier fiel ein Lichtstrahl ins Haus und malte

Streifen auf den Boden. Von der Straße drangen gedämpft die Geräusche des Pearl Districts hoch: Autos und der übliche Lärm einer Stadt. Die Szene, die sich ihnen im Schlafzimmer des Lofts geboten hatte, war grauenhaft: Dort lag, mit dem Gesicht nach unten, unter hochgezogenen Laken eine junge Frau auf dem Bett. Man erkannte nur den nackten Rücken und die Schultern, dunkle Haare und ebenso dunkles Blut hatten um ihren Kopf einen Heiligenschein gemalt.

»Wissen wir, wer sie ist?«, wollte Tracy wissen.

»Ihr Führerschein lautet auf den Namen Megan Chen«, sagte Zhu. »Vierundzwanzig Jahre alt, teilt sich in Northeast Portland eine Wohnung mit zwei anderen Frauen.«

»Wer hat sie gefunden? Wer hat die Tat gemeldet?«, fragte Kins.

»Die Putzfrau. Sie ist jetzt ziemlich fertig. Eine unserer weiblichen Detectives spricht auf der Wache mit ihr.«

»Gibt es schon eine Einschätzung des Todeszeitpunkts?«, fragte Tracy.

»Die Rechtsmediziner sagen, sie ist allerhöchstens ein paar Stunden tot.«

Genügend Zeit für Strickland, das Restaurant zu verlassen und nach Hause zu fahren, dachte Tracy. »Wurde eine Waffe gefunden?«

Zhu nickte. »Neunmillimeter.«

Womöglich dieselbe Waffe, mit der Devin Chambers getötet worden war.

Kins trat von einem Fuß auf den anderen, wie er es gern tat, wenn er verärgert oder frustriert war. »Irgendeinen Anhaltspunkt, wo Strickland sich aufhalten könnte?«

»Wir haben Detectives zur Anwaltskanzlei geschickt, in der er arbeitet. Seine Sekretärin sagte, er hätte um drei einen Termin gehabt, sei aber nicht aufgetaucht.«

»Das war ein Termin mit mir«, erklärte Tracy. »Ich habe gestern angerufen, um herauszufinden, ob er überhaupt in der Gegend ist, damit wir nicht umsonst herfahren.«

»Die Sekretärin hat versucht, ihn auf seinem Handy zu erreichen, aber da gehen die Anrufe gleich an die Voicemail«, sagte Zhu. »Hier zu Hause scheint er kein Telefon zu haben.«

»Wird versucht, sein Handy zu orten?«, fragte Kins.

»Da sind wir dran, er hat es allerdings ausgeschaltet. Wir arbeiten auch am Antrag auf einen Beschluss, seine Kreditkartenaktivitäten und Geldabhebungen an Automaten in Echtzeit verfolgen zu dürfen.«

Zhus Handy klingelte. »Das könnte der Richter sein.« Er trat ein paar Schritte zur Seite, um den Anruf entgegenzunehmen.

»Das ergibt doch vorn und hinten keinen Sinn«, sagte Tracy.

»Was?«, wollte Kins wissen.

»Warum sollte jemand, der sich unserer Meinung nach unglaubliche Mühe damit gegeben hat, zwei Frauen unbemerkt umzubringen und so verschwinden zu lassen, dass niemand sie mehr findet, beim dritten Mord das Opfer einfach so erschießen und im eigenen Bett liegen lassen?«

»In diesem Fall ergibt nichts einen Sinn«, seufzte Kins.

Zhu ließ sein Handy sinken und sah Tracy an. »Graham Stricklands Anwalt hat auf der Wache angerufen. Er sagt, Strickland habe sich vor zwanzig Minuten bei ihm gemeldet, völlig verzweifelt, weil in seinem Loft eine tote Frau liegt. Jemand versucht, sein Leben zu ruinieren, behauptet er. Er ist bereit, sich zu stellen.«

»Das sind doch gute Neuigkeiten«, meinte Tracy.

»Schon, aber vorher will er noch mit Ihnen reden.«

29

Zhu war nicht glücklich mit Stricklands Bedingung, sich erst zu stellen, wenn er mit Tracy geredet hatte. Immerhin ging es hier um den Hauptverdächtigen in einem grausamen Mordfall, und wenn es nach Detective Zhu gegangen wäre, dann hätte er jetzt mit einem Eingreifkommando Phil Montgomerys Büro gestürmt, Strickland Handschellen angelegt und den Mann in eine Verhörzelle im Polizeipräsidium geschleift.

Tracy war auch nicht gerade danach, Strickland versöhnlich zu stimmen, nur lagen ihre Prioritäten anders als die von Zhu: Sie wollte hören, was der Mann über das Verschwinden von Andrea Strickland und Devin Chambers wusste, und eine so gute Gelegenheit, hier Klartext zu hören, bot sich ihr womöglich nie wieder. Strickland hatte nichts mehr, um verhandeln zu können, und war höchstwahrscheinlich noch dazu verängstigt. Vielleicht reichte diese Kombination ja, ihm den selbstgefälligen Ausdruck aus dem Gesicht zu wischen. Vielleicht rückte er nun endlich einmal mit der Wahrheit heraus oder zumindest mit einem Teil derselben.

»Lassen wir ihn doch reden, wenn er unbedingt reden will«, sagte sie zu Zhu. »Das ist vielleicht unsere einzige Chance,

Informationen aus ihm herauszubekommen. Irgendwann dringt sein Anwalt schon noch zu ihm durch und macht ihm klar, dass er lieber den Mund hält. Verhaften können Sie ihn doch immer noch, nachdem ich mich mit ihm unterhalten habe.«

»Ich habe das Gefühl, mit mir wird gespielt. Das mag ich nicht«, erklärte Zhu.

»Willkommen im Club«, mischte Kins sich ein. »Der Typ ist ein echter Scheißer.«

»Das ist er.« Tracy warf Kins einen scharfen Blick zu. Er sollte ruhig wissen, dass sie seinen Einwurf nicht gerade hilfreich fand. »Aber inzwischen hat sich die Lage erheblich verändert. Er wird zweier weiterer Morde verdächtigt und ich bin verdammt neugierig darauf, wie er das wegerklären will.«

Schließlich gaben Zhu und sein Vorgesetzter nach und Tracy ließ sich von Kins zum Büro von Montgomery fahren, wo Kins mit den anderen Beamten im Eingangsbereich des Hauses warten wollte, während Tracy mit dem Fahrstuhl nach oben fuhr. Montgomery erwartete sie vorm Eingang seines Anwaltsbüros. Er wirkte erschöpft, als sei er gerade erst nach einem langen Tag vor Gericht in die Kanzlei zurückgekehrt, immer noch in Oberhemd und Krawatte, aber mit aufgerollten Hemdsärmeln und gelockertem Schlips. Unter seinen Achseln hatten sich halbkreisförmige Schweißflecken gebildet.

»Er ist völlig fertig«, sagte er zu Tracy.

Tracy war es ziemlich egal, wie Strickland sich fühlte, aber da sie wissen wollte, was er zu sagen hatte, war sie bereit, mitzuspielen und nett zu sein. Allerdings nur, bis sie das Gefühl bekam, manipuliert zu werden.

»Halten Sie ihn für selbstmordgefährdet?«, fragte sie.

»Vielleicht. Er hat nicht viel gesagt.«

»Haben Sie sichergestellt, dass er keine Waffen bei sich trägt?«

Montgomery nickte. »Natürlich. Ich glaube, wir können uns darauf einigen, dass das hier einer Befragung im Polizeigewahrsam gleichkommt?«

»Einverstanden.« Tracy hielt ihr Handy hoch. »Ich werde die Unterredung also aufzeichnen und lese ihm seine Rechte vor.«

»Dann werde ich ihm fürs Protokoll davon abraten, mit Ihnen zu reden.«

»Verstanden.«

Montgomery öffnete die Tür und führte sie in die Lobby. Sie gingen am Empfang vorbei, wo ihnen die Empfangsdame mitteilte, Strickland halte sich im Besprechungsraum auf. Montgomery wandte sich nach links. Sie passierten einen leeren Verschlag und ein verdunkeltes Büro, ehe sie vor einer geschlossenen Tür anhielten. Montgomery warf Tracy einen fragenden Blick zu. *Sind Sie bereit?*

Dann stieß er die Tür auf.

Graham Strickland, der sich einen Stuhl ganz hinten am Konferenztisch gesucht hatte, sah auf. Er hatte die Unterarme auf die Tischplatte gestützt, beide Hände umfassten einen Becher mit irgendeinem Getränk darin. Hinter ihm boten vom Boden bis zur Decke reichende Fenster einen Blick über die Innenstadt von Portland bis hin zu den in weiter Ferne liegenden grünen Bergausläufern. Obwohl Strickland dasselbe trug wie am Nachmittag im Restaurant, wirkte er bei Weitem nicht mehr so sauber und adrett und auch von seinem überheblichen Lächeln und dem arroganten Auftreten fehlte jegliche Spur. Er ließ die Schultern hängen, seine Augen schienen eingefallen, sein Blick wirkte unscharf, wie auf Fernsicht gestellt, und er trug den mürrischen Gesichtsausdruck eines Kindes zur Schau, das bei einer Missetat erwischt worden ist und weiß, dass die Strafe schwer ausfallen wird.

Montgomery ging um den Tisch herum, setzte sich neben seinen Mandanten und legte sich einen gelben Notizblock sowie einen Kugelschreiber zurecht. Tracy zog sich Strickland direkt gegenüber einen Stuhl unter dem Tisch hervor und nahm ebenfalls Platz.

»Ich habe Detective Crosswhite bereits gesagt«, fing Montgomery an, als alle saßen, »dass ich die Unterredung hier als eine Vernehmung im Polizeigewahrsam betrachte. Von daher wird Detective Crosswhite Ihnen jetzt Ihre Rechte vorlesen.«

»Und ich werde die Unterredung aufzeichnen.« Tracy legte ihr Handy vor Strickland und Montgomery auf den Tisch und drückte auf den Aufnahmeknopf.

Strickland nickte.

»Mr Strickland, wir befinden uns in einem der Konferenzräume in der Kanzlei Ihres Anwalts«, sagte Tracy. »Ich werde Ihnen jetzt Ihre Rechte vorlesen. Sie haben das Recht zu schweigen. Alles, was Sie sagen, kann und wird vor Gericht gegen Sie verwendet werden. Sie haben das Recht auf einen Anwalt …« Als sie fertig war, fragte sie: »Haben Sie die Rechte verstanden, die ich Ihnen eben vorgelesen habe?«

Strickland nickte kaum merklich.

»Sie müssen so antworten, dass man es hören kann«, mahnte Montgomery. Er hatte seinen Stuhl inzwischen ein wenig seitlich platziert, um sowohl Tracy als auch Strickland ansehen zu können, den Kuli in der Hand.

»Ja, ich habe alles verstanden.« Stricklands Stimme klang kaum lauter als ein Flüstern.

»Mir wurde gesagt, Sie wollten mit mir reden«, fuhr Tracy fort. »Ist das richtig?«

Strickland nickte.

»Man muss Sie hören!«, mahnte Montgomery erneut.

»Ja.«

Strickland lehnte sich zurück, um mit sichtlich zitternder Brust tief Luft zu holen. Er nahm sich einen Moment, um seine Gefühle in den Griff zu bekommen. Tracy wartete ab. Sie vernahm nicht zum ersten Mal einen Soziopathen und Strickland zeigte alle Anzeichen dafür, einer zu sein. Diese Menschen waren oft sehr intelligent, verstanden es ausgezeichnet, andere zu manipulieren, und lieferten Beispiele bühnenreifer Schauspielkunst ab, gegen die selbst die Künste der besten an der Julliard-Akademie für Drama ausgebildeten Schauspieler wie amateurhafte Stümperei wirkten. Tracy war nicht entgangen, dass Strickland um ein Gespräch mit einer Frau gebeten hatte, und war entsprechend auf der Hut, falls er darauf spekulieren sollte, sie oder das unweigerlich anstehende Gerichtsverfahren manipulieren zu können.

»Ich habe Megan nicht umgebracht«, fing Strickland an.

Tracy sagte nichts.

»Ich habe Devin Chambers nicht umgebracht und ich habe meine Frau nicht umgebracht. Ich weiß, dass Sie das glauben, aber ich habe es nicht getan.«

»Was haben Sie zu Megan Chen gesagt, als sie heute zur verabredeten Zeit ins Restaurant kam, um mit Ihnen zu essen?«, fragte Tracy.

»Ich sagte, mir sei etwas dazwischengekommen, einen meiner Fälle betreffend, ich würde mich aber gern hinterher, nach getaner Arbeit, mit ihr im Loft treffen.«

»Hatten Sie von Anfang an vorgehabt, nach dem Essen ins Loft zurückzukehren?«

»Ich hatte darauf gehofft, ja«, sagte Strickland.

»Wie sollte Ms Chen in die Wohnung kommen?«

»Sie kannte den Code.«

»Sie waren zusammen?«

»Wir waren ein paarmal miteinander ausgegangen.«

»Erzählen Sie mir, was geschah, nachdem mein Partner und ich das Restaurant verlassen hatten.«

»Ich bin noch ein paar Minuten geblieben und habe einige E-Mails beantwortet. Dann habe ich im Büro angerufen und denen gesagt, ich bliebe länger in der Mittagspause, wäre aber zum Termin um drei Uhr wieder da.« Strickland holte noch einmal tief Luft, ehe er mit zitternden Händen seinen Becher hob und einen Schluck Tee trank. »Ich erledigte ein paar Anrufe und fuhr nach Hause.«

»Haben Sie Ms Chen angerufen, um ihr mitzuteilen, dass Sie unterwegs sind?«

»Nein.«

»Warum nicht?«

»Megan überraschte mich gern.«

»Wie soll ich das verstehen?«

»Darf ich zu Ende reden? Ich glaube, das wird dann klar.«

»Machen Sie weiter.«

»Ich parkte auf meinem Parkplatz in der Tiefgarage. Megans Wagen stand auf einem der Besucherplätze dort.«

»Was für ein Auto?«, fragte Tracy.

»Ihr Wagen? Ein blauer Camry. Von der Garage aus fuhr ich mit dem Fahrstuhl hoch in mein Stockwerk.«

»Mir ist aufgefallen, dass man die Haustür und auch die Wohnungstür bei Ihnen nur mit einem Zahlencode öffnen kann. Brauchen Sie so einen Code auch, um Ihr Stockwerk vom Fahrstuhl aus betreten zu können?«

»Ja.«

»Megan kannte diesen Code?«

Strickland nickte. »Es ist derselbe wie für die Haustür.« Er holte tief Luft und atmete langsam wieder aus. »Ich rief nach ihr, sobald ich das Loft betreten hatte, aber sie antwortete nicht. Ich rief noch ein paarmal ihren Namen, und als sie immer noch nicht antwortete, dachte ich, sie würde entweder oben duschen oder sich verstecken.«

»Ist Ihnen irgendetwas Ungewöhnliches aufgefallen? Irgendetwas, das nicht so war, wie es sein sollte, das Sie hätte alarmieren können?«

»Nein.«

»Warum glaubten Sie, Megan habe sich versteckt? Weil sie Sie gern überraschte?«

»Ja. Sie sprang mich dann aus irgendeinem Versteck heraus an oder war unter der Bettdecke verschwunden.«

»Sie hatte Sie also früher schon mal überrascht?«

»Genau.«

»Was taten Sie weiter, nachdem Sie nach Hause gekommen waren?«

»Ich ging die Treppe hoch.« Stricklands Blick wirkte erneut verschwommen. »Man kann das Schlafzimmer von unten nicht einsehen, es gibt da eine Trennwand. Ich erkannte also erst einmal nichts. Ich rief ihren Namen und ging um die Trennwand herum, wobei ich dachte, sie würde mich bestimmt gleich hinterrücks überfallen. Und da sah ich sie. Und das Blut.«

»Wo war sie?«, wollte Tracy wissen.

Strickland sah auf, als hätte er die Frage nicht verstanden. »Was?«

»Wo haben Sie sie gefunden?«

»Auf dem Bett. Sie war auf dem Bett.«

»In welcher Position?«

»Das verstehe ich nicht.«

»Lag sie, oder hatte sie sich aufgesetzt?«

»Sie lag auf dem Bauch, den linken Arm irgendwie über den Kopf geworfen.« Strickland hob seinen Arm und hielt ihn gebeugt über den Kopf. »Als hätte sie geschlafen.«

Das war auch Tracys erster Gedanke beim Anblick der Leiche gewesen. Es gab keine Hinweise darauf, dass Megan

Chen versucht hatte, wegzulaufen oder ihrem Mörder auszuweichen. Sie hatte ihn also entweder gekannt oder er hatte sie überrascht. Beides könnte auf Strickland zutreffen.

»Und Sie sagten, sie hätte das schon einmal getan, Sie auf diese Weise zu überraschen?«

»Ja.«

»In welcher Position befand sie sich bei der Gelegenheit?«

»Sie hatte sich unter der Bettdecke versteckt. Als ich kam, setzte sie sich auf und rief ›Überraschung‹.« Stricklands Ton blieb hohl und gleichförmig.

»Können Sie sich erklären, warum sie auf dem Bauch gelegen haben könnte?«

Strickland zuckte die Achseln. »Wie schon gesagt, sie sah aus, als wäre sie eingeschlafen.«

»Was taten Sie als Nächstes?«

Strickland schüttelte ein wenig hilflos den Kopf. »Ich sah die Pistole neben ihr, und da bin ich einfach nur rückwärtsgelaufen, bis ich gegen das Treppengeländer stieß, was mich irgendwie aufgerüttelt hat. Ich habe mich umgedreht und bin gerannt. Ich wollte einfach nur da raus.«

»Haben Sie sie angefasst?«

Strickland schüttelte nachdrücklich den Kopf. »Nein. Nein, da war Blut und ...« Er schloss die Augen.

»Haben Sie die Waffe angefasst?«

»Nein«, sagte er leise.

»Wohin gingen Sie, nachdem Sie die Wohnung verlassen hatten?«

»Ich wusste nicht, wohin ich sollte.« Strickland atmete laut aus, als stünde er kurz davor, sich zu übergeben. Wenn das geschauspielert war, dann lieferte er hier eine erstklassige Show. »Ich wusste nicht, was ich tun sollte. Ich bin herumgefahren und habe versucht, Phil zu erreichen, aber der war bei Gericht. Als ich ihn endlich sprechen konnte, riet er mir hierherzukommen.«

»Warum haben Sie nicht die Polizei gerufen?«

»Und was hätte ich denen erzählen sollen?« Stricklands Stimme wurde herausfordernd laut, allerdings nur einen Moment lang. Dann seufzte er und ließ sich in seinen Stuhl zurückfallen. »Was sollte ich der Polizei sagen? Dass in meinem Bett eine tote Frau liegt? Der Staatsanwalt hatte mich schon im Fall von Andreas Verschwinden zur Person von besonderem polizeilichen Interesse erklärt und ich weiß, dass Sie glauben, ich hätte etwas mit Devins Verschwinden zu tun. Wer würde mir glauben?«

»Was meinen Sie damit?«

»Es ist mein Loft. Sie lag in meinem Bett. Sie hatten mich nur ein paar Stunden vorher mit ihr zusammen gesehen. Ich bin Anwalt, ich weiß, wie das aussieht.«

Und genau das war es, was Tracy störte. Wie es aussah. Es war einfach, zu einfach. Aber vielleicht hatte Strickland es genau so aussehen lassen wollen – viel zu einfach. Damit Tracys erster Gedanke sein musste, dass er es unmöglich getan haben könnte.

»Handelt es sich um Ihre Pistole?«, erkundigte sie sich.

»Ich besitze keine Pistole.«

»Besaß Megan Chen eine Pistole?«

»Nicht dass ich wüsste.«

»Warum haben Sie um ein Gespräch mit mir gebeten, Mr Strickland?«

Stricklands Augen weiteten sich, die Pupillen wurden riesig. Eine Flucht-oder-Kampf-Reaktion nannte man das. Strickland war erst geflüchtet, schien jetzt aber entschlossen zu kämpfen. »Weil jemand voller Absicht versucht, mein Leben zu ruinieren.«

»Warum sollte jemand Ihr Leben ruinieren wollen?«

Strickland starrte zur Zimmerdecke hoch. Er schaukelte mit seinem Stuhl, eine Träne rann ihm über die Wange. »Wegen Andrea.«

»Was ist mit Andrea?«

Ehe er Tracy erneut ansah, wischte sich Strickland die Tränen ab und atmete ein paarmal tief durch. »Sehen Sie, ich hatte wirklich vor, Andrea umzubringen«, sagte er leise, dann schwieg er wieder. Phil Montgomery rührte sich nicht, Tracy wartete. »Sie wollte den Rainier besteigen, ich wollte das nicht. Das ist die reine Wahrheit. Ich hatte es beim ersten Mal nicht bis auf den Gipfel geschafft und wollte es wirklich nicht noch ein zweites Mal versuchen. Ich leide unter Höhenkrankheit, ich mochte mir echt nicht die Mühe machen, noch einmal dagegen anzutrainieren. Aber dann …« Er schluckte und wischte sich weitere Tränen ab. »Dann dachte ich darüber nach.«

Tracy warf einen Blick auf ihr Handy, um sicher sein zu können, dass es nach wie vor aufzeichnete. Sie sprach absichtlich leise. »Und dann erkannten Sie es als eine Möglichkeit, sich Ihrer Frau zu entledigen.«

»Das hat er nicht gesagt«, warf Montgomery ein.

Tracy beachtete ihn nicht.

Strickland schloss die Augen, wiegte sich auf seinem Stuhl hin und her. »Ja«, sagte er, auch wenn das kaum hörbar rüberkam.

»Haben Sie gerade ›Ja‹ gesagt?«, hakte Tracy nach.

»Ja.«

»Haben Sie sie umgebracht?«

»Nein.«

»Ich verstehe nicht.«

»Ich wollte sie vom Berg stoßen. Aber ich tat es nicht«, fügte Strickland hastig hinzu. »Ich habe es nicht getan. Was ich diesem Detective erzählt habe, dass sie aufgestanden ist, um zur Toilette zu gehen, das ist die Wahrheit. Ich habe es nicht getan.«

»Sagen Sie es mir«, forderte Tracy. »Was ist mit ihr geschehen?«

Strickland holte noch ein paarmal tief Luft. Montgomery saß reglos da, die Ellbogen auf den Tisch gestützt, das Kinn auf der Hand ruhend. Bis jetzt hatte er sich keine einzige Notiz gemacht.

»Mein Geschäft lief sehr schlecht. Ich hatte alles, was wir besaßen, dort hineininvestiert und würde das nun verlieren, alles. Ich hatte, um einen Kredit zu bekommen, die Unterschrift eines meiner ehemaligen Arbeitgeber unter einem Brief gefälscht, in dem stand, man wolle mich in der Firma zum Partner machen, mit erheblich höherem Verdienst. Nun ließ die Bank durchblicken, sie würden das strafrechtlich verfolgen, wenn ich keinen Weg fand, ihnen ihr Geld zurückzuzahlen. Ich habe Andrea angefleht, mir einen Teil des Geldes aus ihrem Fonds zu leihen, aber sie wollte mir nichts geben. Also habe ich ihr erzählt, dass ich ihre Unterschrift unter persönlichen Bürgschaften bei der Bank und beim Vermieter gefälscht hatte und sie all ihr Geld verlieren würde, wenn sie mir nicht etwas abgab, um die Gläubiger zu bezahlen.«

»Wie reagierte sie darauf?«

»Sie wurde wütend. Wir haben uns gestritten.«

»Kam es zu einer körperlichen Auseinandersetzung?«

»Ich war wütend. Ich hatte getrunken. Ich packte sie und sie hat nach mir getreten. Und ich habe sie geschlagen. Darauf bin ich wirklich nicht stolz. Danach ging ich.«

»Waren Sie Andrea gegenüber vorher schon gewalttätig geworden?«

»Nein. Es geschah nur dieses eine Mal und auch nur im Eifer des Gefechts.« Das mochte Tracy nicht ganz glauben. »Ich hatte das Gefühl, um mich herum stürze die Welt ein, und sie wollte nichts tun, um mir zu helfen.«

Echtes Mitleid konnte Tracy nun beim besten Willen nicht aufbringen, sie war aber bereit, die Unterhaltung den Weg nehmen zu lassen, den Strickland eingeschlagen hatte. »Wohin sind Sie gegangen?«

»In eine Bar. Ich ging in eine Bar in der Nähe unseres Lofts. Dort dachte ich darüber nach, was ich tun könnte, um an das Geld zu kommen.«

»Sie dachten über Mittel und Wege nach, Ihre Frau zu töten.«

»Das hat er nicht gesagt«, mischte sich Montgomery ein, wobei er Tracy einen raschen Blick zuwarf.

»Sahen Sie den Mord an Andrea als eine Möglichkeit, an ihr Geld zu kommen?«, fragte Tracy.

»Da noch nicht«, antwortete Strickland. »Zu dem Zeitpunkt stand Mount Rainier noch gar nicht auf dem Plan. Die Bergtour brachte Andrea erst zwei Tage später ins Gespräch, als ich ins Loft zurückkehrte. Aber darauf wollte ich jetzt gar nicht hinaus, ich wollte Ihnen etwas anderes erzählen. Als ich an jenem Abend in der Bar saß und nachdachte, rief plötzlich jemand meinen Namen, und als ich aufsah, stand Devin Chambers neben mir.«

»Devin Chambers war in der Bar?«, hakte Tracy leicht skeptisch nach.

»Ja.«

»Sie kannten sie also?«

»Wir hatten uns ein paarmal gesehen. Ich würde nicht sagen, dass ich sie kannte.«

»Haben Sie sie gefragt, was sie dort wollte?«

»Nein.«

»Waren Sie vorher schon einmal in dieser Bar gewesen?«

»Sicher. Oft.«

»Und hatten Sie dort je Chambers getroffen?«

»Nein.«

»Trotzdem haben Sie sie nicht gefragt, was sie dort wollte?«

»Nein. Sie rief ›Graham?‹, und ich drehte mich um, mehr nicht.«

»War sie allein?«

»Nein, sie war mit ein paar Leuten zusammen. Sie wollte gerade gehen, als sie mich entdeckte und zu mir kam, um Hallo zu sagen. Ich sah wohl ziemlich fertig aus, sie hat mich jedenfalls gefragt, wie es mir geht.«

»Was haben Sie geantwortet?«

»Ich habe ihr alles erzählt. Dass ich zu viel getrunken hatte und wütend auf Andrea war und wir uns gestritten hatten. Ich wollte Andrea in ein schlechtes Licht rücken, verstehen Sie? Ich wollte, dass sie total egoistisch rüberkommt. Also habe ich Devin die ganze Geschichte erzählt.«

»Auch von Andreas Treuhandfonds?«

»Ja. Ich sagte, Andrea hätte jede Menge Geld, wollte mir aber nichts davon geben, um uns aus dem Schlamassel zu helfen.«

»Wie reagierte Chambers auf diese Geschichte?«

»Sie sagte, wenn sie das Geld hätte und ich ihr Mann wäre, würde sie es mir geben.«

»Das sagte sie?«

Strickland nickte.

»Sind Sie an jenem Abend mit zu ihr nach Hause gegangen?«

»Ja.«

»Und Sie schliefen mit ihr?«

»Ja. Ich war einfach so wütend auf Andrea!«, fügte er hastig hinzu, als rechtfertige das den Sex mit der besten Freundin seiner Frau.

»Haben Sie sich nach diesem Abend weiterhin mit ihr getroffen?«

Strickland senkte den Kopf. »Ja.«

»Gehörte Devin zu Ihrem Plan, Andrea umzubringen?«

»Wie ich schon sagte: Zu dem Zeitpunkt dachte ich daran noch gar nicht. Ich wollte Andrea einfach wehtun, verstehen Sie?«

»Und da dachten Sie, mit ihrer besten Freundin zu schlafen wäre eine Möglichkeit, ihr wehzutun.«

Strickland nickte. Dann warf er einen Blick auf das Aufnahmegerät und fügte hinzu: »Genau.«

»Warum haben Sie sich dann weiterhin mit ihr getroffen?«

»Das weiß ich nicht.«

»Haben Sie Andrea je von sich und Devin erzählt?«

»Nein.«

»Hat Devin es Andrea erzählt?«

»Das weiß ich nicht. Ich glaube nicht, ich wüsste nicht, warum sie das hätte tun sollen.«

»Haben Sie also einen Plan geschmiedet, um Andrea bei einer Bergtour auf dem Mount Rainier umzubringen?«

Montgomery sah aus, als wolle er etwas sagen, ließ es dann aber sein.

»Wie ich schon sagte: Als ich am Samstag ins Loft zurückkam, habe ich mich bei Andrea entschuldigt«, erklärte Strickland. »Ich hatte Geschenke mitgebracht, ein Buch und ein paar Blumen. Und ich sagte ihr, es täte mir leid.«

»Tat es Ihnen denn auch wirklich leid? Oder haben Sie das einfach nur so gesagt?«

»Wahrscheinlich beides. Ich wusste nicht, wohin ich sollte. Wir redeten über den Stress mit unserer Firma und wie sehr wir uns voneinander entfernt hatten. Da brachte Andrea Mount Rainier zur Sprache.«

»Einfach so, aus heiterem Himmel?«

»Ja.«

Wieder einmal war sich Tracy nicht sicher, ob sie ihm das abkaufen sollte.

»Ich war überrascht«, fuhr Strickland fort. »Ich hatte beim ersten Mal nicht das Gefühl gehabt, dass ihr die Kletterei besonders viel Spaß machte. Aber sie meinte, das sei etwas, was wir zusammen tun könnten. Das würde unserer Ehe helfen.«

»Sie selbst wollten eigentlich nicht gehen?«

»Anfangs sagte ich nur, ich würde darüber nachdenken, weil ich nicht gleich den nächsten Streit vom Zaun brechen wollte.«

»Wann fingen Sie an, über die Möglichkeit nachzudenken, Andrea oben in den Bergen in einen Abgrund zu stoßen?«

Montgomery behielt sein Schweigen weiterhin bei.

»Die Strecke, die Andrea zum Gipfel nehmen wollte, war nicht beliebt. Auf ihr starben mehr Menschen als auf jeder anderen. Da dämmerte es mir langsam, dass es wohl machbar wäre.«

»Was wäre machbar?« Strickland sollte es laut sagen.

»Das war nur ein Gedanke, ja? So wie: Und wenn sie abstürzt?«

»Wann fingen Sie an, ernsthaft darüber nachzudenken?«

»Als Devin das Thema zur Sprache brachte.«

Tracy versuchte, keine Pause auftreten zu lassen. Sie wollte Montgomery nicht die Gelegenheit geben, die Befragung abzubrechen. »Devin brachte das Thema zur Sprache, Andrea umzubringen?«

»Eines Abends im Bett sagte sie, alle meine Probleme wären gelöst, wenn ich Zugang zum Treuhandfonds bekäme, ob ich das mal bedacht hätte.«

»Wann war das?«

»Da war schon ein bisschen Zeit vergangen, ein Monat vielleicht.«

»Wo waren Sie beide da?«

»In einem Hotel in Seattle. Wir hatten eine kleine Reise unternommen, damit man uns nicht zusammen sieht.«

»Was genau hat Chambers gesagt?«

»Nur das, was ich Ihnen eben schon erzählt habe. Sie sagte, wenn ich den Kredit zurückzahlte, würde mich die Bank nicht strafrechtlich verfolgen lassen, weil die eigentlich nur ihr Geld wollten. Das wusste ich bereits, also antwortete ich: Das wäre ja toll, bloß ließe mich Andrea ihr Geld ja nicht einsetzen. Und sie wollte wissen, was mit diesem Geld passiert, wenn Andrea etwas zustößt.«

»Wussten Sie das denn?«, fragte Tracy.

»Nein, ich hatte die den Fonds betreffenden Dokumente nie zu Gesicht bekommen. Ich wusste wohl, dass Andrea keine Verwandten mehr hatte und in Oregon das Prinzip der Gütergemeinschaft herrscht.«

»Was geschah als Nächstes?«

»Ich entdeckte in unserer Wohnung eine Kopie der Fondsunterlagen, und nach allem, was ich dort las, würde das Geld den Regeln der Gütergemeinschaft zufolge an mich fallen, sollte Andrea etwas zustoßen. Es sei denn, sie hätte ein Testament gemacht, was ich nicht wusste, aber bezweifelte.«

»Haben Sie Devin erzählt, was Sie herausgefunden hatten?«

»Ja.«

»Und wie hat sie reagiert?«

»Sie sagte: ›Was, wenn Andrea nun nicht von der Bergtour zurückkehrt?‹«

»Danach schmiedeten Sie dann den Plan, Ihre Frau in den Abgrund zu stoßen?«

Strickland nickte. »Ich habe ein bisschen recherchiert.« Er schluckte. »Könnte ich ein Glas Wasser haben?«

Auf dem Tisch stand eine Karaffe. Montgomery schenkte seinem Mandanten ein Glas Wasser ein, das Strickland hastig leerte. »Ich beschloss, es am Morgen des Aufstiegs zum Gipfel zu tun, gleich am Anfang, in der Nähe des Thumb Rock. Dort war es am wenigsten wahrscheinlich, dass die Leiche gefunden würde, und falls man sie doch fand, konnte ich leicht behaupten, Andrea sei gestürzt.«

»Was genau hatten Sie vor, Mr Strickland?«

Er schluckte schwer. »Ich wollte sie in den Abgrund stürzen, sobald wir uns einer Gegend genähert hatten, die man Willis Wall nennt. Das wäre ein Sturz über dreihundert Meter gewesen.«

»Und was ist dann tatsächlich passiert?«

»Genau das, was ich dem anderen Detective schon erzählt habe. Wir sind am Abend zu Bett gegangen und ich erinnere mich noch daran, wie erschöpft ich war. Ich konnte kaum den Kopf heben. Ich fühlte mich wie betäubt.«

Tracy dachte an die Worte des Rangers, der ihr erzählt hatte, eigentlich seien die Leute in der Nacht vor dem Aufstieg zum Gipfel viel zu aufgedreht, um schlafen zu können. »Wissen Sie, warum Sie so müde waren?«

Strickland schüttelte den Kopf. »Nein, das weiß ich nicht. Es mag an der Höhe gelegen haben, aber ich weiß es nicht.«

»Haben Sie noch irgendetwas gemacht, ehe Sie schlafen gingen?«

Strickland schüttelte den Kopf. »Eigentlich nicht. Wir aßen ein abgepacktes Gericht und tranken ein bisschen Tee.«

»Wer richtete das Essen her und kochte den Tee?«

»Andrea.«

»Und dann?«

»Dann krochen wir in unsere Schlafsäcke und ich schlief ein. Ich kann mich noch vage daran erinnern, dass Andrea aufstand und sagte, sie müsse auf die Toilette.«

»Haben Sie irgendetwas zu ihr gesagt?«

Strickland schüttelte den Kopf. »Ich war wirklich nicht ganz da, ich war lethargisch. Mein Kopf fühlte sich schwer an, daran erinnere ich mich noch. Ich bin gleich wieder eingeschlafen.«

Wieder schoss Tracy die Bemerkung des Rangers durch den Kopf. »Sie hatten vor, Ihre Frau umzubringen, und sind gleich wieder eingeschlafen?«

Strickland schüttelte verzweifelt den Kopf. »Ich weiß, wie sich das anhört, aber genau das ist passiert. Vielleicht war das ja wieder die Höhenkrankheit. Ich sage Ihnen die Wahrheit.«

»Hatten Sie sich einen Wecker gestellt?«

»Ich dachte, das hätte ich getan.«

»Haben Sie das nach dem Aufwachen nachgeprüft?«

»Das weiß ich nicht mehr. Ich erinnere mich, dass ich aufgewacht bin und mich groggy gefühlt habe. Als hätte ich einen Kater. Und dann entdeckte ich, dass Andrea nicht in ihrem Schlafsack lag.«

»Suchten Sie nach ihr?«

»Natürlich. Ich rief ihren Namen. Als sie nicht antwortete, zog ich mich an und ging sie suchen. Ich hielt Ausschau nach Spuren von ihr, aber es hatte an dem Morgen geschneit und ich konnte keine finden.«

»Wie lange suchten Sie nach ihr?«

»Daran erinnere ich mich nicht mehr.«

»Was war Andrea Ihrer Meinung nach zugestoßen?«

»Das konnte ich nicht genau sagen. Ich glaube, ich dachte, sie wäre einfach losgelaufen und vielleicht abgestürzt.«

»Wie fühlten Sie sich bei dieser Vorstellung?«

»Eigentlich habe ich gar nichts richtig gefühlt oder gedacht. Nur, dass ich schleunigst vom Berg steigen müsste. Und ich habe darüber nachgedacht, was ich unten sagen würde.«

»Okay. Und was taten Sie also als Nächstes?« Tracy hatte die Berichte von Glen Hicks und Stan Fields gelesen, die beide Strickland befragt hatten. Sie wollte Strickland sämtliche Fragen noch einmal beantworten lassen, um zu sehen, ob es in seiner Geschichte Widersprüche gab.

»Ich habe zusammengepackt, bin zur Station der Ranger abgestiegen und habe dort erzählt, was passiert ist.«

»Was haben Sie dem Ranger erzählt?«

»Genau dasselbe wie jetzt Ihnen.«

Tracy dachte einen Moment lang nach und entschied sich für einen Themenwechsel. »Sprachen Sie nach Ihrer Rückkehr mit Devin Chambers?«

»Nicht gleich nach meiner Rückkehr.«

»Warum nicht?«

»Ich weiß auch nicht. Ich tat es ... einfach nicht. Ich war wirklich total durcheinander. Ich wusste nicht, was ich glauben sollte. Und die Polizei hat mir keine Ruhe gelassen, hat mir Fragen gestellt und das Loft durchsucht.«

»Hatten Sie Sorgen, es könnte für die Ermittlung nicht gut aussehen, wenn Ihre ersten Anrufe nach dem Ereignis an die Frau gingen, mit der Sie eine Affäre hatten?«

»Ja, daran habe ich gedacht.«

»Haben Sie überhaupt mit Devin gesprochen?«

Strickland schüttelte den Kopf. »Nein. Als ich es versuchte, musste ich feststellen, dass sie fort war.«

»Wie meinen Sie das – sie war fort?«, fragte Tracy.

»Ich habe sie angerufen.«

»Wann?«

»Ich weiß nicht mehr genau, wann, aber sie ging nicht ans Telefon. Also fuhr ich zu ihrer Wohnung und klopfte. Sie kam nicht an die Tür und ihr Auto stand nicht da. Am nächsten Tag ging ich bei ihrer Arbeitsstelle vorbei, wo ich vor dem Gebäude auf sie wartete. Sie tauchte nicht auf. Schließlich habe ich im Büro angerufen und gebeten, mit ihr sprechen zu dürfen. Da wurde mir gesagt, sie arbeite dort nicht mehr.«

»Können Sie sich irgendeinen Grund für ihr Verschwinden vorstellen?«

»Na ja, anfangs war ich mir da nicht sicher. Aber dann, als der Detective anfing, mich über diese Versicherungspolice zu befragen, die mich als Begünstigten ausweist, und über die Aussage von Andreas Chefin, ich hätte Andrea betrogen, da dachte ich erst einmal, Devin und Andrea hätten mich gelinkt. Ich dachte, sie hätten alles so hingedreht, dass es aussehen musste, als hätte ich Andrea umgebracht, und dass sie das Geld genommen hatten und damit verschwunden waren.«

»Wussten Sie von der Versicherung, bei der Sie als Begünstigter eingetragen waren?«

»Ja, ich wusste davon, aber es war Andreas Idee gewesen, diese Versicherung abzuschließen. Sie selbst, sagte sie, brauche keine Versicherung, sie habe ja den Fonds.«

»Wussten Sie, dass Andrea sich von einem Scheidungsanwalt hatte beraten lassen?«

»Da noch nicht, das erfuhr ich erst später.«

»Wann fanden Sie heraus, dass auch Andreas Geld verschwunden war?«

»Als ich feststellte, dass Devin abgehauen war.« Strickland sah seinen Anwalt an. »Phil teilte mir mit, das Geld sei weg.«

»Hatten Sie den Verdacht, Devin könnte das Geld genommen haben?«

»Ja.« Strickland zuckte die Achseln. »Aber was sollte ich machen? Der andere Detective hat mich gefragt, warum ich nicht versucht habe, das Geld zu finden. Wen hätte ich denn danach fragen sollen? Was hätte ich den Leuten erzählen sollen?«

Gute Frage, dachte Tracy. »Haben Sie versucht, Devin zu finden?«

»Nein.« Strickland schüttelte energisch den Kopf. »Ich hatte inzwischen Phil engagiert und wusste, dass die Polizei mich verdächtigte, Andreas Tod herbeigeführt zu haben. Das stand in den Zeitungen und wurde auch so in den Nachrichten gebracht. Vorm Loft standen Reporter, die ständig nach mir riefen, die mich verfolgten. Dabei beobachtet zu werden, wie ich nach der Frau suchte, mit der ich eine Affäre gehabt und die Andreas Geld gestohlen hatte, war nun wirklich das Letzte, was ich brauchte.«

»Sie haben keinen privaten Zielfahnder mit der Suche nach ihr beauftragt?«

»Einen was? Ich weiß noch nicht mal, was das ist.«

»Ein Privatermittler.«

»Nein.«

»Und jetzt, Graham? Glauben Sie, Devin und Andrea haben das geplant?«

»Das weiß ich wirklich nicht«, sagte Strickland. »Aber ich habe niemanden umgebracht, das ist die Wahrheit.«

»Wer sonst kannte noch den Code zu Ihrem Haus und zur Wohnung? Wer hätte den Fahrstuhlcode kennen können?«

Strickland sah sie an und zum ersten Mal bei dieser Befragung wirkte sein Blick scharf und konzentriert. »Nur Andrea.«

* * *

Es war fast schon halb neun Uhr abends, als Tracy die Befragung von Strickland endlich abschließen konnte. Sie hatten fast drei Stunden lang miteinander gesprochen. Tracy ging hinunter in die Lobby, um Zhu Bescheid zu geben, er könne jetzt hochgehen. Strickland wurde verhaftet und in Handschellen aus dem Gebäude geführt, um auf dem Rücksitz eines Polizeifahrzeugs ins Gefängnis des Multnomah County Detention Centers verfrachtet zu werden. Dort würde man ihn offiziell wegen des Verdachts des Mordes an Megan Chen in Haft nehmen und am folgenden Tag dem Haftrichter vorführen, wo Anklage gegen ihn erhoben werden würde. Strickland würde wohl kaum auf schuldig plädieren, davon konnte man nach allem, was er Tracy erzählt hatte, ausgehen. Danach würden sich die Mühlen der Justiz in Gang setzen, allerdings nicht mit großer Dringlichkeit. Ob die Staatsanwaltschaft des King County ihn auch noch des Mordes an Devin Chambers anklagen würde, war noch nicht heraus. Die Entscheidung würde auch noch eine Weile brauchen, davon ging Tracy jedenfalls aus. Solche Entscheidungen konnten nicht so ohne Weiteres getroffen werden, sie erforderten eine Menge Überlegungen und Diskussionen.

Zwar konnten sie jetzt eine Verbindung zwischen Strickland und Devin Chambers benennen, die Beweislage dafür, dass er sie umgebracht hatte, blieb jedoch weiterhin dünn und basierte in großen Teilen lediglich auf Indizien. Und sollte eine Jury den Mann wegen des Mordes an Megan Chen verurteilen, bestand durchaus die Möglichkeit, dass die Verantwortlichen in Seattle keinen Grund dafür sahen, das Geld der Steuerzahler für eine Anklage im Mordfall Chambers zu verschwenden. Was Andrea Strickland betraf, so blieb sie, da es keine Leiche gab, weiterhin ein Vermisstenfall. Noch nicht einmal ein besonders dringlicher, denn sie hatte ja keine Familie, die Druck ausüben und die Ermittlungen vorantreiben konnte.

Tracy verbrachte weitere zwei Stunden in der Polizeizentrale von Portland, wo sie Zhu und dessen Partner ausführlich über ihr Gespräch mit Graham Strickland informierte. Ein IT-Fachmann transferierte die Aufzeichnungen ihres Handys auf das Computersystem der Polizei. Als alles erledigt war, kehrte Tracy erschöpft und frustriert mit Kins zusammen ins Hotel zurück. Da die Bar in der Lobby noch geöffnet war, suchten sie sich dort einen Tisch in der Ecke. Beide hatten seit dem gemeinsamen Lunch nichts mehr gegessen.

»Ist die Küche noch geöffnet?«, erkundigte sich Kins hoffnungsvoll beim Kellner.

»Da müsste ich nachsehen. Wahrscheinlich gibt es nur noch ein begrenztes Angebot. Wissen Sie denn schon, was Sie gern hätten?«

»Einen sehr großen Burger«, bat Kins. »Tracy?«

»Bitte?« Tracys Hirn fühlte sich fast schon geschmolzen an. Während der Befragung hatte ihr Körper auf Hochtouren Adrenalin gepumpt, sie hatte sich auf jedes Wort, jede noch so winzige Regung ihres Gegenübers konzentriert, damit ihr auch nicht eine Nuance Veränderung entging, die ihr vielleicht verraten hätte, ob Strickland log oder nicht.

»Möchtest du noch irgendetwas aus der Küche?«, wiederholte Kins seine Frage.

»Was hast du dir denn bestellt?«

»Hamburger.«

So etwas Schweres mochte sie jetzt nicht essen. »Ginge ein Caesar-Salat?«, fragte sie den Kellner.

»Okay, lassen Sie mich die Bestellungen schnell weitergeben. Irgendetwas aus der Bar?«

»Jack und Cola«, bat Tracy.

»Für mich bitte auch«, sagte Kins.

»Ich möchte dem Typen nicht glauben«, wandte sich Tracy an Kins. »Ich möchte es wirklich nicht, aber ich will ihn auch nicht einfach meiner persönlichen Gefühle wegen für schuldig halten.«

»Dann kaufst du ihm nicht ab, was er dir erzählt hat?«

»Ich habe Fragen.«

»Es klingt mir nicht danach, als hätte er irgendetwas eingestanden, was er nicht vorher schon ausgesagt hätte oder was wir nicht ohnehin vermuteten, Tracy. Denk drüber nach. Unter dem Strich hat er nicht zugegeben, jemanden ermordet zu haben.«

»Er hat zugegeben, dass er Andrea umbringen wollte, und er hat zugegeben, dass er mit Chambers ein Verhältnis hatte.«

»Das sind alles bloß Indizien, was er ganz genau weiß. Er ist Anwalt, er kennt das Gesetz. Sein Verteidiger ist Strafrechtler und wird ihn gut beraten. Die wissen beide, dass Strickland nicht dafür bestraft werden kann, dass er daran gedacht hat, ein Verbrechen zu begehen.«

»Aber das Eingeständnis bringt uns einen Schritt näher an seine Frau und auch an Chambers ...«

»Wobei er für beide, wie wir genau wissen, höchstwahrscheinlich nicht angeklagt werden wird, wenn sie ihn wegen Chen verurteilen.«

»Das muss ihm nicht unbedingt bewusst sein.«

»Uns bringt es im Fall Chambers kein Stück weiter.« Kins schüttelte den Kopf. »Ohne weitere Beweise, die ihn mit ihrem Tod in Verbindung bringen ...«

»Waffe vom selben Kaliber«, warf Tracy ein.

»Aber ohne die Kugel, die Chambers getötet hat, können wir dem Mord keine spezifische Waffe zuordnen. Wir können auch nicht nachweisen, dass Strickland geschossen hat.«

»Warum hat er Megan Chen umgebracht? Für die Morde an Andrea und Devin Chambers könnten wir ein Motiv liefern, aber welches Motiv hatte er für den Mord an Chen?«

»Vielleicht hatte er ihr gegenüber irgendetwas eingestanden, und als wir ihn aufsuchten, wurde er nervös, weil er Angst hatte, sie könnte etwas ausplaudern.«

»Und da erschießt er sie in seinem eigenen Bett? Wo bleibt da die Logik?«

»Wie du schon sagtest: Vielleicht lässt er es mit Absicht so offensichtlich aussehen, damit wir denken sollen, er könnte es unmöglich getan haben.«

Der Kellner brachte ihre Getränke und meldete, das Essen dürfte bald fertig sein.

Tracy nippte an ihrem Drink, der süß schmeckte, sie trotzdem aber noch den Biss des Whiskeys spüren ließ. Nach dem ersten kleinen Schluck stellte sie das Glas gleich wieder ab, denn zu viel mochte sie auf nüchternen Magen nicht davon trinken.

»Damit wäre er aber ein verdammt hohes Risiko eingegangen, Kins. Wir reden hier von einem Mann, der bis jetzt unglaublich vorsichtig war.«

»Genauso ein Risiko wäre es, eine dritte mit ihm in Verbindung stehende Frau unter mysteriösen Umständen verschwinden zu lassen. Wo Rauch ist, muss irgendwann auch mal ein Feuer zu sehen sein.« Kins lehnte sich zurück, sein Glas fest in der Hand.

»Was sagt Zhu – hat irgendwer im Haus irgendetwas gesehen oder gehört?«

Kins schüttelte den Kopf. »Es war noch niemand zu Hause.«

»Was ist mit den Geschäften im Erdgeschoss?«

»Haben einen getrennten Eingang. Laut Zhu hat niemand einen Schuss gehört. Der Mörder scheint ein Kissen als Schalldämpfer benutzt zu haben.«

»Ziemlich ausgeklügelt.«

»Nicht für jemanden, der fernsieht.«

»Gibt es Überwachungskameras?«

»Eine in der Garage, aber nicht im Fahrstuhl oder im Eingangsbereich des Hauses. Aufzeichnungen der Kamera in der Garage zeigen Megan Chen, wie sie reinfährt und ihren Wagen in Richtung Fahrstuhl verlässt. Eine halbe Stunde später kommt Strickland.«

»Keine anderen Autos?«

»Nein.«

»Die Person muss den Code gekannt haben, um ins Haus und ins Loft zu kommen.«

»Genau«, sagte Kins. »Und Chen hat nicht versucht zu fliehen oder auszuweichen, ein ziemlich deutlicher Hinweis darauf, dass sie den Mörder kannte.«

Tracy setzte sich zurück, zwang ihren erschöpften Kopf, sich noch einmal zu konzentrieren. »Warum lag sie also auf dem Bauch?«

»Vielleicht hatte sie sich unter der Bettdecke versteckt, wie du erzählt hast.«

»Auf dem Bauch?«

»Er könnte sie so hingelegt haben.«

»Auf keinen Fall! Das würden wir anhand der Blutspritzer mitkriegen.«

Kins zuckte die Achseln. »Vielleicht ist sie beim Warten eingeschlafen.«

»Er sagt, er habe beim Reinkommen laut nach ihr gerufen.«

»Was gelogen sein könnte«, meinte Kins. »Er könnte versucht haben, sich anzuschleichen. Vielleicht hatte sie in Erwartung der bevorstehenden Schmuserei auch etwas getrunken. Das sagt uns dann der Bericht des Toxikologen.«

Danach saß Tracy schweigend da und Kins starrte auf den Flachbildfernseher, der auf den Sportsender eingestellt war, was Tracy an der unverwechselbaren Begleitmusik erkannte. Bei ihr zu Hause war die nur zu hören, wenn Dan zu Besuch war. Der Kellner brachte das Essen.

Kins zerlegte seinen Hamburger mit dem Messer in zwei Teile. »Ich zitiere ja nur ungern freiwillig Johnny Nolasco«, sagte er, »aber vielleicht sollten wir in diesem Fall die Sache nicht komplizierter machen, als sie ist. Manchmal sind die Dinge wirklich so, wie sie zu sein scheinen.«

»Das ist genau mein Problem.« Tracy stach auf ihren Salat ein. »Wir scheinen es hier mit einem ganz einfachen Mord zu tun zu haben, und das in einem Zusammenhang, der bisher alles andere als einfach war. Das kommt mir zu leicht vor, Kins. Als wolle jemand es so aussehen lassen, als sei es genau so, wie es den Anschein hat.«

30

In den nächsten beiden Wochen mahlten die Mühlen der Justiz vor sich hin, während Tracy den Gedanken nicht abzuschütteln vermochte, dass der Tod von Megan Chen zu simpel war und man es sich zu einfach machte, wenn man Graham Strickland dafür verurteilte. Und während die Dinge im Mordfall Megan Chen ihren Lauf nahmen und sich weiterbewegten, hatte es den Anschein, als seien der Mord an Devin Chambers sowie das Verschwinden von Andrea Strickland und Andrea Stricklands Geld auf Eis gelegt worden.

Aus den Augen, aus dem Sinn.

Diese Vermutung bestätigte sich, als Nolasco an einem Mittwochnachmittag zu Tracy und den anderen in den Arbeitsbereich kam, um ihnen mitzuteilen, Leute in einer erheblich höheren Gehaltsklasse als er hätten eine Entscheidung getroffen. Der Fall Devin Chambers sollte weiterhin offen gehalten, zurzeit jedoch nicht aktiv bearbeitet werden. Vielmehr sollte erst einmal beobachtet werden, wie sich die Dinge im Fall Megan Chen entwickelten. Mit anderen Worten: Die Staatsanwaltschaft des King County wollte im Kielwasser der Staatsanwaltschaft von Portland reisen. Die Beweise gegen Strickland im Mordfall Chen häuften sich, die Staatsanwaltschaft von Oregon hatte den Mann wegen Mordes in besonders schwerem Fall angeklagt. Das konnte die Todesstrafe bedeuten. Angesichts dieses drohenden Unheils ließ sich Strickland vielleicht zu einem Deal bewegen, bei dem er zugab, Devin Chambers ermordet zu haben. Vielleicht gestand er in dem Zusammenhang auch den Mord an seiner Frau. Im Gegenzug könnte man ihm statt der Todesstrafe lebenslängliche Gefängnishaft anbieten. So würden die Steuerzahler des King County die Millionen sparen, die ein ausgewachsener Mordprozess kostete. Wenn Strickland den Mord an Chambers nicht zugab, würden dieselben Leute, die jetzt erst einmal abwarten wollten, erneut einschätzen, ob sich die Kosten eines separaten Mordprozesses rechtfertigen ließen. Ein Mensch ließ sich eben nur einmal töten – wobei Andrea Strickland hier ja die Ausnahme zu sein schien.

Tracy konnte sich schon lebhaft vorstellen, wie solche Überlegungen enden würden. Ohne Beweise, die Strickland mit dem Privatermittler in Verbindung brachten, der nach Chambers gesucht hatte, ohne Beweise für eine Verbindung zu dem verschwundenen Geld und ohne Nachweis, dass die Waffe, mit der Chen umgebracht worden war, auch Chambers getötet hatte, würde sich die Staatsanwaltschaft gegen einen weiteren Prozess entscheiden.

Das FBI saß immer noch an der forensischen Untersuchung des PCs des Privatermittlers und ein forensisches Buchhaltungsprogramm hatte lediglich bestätigt, was eigentlich schon bekannt gewesen war: Jemand hatte nach dem Mord an Devin Chambers Lynn Hoffs Konten leer geräumt. Bisher hatten sie nur feststellen können, dass das Geld telegrafisch außer Landes gegangen war, und zwar an eine Bank in Luxemburg, die die Privatsphäre ihrer Kunden mit Vehemenz bewachte und verteidigte. Nicht, dass das etwas zu bedeuten gehabt hätte – war das Geld doch höchstwahrscheinlich nicht lange dort geblieben und wohl auch auf einen Namen überwiesen worden, den sie nicht kannten. Wahrscheinlich waren die Gelder unter einem Firmennamen eingezahlt und rasch weitergeleitet worden. Herauszufinden wohin würde eine Menge Zeit in Anspruch nehmen und hohe Kosten verursachen – alles ohne Garantie dafür, dass die gewonnenen Ergebnisse die für eine Verurteilung notwendigen Beweise lieferten.

»Was ist mit Andrea Strickland?«, erkundigte sich Tracy an diesem Mittwochnachmittag bei Nolasco.

Als der nur mit den Achseln zuckte, wusste sie, Andrea Strickland war bereits zur Nebensache geworden. »Solange der Ehemann nicht zugibt, sie ermordet zu haben«, sagte Nolasco, »oder der Gletscher da oben ihre Leiche freigibt, bleibt sie eine vermisste Person. Das ist das Problem von Pierce County, nicht unseres.«

Ungesagt blieb, dass weder Andrea Strickland noch Devin Chambers eine Familie hatte, die Druck machen und nach Antworten verlangen oder sich öffentlich darüber beschweren konnte, dass die Ermittlungen zu ihrem Tod beziehungsweise Verschwinden nicht die nötige Aufmerksamkeit erhielten. Mit anderen Worten, es gab keine quietschenden Räder, die es unbedingt zu ölen galt.

»Wir wissen, wer sie umgebracht hat«, stellte Nolasco fest, wie um die Entscheidung zu rechtfertigen – eine Behauptung, die Tracy einen Schauder den Rücken hinabschickte. »Wir bekommen vielleicht nur nicht die Chance, dies zu beweisen. Das ist eben manchmal so, wie Sie alle genau wissen. Das Wichtigste ist doch, dass Strickland für den Rest seines Lebens ins Gefängnis wandert.«

Nolasco wies Kins und Tracy an, sie sollten in der Zwischenzeit der Polizei von Portland bei allem, was sie dort für die Ermittlungen gegen Strickland brauchten, zur Seite stehen, damit man den Mann vor Gericht stellen konnte.

Tracy widmete sich ein paar Tage lang ihren anderen Akten, blieb dabei allerdings abgelenkt, und zwar aus einem Grund, den sie nie für möglich gehalten hätte. So gern sie alles ausblendete, was Nolasco von sich gab, wollte ihr eine Sache nicht aus dem Kopf gehen, die der Captain ganz zu Beginn der Ermittlung gesagt und die Kins später wiederholt hatte. Dieser Satz kreiste in Tracys Kopf herum wie eine immer wieder aufleuchtende Nachricht auf einer Anzeigentafel auf dem Times Square. Nolasco hatte bestimmt keine Perle der Weisheit von sich geben wollen. Es war eher davon auszugehen, dass er Tracy mit seiner Bemerkung an ihren Platz verweisen, sie kleinmachen wollte. Trotzdem mochte ihr der Gedanke nicht aus dem Kopf gehen. »Manchmal sind diese Fälle nicht so kompliziert, wie Sie sie machen. Manchmal ist die Lösung wirklich so simpel, wie sie vorgibt zu sein.«

Im Fall von Megan Chen schien das ja eindeutig der Fall zu sein, aber Tracy versuchte immer wieder, dieses Konzept auch auf Andrea Strickland und Devin Chambers anzuwenden. Hatte sie ihre Ermittlungen zu kompliziert werden lassen? Hatte sie zu kompliziert gedacht? Die Fakten an sich waren komplex, daran konnte kein Zweifel bestehen, aber wie verhielt es sich mit dem menschlichen Faktor, dem Motiv? Tracy war für sich zu dem Schluss gekommen, dass Andrea Strickland noch lebte und aus einem Bedürfnis nach Rache heraus gehandelt hatte. Chambers war allem Anschein nach von ihrer Sucht und Habgier angetrieben worden.

Nachdem die anderen Mitglieder des A-Teams an diesem Abend gegangen waren, nutzte Tracy den großen Tisch in der Mitte des gemeinsamen Arbeitsbereichs, um den Inhalt der Fallakte auszubreiten. Sie hatte diese Methode im Laufe ihrer Jahre im Dezernat für Gewaltverbrechen entwickelt, und sie hatte sich als nützlich erwiesen, wenn sie bei einer Ermittlung festzustecken schien. Sämtliche Beweismittel vor sich ausgebreitet liegen zu sehen, half ihr auf eher visuelle als analytische Art, die verbindenden Fäden zwischen den einzelnen Beweisen zu sehen. Sie wollte genau das tun, was Nolasco vorgeschlagen hatte, sie wollte den Fall auf die einfachsten Fragen reduzieren und dann sehen, ob sie Antworten darauf fand.

Die erste Frage auf ihrem Notizblock war die, die sie Graham Strickland gestellt hatte: *Wer kannte die Zugangscodes für den Fahrstuhl und die vordere Haustür?*

Tracy notierte sich in großen Druckbuchstaben den Namen GRAHAM STRICKLAND. Darunter kamen: ANDREA STRICKLAND, MEGAN CHEN, PUTZFRAU, VERMIETER, ANDERE?

Um den Namen Graham Strickland malte sie einen Kreis und schrieb daneben »Fall abgeschlossen«.

Aber wenn nun gar nicht Strickland den Code eingegeben und die Wohnung betreten hatte? Was, wenn Strickland die Wahrheit sagte und er Megan Chen nicht umgebracht hatte?

Sie zog einen Strich unter den Namen, versah den mit einem Pfeil und schrieb *Nicht Strickland.*

Megan Chens Namen strich sie durch, auch die Putzfrau. Blieben Andrea Strickland, der Vermieter und »Andere«, zwei bekannte Personen also und eine große unbekannte. Von den beiden bekannten Personen lag es eindeutig näher, Andrea Strickland zu verdächtigen als den Vermieter. Zufallsmorde geschahen selten, es sei denn, bei dem Täter handelte es sich um einen Psychopathen. Der Vermieter war Tracy nicht wie ein Psychopath vorgekommen.

Als Nächstes nahm sich Tracy noch einmal ihre Befragung von Graham Strickland vor. Dazu machte sie es sich auf ihrem Schreibtischstuhl bequem, steckte sich Kopfhörer in die Ohren und lauschte mit geschlossenen Augen der Aufzeichnung des Gesprächs. Jetzt brauchte sie einfach nur zuzuhören und konnte sich, ohne den Stress der eigentlichen Situation, ganz und gar auf

Stricklands Antworten konzentrieren und darüber nachdenken. Sie war bei der Befragung sehr vorsichtig vorgegangen, wusste sie doch, dass Soziopathen Lügen und Halbwahrheiten in ihre Geschichten streuten, um so ein Verhör aus der Balance zu bringen, Verwirrung zu stiften, bis nicht mehr klar war, worum es eigentlich ging, oder um eine Basis zu schaffen, um später, wenn es denn mit einer strafrechtlichen Verfolgung überhaupt so weit kam, berechtigte Zweifel geltend machen zu können.

Was waren die Lügen und Halbwahrheiten, die Strickland in die Wahrheit eingestreut hatte?

Hatte er nur *vorgehabt,* seine Frau umzubringen, oder hatte er dieses Vorhaben auch in die Tat umgesetzt?

Strickland hatte ausgesagt, er sei nicht in der Lage gewesen, seinen Plan durchzuführen. Aber nicht, weil er es sich anders überlegt hatte, sondern weil sein Körper nicht mitgespielt hatte. Er sei nur mit Mühe wach geworden, behauptete er, habe sich wie betäubt, lethargisch gefühlt.

Unter Drogen gesetzt?, schrieb Tracy und malte einen Kreis um diese Frage. Dazu fiel ihr gleich noch etwas ein, also notierte sie unter den Kreis: *Inventar Genesis?*

Sollte der Vorschlag, den Rainier zu besteigen, wirklich von Andrea gekommen sein und sollte sie auch wirklich vorgehabt haben, es so aussehen zu lassen, als hätte ihr Mann sie auf dieser Bergtour ums Leben gebracht, dann hätte sie doch als Erstes für sich die Frage klären müssen, wie sie vom Berg steigen wollte, ohne dass Graham es mitbekam. Keine leichte Frage, wenn man bedachte, dass laut Ranger Hicks die meisten Menschen in der Nacht vor dem Aufstieg zum Gipfel vor Aufregung gar nicht schlafen konnten, weil einfach zu viel Adrenalin in ihren Adern herumspukte. Außerdem konnte man selbst bei einem Soziopathen, wie Strickland einer war, in der Nacht vor einem geplanten Mord von einem gewissen Maß an ängstlicher Unruhe ausgehen. Um also vom Berg steigen zu können, ohne dass ihr Mann dies mitbekam – falls sie das überhaupt getan hatte –, hätte Andrea Strickland ihren Ehemann lahmlegen müssen. Und sie hatte leichten Zugang zu den dazu nötigen Drogen.

Tracy rollte mit dem Stuhl zu ihrem Schreibtisch, wo sie ihren Computer zum Leben erweckte und im Internet die Worte »Genesis«, »Marihuana« und »Portland« in eine Suchmaschine eingab. Die Webseite des Ladens war nach wie vor aktiv. Tracy klickte sich bis zum Menü durch, scrollte an »Blüten« und »Essbares« vorbei, bis sie an die Rubrik »Konzentrate« kam. Anscheinend ließ sich Marihuana auch als Tee oder in einem anderen Getränk zu sich nehmen, was sie an eine Passage ihres Gesprächs mit Strickland denken ließ. Die Aufzeichnung der Befragung lief nach wie vor in ihren Kopfhörern.

T. Crosswhite: »Haben Sie noch irgendetwas gemacht, ehe Sie zu Bett gingen?«

G. Strickland: »Wir aßen ein abgepacktes Gericht und tranken ein bisschen Tee.«

T. Crosswhite: »Wer richtete das Essen her und kochte den Tee?«

G. Strickland: »Andrea.«

Sie verließ die Webseite und googelte »flüssiges THC«, was ihr Tausende von Treffern einbrachte. Sie klickte sich durch ein paar davon, bis sie schließlich eine Seite gefunden hatte, die die körperlichen Auswirkungen beschrieb. Den dortigen Angaben zufolge konnte der Konsum von THC einen Menschen lethargisch werden lassen, die Konzentrationsfähigkeit behindern, zu Problemen mit der körperlichen Koordination führen und das sensorische Gefühl sowie das Zeitgefühl beeinträchtigen.

Tracy lehnte sich nachdenklich zurück. Ja, Graham Strickland hatte möglicherweise unter Drogeneinfluss gestanden.

Wenn diese Annahme stimmte, stellte sich als Nächstes die Frage, wie Andrea Strickland es geschafft hatte, vom Berg zu steigen. Laut Glen Hicks war es unwahrscheinlich, dass sie das allein geschafft hatte, und Hicks musste so etwas ja wohl am ehesten wissen. Tracy kehrte wieder an den großen Arbeitstisch zurück, um sich die nächste Frage zu notieren.

Wer hätte helfen können?

Hier hätte jetzt an erster Stelle der Name Devin Chambers stehen müssen, Andreas beste Freundin. Allerdings hatte die Graham Strickland laut dessen eigener Aussage ja erst auf die Idee gebracht, dass Andreas Fonds an ihn fallen würde, wenn er seine Frau umbrachte. Und laut Fields hatte Chambers anhand von Belegen nachweisen können, dass sie am betreffenden Wochenende verreist gewesen war. Vielleicht war Stricklands Aussage in diesem Fall eine Lüge, die ihm bei einer späteren Verteidigung vor Gericht nutzen sollte. Falls es denn überhaupt so weit kam. Kins hatte schon recht: Strickland konnte sich jederzeit darauf berufen, kooperationsbereit gewesen zu sein. Er hatte den Ehebruch zugegeben, was ihn noch lange nicht zu einem Mörder machte.

Tracy hielt Stricklands Aussage in diesem Punkt allerdings nicht für eine Lüge, und zwar aus dem Grund, den sie bereits Kins gegenüber erwähnt hatte: Indem Strickland seine Affäre mit Chambers zugab, benannte er damit eine Verbindung zwischen sich und dieser Frau, die vorher nicht nachweisbar gewesen war. Hier auf diese Art zu lügen entbehrte jeglicher Logik. Alison McCabe hatte ihre Schwester als Hochstaplerin beschrieben, abhängig von verschreibungspflichtigen Drogen. Chambers' Kreditkartenabrechnungen schienen diese Aussage zu bestätigen. Das unterstützte, jedenfalls bis zu einem gewissen Punkt, Graham Stricklands Behauptung, Devin Chambers habe ihm vorgeschlagen, seine finanziellen Probleme durch einen Mord an seiner Frau zu lösen. Wenn das stimmte, dann hatte Chambers bestimmt kein Interesse daran gehabt, Andrea beim Abstieg vom Berg zu helfen. Für Chambers wäre alles viel sauberer und ordentlicher gelaufen, wenn Strickland seine Frau umgebracht hätte, denn dadurch hätte sie uneingeschränkten Zugang zu Andreas Geld erhalten. Andrea wäre in diesem Fall tot gewesen und Graham konnte ja wohl schlecht zur Polizei gehen und sagen: »Ich glaube, die beste Freundin meiner Frau hat das Geld gestohlen, das ich mir eigentlich unter den Nagel reißen wollte, indem ich meine Frau umbrachte.« Wie Graham Strickland während der Befragung angegeben hatte, wusste er sehr wohl, dass jegliche Aufmerksamkeit, die er Richtung Chambers lenkte, gut und gern wie ein Bumerang einen Kreis schlagen und ihn selbst treffen konnte. Bei all den in seine Richtung weisenden Indizienbeweisen konnte er nun wirklich nicht auch noch eine Hochstaplerin gebrauchen, die der Polizei erzählte, er schlafe mit ihr. Und die möglicherweise sogar noch aussagte, er habe ihr anvertraut, seine Frau umbringen zu wollen, indem er sie eine Felswand hinunterstieß.

Tschüss Graham! Hallo Geld!

Die einfache Antwort in Bezug auf Chambers lautete also, dass die Frau höchstwahrscheinlich keine Verbündete war und wahrscheinlich auch nicht die Frau, die Andrea Strickland beim Abstieg vom Mount Rainier geholfen hatte.

Brenda Berg? Möglich wäre es, nur hielt Tracy es nicht für sehr wahrscheinlich. Berg hatte ein noch sehr junges Baby, an das sie denken musste. Warum hätte sie eine so riskante Tour auf sich nehmen sollen?

Graham Strickland zufolge hatte seine Frau keine weitere Freundin. Berg hatte diese Aussage bestätigt. Blieben also noch Verwandte – und Fremde.

Alan Townsend, der Therapeut, wusste vom Fonds. Tracy notierte seinen Namen und malte einen Kreis darum.

Die Eltern von Andrea Strickland waren beide tot. Geschwister hatte sie keine.

Da war nur die eine Tante, Penny Orr.

Orr hatte behauptet, Andrea und sie hätten sich nach Andreas Umzug von San Bernadino nach Portland voneinander entfremdet. Sie hätte noch nicht einmal etwas von Andreas Heirat gewusst.

Das hatte sie gesagt.

Soweit Tracy das der Akte des Pierce County entnehmen konnte, war niemand dort der Frage nachgegangen, ob Orr die Wahrheit gesagt hatte oder nicht. Niemand hatte sich Andreas Telefonaufzeichnungen kommen lassen oder ihre E-Mails durchgesehen, hauptsächlich deswegen, weil Stan Fields es nicht für möglich hielt, dass sie noch am Leben war. Er dachte, Graham hätte seine Frau umgebracht. Falls Andrea noch lebte und falls sie das Verschwinden ihres Fonds selbst inszeniert hatte, dann jedoch bestimmt nicht über ihr Handy oder ihr E-Mail-Konto.

Tracy lehnte sich zurück und dachte über Andrea Strickland und Penny Orr nach. Beide waren in gewissem Sinne verlassen worden, beide unter traumatischen Umständen. Hier galt dasselbe wie bei Chambers und ihrer Schwester: Blutsverwandtschaft schuf eine Verbindung, die sich schwer durchtrennen oder ignorieren ließ. So irrsinnig es schien, Penny Orr überhaupt in dieser Frage in Betracht zu ziehen, einfach außer Acht lassen durfte Tracy die Frau deswegen noch lange nicht. Wer blieb ihr denn auch sonst? Eine fremde Person, die Andrea für ihre Hilfe bezahlt hatte? Zu riskant. Wer garantierte denn, dass diese Person nicht bei der ersten sich bietenden Gelegenheit zu den Medien rannte, weil sie ihre fünfzehn Minuten im Rampenlicht brauchte? Alan Townsend? Vielleicht.

Orr hatte Tracy bei der Befragung gestanden, ihrer Nichte gegenüber wegen der Dinge, die Andrea unter ihrem Dach zugestoßen waren, Schuldgefühle zu empfinden. War es möglich, dass Orr ihrer Nichte beim Start in ein neues Leben geholfen hatte, um sich so von dem reinzuwaschen, was sie als ihre Sünden ansah?

Was wusste Tracy wirklich über Penny Orr?

Nichts.

Wieder rollte sie zu ihrem Schreibtisch hinüber, drückte auf die Leertaste und erweckte den Bildschirm zum Leben. Sie loggte sich ins Internet ein, rief die Webseite auf, die sie für die NexisLexis-Suche verwendeten, und gab die notwendigen Informationen ein, um Penny Orr durch das Datensystem laufen zu lassen. Bei dieser Suche erhielt man Informationen über frühere Arbeitgeber und Adressen einer Person sowie über deren Verwandte und Vorstrafen.

Penny Orrs Geschichte war kurz. Sie war zweimal umgezogen, und zwar von dem gemeinsam mit ihrem Mann bewohnten Haus in San Bernadino erst in ein Stadthaus und dann in den Apartmentkomplex, in dem sie immer noch lebte. Sie hatte eine Schwester gehabt, die verstorben war. Keine Vorstrafen. Einen Arbeitgeber hatte sie gehabt.

Tracys Magen flatterte.

Penny Orr hatte dreißig Jahre lang für das Liegenschaftsamt des Bernadino County gearbeitet. Einem Gefühl folgend öffnete Tracy einen weiteren Browser-Tab, wo sie nach der Webseite dieser Behörde suchte. Sie lud diese und klickte sich bis zu einer Seite durch, auf der für den dritten Januar zweitausendelf die Zusammenlegung von Liegenschaftsamt, Dokumentenabteilung und Standesamt des Countys verkündet wurde. Links neben dieser Ankündigung befand sich ein hellblaues Menü, das die Dienstleistungen der zusammengeführten Behörden auflistete. Hier fand sich auch ein Link zu einer Seite, auf der erklärt wurde, wie man sich beglaubigte Kopien von Geburtsurkunden besorgte.

31

Am nächsten Morgen richtete sich Tracy schon mal vorsorglich auf ein Gefecht mit Johnny Nolasco ein, das der ihr ganz sicherlich liefern würde. Sie hatte am Abend zuvor noch mit Kins telefoniert, um ihn wissen zu lassen, was sie herausgefunden hatte, und ihr Partner war wie sie der Meinung, hier handele es sich um einen Hinweis, dem man nachgehen sollte. Leider konnte Kins sie nicht unterstützen, er musste an diesem Morgen bei Gericht sein: beim Lipinsky-Prozess, dessen Eröffnung sich verzögert hatte und der bestimmt noch den Rest der Woche, wenn nicht sogar länger, seine Zeit in Anspruch nehmen würde.

»Ihre Tante hätte Zugang zu beglaubigten Kopien von Geburtsurkunden gehabt«, erklärte Tracy, als sie Nolasco in dessen Büro gegenübersaß, um ihr Anliegen vorzutragen und zu begründen. Sie reichte ihm die Geburtsurkunde von Lynn Hoff. Hoff war in San Bernadino zur Welt gekommen, ihr Geburtsdatum lag im selben Jahr wie das von Andrea Strickland. »Wir wissen, dass Andrea eine beglaubigte Kopie von Lynns Geburtsurkunde vorlegte, als sie im Staat Washington einen Führerschein beantragte, und dass sie mit diesem Führerschein ihre Bankkonten eröffnete. So hat sie diese Kopie bekommen.«

»Und wer ist dann Lynn Hoff?«, wollte Nolasco wissen.

»Das weiß ich nicht und es spielt auch keine Rolle. Andrea und ihre Tante wollten ja nicht die Identität oder die Finanzen von Lynn Hoff stehlen. Sie haben sich deren Identität nur ausgeborgt, um an einen Führerschein zu kommen, das Geld zu verstecken und letztendlich zu verschwinden. Lynn Hoff hätte das nie mitbekommen.«

»Gibt es Unterlagen darüber, dass jemand eine beglaubigte Kopie von Lynn Hoffs Geburtsurkunde beantragt hat?«

»Das ist genau das, worauf ich hinauswill: Die Tante hätte keinen Antrag zu stellen brauchen. Sie gehörte zu den Personen, die sich mit solchen Anträgen befassen. Sie entdeckte die Geburtsurkunde einer Frau, die im selben Jahr wie Andrea zur Welt kam, und beglaubigte eine Kopie davon. Und wenn sie das getan hat, dann ist sie wahrscheinlich auch die Person, die Andrea beim Abstieg vom Mount Rainier half. Sie muss diese Person gewesen sein, es gibt sonst niemanden.«

»Hört sich zu einfach an.«

»Genau! Sie haben mir geraten, die Dinge nicht komplizierter zu machen, als sie möglicherweise sind. Manchmal seien die Dinge, sagten Sie, einfach nicht so verworren, wie ich sie vielleicht sehe.« Tracy gab sich alle Mühe, Nolascos Ego zu schmeicheln. »Dies hier ist eine schlichte Hypothese, aber sie klingt logisch und sie beantwortet mehrere Fragen.«

»Nehmen wir mal an, Sie haben recht und Andrea Strickland lebt noch – der Fall gehört nicht uns. Der Fall gehört Pierce County. Schicken Sie denen Ihre Informationen, damit sie der Sache nachgehen können.«

»Es gibt eine Verbindung zu Devin Chambers, die unser Fall ist.«

»Das sehe ich nicht.«

An diesem Punkt musste ihr Argumentationsstrang zeigen, ob er schwimmen konnte oder unterging, das wusste Tracy nur zu genau. Sie hatte fast die ganze Nacht darüber nachgedacht, wie sie es angehen sollte, und was ihr eingefallen war, mochte nicht perfekt sein, war aber plausibel. »Folgendes Szenario: Die Tante hilft ihr, sich eine andere Identität zu verschaffen und sich zu verstecken. Wir müssen davon ausgehen, dass sie ihr auch geholfen hat, das Geld zu verstecken. Selbst wenn sie das nicht tat – wir wissen, dass Devin Chambers mit Andreas Geld ihre Gesichtsoperation und das Motel bezahlt hat. Sie hat beides bar bezahlt, obwohl sie pleite war. Sie hielt Andrea für tot. Falls Andrea lebte und ihre Konten überwachte, hätte sie die Transaktionen mitbekommen und es wäre ihr klar geworden, dass Devin Chambers an ihr Geld kam. Ihr Problem: Sie weiß nicht, wo Devin Chambers ist. Also heuert sie einen anonymen Privatermittler an, um sie zu finden.«

»Warum bringt sie sie dann um? Warum nimmt sie sich nicht einfach das Geld und versteckt es wieder?«

»Weil Devin Chambers dann gewusst hätte, dass sie noch lebte, und Devin Chambers schlief mit Graham Strickland.«

»Dann glauben Sie, Andrea Strickland hat Devin Chambers umgebracht?«

»Andreas Therapeut hält es für möglich, dass sie zu Gewalt neigt, wenn sie verzweifelt ist. Devin Chambers, die sie für ihre Freundin hielt, schlief mit ihrem Mann, plante ihren Tod und hatte Zugang zu dem Einzigen, das ihr noch geblieben war: ihrem Treuhandfonds. Es lohnt sich auf jeden Fall, dem wenigstens mal nachzugehen«, drängte Tracy. »Es lohnt sich, darüber mit der Tante zu sprechen. Wenn Andrea noch lebt, dürfte die Tante am ehesten wissen, wo sie sich versteckt. Hören Sie, Captain, stellen Sie es sich so vor.« Jetzt kam das Argument, das Tracys Meinung nach die besten Chancen hatte, Nolasco zu überzeugen. Ihr Captain bewegte sich hier im Präsidium nach wie vor auf dünnem Eis, nachdem ihm die Abteilung für interne Ermittlungen erst kürzlich wegen der fragwürdigen Ermittlungsmethoden auf die Finger geklopft hatte, derer sich

Nolasco und sein damaliger Partner Hattie Floyd während ihrer Zeit bei der Mordkommission bedient hatten. »Portland interessiert sich nicht für diese beiden Fälle und die Staatsanwaltschaft wird kein Geld für Ermittlungen gegen Strickland in dieser Sache ausgeben wollen, wenn er wegen des Mordes an Chen verurteilt wird. Wir beide wissen doch, dass die Chefs und die Erbsenzähler immer nur darauf gucken, was unter dem Strich rauskommt. Für uns könnte das zwei ungelöste Fälle in der Statistik bedeuten, für die wir nichts können. Meine Idee hilft uns vielleicht, beide zu lösen. Dann wissen wir, wo Andrea Strickland steckt und wer Devin Chambers ermordete.«

Nolasco dachte eine Weile schweigend nach. »Wie passt Megan Chen in dieses Szenario?«, wollte er schließlich wissen.

»Das weiß ich nicht«, gestand Tracy ein. »Vielleicht passt sie rein, vielleicht auch nicht. Wie Sie schon sagten, das ist im Moment das Problem der Kollegen in Portland.«

Nolasco schaukelte eine Weile mit seinem Stuhl hin und her, bis er zu einem Entschluss gekommen war. »Lassen Sie mich ein bisschen rumtelefonieren. Mit diesen Sachen muss ich bis ganz nach oben gehen.«

»Eins noch«, meinte Tracy.

»Was?«

»Das Geld ist bewegt worden. Andrea Strickland wird nicht weit davon entfernt sein.«

* * *

Nolascos Antwort kam später an diesem Nachmittag in einer E-Mail, die die sprichwörtliche Mischung aus guter und schlechter Nachricht verkörperte.

Sie sind befugt, Andrea Stricklands Tante nach ihrem Wissen in Bezug auf die beglaubigte Geburtsurkunde für Lynn Hoff zu befragen. Pierce County will weiterhin umfassend involviert bleiben. Setzen Sie sich mit Stan Fields in Verbindung und koordinieren Sie Reise und Befragung mit ihm.

Tracy stöhnte: Mit Stan Fields unterwegs sein zu müssen war Strafe genug.

Trotzdem konnte nicht einmal die Aussicht auf eine Reise mit Stan Fields ihre Erregtheit mindern, dieses Kribbeln, das sie immer überkam, sobald sie glaubte, bei einer Ermittlung entscheidenden Antworten nahezukommen. Sie setzte sich sofort an den Computer und buchte online einen Direktflug von Seattle nach Ontario, Kalifornien, Abflug am folgenden Morgen um fünf vor sechs, Ankunft um acht Uhr dreißig. Mit einem Mietwagen würden sie noch vor zehn Uhr morgens bei Penny Orr sein können.

Dann rief sie bei Orr an. »Möglicherweise gibt es eine Entwicklung in Andreas Fall«, erklärte sie, absichtlich vage formuliert. »Sind Sie morgen früh um zehn zu Hause, damit wir noch einmal miteinander reden können?«

»Eine Entwicklung?«, erkundigte sich Orr. »Was gibt es denn Neues?«

»Morgen weiß ich mehr. Sind Sie da?«

»Ja«, sagte Orr.

Tracy mochte eigentlich nicht unehrlich sein, wollte aber auch nur ungern den ganzen Weg nach San Bernadino zurücklegen, nur um feststellen zu müssen, dass Penny Orr nicht zu Hause war oder sogar die Stadt verlassen hatte.

32

Tracy gelang es, zwei Plätze am Gang zu erwischen, einen vorn im Flugzeug und einen viel weiter hinten. So würde sie während des Fluges nicht mit Fields reden müssen. Der Typ hatte ihr schon vor ihrer kleinen Kabbelei über Zuständigkeiten eine Gänsehaut beschert. Da der Flug ausgebucht war, sprangen ihre Intentionen bei der Platzwahl vielleicht nicht gleich jedem ins Auge, auch wenn sie annehmen musste, dass selbst Fields schlau genug war, ihr Manöver früher oder später zu durchschauen. Im Grunde war ihr das jedoch egal.

Am Nachmittag zuvor hatte sie, ehe sie nach Hause ging, noch kurz mit Fields telefoniert, um ihm die Abflugzeit mitzuteilen. Ihr früherer Zusammenstoß war bei dieser Unterhaltung nicht zur Sprache gekommen. Das bedeutete, sie hatten ihn beide nicht vergessen, waren jedoch bereit, sich der nicht gerade angenehmen Situation zu stellen und sie zu ertragen.

Tracy kam kurz nach fünf Uhr am Abfluggate an. Als Fields um zwanzig nach fünf immer noch nicht aufgetaucht war und die ersten Passagiere zum Einsteigen aufgerufen wurden, hoffte sie schon, ohne ihn fliegen zu dürfen. Zu früh gefreut: Praktisch in letzter Sekunde sah sie ihn durch den Terminal eilen, in der einen Hand eine Tüte von McDonald's, in der anderen den

Griff eines Rollkoffers, den er hinter sich herzog. Er war leger gekleidet, in Polohemd, Jeans, Tennisschuhen und etwas, das aussah wie ein *Members Only*-Jackett.

»Weswegen der Koffer?«, erkundigte sich Tracy.

»Der ist für den Fall, dass Sie recht haben und die Tante Stricklands Aufenthaltsort kennt. Dann muss ja wohl einer von uns ein, zwei Tage dortbleiben und auf den Haftbefehl warten.«

Wenn sich herausstellte, dass Andrea Strickland lebte, und sie auch erfuhren, wo, würden Tracy und Fields die örtliche Polizei bitten müssen, die Frau in Gewahrsam zu nehmen, während sie sich bei Gericht um den für eine Überführung in den Staat Washington notwendigen Haftbefehl bemühten. Tracy ging davon aus, dass Fields darauf bestehen würde, Andrea zu begleiten, falls sie noch lebte. Das wusste sie auch, ohne es anzusprechen, denn so blieb der Ruhm am Pierce County haften. Tracy war es ziemlich egal, wer die Lorbeeren einheimste, und da es sich hier ja im Grunde um den alten Vermisstenfall handelte, hatte Fields jegliches Recht dazu, Andrea für sich zu beanspruchen.

Es wurden die Passagiere der Zone eins zum Einsteigen aufgefordert.

»Mein Aufruf.« Tracy wandte sich dem Gate zu.

»Ich hoffe, das ist jetzt kein sinnloses Unterfangen«, rief Fields ihr nach.

Tracy machte sich nicht die Mühe, sich zu ihm umzudrehen. »Das werden wir noch früh genug wissen.«

* * *

Während sie im Terminal auf Fields wartete, der noch nicht aus dem Flugzeug gestiegen war, checkte Tracy ihre SMS. Kins hatte ihr eine Nachricht geschickt und gebeten, ihn über die Resultate ihrer Unterhaltung mit Penny Orr zu informieren.

Dann tauchte Fields auf und sie suchten nach dem Shuttlebus, der sie zum Mietwagenschalter bringen sollte. Der lag laut Tracys Navi eine halbe Stunde Fahrt vom Flughafen entfernt, wobei in Kalifornien ja die Verkehrsdichte immer eine unbekannte Größe darstellte. Tracy hatte eigentlich damit gerechnet, von Fields nach weiteren Informationen gelöchert zu werden, aber Fields verhielt sich still. Je weniger der Mann wusste, desto weniger, so hoffte sie, würde er sich bemüßigt fühlen, sich in ihre Unterhaltung mit Penny Orr einzumischen.

Um halb zehn war der Verkehr zwar dicht, bewegte sich jedoch stetig voran. So erreichten die beiden Detectives kurz nach zehn den Apartmentkomplex, in dem Penny Orr lebte. Tracy führte Fields in den ersten Stock und klopfte dreimal an der Wohnungstür. Als Orr ihnen öffnete, wirkte sie eher neugierig als erschrocken – wahrscheinlich hatte sie die Besucher schon durch den Türspion gesehen.

»Detective? Ich hatte Ihren Anruf gestern Abend so verstanden, dass wir heute am Telefon miteinander sprechen werden.«

»Tut mir leid, hier so unangekündigt reinzuplatzen.« Tracy drehte sich um und stellte Fields vor. »Das hier ist Detective Fields vom Sheriff Büro des Pierce County. Andreas Verschwinden fiel ursprünglich in seinen Zuständigkeitsbereich.«

Fields streckte die Hand aus und nannte noch einmal seinen Namen.

Orr wirkte ein bisschen aufgescheucht. »Tut mir leid, nun bin ich doch ein wenig verwirrt.«

»Dürfen wir einen Moment hereinkommen?«, bat Tracy.

Nach kurzem Zögern öffnete Orr die Tür und trat zurück, um Tracy und Fields einzulassen. »Ich habe nicht viel Zeit, ich packe gerade für eine Reise.«

Jetzt erst bemerkte Tracy die beiden großen Koffer gleich hinter der Wohnungstür. »Wir werden uns bemühen, Sie nicht zu lange aufzuhalten. Müssen Sie ein Flugzeug erreichen?«

»Was?« Wieder zögerte Orr kurz, ehe sie antwortete. »Ja, aber erst etwas später am Tag.«

»Wohin soll es denn gehen?«, wollte Fields wissen.

»Nach Florida, eine Freundin besuchen.«

»Da nehmen Sie aber eine Menge Sachen mit«, sagte Fields. »In Florida laufen die meisten Leute, die ich kenne, in Shorts und Tanktops rum.«

Orr lächelte, ohne auf diese Bemerkung einzugehen. In der Wohnung roch es frisch und nach einem Desinfektionsmittel mit Zitronenduft, als sei hier gerade ein professioneller Reinigungstrupp durchgegangen. So sah es auch aus. Im Wohnzimmer lief der Fernseher, es wurden gerade die Regionalnachrichten gezeigt. Orr griff nach der auf dem Couchtisch liegenden Fernbedienung und schaltete den Apparat aus.

»Kann ich Ihnen etwas zu trinken anbieten?«, fragte sie.

»Ich glaube, wir brauchen nichts«, antwortete Tracy.

»Ich hatte meine Kaffeeration im Flugzeug«, versicherte Fields.

Sie verteilten sich auf die Sofas, wobei sich Orr wieder dorthin setzte, wo sie auch bei Tracys letztem Besuch gesessen hatte. Tracy nahm auf der angrenzenden Couch Platz, Fields rechts von ihr.

»Sie sprachen gestern von einer möglichen Entwicklung«, ergriff Orr das Wort. »Die muss ja wichtig sein, wenn Sie deswegen den weiten Weg hierher auf sich nehmen.«

Wenn ein Polizeibeamter zwei Staaten weiter reiste, um die Angehörigen einer Person aufzusuchen, die als vermisst galt, dann meistens, um diese Angehörigen über den Tod der betreffenden Person zu informieren. Orr wirkte besorgt, aber nicht so, als rechnete sie mit niederschmetternden Neuigkeiten.

»Ja, wir glauben, diese Entwicklung könnte wichtig sein.« Tracy wollte nicht gleich mit der Tür ins Haus fallen und es erst einmal langsam angehen lassen, ehe sie Orr nach der Geburtsurkunde fragte. Wenn es ihr gelang, den Boden richtig vorzubereiten, fühlte sich Orr hoffentlich weniger geneigt, von Anfang an jegliche Beteiligung zu leugnen. »Wir sprachen mit dem Ranger, der am Mount Rainier die Suche nach Andrea koordiniert hat. Er ist überzeugt davon, dass Ihre Nichte nicht dort in den Bergen starb.«

»Ach ja?«

»Ja. Er meint, wenn man so viel von der Ausrüstung einer Person findet, hätte man eigentlich auch deren Leiche entdecken müssen.«

»Was ist Andrea seiner Meinung nach denn dann zugestoßen?«

Ein gleichmäßiges, metallenes Stampfen lenkte Tracys Aufmerksamkeit zur Glasschiebetür, die einen Spalt offen stand. Auf dem unbebauten Platz nebenan waren Baumaschinen am Werk. In Seattle wurde ständig gebaut, von daher konnte Tracy das Stampfen als den Lärm einer Maschine identifizieren, die einen großen Pfeiler in den Boden trieb.

»Tut mir leid, das mit dem Lärm«, entschuldigte sich Orr. »Sie ziehen da einen weiteren Wohnkomplex hoch.«

»Kein Problem«, versicherte Tracy. »Wie ich schon sagte, findet es der Ranger viel wahrscheinlicher, dass Andrea an jenem Morgen ganz früh unversehrt vom Berg gestiegen ist.«

Orr reagierte nicht sofort. Bei der Verwandten einer vermissten Person hätte Tracy an dieser Stelle mit einem anderen Verhalten gerechnet, mit Ausrufen des Entzückens vielleicht, mit Hoffnung oder zunehmender Besorgnis. »Aber Sie wissen nicht, was aus ihr wurde?«, stellte Orr schließlich fest.

»Der Ranger konnte sich allerdings nur schwer vorstellen, dass Andrea ohne Hilfe den Berg verließ.«

»Was soll das heißen?«

»Das soll heißen, er konnte sich schon vorstellen, dass Andrea den Abstieg allein geschafft hat. Aber um wegzukommen, brauchte sie anschließend irgendeine Art von Transportmittel.«

»Das ist doch jetzt aber reine Spekulation, oder? Dieser Ranger weiß das nicht wirklich.«

»Es könnte reine Spekulation sein«, gab Tracy zu. »Aber er ist sich ziemlich sicher, dass sie vom Berg gestiegen ist.«

»Dann hat sie vielleicht ein Auto gemietet und es irgendwo abgestellt«, sagte Orr.

»Unwahrscheinlich«, meinte Fields. »Mietwagenverträge lassen sich leicht zurückverfolgen. Wir haben eine entsprechende Suche auf ihren Namen und auf den Namen Lynn Hoff laufen lassen, beide ohne Resultate.«

Tracy meinte, in Orrs Augen ein leises Flackern zu erkennen, als der Name Lynn Hoff fiel – den sie persönlich so früh noch nicht erwähnt hätte. Den Bruchteil einer Sekunde lang hatte es so ausgesehen, als erkenne Orr den Namen wieder, vielleicht aber auch nur von ihrer letzten Unterredung mit Tracy. »Haben Sie den Namen schon einmal gehört?«, hakte sie rasch nach, denn sie wollte auf keinen Fall, dass Fields die Befragung übernahm. »Lynn Hoff?«

»Nein, ich glaube nicht«, antwortete Orr. »Wer soll das sein?«

»Der Ranger glaubt, Andrea hätte Hilfe gebraucht, um die Bergregion zu verlassen. Jemanden mit einem Auto.«

»Und Sie glauben, das war diese Lynn Hoff?«

»Nein.« Tracy schüttelte den Kopf. »Lynn Hoff war ein Deckname, den Andrea benutzte.«

»Ein Deckname? Wozu denn?«

»Um sich im Staat Washington einen Führerschein ausstellen zu lassen und Bankkonten eröffnen zu können.«

»Vielleicht hat eine Freundin ihr geholfen.« Orrs Hände ruhten auf ihrem Schoß, aber sie zupfte nervös an einem Fingernagel.

»Daran haben wir auch schon gedacht«, sagte Tracy. »Andrea scheint allerdings nicht viele Freunde gehabt zu haben. Bei all den Gesprächen, die wir geführt haben, das mit Ihnen eingeschlossen, kristallisierte sich heraus, dass sie im Grunde nur eine einzige Freundin hatte. Eine Frau namens Devin Chambers.«

»Haben Sie mit dieser Devin Chambers gesprochen?«, fragte Orr.

Wieder achtete Tracy genau darauf, wie sie den Namen aussprach, ob sie ihn vielleicht kannte. Leider ließ sich das nicht so genau sagen. »Wir glauben nicht, dass sie geneigt gewesen wäre, Andrea zu helfen.«

Inzwischen schien Orr Probleme beim Schlucken entwickelt zu haben. »Warum nicht?«

»Wir haben im Zuge unserer Ermittlungen ein paar Dinge über diese Devin Chambers erfahren. Anscheinend hatte sie eine Affäre mit Andreas Mann. Außerdem scheint sie versucht zu haben, das Geld aus dem Treuhandfonds Ihrer Nichte an sich zu bringen.«

»Das ist ja schrecklich! Man sollte diese Frau verhaften. Haben Sie sie finden können?«

»Sie verließ Portland ungefähr zur selben Zeit wie Andrea«, mischte sich Fields ein. »Sie sagte ihrer Chefin, sie wolle an die Ostküste zurückkehren, dort ist sie aber nie aufgetaucht.«

»Wir haben ihre Spur bis zu einem Motel in Renton, Washington, verfolgen können«, fuhr Tracy fort. »Dort hatte sie sich unter dem Namen Lynn Hoff angemeldet.«

»Ich dachte, diesen Namen hätte Andrea benutzt«, wunderte sich Orr.

»So war es ja auch.«

»Das verstehe ich nicht.«

»Es bedeutet, dass Chambers von dem Decknamen und auch von dem Geld wusste«, steuerte Fields bei. »Sie benutzte einen Teil des Geldes, um ihr Erscheinungsbild zu verändern. Wir glauben, sie wollte das Geld stehlen und fliehen.«

»Haben Sie sie festgenommen? Was hat sie zu sagen?« Falls Orr schauspielerte, dann lieferte sie gerade eine sehr glaubwürdige Vorstellung.

»Devin Chambers war die Frau, die in der Krebsfalle gefunden wurde«, erklärte Tracy. »Die, die wir anfänglich für Andrea hielten. Vielleicht haben Sie das in den Nachrichten gesehen?«

Draußen ging das rhythmische Stampfen weiter. »Nein.« Orr schwieg kurz, ehe sie sagte: »Ich weiß jetzt nicht, was ich dazu sagen soll.«

»Sie sagten, Andrea hätte nie wirklich Freunde gewonnen, nachdem sie hierhergezogen war«, meinte Tracy. »Eltern hat sie keine, natürlich nicht, und Geschwister auch nicht. Wir versuchen herauszufinden, wer ihr geholfen haben könnte.«

»Vielleicht jemand, den sie noch aus Santa Monica kannte«, schlug Orr vor. »Eine Freundin aus der Zeit damals.«

»Vielleicht.« Tracy nickte. »Aber wer geht ein solches Risiko für eine Freundin ein, von der man jahrelang nichts gehört hat?« Tracy ließ Orr nicht aus den Augen. Als die hartnäckig schwieg, fuhr sie fort: »Wir glauben, es war jemand, dem Andrea nahestand. Jemand, der das volle Ausmaß der Tragödie verstand, der wusste, was Andrea in ihrem Leben hatte durchmachen müssen. Jemand, der Mitleid mit ihr hatte, der sich verpflichtet fühlte, ihr zu helfen. Wir können das verstehen, Mrs Orr. Wir können verstehen, warum Sie Ihrer Nichte helfen wollten.«

»Ich?« Orr schnaubte leise, ehe sie erst Tracy, dann Fields ansah. »Sie glauben, ich war es? Ich habe ihr geholfen? Das ist lächerlich. Ich habe Ihnen doch gesagt, dass ich nicht weiß, wo sie ist und ob sie überhaupt noch lebt.«

»Ich weiß, so haben Sie es mir erzählt«, sagte Tracy. »Und ich verstehe auch, warum. Aber Andrea konnte sich im Staat Washington einen auf den Namen Lynn Hoff ausgestellten Führerschein besorgen, weil sie die beglaubigte Kopie einer kalifornischen Geburtsurkunde auf diesen Namen besaß. Die

Kopie einer Geburtsurkunde einer Frau namens Lynn Hoff, die hier in San Bernadino zur Welt gekommen war. Sie haben lange Jahre in San Bernadino für das Liegenschaftsamt gearbeitet, nicht wahr?«

Orr zeigte sich weiterhin ungerührt, spielte lediglich mit ihren Fingern. »Ja.«

»Und dieses Amt wurde aus Gründen der Kostenersparnis mit der Dokumentenabteilung und dem Standesamt zusammengelegt, richtig?«

»Und?«, fragte Orr.

»Also hätten Sie Zugang zu den Geburtsurkunden gehabt«, warf Fields ein.

»Jeder in diesen Büros hatte Zugang zu den Geburtsurkunden.« Orrs Stimme zitterte.

»Ja«, sagte Tracy. »Aber nicht alle waren mit einer jungen Frau auf der Suche nach einem neuen Leben verwandt.«

»Wir können einen Durchsuchungsbeschluss erwirken«, fügte Fields hinzu. »Und herausfinden, wann die beglaubigte Kopie der Geburtsurkunde im Büro des Standesbeamten erstellt wurde. Identitätsdiebstahl ist ein Verbrechen.«

»Aber wir haben kein Interesse daran, das zu tun«, ergänzte Tracy hastig, wobei sie sich einen wütenden Blick Richtung Fields verkneifen musste. »Unter den gegebenen Umständen hätte jeder in Ihrer Situation das Gleiche getan. Was Andrea widerfahren ist, ist tragisch. Wenn jemand je eine Chance auf ein neues Leben verdiente, dann ganz sicherlich sie. Wir möchten Ihre Nichte lediglich finden und mit ihr reden.«

Inzwischen rannen Orr die ersten Tränen über die Wangen. Sie machte keine Anstalten, sie abzuwischen, schloss die Augen und ließ ihr Kinn auf die Brust sinken. Draußen hämmerte die Maschine einen steten, rhythmischen Beat. Orr schüttelte ganz langsam den gesenkten Kopf. Als sie sprach, war ihr leises Flüstern kaum zu verstehen.

»Warum?« Sie schlug die Augen auf, um Tracy anzusehen. »Hat man ihr nicht schon genug angetan? Warum kann man sie nicht einfach in Ruhe lassen? Sie hat nichts von dem verdient, was ihr zugestoßen ist. Warum können Sie sie nicht einfach in Ruhe lassen?« Die letzten Worte waren ein Flehen.

»Es tut mir sehr leid.« Tracy fühlte sich weder erleichtert, noch war ihr euphorisch zumute. »Ich wünschte wirklich, das könnten wir tun. Es tut mir für Andrea leid, und auch für Sie. Niemand, schon gar nicht jemand, der noch so jung ist, verdient das, was Andrea zugestoßen ist. Ich weiß, Sie haben nur versucht, sie zu beschützen. Sie glaubten ehrlich und aus ganzem Herzen, für Ihre Nichte das Richtige zu tun. Nur gibt es jetzt auch andere Familien, die berücksichtigt werden müssen.«

»Anders konnte sie es nicht bewerkstelligen«, flüsterte Orr. »Nicht, nachdem ihr Mann in ihrem Namen Bankdokumente unterschrieben hatte. Sie stand kurz davor, das Einzige zu verlieren, was ihr geblieben war. Das Einzige, was ihr helfen konnte, wegzukommen. Verstehen Sie das nicht? Es war das Einzige, was ihr noch von ihren Eltern geblieben war, was sie mit ihnen verband.«

»Ich verstehe das«, bekräftigte Tracy.

»Nein!« Orr schüttelte vehement den Kopf. Sie hatte endlich auch ihre Stimme wiedergefunden. »Nein, Sie verstehen es nicht.«

»Als ich zweiundzwanzig Jahre alt war, wurde meine Schwester ermordet.« Tracy bekam aus den Augenwinkeln mit, wie Fields ihr einen Blick zuwarf. Orr wirkte bestürzt. »Kurz danach verlor ich meinen Vater. Er hat sich erschossen. Der Kummer war zu schwer für ihn, er konnte ihn nicht ertragen.«

»Mein Gott!« Tracy war entsetzt. »Das tut mir so leid!«

»Der Mann, mit dem ich damals verheiratet war, hat mich verlassen. Ich habe eine ganze Stadt verloren, eine ganze Lebensweise. Also verstehe ich, warum Andrea es getan hat. Nur sind aufgrund des Verschwindens Ihrer Nichte einige Dinge geschehen. Menschen starben, und wir müssen herausfinden, warum. Das ist unser Job. Wir müssen es für die Familien der anderen Opfer herausfinden.«

»Sie halten Andrea in irgendeiner Weise für diese Tode für verantwortlich?« Orr sah von einem Detective zum anderen. »Das ist absurd. Andrea würde nie jemandem wehtun. Sie möchte sich verstecken und lesen, mehr will sie nicht.«

»Wir müssen trotzdem mit ihr reden.«

Fast eine ganze Minute lang saß Orr schweigend da und starrte durch die Glasschiebetür hinaus, wo in der heißen Luft eine Spirale aus schwarzem Rauch schwebte. Nach wie vor hämmerte die Maschine. Fields sah Tracy an, die langsam den Kopf schüttelte. Sie hoffte, er hätte genügend Grips, jetzt nichts zu sagen.

»Ich möchte dabei sein«, sagte Orr schließlich. »Ich mochte dabei sein, wenn Sie mit ihr reden.«

»Auf jeden Fall«, versicherte Tracy jetzt doch mit einem Gefühl der Erleichterung, aber auch mit einer gewissen Erregung. »Sie brauchen uns nur zu ihr zu bringen.«

33

Penny Orr hatte ihre Nichte in der Nähe einer kleinen Stadt namens Seven Pines in einer Hütte untergebracht, die ihrer Familie gehörte. Soweit Tracy das hatte feststellen können, befand sich dieses Seven Pines in den östlichen Sierra Nevada Mountains in mehr als tausendachthundert Metern Höhe und bestand aus einem halben Dutzend Häusern. Von Bernadino aus gelangte man dorthin, indem man grob geschätzte dreieinhalb Stunden auf der US 395 nach Norden fuhr. Das Wochenendhaus, in dem sich Andrea aufhielt, befand sich laut Orr seit mehr als sechzig Jahren im Besitz der Familie von Orrs Mutter. Die Familie hatte es genutzt, um an längeren Wochenenden und in den Ferien der Stadt zu entfliehen, der perfekte Ort, wenn man verschwinden wollte. Die nächste richtige »Stadt« war Independence, Einwohnerzahl weniger als eintausend. Laut Orr gab es in der Hütte keinen Fernseher, kein Internet, keinen Handyempfang und ein Plumpsklo.

Tracy rief Faz an, um ihn wissen zu lassen, dass Andrea noch lebte und Fields und sie gerade von Penny Orr zu ihr gebracht wurden. Faz wollte wissen, ob er die Polizei vor Ort benachrichtigen sollte. Tracy hielt das nicht für notwendig, wollte sich aber melden, falls sich die Lage änderte.

Fields und sie beschlossen, mit zwei Wagen zu fahren, falls einer von ihnen die Polizei vor Ort kontaktieren oder einen Haftbefehl besorgen musste. Tracy saß am Steuer von Penny Orrs Auto mit Orr neben sich, während Fields im Mietwagen folgte. Orr sagte die ganze Fahrt über wenig. Sie starrte aus dem Fenster, zupfte nervös an ihren Fingern und wischte sich von Zeit zu Zeit Tränen ab. Als sie endlich ihr Schweigen brach, wollte sie wissen, was mit Andrea passieren würde.

»Dazu kann ich nichts sagen, ohne mit Ihrer Nichte gesprochen zu haben«, antwortete Tracy. »Es ist wirklich noch zu früh für Spekulationen. Ich muss wissen, was genau geschehen ist und warum. Wie geht es ihr denn, in was für einer psychischen Verfassung ist sie?«

»Wie ihre psychische Verfassung ist, wollen Sie wissen? Gut. Warum?«

»Ihr Therapeut sagte, möglicherweise hätte Andrea den Kontakt zur Realität verloren.«

»Den Kontakt zur Realität?«

»Er sagte, sie könnte möglicherweise zu Gewalttätigkeiten neigen, wenn sie verzweifelt ist. Haben Sie je etwas in dieser Richtung mitbekommen?«

»Nein. Andrea ist nicht gewalttätig, auf gar keinen Fall. Glauben Sie, Andrea hätte Devin Chambers umgebracht? Andrea könnte nie jemanden töten, dazu wäre sie einfach nicht in der Lage.«

»Hat sie dort oben ein Auto?«

Orr lachte leise. »Ja, irgendwie schon. Die Familie hat einen Jeep dort stehen, aber der ist schon seit Jahren nicht mehr zugelassen.« Orr runzelte nachdenklich die Stirn. »Sie wissen es nicht.«

»Was weiß ich nicht?«, fragte Tracy.

Orr schien etwas sagen zu wollen, überlegte es sich dann aber anders. »Sie werden es ja sehen«, sagte sie. »Sie werden sehen, warum sie fliehen musste.«

Sie fuhren weiter nach Nordosten, die Asphaltdecke der US 395 mit ihrer doppelten gelben Linie ein scharfer Kontrast zu den braunen Bergausläufern und dem erdrückenden hellblauen Himmel. Sie fuhren an heruntergekommenen, jeweils nur aus einem Raum bestehenden Bergarbeiterhütten und verlassenen Städten vorbei, wo die Betonfassaden längst vom wilden Salbei und den Büschen des Wüstenhochlands zurückerobert worden waren, einer Landschaft voller Josuabäume, Kakteen und zerklüfteter Lavafelsen. Als sie sich Independence näherten und vor ihnen das trostlose Onion Valley auftauchte, änderte sich das Landschaftsbild noch einmal und sie sahen sich von den majestätischen, zerklüfteten Bergspitzen der östlichen Sierra Nevada umgeben, zwischen denen, kränklich grau und schneebedeckt, an erster Stelle der Mount Whitney herausragte.

Gegen fünfzehn Uhr hatten sie Independence erreicht. Beim Durchfahren der Stadt hielt Tracy mit halbem Auge nach Hotels Ausschau, für den Fall, dass sie die Nacht hier verbringen mussten. Auf der Onion Valley Road bogen sie nach Westen ab und machten sich auf einer gewundenen Straße an den Aufstieg hoch in die Berge. Aufgrund der vielen Kurven hier kam Tracy die Fahrt länger vor als die angegebenen fünf Meilen.

Als sie sich einem kleinen Wäldchen näherten, sagte Orr: »Fahren Sie langsamer. Hier – hier müssen Sie einbiegen.« Weiter ging es auf einer Staubstraße, die sich dicht neben einem dunklen, türkisgrünen Bergflüsschen dahinschlängelte. Nach etwa hundert Metern dirigierte Orr Tracy auf eine kleine Lichtung, auf der ein alter Jeep Willys stand. »Parken Sie hier. Die Hütte liegt gleich da, den Pfad hinauf.«

Tracy parkte neben dem Jeep, wobei es sie wunderte, dass der bei seinem Aussehen noch laufen sollte. Fields parkte neben ihr.

»Hat Andrea im Haus irgendwelche Waffen?«, wollte Tracy wissen.

Orr zuckte die Achseln. »Mein Vater besaß eine Flinte, mit der er Schlangen getötet hat.«

»Wo wird die aufbewahrt?«

»Im Schrank im Schlafzimmer. Ich glaube, mit der ist schon seit Jahren nicht mehr geschossen worden.«

»Sonst noch Waffen? Eine Pistole?«

»Nein.« Orr stieß einen tiefen Seufzer aus. »Könnte ich wohl zuerst mit ihr sprechen und versuchen, ihr alles zu erklären? Sie wird nicht verstehen, wieso wir hier auftauchen.«

Leider durfte Tracy dieser Bitte nicht nachkommen, da sie den Grundriss der Hütte nicht kannte und jetzt wusste, dass sich dort mindestens eine Waffe befand. »Es tut mir leid, das kann ich nicht zulassen. Aber sobald wir drin sind und ich die Lage gesichert habe, bekommen Sie von mir auf jeden Fall Zeit für ein Gespräch mit Ihrer Nichte.«

Sie stiegen aus dem Wagen. Es war schwül geworden, die Luft schwer und drückend. In der Ferne, über den zahlreichen das Tal umstehenden Gipfeln, sammelten sich pralle, weiße Wolken. Eine davon, schmal und linsenförmig, schwebte am Himmel wie ein Ufo. Mit Wolken kannte Tracy sich aus, ihr Vater hatte ihr beigebracht, auf Wettervorzeichen zu achten, um nicht von Unwettern überrascht zu werden. Linsenförmige Wolken, hatte sie gelernt, entstanden, wenn heiße Luft aufstieg und mit kühlerer Luft zusammentraf. Auf einem Berg wie dem Rainier konnten solche Wolken die Vorboten von heftigen Gewittern sein, bei denen man durchaus ums Leben kommen konnte.

Orr führte Fields und Tracy auf einem mit Eisenbahnschwellen und Steinen aus dem Fluss befestigten Pfad entlang. Es war still; außer dem Plätschern des Flusses und dem Summen einiger Insekten, die sich nicht sehen ließen, hörte man nichts. Nach zehn Metern gelangten sie an einen hölzernen Steg, eine Brücke über den kleinen Fluss, die zu einer Hütte führte, die sich zwischen die Bäume schmiegte. Sie war so grün wie der Wald selbst, mit einer roten Tür, und ruhte auf einem Fundament aus Steinen, die man aus dem Fluss geborgen hatte, und aus dem Dach ragte ein Schornstein aus eben diesem Gestein. Auf den ersten Blick wirkte das Ganze wie aus einem Märchenbuch, wie das Haus eines Zwerges oder einer Elfe. Tracy musste an den Leuchtturm am Alki Point denken und an Dans Wunsch, für sie eine Märchenhochzeit auszurichten. Und ihr kam sofort in den Sinn, dass diese Hütte der ideale Rückzugspunkt war, wenn einen das Leben mies behandelt hatte und man sich verstecken wollte.

Nach der Brücke kam noch ein kurzes Stück Waldboden, dann kletterten sie zwei Stufen zu einer kleinen Veranda hoch. Ihre Schritte hallten durch den ganzen Wald. Orr klopfte an die Tür. Sie schien während der Fahrt gealtert zu sein und wirkte wie jemand, der gleich einen unaussprechlichen Verrat begehen wird. In der Hütte bewegte sich jemand, entsprechende Geräusche ließen Tracy instinktiv nach dem Griff ihrer Waffe langen. Orr wartete nicht ab, bis die Tür von innen geöffnet wurde. Sie drückte sie auf und rief: »Andrea?«

Andrea Strickland hatte gelächelt, als ihre Tante die Tür öffnete. Das Lächeln verblasste schnell, wich erst leichter Verwunderung, dann einem Ausdruck von reinem Schmerz und Resignation.

»Es tut mir leid«, sagte Penny Orr.

Tracy tat es auch leid. Sie wusste jetzt, worauf Orr angespielt hatte, als sie sagte, Tracy werde alles verstehen. Sie wusste, warum Andrea unbedingt hatte entkommen wollen.

* * *

In der Hütte sah es aus wie in einem kleinen, keiner Kette angehörenden Buchladen, der aus den Nähten zu platzen droht. Überall stapelten sich Bücher: auf sämtlichen Möbeln, dem Küchentisch und der Sitzbank unter den Bleiglasfenstern, die einen leicht verzerrten Blick auf die Landschaft boten. Die Bücher füllten die Kisten in den Ecken und quollen aus den vollgestopften Bücherregalen. Tracy sah gebundene Bücher und Taschenbücher. Jedes Genre schien vertreten zu sein, Romane genauso wie Sachbücher und Autobiografien.

Tracy bat Andrea Strickland und Penny Orr, auf einer zweisitzigen Couch Platz zu nehmen, während sie ins Schlafzimmer ging, um eine alte Crack-Barrel-Flinte, Kaliber 12, zu holen. Mit solch einer Flinte war ihr Vater bei Schießwettbewerben angetreten. Die Waffe war nicht geladen und sah nicht so aus, als sei in letzter Zeit damit geschossen worden, auch wenn sie in guter Verfassung war und gepflegt wirkte. Tracy nahm außerdem eine Schachtel Munition von der Schrankablage. Sie reichte Flinte und Munition an Fields weiter, der die Munition auf den Kaminsims legte und die Flinte an den gemauerten offenen Kamin lehnte. Tracy räumte einen Bücherstapel von der Bank unter dem Fenster und nahm den beiden anderen Frauen gegenüber Platz. Die Hütte bestand aus zwei Räumen: vorn der Wohnraum mit einem winzigen Holzofen und einem Kühlschrank im Küchenbereich, hinten das Schlafzimmer, das kaum größer war als das darin befindliche Doppelbett. Im Wohnzimmer ragten zwei Holzpfeiler hoch bis zu den

Dachbalken. Im ganzen Zimmer roch es nach verbranntem Holz – ein Duft, den der rußgeschwärzte Kamin ausströmte.

»Ihre Liebe zum Lesen hat Andrea von meiner Mutter geerbt«, erklärte Orr mit traurigem Lächeln. Sie griff nach Andreas Hand. »Wenn Grandma hier war, las sie drei Bücher am Tag. Diesen Bedarf konnte die Bücherei in Independence natürlich nicht decken, aber sie mochte sowieso keine Bücher zurückgeben müssen. Also hat sie sie kistenweise gebraucht gekauft und hier hochgeschafft.«

Andrea Strickland hob den Blick nicht von dem Bärenfellteppich, der die hölzernen Fußbodenplanken bedeckte.

»Da ist ja eine ziemliche Auswahl zusammengekommen«, sagte Tracy. »Haben Sie ein bestimmtes Genre besonders gern?«

Strickland warf Tracy einen kurzen Blick zu, ehe sie wieder zu Boden sah. »Nein«, sagte sie leise.

»Wie weit sind Sie?«, erkundigte sich Tracy, der die verräterische Ausbuchtung unter Andreas Stretchhose nicht entgangen war.

Andrea hob wieder den Kopf. »Sechster Monat.«

»Und Ihr Mann weiß das nicht?«

Andrea schüttelte den Kopf. »Nein.«

Andrea Strickland war weder verrückt noch heimtückisch. Sie hatte verzweifelt darum gerungen, einem gewalttätigen Ehemann zu entkommen, der sie und damit unwissentlich auch ihr ungeborenes Kind hatte umbringen wollen.

»Andrea, Ihre Tante hat Sie nicht verraten«, erklärte Tracy. »Sie hat uns nicht erzählt, wo Sie sind. Ich habe Ihre Geburtsurkunde auf den Namen Lynn Hoff entdeckt und bin von allein auf die Zusammenhänge gekommen.«

Strickland nickte. Orr drückte die Hand ihrer Nichte.

»Sie können sich wohl vorstellen, dass wir ein paar Fragen an Sie haben«, fuhr Tracy fort. »Werden Sie mit mir reden?«

»Braucht sie einen Anwalt?«, wollte Orr wissen.

Das war immer wieder eine der entscheidenden Fragen, und zwar für Zeugen und Polizeibeamte gleichermaßen. Da sich Andrea Strickland nicht in Polizeigewahrsam befand, griff hier das Recht auf einen Anwalt nach dem fünften Verfassungszusatz nicht. Man hatte sie auch keines Verbrechens angeklagt, der sechste Zusatz zur Verfassung galt also ebenfalls nicht. Jetzt, wo sie die Lage der Hütte kannte und gesehen hatte, in welchem Zustand sich der Jeep des Hauses befand, bezweifelte Tracy ernsthaft, dass Andrea Devin Chambers oder Megan Chen getötet haben könnte. Sie hatte den eigenen Tod vorgetäuscht, aber damit verstieß man weder gegen Bundes- noch gegen Landesgesetze. Sie hatte sich weder illegal Zugang zu Versicherungszahlungen verschafft noch versuchte sie, sich nationalen oder einzelstaatlichen Steuerzahlungen zu entziehen. Sie hatte mithilfe einer gefälschten Identität Bankkonten eröffnet, aber nicht, um zu fälschen oder zu betrügen, denn das auf den Konten verwahrte Geld gehörte ihr. Sie hatte sich nicht an die Rückzahlungsverpflichtungen der Bank gegenüber gehalten, die ihr und ihrem Mann einen Kredit gewährt hatte, und war auch Mietzahlungen schuldig geblieben, aber hier hatte in beiden Fällen ihr Mann zugegeben, ihre Unterschrift auf entsprechenden persönlichen Bürgschaften gefälscht zu haben. Ob die Gläubiger auf ihren persönlichen Besitz zugreifen durften, blieb damit eine zivilrechtliche und keine strafrechtliche Frage.

Mit anderen Worten: Tracy hatte keine Grundlage dafür, Andrea Strickland zu verhaften.

Außerdem tauchte in diesem Zusammenhang auch das hässliche Thema Zuständigkeit wieder auf: Tracy und Fields hatten die Grenzen von Bundesstaaten überschritten, um sich mit einer Zeugin zu unterhalten, die sie daraufhin zu einer anderen Zeugin geführt hatte. Ohne einen Gerichtsbeschluss hatten sie keine Befugnis, Andrea Strickland zu verhaften oder sie zurück nach Oregon oder Washington zu überführen, selbst wenn sie zu der Überzeugung gelangen sollten, dafür eine Grundlage zu haben.

Andrea Strickland war geflüchtet, weil sie schwanger war, weil ihr Ehemann plante, sie umzubringen, und weil sie weder riskieren konnte, dass ihr Baby ermordet wurde, noch dieses Baby mit einem solchen Mann großziehen mochte. Innerlich beglückwünschte Tracy die junge Frau zu ihrer Entscheidung.

»Im Moment möchten wir nur reden«, sagte sie. »Wenn Sie lieber einen Anwalt dabeihätten, würde ich diese Bitte natürlich respektieren. Es ist Ihre Entscheidung.«

Orr sah ihre Nichte an, die ihren Blick erwiderte, ohne dass man erkannt hätte, was sie sich wünschte. Orr wandte sich an Tracy. »Dürften wir uns kurz allein unterhalten?«

»Natürlich.«

Tracy nickte Fields zu und die beiden gingen nach draußen. Fields griff sofort zu Zigaretten und Feuerzeug, zündete sich eine Zigarette an und pustete Rauch in die Luft. Was in dieser unberührten Gegend einer fundamentalen Verletzung der Schönheit der Natur gleichkam.

»Was meinen Sie?«, fragte er. »Ich finde ja, sie ist durchgeknallt. Die Tante womöglich auch.«

Tracy biss sich auf die Zunge: Fields war so vorhersehbar. »Ich glaube, sie ist eine junge Frau, der die Welt übel mitgespielt hat und die nicht möchte, dass so etwas auch ihrem Kind widerfährt.«

»Sie sind sentimental, Crosswhite.« Fields zog an seiner Zigarette und entließ die nächste Rauchwolke gen Himmel. »Was machen wir, wenn sie nicht reden will? Wenn wir gehen, haut sie vielleicht wieder ab. Sie bunkert irgendwo all dieses Geld und die Tante saß auf gepackten Taschen, fertig zur Abreise. Die Story mit dem Urlaub in Florida kaufe ich ihr nicht ab.«

»Wir haben keinen Grund, Andrea zu verhaften.«

»Was reden Sie denn da? Sie ist doch mal mindestens eine Verdächtige im Mordfall Devin Chambers. Sie hatte ein klares Motiv, eigentlich zwei – das Geld und die Tatsache, dass Chambers mit ihrem Mann schlief.«

Tracy hätte fast gelacht. »Motive mag sie gehabt haben, aber keine Gelegenheit – nicht, wenn sie die ganze Zeit hier gelebt hat.«

»Wer weiß denn das so genau? Sie hätte nach Washington fahren, Chambers umbringen und dann wieder herfahren können.«

»Fahren? Womit? Der Jeep da unten hat keine Zulassung mehr und sieht nicht so aus, als würde man damit auch nur fünfzig Meilen weit kommen.«

»Sie hätte sich ein Auto mieten können. Sie hätte mit dem Wagen ihrer Tante fahren können.«

»Wie hat sie Chambers gefunden?«

»Sie hat den Privatermittler angeheuert. Sie fährt runter nach Independence, richtet sich ein Guerilla-Konto ein, geht irgendwo öffentlich ins Netz und stellt Nachforschungen an. Sie sagten doch, es habe zwischen den Mails an den Privatermittler und den Antworten des Ermittlers eine Zeitverzögerung gegeben. Hier könnten wir den Grund dafür gefunden haben. Sie lebte hier draußen, außerhalb vom Netz. Wenn sie Internetzugang wollte, musste sie in die Stadt.«

»Sieht es für Sie wirklich so aus, als wolle Andrea noch irgendwo anders hin?«, fragte Tracy. »Das hier ist für sie doch das reine Paradies. Niemand belästigt sie, sie muss sich nicht mit der Welt befassen, die sie behandelt hat wie einen Fußabtreter. Sie hat ihre Bücher und kann lesen, so viel sie will, hat Berge, in denen sie wandern kann. Warum sollte sie irgendwo anders hingehen wollen?«

»Weil sie ein Kind erwartet«, antwortete Fields. »Wie stellen Sie sich das vor? Dass sie hier in der Hütte entbindet?«

Im Grunde kein schlechter Einwand.

»In Independence gibt es sicher ein Krankenhaus. Ich habe nicht genug in der Hand, um sie verhaften zu können.«

Fields stieß seinen Qualm seitlich am Mund heraus. »Wenn Strickland nicht mit uns reden will, verhafte ich sie.«

»Weswegen?« Langsam wurde Tracy wütend. »In Ihrem Fall geht es um eine vermisste Person, mehr nicht. Diese vermisste Person haben Sie nun gefunden, soweit ich das beurteilen kann. In dem, was sie getan hat, liegt meines Wissens nach kein einziges Verbrechen. Ihr Fall ist abgeschlossen. Devin Chambers ist mein Fall, und selbst wenn ich meinte, ausreichende Gründe zu haben, kann ich Andrea Strickland ohne Haftbefehl nicht festnehmen.«

Im Haus waren Schritte zu hören. Jemand näherte sich der Tür. Wenig später trat Penny Orr auf die Veranda. »Andrea hat Ihnen etwas zu sagen.«

Tracy schlug einen Bogen um Fields und folgte Orr in die Hütte.

Dort saß Andrea immer noch auf der Couch, wirkte aber nicht mehr so verschlossen, sondern eher schockiert und traurig. Ehe Tracy auch nur ein Wort von sich geben konnte, sagte sie: »Ich habe Devin getötet.«

Tracy kam es so vor, als hätte ihr Herz einen Satz getan und säße ihr jetzt in der Kehle. Sie warf einen raschen Blick zu Fields hinüber, unsicher, was sie jetzt sagen sollte und ob sie überhaupt ein Wort über die Lippen brächte.

»Sie haben sie also getötet?«, hakte Fields nach.

Mit einem Ruck war Tracy wieder ganz im Hier und Jetzt. »Diese Frage nicht beantworten! Sagen Sie jetzt kein einziges Wort mehr!«

»Ich wollte es nicht«, fuhr Strickland unbeirrt fort. »Ich wollte sie nur für das, was sie mir angetan hatten, bestrafen.«

»Was habe ich gesagt?« Triumphierend langte Fields nach den Handschellen, die hinten an seinem Gürtel hingen.

»Andrea, ich rate Ihnen dringend, kein einziges Wort mehr zu sagen.« Tracy drehte sich mit erhobener Hand zu Fields um, der daraufhin innehielt. Sie deutete mit dem Kinn auf die Tür, forderte ihn auf, noch einmal mit ihr vors Haus zu treten.

Draußen konnte sich Fields ein fettes Grinsen nicht verkneifen: Ich habe es ja gleich gesagt. »Sehen Sie, Crosswhite! Man weiß bei den Menschen eben nie, woran man ist.«

»Nichts, was sie jetzt sagt, ist vor Gericht zulässig.«

»Warum zum Teufel denn nicht?«

»Wir haben ihr ihre Rechte noch nicht vorgelesen.«

»Dann trage ich sie eben vor und stelle meine Frage noch einmal.«

»Nun warten Sie doch mal eine Sekunde, ja? Ich fahre jetzt runter nach Independence, wo es Handyempfang gibt, rufe ein paar Leute an und hole Rat ein. Dann suche ich den Sheriff dort auf und bitte ihn, sie in Gewahrsam zu nehmen, bis ich einen Haftbefehl habe, der die Auslieferung an den Staat Washington einschließt. Sie brauchen ihr keine Handschellen anzulegen. Wohin soll sie denn fliehen? Lesen Sie ihr einfach ihre Rechte vor und lassen Sie sich bestätigen, dass sie sie verstanden hat. Aber verhören Sie sie noch nicht. Das ist mein Fall. Haben wir uns verstanden?«

»Ja, haben wir.« Fields grinste immer noch. »Wie schon gesagt: Ist nicht mein erstes Rodeo.«

»Schlüssel«, befahl Tracy.

Fields warf ihr die Schlüssel des Mietwagens zu. Tracy eilte über die hölzerne Brücke und den Pfad hinunter, bis sie zu den Autos kam. Sie setzte den Leihwagen rückwärts auf die Straße und trat das Gaspedal durch, fuhr in einer Wolke aus Staub und Erde los. Kaum hatte sie die asphaltierte Straße erreicht, als sie auch schon ihr Handy in die Hand nahm und immer wieder prüfte, ob sie vielleicht schon Empfang hatte, während sie gleichzeitig darauf achten musste, den Wagen auf der Straße zu halten. Auf halber Strecke den Berg hinunter zeigten sich auf ihrem Display zwei Balken, gepaart mit der Angabe, dass sie in den letzten fünf Minuten drei Anrufe verpasst hatte, alle von der Polizei von Seattle. Außerdem hatte ihr Faz eine SMS geschickt.

Auch weiterhin teilte sie ihre Aufmerksamkeit zwischen den Kurven und ihrem Display.

Ruf sofort zurück, hatte Faz geschrieben. *Neues im Fall Strickland. Wichtig.*

Tracy fuhr auf die Böschung und wählte Faz' Nummer. Es schien eine Ewigkeit zu dauern, bis sie verbunden war.

Ehe sie auch nur ein *Hallo* loswerden konnte, sagte Faz: »Wo zum ... warst du, Prof? Ich ver ... erreichen.«

»Mein Handy hat kaum Empfang. Ich höre dich nur unterbrochen.«

»Professor ...«

»Faz?« Tracys Handy piepste. Der Anruf war eindeutig fehlgeschlagen. »Mist!«

Sie wollte schon die Wahlwiederholung drücken, fand es dann aber doch sinnvoller, erst noch ein Stück weiter den Berg hinunterzufahren. Sie steuerte wieder die Fahrbahn an und kämpfte sich weiter um die Kurven, als das Handy in ihrer Hand klingelte. Sie drückte auf den Freisprechknopf. »Faz?«

»Ja. Verstehst du mich?«

»Immer noch mit Unterbrechungen.«

»Wir ... zurück.«

»Sag das noch mal«, bat sie.

»Wir haben den Computer ... wieder.«

»Ihr habt den Bericht der forensischen Untersuchung des Computers gekriegt? Was steht drin?«

»Professor?«

»Faz, hörst du mich?«

»Du bist echt schwer zu … aufgespürt Guerilla-Konto und … WLAN-Adresse. Die E-Mail … erstellt an einer öffentlichen Adresse … ein Restaurant …«

»Das hab ich nicht mitgekriegt, Faz. Sag das noch einmal.«

»Eine öffentliche Adresse … Tacoma … *Viola.*«

Der Wagen rutschte nach links auf die Böschung. Tracy trat auf die Bremse, bis die Reifen Kies und Erde spuckten, richtete das Steuer wieder aus, querte den Mittelstreifen, steuerte ein zweites Mal gegen, fuhr auf die Böschung und hielt an, völlig verdattert.

Fields.

Fields hatte nach Devin Chambers gesucht. Mein Gott.

»Professor?«

Das Handy. »Faz? Faz?«

Er antwortete nicht. »Faz? Faz? Ich weiß nicht, ob du mich hören kannst. Ich bin in einer kleinen Stadt in den Sierra Nevada Mountains, Seven Pines heißt sie. Seven Pines. Die nächste größere Stadt ist Independence. Faz? Scheiße. Faz, ruf den Sheriff dort an. Sag ihm, ich brauche sofort Unterstützung. Faz?« Ob der Anruf weiterhin übertragen wurde, hätte sie nicht sagen können, immerhin war er noch nicht offiziell gestorben, das Handy hatte nicht gepiepst. »Sag dem Sheriff, es ist die grüne Hütte mit der roten Tür. Erste Abzweigung rechts auf der Asphaltstraße. Sag ihm …«

Damit war der Anruf gestorben.

34

Was tun? Sollte Tracy weiter den Berg hinunterfahren, vielleicht ganz bis nach Independence hinein, wo ihr Handy auf jeden Fall Empfang hätte? Aber das kostete Zeit, und sie hatte Strickland und Orr mit Fields allein gelassen – ein Gedanke, bei dem ihr ganz schlecht wurde. Also wendete sie kurz entschlossen, um wieder in die Berge zurückzufahren. Fields! Wenn sie darüber nachdachte, ergab das teilweise sogar einen Sinn. Fields war davon ausgegangen, dass Andrea Strickland nicht mehr lebte. Als der für den Fall zuständige Ermittler hatte er von Andreas Geld gewusst, und seiner Meinung nach hatte Graham Strickland seine Frau dieses Geldes wegen umgebracht. Als aufkam, dass das Geld verschwunden war, hatte Fields wahrscheinlich nach Andrea Strickland und deren einziger Freundin gesucht, wobei er erfahren musste, dass Devin Chambers Portland genau zu dem Zeitpunkt verlassen hatte, als Andrea und mit ihr das Geld verschwand. Vielleicht hatte Fields Beweise zurückgehalten, Hinweise, die seiner Meinung nach darauf hindeuteten, dass Devin Chambers sich das Fondsgeld angeeignet und eine Affäre mit Graham Strickland gehabt hatte. Hier konnte Tracy natürlich nur Vermutungen anstellen, denn Genaues wusste sie nicht. Dafür wusste sie etwas anderes: Für einen korrupten Polizisten war Andreas Geld dasselbe wie die Drogengelder, nach denen Fields in Arizona zehn Jahre lang gefahndet hatte – herrenlos. Strickland galt als tot, ihr Mann würde früher oder später in den Knast wandern. Um Andreas Geld zu finden, hatte Fields nur noch Devin Chambers aufspüren müssen. Eine halbe Million Cash, einfach so, zum Mitnehmen.

Natürlich konnte er keine Polizeiressourcen einsetzen, um nach Chambers zu suchen, was aber auch gar nicht nötig war. Er hatte zehn Jahre lang undercover, von allem abgekoppelt, in der Wüste von Arizona Drogendealer und deren gut verstecktes Geld gejagt. Er wusste, wie man Geld wusch, und er wusste, wie man an dieses Geld herankam. Das Geld war da, er musste nur Devin Chambers töten und verbreiten, sie sei damit durchgebrannt und an einen unbekannten Ort verschwunden. Deswegen hatte er ihre Leiche in eine Krebsfalle gestopft, wo man sie höchstwahrscheinlich nie finden würde. Tracy dachte an ihre Unterhaltung mit Kins, als sie bei den Rechtsmedizinern auf den Beginn der Autopsie der Krebsfallenleiche warteten. Kins hatte gesagt, so eine Leiche in einer Krebsfalle sei zwar für das King County ein Novum, nicht aber per se. Im Pierce County war vor gerade erst zwei Jahren schon einmal in einem Fall ermittelt worden, bei dem die Leiche in einer Krebsfalle gesteckt hatte.

Fields.

Wenn sie recht hatte, dann war er mehr als nur ein gewissenloser Cop, dann war er ein Killer. Er hatte Chambers umgebracht und wäre damit sogar durchgekommen. Ein eigentlich wasserdichter Plan, denn wer konnte schon damit rechnen, dass sich Kurt Schills Tau bei den Millionen von möglichen Hindernissen im Wasser ausgerechnet in dieser Falle verfing und er die falsche Beute aus dem Meer zog? Dieser Fang brachte eine andere Polizeitruppe als Fields' eigene auf den Plan, eine Truppe, die sich eingehend mit diesem Fall befassen würde. Deswegen hatte Fields so hart darum gekämpft, weiter zuständig zu bleiben, es sollte niemand anderes in seinem Terrain herumschnüffeln. Nachdem Schill die Falle gefunden hatte, musste Fields alles daransetzen, dass Graham Strickland als kaltblütiger Mörder dastand und sich sämtliche Aufmerksamkeit auf ihn richtete. Als ermittelnder Beamter im Vermisstenfall Andrea Strickland hatte er natürlich die Wohnung in der Pearl Street gekannt. Er war im Loft gewesen, um es zu durchsuchen, und von daher mit sämtlichen Einzelheiten des Sicherheitssystems dort vertraut, einschließlich der Zugangsdaten für den schlüssellosen Zugang zum Fahrstuhl und zur Haustür.

Außerdem verstand Tracy jetzt, warum Penny Orr nur ungern ihre DNA zur Verfügung gestellt hatte. Sie hatten nicht herausfinden sollen, dass die Leiche in der Falle nicht Andrea Strickland war. Es war für Orr und Andrea einfacher, wenn man Andrea für tot hielt.

Beim Abzweig zur Staubstraße wurde Tracy langsamer. Wahrscheinlich hatte Fields auf der Suche nach Graham Strickland das Loft in der Pearl Street aufgesucht, wo er dann auf die in Stricklands Bett schlafende Megan Chen gestoßen war. Er hatte sie umgebracht. Er würde auch Penny Orr und Andrea Strickland umbringen, daran zweifelte Tracy nicht eine Sekunde lang. Und sie hatte ihm noch die Chance dazu gegeben! Danach würde er Tracy umbringen. Nur wusste er im Moment noch nicht, dass Tracy gerade erfahren hatte, in wessen Auftrag der Privatermittler nach Devin Chambers gesucht hatte. Noch hatte sie zumindest ein gewisses Moment der Überraschung auf ihrer Seite.

Hoffentlich war das alles, was sie brauchte.

Langsam steuerte sie den kleinen Parkplatz an, wobei sie auf den letzten Metern den Motor ausschaltete. Sie überprüfte ihre Glock, lud durch und stieg leise aus dem Auto. Genauso leise schlich sie den Pfad entlang, die Waffe seitlich ans Bein gedrückt. Kurz vor der Brücke stand eine Kiefer, dort blieb sie stehen, um die Hütte zu beobachten. Zu hören war außer dem Plätschern des Flusses und dem Summen der Insekten nichts, sie sah auch niemanden. Rasch überquerte sie die Brücke, um bei den beiden hölzernen Stufen vor der Veranda noch einmal stehen zu bleiben und mit den Augen die Gegend abzusuchen. Sie hob die Glock, beugte sich vor und spähte durch die bleiverglasten Fenster ins Wohnzimmer. Strickland und Orr hockten nach wie vor auf der Couch. Fields war nirgendwo zu entdecken.

»Keine Bewegung!«

Das kam von hinten, jedes Wort langsam und deutlich. Tracy hörte Fields um die Hausecke biegen und berechnete blitzschnell, ob Zeit blieb, herumzuwirbeln und einen Schuss abzugeben.

»Lassen Sie die Waffe fallen, Crosswhite«, befahl Fields. »Fallen lassen, sage ich, oder ich sorge dafür, dass Sie umfallen. Gleich da, wo Sie jetzt stehen. Waffe fallen lassen!«

Mit einem dumpfen Knall landete Tracys Waffe auf dem Holzboden der Veranda.

»Umdrehen.«

Tracy hob die Hände – ein subtiles Signal an die Frauen im Haus –, ehe sie sich zu Fields umdrehte, der mit erhobener Waffe auf Tracy zielend einen weiteren Schritt um die Hausecke herumkam. Da wusste sie, sie hatte die richtige Entscheidung getroffen: Fields hätte sie erschossen, noch ehe sie sich ganz umgedreht hatte.

»Sie sind ja ziemlich schnell zurück.« Fields trat Tracys Glock mit dem Fuß beiseite. »Viel zu schnell, um in der Zwischenzeit den örtlichen Sheriff kontaktiert und Ihre Telefonate erledigt zu haben. Lassen Sie mich raten: Auf halbem Weg den Berg runter hatten Sie Handyempfang, und zwar ungefähr ab da, wo mir auf dem Hinweg auffiel, dass ich keinen mehr hatte. Und wenn ich weiterraten müsste, würde ich sagen, da haben Sie wohl eine ziemlich interessante Mail mit Infos zu einer bestimmten Guerilla-E-Mail-Adresse bekommen, habe ich recht?«

»Warum, Fields?« Die Worte hinterließen einen bitteren Nachgeschmack in Tracys Mund.

Fields lächelte. »Warum nicht?«

»Wann sind Sie umgekippt?«

»Umgekippt? Interessante Wortwahl. Sagen wir mal, ich habe bei der verdeckten Arbeit die eine oder andere schlechte Angewohnheit übernommen. Mir war nämlich aufgefallen, welche Unsummen bei jeder Verhaftung im Spiel waren und dass niemand die genauen Beträge kannte. Das war Geld, das sich nicht zurückverfolgen ließ. Ganz zu schweigen von den Produkten. Mein Job war ja herauszufinden, wie sie das Zeug vertrieben, ohne erwischt zu werden. Da wurden Vermögen verschoben. Irgendwann habe ich festgestellt, dass ich auf der falschen Seite spielte.«

»Und Ihre Frau? Und das, was ihr zustieß?«

Diesmal fiel Fields' Lächeln schwächer aus. »Sagen wir einfach mal, nachdem meine Frau herausgefunden hatte, was ich tat, waren wir nicht mehr einer Meinung.«

»Sie haben sie umgebracht.« Tracy spuckte die Worte förmlich heraus.

»Das hängt ganz vom Standpunkt des Betrachters ab. Es gab eine riesige Drogenrazzia, und die lief schief.« Fields lächelte immer noch. »Das passiert doch die ganze Zeit. Eine Beamtin wagt sich zu weit vor und irgendwann muss ihre Tarnung ja auffliegen. Meine flog auf, kurz nachdem ihre aufgeflogen war. Ich hatte keine Wahl, ich musste die Gegend verlassen.«

Tracy war so fixiert darauf gewesen, Fields nicht zu mögen, jetzt musste sie sich fragen, ob ihr dabei bestimmte Anzeichen entgangen waren. Denn nun erkannte sie ganz deutlich, wie sämtliche Beweise direkt auf ihn zeigten. »Sie hielten Andrea Strickland für tot, dachten, ihr Mann hätte sie umgebracht, und sahen das als Ihre Chance, an ihr Geld zu kommen.«

»Sie haben den Mann doch kennengelernt. Er hat es ganz sicher nicht verdient.«

»Nur hatte jemand dieselbe Idee wie Sie und war schneller. Damit hatten Sie nicht gerechnet.«

»Es war schon fast komisch, wenn man bedenkt, wie Devin Chambers bei ihm die Strippen gezogen hatte. Im Grunde doch wunderbar, solch poetische Gerechtigkeit. Sie hat mir doch tatsächlich angeboten, das Geld mit ihr zu teilen! Alle Achtung, die Frau war findig und hatte Fantasie, aber ich konnte mich doch nicht den Rest meines Lebens fragen, ob sie vielleicht zurückkommt oder irgendetwas Dummes tut oder sagt.«

»Der Krebsfallenfall im Pierce County, war das Ihrer?«

»Nein, aber ich habe die Kreativität des Typen bewundert. Viel besser, als eine Leiche in der Wüste liegen zu lassen, damit die Tiere sie zerlegen. In dem Fall bleiben immer noch Knochen übrig. Lässt man eine Krebsfalle ins Wasser, dann ist hinterher von der Person darin nichts mehr vorhanden – es sei denn, man hat Pech und ein Junge zieht einen Fang an Land, der so unwahrscheinlich ist wie ein Lottogewinn.« Fields schüttelte den Kopf. »Wie stehen denn bei so was die Chancen, eh?«

»Ja«, sagte Tracy. »Wie stehen die Chancen? Aber das ist jetzt egal, Fields. Schauen Sie sich mal um – wo wollen Sie hin?«

Sein Grinsen wurde breiter. »Soll das ein Witz sein? Überallhin auf der Welt! Ist alles im Koffer, den ich mithabe, Pässe, Verkleidungen, alles. Diese Waffe – wer weiß denn, woher die stammt? Das Zeug habe ich damals dutzendweise aufgesammelt, es lässt sich nicht zurückverfolgen. Bis jemand findet, was von euch dreien übrig ist – *falls* sie euch überhaupt je finden –, bin ich längst über alle Berge. Vielleicht glauben die sogar, meine Leiche liegt hier auch noch irgendwo rum, weggeschleppt von irgendwelchen wilden Tieren. Ich nehme den Wagen von Orr, vielleicht auch den Jeep, und fahre hier weg. Ich habe Ihnen doch erzählt, Crosswhite, dass die Wüste mein Zuhause war. Jetzt kann sie Ihres werden.«

35

Als Fields Tracy unter vorgehaltener Waffe zurück ins Haus drängte, erlebten sie dort eine ziemliche Überraschung: Penny Orr und Andrea Strickland saßen nicht mehr brav auf der Couch und die Flinte lehnte nicht mehr am gemauerten offenen Kamin.

»Scheiße!« Ohne Tracy aus den Augen zu lassen, die Waffe immer noch unverwandt auf sie gerichtet, ging Fields zur Rückseite des Hauses und warf einen Blick ins Schlafzimmer. Von dort her wehte ein leichter Luftzug. Tracy konnte nicht anders, sie musste lächeln.

Fields riss sich fluchend die Handschellen vom Gürtel. »Beide Arme um den Pfosten, Crosswhite!« Er deutete auf einen der beiden Holzpfeiler, die die Decke abstützten.

Tracy rührte sich erst einmal nicht vom Fleck. »Sie wissen doch genau, dass Sie damit nicht durchkommen, Fields!« Andrea und ihre Tante sollten so viel Zeit wie möglich haben, um ein Stück weit wegzukommen. Laut Orr las Strickland nicht nur mit Leidenschaft, sie wanderte auch gern und war als Heranwachsende oft in diesen Bergen unterwegs gewesen. Man konnte also hoffen, dass sie sich ein bisschen auskannte und wusste, wo man sich hier in der Gegend verstecken konnte.

Fields würde Tracy wohl kaum hier in der Hütte erschießen, wo viel zu viele Spuren verblieben wären. Sie entschied sich, die Situation auf die Spitze zu treiben.

»Ich habe vorhin bei mir im Büro angerufen, Fields. Meine Jungs haben Leute hierher losgeschickt. Sie wissen, dass Sie der Typ sind, der den Zivilfahnder angeheuert hat. Vom *Viola* aus?« Sie lachte. »Was zum Teufel haben Sie sich bloß dabei gedacht?«

Fields trat so dicht an sie heran, dass die Mündung seiner Pistole keinen halben Meter von ihrem Gesicht entfernt war. »Ich dachte, niemand würde die Leiche finden«, zischte er. »Und jetzt umarmen Sie den verdammten Pfosten oder ich schleppe Sie raus in die Berge und erschieße Sie dort. Und überlasse Sie und Ihre Eingeweide den Tieren. Mir ist das echt scheißegal.«

Tracy gab nach und legte beide Arme um den Pfeiler. Fields ließ die Handschellen zuschnappen und war schon halb an der Tür, als er noch einmal zurückkam. »Ich konnte Sie von Anfang an nicht leiden!« Mit diesen Worten versetzte er Tracy mit dem Knauf seiner Waffe einen Schlag an die Schläfe.

* * *

Sobald Detective Crosswhite das Zimmer verlassen hatte, um hinunter in die Stadt zu fahren, spürte ich, dass etwas nicht stimmte. Der andere Detective, Fields, trat an die Tür, um ihr nachzublicken. Als er zurückkam, hatte er sich eine Zigarette angesteckt.

»Könnten Sie draußen rauchen?«, bat ich, wobei ich an mein ungeborenes Baby, aber auch an die Mengen Papier in der Hütte dachte.

Grinsend schnippte der Mann Asche auf den Boden. »Ein Feuer so weit hier draußen wäre ein kleines Problem, was?«

»Ich meine eigentlich den Qualm.«

»Darüber brauchen Sie sich keine Sorgen zu machen. Also, Andrea: Wo ist das Geld?«

Nach dieser Frage war alles klar. Ich wusste, Stan Fields hatte Devin Chambers umgebracht. Ich hatte sie an der Nase herumgeführt, sie in ein ganz schlechtes Licht gerückt, genau, wie ich es mit Graham getan hatte, aber es hatte doch keiner der beiden sterben sollen! Das war nie mein Plan gewesen. Ich wollte nur, dass sie bestraft wurde. Für das, was sie und Graham getan hatten, was sie versucht hatten, mir anzutun. Aber im Grunde wusste ich schon, dass mein Vorgehen zu Devins Ermordung geführt hatte. Deswegen fühlte ich mich so, als hätte ich selbst sie umgebracht.

»Ich weiß nicht, wovon Sie reden«, antwortete ich auf Fields' Frage. »Haben Sie das Geld denn nicht?«

Er grinste noch einmal. »Sie sind gut, das muss man Ihnen lassen. Ich mache Ihnen im Übrigen auch keinen Vorwurf daraus, Ihren Mann so reingelegt zu haben. Ich habe ihn ja kennengelernt, ich finde, er ist noch zu gut davongekommen. Sie haben mich ganz schön an der Nase herumgeführt, ich wäre jede Wette eingegangen, dass er sie umgebracht hat. Die Frage war nur: warum? Aber unter dem Strich sind solche Fälle selten kompliziert. Normalerweise gibt es immer irgendwo eine Geliebte oder Geld oder Versicherungen. Manchmal alles drei. Also habe ich ein bisschen rumgebohrt und siehe da: Es gibt einen Haufen Geld und niemand weiß, wo der abgeblieben ist. Wenn ich beweisen kann, dass Ihr Mann Sie umgebracht hat, dann geht Ihr Mann in den Knast und es gibt außer ihm niemanden, der sich was aus dem Geld macht und überhaupt weiß, dass es noch existiert.« *Wieder fiel Asche auf den Boden.* »Nur – da stellt sich doch glatt raus, dass die Geliebte noch schlimmer ist als der Ehemann. Sie hat sich nur des Geldes wegen an ihn rangemacht und ist dann verschwunden, zur selben Zeit wie Sie und das Geld. Ich hole mir also einen Durchsuchungsbeschluss für ihre Wohnung und für ihren Arbeitsplatz, schnappe mir ihre Computer und finde eine nette Beweisspur dafür, dass sie und der Ehemann es miteinander getrieben haben und dass sie Ihren Decknamen kannte, Lynn Hoff. Sagen Sie mir, hat das zu Ihrem Plan gehört, die Frau reinzulegen?«

»*Ich wollte nie, dass sie stirbt!*«, versicherte ich. »*Ich wollte einfach nur weg von den beiden und meinem Baby ein besseres Leben schenken. Ein Leben, wie ich es vor dem Autounfall hatte. Ich habe nie gedacht, dass sie hinter dem Geld her sein könnte.*«

»*Sehen Sie, Sie haben die Frau unterschätzt, das war Ihr Problem. Sie war eine erstklassige Betrügerin, und für eine Betrügerin dreht sich alles nur um Geld. Solche Leute sehen die Welt nicht so, wie Sie und ich sie sehen. Sie sind einfach anders gepolt. So ein Mensch betrachtet Ihr Geld nicht als Ihr Eigentum, Sie haben es nur zwischenzeitlich, bis er es Ihnen abnehmen kann.*«

»*Also haben Sie sie umgebracht?*«

Fields zuckte die Achseln. »*Musste ich ja. Aber ehe ich das Geld fortschaffen konnte, war jemand schneller als ich. Da wurde mir dann klar, dass Sie noch leben. Graham wusste auf keinen Fall, wo das Geld war, und falls doch, dann hätte er es nicht ausgerechnet zu dem Zeitpunkt fortgeschafft. Nicht, solange ihm die Staatsanwaltschaft im Nacken saß, die ihn auf mein Drängen hin im Zusammenhang mit Ihrem Verschwinden zur Person von erheblichem polizeilichen Interesse erklärt hatte. Also frage ich jetzt noch einmal: Wo ist das Geld?*«

Ich antwortete nicht.

Fields ließ seine Zigarettenkippe auf den Boden fallen. Sie glühte rot, aber er machte keine Anstalten, sie mit dem Schuh auszutreten. Er zückte seine Pistole und richtete sie auf den Kopf meiner Tante.

Ich wollte ihm gerade antworten, als er den Kopf wandte, weil von draußen ein Geräusch zu hören war. Es klang wie ein Automotor. Er trat an die Tür und warf einen Blick nach draußen. Ich hätte nicht nachzusehen brauchen, ich wusste auch so, dass es ein Auto war. Ich hatte mich an die Geräusche hier draußen gewöhnt.

»*Bleibt, wo ihr seid*«, *befahl Fields.* »*Eine Bewegung und ich bringe euch beide um.*«

* * *

Tracy tat der Kopf weh, als hätte ihn jemand gespalten. Während die Dunkelheit vor ihren Augen wich und verschwommenen Bildern Platz machte, musste sie erkennen, dass sie in sich zusammengesackt auf dem Boden von Andrea Stricklands Hütte hockte, mit Handschellen an einen Holzpfeiler gefesselt. Sie zog ihren Körper näher an den Pfosten heran, um die Handgelenke zu entlasten, was sehr wehtat und sie leise stöhnen ließ. Als sie den Kopf senkte, um mit den Fingerspitzen die Schädeldecke abzutasten, waren die Finger anschließend blutig. Langsam versuchte sie, sich hochzustemmen und auf ein Knie zu stützen, musste aber sofort den Pfosten umarmen, um nicht umzukippen: Das Zimmer drehte sich um sie wie ein Karussell. Mit der Zeit wurde es etwas besser und sie schaffte es sogar, sich hinzustellen, wobei ihr allerdings nach wie vor schlecht war und sie sich sehr zusammenreißen musste, um sich nicht doch noch zu übergeben. Erst einmal wartete sie darauf, wieder klar sehen zu können. Sobald das ging, stellte sie sich dem nächsten, größeren Problem: Wie konnte sie sich befreien? Sie sah nach oben. Dort war der Holzpfeiler mit einem Metallträger am Deckenbalken befestigt. Unten, wie sie unschwer erkannte, als sie zu Boden schaute, reichte er bis in den Fußboden, wo er wahrscheinlich mit einem Träger des Fundaments verschraubt war. Trotzdem rüttelte sie probeweise an dem Holzstamm, aber der rührte sich nicht. Diese Hütte war für die Ewigkeit gebaut, der Pfosten würde sich nicht vom Fleck rühren.

Der Himmel vorm Fenster neben der Haustür färbte sich dunkel, jedoch nicht, weil so viel Zeit vergangen war. Das Wetter war umgeschlagen. Die Wolken, die sich bei ihrer Ankunft hier in der Ferne gesammelt hatten, hatten sich jetzt über die Berggipfel gewälzt und hüllten alles in ein rasch dunkler werdendes Grau. In der Ferne, meilenweit weg, grollte der erste Donner und der Wind wehte stärker als zuvor. Tracy konnte nur hoffen, dass die zunehmende Dunkelheit und das Wetter Andrea Strickland und Penny Orr halfen, sich zu verstecken.

Sie suchte mit den Augen die Hütte nach etwas ab, mit dem sie sich aus den Handschellen befreien konnte, und wurde von Minute zu Minute frustrierter, als nichts zu entdecken war. Hoffentlich kannte sich Andrea wenigstens einigermaßen gut in den Bergen hier aus und wusste, wo man sich verstecken konnte. Vielleicht lag sie sogar irgendwo mit ihrer Flinte auf der Lauer und wartete auf Fields.

Von draußen her klangen gedämpft dunkle Schläge. Donner? Nein, das war das Geräusch von Stiefeln auf der Holzbrücke.

Da kam jemand. Fields?

Sie rutschte so um den Pfosten, dass sich das Holz zwischen ihr und der Tür befand. Draußen vor den bleiverglasten Fenstern ging ein uniformierter Polizist vorbei. Er trug ein khakifarbenes Hemd zu einer dunkelgrünen Hose.

»Hallo?«, rief Tracy. »Hallo!«

Mit einem großen Schritt trat der Uniformierte über irgendetwas herüber, das auf dem Boden lag, ehe er in die Hütte kam, die Hand auf der Dienstwaffe. »Sind Sie Detective Crosswhite?«

Faz. Ihre Nachricht war durchgekommen. Faz hatte sie nicht enttäuscht.

»Ja! Haben Sie da draußen jemanden gesehen?«

»Nein.«

»Meine Dienstmarke hängt an meinem Gürtel.«

Der Deputy kam näher. Er sah aus wie Mitte dreißig, kahl rasierter Schädel, gut gebaut. »Wir erhielten einen Anruf aus Seattle, es hieß, hier benötige eine Beamtin unmittelbare Unterstützung.«

»Das dürfte dann wohl ich sein. Draußen läuft ein Typ mit einer Knarre rum, sperren Sie also Augen und Ohren auf. Haben Sie einen Schlüssel für die Handschellen hier?«

Der Deputy ließ die Waffe sinken und beeilte sich, Tracys Handschellen aufzuschließen. Dabei behielt er Tür und Fenster weiterhin im Auge.

Sobald Tracy frei war, massierte sie sich die Handgelenke, um den Blutkreislauf wieder in Gang zu bringen. »Tracy Crosswhite«, sagte sie. »Polizei Seattle.«

»Rick Pearson, Inyo County Sheriff's Office. Was macht denn ein Detective aus Seattle hier draußen?«

»Ich bin wegen einer Zeugenbefragung hier. Wie viele Autos standen da draußen, als Sie kamen?«

»Moment ... zwei. Und ein Jeep. Was zum Teufel ist hier los?«

Fields war also noch da.

»Sind Sie allein?«

»Ja. Wir in Independence sind nur eine Unterabteilung. Außer mir arbeitet noch ein anderer Deputy dort. Und ich kann in der Zentrale anrufen.«

»Wo ist die Zentrale?« Tracy ging auf die Veranda, wo sie sich allerdings kurz am Türrahmen abstützen musste, weil ihr plötzlich schwindelig wurde.

»Sie haben da eine ganz hässliche Wunde am Kopf.«

Tracy tastete die verletzte Stelle ab und schüttelte den Kopf, bis der Nebel darin sich gelichtet hatte. »Wo ist die Zentrale?«, wiederholte sie.

»Bishop.«

»Wie weit ist das weg?«

»Fünfundvierzig Minuten.«

»Wir brauchen hier so viele Leute, wie wir kriegen können.« Tracy suchte auf der Veranda, bis sie ihre Glock gefunden hatte. »Und für dieses Terrain geeignete Fahrzeuge.«

»Mit Fahrzeugen kommt man hier draußen nicht weit. Schon gar nicht, wo ein Gewitter aufzieht.«

Das Gewitter war ein Problem, das Tracy nicht bedacht hatte. Sie eilte über die Brücke zu den geparkten Wagen. »Da draußen sind zwei Frauen und ein korrupter Polizist, der sie töten wird, wenn er sie findet. Was für Waffen haben Sie im Wagen?«

Sie näherten sich gerade dem grün-weißen SUV des Deputy. »Eine Flinte und ein Gewehr sowie Extramunition.«

»Ich brauche das Gewehr«, erklärte Tracy. »Sie rufen bitte über Funk so viel Hilfe her, wie Sie kriegen können. Wenn die Leute da sind, sollen sie nach zwei Frauen suchen, eine Mitte zwanzig, die andere Mitte fünfzig. Der Typ mit der Pistole ist Mitte fünfzig, mit einem grauen Pferdeschwanz und einem Schnurrbart. Er ist bewaffnet und extrem gefährlich. Haben Sie einen Erste-Hilfe-Kasten?«

»Erste Hilfe? Ja klar, immer.«

»Funken Sie nach Hilfe, und dann wäre ich Ihnen dankbar, wenn Sie mir den Kopf verbinden würden.«

»Wo wollen Sie denn hin?«

Tracy warf einen Blick auf das Unterholz und die abweisend wirkenden Berge. »Da raus«, sagte sie.

»Das ist ein ziemlich übles Terrain, Detective.«

»Das hoffe ich doch!«

* * *

Als Fields die Hütte verließ, wandte ich mich an meine Tante. »Er wird uns umbringen. Er wird uns alle umbringen. Wir müssen verschwinden.«

»Wohin?« Ich konnte ihrem Gesicht deutlich ansehen, wie groß ihre Angst war. Man hörte es ihr auch an.

»In die Berge. Komm.« Ich schnappte mir die Flinte und eine Handvoll Munition und wollte ins Schlafzimmer, aber meine Tante blieb auf der Couch sitzen. »Komm!«, drängte ich.

Endlich stand sie auf und folgte mir in den hinteren Teil des Hauses, wo ich einen Blick aus dem Fenster warf. Fields war nicht zu sehen. »Halt das mal«, bat ich und reichte meiner Tante die Flinte, um das Fenster hochschieben zu können. Das war schon alt und hatte sich in all den Jahren bei dem Wetter hier oben stark verzogen, es blieb also bald stecken. Mit einem scharfen Ruck beförderte ich es wieder nach unten, legte beide Hände unter den unteren Teil des Rahmens und drückte es mit aller Kraft nach oben. Quietschend und ruckelnd ging es zentimeterweise voran, bis das Fenster erneut feststeckte. Keine Ahnung, ob wir da schon durchpassten, aber weiter wollte es sich einfach nicht bewegen lassen.

Ich ließ mir die Flinte zurückgeben. »Du zuerst.«

Meine Tante schlängelte sich mit dem Kopf voran durchs Fenster, wobei ich sie anfangs an den Beinen festhielt, damit sie nicht abrupt hinunterstürzte. Endlich konnte ich sie loslassen, die letzten zwanzig, dreißig Zentimeter fiel sie dann, kam aber gut auf dem Boden auf. Ich reichte die Flinte durchs Fenster, ehe ich selbst durch die Öffnung glitt und mich auf ein Bett aus Kiefernnadeln und Fels fallen ließ. Nachdem ich aufgestanden war, wischte ich mir rasch die Hände an der Hose ab und ließ mir die Waffe zurückgeben.

In diesem Moment hörte ich Fields: »Keine Bewegung!« Meinte er uns? Nein, er stand auf der anderen Hausseite und sprach mit jemandem, den ich nicht sehen konnte. Wir mussten uns beeilen. Mein Großvater hatte um das Haus herum die Bäume gerodet, um eine Feuerschneise zu schaffen. Zwischen uns und der Baumlinie, wo wir in Deckung wären, lagen etwa zehn Meter. Über uns am Himmel zogen immer mehr Wolken auf, mit ziemlicher Wahrscheinlichkeit braute sich dort ein nachmittägliches Gewitter zusammen, was hier in den Bergen keine Seltenheit war. Im Tal wurde es heiß, warme Luft stieg auf und traf auf die kalte Luft über den Gipfeln. War das der Fall, konnte der Tag innerhalb von Minuten zur Nacht werden. Dann ließen Donnerschläge das Haus erzittern und aus anfänglich schlichtem Regen wurde schnell ein Sturzbach, der unser Flüsschen in einen reißenden Strom verwandelte. Hoffentlich reichte das kommende Unwetter zur Tarnung unserer Flucht, denn eine zweite Chance würden wir nicht bekommen.

Ich packte meine Tante bei der Hand und zog sie hinter mir her, kletterte die Anhöhe zu den Bäumen hinauf und eilte den Fußpfad entlang, den ich schon oft gegangen war: als Kind und dann, nach meinem Verschwinden vom Mount Rainier, täglich.

* * *

Tracy schlang sich den Riemen des Gewehrs über die Schulter und schlich vorsichtig hinten ums Haus herum, wo sie das offene Fenster entdeckte. »Gutes Mädchen!«, murmelte sie leise vor sich hin. Inzwischen hatte sie diese Andrea Strickland richtig gern. Die junge Frau war einfallsreich, sie war eine Überlebende.

Sie ging zur Baumlinie, entdeckte etwas, was ein Fußpfad zu sein schien, und folgte diesem in langsamem Laufschritt, bis ihr Kopf schmerzte.

Das trockene und karge Terrain hier ließ sich in keiner Weise mit den Gegebenheiten in den North Cascades vergleichen, wo alles grün und feucht war. Diese Gegend erinnerte sie an den unteren Teil des Mount Rainier: hohe Felsformationen, zerklüftete Gipfel, viele Steine, aber auch ein paar Kiefern, Blumen und Sträucher.

Die Höhenlage machte sich als Brennen in ihren Lungen bemerkbar. Milchsäure ließ ihre Beinmuskeln schmerzen, dazu pochte ihre Kopfwunde, bis ihr noch schwindeliger und übler wurde. Nach einigen Hundert Metern musste sie stehen bleiben, um wieder zu Atem zu kommen. Inzwischen waren die dunklen Wolken über den kränklich grauen Bergspitzen noch düsterer geworden und türmten sich auf wie ein aufgewühltes Meer, das bald seiner Wut freien Lauf lassen muss. Ein Blitz ließ die Wolkenberge grell aufleuchten, gleich darauf bohrte sich knisternd ein blau-weißer Strahl in den Boden und eine Explosion ließ die Erde erzittern, gefolgt von tiefem Grollen, als betätige sich jemand auf einer riesigen Base Drum. Falls Fields es nicht schaffte, Tracy zu töten, dann erledigte ja vielleicht einer dieser Blitze den Job.

Tracy orientierte sich an einer zerklüfteten Kammlinie, musste aber schon bald erkennen, dass sie einfach nur so drauflosließ. Andrea hatte den gut erkennbaren Pfad bestimmt längst verlassen und eine andere Richtung eingeschlagen, vielleicht sogar schon ein sicheres Versteck erreicht. Tracys Kenntnisse im Spurenlesen reichten nicht aus, um die Spur der beiden Frauen aufzunehmen. Fields ging es da anders, der hatte mehr als zehn Jahre in der Wüste verbracht und konnte wahrscheinlich die Spuren der Fliehenden deuten. Tracy musste weiter nach oben kommen, irgendwohin, wo sie sich einen Überblick über die umliegende Gegend verschaffen konnte und Andrea mit ihrer Tante hoffentlich entdecken würde.

Sie verließ den Pfad, ganz Ohr, ob irgendwo eine Flinte losging oder eine Pistole abgefeuert wurde. Sie hatte weiter den Berg hinauf unterhalb des zerklüfteten Gipfels einen Felsvorsprung entdeckt, den sie jetzt ansteuerte. Je steiler der Aufstieg, desto schwieriger wurde das Terrain unter Tracys Füßen. Bei jedem Schritt rutschten ihre Stiefel auf Geröll aus, bis sie sich gezwungen sah, einem Bären gleich vornübergebeugt zu laufen. Bald bewegte sie sich schwer atmend und schwitzend praktisch auf allen vieren. Wieder knisterte um sie herum der Boden, als ein Blitz einschlug. Tracy ließ sich instinktiv auf den Bauch fallen, spürte, wie die Härchen an ihren Armen sich zuckend aufrichteten. Als der Donnerschlag direkt über ihr loskrachte, hielt sie sich mit beiden Händen die Ohren zu. In diesem Moment spürte sie die ersten Tropfen. Große Kugeln aus Wasser, die auf ihren Rücken knallten und von den umliegenden Felsen abprallten.

Rasch stand sie auf und kletterte weiter, das Gewehr auf dem Rücken. Bei jeder Bewegung musste sie achtgeben, um nur nicht den Abhang hinunterzurutschen. Endlich hatte sie die anvisierte Felsformation erreicht, deren Höhe sie auf circa zehn Meter schätzte. Wenn es ihr gelang, dort hinaufzukraxeln, hätte sie einen Rundumblick über das gesamte Tal.

Der Regen fiel jetzt dichter, tränkte ihre Kleidung. Tracy kletterte weiter, schüttelte sich Wasser aus den Augen, musste sich immer stärker vorsehen.

Endlich oben angekommen hatte sie zwar einen guten Blick über das gesamte Tal, musste sich aber gleich wieder auf den Bauch fallen lassen, als ein weiterer Blitzschlag knisterte. Diesmal kam der Donner als tiefes, rollendes Grollen, gefolgt von einer donnernden Explosion, die die Berge scheinbar erzittern ließ. Sobald der Lärm verklungen war, stand Tracy hastig auf. Sie nahm das Gewehr vom Rücken, legte es an und spähte durch den Sucher. Langsam und sorgfältig suchte sie das Tal nach Hinweisen auf Penny Orr und Andrea Strickland ab, achtete auf jede Form von Bewegung.

Ohne irgendetwas zu entdecken.

* * *

Meine Tante war weder an die Höhe hier noch an körperliche Anstrengung gewöhnt, sie bekam zunehmend schlechter Luft. Ich packte sie bei der Hand und zog sie den Berg hinauf, spürte sie wanken, hörte sie schwer atmen und keuchen. Bestimmt lag es auch an der Angst und dem Adrenalin in ihrem Blut, dass es ihr so schlecht ging. Ich dagegen hatte hart trainiert, um den Mount Rainier besteigen zu können, und war seit meiner Ankunft hier jeden Tag in den Bergen gewandert. Ich wusste, wir mussten aus dem Tal raus und in den Schutz der Felsen. Dort konnten wir uns verstecken und ich bekam diesen Fields vielleicht sogar vor die Flinte. Zwar hatte ich seit meiner Teenagerzeit nicht mehr geschossen, aber mein Großvater war ein guter Lehrer gewesen. Ich müsste nicht perfekt sein, hatte er immer gesagt, Hauptsache, ich traf in die Nähe der Sache, die ich anvisiert hatte.

Hinter mir stieß meine Tante einen unterdrückten Schrei aus, weil sie ausgerutscht war. Ich schaffte es gerade noch, weiter ihre Hand festzuhalten, damit sie nicht den Berg hinunterrutschte.

»Geh du allein weiter.« Sie setzte sich hin. »Ich halte dich doch nur auf.«

»Ich gehe nicht ohne dich. Steh auf.«

»Aber ich kann nicht mehr«, sagte sie leise.

Ein Blick den Berg hinunter zeigte mir Fields, der der Kammlinie folgte. Ich war mir nicht sicher, ob er uns gesehen hatte, aber er folgte dem Pfad, den wir genommen hatten, und kam sehr schnell voran. »Steh auf, Tante Penny!«, drängte ich. »Steh sofort auf!«

Endlich kam sie leicht schwankend wieder auf die Beine, während ich an ihr vorbei noch einen Blick den Berg hinunterwarf. Fields hatte sich umgedreht und sah uns direkt an. Dann senkte er den Kopf und machte sich daran, den Abhang zu uns hinaufzuklettern.

»Komm schon«, flehte ich. Ich packte meine Tante am Arm und zerrte sie hinter mir her. »Komm!« Die Felsen, die ich zu erreichen hoffte, lagen nur noch dreißig Meter entfernt, aber der Aufstieg war steil. Meine Tante würde das nie schaffen.

Fields kam immer näher, setzte stetig ein Bein vor das andere, gewann an Boden.

Als sie diesmal ausrutschte, entglitt mir ihre Hand. Meine Tante fiel auf die Seite und rollte den Abhang hinunter, bis sie auf halber Strecke zwischen mir und Fields liegen blieb. Fields hatte seinen Aufstieg unterbrochen. Er sah zu mir hoch und grinste. Er wusste, ich konnte nicht schnell genug den Berg hinabklettern, ich würde es nie schaffen, vor ihm bei meiner Tante zu sein.

Ich ließ mich auf ein Knie fallen, zielte und schoss.

* * *

Tracy hatte sich den Sucher ihres Gewehrs zunutze gemacht, um den Talgrund systematisch abzutasten, immer einen Abschnitt nach dem anderen. Wolken und Regen hatten einen grauen Schleier geschaffen, der die Sicht erheblich erschwerte. Sie hielt mehrmals inne, konzentrierte sich auf etwas, das sie für Menschen gehalten hatte, um dann erkennen zu müssen, dass es sich doch nur um eine seltsame Felsformation oder um eine Pflanze handelte. Frustriert ließ sie das Gewehr sinken, um sich das Wasser von der Stirn zu wischen.

Als sie einen Knall hörte, gefolgt von einem Echo, dachte sie zuerst an Donner. Aber es hatte gar keinen Blitz gegeben. Und das Geräusch war auch nicht von oben gekommen, sondern aus dem Tal, von irgendwo hinter ihr. Tracy drehte sich um, suchte sich eine neue Stellung auf den Felsen, hob den Sucher des Gewehrs ans Auge und spähte den Berg hinunter. Zuerst entdeckte sie Fields. Der hatte sich auf der einen Seite des Hügels auf den Bauch fallen lassen. Vielleicht fünfzehn Meter weiter den Hang hinauf lag jemand anderes, Penny Orr. Tracy überflog hastig die Gegend. Noch weiter bergauf entdeckte sie Andrea Strickland. Sie hielt die Flinte in beiden Händen, den Knauf unter den Arm geklemmt, und drückte die Waffe an ihre Seite.

Tracy sah den Lauf hochschlagen. Sie hörte den Nachhall des zweiten Schusses. Als sie den Sucher wieder am Auge hatte, war Fields auf die Beine gekommen. Strickland hatte ihn verfehlt. Und jetzt musste sie nachladen.

Dazu blieb ihr nicht genügend Zeit.

Tracy glitt bis zum Rand ihres Ausgucks und ließ den Gewehrlauf auf einem Felsen ruhen. Sie verfrachtete ihren Körper in Bauchlage, drückte den Sucher des Gewehrs ans Auge, zwang sich, genau hinzusehen. Der Gewehrlauf lag zu tief.

Unten war Fields schon wieder unterwegs, den Hang aufwärts. Tracy konnte sich vorstellen, wie verzweifelt sich Strickland abmühte, rechtzeitig nachzuladen.

Sie schnappte sich hastig ein paar flache Steine, stapelte einige davon aufeinander, warf andere wieder fort, richtete das Gewehr neu aus. Das Auge dicht an den Sucher gepresst sah sie Fields immer näher an Penny Orr herankommen. Die lag auf der Seite und rührte sich nicht. Tracy rannen Regentropfen in die Augen, bis sie kaum noch etwas sehen konnte. Sie nahm das Gewehr herunter, blinzelte, bis sie kein Wasser mehr in den Augen hatte, und presste das Okular so exakt es ging in ihre Augenhöhle. Fields bewegte sich weiterhin, sie hatte Mühe, das Fadenkreuz genau auf ihn auszurichten. Seinen Kopf würde sie nie treffen, ein Schuss in die Brust war ihre einzige Chance. Hoffentlich hatte der Deputy sein Gewehr erst kürzlich kalibriert. Wenn ja, traf sie ins Schwarze, wenn nicht, lag sie bei dieser Entfernung schnell mal einen halben Meter daneben.

Jetzt hatte Fields Orr erreicht und stand über ihr, die Pistole in der Hand. Er sah zu ihr hinab, hob den Blick, wahrscheinlich dorthin, wo Andrea Strickland war, lächelte ein selbstzufriedenes *Ätsch, ich habe gewonnen,* hob den Arm und zielte.

Tracy zog den Abzug halb durch, stieß mit leisem Pfiff die Luft aus, die sie angehalten hatte, und zog den Abzug ganz durch.

* * *

Ich schoss ein zweites Mal. Fields ging sofort zu Boden. Einen Moment lang glaubte ich, ihn getroffen zu haben, aber dann stand er ganz langsam wieder auf. Die Flinte war für den Nahbereich ausgelegt, es passten jeweils nur zwei Kugeln in den Lauf. Fields hob lächelnd seine Pistole und feuerte auf mich. Ich ließ mich auf den Boden fallen. Als ich aufsah, hatte er sich aufgerichtet und lief den Berg hoch, auf meine Tante zu. Ich setzte mich auf und suchte hastig in meinen Taschen nach der Munition, die ich eingesteckt hatte, aber meine Hände waren vom kalten Regen ganz steif, denn die Temperaturen waren in den Keller gesackt. Nur mühsam gelang es mir, die Patronen aus der Tasche zu fischen – und da wurde mir klar, dass ich den Lauf der Flinte noch nicht aufgeklappt hatte.

Ich sah auf. Fields war nur noch wenige Meter von meiner Tante entfernt. Nahe genug, um sie zu töten.

Vor Schreck ließ ich eine Patrone fallen, musste mit ansehen, wie sie den Abhang hinunter und außer Reichweite rollte. Zitternd klappte ich den Lauf auf, hauchte in meine hohle Hand, um die Finger anzuwärmen, wühlte verzweifelt in meiner Tasche nach der zweiten Patrone, immer nur halb bei der Sache, weil ich auch Fields nicht aus den Augen lassen mochte. Der war inzwischen fast bei meiner Tante angekommen. Ich hatte die Patrone gefunden, bekam sie aber mit meinen klammen, zitternden Fingern kaum in den Lauf. Fields sah zu mir hoch und lächelte. Da endlich glitt die Patrone hinein. Fields hob seine Pistole, zielte auf meine Tante, die reglos am Boden lag. Ich konnte es nicht mehr schaffen. Laut schreiend klappte ich den Lauf zu. »Nein!«

* * *

Tracy sah eine rote Fontäne, eine Blutexplosion.

Fields Oberkörper verkrampfte sich und zuckte, als hätte er einen Schlag bekommen. Die Hand, in der er die Pistole hielt, schwang wild umher. Tracy behielt den Mann durch den Sucher am Gewehr im Auge, bereit, noch einmal zu schießen, aber das war nicht nötig. Fields kippte nach hinten und rollte den Abhang hinunter, stürzte Hals über Kopf, blieb erst kurz vor dem Pfad wieder liegen.

Und immer noch hielt Tracy den Sucher auf ihn gerichtet, rechnete jederzeit mit einer Regung.

Nichts.

Sie ließ den Sucher wieder den Abhang hochwandern, wo Andrea Strickland gerade seitwärts den Berg hinunterrutschte, um ihre Tante zu erreichen. Bei ihr angekommen, ließ sie sich auf die

Knie fallen und die beiden Frauen umarmten einander. So verharrten sie einen Moment lang. Dann warf Andrea einen Blick zur Kammlinie hinauf. Wahrscheinlich hatte sie gehört, dass der Schuss von dort gekommen war. Von dort, wo Tracy kauerte.

Tracy nahm den Sucher vom Auge und sah den Frauen ohne die Hilfe eines Fernrohrs zu. Nach dem Selbstmord ihres Vaters hatte Tracy nur noch eine Verwandte gehabt, ihre Mutter. Doch den beiden war nicht mehr viel gemeinsame Zeit beschieden gewesen: Zwei Jahre nach Sarahs Verschwinden war Tracys Mutter an Krebs gestorben und Tracy hatte niemanden mehr gehabt. Sie hoffte, Penny Orr würde noch lange leben. Sie hoffte, diese beiden Frauen, denen das Leben solche Verletzungen zugefügt hatte, würden sich gegenseitig unterstützen können, die eine der anderen geben können, was sie brauchte.

Tracy setzte sich hin, lehnte sich gegen den Felsen und legte den Kopf in den Nacken, das Gesicht dem Himmel zugewandt. Sie spürte den Regen auf ihrem Gesicht, hörte die Tropfen ringsum auf den Steinen zerplatzen. Sie dachte an Penny Orr und Andrea Strickland. Sie dachte an die Schwester, mit der sie nie zusammen alt werden würde. Sie dachte an ihre Mutter und an ihren Vater und an das Leben, das sie einst gehabt, das Leben, das sie einst gelebt hatte.

Sie wünschte, sie hätte noch einen lebenden Verwandten, jemanden, den sie umarmen könnte.

Dann dachte sie an Dan und sie musste weinen.

Sie freute sich darüber, dass Andrea Strickland ein Baby haben würde. Ein Kind, das sie lieben, das sie verwöhnen durfte. Und in diesem Moment erkannte sie, dass es nie zu spät war, ein Kind in die Welt zu setzen, das man mit jeder Faser seiner Existenz zu lieben gedachte.

In der Ferne knisterten Blitze, eine Explosion aus blau-weißem Licht erhellte die Wolken. Sekunden später grollte Donner. Das Gewitter ließ sich immer weiter forttreiben.

36

Das Gewitter war vorbei, die Hütte lag in warmen Sonnenschein getaucht, wobei es auf der Veranda immer noch feucht war und vom Metalldach immer wieder Tropfen in die Pfützen fielen. Wassermassen hatten den kleinen Fluss anschwellen lassen, der jetzt mit einigem Getöse unter der Brücke hindurchschoss, um sich seinen Weg bergab zu suchen. Tracy stand auf der Veranda der Hütte und unterhielt sich mit dem Deputy Rick Pearson und dem Sheriff des Inyo County, Mark Davis. Davis besaß zwar die Statur eines College Lineman, dazu aber ein jugendliches Gesicht und generell eine sanfte Art, die ihn wie einen Mann der leisen Töne wirken ließ. Tracy hatte ihm gerade erklärt, wo sie die Leiche von Stan Fields finden konnten, und Davis hatte eine Mannschaft der Bergrettung losgeschickt, um sie zu bergen.

»Das ist die Frau, die in den Nachrichten war?«, wollte er mit einem Blick durch das Fenster in die Hütte wissen, wo Strickland und Orr auf der Couch saßen. »Die, die am Mount Rainier verschollen war?«

»Genau«, sagte Tracy.

Davis schüttelte den Kopf. »Was sucht sie denn ausgerechnet hier draußen?«

»Sie versucht, einen neuen Anfang zu machen.«

Er ließ seinen Blick vom Fenster hinab ins Tal und zu den umliegenden Bergspitzen wandern. »Und die Leiche, die gerade geborgen wird – erklären Sie mir noch mal, wer das ist?«

»Das ist Stan Fields, Detective aus dem Pierce County, Washington. Er leitete die Untersuchung im Fall der vermissten Frau, stellte fest, dass ein ziemlicher Batzen Geld mit im Spiel war, den unter Umständen niemand finden würde, und machte sich auf die Suche nach diesem Geld.«

»Und Sie ermitteln im Fall einer Frau, deren Leiche in einer Krebsfalle gefunden wurde?«

»Richtig.«

»Und Fields hat sie umgebracht und in diese Falle gestopft?«

»Ja.«

»Und Andrea Strickland war lediglich eine mögliche Zeugin?«

»Sie und die Frau waren befreundet.«

Davis runzelte die Stirn und musterte Tracy mit leicht skeptischem Blick. »Ihr kriegt ja ganz schön seltsame Fälle da in Washington.«

»Wem sagen Sie das.« Tracy warf ihm ein müdes Lächeln zu.

»Dann brauchen Sie jetzt von mir einen Haftbefehl, damit Sie sie mit nach Washington nehmen können?«

Tracy wandte sich um und warf noch einmal einen Blick durch das Fenster auf Andrea Strickland und ihre Tante auf der Couch. Sie wusste, was Andrea erwartete, wenn sie sie mit nach Seattle nahm: eine gnadenlose Pressemeute, die sie Tag und Nacht nicht in Ruhe lassen würde. Die Medien würden berichten und spekulieren und dann noch ein bisschen weiterspekulieren. Auch Graham würde aus der Versenkung auftauchen, da war sich Tracy ganz sicher, um trotz allem, was geschehen war, seine Verbindung zu Andrea und dem Baby geltend zu machen und sie aller Welt zu demonstrieren. Andrea würde sich gegen ihn wehren, würde um eine Scheidung kämpfen müssen. Sie würde um ihr Kind kämpfen müssen, sie würde um ihren Treuhandfonds kämpfen müssen.

»Ich lasse Sie dann wissen, wie ich weiter vorgehen werde«, sagte sie zu Davis.

Der atmete vernehmlich aus. »Okay«, wandte er sich an seinen Deputy. »Sehen wir mal nach, wie weit die anderen mit dem Bergen der Leiche sind.«

Sobald Davis und Pearson die hölzerne Brücke passiert hatten und den Hang an der Rückseite des Hauses ansteuerten, ging Tracy in die Hütte. Andrea Strickland sah auf. Penny Orr wirkte halb betäubt.

»Was geschieht jetzt?«, wollte Andrea wissen. »Bin ich verhaftet?«

Tracy setzte sich auf die zweisitzige Bank unter dem Fenster. »Sie haben den Ausflug zum Mount Rainier vorgeschlagen?«

Mit dieser Frage schien Strickland nicht gerechnet zu haben. Sie brauchte einen Moment, um sich zu fangen. »Ja.«

»Und Sie hatten vor, Ihren Tod vorzutäuschen und es so aussehen zu lassen, als hätte Ihr Ehemann Sie umgebracht?«

Strickland nickte. »Als ich herausfand, dass ich schwanger bin, wusste ich, ich muss gehen. Ich konnte mit einem solchen Mann, der mir gegenüber ausfallend wurde und gewalttätig war, doch kein Kind großziehen. Solch ein Leben wollte ich für mein Baby nicht. Ich wusste, man würde Graham verdächtigen, mir war aber auch klar, dass man ihn ohne eine Leiche nie verurteilen konnte. Ohne Leiche wusste niemand genau, was passiert war, und so wollte ich es haben. Graham sollte wissen, dass ich mitbekommen hatte, was er plante, und dass ich immer noch lebte.«

»Wie haben Sie das mit ihm und Devin Chambers herausgefunden?«

»Devin und ich waren einmal abends zusammen aus. Graham war an dem Wochenende nicht in der Stadt, sondern verreist, das hatte er mir gegenüber wenigstens behauptet. Ich weiß nicht, warum, aber an dem Abend habe ich ihr erzählt, dass ich mir einen Decknamen besorgt und unter diesem Decknamen mein Geld verschoben hatte. Als sie zwischendurch auf die Toilette musste, ließ sie ihre Handtasche auf unserem Tisch liegen. Und Graham rief sie auf ihrem Handy an. Besser gesagt auf einem ihrer Handys, denn sie hatte zwei. Dabei gab es keinen Grund, weswegen er sie hätte anrufen sollen.«

»Woher kannte sie den Namen Lynn Hoff? Und wieso wusste sie Details über die Bankkonten?«

»Ich bin an dem Abend an ihren Computer auf der Arbeit gegangen und habe diese Informationen dort hinterlegt. Ich wollte meiner Chefin erzählen, dass Graham meiner Meinung nach eine Affäre hätte und dass ich Devin verdächtigte, seine Geliebte zu sein. Ich dachte, wenn die Polizei dem nachgeht, dann müssen sie auch Devins Computer durchsuchen. Dann würden sie Devin und Graham unterstellen, meine Ermordung gemeinsam geplant zu haben. Devin muss diese Informationen auf ihrem Computer gefunden haben. Wahrscheinlich hat sie deswegen die Stadt verlassen. Dass sie mein Geld stahl, habe ich erst mitbekommen, als mir die Abhebungen vom Konto auffielen. Ich wusste, das konnte nur sie gewesen sein, und dachte mir schon, dass sie ihre Flucht vorbereitete.«

»Also haben Sie das Geld bewegt.«

»Meine Tante und ich haben es nach Übersee geschafft. Ich habe hier nicht viele Möglichkeiten, ins Internet zu kommen, wir sind nach Independence gefahren. Ich dachte, damit wäre die Sache jetzt erledigt. Meine Tante erzählte, die Polizei verdächtige Graham, könne ihm aber nichts nachweisen. Ich wusste nicht, dass Devin ermordet worden war, konnte es mir aber denken, nachdem meine Tante berichtete, in Seattle sei eine Krebsfalle mit einer Frauenleiche darin gefunden worden und man ginge davon aus, dass ich diese Frau sei.« Andrea wischte sich Tränen ab. »Es sollte doch niemand sterben, aber jetzt kommt es mir vor, als wäre ich für Devins Tod verantwortlich. Als hätte ich sie umgebracht.«

»Nein!« Tracy schüttelte den Kopf. »Sie sind nicht verantwortlich, die Verantwortung trägt Fields.« Sie dachte kurz nach. »Und Ihr Mann. Auch Devin Chambers, in gewisser Weise.«

»Man erntet, was man sät«, sagte Penny Orr leise.

»So könnte man es zusammenfassen.« Tracy nickte.

»Wie kann ich mein Kind gemeinsam mit einem Mann großziehen, der mich umbringen wollte?« Andrea Strickland schüttelte verzweifelt den Kopf. »Und selbst wenn wir geschieden sind, wie könnte ich ihn je in die Nähe meines Kindes lassen?«

»Das ist keine rechtliche, das ist eine moralische Frage«, sagte Tracy lächelnd.

Andrea warf ihr einen neugierigen Blick zu. »Das verstehe ich nicht.«

»Diese Frage liegt außerhalb meines Zuständigkeitsbereichs.«

Strickland starrte sie ungläubig an. »Und was mache ich jetzt?«, fragte sie schließlich.

Tracy stand auf. »Sie leben Ihr Leben, Andrea. Sie leben einfach Ihr Leben. Und Sie lieben Ihr Kind. Und wenn Sie das große Glück haben, irgendwann, irgendwo einen Menschen zu treffen, jemanden, der Sie bedingungslos liebt, der Sie zum Lachen bringt und lächeln lässt und mit dem zusammen Sie die schlechten Zeiten Ihrer Vergangenheit vergessen können, dann schnappen Sie sich den und halten ihn mit beiden Händen fest.«

»Meine Tante meinte, auch Sie hätten einiges durchgemacht«, sagte Andrea. »Sie haben Ihre Familie verloren?«

»Ja«, sagte Tracy.

»Wie haben Sie es geschafft, darüber hinwegzukommen?«

Über diese Frage musste Tracy eine Weile nachdenken. »Es ging immer nur einen Tag nach dem anderen«, sagte sie schließlich. »Man konzentriert sich auf die guten Tage. Sie konzentrieren sich jetzt erst einmal auf Ihr Kind.«

»Haben Sie Kinder?«

Tracy schüttelte den Kopf. »Nein.«

»Aber Sie haben jemanden gefunden? Jemanden, der Sie liebt?«

»Ja, das habe ich.«

Andrea Strickland lächelte. »Vielleicht bekommen Sie ja noch Kinder.«

Tracy erwiderte das Lächeln. »Vielleicht!« Sie stand auf und ging zur Tür.

»Detective?«, sagte Andrea.

Tracy wandte sich um. Die junge Frau war aufgestanden und umarmte sie. »Danke«, sagte sie leise. »Und das mit Ihrer Familie tut mir leid. Es tut mir sehr leid, dass auch Sie das durchmachen mussten.«

In Augenblicken wie diesem hier wurde Tracy immer wieder klar, was es bedeutete, ohne Familie zu sein. »Auch mir tut sehr leid, was Sie alles erlitten haben.«

37

Als Tracy zur Arbeit zurückkehrte, befahl Johnny Nolasco sie umgehend zu sich ins Büro. Er saß hinter seinem Schreibtisch, Lesebrille auf der Nasenspitze, und las ihren Berichtsentwurf. Bei Tracys Anblick legte er den Bericht hin, nahm die Brille ab und hielt sie in der Hand.

»Sehe ich das richtig? Sie haben diese Frau laufen lassen?«

»Ja.« Tracy nickte.

»Soll das ein Witz sein?« Als Tracy darauf nichts antwortete, fuhr Nolasco fort: »Sie hat zwei Polizeidienststellen mehr als zwei Monate lang wild und vergeblich durch die Gegend gejagt. Sie hat dafür gesorgt, dass wir ihren Mann strafrechtlich verfolgt haben, sie hat, wenn auch nur indirekt, den Tod zweier Menschen mitzuverantworten, und Sie lassen sie laufen? Möchten Sie mir das erklären?«

»Stan Fields hat Devin Chambers umgebracht«, erklärte Tracy gelassen. »Das hat er mir gegenüber zugegeben. Chambers war mein Fall, das war meine Ermittlung.«

»Und Chen?«

»Die hat er auch umgebracht. Aber das war Portlands Fall.«

»Und was ist nun mit Strickland? Sie haben sie einfach gehen lassen?«

»Captain, Sie selbst haben mir von Anfang an immer wieder zu bedenken gegeben, dass es sich beim Fall Andrea Strickland um einen Vermisstenfall handelt, der nicht in mein Zuständigkeitsgebiet fällt. Strickland ist das Problem von Pierce County.«

Epilog

September

Am frühen Morgen zeigte sich das Wetter noch launisch, wie es ja im pazifischen Nordwesten, besonders in der Nähe des Puget Sound, oft der Fall ist. Normal mochte das sein, aber wenn eine Frau heiraten will, gehört die Wetterlage am Hochzeitstag zu den vielen Dingen, über die sie sich Sorgen macht. Tracy, die im pazifischen Nordwesten groß geworden war, wusste, vor dem vierten Juli plante man keine Hochzeit im Freien, denn bis zu diesem magischen Datum blieb das Wetter einfach zu unvorhersehbar. Wer sich nicht an diese Maxime hielt, riskierte, dass seine Gäste irgendwann im Regen standen. Tracy hatte geglaubt, mit einem Termin Mitte September auf der sicheren Seite zu sein. Aber als sie an diesem Tag aufwachte – allein, denn Dan, altmodisch genug, um die Braut vor der Hochzeit nicht sehen zu wollen, hatte die ganze vergangene Woche auf der Farm in Redwood verbracht – und durch die Glasschiebetür ihres Schlafzimmers schaute, sah sie als Erstes einen bewölkten Himmel, aus dem es leise nieselte.

Eine Stunde lang grämte und sorgte sie sich, dann besann sie sich auf das Mantra, das ihr Vater Sarah und ihr oft vorgebetet hatte, wenn sie mit ihm irgendwo im Nordwesten unterwegs gewesen waren, um an einem Schießwettbewerb teilzunehmen: »Was sich im Griff haben lässt, hat man im Griff, den Rest überlässt man Gott.«

Gegen Mittag hatte die Sonne den Nebel verzehrt und die Temperatur war auf angenehme fünfundzwanzig Grad geklettert.

Tracy war seit dem Aufwachen nah am Wasser gebaut, sie fühlte sich ein bisschen wie ein emotionales Wrack. Immer wieder ging ihr durch den Kopf, wie gern ihr Vater seine beiden Töchter zum Altar geführt hätte, wie gern Sarah ihre Trauzeugin gewesen wäre, wie viel Wirbel ihre Mutter um ihr Kleid und die Haare gemacht hätte.

Sie trug ein weißes, nicht ganz bodenlanges Kleid mit Spitze und einem asymmetrischen Saum. Unter dem Kleid, nahe dem Herzen, ruhte eins ihrer Lieblingsfotos, ein Familienporträt, das auf einer der berühmten Weihnachtspartys ihrer Eltern entstanden war. Heute sollten alle bei ihr sein, wenn schon nicht körperlich, dann wenigstens im Geiste.

Sie hatte sich die Haare von einem Profi stylen lassen und trug sie zurückgekämmt, mit eingeflochtener weißer Spitze. Ihr war es egal, ob die Frisur die Falten um ihre Augen betonte, sie war nicht mehr dreiundzwanzig und wollte gar nicht versuchen, so jung zu sein oder auszusehen. Sie war zufrieden mit ihrem Alter und zum ersten Mal seit langen Jahren glücklich mit ihrem Leben.

»Und? Bereit für die Action?« Kins hatte den blauen Nadelstreifenanzug an, der normalerweise für Auftritte vor Gericht reserviert war.

»Bereit für die Action?«, fragte Tracy. »Wir sind hier doch nicht beim Football!«

Kins lachte.

Sie warteten am Ende eines langen, weißen Läufers, der zu einer gleich unter dem Leuchtturm am Alki Point aufgebauten Markise führte. Ihr Schloss. Unter dieser weißen Markise wartete ein Friedensrichter auf sie und neben dem Friedensrichter Dan. Ihr Prinz – wenn denn je ein Mann in ihrem Leben Prinz gewesen war. Ihm zur Seite hockten Rex und Sherlock, beide mit weißen Fliegen um den Hals. Ihre zwei Ritter – nicht immer unbedingt ritterlich, aber allzeit bereit. Vierzig Gäste hatten sich von ihren weißen Gartenstühlen erhoben und standen nun, die Gesichter Tracy und Kins zugewandt. Die Einladung hatte in Erwartung warmen Wetters zwanglose Kleidung empfohlen, aber Del und Faz waren als alte Gewohnheitstiere trotzdem in Anzug und Krawatte gekommen.

Tracy hatte an diesem Morgen nicht nur an ihre Familie gedacht, sondern auch an Andrea Strickland. Sie fragte sich, wohin es die junge Frau wohl verschlagen hatte und wie es ihr ging. Sie fragte sich, ob sie ihr Kind schon bekommen hatte und ob es ein Junge oder Mädchen war. Sie fragte sich, ob Andrea das Kind als einen neuen Anfang betrachtete. Als ein neues Leben, die Chance, noch einmal von vorn anzufangen.

Nach dem Finale in der Hütte hatte es ein paar Tage lang einen unglaublichen Presserummel voller wilder Spekulationen, verdeckter Andeutungen und jeder Menge Gerüchte gegeben. Nachdem die Pressemeute endlich den genauen Standort von Andreas Versteck in den Bergen herausgefunden hatte, war sie natürlich sofort über Seven Pines hergefallen, wo sie die winzige Behausung hinter der Brücke allerdings leer vorgefunden hatte. Leer bis auf Hunderte und Aberhunderte von Büchern natürlich. Einer der Reporter baute seine Story um ein Buch herum auf, das er aufgeschlagen mit dem Gesicht nach unten auf dem Couchtisch vorgefunden hatte, als hätte hier jemand vorgehabt, eines Tages wiederzukommen und weiterzulesen. Bei diesem Buch handelte es sich um das Tagebuch der Anne Frank.

»Das Buch war an einer Stelle aufgeschlagen, auf der ein einzelner Satz unterstrichen war«, schrieb der Reporter.

Trotz allem glaube ich immer noch an das innere Gute im Menschen.

Tracy fragte sich, ob Andrea Strickland das wohl als Botschaft an sie gemeint hatte.

Sie sah Kins an und lächelte. »Ich bin bereit.«

Kins nickte den Musikern zu, einem Geigenspieler und einer Cellistin. Einen Moment später fingen die beiden an zu spielen und Tracy ging los, die eine Hand auf Kins' Arm gelegt. In der anderen hielt sie einen Rosenstrauß.

»Du siehst wunderschön aus«, sagte Kins.

Tracy lächelte. »Ich fühle mich auch schön.«

Heute würde einer der guten Tage sein. Einer der besten Tage. Einer, an den sie sich immer erinnern würde und der ihr, so hoffte sie, ihren eigenen, persönlichen Start in ein neues Leben ermögliche.

DANKSAGUNG

Eins der heißen Themen bei Schriftstellertreffen ist ja oft die Frage, ob man seine Romane erst einmal in grober Skizze umreißt oder ob man die Geschichte eher auf sich zukommen lässt und zusieht, wie sie sich entwickelt. Bei mir ist es weder noch, obwohl ich eher dazu neige zu sehen, wie sich eine Geschichte sozusagen auf organischem Weg entfaltet. Ich nehme eine Idee, spiele mit ihr und warte ab, wohin das führt. Dabei entfaltet sich das Buch manchmal praktisch von allein vor meinen Augen, wie es bei *Ihr allerletzter Atemzug* und *Am Rande der Lichtung* der Fall war. Bei beiden Büchern schrieben sich die Kapitel auf leicht schräge Art fast von allein, ich musste nur mithalten. So einfach war es natürlich nicht, aber Sie verstehen, worauf ich hinauswill.

Manchmal kann Schreiben zum Kampf werden, wie bei *Das Grab meiner Schwester* und jetzt bei diesem Roman. Das passiert immer dann, wenn ich mich an eine bestimmte Idee klammere. In diesem Fall sollte das Buch unbedingt auf dem Mount Rainier spielen, einer Bergregion, die ich schon mit meiner Familie bereist hatte und die meiner Meinung nach einen coolen Hintergrund für eine Geschichte abgeben würde. Nur tauchte bei jedem meiner Gespräche mit einem Experten aus dieser Gegend immer wieder dieselbe Frage auf: »Warum steigt Ihre Ermittlerin auf diesen Berg?« Und nie fiel mir eine gute Antwort ein. Dabei gibt es bestimmt jede Menge Gründe für sie, einen Berg zu besteigen. Nachdem ich mehrere Monate lang erfolglos Interviews geführt und gegrübelt hatte, fand ich es an der Zeit, einen anderen Weg einzuschlagen. Damit will ich jetzt auf keinen Fall all die guten Ratschläge kleinreden, die ich von den Experten bekam. Sie alle halfen mir, herauszuarbeiten, wie jemand den Rainier besteigen und danach unbemerkt verschwinden könnte. Die Experten wiesen mich auch darauf hin, dass eine Bergbesteigung, anders als von den meisten Menschen angenommen, nicht selbstverständlich immer auf einem Gipfel endet. So manche Bergtour endet tödlich, selbstverständlich ist da gar nichts.

In diesem Zusammenhang bedanke ich mich herzlich bei Wes Giesbrecht für seine geduldigen Anleitungen und bei Dr. Dave Bishop für seine ausführliche Schilderung der Woche, die er einmal bei starkem Gewitter, jeden Tag um sein Leben bangend, am Berg ausharren musste. Ich danke Sunny Remington, der den Aufstieg zum Rainier über Liberty Ridge unter enormer Kraftanstrengung in zwei Tagen bewältigte, um mir zu zeigen, dass es machbar ist. Wow! Dank an Fred Newman, der wundervolle Details beisteuerte. Ich bedanke mich ganz herzlich bei euch allen für die Zeit und Expertise, die ihr mir geschenkt habt, um mich über den Mammutberg aufzuklären, der den pazifischen Nordwesten bewacht und so viele Menschen anlockt, ihn zu besteigen. Meine Frau war schon oben, auch mein Schwiegervater und meine Brüder Bill und Tom. Ich nicht. Ich werde mich nie an den Aufstieg wagen, denn Gott hat mir weder den Körper noch das Blut geschenkt, um mit großen Höhenlagen fertigzuwerden. Ich bleibe lieber am Boden und bewundere aus der Ferne.

Als Nächstes stellte sich heraus, dass man einen Menschen nicht einfach mal so verschwinden lassen kann, im Gegenteil: Das ist fast so schwierig wie die Besteigung des Mount Rainier! Bei all den sozialen Netzwerken heutzutage von der Bildfläche zu verschwinden ist eine ziemliche Leistung. Private Zielfahnder, andere Privatermittler und auch jede Menge skrupelloser Individuen kennen unzählige Tricks, um jemanden ausfindig zu machen. Ich habe zu dem Thema mehrere Bücher gelesen und möchte mich zudem bei der Privatermittlerin Gina Brent für Einblicke in ihre Arbeit bedanken. Ein herzliches Dankeschön geht in diesem Zusammenhang an Chief DJ Nesel vom Maple Valley Police Department, der in einem anderen Leben Menschen und gestohlenes Geld aufgespürt hat.

Danke, Detective Jennifer Southworth vom Seattle Police Department, Abteilung Gewaltverbrechen, und Scott Tompkins, King County Sheriff's Office, Abteilung Schwerverbrechen. Scott gab meinen Überlegungen überhaupt erst den Schubs in die richtige Richtung, als er mich eines Nachmittags fragte, ob ich schon mal daran gedacht hätte, ein Buch mit einer Leiche in einer Krebsfalle anfangen zu lassen. Mehr war nicht nötig, ich hatte sofort angebissen. »Sagt mir, wie ich mir das vorzustellen habe!«, bat ich meine beiden Freunde bei der Polizei, und genau das taten sie dann. Zuständigkeit spielt in diesem Fall eine große Rolle. Hoffentlich habe ich alles richtig verstanden. Sämtliche handelnden Personen im Buch sind erfunden, und wo ich mir Freiheiten nahm, geht das auf meine Kappe. Auch sämtliche Fehler und Irrtümer sind allein von mir produziert. Ich stehe tief in der Schuld dieser beiden Experten, die mich so großzügig mit ihrer Zeit und ihrem Wissen beschenkten.

Dank an Ms Meg Ruley und ihr Team bei der Jane Rotrosen Agency, an erster Stelle Rebecca Scherer. Meg und ich sind jetzt fast genau fünfzehn Jahre ein Team, sie hat meine Karriere betreut, ohne je Fehler zu machen. Ja, wir haben auch eine

Geschäftsbeziehung, aber auf die Idee würde man wohl nicht kommen, wenn man uns so zusammen sieht. Wir plaudern über Familien und Kinder und generell über alles, was wirklich wichtig ist, und sie sorgt mit dafür, dass ich auf dem Teppich bleibe. In dieser Beziehung brauchte ich im vergangenen Jahr besonders viel Hilfe. Danke, Meg. Rebecca ist ein Zahlen- und Computerguru, die mir jede Frage in dieser Richtung zu jeder Zeit beantwortet. Ich werde nie begreifen, wie sie an all ihr Wissen kommt, bin aber unendlich dankbar dafür, sie in meinem Team zu wissen. Danke auch an Danielle Sickles und Julianne Tinari, International Rights Director und Contracts Manager, dank derer meine Bücher ins Ausland gelangen und übersetzt werden, damit sie von so vielen Menschen gelesen werden können. Danke an Jane Rotrosen, die mich vor fünfzehn Jahren mit offenen Armen und einem breiten Lächeln begrüßte. »Mein Junge, wir zwei werden zusammen jede Menge Bücher verkaufen«, sagte sie damals. All diese Menschen haben an mich geglaubt, zu mir gehalten und unermüdlich gearbeitet, um unser Ziel möglich zu machen. Ein wahrhaft großartiges Team.

Danke an alle bei Thomas & Mercer. Dieses Buch ist das vierte in der Reihe um Tracy Crosswhite, mein fünfter Roman mit diesem Team. Trotzdem darf ich mich immer noch als Neuling fühlen, denn jedes einzelne meiner Projekte wird betreut wie ein erstes Buch, wobei mir immer mit enormem Respekt und unglaublicher Liebenswürdigkeit begegnet wird. Dort darf ich Ideen für neue Romane durchspielen, sie arbeiten mit mir am Plot, und ich suche ihren Rat, wenn es um die Werbung für mein Werk geht. Sie haben immer Zeit für meine Anrufe und nehmen sich Zeit für Treffen und Gespräche. Wir waren inzwischen in fünf Ländern die Nummer eins, und es kommt ja noch mehr. Besser kann man es einfach nicht machen.

Ein besonderer Dank geht an meine Lektorin Charlotte Herscher, die mir geholfen hat, ein besserer Autor zu werden. Das ist jetzt unser fünftes gemeinsames Buch. Manchmal höre ich beim Schreiben ihre Stimme im Kopf, wie sie mich ermahnt, die Charaktere stärker auszuarbeiten, und ich gebe mir sofort Mühe, ihrem Rat zu folgen, denn der ist immer haargenau treffend. Ein herzlicher Dank geht auch an meinen Korrektor, Scott Calamar. Die eigenen Schwächen zu kennen, ist von großem Vorteil, denn dann kann man rechtzeitig um Hilfe bitten. Bei mir gehören Grammatik und Zeichensetzung nicht zu den starken Seiten, da genieße ich es zu wissen, dass der Beste der Besten in diesen Fragen auf mich achtgibt.

Danke an Sarah Shaw, Perfektionistin auf dem Gebiet der Autorenbetreuung, die immer Geschenke für unsere Bewunderer hat, die wunderbare Abendessen für das ganze Team veranstaltet und noch unendlich viel mehr für mich tut. An der Wand, die ich meinem Schreiben gewidmet habe, drängen sich inzwischen die gerahmten Buchumschläge. Danke an Sean Baker, Produktionsleiter, und Jessica Tribble, Produktionsmanagerin. Ich liebe die Cover und Titel all meiner Bücher, dafür habe ich den beiden zu danken. Danke an Justin O'Kelly, PR-Chef, und Dennelle Catlett, PR-Managerin bei Thomas & Mercer, für all die gute Werbung. Danke an den Editor Jacques Ben-Zekry, den um sich zu haben immer eine Freude ist. Danke dem Verleger Mikyla Bruder, dem stellvertretenden Verleger Hai-Yen Mura und an Jeff Belle, den stellvertretenden Geschäftsführer von Amazon Publishing.

Ein besonderer Dank an Gracie Doyle, Cheflektorin bei Thomas & Mercer. Gracie kann und macht so vieles so wahnsinnig gut, ich weiß gar nicht, wo ich anfangen soll. Danke für deine Hinweise in Bezug auf die Geschichte. Danke für deine Vorschläge als Lektorin. Danke für deine Freundschaft. Ich bin so glücklich, dich an der Spitze meines Teams zu wissen.

Danke an Tami Taylor, die meine Webseite betreut, meinen Newsletter kreiert und für ein paar von meinen fremdsprachigen Ausgaben Cover entwirft. Alles, worum ich Tami um Hilfe bitte, erledigt sie schnell und effizient. Danke an Pam Binder und die Pacific Northwestern Writers Association für ihre Unterstützung meiner Arbeit. Danke auch an die Seattle 7 Writers, ein Nonprofit-Kollektiv von Autoren aus dem pazifischen Nordwesten, die das geschriebene Wort betreuen und unterstützen. Ich bin stolz darauf, Mitglied dieser beiden Organisationen zu sein. Dank auch an Jennifer McCord, eine gute Freundin und Verlegerin, die mich vor so vielen Jahren auf den richtigen Weg gebracht hat.

Als Schriftsteller kann man viele coole Dinge tun, dazu gehört auch, auf kreativem Wege Geld zur Unterstützung von Schulen einzutreiben. In diesem Fall versteigerte ich für die Schule meiner Tochter zwei handelnde Personen aus meinem neuen Roman. Hier gebührt das eigentliche Lob natürlich den Leuten, die ihr Scheckbuch zückten, in diesem Fall besonders Tim und Brenda Berg. Wir haben uns beim Basketball kennengelernt und wurden gute Freunde. Die beiden sind total nett und witzig, und als sie anfingen mitzubieten, hat mich das ziemlich umgehauen. Brenda, ich habe dir im Buch zwar nicht deinen Traumjob verschafft, bin dir aber hoffentlich trotzdem gerecht geworden. Danke auch an Ying Li und Chong Zhu, die für ihren Sohn Jonathan, einen angehenden Schriftsteller, mitsteigerten. Ich hoffe sehr, eines Tages Jonathans Bücher lesen zu können.

Euch allen, meinen Lesern, danke ich dafür, dass ihr meine Bücher findet und meine Arbeit immer wieder so unglaublich unterstützt. Danke für die Besprechungen, die ihr online stellt, und für die E-Mails, in denen ihr mir erzählt, wie sehr euch meine Geschichten gefallen. Diese Rückmeldungen sind Highlights im Leben eines Schriftstellers.

Ich möchte mich ganz herzlich bei meiner Mom bedanken, für die das Jahr 2016 nicht einfach war. Jetzt ist sie wieder ganz bei uns und es geht ihr besser denn je. Danke an meinen Sohn, der das zweite Jahr auf dem College sein wird, wenn dieses Buch auf den Markt kommt, und an meine Tochter, die ihr vorletztes Jahr an der Highschool absolviert. Das Leben ist wunderbar, wenn ich es mit euch verbringen kann. Herzlichen Dank an meine Frau Christina, die geduldig zuhört, wenn ich jammere, ich würde bestimmt nie wieder ein Buch zu Ende schreiben, noch nicht einmal eine Seite könnte ich zu Papier bringen. Und die dann mit mir feiert, wenn ich den Computer ausschalte und verkünde: »Geschafft!«

Ja, mit einem Schriftsteller hat man es nicht immer leicht!